O INSTINTO DE MORTE

JED RUBENFELD

O INSTINTO DE MORTE

Tradução
GEORGE SCHLESINGER

A Editora Paralela é uma divisão da Editora Schwarcz S.A.

Grafia atualizada segundo o Acordo Ortográfico da Língua Portuguesa de 1990, que entrou em vigor no Brasil em 2009.

TÍTULO ORIGINAL The death instinct

CAPA Rodrigo Maroja

FOTO DE CAPA Bettmann/ Corbis (DC)/ Latinstock

PREPARAÇÃO Ciça Caropreso

REVISÃO Juliane Kaori e Larissa Lino Barbosa

Dados Internacionais de Catalogação na Publicação (CIP)
(Câmara Brasileira do Livro, SP, Brasil)

Rubenfeld, Jed
O instinto de morte / Jed Rubenfeld ; tradução George Schlesinger. — 1ª ed. — São Paulo : Paralela, 2012.

Título original: The death instinct.
ISBN 978-85-65530-03-3

1. Ficção policial e de mistério (Literatura norte-americana) I. Título.

12-05762 CDD-813.0872

Índice para catálogo sistemático:
1. Ficção policial e de mistério : Literatura norte-americana 813.0872

[2012]

EDITORA SCHWARCZ S.A.
Rua Bandeira Paulista, 702, cj. 32
04532-002 — São Paulo — SP
Telefone (11) 3707-3500
Fax (11) 3707-3501
www.editoraparalela.com.br
atendimentoaoleitor@editoraparalela.com.br

Para as minhas brilhantes filhas, Sophia e Louisa

Num dia claro de setembro, na baixa Manhattan, o centro financeiro dos Estados Unidos tornou-se alvo do maior ataque terrorista já ocorrido em solo americano. Era 1920. Apesar daquela que foi considerada até então a maior investigação criminal na história dos Estados Unidos, a identidade dos criminosos permanece um mistério.

PARTE I

1

A morte é apenas o início; depois vem a parte difícil.

Há três maneiras de se conviver com a morte — para que se mantenha o terror dela à distância. A primeira é a supressão: esquecer que a morte vem; agir como se ela não viesse. É o que a maioria de nós faz o tempo todo. A segunda é o oposto: *memento mori*. Lembrar-se da morte. Mantê-la o tempo todo na mente, pois com certeza a vida não pode ter sabor melhor do que quando um homem acredita que hoje é seu último dia. A terceira é a aceitação. Um homem que aceita a morte — que realmente a aceita — não teme nada e assim adquire uma equanimidade transcendente diante de qualquer perda. Todas essas três estratégias têm algo em comum. São mentiras. O terror, ao menos, seria honesto.

Mas existe uma outra, uma quarta maneira. É uma opção inadmissível, um caminho do qual nenhum homem pode falar, nem para si mesmo, nem na quietude de seus pensamentos. Essa maneira requer que não haja esquecimento, que não haja mentira, que não haja prostração no altar do inevitável. Tudo o que ela exige é instinto.

Ao meio-dia de 16 de setembro de 1920, os sinos da Trinity Church começaram a badalar, e, como que impulsionadas por uma mola única, portas se escancararam por toda a Wall Street, liberando, para sua preciosa hora de almoço, escriturários e mensageiros, secretárias e estenógrafas. Eles se derramaram pelas ruas, fluindo no meio dos carros, fazendo fila em suas barracas favoritas, ocupando em um instante a movimentada intersecção entre as ruas Wall, Nassau e Broad, uma intersecção conhecida no mundo financeiro como a Esquina — simplesmente isso, a Esquina. Ali ficava o Tesouro dos Estados Unidos, com sua fachada de templo grego, guardada por um régio George Washington de bronze. Ali ficava a Bolsa de Ações de Nova York. Ali, a fortaleza abobadada do banco J. P. Morgan.

Em frente ao banco, uma velha égua baia batia com os cascos nos paralelepípedos, atada a uma sobrecarregada carroça coberta de juta — sem condutor e bloqueando o tráfego. Atrás dela, as buzinas soavam irritadas. Um corpulento chofer de praça saiu de seu veículo, braços erguidos num apelo cheio de razão. Ao tentar repreender o cocheiro, que não estava lá, o chofer de praça foi surpreendido por um som estranho e abafado vindo do interior da carroça. Pôs o ouvido na capota e ouviu um som inconfundível: um tique-taque.

Os sinos da igreja deram as doze badaladas. Com a nota final e sonora ainda ecoando, o chofer, agora curioso, puxou um dos cantos da capota devorada pelas traças e olhou o que havia por baixo. Nesse momento, entre as milhares de pessoas que se atropelavam, quatro sabiam que a morte transbordaria na Wall Street: o chofer de praça; uma mulher ruiva bem a seu lado; o desaparecido cocheiro da carroça; e Stratham Younger, que, a cinquenta metros de distância, forçou um detetive de polícia e uma jovem francesa a se ajoelharem.

O chofer de praça sussurrou: "Que Deus tenha misericórdia".

A Wall Street explodiu.

Duas mulheres que um dia já foram melhores amigas, quando se encontrarem novamente, depois de muitos anos, irão chorar de incredulidade, abraçar-se, reclamar e imediatamente colocar em dia as partes que faltam de suas vidas, pintando-as uma para a outra com toda a cor e vividez de que são capazes. Dois homens, nas mesmas condições, não têm absolutamente nada a dizer.

Às onze horas dessa manhã, uma hora antes da explosão, Younger e Jimmy Littlemore apertaram-se as mãos no Madison Square, três quilômetros ao norte de Wall Street. O dia estava excepcionalmente bonito para a época, o céu, de um azul transparente. Younger pegou um cigarro.

"Já faz um bom tempo, doutor", disse Littlemore.

Younger bateu o cigarro, acendeu, assentiu.

Ambos estavam na casa dos trinta, mas tinham físicos diferentes. Littlemore, um detetive do departamento de polícia de Nova York, era o tipo de homem que se misturava facilmente. Tinha altura mediana, peso mediano, cor de cabelo mediana; até mesmo seus traços eram medianos, um misto de expansividade americana com boa saúde. Younger, ao contrário, chamava a atenção. Era alto, movia-se com facilidade, sua pele era um pouco curtida, tinha as imperfeições que as mulheres geralmente gostam num rosto. Em suma, a aparência do médico era mais chamativa que a do detetive, porém menos amigável.

"Como vai o trabalho?", perguntou Younger.

"O trabalho vai bem", respondeu Littlemore, com um palito de dentes dançando entre os lábios.

"A família?"

"A família vai bem."

Havia outra diferença igualmente visível entre eles. Younger tinha lutado na guerra; Littemore, não. Younger, deixando para trás sua prática médica em Boston e suas pesquisas científicas em Harvard, alistara-se imediatamente após a guerra ter sido declarada em 1917. Littlemore também teria se alistado — se não tivesse uma esposa e tantos filhos para sustentar.

"Que bom", disse Younger.

"Então, você vai me contar", perguntou Littlemore, "ou vou ter que arrancar de você com um pé de cabra?"

Younger tragou. "Pé de cabra."

"Você me chama depois de todo esse tempo, diz que tem algo para me contar e agora não vai me dizer o que é?"

"Foi aqui que fizeram a grande parada da vitória, não foi?", perguntou Younger, olhando ao seu redor pelo Madison Square Park, com sua folhagem, monumentos e fonte ornamental. "O que aconteceu com o arco?"

"Derrubaram."

"Por que os homens estavam tão dispostos a morrer?"

"Quem estava?", perguntou Littlemore.

"Não faz sentido. Do ponto de vista evolucionário." Younger olhou de volta para Littlemore. "Não sou eu quem precisa falar com você. É Colette."

"A moça que você trouxe da França?"

"Ela deve chegar em um minuto. Se não estiver perdida."

"Qual é a aparência dela?"

Younger pensou no assunto: "Bonita". Um instante depois acrescentou: "Aí está ela".

Um ônibus de dois andares havia parado por perto, na Quinta Avenida. Littlemore se virou para olhar; o palito quase caiu de sua boca. Uma moça trajando um leve casaco militar vinha descendo pela escada espiral externa. Os dois homens a receberam quando saltou do ônibus.

Colette Rousseau deu um beijo em cada face de Younger e estendeu um braço esguio para Littlemore. Tinha olhos verdes, movimentos graciosos e um longo cabelo escuro.

"Prazer em conhecê-la, senhorita", disse o detetive, recobrando-se resolutamente.

Ela o fitou. "Então você é o Jimmy", respondeu, deixando-o à vontade. "O melhor e mais corajoso homem que Stratham já conheceu."

Littlemore deu uma piscada. "Ele disse isso?"

"Eu também disse a ela que suas piadas não têm graça", acrescentou Younger.

Colette voltou-se para Younger: "Você devia ter vindo para a clínica de rádio. Eles curaram um sarcoma. E um rinoscleroma. Como pode um hospitalzinho na América ter dois gramas inteiros de rádio, quando não há um único grama na França?".

"Eu não sabia que rinos têm aroma", disse Littlemore.

"Que tal almoçarmos?", propôs Younger.

Apenas alguns meses antes de Colette descer do ônibus, um monumental arco triplo havia coberto a Quinta Avenida inteira. Em março de 1919, enormes multidões saudaram aos gritos os soldados que regressavam ao lar e desfilavam sob um arco do triunfo romano, erigido para celebrar a vitória da nação na Grande Guerra. Faixas rodopiavam, balões voavam, canhões saudavam e — uma vez que a Proibição ainda não viera — rolhas espocavam.

Mas os soldados recebidos como heróis acordaram no dia seguinte apenas para descobrir que a cidade não tinha empregos para eles. O *boom* dos tempos de guerra sucumbira ao colapso pós-guerra. As fervilhantes fábricas lacraram suas janelas com tábuas. Lojas fecharam. A atividade de compra e venda estagnou. Famílias foram jogadas na rua sem ter para onde ir.

O Arco da Vitória era para ter sido feito de mármore sólido. Tal extravagância, no entanto, mostrara-se inviável e, em vez disso, o arco foi construído com madeira e gesso. Ao relento, a pintura foi descascando e o arco começou a se desmanchar. Sua demolição ocorreu antes do fim do inverno — mais ou menos na mesma época em que o país definhou.

O desaparecido arco, colossal e de um branco estonteante, emprestava um tremor fantasmagórico ao Madison Square. Colette sentiu isso. Chegou a olhar para trás para ver se alguém a observava. Mas virou-se na direção errada. Não olhou do outro lado da Quinta Avenida, onde, por trás de carros apressados e de ônibus chacoalhantes, um par de olhos realmente fixava-se nela.

Os olhos pertenciam a uma figura feminina solitária, quieta, com maçãs do rosto magras e pálidas e de compleição tão esquelética que, a julgar pela aparência, não poderia ameaçar sequer uma criança. Um lenço escondia a maior parte de seu cabelo seco e vermelho, e um vestido surrado do século anterior chegava-lhe aos tornozelos. Era impossível dizer sua idade: podia ser tanto uma inocente de catorze anos como uma esquelética de cinquenta e cinco. Havia, porém, uma peculiaridade em seus olhos. A íris, do azul mais claro, era salpicada de impurezas castanho-amareladas, como corpos flutuando num mar tranquilo.

Ente os veículos que bloqueavam o caminho da mulher e a impediam de atravessar a Quinta Avenida, havia um carroção de entregas que se aproximava, puxado a cavalo. Ela lançou um olhar calmo ao carroção. O animal que trotava a viu com o canto do olho. Ele pisou em falso e empacou. O condutor berrou; veículos se desviaram, pneus guincharam. Não houve colisões, mas um visível caminho abriu-se em meio ao tráfego. Ela atravessou a Quinta Avenida sem ser perturbada.

Littlemore os conduziu para uma barraquinha de rua perto das escadarias do metrô, propondo que comessem "cachorros" de almoço, o que exigiu que os homens explicassem à estarrecida jovem francesa os ingredientes dessa mais recente sensação culinária, o cachorro-quente. "A senhorita vai gostar, eu prometo", disse Littlemore.

"Vou?", ela replicou, duvidando.

Ao chegar ao outro lado da Quinta Avenida, a mulher de lenço na cabeça colocou uma mão de veias azuladas sobre o abdome. Era evidentemente um sinal ou um comando. Não longe dali, a fonte do parque cessou de jorrar e, quando os últimos jatos de água caíram no tanque, outra mulher ruiva surgiu em cena, tão parecida com a primeira que era quase o seu reflexo, porém menos pálida, menos esquelética, o cabelo esvoaçando livremente. Ela também pôs a mão sobre o abdome. Na outra mão, trazia uma tesoura de lâminas curvas e poderosas. Ela partiu em direção a Colette.

"Ketchup, senhorita?", ofereceu Littlemore. "A maioria das pessoas come com mostarda, mas eu prefiro ketchup. Aí está."

Colette aceitou o cachorro-quente desajeitadamente. "Tudo bem, vou provar."

Usando ambas as mãos, deu uma mordida. Os dois homens ficaram observando. O mesmo fizeram as duas ruivas, que se aproximaram vindas de diferentes direções, além de uma terceira ruiva, próxima ao mastro de uma bandeira perto da Broadway, que usava, além do lenço na cabeça, um cachecol de lã enrolado mais de uma vez em torno do pescoço.

"Mas é bom!", Colette exclamou. "O que você pôs no seu?"

"Chucrute, senhorita", explicou Littlemore. "É uma espécie de repolho, azedo, hã..."

"Ela sabe o que é chucrute", interrompeu Younger.

"Quer um pouco?", ofereceu Littlemore.

"Sim, por favor."

A ruiva que estava sob o mastro da bandeira lambeu os lábios. Nova-iorquinos apressados passavam a seu lado sem prestar atenção nela — ou no cachecol, que o clima não justificava e que parecia sobressair estranhamente de sua garganta. Ela ergueu a mão até a boca; pontas de dedos inchadas tocaram os lábios abertos. Ela começou a caminhar em direção à jovem francesa.

"E o centro da cidade?", Littlemore perguntou. "Gostaria de ver a Brooklin Bridge, senhorita?"

"Gostaria muito", disse Colette.

"Então venha comigo", convidou o detetive, deixando duas moedinhas de gorjeta na barraquinha de cachorro-quente. Em seguida, andou até o topo das escadarias do metrô. Verificou os bolsos: "Vamos lá, precisamos de mais uma moeda de cinco centavos".

Ouvindo o detetive, o vendedor de rua começou a remexer em sua caixinha de troco, quando viu três figuras estranhamente similares aproximando-se de sua barraca. As duas primeiras tinham se juntado, tocando os dedos ao caminhar. A terceira avançava sozinha vindo da direção oposta, segurando seu grosso cachecol de lã junto à garganta. O comprido garfo do vendedor escorregou de sua mão e sumiu dentro de um caldeirão de água fervente. Ele parou de procurar moedas.

"Eu tenho uma", disse Younger.

"Então vamos", replicou Littlemore. E, trotando, desceu as escadarias. Colette e Younger o seguiram. Tiveram sorte: um trem para o centro estava entrando na estação; conseguiram pegá-lo no último instante. A meio caminho da saída da estação, o trem parou com um solavanco. As portas rangeram e se abriram, fecharam-se novamente com estalos e voltaram a se abrir de repente. Decerto alguns retardatários haviam induzido o condutor a deixá-los entrar.

Nas estreitas artérias da baixa Manhattan — eles voltaram à superfície em frente à prefeitura —, Younger, Colette e Littlemore foram arrastados pela aglomeração da massa humana. Younger respirou fundo. Adorava a abundância urbana, seu senso de propósito, sua beligerância. Era um homem confiante; sempre fora. Pelos padrões americanos, Younger era muito bem-nascido: um Schermerhorn por parte de mãe, um primo próximo dos Fish de Nova York e, por parte de pai, um Cabot de Boston. Essa elevada genealogia, que atualmente lhe era indiferente, o desagradara na juventude. O senso de superioridade de que sua classe desfrutava parecia-lhe tão patentemente não merecido que ele resolvera fazer o oposto de tudo o que se esperava dele — até a noite em que seu pai morreu e a necessidade se fez presente, o mundo se tornou real e toda a questão de classe social cessou de interessá-lo.

Mas esses dias há muito tinham se passado, varridos por anos de trabalho incansável, realizações, guerra, e nesta manhã nova-iorquina Younger experimentava uma sensação de quase invulnerabilidade. Ele refletia, porém, que isso provavelmente se devia apenas ao fato de saber que não havia atiradores ocultos mirando sua cabeça nem bombas assobiando pelo ar para arrancar suas pernas. A menos que fosse o contrário: que o pulsar da violência em Nova York fosse tão atmosférico que um homem que tivesse lutado na guerra podia respirar aqui, podia sentir-se em casa, podia alongar os músculos ainda tensos pelo brutal efeito subsequente a uma desinibida matança — sem por isso se transformar num desajustado ou num monstro.

"Devo contar a ele?", Younger perguntou a Colette. À direita deles erguiam-se arranha-céus incompreensivelmente altos. À esquerda, a Brooklin Bridge pairava acima do Hudson.

"Não, eu conto", respondeu Colette. "Lamento tomar tanto do seu tempo, Jimmy. Eu já devia ter lhe contado."

"Tenho todo o tempo do mundo, senhorita", disse Littlemore.

"Bem, provavelmente não é nada, mas na noite passada uma moça apareceu no nosso hotel à minha procura. Nós tínhamos saído, então ela deixou um bilhete. Aqui está." Colette tirou da bolsa um pedaço de papel amassado. Continha uma mensagem escrita à mão, rabiscada às pressas:

Por favor, eu preciso ver você. Eles sabem que você está certa. Volto amanhã de manhã às sete e meia. Por favor, você pode me ajudar.
Amelia

"Ela nunca apareceu", acrescentou Colette.

"Você conhece essa Amelia?", perguntou Littlemore, virando o pedaço de papel sem achar nada do outro lado.

"Não."

"'Eles sabem que você está certa'?", Littlemore prosseguiu. "Em relação a quê?"

"Não consigo imaginar", respondeu Colette.

"Há mais uma coisa", disse Younger.

"Sim, é o que ela pôs dentro do bilhete que está nos preocupando", explicou Colette, pescando algo na bolsa. Entregou ao detetive um chumaço de algodão branco.

Littlemore abriu o algodão. Enterrado dentro do chumaço havia um dente — um pequeno e reluzente molar humano.

Uma saraivada de obscenidades os interrompeu. A causa era uma passeata na Liberty Street, que acabara interrompendo o tráfego. Todos os participantes eram negros. Os homens vestiam suas melhores roupas de domingo — as melhores roupas maltrapilhas, com mangas curtas demais —, embora estivessem no meio da semana. Crianças magrelas andavam descalças entre os pais. A maioria cantava; o hino religioso se sobrepunha aos insultos dos espectadores e à ira dos motoristas.

"Segure seus cavalos", anunciou um policial à paisana, pouco mais velho que um menino, a um condutor mais agressivo.

Littlemore, pedindo licença, aproximou-se do rapaz. "O que você está fazendo aqui, Boyle?"

"O capitão Hamilton nos enviou, senhor", respondeu Boyle, "por causa da passeata dos crioulos."

"Quem está patrulhando a Bolsa?", perguntou Littlemore.

"Ninguém. Estamos todos aqui. Devo acabar com essa passeata, senhor? Parece que vai haver tumulto."

"Deixe-me pensar", respondeu Littlemore, coçando a cabeça. "O que você faria no dia de são Patrício se alguns negros estivessem provocando tumulto? Acabaria com a passeata?"

"Eu acabava com os negros, senhor. Acabava com eles direitinho."

"Então, rapaz, é a mesma coisa aqui."

"Sim, senhor. Muito bem, pessoal", o policial berrou aos participantes da passeata à sua frente, puxando o cassetete, "fora das ruas, todos vocês."

"*Boyle!*", gritou Littlemore.

"Senhor?"

"Os negros, não."

"Mas o senhor disse..."

"Você acaba com os desordeiros, não com os que estão na passeata. Deixe passar os carros a cada dois minutos. Essa gente tem o direito de marchar exatamente como todo mundo."

"Sim, senhor."

Littlemore voltou para junto de Younger e Colette. "Certo, o dente é meio esquisito", disse. "Por que alguém haveria de lhe enviar um dente?"

"Não faço ideia."

Os três prosseguiram em direção ao centro. Littlemore segurou o dente ao sol, girando-o. "Limpo. Em boa condição. Por quê?" Olhou novamente para o pedaço de papel. "O bilhete não traz o seu nome, senhorita. Talvez não fosse endereçado a você."

"O recepcionista disse que a moça perguntou pela senhorita Colette Rousseau", disse Younger.

"Pode ser alguém com um sobrenome semelhante", sugeriu Littlemore. "O Commodore é um hotel grande. Há dentistas por lá?"

"No hotel?", perguntou Colette.

"Como você sabia que estávamos no Commodore?", perguntou Younger.

"Os fósforos do hotel. Você acendeu o cigarro com um deles."

"Esses fósforos horrorosos", disse Colette. "Com toda certeza Luc está brincando com eles neste momento. Luc é o meu irmão menor, tem dez anos. Stratham lhe dá os fósforos como brinquedos."

"O garoto desmontou granadas de mão na guerra", Younger disse a Colette. "Não vai acontecer nada com ele."

"O meu filho mais velho tem dez anos — nós o chamamos de Jimmy Júnior", disse Littlemore. "Seus pais também estão aqui?"

"Não, somos só nós dois. Perdemos a família na guerra."

Estavam entrando no Distrito Financeiro, com suas fachadas de granito e torres vertiginosas. Corretores independentes, de terno, leiloavam valores em plena calçada, debaixo do sol de setembro.

"Lamento muito, senhorita", disse Littlemore. "Por sua família."

"Não é nada de especial", ela respondeu. "Muitas famílias desapareceram. Meu irmão e eu tivemos sorte de sobreviver."

Littlemore lançou um rápido olhar a Younger, que percebeu mas não deu mostra disso. Younger sabia o que Littlemore estava imaginando — como perder a família não era nada de especial? —, porém Littlemore não vira a guerra. Caminharam em silêncio, cada um imerso nas próprias reflexões. O resultado foi que nenhum dos três ouviu a criatura aproximando-se por trás. Mesmo Colette estava desatenta, até sentir um bafo quente em sua nuca. Ela se retraiu e gritou assustada.

Era um cavalo, uma velha égua baia, resfolegando forte devido ao peso da sobrecarregada carroça de madeira em ruínas que vinha puxando. Colette, aliviada e arrependida, estendeu a mão e apertou uma das orelhas do cavalo. A égua abriu as ventas em sinal de prazer. O condutor sibilou, golpeando o dorso do animal com o chicote. Colette recolheu a mão. A carroça com capota de juta passou por eles nos paralelepípedos da Nassau Street.

"Posso lhe fazer uma pergunta?", disse Littlemore.

"Claro", respondeu Colette.

"Quem em Nova York sabe que a senhorita está aqui?"

"Ninguém."

"E a velha senhora que vocês dois visitaram nesta manhã? Aquela com todos aqueles gatos, que gosta de abraçar as pessoas?"

"A senhora Meloney? Não, eu não disse a ela em que hotel..."

"Como é possível que você saiba disso?", interrompeu Younger, acrescentando para Colette: "Eu nunca disse nada a ele sobre a senhora Meloney".

Estavam se aproximando da intersecção das ruas Nassau, Broad e Wall — o centro financeiro da cidade de Nova York, possivelmente do mundo.

"Na verdade é meio óbvio", explicou Littlemore. "Vocês dois estão com pelo de gato nos sapatos, e no seu caso, doutor, também na barra da calça. Diferentes tipos de pelo de gato. Portanto, eu imediatamente soube que ambos estiveram nesta manhã em algum lugar com um monte de gatos. Mas a senhorita também tem no ombro dois fios de cabelo longos, grisalhos — cabelo humano. Portanto, deduzo que os gatos pertenciam a uma senhora de idade e que vocês dois lhe fizeram uma visita de manhã, e ela deve ser do tipo que gosta de abraçar, porque foi assim que..."

"Tudo bem, tudo bem", interrompeu Younger.

A carroça puxada pela égua se deteve em frente ao Banco Morgan. Os sinos da Trinity Church começaram a ressoar e as ruas começaram a se encher de milhares de funcionários de escritório liberados do confinamento para sua preciosa hora do almoço.

"Em todo caso", retomou Littlemore, "eu diria que há uma grande possibilidade de Amelia ter aparecido à procura de outra pessoa, e o recepcionista se confundiu."

Buzinas começaram a soar iradas atrás da carroça estacionada, cujo condutor desaparecera. Nos degraus do Tesouro, uma mulher ruiva estava parada sozinha, a cabeça envolta num lenço, observando a multidão com um olhar penetrante mas tranquilo.

"Mesmo assim, me parece que Amelia pode estar com algum problema", prosseguiu Littlemore. "Você se importa de eu ficar com o dente?"

"Fique à vontade", disse Colette.

Littlemore enfiou o chumaço de algodão no bolso superior do paletó. Na Wall Street, atrás da carroça, um corpulento chofer de praça saiu do carro, braços erguidos num apelo cheio de razão.

"Incrível", disse Younger, "como aqui nada mudou. A Europa voltou à Idade das Trevas, mas na América o tempo parece que tirou férias."

Os sinos da Trinity Church continuaram a badalar. Cinquenta metros à frente de Younger, o chofer de praça ouviu um ruído estranho vindo do interior da carroça com capota de juta, e uma luz fria tomou conta dos olhos da mulher ruiva que estava nos degraus do Tesouro. Ela vira Colette; desceu as escadas, e, inconscientemente, as pessoas abriram passagem.

"Eu diria o contrário", replicou Littlemore. "Tudo está diferente. A cidade inteira está extremamente inquieta."

"Por quê?", perguntou Colette.

Younger não os ouvia mais. De súbito estava na França, não em Nova York, tentando salvar a vida de um soldado de um braço só numa trincheira inundada de água gelada até o joelho, com o grito fatal e dilacerante de bombas enchendo o ar.

"Sabe", disse Littlemore, "falta de emprego, todo mundo falido, pessoas sendo despejadas, greves, tumultos — e aí eles vêm com a Proibição."

Younger olhou para Colette e Littlemore; eles não ouviam o grito agudo da artilharia. Ninguém ouvia.

"A Proibição", repetiu Littlemore. "Essa deve ser a pior coisa que alguém já fez a este país."

Diante do Banco Morgan, um chofer de praça curioso puxou um dos cantos da juta comida pelas traças. A mulher ruiva, que acabara de passar por ele, parou, intrigada. As pupilas de suas íris azuis claras dilataram-se ao olhar de novo o chofer, que sussurrou: "Que Deus tenha misericórdia".

"Abaixem-se", disse Younger, forçando Littlemore e Colette a se ajoelhar. Eles não entenderam nada.

A Wall Street explodiu.

2

Younger, um homem que presenciara o bombardeio de Château-Thierry, jamais ouvira uma explosão como aquela. Foi literalmente ensurdecedora: e logo após o abalo não havia mais som no mundo.

Uma nuvem preto-azulada de ferro e fumaça, sinistra e pulsante, tomou conta da praça. Nada mais era visível. Não havia como saber o que acontecera aos seres humanos no local.

Dessa nuvem pesada irrompeu um automóvel — um táxi. No entanto, não na rua. O veículo estava nos ares.

Younger, de joelhos, viu o táxi ser lançado da nuvem de fumaça como a bomba de um morteiro, e congelar, de forma impossível, em pleno ar. Por um único instante, em perfeito silêncio, o veículo ficou suspenso seis metros acima da terra, imóvel. Então o voo foi retomado, porém agora vagarosamente, de maneira impossivelmente vagarosa, como se a explosão houvesse drenado não apenas o som do mundo mas também a velocidade. Tudo o que Younger via, ele via se movendo a uma fração de sua velocidade real. No espaço, o táxi capotava sucessivamente, de modo suave, silencioso, apontado diretamente para Younger, Littlemore e Colette, tornando-se maior, cada vez maior à medida que ia chegando.

Nesse exato momento, Littlemore e Colette foram derrubados de costas pela onda de choque da explosão. Dos três, somente Younger, que sabia que a onda de pressão vinha chegando e enrijecera o corpo, preparando-se para ela, permaneceu de pé, observando a devastação se espalhar e o táxi desabar sobre eles. Em algum ponto, como que ao longe, ouviu a voz de Littlemore gritando para que ele se agachasse, mas Younger apenas baixou a cabeça, enquanto o veículo passava a não mais de alguns centímetros acima dela. Atrás dele, o táxi — sem pressa nem som — fez uma aterrissagem suave, derrapando, oscilando, abraçando um poste de luz e explodindo em chamas.

Em seguida, estilhaços. Fragmentos metálicos cortando lentamente o ar, deixando atrás de si correntezas de uma visível turbulência, como que subaquáticas. Younger viu os projéteis de metal, rubros de calor, destruindo suavemente carrocinhas, encrespando corpos humanos com infinita paciência. Sabendo que tais coisas não podem ser vistas pelo olho humano, ele via todas elas.

A fumaça escura na praça agora ia subindo, da cor do trovão. Ela subiu e subiu, até trinta metros de altura, abrindo-se em forma de flor, em forma de cogumelo, à medida que ascendia, bloqueando o sol. Dentro dela e em suas bordas, fogo.

Sob a fumaça, a rua reapareceu. Engolfada em trevas, embora fosse meio-dia. E neve. Neve, como? Que mês, Younger perguntou-se, em que mês estamos mesmo?

Neve, não: vidro. Cada janela de cada edifício foi se estilhaçando, até uma altura de vinte e cinco andares, precipitando um chuvisco de neve de vidro em partículas miúdas e cacos afiados. Caindo suavemente sobre os carros de rodas para o ar. Sobre pequenas trouxas de barro e fogo, que segundos antes haviam sido homens e mulheres. Sobre pessoas ainda de pé, com as roupas ou os cabelos em chamas, e sobre outras, centenas de outras pessoas, que se debatiam para escapar dali, colidindo, sangrando. Bocas abertas. Tentando gritar, porém mudas. E mal se movendo: no mundo onírico e desacelerado que Younger via, o movimento humano era excruciante, como se os sapatos estivessem grudados no asfalto derretido.

De uma só vez, a fumaça densa e em chamas explodiu sob suas cabeças como um enorme fogo de artifício. Poeira e detritos ainda obstruíam o ar, mas a chuva de vidro acabara. O som e o movimento voltaram ao mundo.

Quando se puseram de pé, Littlemore cuspiu da boca um palito de dentes quebrado, esquadrinhando o caos. "Pode me ajudar, doutor?"

Younger aquiesceu. Virou-se para Colette, com uma indagação nos olhos. Ela também aquiesceu. Para Littlemore, Younger disse: "Vamos".

Os três abriram caminho à força pela multidão bestificada.

No coração da carnificina, corpos jaziam por toda parte, de todas as maneiras possíveis, sem ordem ou lógica. Uma poeira arenosa e partículas de papel em brasa flutuavam por todos os lados. As pessoas corriam e cambaleavam para fora dos prédios, tossindo e terrivelmente queimadas. De todas as direções chegavam berros, gritos de socorro e um estranho chiado — metal superaquecido começando a esfriar.

"Jesus misericordioso", disse Littlemore.

Younger se agachou ao lado do que parecia ser uma jovem ajoelhada em oração; ao seu lado, uma tesoura. Younger tentou falar com ela, mas não conseguiu. Colette soltou um grito: a mulher estava sem cabeça.

Littlemore lutou para penetrar mais na multidão, à procura de algo.

Younger e Colette o seguiram. Subitamente alcançaram um espaço aberto, um círculo de asfalto vazio tão quente que ninguém entrava. Aos pés deles, havia uma depressão, como uma cratera, de cinco metros de diâmetro, escurecida, reluzente, fumegante, sem fenda ou fissura. Parte da pata arrancada de um cavalo era visível, seu casco vermelho incandescente fundido entre duas pedras.

Médico e detetive olharam-se mutuamente. Colette agarrou o braço de Younger. Um par de olhos selvagens a fitava do pavimento: era a cabeça da mulher decapitada, jazendo não numa poça de sangue mas de cabelo ruivo.

Agora havia gente demais amontoada na praça. Milhares de pessoas tentavam fugir, porém outras milhares agora convergiam para a Wall Street, querendo ver o que tinha acontecido. Rumores de outra explosão correram momentaneamente por uma das esquinas da Nassau Street, causando um pânico que pisoteou igualmente mortos e feridos.

Littlemore subiu num automóvel capotado na esquina da Wall com a Broad. Isso lhe garantia um bom metro, talvez um metro e meio acima da massa em torno do veículo. Ele gritou, pedindo atenção. Disse as palavras *polícia* e *capitão* repetidas vezes. A força e nitidez de sua voz surpreenderam Younger, mas de nada adiantou.

Littlemore deu tiros de revólver para cima. No quinto tiro, obteve a atenção da multidão. Aos olhos de Younger, as pessoas pareciam mais assustadas que qualquer outra coisa. "Escutem", berrou Littlemore depois de se identificar mais uma vez com sua voz tranquilizadora em meio à devastação. "Já acabou tudo. Estão ouvindo? Acabou. Não há mais nada a temer. Se alguém precisar de um médico, manifeste-se. Eu tenho um médico comigo. Daremos um jeito de cuidar de vocês. Agora quero que todos os policiais aqui se apresentem."

Não houve reação.

Consigo mesmo, Littlemore censurou o capitão Hamilton, por ter ordenado a seus policiais que fossem cuidar de uma passeata. "Tudo bem", disse em voz alta, "e soldados? Há algum veterano por aqui?"

"Eu servi, capitão", disse um jovem se apresentando.

"Bom rapaz", disse Littlemore. "Mais alguém? Se você serviu na guerra, apresente-se."

De todos os lados de Littlemore, a massa ondulava à medida que os homens iam se apresentando.

"Abram espaço para eles, recuem se não tiverem servido", berrou Littlemore de cima do carro. Depois acrescentou baixinho: "Bom, lá vou eu".

Mais de quatrocentos veteranos ficaram em posição de sentido. Littlemore gritou para Younger: "Pode usar alguns homens, doutor?". "Vinte", retrucou Younger. "Trinta, se possível."

Comandando seus companheiros, Littlemore rapidamente restaurou a ordem. Limpou a praça e protegeu o perímetro, formando uma parede de homens com instruções de deixar as pessoas saírem, mas nenhum curioso entrar. Em poucos minutos, caminhões e carroções do departamento de água começaram a chegar. Littlemore abriu uma passagem para eles. Havia chamas sendo lançadas pelas janelas catorze andares acima.

A seguir vieram as ambulâncias e as divisões de polícia — mil e quinhentos homens ao todo. Littlemore posicionou-os nas entradas de cada prédio. De um beco perto do edifício do Tesouro, estreito demais para os caminhões dos bombeiros, emanava uma fumaça escura, junto com odor de madeira queimada e algo mais nauseabundo. Littlemore abriu caminho para dentro do beco, passando por um portão forjado a ferro, completamente estourado, ignorando os gritos dos bombeiros, à procura de sobreviventes. Não encontrou nenhum. Em vez disso, na grossa fumaça viu um grande monte de madeira crepitando em chamas. Tudo que era de metal latejava em escarlate: o portão de ferro, arrancado das dobradiças; uma tampa de bueiro; e o distintivo de cobre preso a um cadáver que ardia entre a madeira incendiada.

Era o cadáver de um homem. O lado direito estava absolutamente incólume. O esquerdo, carbonizado, negro, sem pele, sem olhos, em brasa.

Littlemore olhou para a semiface do semi-homem. O olho bom e metade da boca estavam tranquilos; lembravam-no, estranhamente, dele mesmo. O distintivo em brasa indicava que era um policial do Tesouro. Algo cintilava e fumegava em sua mão incinerada: um lingote de ouro, apertado por dedos enegrecidos e fumegantes.

Younger usou seu esquadrão para se encarregar das vítimas, mortos e vivos. As paredes do Banco Morgan viraram seu necrotério. Younger teve de dizer aos ex-soldados para não amontoar os mortos numa pilha disforme, mas alinhá-los em fileiras regulares, de dezena em dezena.

Com suprimentos de uma farmácia das redondezas, Colette montou um posto provisório de curativos e cirurgia dentro da Trinity Church. Mangas arregaçadas, Younger fez o que pôde, assistido por Colette e uma enfermeira voluntária da Cruz Vermelha. Limpou e suturou; pôs um ou dois ossos no lugar; extraiu metal — da coxa de um homem, da barriga de outro.

"Olhe", disse Colette a Younger a certa altura, enquanto o ajudava a operar um homem cujo sangramento a enfermeira não conseguira estancar. Ela se referia a um movimento indistinto sob a mesa de cirurgia do médico. "Ele está ferido."

Younger olhou para baixo. Um terrier destroçado, de barba cinzenta, vagava aos pés deles.

"Diga-lhe para esperar a sua vez, como todo mundo", disse Younger.

Quando o silêncio de Colette se fez notar, Younger tirou os olhos do trabalho que fazia: ela estava enfaixando a pata dianteira do cachorro.

"O que você está fazendo?"

Várias centenas de pessoas estavam sentadas ou estiradas nos bancos da Trinity Church, com rostos enegrecidos ou membros sangrando, à espera de uma ambulância ou de cuidados médicos. "Só vai levar um minuto", afirmou Colette.

Levou cinco.

"Pronto", ela disse, soltando o cão. "Acabado."

No meio da tarde, Littlemore sentou-se diante de uma longa mesa instalada no centro da praça, o ar ainda pesado de poeira e fumaça, tomando os depoimentos das testemunhas oculares. Dois de seus policiais à paisana — Stankiewicz e Roederheusen — o interromperam. "Ei, capitão", disse o primeiro, "não querem nos deixar entrar no Tesouro."

Littlemore instruíra seus homens a inspecionar os prédios vizinhos em busca de pessoas feridas demais ou mortas demais para sair. "Quem não quer?", perguntou.

"O Exército, senhor", foi a resposta de Roederheusen, apontando para o edifício do Tesouro, em cujas escadarias haviam tomado posição cerca de duzentos homens armados da infantaria dos Estados Unidos. Outra companhia avançava do sul empunhando baionetas, as botas marchando ritmicamente sobre o asfalto da Wall Street.

O detetive deu um assobio. "De onde eles saíram?"

"Eles podem nos dar ordens, capitão?", quis saber Stankiewicz, e manifestou sua queixa virando para trás o visor brilhante de seu boné e trazendo o queixo para a frente.

"O Stanky se meteu numa briga, senhor", Roederheusen disse.

"Não foi culpa minha", protestou Stankiewicz. "Eu disse ao coronel que precisávamos inspecionar os prédios, e ele me diz: 'Para trás, civil', então eu respondi: 'Quem você está chamando de civil? Eu sou da polícia de Nova York', e ele, de novo: 'Eu disse para recuar, civil, ou faço você recuar à força', e aí vem aquele soldado e espeta a baioneta no meu peito, então eu peguei a minha arma..."

"Você não fez isso", disse Littlemore. "Diga que você não sacou a arma para um coronel do Exército dos Estados Unidos."

"Não saquei, capitão. Eu só meio que mostrei a eles o berro — puxei o casaco para trás, como o senhor ensinou. A próxima coisa que eu sei, é que havia meia dúzia deles em volta de mim, todos de baioneta na mão."

"E o que aconteceu?"

"Eles fizeram o Stanky se ajoelhar e pôr as mãos na nuca", respondeu Roederheusen. "E tiraram a arma dele."

"Pela graça de são Pedro, Stanky!", disse Littlemore. "E quanto a você, Lederhosen? Também tiraram a sua arma?"

"É Roederheusen, senhor", corrigiu o policial.

"Também pegaram a dele", disse Stankiewicz.

"E eu nem fiz nada", lamentou-se Roederheusen.

Littlemore balançou a cabeça. Entregou aos homens um maço de fichas em branco. "Mais tarde eu pego as armas de vocês de volta. Nesse meio-tempo, eis o que vocês vão fazer: precisamos de uma lista das vítimas. Eu quero uma ficha para cada pessoa. Nome, idade, ocupação, endereço, o que vocês..."

"Littlemore?", berrou uma voz masculina autoritária vinda do outro lado da rua. "Venha até aqui, capitão. Preciso falar com você."

Era a voz de Richard Enright, comissário do departamento de polícia de Nova York. Littlemore atravessou a rua correndo e se juntou a um grupo de quatro senhores mais velhos na calçada.

"Capitão Littlemore, o senhor conhece o prefeito, é claro", disse o comissário Enright, apresentando Littlemore a John F. Hylan, prefeito de Nova York. O cabelo revolto, oleoso de Hylan era partido ao meio; seus olhos pequenos revelavam considerável aflição, mas nenhuma capacidade intelectual maior. O comissário também apresentou Littlemore aos outros dois homens: "Este é o senhor McAdoo, que se reporta ao presidente Wilson em Washington, e este é o senhor Lamont, do J. P. Morgan e Companhia. Tem certeza que você está bem, Lamont?".

"A janela se estilhaçou bem na nossa frente", explicou o cavalheiro, um homem diminuto e bem-vestido, com um corte feio num dos braços e uma expressão de atordoamento e incompreensão em seu normalmente tranquilo rosto. "Nós podíamos ter morrido. Como isso pôde acontecer?"

"O que *de fato* aconteceu?", o prefeito Hylan perguntou a Littlemore.

"Ainda não sabemos, senhor. Estamos trabalhando no caso."

"O que vamos fazer a respeito do Dia da Constituição?", sussurrou o prefeito ansiosamente.

"Amanhã é dezessete de setembro, Littlemore — Dia da Constituição", lembrou o comissário Enright. Era um homem de compleição imponente e chamativa, com abundantes ondas de cabelo grisalho e olhos inesperadamente sensíveis. "As comemorações iriam ocorrer amanhã de manhã bem aqui na frente da Bolsa. O prefeito Hylan quer saber se a praça estará pronta para isso."

"Estará liberada hoje às oito da noite."

"Pronto, aí está sua resposta, Hylan", replicou Enright. "Eu lhe disse que Littlemore se encarregaria do serviço. Você pode manter ou não a comemoração, como desejar."

"A praça estará segura? Segura para uma grande aglomeração de gente?", questionou o prefeito.

"Não posso garantir isso, senhor", Littlemore respondeu. "Nunca se pode garantir segurança quando há uma grande multidão."

"Eu simplesmente não sei", disse o prefeito Hylan, esfregando as mãos. "Vamos parecer tolos se cancelarmos? Ou seremos mais tolos ainda se resolvermos levar adiante?"

McAdoo respondeu: "Até agora não consegui falar com o presidente, mas conversei longamente com o procurador-geral Palmer, e ele insiste que você leve adiante. Os discursos devem ser feitos, os cidadãos devem se reunir — quanto maior a multidão, melhor. Palmer diz que não devemos demonstrar medo".

"Medo?", perguntou Hylan, temeroso. "Medo do quê?"

"Dos anarquistas, obviamente", respondeu McAdoo. "Mas de que anarquistas? Essa é a questão."

"Não vamos tirar conclusões precipitadas", disse Enright.

"O próprio Palmer vai discursar", continuou McAdoo, um homem bem-apessoado, esbelto, de lábios finos, com um belo e firme nariz e cabelo ainda preto apesar da idade, "se chegar a tempo."

"O general Palmer virá a Nova York?", Littlemore quis saber.

"Minha expectativa é que ele queira chefiar a investigação", afirmou McAdoo.

"Não a minha investigação", contradisse o comissário Enright.

"Só pode haver uma investigação", McAdoo insistiu.

"Se vamos ter aqui um grande evento amanhã, senhor Enright", Littlemore disse, "precisaremos de mais homens na rua. Trezentos ou quatrocentos."

"Por quê? Vai haver outra explosão?", exclamou o prefeito, alarmado.

"Acalme-se, Hylan", disse Enright. "Alguém pode ouvir você."

"É só precaução, senhor prefeito", explicou Littlemore. "Não queremos tumulto."

“Quatrocentos homens a mais?”, disse o prefeito Hylan, incrédulo. “Um expediente e meio a mais de horas extra? De onde virá todo esse dinheiro?”

“Não se preocupe com o dinheiro”, Lamont respondeu, empertigando-se em toda sua diminuta altura. “A Companhia J. P. Morgan pagará as despesas. Nós também precisamos continuar com os nossos negócios. Não podemos permitir que o mundo pense que a Wall Street não é segura. Seria um desastre.”

“E que nome você dá a *isto*?”, o prefeito perguntou, mostrando os arredores com um gesto.

“Como está o seu pessoal, Lamont?”, perguntou Enright. “Quantos homens você perdeu?”

“Ainda não sei”, disse Lamont com ar sombrio. Junius, o filho do J. P. Jr., estava bem no meio disso tudo.”

“Ele não foi morto, foi?”, perguntou Enright.

“Não, mas o rosto dele ficou uma porcaria sangrenta. Só há uma coisa que eu sei ao certo: o Banco Morgan abrirá para negócios como de costume amanhã de manhã às oito em ponto.”

O comissário Enright assentiu. “Bem, então é isso”, concluiu. “Negócios como sempre. Isso é tudo, capitão Littlemore.”

Quando Littlemore retornou à mesa onde seus homens entrevistavam testemunhas, Stankiewicz o esperava com um empresário que suava em profusão. “Ei, capitão”, Stankiewicz foi logo dizendo, “é melhor conversar com esse sujeito. Ele diz que tem evidências.”

“Eu juro que não sabia”, declarou o empresário, aflito. “Pensei que fosse alguma brincadeira.”

“Do que ele está falando, Stanky?”, perguntou Littlemore.

“Disto, senhor”, respondeu Stankiewicz, entregando a Littlemore um cartão-postal com carimbo de Toronto, datado de 11 de setembro de 1920 e endereçado a George F. Ketledge, Broadway, 2, Nova York, Nova York. O postal trazia uma breve mensagem:

Saudações:
Saia da Wall Street assim que o gongo soar às 3 horas, na quarta-feira 15.
Boa sorte,
Ed

“Você é Ketledge?”, Littlemore perguntou ao empresário.

“Isso mesmo.”

"Quando recebeu isto?"

"Ontem de manhã, dia quinze. Nunca pensei que pudesse ser sério."

"Quem é Ed?"

"Edwin Fischer", disse Ketledge. "Um velho amigo. Empregado da Alta Comissão Francesa."

"O que é isso?"

"Não sei muito bem. Fica na Broadway, 65, a apenas um quarteirão do meu escritório. Eu cometi algum crime?"

"Não", respondeu Littlemore. "Mas vai ficar aqui para dar uma declaração completa a esses oficiais. Rapazes, vou dar um pulo rápido no número 65 da Broadway. Diga-me, Ketledge, eles falam inglês nessa Comissão Francesa?"

"Não tenho certeza", disse Ketledge.

Passadas várias horas, Colette avisou a Younger que as bandagens estavam quase acabando. "E também estamos quase sem antissépticos. Vou até a farmácia."

"Você não sabe o caminho", disse Younger.

"Não estamos mais nas trincheiras, Stratham. Eu posso perguntar. De qualquer modo, preciso achar um telefone e ligar para o Luc. Ele deve estar preocupado."

"Tudo bem, pegue a minha carteira", replicou Younger.

Ela o beijou no rosto, e então parou: "Você se lembra do que disse certa vez?".

Ele se lembrava: "Que não havia guerra nos Estados Unidos".

No pé da escadaria, ela deu de cara com Littlemore. O detetive foi até Younger: "Importa-se se eu pegar a senhorita emprestada por meia hora, doutor?".

"Vá em frente. Mas venha até aqui, pode ser?", pediu Younger, curvado sobre um paciente.

"O que é?", perguntou o detetive, subindo as escadas.

"Acho que vi alguma coisa", disse Younger sem interromper o trabalho. "Enfermeira, a minha testa."

A enfermeira enxugou a testa de Younger; o pano saiu vermelho e encharcado.

"Esse sangue é seu, doutor?", perguntou Littlemore.

"Não", disse Younger, mentindo. Ele parecia ter sido arranhado por um estilhaço quando a bomba explodiu. "Foi logo depois da explosão. Alguma coisa estranha."

"O quê?"

"Não sei. Mas acho que é importante."

Littlemore esperou Younger elaborar suas ideias, porém nada aconteceu. "Isso é realmente uma grande ajuda, doutor", disse o detetive. "Faça força para se lembrar."

Littlemore desceu as escadas correndo, sacudindo a cabeça, e levou Colette. Younger também sacudiu a cabeça, mas por um motivo diferente. Não conseguia se livrar da sensação de estar sendo incapaz de se lembrar de alguma coisa. Estava quase lá, nas fronteiras de sua memória: um nevoeiro ou uma tempestade, um quadro-negro — quadro-negro? — e alguém de pé diante dele, escrevendo nele, mas não com giz. Com um rifle?

"Não é melhor descansar um pouco, doutor?", perguntou a enfermeira. "O senhor não parou nem para tomar um gole d'água."

"Se tivermos água o bastante", disse Younger, "use-a para lavar este chão."

Os sinos da Trinity Church batiam as sete badaladas quando Younger terminou. Os feridos se foram, a enfermeira se fora, o terrier com a barbicha cinza se fora, os mortos se foram.

A noite de verão estava incongruentemente agradável. Alguns poucos policiais ainda recolhiam destroços, colocando-os em sacos de lona numerados, porém a Wall Street estava quase vazia. Younger viu Littlemore chegando, coberto de pó. A camisa e as calças do próprio Younger estavam encharcadas de sangue, escuras e endurecidas. Apalpou os bolsos em busca de um cigarro e tocou a cabeça acima da orelha direita; as pontas dos dedos voltaram vermelhas.

"Você não parece muito bem", disse Littlemore, espiando porta adentro.

"Estou bem, sim", replicou Younger. "Poderia estar melhor se você não tivesse me privado da minha assistente médica. Você disse que só ia precisar dela por meia hora."

"Colette?", perguntou Littlemore. "Só precisei dela por meia hora mesmo."

"Como?"

"Eu a trouxe de volta depois de meia hora. Ela ia até a farmácia."

Nenhum dos dois disse nada.

"Onde tem um telefone?", perguntou Younger. "Vou tentar o hotel."

Dentro da Bolsa de Valores, Younger ligou para o Hotel Commodore. A srta. Rousseau, informaram-lhe, não voltara desde o início da manhã. Younger pediu que telefonassem para o quarto dela, para falar com o irmão.

"Sinto muito, doutor Younger", disse a recepcionista, "mas ele também não voltou."

"O menino saiu?", perguntou Younger. "Sozinho?"

“Sozinho?”, disse a moça com um tom de voz estranho.

“Sim — ele saiu sozinho?”, Younger insistiu, a irritação aumentando junto com a preocupação.

“Não. O senhor estava com ele.”

3

O ataque a Wall Street de 16 de setembro de 1920 não foi somente o bombardeio mais mortal nos cento e cinquenta anos de história da nação. Foi também o mais incompreensível. Quem haveria de detonar trezentos quilos de explosivos numa das ruas mais movimentadas de Nova York, na hora do dia mais abarrotada de gente?

Apenas uma palavra, segundo o *New York Times*, poderia descrever os perpetradores de tal ato: *terroristas*. A opinião do *Washington Post* era de que o ataque era um "ato de guerra" e exigia um contra-ataque imediato do Exército dos Estados Unidos. Mas guerra contra que país, contra que nação estrangeira, contra que inimigo? Não havia resposta. Sob esse aspecto, o ataque a Wall Street não era só assustador, mas assustadoramente familiar.

Quinze milhões de almas haviam perecido na Grande Guerra — um número quase além da compreensão humana. Ainda assim, a despeito desse custo estarrecedor, a guerra fora algo passível de entendimento. Exércitos mobilizados e desmobilizados. Países invadidos e invasores repelidos. Homens indo para a frente de batalha e, muitas vezes, retornando. A guerra tinha limites. A guerra chegava a um fim.

Mas em 1920 o mundo havia se acostumado a um novo tipo de guerra. Um tipo de guerra que começara vinte e cinco anos antes, com uma onda de assassinatos. Em 1894, o presidente da França foi assassinado; em 1898, a imperatriz da Áustria; em 1900, o rei da Itália; em 1901, o presidente McKinley, dos Estados Unidos; em 1912, o primeiro-ministro da Espanha; e, claro, em 1914, o arquiduque dos Habsburgo, detonando a grande conflagração. O assassinato em si não era algo novo, mas esses eram completamente diferentes. A maioria deles carecia de um objetivo claro, concreto. Carecia até mesmo da racionalidade errática das feridas de ódio supuradas.

Todos, porém, tinham algo em comum. Todos foram cometidos por jovens pobres, geralmente estrangeiros, ligados a sombrias redes internacionais que compartilhavam uma ideologia familiarizada com a morte, a ponto de parecerem quase saudar seu próprio falecimento. Os assassinatos davam a impressão de ser ataques a todas as nações ocidentais, à civilização em si. Os autores eram chamados de muitos nomes: anarquistas, socialistas, nacionalistas, fanáticos, extremistas, comunistas. Mas nos jornais e na retórica popular um nome unia todos eles: *terroristas*.

Em 1919, começaram as bombas em solo americano. Em 28 de abril, um pequeno pacote marrom foi enviado ao prefeito de Seattle, que havia pouco tempo reprimira uma greve geral. O endereço do remetente dizia "Gimbel Brothers"; uma etiqueta escrita à mão prometia: "Novidade — uma amostra". Dentro havia um tubo de madeira que, de fato, era uma novidade. Continha um detonador de ácido e uma banana de dinamite. A bomba grosseira fracassou em explodir. Mas no dia seguinte uma novidade idêntica, enviada à casa de um ex-senador dos Estados Unidos, explodiu, arrancando as mãos da infeliz empregada que abriu o pacote.

Na noite seguinte, ao voltar do trabalho pelo metrô de Nova York, um funcionário do correio, ao ler o jornal, se deu conta de que vira mais de uma dúzia de pacotes semelhantes naquele mesmo dia. Ele voltou correndo à agência dos correios e descobriu que os pacotes ainda não tinham sido enviados, por postagem insuficiente. No final, foram descobertos trinta e seis pacotes de bombas de "novidade", tendo como alvos uma eclética gama de personagens, inclusive John D. Rockefeller e J. P. Morgan.

Um mês depois, explosões sincronizadas iluminaram a noite de oito diferentes cidades americanas à mesma hora. Os alvos eram casas — de um prefeito em Ohio, de um deputado de Massachusetts, de um juiz de Nova York. De longe, o mais arrojado desses ataques foi a explosão na casa do procurador-geral, A. Mitchell Palmer, em Washington, D.C. Aqui, o responsável pela bomba cometeu um erro grave. Ao subir as escadas da porta de entrada de Palmer, o pacote explodiu ainda em suas mãos, deixando apenas fragmentos de corpo espalhados para a polícia recolher.

Palmer reagiu com batidas policiais arrasadoras, seus homens de elite arrombando portas por todo os Estados Unidos, fosse de dia ou na calada da noite. Milhares de pessoas foram capturadas, detidas ou deportadas, com ou sem acusação. Telefones foram grampeados. Correspondências foram interceptadas. Suspeitos eram "interrogados persuasivamente". Os autores, porém, nunca foram identificados.

Por mais monstruosos que fossem, todos esses atentados eram dirigidos a homens públicos. Pessoas comuns não se sentiam ameaçadas. Não sentiam necessidade de alterar sua maneira de viver. Mas essa zona de segurança foi incendiada quando a Wall Street explodiu em 16 de setembro de 1920.

Ao cruzarem a barreira policial, Younger e Littlemore foram imediatamente abordados. Uma grande multidão — bem maior do que Younger tinha percebido — se comprimia perto dos bloqueios em torno da área da explosão. Mulheres com bebês nos braços agarravam as mangas de Younger, implorando notícias dos maridos. Vozes ansiosas gritavam das sombras, querendo saber o que havia acontecido.

Littlemore tentava responder a cada súplica. Garantiu a uma das mulheres que nenhuma criança morrera. Explicou a outras aonde podiam ir para consultar uma lista de feridos. Às demais, aconselhou com firmeza, mas sem nervosismo, que voltassem para casa e aguardassem mais notícias no dia seguinte.

Mesmo os policiais que estavam a serviço, mantendo a multidão afastada, não se achavam imunes à ansiedade generalizada. Um deles sussurrou a Littlemore: "Diga, tenente, foram os bolcheviques? Estão dizendo que foram os bolcheviques".

"Não, foi um cano de gás, só isso", outro policial contemporizou, segurando um jornal como prova. "O prefeito Hylan é que está dizendo. É isso mesmo, não é, tenente?"

"Me dê isso aqui", respondeu Littlemore.

O detetive pegou o jornal, que não devia estar nas mãos de um policial de serviço. Era uma edição extra de quatro páginas do *Sun*. "Dá para acreditar nisso?", Littlemore indagou, lendo as páginas internas. "Hylan está dizendo para todo mundo que foi um tubo central de gás que se rompeu."

Tanto Younger como Littlemore sabiam que o fato mais importante em relação à cratera enegrecida que tinham visto na praça era algo que não estava lá. Não havia fissura nem ruptura na pavimentação, como haveria se fosse o caso de um encanamento de gás ter se rompido e inflamado sob o asfalto.

"Aquilo é uma cratera de bomba", afirmou Younger.

"É o que parece, com toda certeza", Littlemore replicou, ainda lendo enquanto caminhavam.

"E foi isso", continuou Younger. "Dá para você deixar o maldito jornal de lado?"

"Ih", disse o detetive, jogando o jornal no banco de trás.

"Onde está a manivela?", perguntou Younger diante do veículo, ansioso por fazê-lo funcionar.

"Você esteve *mesmo* fora. Não há manivela; agora a partida é no pedal", explicou Littlemore. Ele viu a preocupação nos olhos de Younger. "Vamos lá, doutor, está tudo bem com ela. Ela voltou ao hotel, levou o garoto para jantar, deixou uma mensagem para você na recepção, e eles perderam a mensagem — só isso."

Na esquina da rua 44 com a avenida Lexington, a uma quadra do Hotel Commodore, ficava um estabelecimento público chamado Bat and Table. A seu lado havia um beco estreito, mal iluminado, que, usado basicamente para acumular lixo, costumava ficar vazio à noite. De modo atípico, porém, na noite de 16 de setembro de 1920 o beco estava ocupado por um automóvel de quatro portas, capota fechada e motor em movimento na marcha lenta.

O motorista do veículo não era um homem distinto. Tinha uma face gorda, redonda, sem pelos, reluzente de suor. Seus ombros estavam tão comprimidos dentro do paletó puído que não deixavam nenhum espaço para o pescoço. O chapéu era pelo menos um número menor do que devia ser, de modo que as orelhas se sobressaíam sob as abas. Embora o carro estivesse estacionado, ele mantinha as mãos grudadas ao volante, e a mulher a seu lado podia ver pelos curtos e grossos projetando-se das juntas dos dedos dele. A mulher era Colette Rousseau, com as mãos amarradas às costas.

No banco traseiro, estava outro indivíduo que exibia uma aparência hostil menos por sua musculatura, que aliás era bem reduzida, do que por uma pistola, que apontava para Colette. Seu tronco pequeno e rijo estava abrigado dentro de um terno xadrez grande demais, que fedia a cerveja rançosa. Seu hálito também era aromático; cheirava a cebola crua.

Esses dois homens trocavam palavras numa língua que Colette não conseguia entender nem identificar. O motorista era nitidamente chamado de Zelko; o homem no banco de trás, de Miljan. Colette não dizia nada. Estava com um leve ferimento acima de seu olho esquerdo.

A porta traseira se abriu. Um garoto foi jogado no banco, seguido rapidamente por outro homem, mais alto que os dois, não muito bem-vestido, mas melhor que os demais, com um terno listrado que um dia já fora uma peça decente de um guarda-roupa masculino. Ele tinha tanto pelo no rosto, negro e abundante, que a boca não era visível; os olhos espiavam por trás de um matagal de sobrancelhas e suíças. Bateu a porta atrás de si e ladrou ordens no mesmo idioma inidentificável; os outros dois o chamavam de Drobac.

Evidentemente as ordens de Drobac foram para amarrar o menino e pôr o carro em movimento. Ao menos foi o que os outros dois começaram a fazer. Em francês, Colette perguntou a Luc se ele estava ferido. Ele sacudiu a cabeça. Ela prosseguiu, baixinho mas depressa: "É tudo um engano. Eles logo vão perceber e nos soltar".

Miljan cuspiu algumas frases incompreensíveis fedendo a cebola. Drobac o silenciou com um berro curto.

"Eles não conseguem nos entender em francês", Colette cochichou rapidamente a Luc. "Ele não achou a caixa, achou? Só mexa a cabeça, sim ou não?"

Drobac latiu de forma ininteligível; o motorista, Zelko, fez o carro parar de repente. "*Quelle boîte?*", perguntou Drobac em francês. "Que caixa?"

Colette, que estivera fitando o irmão no banco traseiro, agora virou-se de volta, os olhos fixos na rua.

"Que caixa?", repetiu Drobac.

"Não é nada, só a caixa de brinquedos do meu irmão", disse Colette rápido demais. "Seus preciosos brinquedos, ele sempre fica preocupado com eles."

"Caixa de brinquedos. Sei. Caixa de brinquedos." Drobac agarrou Luc pela gola da camisa e encostou o cano da arma na cabeça do menino. Colette deu um grito. Uma das mãos peludas de Zelko voou no rosto dela, soltando uma bofetada. "Você mente de novo", disse Drobac, mantendo a pistola na têmpora do garoto, que se debatia, "eu mato ele."

"Por favor, eu imploro, é uma coisa para pessoas doentes", rogou Colette. "É extremamente valiosa — quer dizer, valiosa para curar pessoas. Não terá nenhum valor para vocês. Nunca vão conseguir vendê-la. Todo mundo vai saber que é roubada."

Drobac ordenou algo a Zelko, que engatou a ré. Eles retornaram ao beco mal iluminado ao lado do Bat and Table. Drobac sorria. Como também, íntima e imperceptivelmente, Colette.

Na recepção do Commodore, Younger foi informado pelo funcionário que não havia ninguém no quarto da srta. Rousseau. Nem a dama nem o irmão haviam retornado. "Minha chave", pediu Younger, imaginando que os dois talvez pudessem ter ido ao quarto dele.

"E o senhor é?", perguntou o recepcionista.

"O doutor Stratham Younger."

"Certamente, senhor", disse o rapaz. "Posso lhe pedir um documento de identidade?"

Younger buscou a carteira no bolso, até lembrar-se que a entregara a Colette. "Não tenho nenhum comigo."

"Entendo", disse o funcionário. "Quem sabe o senhor queira falar com o gerente?"

"Chame-o", disse Younger.

A informação do recepcionista — de que não havia ninguém no quarto da srta. Rousseau — estava incorreta. Doze andares acima, um homem de suíças negras que circundavam toda sua face e luvas pretas nas mãos estava parado diante do armário aberto de Colette, olhando com irritação o estojo revestido de couro, do tamanho de um pequeno baú. O estojo, descobrira Drobac, era pesado demais para ele poder carregá-lo pelo saguão do hotel sem ser notado. Com muito esforço, conseguira tirar a desajeitada caixa da prateleira e depositá-la no chão.

O decorado saguão do hotel estava estranhamente quieto. As pessoas se juntavam em pequenos grupos ansiosos, sob palmeiras e entre colunas de mármore, aos sussurros, perplexas, cada uma relatando onde estava quando ouviu ou quando tinha ouvido falar da catastrófica explosão na Wall Street. Era a mesma coisa em todo lugar, notara Younger enquanto ele e Littlemore dirigiam-se ao hotel: pessoas paralisadas, como se as reverberações do estouro ainda se propagassem de um lado a outro da cidade, fazendo a terra tremer e deixando o ar confuso.

Ele sentia uma vontade perversa de berrar com as pessoas: "Isso não é a morte!", queria dizer. Eles não tinham ideia de como era a morte.

"O senhor é o homem que alega ser o doutor Younger?", indagou o gerente do hotel, um homem alto, de óculos, luvas brancas e traje a rigor.

"Não", retrucou Younger com calma. "Eu *sou* o doutor Younger."

O homem, encarando com desprazer o terno de Younger coberto de manchas de sangue, retirou o receptor cônico do telefone da mesa da recepção e o segurou no ar como se fosse uma arma. "Interessante", disse, "eu dei pessoalmente a chave ao doutor Younger duas horas atrás, depois de obter provas incontestáveis de sua identidade." E acrescentou ao telefone, dirigindo-se à telefonista do hotel: "Ligue para a polícia".

"A polícia já está aqui", respondeu uma voz por trás de Younger. Littlemore, tendo estacionado o carro, agora juntava-se a Younger na recepção. Exibiu o distintivo: "A carteira do doutor Younger foi roubada. O senhor deu a chave a um impostor".

O gerente encarou Littlemore, amarrotado e coberto de poeira, com o mesmo grau de desconfiança. Examinou o distintivo de Littlemore através dos óculos e, ainda segurando o telefone ao ouvido, declarou sua intenção de falar com a polícia para "confirmar a identidade do detetive".

Com o cigarro perigosamente perto da selva de sua barba, Drobac percorreu com descuido o conteúdo do estojo de laboratório de Colette. Encontrou dois frascos, meia dúzia de tubos de ensaio, tampados com rolhas de borracha, cheios de pós brilhantes verdes e amarelos, e vários pedaços de minério de bordas denteadas. Essas pedras, do tamanho de filés de lombo, eram negras como azeviche, mas brilhavam como se feitas de óleo congelado, e eram cortadas por ricos e reluzentes veios dourados e prateados. Drobac encheu os bolsos, sem deixar nada para trás.

"Há algum consultório dentário no hotel?", Littlemore perguntou ao gerente enquanto ele aguardava sua ligação ser atendida.

"Claro que não", o gerente respondeu. "As linhas estão ocupadas, receio. Talvez queira se sentar?"

"Tenho uma ideia melhor", sugeriu Littlemore segurando um par de algemas sobre o balcão. "O senhor me entrega a chave ou eu o levo para a central por obstruir uma investigação policial. É um meio de confirmar pessoalmente a minha identidade."

O gerente entregou a chave.

Dentro de um elevador todo forrado, detetive e médico subiram em silêncio. Quando a porta por fim se abriu, Younger saiu tão precipitadamente que derrubou o chapéu de um homem que esperava o elevador. Younger reparou na espessa barba e no abundante bigode do homem. Mas não reparou na maneira peculiar como seu desbotado paletó de listras repuxava nos ombros — como se os bolsos estivessem cheios de objetos.

Younger desculpou-se, abaixando-se para pegar o chapéu no tapete. Drobac antecipou-se.

"Descendo", disse o ascensorista.

Aquilo que Younger esperava ou temia encontrar no quarto de Colette, ele não encontrou. Em vez disso, no final de um interminável corredor, ele e Littlemore encontraram — apenas um quarto de hotel. A cama estava feita. A cama de solteiro arrumada. As malas intactas. Sobre uma mesinha de café, resíduos de fósforos queimados se espalhavam em semicírculos caprichosamente ordenados: obra do menino.

Apenas o estojo de laboratório pertencente a Colette, todo revestido de couro, jazia aberto e vazio diante do armário, testemunhando uma invasão. O odor de cigarro pairava no ar abafado.

"Foi atrás disso que eles vieram", constatou Younger, sombrio. "Desse estojo."

"Negativo", o detetive contestou, abrindo armários e verificando atrás das cortinas. "Eles deixaram o estojo."

Younger olhou para Littlemore com incredulidade e contrariedade. Deu um passo em direção ao estojo de laboratório.

"Não toque no estojo, doutor", o detetive acrescentou, dando uma espiada no banheiro. "Nós vamos passar o pó para colher impressões digitais. O que havia aí dentro?"

"Elementos raros", explicou Younger. "Para uma palestra que ela iria dar. Só o rádio valia uns dez mil dólares."

Littlemore deu um assobio. "Quem sabia disso?"

"Além de um professor de New Haven, só me ocorre uma pessoa, e ela não é uma sequestradora."

Verificando embaixo da cama, Littlemore replicou: "A velha senhora que você e Colette visitaram hoje de manhã?".

"Isso mesmo."

Com sua lente de aumento e uma pinça, o detetive pôs-se de quatro e começou a examinar o carpete em torno do estojo de laboratório. "Espere aí, espere aí."

"O que foi?"

Littlemore, tendo recolhido um pouquinho de cinzas de cigarro de um montinho sobre o carpete, esfregava-as entre o polegar e o indicador. "Isto aqui ainda está quente", disse. "Alguém acabou de sair."

Littlemore lançou-se às pressas para o corredor, rumo aos elevadores. Younger não o seguiu. Em vez disso, foi à porta do terraço e saiu para a noite. Lá embaixo, sob a luz que jorrava das portas do hotel, viu o homem que ele sabia que veria, parado na calçada com seu terno de listras.

Younger deu um grito: "Ei, você!".

Ninguém ouviu. Younger estava distante demais e o barulho da rua era muito forte. Um automóvel parou junto ao meio-fio, diante do homem de terno listrado, e a porta traseira foi aberta por dentro. A freada brusca lançou um pequeno corpo — um corpo de menino — para fora do carro. No instante seguinte, o garoto foi puxado de volta para dentro por mãos invisíveis.

"Não", murmurou Younger. Então gritou a plenos pulmões: "Parem esse carro!".

Desta vez Drobac hesitou. Olhou para cima, buscando, sem encontrar, de onde vinha o grito. Ninguém mais percebeu. Younger gritou as mesmas palavras vãs enquanto o homem se ajeitava no banco de trás, e mais uma vez quando o carro partiu a toda pela Park Avenue, os faróis dianteiros e as lanternas traseiras subitamente se apagando, desaparecendo na noite. Duas gotas do sangue de Younger, voaram de seu cabelo quando ele gritou, projetando-se para baixo e aterrissando na calçada não longe de onde o homem tinha estado.

*

Quando o eco da voz de Younger se extinguiu, Littlemore estava de volta ao quarto depois de ouvir os gritos do médico.

"Era o homem do elevador", disse Younger.

"O sujeito todo cheio de cabelo?", perguntou Littlemore, "E com os bolsos atulhados? Tem certeza?"

Younger encarou o detetive. Então ergueu lentamente a mesinha de café — a que tinha os fósforos de Luc em cima — e a atirou sobre uma porta de armário espelhada. Não houve uma explosão satisfatória de vidro se quebrando. O espelho apenas rachou, assim como a mesa de café. Fósforos queimados voaram pelo ar, como sementes esvoaçando no outono.

"Jesus, doutor!", disse Littlemore.

"Você viu algo nos bolsos dele", Younger retrucou em voz baixa. "Por que não o deteve?"

"Sob a alegação de ele ter algo nos bolsos?"

"Se tivesse colocado um único homem na frente do hotel", Younger insistiu, "nós o teríamos apanhado."

"Duvido", Littlemore disse. "Você sabe que está sangrando bastante."

"O que quer dizer com 'duvido'?"

"Se eu ponho um homem fardado na porta da frente", explicou o detetive, "o sujeito não usa a porta da frente. Sai por uma porta lateral. Ou pela porta dos fundos. Precisaríamos de no mínimo seis homens."

"Então por que não trouxe seis homens?", Younger insistiu, avançando em direção ao detetive.

"Calma, doutor."

"Me diga, por quê?"

"Quer saber por quê? Além de eu não ter motivo nenhum para trazer, eu não teria conseguido seis homens, mesmo que tivesse tentado. Não teria conseguido nem mesmo um. A força policial está meio ocupada esta noite, caso não tenha notado. Eu nem deveria estar aqui."

Em vez de responder, Younger deu um empurrão no peito de Littlemore. "Então volte para lá!"

"O que há com você?", perguntou o detetive.

"Vou lhe dizer por que você não o deteve. Porque não estava prestando a menor atenção."

"Eu? Quem foi que demorou quatro horas para perceber que a namorada tinha desaparecido, quando ela deveria ter voltado depois de meia hora?"

"Porque *você* a levou", Younger berrou, dando um soco rápido de esquerda no rosto de Littlemore. O detetive esquivou-se do golpe, mas Younger, que sabia lutar, havia desferido o soco exatamente com o objetivo de fazer Littlemore desviar. Em seguida, acertou um murro de direita, fazendo Littlemore desabar no tapete, arrastando junto um abajur.

"Filho da puta", disse Littlemore caído no chão, com o lábio sangrando.

Saltou sobre Younger, agarrando-o por baixo e empurrando-o para trás por toda a extensão do quarto. A cabeça de Younger bateu contra a parede. Quando os dois se detiveram, Littlemore tinha o punho direito erguido e pronto, mas Younger fitava o vazio por cima do ombro do outro.

"Quantos morreram hoje?", perguntou. "Trinta?"

"Trinta e seis", respondeu Littlemore com o punho ainda erguido.

"Trinta e seis", repetiu Younger com desdém. "E a cidade toda está paralisada. Eu odeio os mortos."

Nenhum dos dois disse nada. Younger abaixou-se para se sentar no chão. Littlemore sentou-se ao seu lado.

"Vou levá-lo ao hospital", disse o detetive.

"Experimente."

"Você sabe que meu nível de hierarquia é superior ao seu."

Younger franziu o cenho.

"Capitão é mais que tenente", acrescentou Littlemore.

"Um capitão de polícia não é superior nem a um recruta do Exército."

"Capitão é mais que tenente", Littlemore repetiu.

Silêncio.

"O que você quer dizer quando fala que odeia os mortos?", Littlemore perguntou.

"Luc escreveu isso para mim — o irmão de Colette. Ele não fala. Eu estava... o que é que eu estava fazendo? Estava lendo um livro que ele me deu. Aí ele me entregou um bilhete que dizia: 'Eu odeio os mortos'." Younger olhou para o detetive. "Desculpe por... por..."

"Me dar um soco no queixo?"

"Por jogar a culpa em você", disse Younger. "A culpa é minha. A culpa é minha por eles estarem aqui na América. A culpa é minha por ela ter saído sozinha."

"Nós vamos trazê-los de volta", disse Littlemore.

"Como?"

"Eis o que vamos fazer. Eu vou até a central de polícia divulgar um boletim. Amanhã teremos toda a força policial atrás desse sujeito. Você espera aqui, caso eles mandem algum pedido de resgate. Nesse meio-tempo vou interrogar a velha senhora com quem vocês se encontraram. Qual é o nome dela?"

"Senhora William B. Meloney. Rua Doze Oeste, número 31."

"Talvez ela tenha contado a alguém sobre as amostras que Colette trouxe."

"É possível", respondeu Younger.

"E talvez a pessoa errada tenha ficado sabendo." Ao sair, Littlemore acrescentou: "Faça-me um favor. Providencie um curativo para a sua cabeça".

4

Liberdade, igualdade, fraternidade — *terrorista*: a palavra vem da Revolução Francesa.

O Reino do Terror foi o nome dado à feroz regência de Robespierre. Centenas de milhares de homens e mulheres foram rotulados de "inimigos do Estado", encarcerados, obrigados a passar fome, deportados, torturados. Quarenta mil foram executados. "Virtude e terror", proclamava Robespierre, eram os dois imperativos da revolução, pois "terror nada mais é que justiça — justiça imediata, severa, inflexível." Aqueles que o apoiavam eram chamados de *terroristas*.

Um século depois, outro revolucionário assumiu uma postura similar. "Não podemos rejeitar o terror", escreveu um homem que chamava a si mesmo de Lênin, "é uma forma de ação militar que pode ser absolutamente essencial." Seus discípulos tornaram-se os "terroristas" do novo século. Mas com uma diferença. Na França, o terror havia sido um instrumento do Estado. Agora o terror era dirigido contra o Estado. Originalmente, o terrorista fora um déspota francês de boa criação que clamava com arrogância a autoridade da lei e do governo. Agora o terrorista tornara-se um assassino furtivo, barbudo, traiçoeiro — um eslavo, um judeu, um italiano, plantando sua bomba grosseira ou escondendo sua pistola dentro de um capote puído. Foi um terrorista desses, um sérvio, que em 1914 assassinou o arquiduque da Áustria, Franz Ferdinand, deflagrando a Grande Guerra.

Sem dúvida os alemães desejavam a guerra, mas ela jamais teria se materializado se jovens comuns de toda a Europa não tivessem uma sede de batalha. Em breve, essa disposição de morrer por seu país seria recompensada sob a forma de um inferno que não tinham previsto, onde gases sulfúricos devoravam a carne de homens vivos enfiados até os tornozelos em águas geladas e estagnadas. Mas no verão quente de 1914, homens europeus de toda classe e posição desejavam apenas uma oportunidade de encontrar e enfrentar a morte no campo de batalha.

Sentimentos comparáveis cresceram nos Estados Unidos, especialmente quando submarinos alemães atacaram navios mercantes americanos em alto-mar. Ainda que o presidente Wilson mantivesse resolutamente a neutralidade, o bater dos tambores de guerra tornou-se mais e mais incessante.

No final, a estupidez alemã coagiu os Estados Unidos. Em janeiro de

1917, a Alemanha telegrafou uma mensagem criptografada ao presidente do México, propondo uma invasão conjunta dos Estados Unidos. O México recuperaria os territórios que os americanos lhe haviam tomado; a Alemanha ganharia com isso a divisão das forças americanas. A Grã-Bretanha interceptou o telegrama, decodificou-o e o enviou ao presidente Wilson. Finalmente os Estados Unidos declararam guerra. Em pouco tempo, mandariam dez mil homens por dia para os campos de batalha da Europa.

O dr. Stratham Younger estava entre os primeiros a chegar, designado como cirurgião e, na qualidade de tenente, como oficial médico num hospital de campanha britânico no noroeste da França.

Depois de Littlemore deixar o quarto, uma série de recordações de guerra visitou Younger: Colette debruçada sobre uma banheira num edifício bombardeado, envolta em duas toalhas brancas, uma ao redor do torso e outra no cabelo, enquanto o vapor da água quente ia preenchendo o ar. Mas ele jamais a vira assim. Em sua memória que, na verdade, não era uma memória, Colette virava para ele com medo nos olhos. Ela recuou como se ele fosse atacá-la, perguntando-lhe se ele tinha esquecido. Esquecido o quê?

Younger foi até a pia do banheiro, reprimindo sua pseudomemória, apenas para encontrar em seu lugar a imagem granulada de um quadro-negro num nevoeiro ou tempestade, com alguém desenhando nele, mas não com giz. Essa memória também, se é que era memória, ele suprimiu com irritação. Subitamente teve certeza de que na verdade estava se esquecendo de alguma coisa — alguma coisa muito mais imediata.

Enxaguou o rosto. No momento em que a água fria atingiu suas pálpebras, a coisa lhe veio.

Younger saiu correndo mais uma vez para a escuridão do terraço. Viu Littlemore lá embaixo à espera de seu carro, exatamente como vira antes o homem de terno listrado esperando. Desta vez seus gritos surtiram efeito. Acenando com os braços, fez sinal para Littlemore esperar.

Younger passou a toda pela porta do hotel e irrompeu na rua 42. Amontoada em seus braços, uma desajeitada coleção de itens juntados às pressas: uma vareta de cortina, arrancada de uma das janelas; uma caixa de metal com disjuntores e diais; um par de fios elétricos compridos; um rolo de fita preta e um tubo de vidro lacrado de oito polegadas. Ele se agachou na calçada e ali depositou sua carga. "Preciso do seu carro", disse a Littlemore, atando os fios ao tubo de vidro. "Como pude ser tão estúpido?"

"Hum... o que você está fazendo?", perguntou o detetive.

"Isto é um detector de radiação", explicou Younger, conectando a outra ponta dos fios à caixa metálica. "Colette ia usar na palestra."

"É bobagem, doutor. Eu poderia estar cuidando de um par de coisas agora."

"Cada uma das amostras no estojo de Colette é radioativa", Younger disse, continuando a ligar os fios à caixa de metal. "O carro deles está deixando uma trilha de partículas radioativas, como migalhas de pão. Não podemos vê-las. Mas esta coisa aqui pode — se nos apressarmos."

Younger acionou um dos disjuntores na caixa. Um clarão amarelo se acendeu no tubo de vidro, acompanhado do ruído explosivo de estática vindo da caixa. De forma igualmente repentina, o tubo ficou às escuras e a caixa silenciou.

"Isso deveria acontecer?", perguntou Littlemore.

"Não exatamente", respondeu Younger. "A radioatividade deveria produzir uma corrente azul, creio eu."

Younger pegou a caixa numa das mãos e estendeu a vareta da cortina à sua frente, com o tubo de vidro atado à sua extremidade, como a ponta de uma varinha de condão. Nada aconteceu. Ele adentrou a avenida Park, sondando o asfalto e o ar. Uma faísca azul solitária reluziu dentro do vidro. "Nós os pegamos", exclamou.

Younger deu um passo à direita. Nada. Deu um passo na direção oposta: outra faísca azul solitária brilhou dentro do tubo, e depois mais outra. Ele foi seguindo as faíscas — até se ver face a face com Littlemore, a vareta apontando diretamente para o peito do detetive.

"Olá", disse Littlemore.

"Deve ser porque você chegou muito perto do estojo aberto", disse Younger. Retornou para a rua, os carros se desviando para não atingi-lo. Estava à procura de um sinal muito mais forte que as faíscas isoladas que o tinham conduzido a Littlemore. No meio da avenida, uma explosão de fogos de artifício em miniatura espocou dentro do tubo. Ao seguir adiante pela avenida, os fogos foram se transformando numa corrente azul constante, com estalos audíveis emanando da caixa metálica.

"Bom, lá vou eu", replicou Littlemore pela segunda vez no dia.

Momentos depois seguiam de carro pela avenida Park a toda velocidade, Littlemore ao volante, Younger em pé no estribo. Younger segurava a vareta à sua frente, o tubo de vidro na ponta emitindo faíscas azuis na noite cálida de Manhattan.

No Times Square, a corrente sumiu. "Eles viraram", afirmou Younger. Saltou do estribo carregando o aparelho, enquanto Littlemore manobrava o carro. Younger buscava um sinal. Ao norte, nada encontrou. Mas quando se encaminhou para o lado da praça que dava para o centro, a corrente azulada ressuscitou dentro do vidro. Logo dirigiam-se ao sul pela Broadway. Por mais de três quilômetros, precipitaram-se pela avenida, o dispositivo faiscando e estalando consistentemente.

"Por quê?", gritou Younger mais alto que o ruído do carro.

Littlemore interpretou: "Por que sequestrá-la?".

Younger fez que sim com a cabeça.

"Eles pegam moças por duas razões", gritou o detetive, "dinheiro é uma delas."

O que Colette teria feito caso estivesse sozinha, ela não sabia. Quando o carro finalmente parou e eles a arrancaram lá de dentro para a rua escura, os dois estúpidos subalternos, Miljan e Zelko, brigavam constantemente. Ela poderia ter tentado escapar — se estivesse sozinha. Mas seu irmão também estava lá, de modo que qualquer ideia de se soltar e fugir estava fora de questão.

Miljan — o baixinho que cheirava a cebola — aparentemente estava competindo com Zelko para ver quem tomaria conta da prisioneira. Cada um tentava afastá-la do outro, chegando a ponto de trocar socos, até que Drobac obrigou Miljan a cuidar de Luc, e Zelko ficou com Colette.

Nos labirintos do Lower East Side, Younger teve de descer praticamente em cada cruzamento, caçando a radioatividade mediante uma série de giros e desvios no emaranhado de ruelas. Alguns minutos depois, numa rua escura, o som do dispositivo ficou tão alto que ele foi obrigado a tapá-lo.

"Estamos perto", disse Younger.

Luc foi jogado no chão de um apartamento num velho prédio decrépito, onde a tinta descascada revelava um bolor verde. Ratos corriam atrás das paredes. Miljan amarrou o garoto a um radiador de aquecimento enferrujado.

Colette ficou em pé no meio do quarto. O carnudo e despescoçado Zelko a segurava pelo cabelo, aguardando ordens. Drobac foi até uma mesa e girou a manivela de um fonógrafo. O cilindro começou a girar e a voz animada de Al Jolson, acompanhada por uma orquestra de *swing*, saiu arranhada da corneta amplificadora, cantando que agora ele tinha seu capitão trabalhando para ele. Drobac acompanhou o ritmo com a cabeça.

"É boa", disse. "A música americana é boa." E aumentou o volume o máximo que pôde.

De repente o estalar na geringonça de Younger diminuiu. "Para trás", ele disse. "Nós passamos."

Instantes depois, Younger identificou o local da radiação: um sedã preto, estacionado no meio da quadra. Não havia ninguém dentro do carro. Era uma rua basicamente de armazéns escuros e sem vida. Apenas uma das construções mostrava sinais de habitação: um velho sobrado de tijolos e de telhado plano. Devia ter sido um dia a residência de uma família decente, mas agora não passava de um bloco em ruínas. Uma luz pálida brilhava em várias de suas amplas e imundas janelas. De algum lugar em seu interior chegava um som de música.

Younger captou um débil sinal que conduzia do sedã para a porta de entrada da casa. Nenhum dos dois disse uma palavra. Littlemore tirou do casaco algo parecido com uma pequena régua, junto com uma pequena pinça metálica.

Drobac puxou dos bolsos uma série de objetos que Colette conhecia muito bem: frascos de bronze, tubos tampados com rolhas contendo pós coloridos, reluzentes pedaços de minério. Depositou-os na mesa próxima ao barulhento fonógrafo. Em seguida, deu ordens aos outros dois em seu idioma ininteligível, foi até a porta e segurou-a aberta.

Miljan, no seu terno xadrez, deu um sorriso maldoso. Evidentemente Drobac ordenara a Zelko que saísse do recinto. Este soltou um xingamento e cuspiu no chão; apesar dessas demonstrações queixosas, pegou uma cadeira, levou-a para o corredor e sentou-se pesadamente nela, seus maciços braços cruzados sobre o peito. Drobac também saiu, fechando a porta atrás de si.

Colette sentiu um bafo quente, fétido, na nuca.

Com a arma na mão, Littlemore entrou na frente de Younger num vestíbulo azulejado e encardido. O primeiro andar não mostrava sinais de vida. A música com som de *swing* tocava acima de suas cabeças. Younger captou um sinal na direção do andar superior. Littlemore fez o gesto de um corte no pescoço; Younger desligou sua geringonça estalante. As escadas eram sujas mas sólidas e fizeram pouco barulho enquanto os dois homens subiam.

No segundo andar, uma lâmpada elétrica pendia do teto, os filamentos visíveis. A música de *big band* ressoava de forma pouco natural. Sons humanos filtravam-se pelos recintos — utensílios de cozinha se chocando, descarga de banheiro. Avançando por outro vestíbulo, Littlemore agachou-se e espiou em um dos cantos. Viu Zelko numa cadeira, braços cruzados, na extremidade oposta do corredor. Recuou imediatamente e levou Younger de volta para a escada.

"Um vigia", sussurrou. "Numa cadeira. Fim do corredor."

"Você se encarrega dele?", Younger sussurrou de volta.

"Claro, me encarrego dele, mas e aí? Os caras dentro do quarto ouvem o barulho. Colette e o menino viram reféns — ou morrem!"

Uma voz feminina soltou um grito, abafado pelas paredes. Só foi possível entender uma palavra: "Não!". Era uma voz de mulher com acento francês. De repente, algo volumoso, talvez um corpo, tombou no chão.

Littlemore precisou conter Younger: "Você vai fazer com que ela leve um tiro", o detetive sussurrou. "Escute. Preciso distraí-los. Faça algum barulho forte na rua. Jogue alguma coisa na janela deles. Quebre a janela. Algo que faça ruído suficiente para atrair o sujeito da cadeira de volta para o quarto."

"Vou providenciar uma distração para você", disse Younger. Mas em vez de descer para a rua, subiu a estreita escada que conduzia ao telhado.

Colette fora forçada a se ajoelhar com parte do corpo sobre um colchão manchado. Tinha um dos lados da face apoiado contra o chão duro de madeira, mãos atadas à base das costas. Miljan, com seu terno xadrez grande demais, estava atrás dela, com uma arma na mão.

Ela identificou o cheiro do bafo rançoso dele e sentiu uma de suas mãos agarrando sua cintura. Às cegas, deu um chute e fez um contato satisfatório com o joelho do homem. Miljan reprimiu um grito e saltitou de dor sobre uma das pernas. Rolando para o lado, Colette chutou a outra perna. Ele caiu de joelhos e ela chutou a arma arrancando-a da mão dele. Surpreso e furioso, ele procurou a pistola, que foi bater no piso ao lado de Luc. No exato instante em que Miljan ia alcançá-la, Luc — ainda amarrado ao aquecedor — chutou-a para longe dele, de modo que ela deslizou pelo piso de volta para Colette.

Ela conseguira trazer os pulsos amarrados para a lateral do corpo. Guiada pela sorte ou pela providência, a arma deslizou até achar diretamente as mãos de Colette, que já fechara os dedos em torno dela quando Miljan pisou em suas juntas como se esmagasse uma barata.

Ela deu um grito. Mesmo com Miljan apertando suas mãos contra o chão com a sola dos sapatos, ela ainda tentou levar um dedo para o gatilho da pistola. Em vão. Ele recuperou a arma e a apontou contra a têmpora dela.

No alto das escadas, Younger empurrou uma porta frágil e saiu para o luar. Pôde discernir um varal com lençóis pendurados; uma mesa tombada; uma chaminé de tijolos no canto oposto. Foi até a borda do telhado do lado da rua. Não havia parapeito, tampouco grade. A chaminé agora estava bem a seu lado. Ele se achava, julgou, exatamente acima do quarto onde Colette e Luc eram mantidos presos. Arrancou a vareta do dispositivo de radiação, quebrou o tubo e usou o vidro quebrado para cortar a corda do varal.

Colette sentiu um puxão na parte de trás do vestido, seguido de um som de leves batidinhas: um botão pulando sobre o chão de madeira. Miljan estava novamente atrás dela. Ele rasgou a parte de cima de seu vestido; mais botões voaram. Miljan acariciou a pele branca entre as escápulas com o cano da pistola. Um botãozinho claro girou como uma moeda perto de Luc. O que quer que o menino tenha sentido, ele não demonstrou.

Younger se colocou na beirada do telhado, as costas viradas para o vazio, diretamente acima da janela que queria. Tinha amarrado uma das pontas da corda do varal na chaminé. Sob um de seus braços estava a vareta que, com seu vidro quebrado, havia se transformado numa arma que lhe era bem familiar: uma baioneta. Testou a corda dando uma boa puxada: ela resistiu.

Younger respirou fundo e saltou de costas no ar. Por uma fração de segundo, deixou a corda correr por entre os dedos. Então, agarrou-a novamente, a corda se esticou e ele girou em direção à janela. Jogou-se contra a vidraça com os pés à frente, aterrissando em meio a estilhaços de vidro e lascas de madeira frágil.

Littlemore, que esperava do lado de dentro, ouviu a barulheira e viu Zelko saltar da cadeira no fim do corredor. Zelko arrastou-se pesadamente para dentro do quarto. Littlemore correu pelo corredor agora vazio.

Younger caiu rolando pelo chão e se levantou, baioneta na mão, cuspindo lascas de tinta e madeira. O que viu o deixou surpreso: um homem idoso e frágil de camisolão, boca escancarada e sem dentes, chumaços grisalhos no alto da cabeça. Younger invadira o apartamento errado.

Mas Littlemore invadiu o quarto certo. Contando com a manobra diversionista de Younger, o detetive esperava surpreender os homens, no quarto, de costas para ele, olhando pela janela. Em vez disso, ao cruzar a porta, deu com Miljan e Zelko olhando diretamente em sua direção. Eles levaram apenas um segundo para abrir fogo, mas esse segundo foi o bastante para Littlemore. Rapidamente, ele se encolheu e ficou de joelhos: os tiros passaram sobre sua cabeça enquanto ele se arrastava pelo piso de madeira.

Littlemore sabia que o melhor era não tentar atingir ambos os homens, o que o obrigaria a virar a arma de um lado a outro, provavelmente errando os dois alvos. De imediato, considerou que devia se preocupar com Zelko, e acertou três balas em seu peito, fazendo-o tombar para trás, perto da lareira.

Miljan continuou atirando à medida que Littlemore deslizava para perto dele, mas estava fora de si. Puxava o gatilho rápido demais, falhando toda vez que tentava compensar o recuo da arma. O resultado foi que errou repetidamente, atirando alto demais, até que Littlemore jogou-se contra ele, os dois tombando sobre o cadáver de Zelko. Não chegou a haver luta: Littlemore bateu com o revólver na cabeça de Miljan, deixando-o inconsciente. Depois o algemou a um anel de ferro que despontava da lareira.

Younger entrou correndo no quarto, lascas de madeira no cabelo, brandindo com ferocidade sua baioneta — que lamentavelmente, tendo sido despojada de sua ponta de vidro em algum momento durante a invasão pela janela, não era mais uma baioneta agora, mas apenas uma vareta de cortina. Colette e Luc olharam para ele. O fonógrafo preenchia o quarto com o som do *swing*.

"Que bela distração, doutor", Littlemore disse por fim, mantendo os olhos afastados de Colette, cujo vestido caíra dos ombros, e indo em direção a Luc para desamarrá-lo.

Younger se encaminhou para Colette. O pequeno aceno com a cabeça e o leve sorriso da jovem lhe disseram que ela estava bem. Ele puxou seu vestido por cima dos ombros, viu o ferimento sobre seu olho e quis, de forma pouco apropriada, abraçá-la.

"Você acha que poderia me desamarrar?", ela perguntou.

"Certo."

"O outro homem, o de barba", ela acrescentou. "Vocês o pegaram?"

Younger e Littlemore entreolharam-se; então tiveram a sensação de que mais alguém os observava da porta do corredor. Littlemore moveu-se primeiro. Pôs-se em pé de um salto, tentando se virar e sacar seu revólver num só movimento, mas não teve chance. Da porta aberta, Drobac deu um único tiro, que fez Littlemore girar sobre si mesmo, o sangue se espalhando, e ir de encontro à mesa, sua arma levantando voo pelo quarto.

Younger ergueu-se mais devagar, de costas para a porta, braços levantados para indicar que não possuía nenhuma arma de fogo — embora sua mão direita continuasse segurando a vareta. Littlemore ficou caído no chão, apertando o ombro esquerdo, que sangrava. O gramofone emudecera quando Littlemore chocou-se contra a mesa. Agora o único som no quarto vinha de um grande tubo de ensaio tombado que rolava lentamente sobre a mesa.

Drobac ladrou algo ininteligível para Miljan, que, ainda algemado à lareira, deu uma resposta igualmente ininteligível. "Você, vire-se", Drobac ordenou a Younger, com um forte sotaque do leste europeu. Younger não conseguiu identificar de onde. "Antes que eu te mate."

Younger notou que Luc gesticulava com ar sério em direção à mesa. Os olhos do garoto estavam fixos no tubo de ensaio arrolhado que continha um pó preto cristalino, rolava suavemente pela mesa e que em breve cairia aos pés do prostrado Littlemore. O pó preto era, como Luc evidentemente sabia, dióxido de urânio, uma substância não apenas radioativa como pirofórica, o que significava que se inflamava espontaneamente em contato com o ar.

"Agarre isso", Younger disse baixinho para Littlemore.

"O quê?", perguntou o detetive.

"Agarre o tubo."

Littlemore olhou para a mesa exatamente no momento em que o tubo de vidro deixou sua superfície. Estendendo a mão direita boa, agarrou-o em pleno ar.

"Agora me mande uma bem redonda", Younger prosseguiu em voz baixa, "pela Broadway."

"Cala boca!", ordenou Drobac. "Onde estão eles? Eu disse vire-se. Senão eu atiro nas suas costas."

"Tudo bem, estou me virando", disse Younger em voz alta. Enquanto se virava muito lentamente para ficar de frente para Drobac, encontrou os olhos de Littlemore e fez um meneio de cabeça. O detetive entendeu o que Younger queria que ele fizesse: uma "bem redonda pela Broadway" é uma gíria de beisebol para um arremesso fácil de ser rebatido. O que ele não entendeu foi por quê. Ainda assim, encolhendo os ombros, lançou o tubo de ensaio no ar a cerca de meio metro de Younger. Usando a vareta como taco, Younger girou firme e despedaçou o tubo, lançando sobre Drobac uma nuvem negra de dióxido de urânio que imediatamente se inflamou numa bola de fogo.

Drobac de repente se incendiou dos ombros para cima, uma coluna de fogo multicolorido, azul, verde, amarelo e carmim. Braços estendidos para a frente às cegas, cambaleou até o centro do quarto, deixando cair a pistola e tentando apagar o fogo de seus pelos faciais. Younger pegou a arma do chão. Littlemore arrastou-se pelo quarto e recuperou sua pistola.

Em segundos, o pó se consumira totalmente, como um pó mágico. O fogo se extinguiu, deixando apenas rolos de fumaça e um homem carbonizado de terno listrado parado imóvel no meio do quarto, dando tapas no rosto como que para confirmar que ainda tinha um. Seu olhar passou de selvagem a calmo, e em seguida constrangido. Ninguém se mexeu; Younger e Littlemore mantinham as armas apontadas para Drobac. O cheiro de cabelo queimado estava por toda parte.

Drobac se enrijeceu. Lentamente, tirou uma faca comprida do casaco.

"Você deve estar brincando", disse Littlemore.

Drobac correu direto para a grande janela, agitando o punho antes de se jogar contra a mesma vidraça que Younger pretendera usar como ponto de entrada minutos antes. Littlemore não atirou. Younger o fez, repetidas vezes, mas sua arma, que pertencera ao fugitivo, havia emperrado — seu mecanismo aparentemente prejudicado pelo dióxido de carbono em combustão. Littlemore e Younger correram para o peitoril da janela, de onde viram, no meio das sombras, um homem se levantar do solo e, mancando, correr para a escuridão.

"Vejam!", gritou Colette apontando para a lareira.

Miljan fitava o espaço vazio, olhos arregalados, fixos. Drobac, acabaram por descobrir, cravara a faca no coração do colega.

Levou um bom tempo até a chegada de outros policiais e de uma ambulância para levar os corpos. Littlemore acabou concordando em ir ao hospital examinar o ombro. Depois disso, a questão era onde instalar Colette e Luc naquela noite. Littlemore disse que eles não poderiam voltar ao Hotel Commodore. Betty Littlemore, mulher do detetive, que fora correndo ao hospital ao saber que o marido tinha sido ferido — e que depois pareceu ligeiramente aborrecida pelo fato de o ferimento ser tão superficial —, persuadiu todos a irem para o apartamento dos Littlemore na rua Catorze.

"No caminho, vamos dar uma parada na central", disse Littlemore. "Relatórios. Papelada. Sinto muito."

Duas horas depois, os últimos relatórios estavam assinados. Uma viatura vazia, com o motor ligado, estava à espera deles na escuridão da noite diante do majestoso edifício da central de polícia na Centre Street.

Eles desceram as escadarias aos pares: na frente, as mulheres; atrás, Littlemore e Younger, este carregando Luc nos ombros. O paletó de Littlemore pendia solto sobre seu ombro esquerdo, sustentado por uma tipoia.

Da porta de entrada, um policial chamou Littlemore, pedindo instruções. Younger e Littlemore se viraram para encará-lo, e Luc, consequentemente, ficou de frente para a rua, onde sua irmã e Betty já entravam no carro da polícia. O que ele viu ninguém mais pôde ver: dois vultos femininos, iluminados pelos faróis da viatura. Uma das mulheres tinha um cabelo ruivo que esvoaçava na brisa noturna; a outra usava um lenço na cabeça. A primeira aproximou-se do carro lentamente; seus pés estavam abaixo do feixe de luz, criando a impressão de que ela flutuava. A segunda permaneceu parada à luz dos faróis; tinha um cachecol em volta do pescoço, o qual começou a desenrolar.

A primeira mulher buscou a maçaneta da porta de Colette. Betty a viu, gritou, depois olhou para a frente do carro e apontou para as ruivas. Colette, assustada com o tom de alarme na voz de Betty, tentou trancar a porta, mas era tarde demais. O trinco cedeu e a porta se escancarou. No mesmo instante, a mulher diante dos faróis terminou de desenrolar o cachecol expondo o que havia por baixo dele.

Betty soltou um grito de horror.

Littlemore também gritou; ele e Younger desceram correndo a escada. A mulher ruiva os viu chegando e sumiu nas trevas. Littlemore saiu à caça dela. O mesmo fez o policial que pedira instruções, e mais meia dúzia de outros policiais, que chegaram correndo de várias direções ao escutarem o grito de Betty. Eles se espalharam, subiram e desceram o quarteirão, bateram nas portas e iluminaram com lanternas carros estacionados, mas não acharam sinal de nenhuma das duas mulheres.

Quando Littlemore retornou à viatura, Betty ainda mantinha as mãos na boca. "Você viu?", ela perguntou a Colette.

"Viu o quê?", disse Colette.

Betty parecia estupefata, horrorizada. "Ela era um monstro, Jimmy."

"Calma", disse Littlemore.

"Estava... crescendo."

"O quê?", perguntou Littlemore.

"Eu não sei", respondeu Betty. "Estava vivo. Como uma cabeça, como uma cabeça de bebê."

"Ela estava carregando um bebê?"

"Ela não estava carregando nada!", exclamou Betty. "Estava ligado a ela. Era como uma cabeça de bebê, mas crescendo no pescoço dela."

Seguiu-se um silêncio.

"Vamos sair daqui", disse Littlemore, ajudando Betty a entrar no carro. Jogou as chaves para Younger. "Você dirige, doutor."

Às duas da manhã, Younger e Littlemore tomavam um bourbon sentados à mesa da cozinha, a garrafa semivazia entre eles. Os demais já dormiam profundamente.

Littlemore parecia estar fazendo contas mentalmente. "Quando você embarcou, quantos filhos Betty e eu tínhamos?"

Younger não respondeu.

"Seja lá quantos fossem, agora são mais três", acrescentou Littlemore.

"O que totalizaria setenta e dois."

"Certo, vou resumir o que temos. Temos um dente, uma bomba, um sequestro e duas mulheres ruivas perto da minha viatura, uma delas com uma cabeça crescendo no pescoço. Você deve estar tentando imaginar como tudo isso pode estar relacionado, certo?"

"Talvez."

"Bem, não pense dessa maneira. Nunca presuma conexões. Pegue uma coisa por vez. Então, vou resumir novamente, uma coisa de cada vez: um monte de maluquices que não faz nenhum sentido." Littlemore esticou a cabeça. "Você sabia que a bomba estava prestes a explodir. Como?"

Younger sacudiu a cabeça.

Littlemore despejou uísque no copo. "Um bebê não pode crescer no pescoço de uma mulher, pode?"

Younger sacudiu a cabeça novamente.

"Você não está dizendo muita coisa, não é?"

Younger pensou em sacudir a cabeça mais uma vez, mas resolveu não fazê-lo.

"Então, deixe eu entender direito", Littlemore prosseguiu. "Você não pediu de volta seu emprego de professor. Não está trabalhando como cientista. Não recomeçou a clinicar. O que você está fazendo, então?"

"Brincando com o destino."

"Não é um grande trabalho."

"Eu acabei de voltar."

"Sim, mas a guerra terminou há dois anos. Por onde você andou?"

Alguns minutos se passaram. Os homens bebiam.

"Ninguém que eu conheça está disposto a morrer", disse Littlemore.

"Do que você está falando?"

"Hoje de manhã você disse que não fazia sentido os homens estarem tão dispostos a morrer."

Younger sabia que Littlemore tentava fazer com que ele se abrisse; para ele, tudo bem. "Você devia ter visto a França em 1918", disse Younger. Levantou-se e acendeu um cigarro com um dos longos fósforos de forno da casa. "Os britânicos, os franceses — àquela altura eles já estavam totalmente cansados de tudo. Só queriam sobreviver. Não acreditaram no que viam quando os americanos chegaram. Como se tivéssemos vivido a vida inteira com fome de morrer."

"Eu teria estado lá", disse Littlemore. "Se não fosse Betty e as crianças."

"E também não é só a guerra", continuou Younger. "É só dar às pessoas um gostinho de terror, e elas se agarram a ele. Afinal, por que existem montanhas-russas nos parques de Coney Island?"

"Não para que as pessoas possam morrer", Littlemore retrucou.

"Para que elas possam sentir o terror da morte. Homens ricos, com uma vida confortável, matam-se escalando montanhas. Voando por esporte. Sabe o que acontece quando os jornais noticiam que alguém morreu numa montanha-russa em Coney Island? Mais pessoas vão lá no dia seguinte andar de montanha-russa."

"Bom, eu não ando de montanha-russa." Littlemore voltou a encher os copos. "Por que alguém haveria de explodir uma bomba numa esquina? Não faz sentido."

"Porque você está pensando como um policial. Buscando um motivo."

"É claro que estou."

"E se eles simplesmente quisessem matar pessoas?"

"Por quê?"

"Quem você deve assassinar se odeia todo um país? Nos velhos tempos, teria sido o rei. Ataque o rei da Inglaterra, e estará atacando a própria Inglaterra. Mas um presidente? Um presidente é apenas um político que, de qualquer modo, terá ido embora em poucos anos. Numa democracia, é preciso tirar o assassinato de dentro do palácio. Você precisa assassinar pessoas."

Littlemore pensou nisso. "Por que eles nos odiariam?"

"O mundo inteiro nos odeia."

"Ninguém nos odeia. Todo mundo adora os Estados Unidos."

"A Alemanha nos odeia porque nós a vencemos. A Inglaterra e a França nos odeiam porque os salvamos. A Rússia nos odeia por sermos capitalistas. O resto do mundo nos odeia porque somos imperialistas."

"Isso não é motivo", Littlemore contestou. "Você acabou não me perguntando por que precisei de Colette hoje."

"E por que você precisou?"

"Tem aquele sujeito, o Fischer, certo? Dias atrás, ele mandou um aviso a um colega banqueiro, dizendo para ele ficar longe da Wall Street depois do dia quinze. Fischer trabalha em alguma instituição francesa a alguns quarteirões da Bolsa de Valores. Então eu fui lá. Levei Colette para traduzir. Agora ouça esta: o francês recebeu outra carta de Fischer ontem, avisando que tirasse todo mundo de lá porque alguma coisa ia acontecer."

Younger deu um assobio: "Quem é ele?".

"A pergunta é *onde* está ele. Parece que se mandou para longe dos franceses há mais ou menos um mês. Tudo indica que está em algum lugar do Canadá. Nós vamos achá-lo: eu avisei a imprensa. Em poucas horas haverá um milhão de pessoas procurando esse sujeito. E sabe o que é engraçado? O patrão francês do Fischer rasgou a carta e jogou fora. Tivemos de catar os pedacinhos no lixo. Ninguém levou o sujeito a sério." Littlemore pôs a rolha na garrafa, deitou-a e girou-a em cima da mesa. "Eles estão tentando nos tirar do jogo."

"Os franceses?"

"Os federais. Estão tentando assumir a investigação. Big Bill Flynn já está aqui. E o Palmer também vem."

A. Mitchell Palmer era o procurador-geral dos Estados Unidos. William J. Flynn, o diretor do FBI, o Bureau Federal de Investigação.

"O Bureau inteiro virá a Nova York", Littlemore prosseguiu, com cara de quem estava com um gosto ruim na boca. "Mais os sujeitos do Tesouro, do Serviço Secreto — dúzias deles. A investigação está 'nas mãos do governo federal': foi isso que o Big Bill disse aos rapazes ontem à noite. Flynn. Vou lhe dizer uma coisa — ele não é Teddy Roosevelt. Big Bill era o chefe dos detetives alguns anos atrás. Ninguém gostava dele. Sabe, quando eu era garoto, tudo o que eu queria era virar agente federal. Meu pai e eu costumávamos falar sobre como seria. Ainda falamos. Eu faria carreira no departamento, depois iria a Washington trabalhar para Roosevelt. Acho que foi bom eu não ter conseguido. Com Palmer e Flynn dando as cartas por lá, e o Congresso deixando passar a Proibição, já não sei o que eles estão fazendo em Washington."

"Senti muito pelo Roosevelt", comentou Younger. Diferentemente de Littlemore, que dizia *Rus-velt*, Younger pronunciava *Rous-a-velt*, como faziam os Roosevelt.

"O que matou T. R. — a bala que nunca tiraram de seu peito?"

"Não foi isso", respondeu Younger. "Foi a malária."

"Você nunca se encontrou com ele?".

"Uma ou duas vezes. Ele era meu primo."

"Todo mundo é seu primo."

"Não de sangue. E muito distante. Eu conheço uma de suas filhas, Alice. Quer dizer, eu fui — por um breve tempo — conhecido dela."

"Não diga."

Younger não disse mais nada.

"Vá pro inferno, doutor — a filha do Roosevelt?", Littlemore exclamou. "Uma beleza daquelas? Por que não se casou com ela?"

"Por um motivo: ela tinha marido."

"Doutor, doutor. A filha de T. R. Isso foi antes ou depois de você e Nora?"

"Um notório namorador", acrescentou Younger.

"Você não é namorador."

"Eu me referi ao marido de Alice. Mas obrigado."

"Você é mais um conquistador de mulheres."

"Ah, é uma bela distinção. Eu não sou um conquistador. Não durmo com elas. A menos que goste delas. O que é raro. Você não... dá suas escapadas?"

"Eu?", Littlemore riu. "Eu sempre me pergunto o que meu pai faria. Ele jamais faria uma coisa dessas, então eu não faço."

"Como ele está, o seu pai?"

"Bem. Eu ainda vou vê-lo, geralmente nos fins de semana." Littlemore tamborilou os dedos na mesa. "De qualquer maneira, que tipo de nome é Drobac?" Colette dissera à polícia que o sequestrador que escapara — o líder — era chamado de Drobac pelos cúmplices. "E por que haveriam de nos perguntar: 'Onde estão eles?'. Onde estão eles quem?"

"Por que ele matou seu próprio companheiro?", retorquiu Younger.

"Essa é fácil — para impedi-lo de falar." Littlemore pôs os pés em cima da mesa e sua voz mudou de tom. "Mas sabe o que eu realmente não entendo?"

"O que exatamente estou fazendo com Colette", disse Younger.

"Você a traz da França", prosseguiu Littlemore, esquentando o assunto, "mas a deixa morando em Connecticut. Fica maluco quando ela desaparece, mas age, sei lá, todo comportado quando ela está com você."

"Você está querendo saber quando eu pretendo pedi-la em casamento?"

"Por que outra razão você a traria do outro lado do Atlântico? A menos que pretenda arruiná-la..."

"Esta noite você parece ansioso em relação aos meus projetos matrimoniais."

"Bem, você está querendo ou não?"

"Querendo arruiná-la? Eu já tentei", disse Younger. Deu um demorado gole. "Quer ouvir a respeito?"

"Claro."

5

Em outubro de 1917, o tenente dr. Stratham Younger foi transferido para o hospital de campanha americano em Einville, não muito longe de Nancy, onde as tropas do Exército dos Estados Unidos haviam sido finalmente distribuídas nas linhas de frente. Naquela época, os soldados americanos serviam sob comando francês; Younger acabou cuidando mais de franceses que de americanos. Durante o rigoroso inverno e na primavera seguinte, Younger cruzou toda a Frente Ocidental, escalado para onde se fizesse mais necessário: a Batalha de Saint-Mihiel, Seicheprey, Chaumont-en-Vexin, Cantigny, o Bois de Belleau.

Foi ali, perto do bosque de Belleau, nos arredores de Château-Thierry, que ele conheceu Colette.

O dia estava clareando. Com o céu avermelhado veio uma calmaria nos selvagens bombardeios noturnos. Younger, a pé, emergiu do bosque para o campo aberto, arrastando para o complexo médico um velho cabo francês ferido. O complexo médico estava intacto — tendas brancas, mesas e estojos de instrumentos todos no lugar —, mas não havia um único médico ou ordenança à vista. A equipe médica havia obviamente fugido às pressas.

Ruídos chegavam do outro lado do campo. Soldados da infantaria francesa tinham se reunido num caminhão da Cruz Vermelha. Lembravam a Younger crianças em volta de uma barraca de sorvete, exceto pelo ar de selvagem masculinidade que os cercava.

Com o braço do cabo sobre seu ombro, Younger atravessou o campo em meio aos bolsões de neblina que ainda se grudavam ao solo esburacado. Uma jovem estava parada ao lado do caminhão, no meio de um semicírculo de homens rudes. De costas para eles, estava debruçada na janela com parte do corpo dentro da cabine do caminhão. Os homens chamavam em voz alta — em francês, que Younger entendia —, inventando doenças e simulando queixas, pedindo tratamento. Um deles, de voz particularmente áspera, pedia à moça que enfiasse a mão dentro de sua camisa; seu coração, dizia ele, estava batendo forte e se dilatando perigosamente.

A moça saiu da cabine, uma sacola marrom nas mãos. Era esguia, graciosa, tinha cerca de vinte anos, cabelos escuros, queixo erguido, olhos excepcionalmente verdes. Vestia uma saia simples de lã e um suéter azul-claro. Evidentemente não era enfermeira.

Ela falou com os homens. Younger não conseguiu ouvir o que ela disse, mas a viu jogar a sacola para o falastrão, que a agarrou no ar, deixando cair seu rifle ao fazê-lo, o que provocou o riso dos outros. A moça falou de novo. Um por um, os homens foram silenciando e, encabulados, se afastaram aos poucos. Ela não tinha um ar de triunfo. Parecia exausta. Linda, atrapalhada, e exausta. Quando os soldados se dispersaram, apenas Younger restou ali parado, o cabo ferido apoiado pesadamente num dos ombros de sua farda imunda. A moça viu Younger olhando para ela. Afastou uma mecha de cabelo da face.

Deitando o cabo sobre a grama — um sujeito de aparência idosa, rosto endurecido e cabelo grisalho, uma das mãos apertando a barriga —, Younger se encaminhou para a moça, que instintivamente recuou um passo. Ele passou por ela sem olhar e abriu a porta do caminhão. No interior, duas coisas o surpreenderam. A primeira, um menino, com não mais de oito anos, sentado na parte de trás da cabine, lendo um livro na sombra. A segunda foi um complexo aparelho radiológico, completo, com uma grande placa de vidro, pesadas cortinas e ampolas de gás.

Younger virou-se para a moça: "Onde está o seu namorado?", perguntou em francês.

"O quê?"

"Onde está o homem que opera esta máquina de raios X?"

"Quem opera sou eu", ela respondeu em inglês.

Ele a olhou de cima a baixo. "Você é uma das moças de Madame Curie."

"Sou."

"Bem, ao trabalho, então. A menos que você queira que este cabo morra."

"É inútil", ela disse. "Não há cirurgião. Todos se foram."

"Simplesmente deixe-o pronto ao anoitecer." Younger foi até o cabo, disse algumas palavras em voz baixa no ouvido do homem e desapareceu no bosque pelo caminho por onde viera.

A lua já havia surgido quando Younger retornou. Ele encontrou o acampamento da mesma forma que estava pela manhã: intacto porém deserto. Uma das barracas era iluminada por luz elétrica. O caminhão continuava estacionado ao lado, motor funcionando, um conjunto de cabos saindo do veículo e correndo pelo chão até o interior da barraca. A jovem utilizava o motor do caminhão como gerador de energia.

Younger ergueu a porta da tenda e entrou. Estava tudo preparado. O velho cabo, que se chamava Dubeney, dormia sobre uma mesa cirúrgica, rosto lavado, cabelo penteado. Os instrumentos estavam dispostos ordenadamente.

Havia bacias de água à mão. A moça levantou-se de uma cadeira. O garotinho estava a seus pés, ainda lendo. Sem dizer uma palavra, ela pegou um conjunto de radiografias e cálculos matemáticos e os entregou a Younger.

Ele segurou as radiografias contra uma das lâmpadas elétricas nuas. Sobre um fundo de ossos brancos e vísceras cinzentas, pequenos pontos pretos e balas sobressaíam com notável clareza. Quando um homem levava um tiro no intestino, o maior perigo não eram os danos causados ao órgão; era o envenenamento do sangue. Nos velhos tempos, recuperar cada fragmento de tiro era uma empreitada praticamente impossível, e o homem provavelmente morria. Porém, com um bom conjunto de radiografias devidamente realizadas, qualquer cirurgião competente poderia salvá-lo.

Younger lavou mãos, pulsos, face e antebraços. Dedicou um bom tempo a isso, enxaguando a sujeira e o sangue da sua mente tanto quanto da sua pele. Entrementes, a moça aplicou mais clorofórmio ao cabo Dubeney, que empurrou inutilmente as mãos dela até apagar de novo. Younger pôs-se a trabalhar, o silêncio sendo quebrado apenas quando ele pedia determinado instrumento cirúrgico e, pouco tempo depois de feita a incisão, pelo tilintar de um fragmento metálico sendo jogado numa vasilha cerâmica.

O suor começou a se formar na testa de Younger.

"Espere", disse a moça em inglês. Foi a primeira palavra que ela falou.

Enquanto Younger segurava o bisturi no alto, ela enxugou a testa dele, depois aplicou o pano em seu rosto, queixo e pescoço. Younger baixou o olhar para seus traços delicados mas sérios. Ela não olhou nos olhos dele nem uma vez sequer.

"O que havia na sacola?", Younger perguntou.

"O quê?"

"Você jogou uma sacola para o soldado."

"Ah, só alguns mantimentos. Queijo, basicamente. Eles não recebem comida suficiente; estão todos famintos. Como um bando de ratos."

"O que você disse a eles?"

"Que deviam estar matando alemães em vez de perturbando uma jovem francesa."

Younger assentiu e voltou ao paciente. "Nós dizemos ninhada."

A moça franziu o cenho enquanto enxaguava o pano suado.

"Dizemos 'ninhada' de ratos", ele explicou. "Foi a própria Madame Curie que treinou você?"

"Foi", disse a moça.

"O que você achou dela?"

Sua resposta foi imediata. "Ela é a mulher mais nobre que existe."

"Ah, uma admiradora. Pessoalmente, estou surpreso que permitam isso."

"O que você quer dizer?"

"Uma adúltera, no fim das contas, treinando garotas..."

"Ela não cometeu adultério", disse a moça rispidamente. "Foi *ele* quem cometeu. Era Monsieur Langevin quem era casado, e no entanto ninguém o culpa. Ninguém fica exigindo que *ele* deixe o país. Não apedrejam a casa *dele*. Agora ele tem outra amante. Einstein tem um filho ilegítimo — todo mundo sabe. Por que Madame Curie deveria perder sua cátedra, por que deveria ser ameaçada de morte, quando eles fazem a mesma coisa, se não pior?"

"Porque ela é mulher", Younger respondeu com complacência. "As mulheres devem ser puras."

"Os homens devem ser puros."

"E porque ela é judia. Bisturi."

"O quê?"

"Bisturi. E polonesa."

"E o que isso tem a ver?"

"E o pior de todos os crimes: ela ganhou o Prêmio Nobel não só uma vez, mas duas."

A moça franziu o cenho novamente. "Não sei se você está falando sério ou não."

"Se quer saber a verdade, eu sou honesto apenas com os homens. Com as mulheres, não se pode confiar em mim."

Ela o encarou.

"As mulheres ensinam os homens a mentir", ele prosseguiu. "Mas nós nunca somos tão bons na mentira quanto elas querem que sejamos. Como foi que você conheceu Madame Curie?"

Após alguns instantes, a jovem respondeu: "Entrei na Sorbonne e disse a eles que queria me matricular em química. Tinha dezessete anos. Todos riram de mim, porque eu não possuía bacharelado. Por um acaso — ou providência divina, quem sabe? —, Madame entrou nesse exato momento. Ela havia escutado tudo. Como eles tinham medo dela! Ela parece tão velha, mas é muito gentil. Não sei por quê, mas ela se interessou por mim quando soube que meu pai tinha me ensinado matemática e ciências em casa. Fez algumas perguntas, de modo que eu pude mostrar o que sabia. Ela conseguiu que eu fizesse um exame de admissão".

"E você passou?"

"Tirei as notas mais altas do ano."

"Então você deveria estar na aula, e não tirando raios X de soldados feridos."

"Cheguei a frequentar as aulas por dois anos. Mas então soube o que Madame estava fazendo pelos soldados. Estes caminhões foram ideia dela. Ela foi a primeira a perceber como muitas vidas poderiam ser salvas se tivéssemos aparelhos radioscópicos em campo. Todo mundo disse que era impossível, então ela projetou uma unidade capaz de funcionar dentro de um caminhão. O governo, com toda a sua estupidez, recusou-se a pagar, então ela mesma levantou o dinheiro. Em seguida, o Exército disse que não podia dispor de homens para operar os caminhões, e Madame treinou moças para isso. Depois, o governo anunciou que mulheres não podiam obter licença para dirigir, então Madame operou o primeiro caminhão ela mesma, desafiando o governo a impedi-la. Ela aprendeu a dirigir; trocava pneus; tirava raios X. Quando viram que ela estava salvando vidas, finalmente cederam. Agora há mais de cento e cinquenta de nós — e o nosso único problema são os homens."

"Os homens?"

"Alguns ficam muito — agressivos — na presença de uma mulher."

"Eles estão em guerra."

"Isso não é desculpa. Não somos a mesma coisa que esses alemães imundos."

Younger olhou a moça com o canto dos olhos. Uma dureza tomara conta de seu rosto; ele vislumbrara isso anteriormente, enquanto ela falava com os soldados, mas agora estava impenetrável. Ele prosseguiu com seu laborioso trabalho.

Após um longo tempo, ela voltou a falar: "Ele é muito gentil, esse cabo. Como foi que ele caiu sob os seus cuidados?".

"Não foi de propósito", replicou Younger. "Ele se perdeu durante a noite. Cruzou para o nosso lado por engano. Jogou-se em cima de mim, o pobre coitado."

"Não dê ouvidos a ele, Mademoiselle", murmurou o cabo Dubeney.

"O quê... você está acordado?", disse Younger. "Enfermeira, clorofórmio."

"Ele entrou em terra de ninguém e me arrastou para fora", continuou Dubeney. "Bem no meio da batalha."

"Alucinação", disse Younger.

"Ele dorme no fronte", Dubeney insistiu.

"Onde está o maldito clorofórmio?", perguntou Younger.

"Não precisa, não precisa, não estou sentindo nada", disse Dubeney.

Younger fez um som de aborrecimento através dos lábios cerrados. Ninguém falou.

"Eu não podia deixar o meu melhor experimento ser desperdiçado", disse Younger. "Olhe o joelho direito dele."

Curiosa, a jovem perguntou ao cabo Dubeney se ele se importava que ela olhasse. Quando ele fez que não com a cabeça, ela ergueu a perna da calça e viu uma ferida horrível. "Isto precisa de antisséptico", disse.

"Eu tenho posto antisséptico", retorquiu Younger. "Todo dia. Agora olhe o outro joelho."

Quando a moça ergueu a outra perna da calça acima do joelho, engasgou. Aquele joelho também estava ferido, mas havia nele um movimento de ebulição. "O que é isso?"

"Larvas. O que mais você está vendo?", indagou Younger.

"A ferida está limpa", ela respondeu.

"Ferimentos idênticos, infligidos ao mesmo tempo no mesmo homem pelas mesmas causas. No entanto, um sarou enquanto o outro supurou. E o ferimento que sarou foi tratado apenas com larvas. A ideia não é minha. Homens no campo de batalha as têm usado há anos. E esse velho urubu, sabendo o quanto seus joelhos são importantes para a ciência, vai e me leva um tiro na barriga. Desprovido de todo e qualquer senso de dever."

Younger notou que o garotinho de repente se postara ao lado da jovem, observando escancaradamente o joelho cheio de larvas do cabo Dubeney.

"Meu irmão", ela disse a Younger. "Seu nome é Luc."

O menino tinha um cabelo loiro sujo e malcuidado — ao contrário da irmã — e bastante comprido para um garoto, chegando até os ombros. A pele era bem menos branca que a dela — ou talvez apenas muito mais suja —, mas os olhos castanhos partilhavam da mesma seriedade, igualmente inteligentes porém mais atentos, menos distraídos. Younger teve a sensação de que o menino via tudo. "E quantos anos você tem, meu jovem?", perguntou ele.

O garoto não olhou para Younger e tampouco respondeu.

"Luc, você é muito mal-educado", disse a moça. "Ele não gosta de falar. Então você é o tal sujeito."

"Desculpe, não entendi."

"Os homens têm contado histórias de um médico americano que se recusa a abandonar as linhas de frente. Que trata os homens feridos no campo."

"Eu não estou tratando deles. Estou realizando experimentos com eles."

"E que também entra em combate, dizem."

"Besteira."

"E combate como o diabo", disse Dubeney.

O garoto ergueu os olhos para Younger com interesse.

"Não sente nada?", disse Younger a Dubeney reposicionando seu bisturi e fazendo o cabo uivar.

Horas depois, sob as estrelas, eles voltaram a arrumar o caminhão da jovem. Ela era surpreendentemente forte para sua estatura. Uma explosão fez tremer delicadamente o chão debaixo deles, sua barragem de fogo eclodindo ao longe, nas profundezas da floresta. "Você não tem medo?", perguntou Younger.

"Do quê?"

"De ficar sozinha com um estranho?"

"Não", disse ela.

"Você confia muito."

"Eu nunca confio nos homens", ela respondeu. "É por isso que não tenho medo deles."

"Soa prudente", disse Younger. Ele olhou para o alto, para a cintilante abóbada acima. "Hoje vi uma coisa que nunca vou esquecer. Um sargento dos fuzileiros navais americanos ordenava ao seu pelotão que saísse das trincheiras. Eles estavam em desvantagem de armas, em desvantagem de homens, mas o sargento decidiu atacar. Os fuzileiros estavam com medo de sair. O sargento disse a eles — bem, foi uma expressão que não deveria ser usada diante de uma moça com boa educação. Posso dizer?"

"Você está brincando?"

"O sargento berrou: 'Vamos lá, seus filhos da puta, vocês querem viver para sempre?'. Os homens saíram. Foi uma carnificina."

"E o sargento, sobreviveu?"

"Sim, sobreviveu."

Um som que lembrava o grito de um demônio feminino foi seguido de outra explosão, desta vez mais próxima. A terra tremeu, e eles viram chamas ardendo a uma distância talvez de cem metros.

"Você deveria ir embora", disse Younger. "Esta noite. Se os alemães romperem as linhas, estarão aqui pela manhã. Eles podem fazer coisas piores com uma moça francesa do que seus soldados fizeram."

Ela não disse nada. Younger recolocou a arma no ombro e saiu de novo em direção ao bosque — em direção às explosões.

Foi só em julho de 1918 que Younger voltou a vê-la. A Alemanha tinha dado início a uma série de ofensivas ferozes na França, determinada a obter a vitória antes que os Estados Unidos pudessem se mobilizar plenamente. Centenas de milhares de tropas alemãs experientes fluíam do leste, onde os novos dirigentes bolcheviques da Rússia haviam se rendido, liberando os exércitos do Kaiser da frente oriental. No fim de maio, a Alemanha havia empurrado as forças francesas de volta até Marne, a apenas oitenta quilômetros de Paris.

Mas ali, em Belleau, em Vaux, em Château-Thierry, os americanos impediram o avanço alemão com ataques mortais que se caracterizaram por uma entrega que não se via nas tropas aliadas desde 1914. Os jornais dos Estados Unidos alardeavam as vitórias ianques, exagerando de forma desmedida sua importância. A questão era se a nova linha de frente resistiria.

Durante quarenta dias, os dois lados deram demonstrações e mais demonstrações de seu poder de fogo e lançaram jovens num combate brutal, indefinido. Aos poucos, os combates chegaram a um impasse, reduzindo-se a esporádicas trocas de bombas entre fortalezas bem guarnecidas. Era uma pausa sinistra. Os alemães pareciam estar recebendo novamente reforços em massa, um número maior de divisões.

Nessa calmaria que precedia à tempestade, um mercado de produtos de legalidade duvidosa havia surgido na vila de Crézancy, guardada pelo enorme e vistoso poder das armas americanas plantadas no alto do Monte Ruiné. Fazendeiros franceses, com a espinha dorsal arqueada, vendiam todo e qualquer produto que tivessem conseguido salvar do confisco governamental.

Younger viu Luc primeiro. Reconheceu imediatamente o garotinho comprando queijo e leite, fazendo que não com a cabeça ao ouvir alguma demanda exorbitante e consentindo em pagar só depois de ouvir um preço aceitável. Younger o saudou calorosamente. Num rompante de inspiração, tirou do bolso um recipiente lacrado repleto de larvas. Os olhos de Luc arregalaram-se.

"São larvas", disse Younger em francês. "Em pouco tempo, cada uma delas vai se enrolar em si mesma e formar um casulo. Uma ou duas semanas depois, o casulo vai se abrir e lá de dentro surgirá... sabe o que vai surgir lá de dentro?"

O menino fez que não com a cabeça.

"Uma mosca. Uma mosca comum, varejeira."

Essa informação pareceu ampliar ainda mais o elevado apreço que o menino tinha pela massa rastejante dentro do pote.

"Você gostaria de saber por que elas são tão boas amigas dos homens feridos? Porque comem apenas tecido morto. Células vivas não exercem atração sobre elas. Aqui, pegue o pote. Eu tenho mais. Muito poucos jovens possuem larvas de estimação."

O menino aceitou o presente e tirou algo de seu bolso, oferecendo-o em troca.

Younger ergueu uma sobrancelha. "Uma granada."

Luc fez que sim.

"Não está funcionando, está?"

Deixando de lado o pote de larvas, Luc deslocou o pino da granada, retirou a mola, removeu o pino, abriu o bocal e a segurou no ar.

Younger se inclinou, farejou o pó seco em seu interior. "Estou vendo. Excelente. Funciona mesmo."

O garoto fez o processo inverso, remontando habilmente a granada, e a ofereceu de novo a Younger, que aceitou o presente com extremo cuidado. Estava agradecendo a Luc, quando uma voz feminina falou com tom severo atrás dele.

"Você o deixou tocar nisso?", ela perguntou.

Younger virou-se e viu a irmã do garoto.

"Você quer que ele pense que granada é brinquedo?", ela prosseguiu, zangada. "Para que da próxima vez que ele vir uma granada no chão, a pegue para brincar?"

Younger lançou um olhar para Luc, que obviamente não queria que a irmã soubesse que ele estivera carregando uma granada viva por aí. "Tem razão, Mademoiselle", Younger disse, metendo o projétil no bolso. "Eu não sei onde estava com a cabeça. Luc, granada não é brinquedo, está ouvindo? Só uma pessoa completamente familiarizada com o seu funcionamento pode tocá-la."

"Sinto muito", ela disse para Younger, apaziguada. "Ele gosta de brincar com armas e munições. Vive me assustando."

"Eu ouvi dizer que você voltou a Paris", disse Younger.

Ela franziu o cenho. Luc puxou sua saia. A moça pediu licença, curvou-se na direção do irmão, e o menino fez alguns gestos com as mãos — uma espécie de linguagem de sinais. A resposta dela foi estrita: "Não, absolutamente. O que há com você?". Ela explicou: "Agora ele quer ir para o fronte com você".

"Receio que seja impossível, devido à sua idade, meu jovem", explicou Younger. "Apesar de que, pelo jeito que esta guerra vai, talvez você venha a ter sua chance. Mas quem sabe você gostaria de conhecer uma base americana?"

O menino fez que sim.

Younger falou para a jovem: "Seria um grande serviço para nós se você viesse para a base com seu caminhão. Temos um aparelho de raios X que, comparado ao seu, é totalmente primitivo. Há muitos homens que eu poderia ajudar".

"Está certo", ela concordou. "Posso ir hoje à tarde. Mas ainda... ainda não sei seu nome."

Nos dias seguintes, o caminhão de Colette rumava ao hospital de campanha de Younger todas as manhãs, roncando pela estrada de terra em meio a uma nuvem de poeira. Com Younger sentado a seu lado, eles percorreram os vários acampamentos até Lucy-le-Bocage. Dezenas de homens feridos, mas reintegrados a seus batalhões, não haviam recuperado a saúde como deviam. Younger queria reexaminar todos eles. Geralmente os raios X nada revelavam, mas vez ou outra, como Younger suspeitava, os esqueletos fantasmagóricos mostravam algum minúsculo fragmento de bomba não detectado anteriormente.

Na primeira vez que isso aconteceu, Colette soltou um grito de triunfo. Younger sorriu. Enquanto trabalhavam um perto do outro na parte de trás do caminhão, seus dedos frequentemente se tocavam ao trocarem os instrumentos cirúrgicos. Ou o corpo dela encostava no dele. Em cada uma dessas ocasiões, ela se afastava depressa, embora Younger tivesse a impressão de que o contato pudesse ter sido proposital.

Com os feridos ou enfermos, Colette era delicada, mas não particularmente gentil ou compassiva. Com os saudáveis, era uma pedra. Em parte, Younger constatava, essa rispidez era uma forma de se proteger; ela era bonita demais para se relacionar com os soldados em outros termos. Porém havia mais. Younger perguntava-se o que seria necessário para amolecê-la.

Certa noite, quando Colette estava ocupada com seus cálculos, Younger se aproveitou da calmaria para trabalhar, à luz da lanterna, em algumas de suas equações. Após algum tempo, deu-se conta de que Luc estava parado a seu lado.

O menino estendeu um livro a Younger. Era em inglês, publicado no ano anterior. O autor era Toynbee; o título, *O terror germânico na França*. O pequeno volume estava bastante manuseado; seria possível que o garoto soubesse ler inglês?

Younger começou a folhear o livro. Foi então que o menino lhe entregou um bilhete dizendo que odiava os mortos — foi a primeira vez que Luc comunicou-se com ele dessa maneira. Depois disso, foi se sentar encostado num dos pneus do caminhão, brincando com algum brinquedo velho.

"Onde você arranjou isso?", perguntou Colette subitamente, ao ver o livro nas mãos de Younger.

"Foi seu irmão que me deu."

"Ah." O corpo dela relaxou. "Ele quer que eu lhe conte o que aconteceu com a nossa família."

"Não precisa contar."

Ela olhou para Luc, que continuou brincando. "Se quiser, pode ler sobre o assunto", ela disse, indicando uma parte do livro onde havia uma página com a ponta dobrada e um trecho sublinhado. Younger leu:

Sommeilles foi completamente queimada em 6 de setembro. "Quando o incêndio começou", declara o prefeito, "M. e Mme. Adnot (esta última com sessenta anos), Mme. X (trinta e cinco ou trinta e seis anos), cujo marido está defendendo nossas cores, e os quatro filhos de Mme. X buscaram refúgio nas adegas dos Adnot. Ali foram assassinados em circunstâncias atrozes. As duas mulheres foram violentadas. Quando as crianças gritaram, uma delas teve a cabeça cortada, e duas outras um braço, e todo mundo na adega foi massacrado. As crianças tinham respectivamente onze, cinco, quatro e um ano e meio de idade."

"Meu Deus!", disse Younger. "Rezo para que não tenha sido sua família."

"Não, mas foi a nossa aldeia — Sommeilles", ela disse. "Nós nos mudamos para lá quando eu era pequena — papai, mamãe, vovó e eu. Luc nasceu lá. Quando a guerra começou, todos os nossos rapazes foram para o Exército. A aldeia ficou indefesa. Na noite que os alemães chegaram, Luc e eu fomos mandados para a casa do carpinteiro, porque ele tinha um porão escondido. Foi por isso que sobrevivemos. Os alemães mataram todo mundo, mas nunca nos encontraram. Passamos a noite toda ouvindo tiros e gritos. No dia seguinte, eles tinham ido embora. A nossa casa estava queimada, mas ainda de pé. Mamãe e papai estavam mortos no chão. Papai tinha travado uma luta heroica, dava para ver. Vovó ainda estava viva, mas não por muito tempo."

Luc tinha parado de brincar enquanto a irmã falava. Quando ficou claro que ela havia terminado, recomeçou a brincadeira.

"Todo mundo supõe que você deva ficar triste", disse Colette, "pelo resto da vida."

6

Com a Grande Guerra vieram grandes doenças — enfermidades desconhecidas em escalas sem precedentes.

A última foi a pior: a gripe de 1918-9 disseminou-se com os Exércitos que cruzavam o continente, ocultando-se nos pulmões vivos porém em frangalhos dos soldados que retornavam ao lar, matando milhões em cada canto da terra. Antes da gripe espanhola, houvera as agonias do fosgênio e do gás mostarda, capaz de queimar e corroer os olhos e a carne de um homem até os ossos. Antes do gás venenoso, houvera as repulsivas incapacitações causadas por fungos e parasitas que atacavam pés humanos, por gangrenas que se propagavam nas trincheiras inundadas e sem drenagem, infestadas de ratos. Mas antes de tudo isso, o "choque de bomba".

Os relatos iniciais dessa estranha condição foram desconcertantes. Homens aparentemente intactos apresentavam um amontoado de sintomas contraditórios: respiração acelerada e incapacidade respiratória, silêncio e desvario, movimentação exagerada e catatonia, recusa de abandonar as armas e recusa de tocar em armas. E sempre havia os pesadelos — em caso após caso, terrores noturnos que acordavam e alarmavam os companheiros de armas.

Aí vinham sintomas ainda mais peculiares. Surdez, mutismo e cegueira; paralisia dos punhos e das pernas. Tudo sem nenhum dano orgânico aparente.

Os franceses tinham um nome para esses homens: *simulateurs*. Os britânicos também: *malingerers*. Fingidores de doença. Na verdade, o primeiro tratamento prescrito pelos ingleses foi o pelotão de fuzilamento, já que no Exército britânico a covardia era um delito passível de ser punido com a morte. Os médicos alemães, em contrapartida, usavam a eletricidade. A teoria reconhecida que justificava a terapia de eletrochoque dos alemães era não que ela curava, mas que, aplicada numa voltagem suficientemente alta, fazia o paciente voltar a preferir a alternativa de retornar à frente de batalha. Os médicos alemães tinham, porém, desconsiderado uma terceira opção, à qual um número não reduzido de pacientes havia recorrido: o suicídio.

Ainda assim, mesmo com todos esses desestímulos, a maré não foi contida. O número de homens atingidos subiu em proporções estarrecedoras. Oitenta mil soldados na Grã-Bretanha acabaram diagnosticados com a misteriosa enfermidade. Muitos eram oficiais de elevado caráter e, do ponto de vista britânico, de linhagem e formação irrepreensíveis. Como resultado, a tese da simulação acabou finalmente sendo posta em dúvida.

Os primeiros médicos a levarem a sério essa condição anunciaram que a culpa deveria ser atribuída à explosão de mísseis. Dizia-se que as detonações explosivas das poderosas bombas modernas produziam micro-hemorragias nos vasos sanguíneos cerebrais, causando paralisia neurológica ou choque cerebral. Dessa forma, foi cunhado o termo "choque de bomba".

O nome pegou, mas não o diagnóstico. Um número grande demais de homens em choque de bomba não havia passado por bombardeio algum. Logo ficou claro que, para essa condição, a psicologia era mais importante que a fisiologia. E ficou igualmente claro que apenas um único psiquiatra havia apresentado uma teoria de doença mental capaz de explicar os sintomas: Sigmund Freud.

Aos poucos, mas em número crescente, médicos de todo o mundo — homens que tinham anteriormente encarado a psicanálise com desgosto e desconfiança — passaram a reconhecer que o conceito freudiano de inconsciente bastava por si só para dar sentido ao choque de bomba e a seu tratamento. "O destino parece ter nos proporcionado", escreveu um médico britânico em 1917, "uma oportunidade sem precedentes para testar a veracidade da teoria do inconsciente de Freud." O teste mostrou-se positivo.

Médicos ingleses, australianos, franceses e alemães relataram o impressionante sucesso da psicoterapia no tratamento de vítimas do choque de bomba. Na Grã-Bretanha, autoridades militares convocaram o dr. Ernest Jones, um dos primeiros discípulos de Freud — que ainda estava impedido da prática hospitalar devido à sua inclinação por discutir impropriedades com meninas de doze anos —, para tratar o que começava a ser chamado de "neurose de guerra". A Alemanha enviou uma delegação a um congresso psicanalítico internacional, implorando por assistência para lidar com os pavilhões lotados de vítimas de choque de bomba. O governo austríaco solicitou ao próprio Freud — até então caluniado e no ostracismo — que conduzisse uma investigação referente ao tratamento adequado para a doença. Em 1918, o mais provável é que existisse apenas um homem no mundo que aceitava a veracidade da psicanálise, enquanto, ao mesmo tempo, sentia que a teoria freudiana *não* podia explicar a neurose de guerra. Esse homem era Sigmund Freud.

"Ele devia estar na escola", Colette disse alguns dias depois, referindo-se ao irmão. Ela estava ao volante, conduzindo o caminhão por estradas absolutamente esburacadas. Não tinha escrúpulos em falar do irmão na presença do menino. "Mas ele é... muito pouco cooperativo. Em Paris os professores achavam que ele fosse surdo. E também achavam que ele não era capaz de falar. Mas ele fala. Eu sei que fala."

Na traseira do caminhão, Luc dedicava-se novamente a seu brinquedo favorito — um velho carretel de pesca —, emitindo sons ininteligíveis.

"Há quanto tempo ele está assim?", Younger perguntou.

"Havia fumaça por toda parte depois que incendiaram Sommeilles. A fumaça entrou no porão do carpinteiro, mas Luc não quis sair. Passou o dia todo deitado ali. Em seguida pegou um resfriado e, naquela noite, começou a tossir — uma tosse forte. Pensei que fosse perdê-lo também. Ele melhorou, mas desde então ficou assim."

"Ele já teve problemas de respiração — quando corre, por exemplo?"

"Nunca", disse Colette. "Todo mundo diz que ele deve ter tido uma pneumonia, mas acho que é outra coisa. Algo psicológico. Uma 'neurose', talvez. Você já ouviu falar do doutor Freud, de Viena?"

"À esquerda naquela placa", disse Younger.

"É um psicólogo, muito famoso. Todo mundo diz que é o único que entende de neuroses de guerra. E ele trata de crianças."

"O doutor Freud de Viena", repetiu Younger. "Ele tem uma teoria peculiar sobre as causas da neurose."

"Você leu a obra dele? Não consegui nada em francês."

"Li, sim, e o conheço. Pessoalmente."

"Mas isso é maravilhoso!", exclamou Colette. "Quando a guerra acabar, vou escrever para ele. Nós não temos dinheiro, mas pensei que ele talvez concordasse em atender o Luc. Você me ajuda?"

"Não."

"Não? Por quê?"

"Eu não acredito na psicologia de Freud", ele respondeu. "Na verdade, não acredito em psicologia nenhuma. Estilhaços, bactérias, enxofre — tire isso de dentro do organismo humano, e você terá uma boa chance de fazer com que ele melhore. Mas 'neurose'? Neurose significa 'não diagnóstico'. Como você sabe que o Luc não tem um problema na laringe?"

"Eu sei que ele pode falar. Eu sei. Ele simplesmente não fala."

"Bem, se você estiver certa, então ele é tímido. Eu era tímido nessa idade."

"Ele não é tímido", contestou Colette. "É como se ele estivesse — como dizer? — rejeitando o mundo."

"Perfeitamente racional, considerando o que ele viu do mundo. Estacione aqui."

Colette brecou o caminhão de repente e estacionou. "Os pacientes do doutor Freud melhoram", ela insistiu. "Todo mundo diz isso."

"Isso não prova que as teorias dele sejam válidas."

"E o que importa, se os pacientes melhoram?"

"Nesse caso, por que não dar óleo de cobra ao menino?"

"Eu daria, se isso o fizesse melhorar. Eu faria qualquer coisa para que ele melhorasse."

Younger abriu a porta. "Não há nada de errado com a cabeça do seu irmão", afirmou. "Ele só precisa que esta... que esta maldita guerra termine."

Em 13 de julho, Younger ficou ocupado a noite toda no fronte, cuidando de alguns homens gravemente feridos; só conseguiu retornar à base na noite seguinte, bem tarde. Apesar da hora, requisitou um veículo de transporte e foi até a posição francesa onde Colette geralmente podia ser encontrada. Ao chegar lá, ela estava lavando roupa à luz dos faróis do caminhão.

Ela correu para ele: ficaram face a face, mas não se tocaram. "Onde você esteve?", ela perguntou. "No fronte?"

Em tempos de guerra, a certa altura os homens ou param de pensar na morte ou ficam paralisados por ela. Younger deixara de pensar na morte. "Neste momento estou ausente, mesmo sem licença", replicou. "Delito sujeito a corte marcial."

"É mesmo?"

"Está tudo bem. Meu superior sabe onde eu estou. Eu não podia deixar de celebrar o Dia da Bastilha." Da traseira do jipe, tirou uma garrafa de vinho de sobremesa, dois copos, uma lata de *foie gras*, um queijo azul, um vidro de morangos em conserva, manteiga fresca e um sortimento de biscoitos ingleses. "Não é exatamente revolucionário", observou, "mas foi o melhor que pude fazer."

"Onde você arranjou tudo isso?", ela perguntou, espantada.

"Permite-me, Mademoiselle?"

"Com prazer."

Ela estendeu um lençol sobre a relva e arrumou os mantimentos que ele trouxera. A noite estava morna. Ele jogou a jaqueta de couro no chão, pôs o quepe e a pistola em cima dela e começou a sacar a rolha do vinho, mas parou quando viu sangue escorrer de seus dedos sobre a garrafa. "Por acaso você sabe costurar?", perguntou.

Ela ergueu a manga dele e engasgou ao ver a profunda laceração no antebraço. "Espere aqui", ordenou. Instantes depois voltou trazendo linha de sutura e álcool desinfetante: "Não tenho anestésico", acrescentou.

"Para isto aqui?", ele retrucou.

Ela verteu álcool puro sobre o ferimento, que chiou e efervesceu; depois correu a agulha sobre um trecho de pele que borbulhava e sangrava, depois sobre outro, puxando a linha e apertando bem. "Como é que você aguenta?", perguntou.

"Eu não sinto."

"Claro que sente", ela disse, continuando a suturar.

"Eu fico indiferente."

"Um homem que não sente dor não consegue sentir prazer."

"Eu também sou indiferente ao prazer."

"Não é isso que as enfermeiras dizem."

"Como é?"

"Há quanto tempo você não dorme?", ela indagou.

"Há uma coisa em você que eu não consigo entender, senhorita Rousseau. Especificamente, o fato de deixar Paris para viver num caminhão. E não venha me dizer que era o seu dever para com a França."

"Por que não?", ela perguntou, costurando o último pedacinho do ferimento. "Agora fique quieto."

"Porque as mulheres não agem por dever à pátria. Sempre há um homem em algum lugar."

"Você é indesculpável." Ela cortou a linha e amarrou. "Pronto."

Ele flexionou a mão, fez um meneio, abriu o vinho, serviu um copo para ela e brindou às mulheres. Ela retribuiu com um brinde à França. Depois, lançaram-se à comida; ela o serviu. "Você estava indo atrás de algum rapaz, é óbvio", recomeçou Younger. "Ele foi chamado para a frente de batalha, e esse foi o único modo de você ir com ele. A única questão é se você o perdeu ou se ele perdeu você."

"Eu não estava atrás de rapaz nenhum."

"Minhas desculpas... de um homem."

"Nem de um homem."

"De uma moça?"

Ela jogou um biscoito nele.

"Desculpe, é que não faz sentido", ele continuou. "Você abandonou a Sorbonne, que deve ter sido a coisa mais importante da sua vida. Você sabe que não vão aceitá-la depois da guerra. Haverá homens demais para retomar a educação interrompida."

"Sim." Ela tirou as migalhas do cobertor, mal disfarçando seu profundo desapontamento. "Até mesmo Madame Curie me alertou que não poderia me receber de volta."

"Então por que você saiu?"

"Porque eu não suportava mais a caridade."

Ele foi incapaz de ler a expressão em seus olhos.

"Há pessoas", ela continuou, "dispostas a acolher aqueles que perderam a família, dispostas a nos sustentar. Mas a caridade tem um preço. Aqui fora temos um teto sobre a cabeça e não preciso pedir pão a ninguém."

"Qual era o preço?", quis saber Younger.

"Dependência."

"Todos nós somos dependentes quando jovens. No mínimo da família."

"Ser dependente da família é uma alegria", ela disse. "Ser dependente de outra pessoa é diferente."

De novo ela vestiu sua expressão indecifrável, mas desta vez Younger conseguiu decifrá-la.

"Então, você não estava mentindo, mas mesmo assim eu tinha razão."

"O que você quer dizer?"

"Você não estava atrás de um homem quando deixou Paris, estava fugindo de um. Um homem que queria ser gratificado por seus investimentos caridosos."

Ela o observou por cima do aro dos óculos.

"Você teve um... um relacionamento íntimo com ele", prosseguiu Younger. "Ninguém pode culpá-la."

"Você é muito curioso com relação aos meus relacionamentos."

"Qualquer garota teria feito a mesma coisa em seu lugar."

"Talvez uma garota americana. Eu, não. Você não vai acreditar quando eu disser quem foi: Monsieur Langevin."

Paul Langevin era o grande físico francês que mantinha um notório relacionamento amoroso com Marie Curie, divulgado em jornais do mundo inteiro vários anos antes.

"Eu devia ter percebido", declarou Younger. "Você já mencionou o nome dele para mim uma vez, com mais veneno do que qualquer outra palavra que ouvi você pronunciar, exceto 'alemão'. O que foi que o patife fez?"

"Tentou tirar a minha roupa no laboratório."

"Canalha! Onde ele deveria ter tentado?"

"Você acha engraçado? Esse era o homem que Madame Curie amava. O homem pelo qual ela perdeu tudo. E ele faz amor comigo quase debaixo do nariz dela."

"Pelo menos ele tem bom gosto."

"Acho que você está tentando me provocar. Foi assustador. Ele tinha levado Luc e eu para sua casa. Pensei que ele estivesse sendo gentil. Mas aí veio o laboratório, e depois mais, na casa dele."

"À força?"

"Não, quando eu resisti ele me soltou. Mas precisei empurrá-lo. Foi insuportável. Se eu tivesse deixado a casa dele sem sair de Paris, Madame teria entendido tudo imediatamente, não importa o que eu lhe dissesse. Teria sido uma agonia para ela. E ela teria me odiado."

"Então você aprendeu a dirigir este caminhão", disse Younger.

"Não consegui pensar em outra maneira. Eu precisava deixar a universidade. Ele sempre encontrava um jeito de ficar perto de mim. Cedo ou tarde, Madame iria perceber como estavam as coisas."

Younger fez uma pausa para absorver a ideia. "Então você desistiu da Sorbonne para poupá-la?"

Um demorado silêncio caiu sobre eles. "Há três coisas que eu vou fazer na minha vida", ela disse. "A primeira é ajudar Luc a melhorar. A segunda é me graduar na Sorbonne, pelo meu pai. Se não me aceitarem imediatamente depois da guerra, vou me candidatar quantas vezes for preciso."

"E a terceira?"

Ela alisou a saia. Então o examinou. "É claro que para você é diferente. Você é homem, teve muitas garotas e é aplaudido por isso."

"Eu? Eu sou celibatário como um capuchinho."

Ela deu uma risada zombeteira.

"Se você der ouvidos outra vez às enfermeiras, saiba que elas estão apenas com ciúmes, porque eu passo todo o meu tempo com você."

"Você nunca se casou?"

"Eu não acredito no casamento."

"Deixa eu adivinhar por quê", ela disse. "Porque você acha que é contra a natureza do homem ser monogâmico."

"Casamento é olhar para o futuro. O que não é prático, quando se está em guerra."

"Eu tenho outra explicação." Ela tirou os óculos e pegou a jaqueta de couro e o quepe militar de Younger. "É porque você é americano."

"E daí?"

"Daí que se você fosse francês e se casasse, poderia ter quantos casos amorosos quisesse. Consideraria isso um direito seu. Mas como americano, precisaria ser fiel."

"Precisaria?"

"Homens americanos casados são muito mais fiéis. É o que diz Monsieur de Tocqueville." Ela se levantou, provando a jaqueta e o quepe. "Como estou?"

Ele não respondeu.

"Não gosta que eu vista seu uniforme? Tudo bem." Ela tirou o quepe e o colocou na cabeça dele, ajeitando-o a seu gosto. "Fica melhor em você mesmo."

Ao arrumar o quepe na cabeça de Younger, com a cintura dobrada à frente dele, as abas da jaqueta de couro, grande demais para ela, abriram-se na altura do pescoço, deixando entrever um pequeno medalhão de prata e madrepérola pendendo sobre sua blusa branca. Ele pegou os pulsos dela e a fez abaixar-se lentamente para o chão.

"O que você está fazendo?", ela perguntou.

Ele desabotoou o botão superior de sua blusa.

"Não faça isso", ela disse.

Ele beijou seu pescoço.

"Não", ela sussurrou.

Ele parou e olhou para ela. Seus olhos verdes e ferozes o encaravam, tensos. O medalhão subia e descia com seu peito. Ele tentou alcançar sua blusa. Ela se esquivou feito um animal. Quando se pôs de joelhos, a pistola estava em suas mãos. Mas estava no coldre, que ela não conseguia tirar. Bateu a arma furiosamente, fazendo o cinturão parecer um rabo de cachorro. Por fim conseguiu liberar a pistola e a apontou para ele.

"Não se mexa", disse.

Ele ergueu o cenho. "Para sua informação, eu estava prestes a abotoar de novo sua blusa."

"Eu não preciso da sua ajuda para abotoar", ela respondeu, pondo-se de pé e demonstrando o que acabara de afirmar. Ele também começou a se levantar. "Eu disse: não se mexa."

Ele se levantou, ignorando a ordem.

"Simplesmente entre no seu carro e vá embora", ela disse, desfazendo-se da jaqueta de couro e jogando-a aos pés dele. "Se der um passo na minha direção, eu atiro."

"Vá em frente." Ele deu um passo adiante para pegar a jaqueta. "Melhor morrer pelas suas mãos que de um monte de outras maneiras."

Ela nunca teve tempo de replicar. O motor de um veículo militar rugiu nas proximidades e um carro de dois lugares, sem capota, dirigiu os faróis diretamente para eles. O veículo estacionou a menos de três metros. O superior de Younger saltou, deixando o motor ligado; sob o brilho dos faróis, Colette ainda apontava a arma para Younger.

"Sinto muito, senhor", disse o recruta. "Está tudo bem?"

"O que é, Franklin?"

"Querem que o senhor volte. Já."

"Por quê?", perguntou Younger.

"Dois emissários salsichas foram capturados perto de Reems", disse Franklin, referindo-se à cidade de Rheims. "Acharam mensagens neles. O ataque vai ser esta noite, senhor. O grande ataque."

"Perdoe-me, Mademoiselle, mas minha pátria me chama", disse Younger, pegando o cinturão da grama e prendendo-o na cintura.

Ela franziu o cenho. "Vão mandá-lo para o fronte?"

Ele sorriu. "Jamais senti tanta solicitude de alguém que me apontava uma arma." Ele estendeu a mão, pedindo a pistola. Ela entregou.

"Senhor...", o recruta chamou, ansioso.

"Estou indo, Franklin", disse Younger. Observou pesarosamente a refeição inacabada. "Talvez o menino possa comer o resto amanhã. Com exceção do vinho."

Às 23h45, enquanto em Paris generais americanos e franceses desfrutavam de um jantar de gala na antiga residência do barão Charles Rothschild, em Château-Thierry as forças aliadas abriam fogo com todos os seus recursos contra as invisíveis divisões alemãs que, pelo que se dizia, estariam se reunindo na margem norte do Marne. Durante quatro horas, os alemães aceitaram o bombardeio, imóveis e impassíveis. Às 3h30, o ataque deles teve início.

Sob a cobertura de uma furiosa contrabarragem — dezessete mil e quinhentas rodadas de bombas de gás; trinta e cinco toneladas de explosivos —, mãos alemãs invisíveis começaram a ocupar o Marne com pontes móveis. Por sobre essas pontes, chegavam as tropas de ataque, ondas e mais ondas delas. O 125º batalhão francês foi imediatamente dominado e obrigado a recuar em absoluto tumulto. Em contrapartida, as ingênuas companhias de vanguarda americanas mantiveram suas posições e logo foram totalmente dizimadas.

O avanço alemão foi firme, irresistível, passando por cima de tudo em seu caminho. Após três quilômetros, os alemães viram-se afunilados entre as duas cristas que se erguiam de cada lado do vale Surmelin. Uma eventualidade para a qual os americanos haviam se preparado. Desafiando as ordens dos comandantes franceses, que se recusavam a reconhecer a possibilidade de um recuo Aliado maciço, a Terceira Divisão americana havia instalado artilharia pesada, bem fortificada, no Bois d'Aigremont de um lado do vale e no Moulin Ruiné do outro, na retaguarda das posições aliadas. Agora esses armamentos começaram a despejar uma chuva de artilharia sobre a exposta infantaria alemã. Os regimentos germânicos passavam um após outro pela linha de tiro; morreram em número tão grande que o solo ficou vermelho até uma profundidade de quinze centímetros.

O posto de atendimento de Younger ficou inundado de baixas. Caminhões e carroças puxadas a cavalo entravam e saíam carregando feridos, mortos, moribundos. Nas primeiras e escuras horas do dia 16 de julho, um oficial alemão com costelas espatifadas foi trazido, mas Younger, que mal havia dormido nas últimas setenta e duas horas, recusou-se a lhe dar prioridade sobre os soldados feridos aliados.

“Selvagens americanos”, o oficial comentou em alemão.

“Deixe-me pensar”, retrucou Younger no mesmo idioma enquanto retirava uma tira surpreendentemente longa de arame farpado, pingando sangue, da perna de um homem. “Quem foi que torpedeou um navio-hospital britânico duas semanas atrás, depois matou as enfermeiras sobreviventes fuzilando-as dentro da água? Ah, sim, isso mesmo — os alemães.”

O oficial cuspiu sangue num lenço. “Vocês, americanos, estão atirando em homens caídos. Não estão dando chance de nos rendermos. Estão matando todo mundo.”

“Ótimo”, disse Younger.

Embora os combates fossem prosseguir por mais vinte e quatro horas, ao amanhecer o fracasso da ofensiva alemã ficou claro. No dia 18, os Aliados desfecharam um estarrecedor contra-ataque, apoiado por uma força de combate americana agora um milhão de vezes mais poderosa. Subitamente os alemães, que apenas alguns dias antes tinham Paris em seu campo de visão, estavam retrocedendo, recuando, tentando desesperadamente se reagrupar ao norte do Marne para evitar uma derrocada total.

No alvorecer do dia seguinte, o corpo médico de Younger foi realocado em Soissons. Os acampamentos de Château-Thierry agora estavam desertos. Tudo que restava era cascalho, uma igreja explodida e os destroços queimados de um bombardeiro alemão Friedrichshafen abatido. Os únicos sons vinham dos veículos de transporte militares e das bombas de artilharia ao norte.

Enquanto sua companhia se deslocava, Younger olhou para trás, para a estrada de terra que, por vários dias, ele e Colette haviam percorrido, com o menino silencioso na traseira do caminhão. Em seguida, tirou o pensamento da cabeça. Se um homem não olha para frente, tampouco deve olhar para trás.

Ele não a viu até o fim da guerra.

Em agosto, os alemães já tinham sido derrotados. Eles sabiam; todo mundo sabia. No entanto, a guerra se arrastou. No começo de novembro, Younger estava num quartel bombardeado perto de Verdun, debruçado sobre um atirador inglês que ficara preso debaixo de um canhão de meia tonelada. A perna do rapaz estava quebrada; Younger tentava colocar a fíbula no lugar. Apesar da dor, o soldado ficava olhando seu relógio.

"Queira me desculpar, senhor", disse o ferido por fim, "mas ainda vai demorar muito?"

"Eu poderia simplesmente cortá-la fora", respondeu Younger. "Seria mais rápido."

"Os *boches*, senhor", sussurrou o homem. "Eles vão bombardear isto aqui em dez minutos."

"E como você sabe disso, soldado?", indagou Younger.

O ferido olhou em volta para se certificar de que estavam a sós. "É uma... espécie de acordo, senhor."

"Ah, é?" Younger olhou nos olhos do homem para ver se ele estava delirando. Não parecia estar.

"Eles nos bombardeiam por quarenta minutos, depois é a nossa vez de bombardeá-los por quarenta minutos. Mesma hora, mesmo lugar, todo dia. Desse jeito, ninguém leva a pior."

Younger parou o que estava fazendo. "Seus oficiais consentem com isso?"

"Eles não sabem", explicou o soldado. "Nós, atiradores, combinamos isso entre nós, por assim dizer. O senhor não vai dizer nada, vai, senhor?"

Younger refletiu: "Não, não vou".

Dois dias depois, às 5h45, operadores de rádio espalhados por toda a França captaram um sinal transmitido da Torre Eiffel por todos os canais. Era uma mensagem do marechal Foch, o supremo comandante aliado, anunciando o fim da guerra. Um armistício fora assinado. Todas as hostilidades deveriam cessar às onze horas em ponto, horário francês.

Às nove da manhã, o cessar-fogo fora oficialmente transmitido aos comandantes aliados e comunicado aos homens nas trincheiras. Paradoxalmente, os soldados que mais tinham a ganhar com a notícia foram os que mais se mostraram ansiosos com ela. Homens que haviam aprendido a se lançar mês após mês no fogo de metralhadoras, alheios a riscos pessoais, de repente passaram a ter medo da possibilidade de morrer nas duas últimas horas da guerra.

Às dez e meia, o regimento em que Younger servia começou a bombardear ferozmente posições alemãs cruzando terras de ninguém. No interior de um reduto de oficiais, Younger gritou a um segundo-tenente que conhecia, perguntando que diabos estava acontecendo.

"Estamos atacando", respondeu o segundo-tenente.

"O quê?", berrou Younger, recusando-se a acreditar que tivesse ouvido direito. Então viu soldados da infantaria correndo pela rede de trincheiras, expressões tensas, armados e agrupados para assalto. Da frente de batalha, ouviu ordens de comando berradas e metralhadoras atirando — no lado alemão, o que significava que os soldados aliados já tinham irrompido no topo da colina.

"Isso é loucura", disse Younger.

O tenente deu de ombros: "Ordens", replicou.

Às 10h56, veio o comando para suspender o ataque Aliado. Levou aproximadamente dois minutos para a ordem se espalhar do quartel de campanha para os postos de rádio e chegar aos capitães no campo de batalha. Às 10h58, as últimas armas aliadas silenciaram. Às 10h59, a chuva de artilharia alemã cessou. Um silêncio etéreo, frágil, pairou no ar.

Doze segundos depois, Younger ouviu o assobio de uma última bomba lançada — pelo som, um morteiro setenta e cinco milímetros de longo alcance. O tiro chegou bem perto; o chão tremeu sob seus pés e nacos de terra se desprenderam das paredes. Possivelmente a bomba atingira algum reduto, talvez ele fosse até mesmo habitado. Todos aguardaram com a respiração suspensa. Então ouviram a eclosão de três granadas aliadas, provavelmente apontadas para o morteiro alemão que disparara a última bomba.

"Não", sussurrou Younger.

Naturalmente os alemães responderam com fogo. Em breve o ar estava outra vez tomado pelos uivos e tremores de um bombardeio em grande escala. A carnificina prosseguiu à solta durante horas. Houve até mesmo o disparo de sinais luminosos no céu, inúteis à luz do dia e absolutamente inofensivos. Nenhum dos lados parecia ter algum objetivo, a não ser gastar cada última peça de munição do seu arsenal.

Onze mil homens morreram ou foram feridos em 11 de novembro de 1918, num combate que ocorreu depois de os comandantes saberem que a guerra havia terminado.

Após o armistício, Younger ficou vinculado ao Exército de ocupação dos Aliados. Cruzar a fronteira da Alemanha foi uma revelação: no país inimigo, havia campos verdes bem-cuidados, telhados e chaminés incólumes, gado gordo com pasto fresco, esposas de agricultores roliças com fartas colheitas. Os soldados aliados — especialmente os franceses, mas não somente eles — olhavam para tudo isso com repulsa, após a ruína da França.

Em Bitburg, Younger tinha uma responsabilidade hospitalar. Não gostou daquilo. O trabalho era normal demais e, para ser franco, seguro demais. Em janeiro do novo ano, numa hora de almoço, ele se surpreendeu quando um recruta bateu de leve em seu ombro e disse que ele tinha uma visita, fazendo um gesto em direção à entrada do refeitório, onde ele viu Colette com seu habitual suéter de lã e saia longa.

Ele enxugou a boca e foi até ela. Eles não se deram as mãos nem se abraçaram. Soldados empurravam Younger para poderem entrar no enorme e barulhento salão.

"Você está vivo", ela disse.

"Parece que sim. Está causando uma comoção, senhorita Rousseau."

Vários soldados que se espremiam para cruzar a porta de entrada pararam subitamente, fazendo com que os que vinham atrás os atropelassem, o que resultou num caótico amontoado de gente, tudo porque uma improvável e adorável moça francesa estava parada na entrada.

"Avante, homens — vamos andando", disse Younger, ajudando um deles a se levantar do chão e dando-lhe um empurrão. "O que traz você a Bitburg?"

"Estou procurando o escritório militar alemão. Reconheci as cores da sua companhia lá fora. Pensei em..." Ela baixou o olhar. "Queria me desculpar por aquela noite. Foi culpa minha."

"Culpa sua?"

Ela franziu o cenho. "Eu flertei com você."

"Sim. É a minha recordação mais feliz da guerra. Eu sei que tipo de homem você está procurando."

A expressão dela ficou mais séria. "Sabe?"

"Um homem em quem você possa confiar", disse Younger. "Você confiou em mim, e eu falhei com você. Acredito que vou lamentar pelo resto da vida. Vamos lá, eu levo você até o escritório."

"Não. Está tudo bem."

"Permita-me", insistiu Younger. "Eles vão tratá-la melhor se você estiver com um americano."

O lado externo do hospital era silencioso e cinzento, bem como as ruas e o céu de Bitburg, que parecia anunciar eternamente uma nevasca que nunca vinha. Ele a levou até um prédio baixo de tijolos, onde uma pequena equipe de alemães administrava uma espécie de achados e perdidos — não de objetos, mas de soldados. Uma fila de pelo menos cem civis se estendia pela rua a partir da porta de entrada. Colette, ao ver a fila, disse a Younger que ele devia voltar. Então alguém na porta chamou e acenou para que eles fossem até a entrada. A fila era para civis, não para oficiais do Exército.

No balcão, com Younger traduzindo, Colette disse que estava à procura de um soldado chamado Gruber — Hans Gruber.

A corpulenta e rígida alemã atrás do balcão olhou para a moça francesa sem a menor simpatia. "Motivo?", ela perguntou.

Colette explicou que servira num hospital para vítimas da gripe perto de

Paris nos últimos meses da guerra. Entre os moribundos havia um prisioneiro alemão, Hans Gruber. "Ele estava muito triste e era muito religioso. Disse que seu agrupamento nem mesmo sabia o que havia acontecido com ele. Prometi a ele que tentaria devolver seus pertences e a placa com o número do registro a seus pais depois da guerra."

"Me dê a plaqueta", disse a mulher. "É propriedade do Estado alemão."

"Eu não trouxe", respondeu Colette. "Sinto muito."

A mulher fez uma expressão de desagrado. "Informação regimental?"

Colette forneceu. Foi instruída a voltar em sete dias. "Mas eu não posso", ela disse. "Tenho um emprego e... um irmão pequeno."

A mulher deu de ombros e chamou o próximo da fila.

"Eu venho pegar, senhorita Nightingale", Younger disse a Colette quando já estavam do lado de fora.

A referência não a impressionou: "Não, vou dar um jeito".

Começou a cair uma espécie de granizo mole — não era neve; parecia mais flocos de chuva congelada. "Você tem um novo emprego?", ele perguntou.

"Tenho", disse ela mais animada. "Começo em março. Você estava certo: a Sorbonne me recusou. Mas não faz mal. Vou entrar no ano que vem. Em todo caso, Deus teve pena de mim. Madame Curie me ofereceu um posto como técnica no Instituto Rádio. Vou aprender mais lá do que aprenderia na universidade."

"Os caminhos de Deus são misteriosos."

Ela o encarou: "Você não acredita?".

"Por que haveria de acreditar? Que ultraje! Essa gente acha que a morte de centenas de milhares de crianças devido à gripe é culpa de Deus! Não é culpa Dele."

"Não, não é." Ela se virou. Sua voz ficou mais débil: "Eles levaram Luc. Para uma escola de crianças especiais. Ele estava morando comigo no porão do Instituto. Madame vai me deixar morar lá até meu cargo se abrir. É bem agradável. Há banheiros, livros e placas quentes onde eu posso cozinhar. Mas alguém nos delatou para as autoridades".

"Idiotas", disse Younger. "O que significa uma criança especial?"

"As outras crianças são ladrões ou imbecis. É uma coisa criminosa. Luc não aprende nada e não recebe tratamento."

"Ele não precisa de tratamento. Ele precisa viver."

"Como você sabe? Você é psicólogo?"

Younger não respondeu.

"Você poderia tê-lo ajudado a conseguir o melhor tratamento do mundo. Lembra como às vezes ele costumava escrever bilhetes? Agora ele não faz nem mesmo isso. Há dois meses não se comunica com ninguém. Mas por que estou lhe contando isso? Por que estou aqui? Eu odeio este país. Preciso ir — daqui a pouco pego meu trem."

E foi embora correndo.

Ele esperava vê-la na semana seguinte. Dez dias depois, foi até o escritório de contato para saber se ela tinha voltado. Não tinha. Younger acendeu um cigarro e olhou para o alto, para o céu perpetuamente cinzento de Bitburg.

Na primavera, quando finalmente chegou sua ordem de dispensa, ele pegou um trem para Paris. No Instituto Rádio, perguntou pela srta. Rousseau. A recepcionista lhe informou que Colette não estava, mas que voltaria em breve. Ele ficou aguardando do lado de fora.

As ruas de Paris eram admiráveis. Sempre uma árvore no lugar certo. Os edifícios, charmosos e grandes, mas não grandes demais. O cheiro de água limpa no asfalto. Ele pensou se deveria se mudar para lá.

Colette estava no meio da escada quando o viu. Parou, atônita, e irrompeu em seu mais radiante sorriso, que desapareceu com a mesma rapidez. Estava ainda mais magra. As maçãs do rosto tinham uma coloração avermelhada, mas a causa, pareceu a Younger, podia ser fome.

"Vamos entrar", ela disse.

Ele fez que não com a cabeça. Em vez disso, saíram caminhando. "Achou o seu Hans Gruber?", ele perguntou.

"Ainda não."

"Não voltou a Bitburg, não é?"

"Não, mas vou voltar."

"Não voltou porque não tinha dinheiro para o trem. Você tem comido?"

"Daqui a dez dias vou estar bem. É quando meu trabalho começa. Por enquanto, preciso economizar tudo para Luc. Não dão comida suficiente a ele na escola. Estou com uma aparência ruim?"

"Mais linda do que jamais esteve, se é que isso é possível. Achei o seu soldado. Hans era austríaco. Apresentou-se como voluntário aos alemães quando a guerra começou. Eles me deram um endereço em Viena. Aqui está."

Entregou-lhe um pedaço de papel. Ela olhou. "Obrigada."

"Como está Luc?", ele perguntou.

"Péssimo."

"Eles o deixam sair?"

"Claro. Na verdade, a escola vai até o feriado no próximo final de semana. Quanto tempo você vai ficar em Paris? Sei que ele gostaria de ver você."

"Vou embora na sexta-feira."

"Ah", disse ela. "Venha conhecer o Instituto. Há alguns soldados americanos lá, aprendendo as técnicas radiográficas de Madame Curie."

"Eu sei. Por isso mesmo é que não quero entrar. Já tive o bastante do Exército."

"Mas eu poderia apresentá-lo à Madame."

"Não." Haviam chegado a uma rua onde trafegavam bondes. "Bem, senhorita Rousseau, não quero tomar seu tempo."

Ela olhou para ele. "Por que você veio?"

"Quase ia me esquecendo. Há mais uma coisa que eu quero lhe dar."

Tirou do bolso um envelope e entregou a ela. Dentro, havia um breve telegrama que dizia:

> 17 MARÇO 1919
>
> ACEITO COM PRAZER O MENINO COMO MEU NOVO PACIENTE. ACONSELHE A IRMÃ A ME PROCURAR DIRETAMENTE QUANDO CHEGAR A VIENA.
>
> FREUD

Ela perdeu a voz.

"Você pode matar dois coelhos com uma única cajadada", disse Younger. "Leve Luc para Freud e faça uma visita à família do seu soldado."

"Mas eu não posso. Não falo alemão. Onde eu ficaria? Não tenho dinheiro nem para as passagens."

"Eu falo alemão", ele replicou.

"E você iria?"

"Se você não atirar em mim."

Para a surpresa de Younger, ela jogou os braços em torno do pescoço dele. Teve a impressão de que ela estava chorando.

Jimmy Littlemore tirou os pés de cima da mesa da cozinha. Esticou o braço e serviu mais dois uísques. "Não te entendo, doutor. Primeiro você praticamente a estupra..."

"Absolutamente falso."

"Você desabotoou a blusa dela. Que tipo de garota achou que ela fosse?"

Younger examinou a cor outonal do bourbon. "As regras são diferentes na guerra."

"Ela não pensava assim", discordou Littlemore. "Gosto de como ela sabe o que vai fazer de si mesma. Ela quer curar sua mágoa, e vai conseguir."

"Não entendi."

"Estudar, curar a mágoa. Ela quer isso pelo pai. É a mesma coisa que sinto em relação a ir para Washington. Meu pai perdeu sua única chance com os federais. Quando Teddy Roosevelt foi para a capital, meu pai poderia ter ido junto. Era o melhor policial de Nova York, mas tinha família, filhos — você sabe. Provavelmente eu nunca vou ter essa chance, mas, se tiver, estou lhe dizendo, isso encheria meu pai de orgulho. E então, quando foi que você descobriu que o soldado dela não tinha morrido?"

O copo de Younger parou a meio caminho da boca. "Como você soube?"

"A plaqueta de identificação", disse Littlemore. "Ela vai a um escritório do Exército alemão para localizar um soldado morto e deixa a plaqueta do cara na França? Acho que não. Não creio que ela tivesse a plaqueta dele. E por quê? Porque ele não está morto."

"Eu sempre disse que você deveria ter sido detetive."

"E ela é caída pelo sujeito? E não queria que você soubesse?"

Younger parou um momento antes de responder. "Ela está apaixonada por ele, pelo Hans dela. Quer saber o que aconteceu na Áustria?"

"Sou todo ouvidos."

7

Nenhuma cidade no mundo foi mais modificada pela Grande Guerra que Viena.

Não fisicamente. Viena nunca foi invadida nem bombardeada como Paris. Nem uma única pedra foi lascada. O que a guerra abalou foi a alma de Viena, seu lugar no mundo.

Na primavera de 1914, Viena era o sol em torno do qual girava uma galáxia de cinquenta milhões de pessoas falando dezenas de línguas, todas unidas em fidelidade ao imperador Franz Joseph e aos Habsburgo. Viena era rica e sua situação tinha importância para o mundo. Cinco anos depois, era uma cidade irrelevante num país irrelevante — faminto, gelado, com suas fábricas fechadas, seu imperador fugitivo, seu império abolido, suas crianças deformadas por anos de desnutrição.

O resultado eram as inúmeras impressões contraditórias que causava nos viajantes que ali chegavam em março de 1919. De dentro do táxi da estação ferroviária — uma elegante carruagem puxada por dois cavalos —, Younger, Colette e Luc viram sob o sol nascente uma Viena superficialmente tão grandiosa como outrora. A majestosa Ringstrasse, a larga e monumental avenida que circundava a velha cidade interna, apresentava a mesma fachada invencível de antes da guerra. A Ringstrasse tomava emprestados, com toda a liberdade e sem nenhuma preocupação com a consistência, traços de todo o cânone da arquitetura ocidental. Depois de passar trotando por um cintilante e exagerado Partenon grego branco, a carruagem ultrapassou uma sombria catedral gótica e, em seguida, um palazzo neorrenascentista de múltiplas alas. O primeiro era o Parlamento, a segunda a prefeitura, o terceiro a internacionalmente famosa universidade. Mesmo os edifícios inferiores da Ring seriam palácios em qualquer outro lugar.

Porém as figuras que davam sua caminhada matinal pela Ring, embora elegantemente vestidas, já não exibiam uma postura imperial. Muitos homens estavam mutilados; muletas, mangas pendentes e tapa-olhos eram onipresentes. Mesmo aqueles com corpos saudáveis tinham algo de vago em seu aspecto. Longe da Ring, nas ruas menores, crianças faziam fila às centenas à espera de pacotes de comida. Em determinado ponto, Colette e Younger viram um amontoado dessas crianças disparando numa corrida louca; à debandada seguiram-se berros irados de adultos, depois pancadas e atropelos.

Colette queria que o táxi a deixasse no endereço de Hans Gruber.

Younger mostrou que, por causa do atraso do trem, que deveria ter chegado na noite anterior, eles corriam o risco de perder a hora marcada com Freud.

"Você pode perguntar ao condutor se o endereço é longe?", ela insistiu. "Talvez seja perto."

Não era. Colette cedeu. Depois de ter desistido, decepcionada, o condutor lhe disse num excelente francês: "Desculpe, Mademoiselle, mas se me permite: o ódio da França aos alemães se estende aos vienenses?".

"Não", ela respondeu. "Nós sabemos que vocês sofreram tanto quanto nós."

"De fato, temos os nossos problemas", concordou o condutor. "Notou, senhor, o que é tão perturbador nos cães em Viena?"

"Eu não vi nenhum cão", retrucou Younger.

"Isso é que é perturbador. As pessoas estão comendo seus cães. E o senhor já deve ter ouvido falar na doença do soluço. As pessoas começam a soluçar sem nenhuma razão explicável — tanto homens como mulheres — e não conseguem parar. Elas soluçam dormindo; o soluço dura tanto tempo que acaba em ataques epiléticos. Quando acordam, não se lembram de nada. São os nossos nervos. Sempre fomos nervosos, nós, vienenses — alegres, mas nervosos."

Colette elogiou o francês do cocheiro.

"Mademoiselle é tão generosa quanto charmosa", ele respondeu. "Quando eu era menino, tive uma governanta parisiense. Eis meu cartão. Se precisarem novamente de um táxi, podem me chamar."

O nome impresso no cartão era Oktavian Ferdinand Graf Kinsky von Wchinitz und Tettau.

"O senhor é um nobre", comentou Younger. A palavra *Graf* é um rótulo de nobreza em alemão; o *von* do último nome possui um significado semelhante.

"Um conde, sim, e um conde extremamente afortunado. Consegui conservar minha última carruagem, e ela tem sido o meu sustento. Um barão amigo meu varre o chão num restaurante. E observem a minha farda."

Pela primeira vez, Younger notou o uniforme que um dia fora digno, mas que agora estava surrado.

"Pertencia a um de meus criados. Nisso também tive sorte: eu tinha um serviçal tão baixinho e rotundo quanto seu patrão. Aqui estamos nós — Hotel Bristol."

"Mas isto... isto é grandioso demais", disse Colette ao ver o quarto. Os olhos de Luc fixaram-se numa mesa coberta por uma toalha branca, onde havia uma bandeja de prata recheada de guloseimas juntamente com duas jarras — uma de café e a outra de chocolate quente. Ele não passava fome como algumas crianças vienenses, mas não estava muito longe disso. A irmã acrescentou: "Nunca estive num quarto como este em toda a minha vida".

"E eles se atrevem a cobrar três *pennies* ingleses pelo quarto", replicou Younger. "É um roubo."

Menos de uma hora depois, num pequeno mas confortável apartamento de classe média na Berggasse — uma rua estreita de paralelepípedos que descia suavemente para o canal do Danúbio —, uma empregada recebeu Younger e Colette no consultório vazio de Sigmund Freud. "Estou tão nervosa", sussurrou Colette.

Younger aquiesceu. Era natural que estivesse nervosa: estava ao mesmo tempo preocupada e excitada com a perspectiva de o dr. Freud poder, de fato, ajudar seu irmão; e também ansiosa por causar boa impressão ao mundialmente famoso médico vienense. Mas não fora ela, refletiu Younger, quem o decepcionara.

O consultório de Freud era como uma banheira onde se despejara toda a civilização. Volumes com capa de couro enfileirados nas paredes, e cada centímetro não ocupado por livros estava repleto de antiguidades e estatuetas: vasos gregos intercalados com terracotas chinesas, entalhes romanos com miniaturas sul-americanas e bronzes egípcios. A sala pulsava com uma rica emanação de charuto e o profundo carmim dos tapetes orientais, que não só cobriam todo o assoalho de parquete, mas também se assentavam sobre os aparadores e até mesmo cobriam um longo divã.

Uma porta se abriu. Um cão, um *chow* minúsculo, veio trotando e ganindo. O animal foi seguido pelo próprio Freud, que parou junto à porta mandando o cãozinho se afastar dos sapatos de Younger e Colette. O *chow* obedeceu.

"Então, meu rapaz", disse Sigmund Freud a Younger, sem preâmbulos, "você não é mais psicanalista?"

Freud trajava um terno com colete e gravata. Na mão esquerda, semierguida, trazia um charuto entre dois dedos. Ele envelhecera desde que Younger o vira pela última vez. O cabelo grisalho tinha ficado mais fino e recuado; a barba curta e pontuda estava totalmente branca. Todavia, para um homem de sessenta e três anos, ele permanecia charmoso, robusto e em boa forma, com os olhos exatamente conforme Younger se recordava — ao mesmo tempo penetrantes e acolhedores, sérios e divertidos.

"Senhorita Rousseau", começou Younger, "permita-me apresentá-la ao doutor Sigmund Freud. Doutor Freud, pensei que o senhor talvez quisesse conversar com a senhorita Rousseau antes de conhecer o irmão dela."

"Encantado, Fräulein", disse Freud. Voltou-se para Younger: "Mas você não respondeu à minha pergunta".

"Eu não pratico mais psicologia nenhuma, senhor."

"Você era psicanalista?", perguntou Colette.

"Não mencionei isso?", Younger retrucou.

"Ele nunca lhe contou que foi meu discípulo mais promissor na América?", indagou Freud.

"Não", disse Colette.

"Naturalmente", disse Freud. "A primeira vez que nos encontramos, Younger conduziu uma análise sob minha supervisão — da jovem que acabou se tornando sua esposa."

"Ah, sim", disse Colette, "é claro."

Younger não se manifestou.

"Ele não lhe contou que era casado?", perguntou Freud.

Colette enrubesceu. "Ele não fala nada de si mesmo."

"Entendo. Bem, ele não é mais casado, caso esse assunto seja de algum interesse. Mas decerto ele deve ter-lhe contado em que consiste a análise."

"Não, nem mesmo isso."

"Então é melhor que eu explique — por favor, queira sentar-se", convidou Freud, olhando Younger de relance. Em seguida, chamou a empregada, instruiu-a a trazer chá e instalou-se numa confortável cadeira. "A senhorita é cientista?"

"Estou estudando para ser. Radioquímica. Vou trabalhar no instituto de Madame Curie. Meu trabalho começa na semana que vem."

"Entendo. Ótimo. Como cientista, a senhorita vai acompanhar com facilidade o que estou prestes a lhe dizer. Quando uma criança vai ser analisada, julgamos necessário que o pai — ou o guardião, no seu caso — seja informado antecipadamente de como nós, analistas, trabalhamos. Por isso Younger me deu a oportunidade de conversar primeiro com a senhorita."

Younger e Colette haviam deixado Luc no hotel. Paula, a empregada de Freud, entrou com o serviço de chá.

"Todas as neuroses", prosseguiu Freud enquanto a moça servia o chá, "são causadas por lembranças, tipicamente lembranças muito antigas, relacionadas a algum desejo proibido. Os desejos de que sofrem os neuróticos não são exclusividade deles. Todos tivemos tais desejos na infância, mas, nos neuróticos, algo impede que essas recordações sejam esquecidas e abandonadas da forma habitual. Elas ficam pairando nos recessos da mente do indivíduo — tão bem ocultas que de início meus pacientes não têm sequer consciência delas. O objetivo da análise é tornar o paciente consciente dessas lembranças reprimidas."

"Para que eles possam esquecê-las?", indagou Colette.

"Para que eles possam libertar-se delas", replicou Freud. "Mas é um processo quase sempre penoso, porque a verdade pode ser difícil de aceitar. Invariavelmente o paciente — e a família do paciente — resistirá a nossas interpretações, e resistirá com bastante intensidade. Pode haver uma boa razão para isso. Uma vez que a verdade venha à tona, a família estará irremediavelmente transformada."

Colette franziu o cenho. "A família?"

"Sim. Na verdade, com frequência é assim que sabemos que chegamos à verdade: a família do paciente de súbito exige que a análise chegue ao fim. Embora por vezes haja outras provas, mais fortes. Vou lhe dar um exemplo. Tenho uma paciente — como a senhorita, francesa de nascimento — que vem de uma família de considerável estirpe e riqueza. Sua queixa era frigidez."

Younger se remexeu na cadeira. O caráter explícito da psicanálise de lidar com aspectos carnais era a principal razão de Younger não gostar de discuti-la com Colette.

"Em uma de suas primeiras sessões", prosseguiu Freud, "esta paciente, uma mulher atraente na casa dos quarenta anos, descreveu um sonho que tivera na noite anterior. Ela estava no Bois de Boulogne. Um casal que ela conhecia estava deitado numa cama de casal bem ali no parque, na grama verde junto a um lago. Apenas isso — nada mais. O que diria que o sonho significa, senhorita Rousseau?"

"Não sei", respondeu Colette. "Os sonhos têm significado?"

"Com toda a certeza. Informei a ela que quando criança, provavelmente entre os três e os cinco anos, ela havia presenciado uma cena de intercurso sexual a que não deveria ter assistido — talvez mais de uma. Ela respondeu que isso era impossível, pois crescera sem a mãe. Mas obviamente teve babás. De repente, ela se lembrou de que sua primeira babá deixara a família de maneira abrupta quando ela tinha cinco anos. Ela nunca soube a razão. Eu disse que era bem provável que a babá estivesse envolvida em seu sonho. Então, ela fez algumas indagações em casa.

"Interrogou todo mundo, inclusive criados de longa data. Todos negaram qualquer coisa relacionada com a partida da babá, e ela retornou a mim afirmando que eu devia estar enganado. Então ela teve outro sonho, no qual essa mesma babá apareceu, porém com uma cara de cavalo. Eu lhe disse que isso representava... Younger, talvez você saiba o que este segundo sonho representava."

"Não", respondeu Younger.

"Não? Neste caso", replicou Freud, "por que não diz à senhorita Rousseau o que *eu* disse que significava?"

"Não estou certo de que o assunto em questão seja apropriado."

"Para mim?", Colette perguntou asperamente.

"Se a senhorita Rousseau pretende consentir no tratamento do irmão", disse Freud, "você não acha que ela deveria saber no que está consentindo?"

"Muito bem", acedeu Younger. "Para começar, provavelmente o doutor Freud teria dito que a cara de cavalo da babá era um exemplo de condensação: representava ao mesmo tempo a própria babá e o homem com quem ela dormiu."

"Muito bom", disse Freud, parecendo genuinamente satisfeito. "E quem era esse homem?"

"O pai da paciente era um cavaleiro, suponho?"

"Não", replicou Freud, não deixando entrever mais nada.

"Ela o associava a cavalos?"

"Não que fosse do meu conhecimento."

Younger fez uma pausa. "Mas havia cavalos na propriedade?"

"Eles tinham um estábulo", respondeu Freud. "Para as carruagens."

"Nesse caso", ponderou Younger, "desconfio que o senhor tenha dito que o homem com quem a babá dormiu era alguém envolvido com esses cavalos, mas igualmente associado com o pai da paciente."

"Excelente!", exclamou Freud. "Eu disse a ela que a babá provavelmente estava envolvida com o cavalariço, que de fato era parente do pai. Ela respondeu que já interrogara o cavalariço — ele fora um dos criados que lhe disseram que a babá não tinha feito nada de ilícito. Eu disse que talvez ela quisesse questioná-lo novamente."

"E ela questionou?", perguntou Colette.

"Sim, de fato ela o fez", Freud respondeu. "Ela foi até o homem e lhe disse que sabia de tudo sobre o caso dele com a babá. E ele acabou confessando. O local de encontros deles era o estábulo. A babá dava à minha paciente um xarope que a fazia sentir-se sonolenta. Eles a deitavam num leito de feno e faziam o que precisavam fazer. O cavalariço acrescentou, aliás, que a moça era muito fogosa — ele às vezes tinha medo que ela morresse de prazer. O caso começou quando minha paciente tinha três anos e continuou até os cinco, quando os amantes foram descobertos e a moça foi despedida."

"Mas isso é incrível", exclamou Colette. "*Vraiment incroyable.*"

"Muito bem, meu rapaz", Freud disse a Younger, como se o crédito coubesse a ele. Em seguida, levantou-se para indicar que a entrevista estava encerrada. "Vocês devem vir jantar conosco esta noite, vocês dois. Martha, minha mulher, faz questão de convidá-los. Traga seu irmão, Fräulein. Poderei ter uma ideia melhor de como proceder."

Colette disse que seria uma honra.

"Doutor Freud", disse Younger, "posso ter uma palavrinha com o senhor?"

"Eu estava prestes a lhe pedir o mesmo. Poderia nos dar licença por cinco minutos, senhorita Rousseau? Younger, venha ao meu escritório."

"E como exatamente", começou Freud, sentado atrás da escrivaninha em seu estúdio, povoado de ainda mais antiguidades, "você espera que eu analise um garoto que não fala?"

"Mas o senhor..."

"É como o começo de uma piada: 'você conhece aquela do mudo que foi procurar Sigmund Freud?'. É o seu comportamento, meu rapaz, que requer análise."

"Meu comportamento?"

Freud ergueu a tampa de uma caixa de madeira. "Charuto?"

"Obrigado."

Freud cortou a ponta do charuto com uma delicada tesourinha. "Bem, você tem algo a me dizer, e eu a você. Comecemos com o que você quer me dizer."

Younger pensou em como explicar.

"Você me permite?", perguntou Freud. "Em primeiro lugar, você quer dizer que trazer o garoto a mim não foi ideia sua."

Younger não respondeu.

"Se tivesse sido ideia sua", continuou Freud, "você teria explicado a psicanálise à senhorita Rousseau, teria dito a ela que já a praticou, teria descrito seus benefícios, e assim por diante. Você não fez nada disso. Portanto, a ideia foi dela. Mais ainda, a razão de você relutar em ter o menino analisado é o que você imagina que eu vá dizer sobre a condição dele. A senhorita Rousseau obviamente tem sido uma mãe substituta do garoto. Você supõe, portanto, que eu vá concluir que ele deseja dormir com ela, e você quer que eu esconda dela essa informação."

Younger ficou estarrecido. "Só existe um homem no mundo", disse, "a quem eu constantemente pergunto como ele sabe o que sabe, e por acaso é ele que está ouvindo esta história neste exato momento."

"Você não disse isso", interrompeu Littlemore, seus sapatos pretos mal engraxados mais uma vez cruzados sobre o tampo da mesa da cozinha. "Não interrompa a história desse jeito. Estraga o..."

"Efeito dramático?"

"É. Sabe, esse cara, o Freud, *ele* é que devia ter sido detetive. Mas você misturou muito bem as coisas, doutor. Fez parecer, segundo o seu Freud, que Luc quer dormir com Colette. E quer dormir com ela porque ela tem sido *mãe* dele todos esses anos!"

Littlemore deu uma gargalhada. Parou quando viu a expressão inalterada de Younger. "Ele não pensa *isso*", disse Littlemore.

Younger assentiu.

"Não, não pensa", concluiu Littlemore.

"Foi por isso que parei de praticar psicanálise", explicou Younger. "Há dez anos eu disse a Freud que não acreditava nela. Foi assim que ele ficou sabendo o que eu pensava."

"Mas o que foi que você disse?"

"Sim. Eu apreciaria se o senhor não lhe dissesse, doutor Freud", Younger respondeu. "Ela vai pensar que é verdade."

"Ao passo que você não acredita que seja."

"Não, senhor."

Freud fumava seu charuto, meneando a cabeça.

"Sinto muito", Younger acrescentou, "mas não consigo me convencer de que as dificuldades de Luc tenham alguma coisa a ver com o desejo de dormir com sua irmã, sua mãe ou com qualquer outro membro de sua família. Se ele tem alguma neurose, é uma espécie de neurose de guerra. Não tem nada de sexual."

"Nada de sexual... Um diagnóstico baseado em que evidência? Você me lembra os médicos do governo que participaram da nossa conferência em Budapeste. 'Sim, devemos entregar o caso a Freud. Sim, afinal, o velho estava certo em relação ao inconsciente. Sim, as neuroses de guerra são causadas por memórias inconscientes, como Freud sempre disse. Mas e esse assunto nojento de sexo? Graças a Deus ele não tem nada a ver com o choque de bomba.' Na verdade, nem um único caso de neurose de guerra foi analisado até suas raízes. Não sabemos como ela está relacionada com os desejos infantis. Por isso me interesso tanto pelo irmão da senhorita Rousseau."

"Para ver se consegue encontrar o Édipo por trás dos sintomas dele?"

"Se o Édipo está lá, por que não encontrá-lo? Mas não esteja tão certo do que eu espero encontrar. Pode haver alguma outra coisa se escondendo no menino. Eu tenho visto uma coisa nova, Younger — muito tenuemente, mas tenho visto. Talvez outro fantasma no porão."

"E o que é?"

"Não posso lhe contar porque não sei." Freud bateu a cinza do charuto. "Mas ainda não chegamos ao que eu queria lhe dizer."

"O senhor quer que eu reconsidere minha rejeição ao complexo de Édipo."

"Quero que volte a praticar psicanálise. Por que está aqui?"

"A senhorita Rousseau..."

"Queria que o irmão dela fosse analisado", interrompeu Freud, "e você está apaixonado por ela, então concordou só para agradá-la. É óbvio. E além disso?"

"Além disso?"

"Pressupondo que o menino possa ser analisado, você mesmo podia ter feito isso. Não havia necessidade de vir para a Áustria. Na verdade, vir aqui foi um ato ilógico, visto que a senhorita Rousseau planeja voltar a Paris em breve; uma análise não pode ser conduzida em uma ou duas semanas, como você bem sabe. Conclui-se que você tinha algum outro motivo para vir."

"Que era?", quis saber Younger.

"Você queria me ver", respondeu Freud.

Younger refletiu. Houve uma longa pausa antes de ele por fim responder. "É verdade."

"Por quê?"

"Para lhe perguntar uma coisa."

Freud esperou. Houve um silêncio ainda mais longo.

"Eu não tenho...", disse Younger, procurando a palavra certa, "... eu não tenho mais fé."

"A perda da fé religiosa", replicou Freud, "é o começo da maturidade."

"Não se trata de fé religiosa."

Freud esperou.

"A guerra", disse Younger. "Milhões de homens, milhões e milhões de jovens mortos por nada. Uma mortandade sem sentido. E um número incontável de aleijados e mutilados."

"Ah", disse Freud. "Sim. Uma destruição como essa por que passamos é muito difícil de se conceber. Tudo que eu acreditava saber sobre a mente não alcança o significado disso. Mas este ainda não é o motivo de você estar aqui."

Younger ficou calado.

"Não é sobre a guerra que você quer me perguntar", acrescentou Freud.

"Eu não vejo mais sentido em nada", disse Younger. "Não vejo... nem a possibilidade de um sentido. Tenho pensamentos, tenho desejos, mas não vejo mais nenhum propósito." Ele cerrou o punho direito; depois relaxou. "É possível viver sem propósitos?"

"A exigência de que sua vida tenha um propósito, meu rapaz, é algo que você adquiriu de seus pais, provavelmente de seu pai — é algo a ser analisado."

"Dizer isso", retrucou Younger, "é admitir que não existe propósito."

"Então eu não posso ajudá-lo."

Outra pausa.

"Você não está fumando", disse Freud, notando que o charuto de Younger estava apagado e oferecendo-lhe fogo. "Acompanhei sua carreira de longe. Brill me manteve informado. Você tem se saído bem."

"Obrigado."

"Lutou na guerra?", indagou Freud.

"Sim."

"Meus filhos também. Martin ainda é prisioneiro na Itália." Freud tragou o charuto. "Lamentei muito saber da morte de sua mulher. Uma coisa terrível. Você trata mal as mulheres?"

"Como?"

"Você nunca voltou a se casar. Você tem uma ideia exagerada da inocência feminina, a julgar por sua relutância em falar de sexualidade na frente da senhorita Rousseau. Fico pensando se você não costuma tratar mal as mulheres."

"Por que haveria de tratá-las mal?"

"É uma reação perfeitamente comum. Um homem que idealiza mulheres com frequência tem um baixo conceito sobre elas."

"Eu não tenho as mulheres em um baixo conceito. Eu as tenho em alta conta."

"É só uma observação. Depois que sua esposa morreu você se afastou da psicologia. Você se afastou da mente."

"Eu estudei a mente", replicou Younger. "Biologicamente."

"Foi *assim* que você se afastou dela — provavelmente uma maneira de se vingar."

"Me vingar de quem?"

"De sua mulher. De mim, suponho. De si mesmo."

Younger não disse nada.

"Você abandonou a psicanálise", continuou Freud, "e maltrata as mulheres pela mesma razão: por se sentir responsável pela morte de sua esposa."

"Isso é absurdo. Eu não fui responsável pela morte dela."

"O absurdo é uma ofensa à lógica", disse Freud. "Mas na mente não é a lógica quem manda."

Colette não estava mais no consultório quando os dois homens saíram do estúdio de Freud. Younger foi até a rua, mas tampouco a encontrou lá. Caminhou pela Berggasse rumo ao canal. Imaginou que ela talvez tivesse resolvido dar um passeio para ver o Danúbio. Também não estava. Younger ficou contemplando a água por um longo tempo.

Quando regressou ao Bristol, Younger perguntou a Luc se a irmã tinha voltado. O menino sacudiu a cabeça e mostrou a Younger um desenho que tinha feito.

"Muito talentoso", elogiou Younger. O menino desenhara uma árvore com muitos galhos. Em vários desses ramos havia animais empoleirados, cada um deles encarando o espectador com olhos enormes e famintos. "São cachorros?"

Luc fez que não.

"Lobos?"

O menino assentiu.

"Você percebe, rapazinho, que nós nem sabemos se você pode falar. Quer dizer, fisicamente."

Luc olhou interessado, mas ao mesmo tempo sem interesse.

"Mas *você* sabe", continuou Younger. "Eu sei que sabe. E se você não pode falar, Luc, não há razão para ir ao doutor Freud. Ele não é esse tipo de médico."

O garoto permaneceu quieto.

"Mas se você *pode*, poderia se livrar de tudo isso com a maior facilidade. Simplesmente falando. Livrar-se de ir a esse médico. Livrar-se dessa escola em que te puseram. Deixar sua irmã feliz."

Luc fitou Younger por um bom tempo antes de virar a folha do desenho e escrever uma mensagem no verso. Era a segunda vez que ele fazia isso com Younger. A página continha três palavras: *Você está errado*.

Observando o garoto sentado num canto com um de seus livros, Younger perguntou-se em que ele estaria errado. Em dizer que Luc sabia se era capaz de falar? Ou por ter dito que, falando, deixaria sua irmã feliz?

Colette retornou ao hotel uma hora depois.

"Você sumiu", disse Younger.

"Eu fui...", ela começou.

"Até os Gruber."

"Sim. Fui a pé. Mas o endereço não era da casa deles. Nem era uma residência. Não consegui achar nada. Nem sei ao certo que tipo de lugar era aquele. Um auditório de concertos, talvez. Você poderia me ajudar?"

Younger voltou com ela ao endereço para servir de tradutor. O local acabou se revelando uma escola de música. Uma secretária, gentil a ponto de ir procurar nos registros escolares, descobriu que um aluno chamado Hans Gruber havia frequentado a escola — ou pelo menos tinha se matriculado lá — em 1914. Ela lhes forneceu outro endereço, que, ficaram sabendo pelo condutor do táxi, ficava no distrito de Hutteldorf, a quase duas horas de viagem de charrete, embora se chegasse lá bem mais rápido, e pagando menos, por trem. Colette declarou que iria sozinha no dia seguinte.

"Não seja boba. Eu vou com você", disse Younger.

Naquela noite, Martha Freud, sua irmã Minna e Paula, a empregada dos Freud, ficaram todas adulando Luc, declarando-o o mais adorável *schmächtige Kerlchen* do mundo. Martha desculpou-se repetidamente pelo magro jantar, que na verdade foi tudo menos magro, porém simples ao extremo, como se os Freud fossem camponeses. "Essa guerra terrível", disse Martha.

"Ao menos o lado certo venceu", declarou Freud.

Martha perguntou como o marido podia dizer uma coisa dessas quando eles haviam perdido tudo.

"Nós não perdemos tudo, querida", disse Freud em tom de reprimenda.

"Só as economias de toda uma vida", replicou Martha. "Tínhamos tudo em letras do Estado. O investimento mais seguro possível — era o que todos diziam. Havia o retrato do imperador Franz Joseph em cada letra."

"E agora elas só têm valor nominal", disse Freud.

"Não valem nada!", disse Martha.

"É exatamente o que eu disse, querida", respondeu Freud. "Mas nossos filhos estão sadios e nossas filhas, felizes. É verdade que ainda não temos Martin conosco, mas ele está melhor lá. Como prisioneiro, recebe comida todos os dias, enquanto Viena está passando fome. Meus pacientes me pagam com leite de cabra e ovos de galinha, o que ao menos nos tem garantido comida na mesa. Mas o nosso movimento, Younger, está rico. Recebemos uma doação — um milhão de coroas — de um paciente húngaro. Quando o dinheiro for liberado, vamos construir clínicas gratuitas em Berlim e na Hungria. Budapeste será o nosso novo centro. O seu velho amigo Ferenczi acaba de ser indicado professor titular de psicologia lá."

Após terminar de comer, Luc teve permissão de deixar a mesa. Sentou--se num canto, absorto em um dos livros de Freud.

"Por que não deixa o garoto ficar aqui uma ou duas noites?", perguntou Freud a Colette. "Não posso ter sessões apropriadas com ele, mas se estivesse sob o meu teto, poderia ao menos observá-lo."

Younger flagrou-se concordando intimamente com os planos de Freud, mas não por razões psiquiátricas. Se o garoto ficasse com os Freud, isso deixaria os dois — Colette e Younger — sozinhos no hotel.

"A senhorita também poderia ficar, prosseguiu Freud. Nossa casa está vazia. Anna está visitando a irmã em Berlim. Poderia ficar no quarto dela."

Younger passou a noite sozinho.

Colette deveria aparecer no hotel no dia seguinte depois do café da manhã. Ela de fato apareceu depois do café da manhã — mas a essa altura também já era depois do almoço.

"Martha e Minna levaram Luc para um parque de diversões", disse, como se isso explicasse as várias horas em que esteve ausente. "Ele é tão forte... o doutor Freud. Aqueles olhos. Ele vê tudo."

"Eu sei onde você esteve", retorquiu Younger. "Em Hutteldorf."

"Sim. Havia uma estação perto da casa dos Freud." Eu não queria lhe dar trabalho. Mas...", ela ergueu as sobrancelhas, incomodada.

"Você precisa voltar lá", completou Younger.

"Você pode me ajudar só mais uma vez?", ela pediu, abrindo seu sorriso mais encantador. "Eu encontrei o prédio onde acho que ele morava, mas não consegui entender nada. Creio que os Gruber não moram mais lá, mas quem sabe alguém pode nos dizer para onde eles foram. O trem é bem rápido."

"Onde estão as coisas dele?", Younger perguntou a Colette enquanto viajavam no trem metropolitano até Hutteldorf. O inverno vienense evidentemente havia sido longo e frio: embora fosse quase primavera, nenhuma árvore tinha brotos.

"Coisas?", disse Colette.

"Os pertences do seu soldado. Que você ia devolver à família dele. Você se esqueceu deles?"

"Claro que não", ela respondeu. "Eu lhe disse — não creio que os Gruber morem aonde estamos indo. Por que escondeu de mim... que você foi casado?"

"Não escondi."

"Você nunca me contou."

"Você nunca perguntou."

"Perguntei, sim", retrucou Colette. "Você disse que não acreditava em casamento."

"O que é verdade."

Ela olhou pela janela. "Você não me conta nada. É a mesma coisa que mentir. Isso *é* mentir."

"Não falar não é mentir", ele disse.

"É, sim, quando leva alguém ao engano. Eu preferia que você tivesse mentido. Pelo menos eu saberia que você se importa com o que eu penso."

Ficaram sentados em silêncio enquanto o trem roncava pelas margens do marrom e tranquilo Danúbio. Younger observou o perfil dela. Perguntou-se por que ou como via nela uma vulnerabilidade, quando nada disso se manifestava nem em sua face nem em sua figura. "Eu me importo, sim", ele disse.

"Não se importa, não."

Younger tinha como princípio não dizer mais que uma palavra além do necessário acerca de si mesmo, de seu passado, de seus pensamentos — pelo menos não para mulheres. Elas sempre lhe pediam isso; ele nunca o fazia. Evidentemente estava deixando de lado seus princípios. "Foi em novembro de 1909", disse. "O nome dela era Nora. Você gostaria de ouvir sobre o assunto?"

"Se você não se importa de me contar."

"Ela era a jovem mais linda que eu tinha conhecido", ele continuou, "até então. Totalmente diferente de você. Loira. Tão frágil que dava para pensar que ela podia se quebrar nas suas mãos. Autodestrutiva também. Acho que eu gostava disso. Tivemos seis meses ótimos. Pela minha experiência, isso não é tão ruim — seis bons meses. Mas mesmo então havia sinais de perigo. Lembro de quando a levei para comprar o vestido de noiva. Ela meteu na cabeça que a manequim que provava os vestidos para nós — uma garota de dezesseis anos — estava zombando dela. Eu cometi o erro de perguntar a Nora o que a garota tinha feito. Ela me acusou de defender a moça. Cometi o erro adicional de rir. Essa briga durou dois dias. Mas as coisas realmente começaram a ficar feias depois do casamento, quando ela descobriu alguns cadernos meus. Cadernos de psicanálise; sumários de casos. Minhas pacientes tinham a tendência de... bem, elas começavam a se comportar como se estivessem apaixonadas por mim, o que é exatamente o que se espera que aconteça em psicanálise. Pode perguntar a Freud, se não acreditar."

"É claro que acredito em você", disse Colette.

"Os cadernos registravam o que acontecia durante cada hora de análise; o que a paciente havia me dito, minha reação interna, e assim por diante."

"Assim por diante?"

"Sim."

"Você... gostava das suas pacientes? E dizia isso nos cadernos?"

"De uma delas. Seu nome era Rachel."

"Rachel. Ela era bonita?"

"Ela tinha uma aparência como a sua", Younger respondeu. "Então, sim, ela era bonita."

"Ela queria dormir com você?"

"Decerto que sim."

"Você quer dizer que fez com ela o que tentou fazer comigo — e ela deixou."

Younger limitou-se a olhar para Colette.

"Eu não o culpo", ela disse. "Uma jovem bonita indo ao seu consultório todo dia, deitando-se num divã para lhe contar seus segredos. Se eu fosse homem, teria achado isso... sedutor."

"Muitos analistas dormem com suas pacientes. Freud não faz isso. E eu também não fiz."

"Você fez com Nora", disse Colette.

"Só depois que nos casamos. E ela não era minha paciente — não exatamente."

"Entendo. Você não fez nada com Rachel; só disse no seu caderno que se sentia atraído por ela. E aí não entendeu por que sua esposa se aborreceu."

"Isso mesmo", confirmou Younger.

"Bem, foi uma tolice sua."

"É mesmo? Se a mulher quer que seu homem jamais sinta atração por outra garota em toda a vida em comum deles, então não é o homem que está sendo tolo."

"O que você disse a Nora?", perguntou Colette.

"Eu a censurei por ter lido minhas anotações, que eram confidenciais. Foi um erro. Ela me acusou de tentar esconder meus 'romances'. Desenvolveu uma elaborada teoria segundo a qual toda a noção do caráter confidencial da psicanálise destinava-se a permitir que os médicos tivessem casos com suas pacientes. A certa altura, não se passava uma única noite sem que houvesse alguma referência a meus 'romances'. Ela dizia que eu lhe dava nojo. Que era insensível. Que era fraco. Começou a jogar coisas. Primeiro nas paredes, depois em mim."

"E você, como uma pedra — impassível."

"Mais ou menos."

"Isso devia deixá-la ainda mais zangada."

"Sim. Ela começou a me bater. E a me chutar. Pelo menos tentava."

"E o que você fazia?"

"Bem, ela era muito jovem e havia passado por alguns acontecimentos que foram verdadeiros pesadelos. Além de tudo, era muito frágil. Quando ela tentava me bater, eu chegava a sentir quase pena dela. Portanto, eu aceitava, reprimindo minha raiva. Na verdade, não creio que ela soubesse o quanto eu tinha necessidade de reprimir minha raiva.

"Uma noite", Younger prosseguiu, "cheguei em casa e encontrei um espelho de cristal nosso, uma antiguidade, presente de casamento da minha tia, estilhaçado em mil pedaços no chão da saleta. Nora o havia quebrado de propósito. Nessa noite, ela brigou com mais fúria do que nunca. Um de seus socos me atingiu, e eu enfim revidei — com as costas da mão, atingindo seu rosto. Acertei-a com mais força do que pretendia e ela caiu no chão. Para meu espanto, ela pediu desculpas. Era a primeira vez que pedia desculpas. Criticou sua própria insensatez, elogiou minha delicadeza e declarou amor eterno por mim. Jogou os braços à minha volta e implorou meu perdão. Começou a chorar. Achei que finalmente tínhamos chegado ao fim daquilo.

"Em vez disso, um outro padrão teve início. Nossas brigas recomeçaram, alcançando as velhas proporções, até que passamos a trocar sopapos. Ou melhor, ela tentava me atingir até eu finalmente revidar e acertá-la, momento em que ela amolecia e rogava o meu perdão. Mas o mais estranho de tudo foi que eu descobri que eu podia evitar o pior das nossas brigas... hum... indo diretamente para a última parte do padrão na nossa vida íntima."

"Não entendi", disse Colette.

"Não, e não vou explicar. Mas funcionou. Pelo menos por algum tempo, não muito. Quando estávamos em público — na rua, num teatro, em qualquer lugar — Nora começava a ter ataques de raiva, acusando-me de estar atraído por outras mulheres. O que naturalmente era verdade, quando elas de fato me atraíam. No começo, eu não negava suas acusações, mas no final, simplesmente para acalmá-la, eu dizia que era imaginação dela — que estava tudo na cabeça dela. Nora sabia que eu estava mentindo, mas parecia preferir a mentira à verdade.

"Então, a jovem esposa de um velho paciente rico pediu que eu fizesse uma consulta na residência deles. Seu marido estava morrendo. Permaneci lá um bom tempo. Foi muito triste. Naquela noite, quando cheguei em casa, eu me descobri escondendo o fato de Nora. Não havia nada a esconder, mas a esposa era notoriamente charmosa — tinha sido atriz — e eu sabia que, se contasse a Nora, teríamos uma noite de intermináveis discussões. Tudo havia se tornado muito enfadonho, muito monótono. Então lhe contei uma história diferente, e ela acreditou. Naquele momento, percebi que não amava mais minha mulher.

"Cerca de dois meses depois, a mesma mulher voltou a me procurar. Seu marido havia morrido e ela estava retomando sua carreira na Broadway. Disse que estava com uma dor na parte inferior das costas devido aos ensaios. Pediu-me que fosse até sua casa para dar uma olhada. Depois disso, pediu que eu fosse atendê-la em casa várias vezes na semana. Eu mentia descaradamente para Nora.

"Um dia, chegou um bilhete da atriz ao nosso apartamento, requisitando minha presença o mais breve possível. É claro que Nora viu o bilhete e é claro que compreendeu imediatamente todas as mentiras que eu vinha contando. Ela me acusou de estar tendo um caso; eu confessei. Nós nos divorciamos escandalosamente, tendo permanecido casados pouco mais de um ano — e o mais cômico era que eu não estava tendo caso nenhum. Ou pelo menos teria sido cômico, se pouco depois Nora não tivesse morrido. Eles me mandaram um telegrama de Boston com a notícia. Ela havia caído de uma plataforma de metrô na frente de um trem. Disseram que foi acidente, mas eu duvido. A única coisa que descobriram foi que ela estava grávida quando morreu. Freud diz que me sinto responsável por sua morte."

"E você se sente?", perguntou Colette.

"Pior que isso. Fiquei feliz por ela estar morta. Até hoje ainda me sinto feliz."

A estação de Hutteldorf era o fim da linha. No centro comercial de um distrito que, em outras circunstâncias, deveria ter sido bucólico e densamente arborizado, havia alguns prédios de apartamentos não muito altos. Um deles era o endereço dos Gruber, mas ninguém com esse nome vivia lá. Younger não descobriu nada de útil até abordar uma matrona que varria um quintal.

"Hans Gruber?", ela disse. "Por quem todas as moças são loucas? O jovem alto de cabelo loiro e lindos olhos azuis?"

Younger traduziu a descrição sem fazer nenhum comentário. Exatamente por não reagir, Colette acabou por reconhecer que a descrição era precisa. Ele julgou ver sua face corar.

"É claro que eu lembro", disse a mulher. "Que rapaz mais preguiçoso e arrogante. Ele recebia uma pensão — o pai havia morrido, será? — então não precisava trabalhar. Não levantava um dedo. Só ficava dando longos passeios pelo bosque, tocando violino em todo lugar. E que gênio ele tinha! Mandava em todo mundo quando estava sóbrio e insultava quando estava bêbado."

"Parece que você está dedicando um bocado de esforço", Younger disse a Colette após traduzir os comentários, "a alguém que não merece tanto."

Colette franziu a testa e sacudiu a cabeça, sem dizer nada.

Younger explicou a incumbência deles à mulher e perguntou se algum Gruber ainda vivia nas redondezas.

"Então ele morreu", replicou ela. "Bem, há um outro. Não, nunca conheci a família. Ele veio de uma daquelas cidades ao lado do rio, a oeste, perto da Bavária. Não sei qual. Pergunte no Três Hussardos perto da catedral de santo Estêvão. Ele jantava sempre lá. Talvez alguém conheça."

O sol tinha se posto quando eles voltaram ao centro de Viena. No táxi, Younger perguntou ao condutor se ele conhecia um restaurante chamado Três Hussardos. O condutor disse que o restaurante estava fechado, mas que reabriria na quinta-feira.

"Está mais que bom", disse Colette a Younger. "Não quero que você vá comigo. Já tomei muito do seu tempo."

"Há uma brincadeira de seu irmão, Fräulein", Freud disse a Colette nessa noite, "com uma carretilha e linha de pescar. Ele faz sons ao brincar. Uma espécie de *ohh* e *ahh*. Sabe o que ele está dizendo?"

"Só coisas sem sentido", respondeu Colette. "A brincadeira significa algo?"

"Significa pelo menos uma coisa: que não há nada de errado com as cordas vocais dele", disse Freud.

"Fazer a mesma brincadeira repetidamente", perguntou Colette, "é muito ruim?"

"É interessante", disse Freud.

Enquanto levava seu cachorro para passear na manhã seguinte, com o sol matinal reluzindo nas pedras úmidas do calçamento, Sigmund Freud segurava a mão do garotinho francês. A conversa era distintamente unilateral.

Freud falava em tom amigável, contando a Luc histórias da mitologia grega e egípcia. O garoto estava atento, mas não respondia.

Num pequeno parque triangular, eles se depararam com um grupo de pessoas em torno de um homem que estava tendo convulsões no gramado. Suas roupas de operário estavam limpas, ainda que remendadas e costuradas. O boné, que evidentemente caíra no chão quando o ataque começou, estava ao lado de seu corpo retorcido.

"Se você estivesse com a minha mulher e a irmã dela", Freud disse baixinho ao menino, "elas sem dúvida tapariam seus olhos. Devo tapá-los?"

Luc fez que não com a cabeça. Ele não demonstrava nem um pouco do horror que as crianças costumam exibir na presença de enfermidades. Algumas pessoas, com pena do epilético, despejaram moedas em seu boné. Por fim, Freud levou Luc embora.

Luc estava com uma expressão pensativa. Então puxou a mão de Freud e olhou para ele, uma pergunta tendo se formado em seus olhos.

"O que é?", perguntou Freud.

O menino deu outro puxão.

"Isso não vai funcionar, rapazinho", disse Freud. "Não posso explicar nada se não sei o que está incomodando você."

Luc fixou o olhar em Freud, depois desviou os olhos e então fitou-o novamente. Em seguida, começou a puxar os bolsos de dentro para fora.

Freud o observou, alisando as orelhas do cachorro. Por fim entendeu: "Você quer saber por que eu não dei dinheiro ao homem?".

Luc fez que sim.

"Porque ele não fingiu direito", respondeu Freud.

Younger, sozinho na cidade velha de Viena, acabou no dia seguinte num mercado a céu aberto, grande e bem sortido. Estava claro que Freud não aceitaria dinheiro para tratar de Luc, portanto Younger resolveu fazer uma remessa para o número dezenove da Berggasse: frutas e flores frescas; leite, ovos, galinhas, salsichas; vinho, chocolates e algumas caixas de produtos em conserva.

Mas permaneceu longe da casa dos Freud o dia inteiro. Havia algumas igrejas velhas e sombrias que ele queria visitar. E havia o fato de Colette estar ocultando algo dele.

"Por acaso, senhorita Rousseau", perguntou Freud nessa noite, "sua família falava alemão?"

Freud atendera a seus pacientes nesse dia, finalizara sua correspondência, acrescentara anotações a rascunhos de dois artigos diferentes nos quais estava trabalhando e, aparentemente, ainda tinha encontrado tempo para interagir com Luc. Estava parado na soleira da porta da cozinha, onde Colette auxiliava a empregada na limpeza.

"Nós falávamos francês, é claro", ela respondeu.

"Nada de alemão?", insistiu Freud. "Quando criança, talvez?"

"Minha avó era austríaca — falava alemão", disse Colette, sorrindo. "Ela costumava fazer uma brincadeira conosco em alemão quando éramos bem pequenos. Escondia o rosto atrás das mãos e dizia *fort*, depois nos mostrava o rosto de novo e dizia *da*."

"*Fort* e *da* — 'sumiu' e 'aqui'."

Colette lavava os pratos.

"Está pensativa, Fräulein", ele disse.

"Não estou", ela respondeu, olhando firmemente para o trabalho. "Só estava desejando saber falar alemão."

"Se o que está escondendo", insistiu Freud, "está relacionado com o seu irmão, senhorita Rousseau, eu gostaria muito de saber. Do contrário, não tenho intenção de me intrometer."

O Três Hussardos, localizado numa rua excêntrica e irregular no bairro mais antigo de Viena, ganhou vida às 11h30 de quinta-feira. As venezianas se ergueram, janelas se abriram, a porta da frente foi destrancada e um garçom de avental, todo de preto e branco, saiu para varrer a calçada. Esse homem foi abordado por uma linda jovem francesa, que sorriu timidamente e foi conduzida por ele para dentro do restaurante.

Instalado num café rua abaixo, Younger observou e esperou. Dez minutos depois, a jovem ressurgiu, a ansiedade enrugando sua testa. Younger a seguiu.

Toda rua no bairro velho de Viena leva a uma única e grande praça — a Stephansplatz — onde fica a catedral de Santo Estêvão, maciça, escura, gótica e inexpugnável, o telhado incongruentemente listrado com zigue-zagues vermelhos e verdes, a torre sul absurdamente alta, como a garra de um caranguejo, reduzindo as dimensões do restante do corpo.

Colette passou pelas gigantescas portas de madeira da catedral. Acendeu uma vela, mergulhou dois dedos numa bacia de pedra cheia de água, benzeu-se, sentou-se num banco solitário no cavernoso saguão perto de uma coluna com três vezes sua largura e curvou a cabeça. Passado um bom tempo, levantou-se e saiu às pressas, sem ter visto Younger nos sombrios recessos de uma das capelas.

Caminhou mais de um quilômetro e meio, parando diversas vezes para pedir orientação, mostrando um pedaço de papel que evidentemente continha um endereço. Tendo cruzado a Ring e o canal, entrou num edifício enorme e deselegante. Era uma delegacia de polícia. Cerca de meia hora depois, ela saiu. Younger, fumando, a esperava perto da entrada.

"Então o seu Hans está vivo", disse.

Ela congelou como se um holofote a tivesse iluminado em plena escuridão. "Você me seguiu?"

Ele ainda não tinha respondido, quando um policial bem-apessoado, cabelo aparado, saiu correndo da delegacia. "Ah, Mademoiselle, esqueci de lhe dizer", ele falou num francês fragmentado. "O horário de visita termina às duas. Eles são muito rigorosos na prisão. Se não chegar antes das duas, só vai poder ver seu noivo amanhã."

"Obrigada", disse Colette no constrangido silêncio que se seguiu.

"Não tem de quê", respondeu o policial, fazendo uma reverência jovial. Deve ter tomado Younger por um amigo ou membro da família, pois lhe disse: "Tão comovente isto, dois jovens apaixonados durante a guerra, um de cada lado. Se há uma única coisa boa em toda essa matança, talvez seja essa". O policial disse adeus a Colette e retornou à delegacia.

"Você devia ter me falado", disse Younger.

"Eu..."

"Eu teria trazido você a Viena mesmo assim. Teria apresentado você a Freud do mesmo jeito. Provavelmente até teria pago sua lua de mel. Tudo que você me pedisse, eu teria lhe dado."

Ela o surpreendeu com a resposta: "Você quer me matar".

"Quero me casar com você."

Ela sacudiu a cabeça: "Não posso".

Eles se entreolharam. "Cheguei tarde", disse Younger. "Não é?"

Colette desviou o olhar. Depois assentiu.

Embora a contragosto, Younger jantou essa noite no Três Hussardos, um restaurante com vigas de madeira, teto baixo, piso irregular e mesas em que mal cabiam os enormes *schnitzels* servidos a praticamente todos os fregueses.

Quando o garçom estava tirando a mesa, Younger colocou um número substancial de cédulas sobre ela e disse que procurava um velho amigo chamado Hans — Hans Gruber — que estava na cadeia e que costumava frequentar o Três Hussardos. O garçom comentou, animado, que a noiva de

Hans havia passado pelo restaurante naquele mesmo dia, na hora do almoço, acrescentando prodigamente que ela era francesa, de muito boa aparência e cheia de afeição por ele, e que Hans sempre tivera sorte com o belo sexo.

Younger cravou a faca de carne no maço de notas, prendendo-as à mesa de madeira. Levantou-se, ficando mais alto que o garçom, e sua voz saiu um pouco mais alta que um sussurro: "Por que o Hans está preso?".

"Ele estava no comício", gaguejou o garçom, embora não ficasse claro se ele tinha mais medo da força física ou da perda monetária.

"Que comício?"

"O comício da liga. Pelo Anschluss — a união com a Alemanha."

"Que liga?"

"A liga."

Younger foi embora não porque não houvesse mais informações a obter, mas porque temeu machucar alguém caso não as obtivesse.

"Então", disse Freud a Younger tarde da noite no esplêndido saguão do Hotel Bristol. "Eu tenho uma suposição."

A afirmação demorou algum tempo para ser captada. Freud estava de pé, mãos cruzadas nas costas, casaco pendurado nos ombros, enquanto Younger achava-se diante de uma mesa baixa, tendo à frente um cálice vazio de conhaque. Freud já estava lá havia mais de um minuto e Younger não o vira.

"Me desculpe, não ouvi", disse Younger voltando a si.

"Minha suposição é que você descobriu o que a senhorita Rousseau está escondendo", disse Freud.

"O senhor sabia?"

"Sabia o quê?"

"Que ela é noiva?"

"Certamente que eu não sabia. Noiva? Por que ela não lhe contou?"

Younger sacudiu a cabeça.

"De vocês três", disse Freud, "creio que estou fazendo a análise daquele que menos necessita."

"Existe uma liga em Viena", indagou Younger, "que marcha em favor da união com a Alemanha?"

"A Liga Antissemita."

"Eles se autodenominam antissemitas?"

"Com muito orgulho. Na verdade, a maioria deles é simplesmente antissocialista — não são mais antijudeus do que qualquer pessoa. Há alguns meses houve uma manifestação. Vários deles foram presos. Por quê?"

"Um deles é o noivo de Colette."

"Entendo. O que você pretende fazer?"

"Ir embora de Viena. Mas eu..."

"Sim?"

"Ainda pretendo pagar pelo tratamento do irmão dela. Se o senhor acha que pode tratá-lo."

"Não acho. Pretendo dizer isso mesmo à senhorita Rousseau amanhã. A verdade é que não entendo o estado dele; não entendo nada de neuroses de guerra. Seria errado fingir outra coisa. Sei o bastante para saber o quanto não sei. Gostaria de poder analisar o menino demoradamente, mas sob tais circunstâncias é impossível."

Nenhum dos dois disse nada.

"Bem", disse Freud, "vim agradecer de todo o coração e transmitir também a gratidão de Martha e Minna. Você nos deu provisões suficientes para um pequeno exército. Gostaria de me acompanhar numa caminhada? É meu único exercício. Tenho algo importante a lhe dizer. Vai gostar de ouvir, eu prometo."

Caminharam rumo ao centro da cidade, trocando a larga e moderna Ringstrasse por ruelas que iam se tornando cada vez mais medievais e tortuosas, como se recuassem ao longo dos séculos. Numa pracinha pequena e irregular, velhas casas residenciais se defrontavam com edifícios administrativos, mais pesados. A praça estava vazia e às escuras. "Esta é a Judenplatz — a Praça dos Judeus", disse Freud. "É um local bastante histórico. Em algum lugar aqui, há uma placa com mais de quatrocentos anos. Ali está. Venha, vamos dar uma olhada. Está vendo o relevo? É Cristo recebendo o batismo no rio Jordão. Como está o seu latim?"

Younger leu na placa: "Assim como as águas do Jordão lavaram as almas dos batizados, assim as chamas do ano de 1421 purgaram a cidade dos... cães hebreus?".

"Sim. Em 1421 Viena tentou forçar seus judeus a se converter. Um milhar deles, ou algo assim, refugiou-se na sinagoga, fazendo barricadas nas portas. Passaram três dias sem comida e água. Então a sinagoga pegou fogo. Relatos judaicos dizem que o próprio rabino-chefe ordenou o incêndio, preferindo a morte à conversão. Cerca de duzentas ou trezentas pessoas sobreviveram. Elas foram cercadas e presas, depois levadas para as margens do Danúbio e ali queimadas vivas. Sempre econômicos, os vienenses usaram as pedras das fundações da sinagoga na construção da universidade, onde, durante a maior parte da minha vida adulta, tentei conseguir uma cátedra."

"Meu Deus", disse Younger. "E os judeus não fazem objeção a essa placa?"

"E para isso é preciso ser judeu?", retorquiu Freud. Recomeçaram a andar. "Mas a resposta é não. Exteriormente, não. Os judeus de Viena empenham cada fibra de seu ser para sentir e pensar como austríacos. Ou como alemães. Eu mesmo me incluo nisso. É uma mentira tola e irracional que contamos a nós mesmos — que eles nos aceitarão se formos melhores que eles naquilo que eles próprios querem ser."

Depois de passarem por um beco que mal permitia aos dois caminhar lado a lado, adentraram o espaçoso mercado Am Hof, onde durante o dia vendia-se vestuário, grande parte de segunda mão, em estandes sob enormes guarda-sóis. Agora os estandes estavam vazios, os guarda-sóis dobrados e amarrados.

"O segredo é a repetição", acrescentou Freud.

"Para a autoilusão?"

"Para as neuroses de guerra. Você tratou de choque de bomba durante a guerra?"

"Não, mas vi."

"Encontrou algum caso no qual os sintomas do paciente correspondiam à experiência traumática pela qual ele tinha passado?"

"Duas vezes. Tivemos um homem com um piscar compulsivo; acabamos descobrindo que ele enfiara a baioneta no olho de um alemão. Houve outro com a mão paralisada. Ele havia, acidentalmente, jogado uma granada em seu próprio batalhão."

"Sim, tais casos são exceções, é claro, mas ilustrativos. Eles demolem todas as minhas teorias anteriores."

"Demolem?", espantou-se Younger. "Eles comprovam as suas teorias."

"É o que todo mundo diz. Subitamente o mundo inteiro passou a respeitar a psicanálise porque só nós conseguimos explicar o choque de bomba. Não me entenda mal: eu aceito o reconhecimento. Mas com certeza é irônico ser finalmente aceito por causa de algo que contradiz minha teoria."

"Não vejo desse modo, sinto muito", disse Younger. "Se as vítimas de choque de bomba estão encenando memórias suprimidas, certamente isso demonstra a sua teoria do inconsciente."

"Claro", respondeu Freud, "mas estou falando do que está *dentro* do inconsciente. O choque de bomba desafia as minhas teorias porque não há prazer envolvido nisso. Era o que eu queria lhe dizer".

Younger refletiu: "Nenhuma sexualidade?".

"Eu disse que você ia gostar de ouvir. Não me agrada reconhecer um erro, mas, quando os fatos não se ajustam a uma teoria, não há escolha. Os neuróticos de guerra comportam-se como masoquistas — conjurando constantemente seus piores pesadelos —, exceto que sem o ganho correspondente em termos de satisfação sexual. Talvez estejam tentando aliviar o medo. Ou mais provavelmente encontrar uma forma de controlá-lo. Se é assim, a estratégia falha. Suspeito que haja algo mais. Sinto isso no irmão da senhorita Rousseau. Ainda não sei o que é. Pena que ele não fale. É algo sombrio, quase sinistro. Não posso ver, mas posso ouvir. Posso ouvir a voz disso."

Jimmy Littlemore entornou seu copo de uísque, porém já não havia nada dentro. Tentou servir-se de mais uma dose, mas a garrafa também estava vazia. O dia começara a se revelar pelas vidraças. "Certo", ele disse lentamente. "E o que aconteceu depois?"

"Isso é tudo. No dia seguinte eu fui embora. Parti para a Índia."

"Índia?"

"Fiquei lá quase um ano."

Littlemore olhou para ele. "Você ficou fascinado pelo lugar, hein?"

Younger não respondeu. A Índia o repelira — e, sim, o fascinara. Ficava fazendo planos de partir, mas acabou permanecendo mês após mês, admirando o homem com cabeça de cobra em Benares, a sujeira no Ganges, onde os nativos se lavavam depois de banhar os cadáveres dos parentes, a harmonia dos grandes palácios e tumbas. Ele sabia que ia ficando apenas porque nada na Índia o fazia se lembrar de Colette, ao passo que na Europa e na América tudo o teria feito recordar-se dela. Finalmente, porém, as jovens na Índia também começaram a fazê-lo se lembrar de Colette.

"Acho que é hora de um café", disse Littlemore. Foi até o fogão e, com o braço bom, pôs água para ferver na chaleira. "O que aconteceu com a senhorita?"

"Ela me escreveu. Havia uma carta me esperando quando voltei a Londres. Ela havia mandado no Natal anterior. Parecia ter deixado Viena sem nem visitar seu noivo. Teve uma conversa com Freud e mudou de ideia. Retornou a Paris, trabalhou no Instituto Rádio por seis meses e em seguida a Sorbonne enfim a aceitou. Estava terminando a graduação. Perguntou se eu poderia ir visitá-la."

"E o que você respondeu?"

"Não respondi."

"Jogada esperta", disse Littlemore.

Nenhum dos dois disse nada.

"Você alguma vez já chegou ao ponto de não conseguir fechar os olhos sem deixar de ver uma garota?", perguntou Younger. "Dia e noite — acordado, dormindo? De não conseguir pensar em nada sem também pensar nela?"

"Negativo."

"Eu não aconselho", disse Younger.

"Por que não escreveu para ela?"

"Se eu fosse viciado em ópio, o que você sugeriria que eu fizesse? Que me rendesse àquele desejo ardente ou resistisse?"

"O ópio faria mal a você."

"Ela também."

"E depois?"

"Eu voltei para a América. Em julho passado."

"E como ela veio parar aqui?"

"Eu a recomendei para um cargo na Yale. Um radioquímico chamado Boltwood procurava um assistente. Ela era a candidata mais bem qualificada."

"Você só pode estar brincando."

"Era mesmo. De longe."

"Vamos lá — o que você está esperando?", perguntou Littlemore. "Quando é que vai pedi-la em casamento?"

A chaleira começou a chiar.

"O que é que há com vocês, maridos?", Younger devolveu a pergunta. "Vocês acham que todos os homens desejam estar na mesma condição que vocês. Fiquei encalhado com uma moça. Agora desencalhei."

"Você mesmo disse que queria se casar com ela. Quando estava em Viena."

"Eu estava errado. Ela é nova demais. E acredita em Deus."

"Eu acredito em Deus."

"Bem, também não quero me casar com você."

"Você está magoado porque ela mentiu sobre o Hans."

"Estou magoado porque eu a queria e nunca a tive", explicou Younger. "Freud estava certo — eu de fato maltrato as mulheres. Uma vez que as tenho, não as quero mais. Eu as uso até gastar. Depois de três meses não aguento mais vê-las, e as jogo fora. Ela está melhor com o Hans. Muito melhor."

"Ela não quer o Hans. Ela mudou de ideia."

"E vai mudar de novo", disse Younger. Ele entornou o resto do copo e falou com mais calma: "Você acha que ela o esqueceu — o homem de quem ficou noiva? Não é assim que as mulheres funcionam. Vou lhe dizer o que vai acontecer. Ela vai acabar procurando por ele. Pode contar com isso. Cedo ou tarde, vai perceber que precisa vê-lo de novo — só mais uma vez —, apenas para ter certeza".

Ouviu-se uma agitação no hall, depois passos. Os homens se entreolharam. Colette entrou na cozinha, olhar furtivo, com uma camisola grande demais, emprestada pela mulher de Littlemore. Somente a juventude é bela às seis da manhã; Colette, apesar do cabelo emaranhado, estava linda. Ambos se levantaram.

"Bom dia, senhorita", saudou Littlemore. "Café?"

"Sim, por favor... Oh, deixem que eu faço; sentem-se, seus dois inválidos", ela disse. A água quente borbulhava na chaleira ligada, derramando-se na boca do fogão. Esfregando os olhos, Colette viu a garrafa de uísque vazia sobre a mesa. "Isso não é ilegal aqui?"

"É permitido beber em casa", disse Littlemore, "só não se pode comprar ou vender. Bela política. Um monte de gente está fazendo bebida na banheira de casa. Olhe, não cheguei a cumprimentá-la, senhorita, pelo seu truque de ontem à noite, fazendo com que eles roubassem o rádio para podermos localizá-la."

"Obrigada, Jimmy", disse Colette. "Eu tive sorte."

"Ela fez de propósito?", perguntou Younger.

"Claro", disse Littlemore. "É meio óbvio, doutor. Quantas vezes os sequestradores foram ao quarto de hotel da senhorita?"

"Não sei... Duas?", quis saber Younger.

"Duas vezes", concordou Littlemore. "Na primeira vez, levaram o Luc. Eles já estavam com o garoto quando você ligou, lembra? Mas quando chegamos lá, Drobac estava no corredor com os bolsos atulhados, e as cinzas perto do estojo da senhorita ainda estavam quentes. Em outras palavras, ele voltou lá uma segunda vez, e foi aí que pegou os elementos. Então por que não levou da primeira vez, se valiam todo aquele esforço? Porque não tinha conhecimento deles. E como foi que passou a ter? A senhorita deve ter contado a ele. A única pergunta é se ela deixou escapar por acidente ou de propósito. Levando-se em conta que é esperta, eu diria que foi de propósito."

Younger assentiu. "Estou impressionado — duplamente impressionado."

"Preciso voltar, Stratham", disse Colette.

"Para o hotel?", perguntou Younger.

"Para a Europa." Colette desligou a chaleira elétrica. Serviu o café.

Littlemore olhou para Younger.

"Você não pode, está encarregada do laboratório de Boltwood", disse Younger. "Não julgue os Estados Unidos pelo que aconteceu ontem. Aqui é seguro."

"Não é isso", ela respondeu. "Recebi uma carta. Da Áustria. Estava na correspondência que o amigo do Jimmy, o Spanky, me trouxe do hotel."

"Stanky, senhorita", disse Littlemore. "Não Spanky."

Younger não disse nada.

"E de quem é a carta?", indagou Littlemore.

"De um policial que uma vez me ajudou quando estive em Viena", ela respondeu. "Hans vai sair da cadeia, Stratham. Em poucas semanas. Eu preciso voltar."

PARTE II

8

Na manhã seguinte ao ataque, cem mil pessoas reuniram-se na Wall Street.

Chegaram espontaneamente, atraídas pelas imagens da devastação, pela proximidade da morte. Alguns eram curiosos de fora da cidade. Outros trabalhavam no distrito financeiro. A maioria das pessoas, porém, chegava à deriva, vagando ao léu junto com a correnteza, sem um objetivo declarado, movidas apenas por uma sensação — que eram incapazes de explicar — de que estar ali pudesse de alguma forma preencher o vazio que sentiam sem saber que sentiam.

Em consequência disso, a comemoração do Dia da Constituição foi a maior que o país já conheceu. Operários que trabalharam a noite toda ergueram uma plataforma de madeira diante da estátua de bronze de George Washington. Ladeando as bandeiras americanas, faixas e flâmulas vermelhas, brancas e azuis foram penduradas. Com uma companhia de soldados totalmente armada ainda guardando o edifício do Tesouro, a impressão criada era de um meio-termo entre uma festividade e um cerco militar.

Foram feitos discursos patrióticos. Cantou-se "America the beautiful", com lágrimas cintilando em milhares de rostos. Enquanto as palavras "*sea to shining sea*" ainda ecoavam nos grandes cânions da baixa Manhattan, um general de brigada de face avermelhada e suíças brancas subiu ao pódio. A multidão silenciou.

"Dezesseis de setembro", proclamou ele, a voz ecoando pelos arranha-céus. "Uma data que os Estados Unidos jamais esquecerão. Dezesseis de setembro — a data na qual, dirão os americanos pelo resto dos tempos, o nosso país mudou para sempre. Dezesseis de setembro. Neste exato local em que agora estamos, foi perpetrada uma das maiores afrontas cometidas na história do nosso país. E nós, cidadãos americanos, vamos fechar os olhos para essa infâmia? Eu digo que não, mil vezes não."

A palavra foi repetida milhares de vezes.

O general de brigada ergueu os braços, conferindo os aplausos da multidão: "Os vampiros devem ser, e serão, trazidos à justiça".

Aplausos retumbantes.

"Senhoras e senhores, hoje de manhã conversei com o procurador-geral

A. Mitchell Palmer", ele prosseguiu, e o nome de Palmer provocou uma nova onda de aplausos e batidas de pés. "O general Palmer gostaria de estar aqui nesta manhã, mas infelizmente não foi possível. No entanto, o general deseja que eu assegure a todos vocês que, neste exato momento, ele não só está a caminho da nossa cidade como já conhece a identidade dos perpetradores deste ultraje. Sim, ele já tem em mãos a sua confissão — uma confissão da qual eles se vangloriam. E tem também uma mensagem tanto para nós quanto para nossos inimigos. O general Palmer diz, e aqui eu o cito, que 'varrerá da nação toda a imundície estrangeira'."

Houve um rugido de satisfação e um eletrizante coro de "Sim! Sim! Sim!". No palco, um jovem se adiantou e começou a cantar o hino nacional. Cem mil vozes o acompanharam com vigorosa harmonia.

Younger estava escrevendo uma carta na mesinha da sala dos Littlemore, quando sentiu, mais do que ouviu, Luc às suas costas.

Durante a hora anterior, Betty Littlemore havia vestido, alimentado e arrumado para a escola uma interminável fileira de pequenos Littlemore. O apartamento ainda não estava totalmente sossegado: bebês choravam, crianças pequenas batiam panelas, a mulher e a sogra do detetive tinham uma acalorada discussão na cozinha. Younger não conseguia entender o italiano delas, mas era evidentemente um assunto sobre o qual ambas tinham opiniões fortes.

Younger virou-se para encarar Luc. O garoto estava do outro lado da saleta, perfeitamente imóvel e, como sempre, calado. Seu longo cabelo loiro estava bem escovado e seus olhos grandes e observadores transmitiam uma preocupação, uma profusão de pensamentos, sem que nem um deles fosse revelado.

"Sua irmã decerto lhe contou", disse Younger em francês, "que planeja voltar para a Europa."

Luc fez que sim.

"E você está imaginando se eu pretendo mudar a opinião dela."

O menino repetiu o gesto.

"A resposta é não. Ela sabe o que é melhor para ela."

Luc fez que não com a cabeça — apenas uma vez, muito levemente.

"Sabe, sim", disse Younger. Pousou a caneta sobre a mesa, recostou-se, olhou pela janela. Depois virou-se outra vez para o menino: "Bem, se você *vai* voltar para a Europa, não devíamos estar perdendo tempo. Vou lhe dizer o que faremos: traga-me um jornal. Vamos ver quando os Yankees jogam. Talvez Babe Ruth acerte hoje o seu *home run* número cinquenta".

O garoto saiu correndo e voltou um instante depois com o jornal matutino nas mãos e com uma expressão desapontada no rosto.

Younger olhou para a página em que Luc abrira o jornal: os Yankees iam jogar fora da cidade, portanto não no Yankee Stadium, o que o garoto obviamente conseguiu entender. "Você sabe ler inglês?", perguntou Younger.

Luc deu de ombros.

"Entendo", disse Younger, recordando-se de como, quando ele próprio era criança, certa vez estarrecera o pai ao ter aprendido sozinho a ler o latim básico. Lembrou-se também de como costumava observar tudo que acontecia em casa, captando expressões secretas no rosto da mãe, expressões que não devia nem sequer ter visto. "Luc, você pode falar? Não estou lhe pedindo que fale. Só quero saber se você pode ou não pode falar."

O garoto o fitou, imóvel.

"Certo. Bem, que pena sobre os Yankees. Deixe-me pensar... Você gostaria de subir até a cobertura do prédio mais alto do mundo?"

Os olhos de Luc se iluminaram.

"Vá ver se sua irmã deixa você ir. E se ela quer ir conosco."

O detetive Littlemore poderia ter se passado por um dos cavalheiros da imprensa amontoados nas desconfortáveis cadeiras do Hotel Astor, exceto por estar com as mãos metidas nos bolsos, enquanto os repórteres empenhavam-se em rabiscar os comentários de William Flynn, diretor do FBI, parado na frente da sala, ao lado de um grande mapa da baixa Manhattan. O chefe Flynn havia requisitado várias suítes no Astor, transformando-as em seu centro de comando pessoal. Littlemore estava sentado nos fundos, mascando seu palito, chapéu cor de palha empurrado tão para trás na cabeça que dava a impressão de estar enfrentando uma ventania.

Com seu nariz parecido com um focinho, o corpulento Flynn tinha um peito imenso e ombros maciços, uma pança igualmente enorme e um rosto surpreendentemente macio e bem barbeado. Trajando terno escuro e gravata, o cabelo preto liso bem penteado, tinha uma semelhança impressionante com um leão de chácara de boate. No entanto, preferia pensar em si mesmo em termos militares. Flynn acreditava que cumprir a lei era algo de natureza essencialmente militar, e orgulhava-se de saber falar no jargão das Forças Armadas. "Aproximadamente às *doze-zero-zero* de ontem", dizia Flynn, batendo no mapa com uma vara, "um dispositivo incendiário foi detonado diante do Banco Morgan, no número 23 da Wall Street."

"O senhor se refere a uma bomba?", indagou um dos cavalheiros da imprensa.

"Correto", respondeu Flynn.

"O capitão Carey diz que pode ter sido um caminhão de dinamite", disse outro.

"A polícia de Nova York não tem nada a ver com esta investigação", devolveu Flynn. "O dispositivo incendiário foi transportado para o cenário do evento num veículo de transporte de tração animal."

"Uma carroça com cavalo?", gritou outro jornalista.

"Não foi isso que eu disse?", Flynn retrucou asperamente. "Agora sosseguem para eu poder me fazer entender. Tenho algo importante para vocês, rapazes, e se calarem a boca eu talvez consiga chegar lá. Às 11h30 da manhã de ontem, um portador de correspondência dos Estados Unidos abriu um receptáculo de correio aqui...", e apontou outro local no mapa, "na esquina da Cedar com a Broadway. O receptáculo estava vazio naquele momento. Às 11h58, o portador de correspondência fez outra coleta no mesmo receptáculo, ocasião em que encontrou cinco panfletos" — palavra que o chefe Flynn pronunciou *panfleitos* — "sem nenhum tipo de embalagem. Três minutos depois, o portador de correspondência ouviu um forte barulho, que era o dispositivo incendiário em explosão. Por ordem do general Palmer, estamos tornando públicos esses panfletos, para que as pessoas respeitadoras da lei neste país saibam quem são seus inimigos."

Flynn distribuiu cinco folhas de papel.

"Não amassem!", ladrou Flynn. "Qualquer dano causado a uma dessas folhas, e o responsável irá para a cadeia por destruição de evidências. Eu não estou brincando."

As folhas eram de um papel grosseiro e barato, com cerca de quinze centímetros de largura por vinte e cinco de altura, e cada uma delas continha a mesma mensagem em tinta vermelha, cuja irregularidade deixava claro que fora escrita à mão, uma de cada vez:

Lembrem
Não vamos
tolerar mais
Libertem os prisioneiros
políticos ou será
morte certa para todos vocês
Combatentes
Anarquistas Americanos

Os jornalistas copiaram furiosamente.

"Cedar com Broadway", retomou Flynn, usando outra vez a vara indicadora, “fica a quatro minutos a pé do local do dispositivo incendiário. Isso não deixa dúvida sobre o que aconteceu. Os anarquistas estacionaram seu veículo de tração animal na Wall Street aproximadamente às 11h54. Quando chegaram à Cedar com a Broadway, colocaram esses panfletos no receptáculo de correio, três minutos antes da explosão.

“Há de se recordar”, prosseguiu Flynn, “que os panfletos relacionados com os atentados a bomba de 1919 se pareciam exatamente com esses aqui, e eram assinados pela mesma organização inimiga. Se mais alguma informação for necessária, o que não acredito, há de se recordar também que o atentado a bomba ao correio de Chicago, em 1918, ocorreu na terceira quinta-feira de setembro, que também foi precisamente o dia de ontem. O aniversário exato. Em outras palavras, estes são os mesmos terroristas bolcheviques que nos atacaram com bombas em 1918 e 1919 — italianos associados com a organização Galliani. Esta é a nossa história. Vocês a imprimem. Agora vou ler para vocês os nomes dos procurados.” Lendo o que parecia ser um mandado de prisão, Flynn prosseguiu: “Carlo Tresca, conhecido líder anarquista e terrorista; Pietro Baldesserotto, anarquista; Serafino Grandi, anarquista e revolucionário; Rugero Bacini, anarquista; Roberto Elia, anarquista”.

Os jornalistas continuaram com seus rabiscos algum tempo depois de Flynn ter terminado seu comunicado. Então um deles gritou: “J. P. Morgan se feriu, chefe?”.

“Você é o quê? Estúpido? Ontem J. P. Morgan nem mesmo estava na cidade”, foi a resposta. “Esse atentado não foi dirigido a Morgan nem a qualquer outro indivíduo. Foi um ataque ao governo americano, ao povo americano e ao modo de vida americano. Ponham isso nos jornais.”

“O que o senhor pode nos dizer sobre a carroça com cavalo, chefe?”, perguntou um repórter.

“As testemunhas até agora interrogadas nos disseram que o cavalo estava virado para leste, o que não é legalmente permitido pelo regulamento de tráfego. Mas terroristas não ligam muito para regulamentos de tráfego, ligam?” O tronco de Flynn se agitou para cima e para baixo com este último comentário, que ele aparentemente achou engraçado.

“Então ainda não identificaram a carroça?”, indagou outro repórter.

“Eles a explodiram, seu pateta”, Flynn replicou, irritado. “Como iríamos identificá-la? Está partida em um milhão de pedaços — e o cavalo idem. Mais alguma pergunta de gênio?”

“E quanto ao Fischer, chefe?”

“Não se preocupe com o Fischer”, disse Flynn.

“Já o pegaram?”

"Quem disse que estou atrás dele? Quem quer pegar o Fischer é a polícia de Nova York. Eles que procurem."

"Mas como ele sabia da bomba?"

"Quem disse que ele sabia? O cartão-postal nunca mencionou uma bomba. E dizia dia quinze, não dezesseis. Não vou comentar nada sobre o Fischer. Se quer saber, para mim ele é um débil mental que deu sorte. Agora, fora daqui, todos vocês. Tenho homens em campo à espera de ordens."

Sob uma abóbada folheada a ouro, Younger mostrou a Colette e a Luc a caricatura do velho sr. Woolworth, esculpida em pedra, contando suas moedas de cinco e dez centavos. Pegaram o elevador expresso. Os olhos do garoto fixaram-se, maravilhados, nas luzes que piscavam indicando a vibrante passagem dos andares. Apenas um ligeiro balanço do elevador e um assobio de ar traíam a rapidez da subida.

Cinquenta e oito andares acima, eles emergiram através de pesadas portas de carvalho para uma claridade solar azul e ofuscante, bem como para um vento tão feroz que Younger precisou envolver os ombros de Colette e pegar Luc pela mão. O terraço de observação, com vista para três direções, estava repleto de turistas, casacos batendo ao vento. Juntos a uma grade, Younger, Colette e Luc — nas pontas dos pés — desciam o olhar para os telhados de edifícios que eram, eles próprios, mais altos que a mais alta catedral da Europa. Lá embaixo, a uma distância impossível, rios de humanidade em movimento — minúsculos modelos de gente, carros, ônibus — fluíam e se detinham em massa, seguindo ritmos estranhamente lentos. Não era a visão de um pássaro. Era a visão de um deus testemunhando a violação americana do primeiro princípio da divindade, a divisão entre céu e terra.

Atrás deles, as pesadas portas de carvalho abriram-se novamente, descarregando no terraço outro elevador lotado de visitantes. Entre os recém-chegados, havia um homem de chapéu de feltro enterrado na cabeça. Ele caminhava manquitolando, e seu rosto barbeado estava salpicado de marcas escarlates — marcas de algum tipo de queimadura.

Enquanto os repórteres deixavam sua sala, Big Bill Flynn sentou-se atrás de uma enorme escrivaninha de carvalho, pegando a caneta-tinteiro como se tivesse documentos importantes para assinar, embora os únicos papéis sobre a mesa fossem os jornais. Dois agentes de terno escuro estavam postados atrás dele, um de cada lado da escrivaninha, mãos nas costas e pés separados.

Littlemore permaneceu sentado, palito saltando na boca, examinando uma das mensagens. “Não é engraçado?”, ele perguntou sem se dirigir a ninguém em particular depois que o último jornalista saiu.

Flynn dirigiu-se a um de seus agentes: “Esse cara é surdo?”.

“Ei, amigo, você é surdo?”, indagou o agente.

“*Ou será morte certa para todos vocês*”, foi a resposta de Littlemore, citando a mensagem escrita à mão. “Isso é o que eu chamo de ameaça, pois fala de alguma coisa que *vai* acontecer. Mas e quanto ao que *já* aconteceu? Quer dizer, se você deixa uma mensagem depois de ter mandado a Wall Street pelos ares, não falaria alguma coisa sobre o que acabou de fazer? Sabe, alguma coisa sinistra, do tipo ‘Hoje foi só o começo’. Ou então botaria um quê de sarcasmo, por exemplo: ‘Nós detonamos a Wall Street, e há mais por vir’.”

O detetive entoou estas últimas palavras na melodia de “Ciranda, cirandinha”.

“Quem diabos é esse sujeito?”, perguntou Flynn.

“Quem diabos é você?”, perguntou o agente.

“Capitão James Littlemore”, respondeu o detetive. “Departamento de polícia de Nova York, divisão de homicídios. O comissário Enright pediu que eu seja o oficial de contato com o Bureau. Estou encarregado de lhes oferecer nossos serviços.”

“Ah, é?”, disse Flynn. “Bem, não vai haver oficial de contato nenhum, pelo simples fato de que não vai haver contato nenhum. Agora suma daqui, sim?”

O outro agente se inclinou ligeiramente e cochichou algo no ouvido de seu superior.

“Não me diga”, disse Flynn em voz alta, recostando-se na cadeira. “Então você é o cara que pegou o Fischer?”

“Certo”, respondeu Littlemore.

“E acha que ali tem alguma coisa, não é Littleboy?”

“Pode ser.”

“Vou lhe dizer o que é que tem ali”, prosseguiu Flynn. “Ali tem um maluco. Você vai interrogá-lo num manicômio.”

“Não estou sabendo nada disso”, disse Littlemore.

“Pois eu estou”, replicou Flynn. “Ele está num manicômio.”

“Onde?”

“É você que quer falar com ele. Então descubra sozinho.”

“E como você sabe?”

“Digamos simplesmente que eu captei no ar”, disse Flynn, sacudindo o tronco mais uma vez. Seus agentes pareceram considerar esse comentário uma sacada espirituosa e o acompanharam na risada.

“Bem, acho que eu devo lhe dar os parabéns, chefe Flynn”, continuou Littlemore, voltando a examinar o papel com a mensagem, que agora ele segurava contra a luz acima de sua cabeça. “Nunca vi um caso tão importante ser resolvido tão rapidamente.”

“É por isso que nos pagam bem”, disse Flynn.

“Diga, chefe”, insistiu Littlemore. “O senhor viu todos aqueles soldados na frente do edifício do Tesouro? Fico imaginando o que estão fazendo lá.”

“Eles estão lá porque eu mandei. Alguém precisa proteger a propriedade dos Estados Unidos quando o departamento de polícia mete os pés pelas mãos. Agora dê o fora.”

“Sim, senhor”, disse Littlemore. Parou diante do mapa da baixa Manhattan e coçou a cabeça. “Esses anarquistas, vou lhe dizer... Como capturar gente que consegue fazer o impossível?”, perguntou, por fim.

“O que é impossível?”, quis saber Flynn.

“Bem, eles deixam a carroça com o cavalo na Wall Street às 11h54 e andam quatro minutos até a caixa de correio na esquina da Cedar com a Broadway — foi isso que o senhor disse, certo? A correspondência é apanhada às 11h58. A bomba explode às 12h01. Quanto tempo transcorreu entre 11h54 e 12h01?”

“Sete minutos, gênio”, replica Flynn.

“Sete minutos”, repete Littlemore sacudindo a cabeça. “Agora isso me surpreende, chefe. O senhor acha que eles deixariam a bomba acionada por sete minutos? Eu não teria deixado. Quer dizer, o cavalo bloqueando o tráfego e tudo mais. Se fosse eu, teria regulado o *timer* para um ou dois minutos. Porque em sete minutos alguém poderia ter tirado o cavalo de lá — ou talvez até mesmo descoberto a bomba.”

“Bem, ninguém descobriu, não é?”, ladrou Flynn. “Não há nada de impossível nisso. Tirem ele daqui.”

“Talvez ninguém tenha tirado o cavalo”, disse Littlemore enquanto os dois agentes aproximavam-se dele, “porque ele estava lá havia apenas dois minutos.”

Flynn fez um sinal aos agentes para que esperassem. “Do que você está falando?”

“Meus homens colheram depoimentos de uma porção de gente que estava ali ontem, chefe Flynn. Testemunhas oculares. A carroça com o cavalo estacionou na Wall Street somente um ou dois minutos antes de a bomba explodir. Os seus anarquistas merecem uma salva de palmas. Eles deixam a Wall Street às 11h59 ou ao meio-dia, e chegam à esquina da Cedar com a Broadway antes das 11h58, quando o carteiro pega os panfletos. Como capturar gente capaz de fazer isso?”

Ninguém respondeu. Flynn se levantou. Ajeitou para trás o cabelo besuntado. "Então você é capitão, hein? Quantos homens se reportam a você? Seis?"

"O suficiente", disse Littlemore, pensando nos policiais Stankiewicz e Roederheusen.

"Eu tenho mil. E os meus homens não são como os seus. Há dois tipos de tiras no departamento de polícia de Nova York: os que querem se dar bem e os que são estúpidos demais para perceber que todos os outros só estão querendo se dar bem. De que tipo você é?"

"Estúpido demais", Littlemore replicou.

"Você dá mesmo essa impressão", disse Flynn. "Mas não é estúpido o bastante para atrapalhar a minha investigação. Ou é?"

Littlemore encaminhou-se para a porta. "Não sei, eu sou bem estúpido." Disse isso e fechou a porta atrás de si.

Flynn voltou-se para seus agentes. "Me arranjem a ficha desse cara", ordenou. "Nome da mulher, amigos, família — tudo. E vejam se Hoover tem alguma coisa sobre ele."

Luc soltou-se de Younger e correu até a outra extremidade do terraço, que dava para o rio. Perto dali, um grupo de crianças berrava acerca de algo que estavam vendo lá embaixo. Luc correu em direção a eles.

"Olhe só o seu irmão", disse Younger. "Ele entende o que os meninos estão dizendo."

"Não as palavras — como seria possível?", respondeu Colette.

"Ele consegue ler o jornal", retrucou Younger.

"Em inglês? Impossível". Estavam lado a lado junto à grade, observando o vasto panorama urbano. Ela pôs a mão sobre a dele. "Eu gostaria de não ter que voltar."

Ele tirou a mão e pegou um cigarro.

"Você não se importa com a minha partida?", ela perguntou.

"Eu recomendei você a Boltwood. Você o está deixando sem ninguém para cuidar do laboratório. É claro que me importo."

"Ah, bom. De qualquer forma, não gosto do seu professor Boltwood. Sabe do que ele chamou Madame Curie outro dia? 'Detestável idiota'."

"Ele só está com inveja. Qualquer químico do mundo tem inveja de Marie Curie."

"Os homens são bem cruéis quando estão com inveja."

"São? Não sei como é isso."

Ninguém que olhasse de relance o homem que se dirigia mancando até o centro da plataforma veria o punhal em sua mão direita, enfiado no interior da manga de modo a passar despercebido. A própria Colette poderia ter se virado sem reconhecer Drobac, cujos volumosos cabelos e pelos estavam agora raspados. Apenas seus olhos — olhos pequenos, negros, perspicazes espreitando sob o chapéu enterrado na cabeça — poderiam tê-lo traído. Ele segurava a faca pela lâmina, um dedo acariciando o fio. Não havia perigo de se cortar: como todas as boas facas feitas para arremesso, esta não tinha corte. Apenas a ponta era afiada.

Uma pessoa experiente da arte de arremessar facas, quando quer matar, lança-a no coração da vítima. De todos os órgãos, o coração é aquele cuja perfuração com maior certeza provoca a morte — com exceção, claro, do cérebro, inacessível devido ao osso duro do crânio. As costelas da vítima poderiam ser consideradas um obstáculo significativo, porém não é assim. Se o arremesso for horizontal, e não de cima para baixo, não haverá dificuldade. Noventa e nove por cento das vezes, as costelas da vítima permitem que a ponta deslize para dentro. Na verdade, se poderia quase dizer que elas conduzem a ponta para o alvo.

Younger e Colette estavam de costas para Drobac, como todo mundo no terraço, já que ele se postara no centro, enquanto todos encontravam-se junto ao parapeito. Um bom lançador de facas não tem escrúpulos em mirar as costas da vítima, uma vez que isso, afinal, lhe assegura o elemento surpresa. Tudo que se exige é uma lâmina suficientemente longa para varar o tecido mole do pulmão esquerdo, restando metal suficiente para romper a carne do coração. Se a vítima for bem magra, um punhal de vinte centímetros geralmente basta. Colette Rousseau era magra, e a faca, no caso, era uma adaga com lâmina de aço de vinte e cinco centímetros. Drobac respirou mais devagar.

"Aí está bom", berrou o detetive Littlemore a um operário que conduzia uma perfuratriz pneumática. "Mantenha no lugar."

Littlemore estava na Wall Street, em frente ao Banco Morgan, onde a bomba explodira no dia anterior. Dois policiais fardados — Stankiewicz e Roederheusen — mantinham os pedestres afastados. Do outro lado da rua, os edifícios do Tesouro e das Avaliações de Ligas Metálicas ainda pareciam uma guarnição militar, com vários soldados posicionados em torno deles.

A britadeira foi rompendo pedra após pedra na cratera negra. Littlemore fez um sinal para que o operário parasse. Agachando-se para afastar poeira e cascalho, o detetive conseguiu pegar uma ferradura do meio das pedras. Era uma ferradura tamanho quatro; os resíduos de um prego ainda estavam visíveis. Stankiewicz e Roederheusen espiaram por cima de seu ombro. Littlemore virou a ferradura; as letras SIF estavam impressas nela.

"Que tal, estão gostando disso?", perguntou Littlemore. "Sabem o que significa SIF?"

"Não, senhor", disse Roederheusen.

"Sindicato Internacional dos Ferradores."

"Há algo de estranho nisso, capitão?", perguntou Stankiewicz.

"Com certeza." Littlemore não explicou o quê.

No terraço de observação do edifício Woolworth, um bando de crianças irrompeu aos gritos correndo a toda a velocidade de um canto a outro da plataforma. Luc os perseguia de perto; uma professora, assustada, corria atrás do menino mudo. Colette gritou o nome do irmão e saiu correndo, certa de que Luc acabaria tropeçando e caindo por sobre o parapeito.

Drobac sorriu. Ainda estava parado, sozinho e quieto, no centro da plataforma. Colette corria da direita para a esquerda até a extremidade oposta do terraço. As rajadas de vento cessaram por um momento, e nesse exato instante ele deu apenas um passo, um passo largo, como um esgrimista numa arremetida, fazendo a faca voar. Em geral, preferia alvos móveis, que constituíam um desafio maior. Mas Colette nem sequer representou esse desafio. Subitamente ela havia ficado estática: Luc estacara de repente, fazendo com que a professora parasse logo atrás, o mesmo acontecendo com Colette.

O punhal girou no ar, paralelo ao solo. Foram exatas três rotações e meia até penetrar nas costas da jovem. A ponta deslizou por entre as costelas, perfurando o pulmão. Mas como foi o pulmão direito, e não o esquerdo, a ponta da faca, ao emergir do pulmão, jamais chegou a tocar o coração.

Quando penetra nas costas de uma pessoa, a faca tem como característica fazer a vítima abrir os braços para o lado e para o alto, soltar um grito e cambalear para a frente pelo menos um ou dois passos. Foi precisamente o que aconteceu. E essa foi a infelicidade, porque os passos adiante lançaram a jovem sobre o parapeito. Ainda havia uma boa chance de que a queda fosse impedida por um dos balcões dos andares abaixo. Mas não era para ser. O corpo da jovem deu uma cambalhota, atingiu o parapeito e foi lançado para fora. A colisão rachou uma lasca de concreto do terraço, fazendo com que se soltasse e caísse ao lado do corpo, acompanhando-o ao longo dos cinquenta e oito andares até o chão. A jovem e o pedaço de concreto atingiram a calçada, que ali consistia em um mosaico de quadrados de vidro coloridos, no mesmo instante. Ao se chocar contra o solo, a lasca de concreto ricocheteou no ar até uma altura de vários andares. Consideravelmente mais pesado, o corpo da moça estilhaçou os azulejos de vidro com um trovejar repugnante, indo mergulhar na estação de metrô embaixo.

O ruído da batida chegou até os ouvidos de Littlemore na Wall Street. Ele ficou à escuta, à espera de algum complemento, sons de terror ou tumulto. Não ouvindo mais nada, voltou a dar instruções a seus homens: "Stanky, leve esta ferradura diretamente para o inspetor Lahey".

"Posso contar para a imprensa?", perguntou Stankiewicz.

"Não deixe de fazer isso", disse Littlemore. "Mas os federais não encostam a mão nessa ferradura, ouviu?"

"Desculpe, capitão", disse Roederheusen. "O senhor O'Neill ainda está esperando para falar com o senhor."

Gritos aterrorizados tomaram conta da cobertura do edifício Woolworth. Garotos de escola corriam de um lado a outro berrando de pavor. Apenas Luc permaneceu totalmente quieto, estendendo as mãos para pegar a mão da irmã, numa reação estranha e protetora.

A jovem morta era a professora que havia parado logo atrás de Luc. Tivesse Colette dado um passo a mais, a faca de Drobac a teria atingido. Mas devido à parada inesperada da professora, o punhal perfurara o pulmão direito da vítima errada — a desafortunada educadora — em lugar do pulmão esquerdo do alvo pretendido.

Não tendo visto a faca, a massa de pessoas no terraço acreditava ter presenciado um pavoroso acidente. Uma nova leva de turistas que acabara de chegar à plataforma contribuiu para a confusão. Younger, porém, vira a faca nas costas da professora e agora via um homem claudicando em direção às pesadas portas de carvalho que conduziam ao elevador — a única pessoa que abandonava o terraço em meio ao pandemônio. Drobac olhou para trás ao passar pela porta. Younger reconheceu os pequenos olhos negros de imediato.

Younger atravessou o terraço correndo e foi para o corredor. Entre as portas do elevador que se fechava, voltou a ver os mesmos olhos negros, encarando-o por debaixo da aba de um chapéu de feltro. O vão que as portas criavam ao se fechar era estreito demais para um homem, porém largo o bastante para o braço de Younger; ele enfiou o braço no elevador e agarrou Drobac pela lapela. Surpreso, vociferando e protestando, o ascensorista reabriu as portas. Younger puxou Drobac para fora e o derrubou no chão.

Drobac tentou lutar, mas não era um adversário à altura. Younger o espancou e espancou, e continuou espancando até os ossos do nariz, do queixo e as órbitas dos olhos se romperem.

“O’Neill... Quem é esse?”, Littlemore perguntou ao policial Roederheusen numa esquina próxima ao Banco Morgan.

“É aquele lá, senhor. Está esperando a manhã toda. Diz que também recebeu um aviso sobre a bomba.”

“Tragam-no aqui. Depois procurem o carteiro que recolhe a correspondência na Cedar com a Broadway. E não na semana que vem. Quero o carteiro na minha sala amanhã de manhã, entenderam?”

“Mas amanhã é sábado”, argumentou Roederheusen.

“E daí?”, replicou Littlemore.

“Nada não, senhor.” Roederheusen atravessou a rua e voltou com um homem com pouco mais de um metro e meio de altura, uma cintura com mais ou menos o mesmo diâmetro e cujos braços, ao caminhar, moviam-se como os de um soldado de brinquedo. “Desculpe tê-lo feito esperar, senhor O’Neill”, disse Littlemore. “Tem alguma informação para mim?”

“Tenho. Foi na quinta-feira passada, entende? Ou melhor, na sexta. Não, na quinta.”

“Simplesmente conte o que aconteceu.”

“Eu estou lá no trem de Jersey, como todas as manhãs. Aquele sujeito, ele entra na conexão de Manhattan, e nós começamos a conversar. De um jeito amigável.”

“Descreva o sujeito.”

“Boa aparência. Mais ou menos uns quarenta, quarenta e dois anos, talvez. Nunca tinha visto ele no trem. Um metro e oitenta. Tipo atlético. Loiro. Educado. Raquete de tênis.”

“Raquete de tênis?”, perguntou Littlemore.

“É. Ele estava com uma raquete de tênis. Então, estamos no túnel do Hudson, sabe, e ele me pergunta onde eu trabalho. Eu digo Broadway, 61. Ele diz que trabalha no mesmo quarteirão, numa espécie de embaixada, ou coisa assim, e nós continuamos conversando, conversa à toa, sabe, aí ele se inclina e cochicha para mim: ‘Fique longe da Wall Street até depois do dia dezesseis’.”

“Ele disse dezesseis? Tem certeza?”

“Tenho, sim. Ele diz isso um par de vezes. Eu pergunto do que ele está falando. Ele diz que trabalha incógnito para o Serviço Secreto e que a função dele é descobrir anarquistas. Aí ele solta a língua: ‘Eles têm trinta mil quilos de explosivos e vão explodir tudo’. Ele estava dizendo a verdade. Dava pra perceber. Era ele, não era, detetive? Era o Fischer?”

"E o que você fez?"

"Fiquei longe da Wall Street no dia dezesseis. Foi isso que eu fiz."

Três seguranças do Woolworth, quando finalmente chegaram, arrancaram Younger do homem ensanguentado e o algemaram. Algemaram Younger.

Não se impressionaram com a alegação de Younger de que a vítima do seu ataque havia matado a jovem que acabara de despencar para a morte. Ninguém mais vira o assassinato, e Younger admitiu que não tinha de fato presenciado o ato em si. Os guardas ficaram igualmente indiferentes à declaração de Younger de que o homem sequestrara outra jovem na noite anterior — uma jovem que ainda estava no terraço. De modo geral, pareceram achar que ele estava delirando.

Colette e Luc foram trazidos à presença deles. Sem permitir que Younger falasse, os guardas perguntaram a Colette se reconhecia o homem inconsciente que Younger surrara quase até a morte. Ela disse que não. O rosto deformado de Drobac estava de fato bastante irreconhecível.

"Seu marido diz que esse homem a sequestrou ontem", disse um dos guardas.

"Ele não é meu marido", disse Colette.

"Seu mentiroso filho da puta", xingou o outro segurança.

"Eu não disse que era marido dela", protestou Younger.

Luc, puxando com tenacidade a manga de Colette, conseguiu a atenção da irmã e fez sinais com as mãos. Ela perguntou se ele tinha certeza; ele fez que sim. "Este *é* o homem que nos raptou", ela disse aos guardas. "Meu irmão o reconhece."

Os guardas, em dúvida, perguntaram como o garoto sabia.

Luc fez outro sinal. "Ele simplesmente sabe", disse Colette.

Essa afirmativa não bastou para eliminar as dúvidas dos seguranças. No final, levaram o homem ensanguentado para um hospital — e Younger para a cadeia.

Aberto para negócios no dia seguinte à explosão, o Banco Morgan mais parecia uma enfermaria de hospital que um templo das altas finanças. Cabeças enfaixadas e olhos tapados podiam ser vistos praticamente em cada mesa. Funcionários mancavam. Homens com braço na tipoia manuseavam com uma mão máquinas de calcular. O rosto de um vigia estava tão coberto de bandagens que só se viam os olhos e o nariz.

"O senhor Lamont vai atendê-lo em um minuto", disse uma recepcionista a Littlemore.

A Companhia J. P. Morgan não era um banco comum. A Casa de Morgan era um motor das relações internacionais, um motor da história. Foi Morgan quem salvou os Estados Unidos da ruína na crise do ouro em 1895, e novamente na crise bancária de 1907. Foi Morgan quem liderou um consórcio de financiadores para alavancar um empréstimo de quinhentos milhões de dólares aos Aliados na Grande Guerra, sem o qual, com quase certeza, eles não teriam vencido. O velho titã J. Pierpont Morgan morrera em 1913; seu filho Jack Jr., que não passava tanto tempo no banco quanto o pai, contava com um sócio na firma para administrar os vastos ativos da companhia e seus interesses financeiros ao redor do mundo. O sócio era Thomas Lamont.

Littlemore saudou com o chapéu a dúzia de policiais fardados que integrava o maciço contingente de segurança do banco. Também fez um imperceptível meneio de cabeça para meia dúzia de homens à paisana espalhados pelo átrio central. Olhou para a cúpula acima, onde andaimes permitiam que os operários chegassem aos mais ocultos recessos. O ressoar de martelos enchia o ar.

Abaixo da cúpula, o sr. Lamont — esguio, diminuto, trajando roupas caras mas conservadoras — dirigia-se a cerca de vinte outros homens, respondendo a perguntas como um guia turístico. Ele era o tipo certo para dirigir a Casa de Morgan: graduado pela Academia Philips Exeter e pela Faculdade de Harvard, um homem escolhido por Washington para representar os Estados Unidos na conferência de paz, em Paris, em 1919. Tinha cabelo grisalho fino, orelhas grandes e olhos azuis avessos a riscos. Os vinte homens a quem ele se dirigia não eram turistas; compunham um júri preliminar que conduzia uma inspeção dos efeitos da bomba. Apontando para o domo acima da cabeça deles, onde podiam ser vistas enormes rachaduras no reboco, Lamont explicou que uma equipe de engenheiros havia declarado a cúpula absolutamente segura.

"Permitam-me acrescentar", ele disse aos jurados e jornalistas que o cercavam, "o quanto estou hoje orgulhoso desta firma. Nós somos a J. P. Morgan. Não entramos em pânico. Abrimos hoje na nossa hora habitual e, podem ter certeza, assim continuaremos a fazer."

Lamont apertou a mão do presidente do júri e deixou o grupo aos cuidados de um associado. Aproximou-se do detetive, apresentou-se e perguntou como podia ajudar.

"Desculpe tomar seu tempo, senhor Lamont", disse Littlemore. "Não deve ser fácil para o senhor."

"Não deve ser fácil?", replicou Lamont, cujo semblante normalmente brando parecia sobrecarregado pelas responsabilidades. "Com o senhor Morgan no exterior, o dever de falar com as famílias dos mortos e feridos coube a mim. Sabe que o nosso domo quase caiu? E todo o departamento de câmbio, ontem, também quase veio abaixo. Estivemos a um fio de cabelo de uma catástrofe total. Milhares teriam morrido. A Wall Street teria ficado arruinada. Não consigo entender como isso pode ter acontecido. Se puder ser breve, capitão, eu apreciaria muito."

"Certo", concordou Littlemore. "Quero saber quem são seus inimigos."

"Desculpe?"

"Não os seus. Os da companhia."

"Creio que não estou entendendo", disse Lamont. "O senhor Flynn, do Bureau de Investigação, me garantiu nesta manhã que a explosão não foi dirigida à firma Morgan em particular."

"Eles deixaram a bomba bem na frente da sua porta, senhor Lamont. Quase derrubaram o seu prédio."

"Não é assim que o senhor Flynn vê a coisa."

"São fatos, senhor Lamont."

"Se não estou enganado, capitão, toda essa tragédia ainda pode se revelar o resultado de um acidente com uma carroça de dinamite. Não vou participar da especulação de que o J. P. Morgan esteja sob ataque."

"Quando foi a última vez que ouviu falar de uma carroça de dinamite carregada com meia tonelada de estilhaços?"

"Mas quem atacaria um banco dessa maneira?", indagou Lamont. "Qual o sentido disso? A firma auxilia pessoas necessitadas no mundo inteiro. Quem haveria de querer nos atacar?"

"Deixe-me colocar da seguinte forma, senhor Lamont. Meus homens lidam com assassinatos de tubarões agiotas o tempo todo. O seu negócio não é muito diferente — apenas é maior. O que eu sempre pergunto é em quem o tubarão se apoia para fazer os pagamentos. Ou se existe algum outro tubarão na água que gostaria de ter uma fatia dessa atividade."

"Entendo", disse Lamont.

"Desculpe a comparação."

"Não desculpo, não", retrucou Lamont. "Esta firma não 'se apoia' em seus devedores, capitão."

"Seguramente que não. E também não tem inimigos, certo? Só amigos?"

Lamont não respondeu.

"Vocês protegem as suas apostas para sobreviver, senhor", prosseguiu Littlemore. "Todo banqueiro faz isso. Eu estou lhe oferecendo proteção. Há uma possibilidade de que os responsáveis pela bomba estejam atrás da sua companhia. Talvez estivessem lhe mandando uma mensagem. Talvez mandem outra. Quer correr esse risco?"

Lamont baixou a voz: "Não".

"Eu posso pegá-los se o senhor tiver um tempinho para me ajudar. Seria um belíssimo retorno para um pequeno investimento, senhor Lamont."

"De fato seria", Lamont concordou. "O senhor é independente do chefe Flynn?"

"Eu sou do departamento de polícia de Nova York", explicou Littlemore. "As nossas ordens não vêm do senhor Flynn."

"Deixe seu cartão com a recepcionista, capitão. O senhor tem cartão?"

"Sim, tenho cartão."

"Vou refletir sobre o que disse."

A noite já tinha caído quando Littlemore chegou à cela de Younger.

"Ih, doutor, você o pulverizou", disse o detetive destrancando a porta da cela. "Parece que um trator passou em cima do rosto dele."

Younger vestiu o paletó e saiu da cela.

"Paguei sua fiança", disse o detetive. "Fuma?"

"Obrigado", disse Younger. Seu colarinho estava solto, os nós dos dedos, esfolados. "Ele conseguiu se safar?"

"Não", respondeu Littlemore. "Mandei dois rapazes ao hospital assim que fiquei sabendo. Quando os médicos liberarem, vamos colocá-lo atrás das grades. Ele está em meu poder — por enquanto."

O detetive entregou a Younger um grande envelope marrom, do qual o médico retirou sua gravata, relógio, carteira e outros objetos pessoais. "Por enquanto?", perguntou.

"Como podemos provar que ele é Drobac? Nem mesmo eu consigo identificar o sujeito depois do que você fez com a cara dele. Vamos precisar de muito mais que isso antes do julgamento. Mas tudo bem. O julgamento só vai ser daqui a uns seis meses."

"Eu posso identificá-lo", disse Younger, pondo o relógio.

"Detesto lhe dizer, mas a sua palavra passou a ter menos peso no momento em que você passou a ser acusado de tentativa de assassinato."

Younger encarou o detetive.

"Foi assim que a promotoria considerou", explicou Littlemore. "Agressão com intenção de matar. Eu tive sorte de conseguir tirá-lo do xadrez. O juiz não estava de acordo até eu dizer que você era um homem de Harvard. Homem de Harvard e professor de Harvard. E que Roosevelt era seu primo. E que você dormiu com a filha de Roosevelt. Tudo bem, isso eu não contei."

"Para ser sincero", disse Younger, começando a dar o nó na gravata, "eu realmente tive a intenção de matá-lo."

"Não, não teve."

"Quem ele está dizendo que é?"

"Engraçado", ironizou Littlemore, "mas ele não está falando. Parece que a boca dele está presa com arame porque alguém quebrou seu queixo em três lugares. Rapaz, é melhor que você esteja certo."

"É Drobac, sim. Ele estava mancando. E tinha marcas no rosto."

"Não prova nada."

"Você não pode tirar as impressões digitais dele?"

"Já tirei. Mas elas precisam combinar com alguma coisa. Não temos impressões nas facas. Nem impressões para comparar naquele quarto no centro da cidade. Nenhuma impressão no estojo de laboratório de Colette. Nada. Ele sabia o que estava fazendo."

Nenhum dos dois disse nada.

"Por que ele viria atrás de nós?", perguntou Younger.

"Talvez quisesse se livrar das pessoas que poderiam identificá-lo."

"Onde ela está?", perguntou Younger, ajeitando as abotoaduras.

"A senhorita? Na palestra."

"O quê?"

"Ela não aceitou a negativa", disse Littlemore. "Me fez pegar todas as amostras de rádio do armário de evidências."

Nessa noite, A. Mitchell Palmer, o procurador-geral dos Estados Unidos, chegou a Manhattan vindo da capital do país num trem especial. Um longo carro preto e dourado — um Packard Twin Six Imperial, o tipo de carro a que somente homens muito ricos podem se permitir — o esperava diante da Pennsylvania Station. No interior do veículo estava um elegante cavalheiro, de cartola e com as pontas do colarinho levantadas.

O carro levou Palmer ao edifício do Tesouro, do lado oposto da Wall Street e em frente ao Banco Morgan. Soldados batiam continência e abriam caminho à medida que os dois homens subiam as escadarias de mármore e passavam pelo imenso portal. Meia hora depois, Palmer e o cavalheiro bem-vestido reapareceram. Este último conduziu o procurador-geral ao redor da colunata até uma estreita passagem que separava o Tesouro do adjacente Edifício de Avaliações. A passagem estava fechada por um alto portão de ferro forjado, que precisou ser destrancado para permitir a movimentação do procurador-geral.

Os dois homens desceram até a metade do caminho, o cavalheiro de cartola apontando para o segundo andar de ambos os edifícios semisseparados. Ali, um piso acima da rua, havia, frente a frente por sobre a passagem, duas portas com a estranha aparência de portas de garagem. O procurador-geral Palmer sacudiu a cabeça com ar grave, depois informou ao cavalheiro que deixaria Nova York no dia seguinte. A investigação do atentado a bomba permaneceria nas mãos do diretor do Bureau, Flynn. O próprio Palmer seguiria viagem para Stroudsburg, Pensilvânia, para visitar a família.

O Fundo Marie Curie de Rádio organizou uma palestra especial em 17 de setembro de 1920, na igreja Saint Thomas na Quinta Avenida. O Fundo fora concebido pela sra. William B. Meloney, uma mulher de posses, já de certa idade, muito conhecida nos círculos filantrópicos e literários de Nova York. A sra. Meloney era uma mulher que trabalhava, uma mulher de imprensa, que em virtude de suas incansáveis reportagens sobre a alta sociedade de Manhattan acabara fazendo parte dessa sociedade. Como muitas mulheres americanas, a sra. Meloney acompanhara avidamente — na verdade fizera matérias sobre o assunto — os trabalhos da grande Marie Curie da França.

"É absolutamente revoltante", declarou a engravatada sra. Meloney do opulento mas sombrio púlpito da igreja, "que Madame Curie, a mais eminente cientista do mundo, a descobridora do rádio, seja proibida, por mera falta de dinheiro, de continuar suas investigações — investigações que já conduziram à cura pelo rádio de nossos cânceres, aos cremes para mãos e rosto que eliminam nossas desagradáveis manchas" — a sra. Meloney era, além de seus outros empreendimentos, editora de uma importante revista feminina — "e às águas com infusão de rádio que restauram a vitalidade conjugal de nossos maridos."

A audiência, quase toda feminina, aplaudiu calorosamente.

A sra. Meloney congratulou a força de espírito de suas ouvintes, por elas terem comparecido à palestra apenas um dia depois da terrível tragédia da Wall Street. "Tem sido sempre o papel da mulher", disse, "perseverar quando as violentas paixões do homem são pesadas demais para ele. E devemos perseverar. O custo de um grama de rádio é impressionante — cem mil dólares —, mas a quantia precisa ser levantada. A honra das mulheres americanas está comprometida. Eu mesma a comprometi — diante da própria Madame Curie, em sua casa em Paris — e agora é dever de cada uma de nós contribuir de forma generosa para o Fundo ou fazer com que nossos maridos contribuam."

Enquanto as damas aplaudiam mais uma vez, a porta de entrada da igreja rangeu ruidosamente.

"Graças aos céus", disse a sra. Meloney, "aí está, enfim, a senhorita Rousseau. Estávamos ficando preocupadas, querida."

A plateia de senhoras elegantes virou-se. Colette percorreu o cavernoso corredor central em silêncio, consciente de estar sendo observada, carregando com as mãos o pesado estojo de amostras minerais e elementos radioativos. Murmurou um pedido de desculpas, mas sua voz falhou em se propagar pela imensa e pouco iluminada igreja gótica, com suas grandes colunas e teto abobadado. Colette estava esperando umas poucas mulheres num pequeno auditório, e não duzentas num local de culto, reunidas defronte a um púlpito com um crucifixo em escala maior que a natural diante de enormes murais.

"Nas últimas semanas", prosseguiu a sra. Meloney, "junto com a senhorita Rousseau — que estudou com a própria Madame Curie em Paris e que daqui a pouco nos instruirá acerca das 'Maravilhas do Rádio' —, tenho feito um tour pelas maiores fábricas dos Estados Unidos onde são feitos produtos de rádio. Temos buscado sensibilizar os proprietários das fábricas sobre o quanto devem a Madame Curie. Nossos esforços não têm sido em vão, como em breve terei o prazer de anunciar a vocês."

Aqui a sra. Meloney trocou um olhar cúmplice com um roliço cavalheiro, impecavelmente vestido e sentado à sua esquerda, que fez um gesto magnânimo para a plateia. Em seguida, deixou o púlpito para Colette, que, sorrindo para encobrir seu extenuante esforço, guindou o estojo de elementos escada acima até o púlpito.

"Obrigada, senhora Meloney", começou Colette. A audiência atribuiu seu rosto pálido à sua origem estrangeira. "Tenho a viva honra e o privilégio de dar ao Fundo Marie Curie de Rádio toda a pequena assistência que estiver ao meu alcance."

Colette fez uma pausa, de certa forma esperando que o público aplaudisse o nome de Marie Curie. Em vez disso, fez-se um perceptível silêncio.

"Bem, vou começar", ela reiniciou, tentando pressionar contra o porta-livros as páginas enroladas nas quais havia cuidadosamente escrito sua apresentação. "Há vinte e dois anos, Henri Becquerel, um cientista francês, colocou um prato de cristais de urânio perto de uma chapa fotográfica embrulhada numa gaveta fechada e ali os deixou por mais de uma semana. Estaria ele realizando um experimento? Não. Monsieur Becquerel estava apenas limpando seu laboratório e esqueceu onde pusera o urânio!"

Colette esperou risadas; elas não vieram.

"Mas quando ele desembrulhou a chapa fotográfica, descobriu nela uma imagem — o que deveria ser impossível, porque a chapa não fora exposta à luz. Assim foi descoberto o mistério da radiação atômica, praticamente por acaso! Dois anos depois, em 1898, Marie Curie e seu marido, Pierre, solucionaram o mistério. Madame Curie provou que átomos de urânio emitem raios invisíveis e cunhou um termo para esse fenômeno — radioatividade. Trabalhando em quase total isolamento, Madame Curie descobriu dois novos elementos previamente desconhecidos do homem. O primeiro ela chamou de polônio, em homenagem à sua terra natal, a Polônia; o segundo, e de longe o mais potente, ela chamou de rádio. A energia potencial do rádio é tão grande que é quase impossível descrevê-la com medidas normais. Vocês estão familiarizadas com o cavalo-vapor? Um único grama de rádio contém energia equivalente a oitenta bilhões de cavalos."

Colette fez nova pausa, na expectativa de uma exclamação da plateia pela grandiosidade do número. O único som que ouviu foi o farfalhar de saias e luvas.

"Tal potência", continuou Colette, falando agora um pouco rápido demais, "se liberada de uma só vez, seria suficiente para destruir todos os edifícios da cidade de Nova York numa única e terrível explosão. Porém a ciência encontrou um meio de conduzir a radioatividade para salvar vidas em vez de destruí-las. Os médicos, hoje, inserem microgramas de rádio, encapsulados em minúsculos nódulos de vidro, diretamente no tumor canceroso de um paciente. Em semanas o tumor desaparece. Atualmente, em todo o mundo, graças ao rádio, pessoas que teriam morrido de câncer alguns anos atrás estão vivas e saudáveis." Esta, sim, era uma declaração que a plateia de fato estava preparada para aplaudir mas desta vez, com seu crescente nervosismo, Colette não fez a pausa. "Agora vou demonstrar a vocês um dos extraordinários subprodutos da radioatividade: a luminescência."

"Oh, minha menina", disse a sra. Meloney, "você vai fazer um experimento... na igreja? Acha que é apropriado?"

"Será apenas uma pequena demonstração", respondeu Colette.

"Tudo bem", disse a sra. Meloney. "Mas que não seja demorado demais, certo?"

Tirando dois pequenos frascos do estojo, Colette postou-se desajeitadamente no púlpito. O desconforto residia na ausência de uma mesa. Colette precisava combinar dois componentes. Com um sorriso nervoso, ajoelhou-se no chão e dispôs o material à sua frente. Isso lhe permitiu trabalhar com ambas as mãos; infelizmente também a deixou invisível para a plateia.

Subitamente teve início uma erupção de aplausos. Colette levantou os olhos, intrigada. A atenção das senhoras estava fixada no roliço cavalheiro atrás dela que, curvando-se jovialmente, erguera seus punhos bem sobre a cabeça. De cada mão pendia um relógio de pulso irradiando um brilho verde fosforescente.

"Eis a sua luminescência, senhorita Rousseau", anunciou o cavalheiro. "Aqui está a magia do rádio."

Mais aplausos.

"Obrigada, senhor", exclamou a sra. Meloney, "o senhor é um cavaleiro numa armadura reluzente. E obrigada a *você*, senhorita Rousseau, por essa palestra extremamente educativa."

"Mas eu...", balbuciou Colette, que mal havia começado.

"E agora, minhas amigas", prosseguiu a sra. Meloney, "vamos à parte mais gratificante do evento desta tarde. Na semana passada, em Connecticut, tive o prazer de conhecer um dos titãs da indústria americana, cuja gentileza e senso de dever público se equiparam em cada detalhe à sua eminência no comércio. Ele é um dos líderes da nação em petróleo, mineração e rádio. Por favor, queiram me acompanhar em dar as boas-vindas ao senhor Arnold Brighton."

O cavalheiro roliço adiantou-se e fez reverências em todas as direções, para uma longa ovação. Era completamente calvo, exceto por um tufo de cabelo encaracolado acima de cada orelha, mas trajado com esmero, unhas reluzentes e bem-cuidadas, abotoaduras douradas que brilharam quando ergueu as mãos para aquietar o aplauso das senhoras.

"Obrigado, obrigado... Oh, céus, onde foi que pus meu discurso?" Brighton apalpou os bolsos com suas unhas reluzentes. "Será que lhe entreguei, senhora Meloney?"

"A mim, senhor Brighton?"

"Oh, céus. O Samuels está aqui? Ele saberia onde pus o discurso. Bem, meus concorrentes sempre dizem que perco a cabeça com as mulheres. Eles não empregam mulheres, vocês sabem, ao passo que as minhas fábricas de relógios luminosos são as maiores empregadoras de mulheres em seus Estados. Meus concorrentes não entendem como posso empregar moças numa fábrica. Minha resposta é simples: os salários das mulheres são inferiores aos dos homens — significativamente inferiores. Ah, sei o que as senhoras estão pensando. Com tantos homens sem trabalho, especialmente homens que serviram na guerra, será que *eles* não merecem os empregos? Peço permissão para discordar. Homens têm esposas e filhos para sustentar. Isso custa mais. Ao passo que noventa por cento das minhas moças são solteiras. E isso custa menos. E vejam que belo trabalho elas fazem — vejam que belos relógios. Aplicar tinta de rádio a superfícies tão pequenas requer destreza e capricho femininos. Senhora Meloney, permite que um cavalheiro lhe ofereça um presente? Ou o senhor Meloney faria alguma objeção?"

Uma risada visivelmente escandalizada seguiu-se a esse comentário.

"Que vergonha, senhor Brighton", disse a senhora Meloney, mas timidamente estendeu seu braço gordo, permitindo que Brighton prendesse a seu pulso o maior dos dois relógios, no qual estavam incrustadas pedras violetas. Ela levantou o braço, exibindo o objeto para as mulheres da plateia, que aplaudiram com a máxima cordialidade.

"Agora, a senhora Meloney pode ver as horas no momento mais escuro da noite", disse Brighton. "Se a polícia e os bombeiros desta cidade estivessem usando meus relógios, jamais teriam sido atrapalhados pela grande nuvem de fumaça da explosão de ontem. Teriam tido uma fonte de luz, que não requer baterias nem combustível, absolutamente nenhuma fonte de carga. Esta é a maravilha do rádio. Agora, para a senhorita Rousseau, tivemos que criar um item especial. Nossos produtos habituais não se adequariam à delicadeza de seu pulso. Permite-me?"

O relógio que Brighton ofereceu a Colette era circundado por diamantes redondos, que refratavam cada cor do arco-íris, apesar da parca iluminação da igreja. Desconfortável, Colette ergueu a mão. Brighton ajustou seu presente no antebraço da moça, o brilho verde da face luminosa do relógio refletido em suas unhas polidas. Ele expressou a esperança de que o presente fosse do agrado da jovem. Colette não soube o que dizer.

"Sua generosidade nos deixa sem fala, senhor Brighton", disse a sra. Meloney. "Por favor, continue."

"Continuar?"

"A sua contribuição, senhor Brighton."

"Minha contribuição? Ah, a minha contribuição, é claro." Brighton apalpou novamente os bolsos e tirou do colete um recibo bancário — quase derrubando o porta-livros. Após um demorado prefácio, declarou seu grande prazer de doar ao Fundo Marie Curie de Rádio um cheque no valor de vinte e cinco mil dólares. Murmúrios ruidosos ergueram-se da audiência, juntamente com um forte e prolongado aplauso.

A sra. Meloney agradeceu profusamente a seu benfeitor. Abriu então a pauta de perguntas, professando sua certeza de que muitas na plateia teriam perguntas para a srta. Rousseau.

"Com licença", disse uma mulher na terceira fila, "mas tenho usado sabão de rádio todos os dias desde o ano passado, e ainda tenho verrugas nos dois cotovelos. Estou muito aborrecida com isso."

"Oh", disse Colette, "infelizmente não sei muita coisa sobre o uso de cosméticos de rádio."

A sra. Meloney veio em auxílio de Colette: "Já tentou o creme noturno Radior, querida? Ele tem feito milagres para mim".

Outra mão foi levantada. "Tenho uma pergunta para a senhorita Rousseau. Qual é a dosagem adequada de rádio para um homem de sessenta anos restaurar sua vitalidade?"

"Como?", disse Colette. "Sua o quê?"

"Sua vitalidade", repetiu a mulher.

A sra. Meloney cochichou algo para Colette, cujas bochechas lívidas enrubesceram.

Mais tarde, durante os refrescos, a sra. Meloney cumprimentou o sr. Brighton por sua prodigalidade. "O senhor é bem mais alto do que se imagina, senhor Brighton", disse a grisalha sra. Meloney com ar coquete. Era verdade. De longe, Brighton parecia baixo, e sua postura sugeria um distraído professor de matemática. De perto, ele se revelava bem maior; não se podia dizer de onde vinha tal estatura. O efeito era tornar sua falta de jeito consideravelmente mais inquietante. "E seu presente", acrescentou ela, exibindo seu relógio de safira, "jamais ganhei um presente tão extasiante."

"Ao passo que eu", replicou Brighton, cavalheiresco, "jamais recebi uma visita à minha fábrica tão extasiante quanto à que a senhora e sua assistente me fizeram duas semanas atrás."

"Céus, senhor Brighton", protestou a sra. Meloney, "o que diria meu marido?"

"Por quê?", perguntou Brighton ligeiramente alarmado. "Fiz algo errado?"

"Quem dera os homens sempre cometessem erros desse tipo", tranquilizou-o a sra. Meloney. "Insisto para que o senhor compareça à cerimônia de doação em maio próximo, senhor Brighton, quando entregarmos o rádio à Madame Curie — isso se conseguirmos levantar o restante do dinheiro. Pretendo convencer o prefeito a presidir a cerimônia."

"O prefeito?", indagou Brighton. "Por que não o presidente? Vou falar com Harding sobre o assunto, a essa altura ele já estará na Casa Branca. Senhorita Rousseau, já conhece a capital do país? Devo descer para lá... Oh, céus, quando é que vou descer? Onde está o meu homem, Samuels? Não consigo me lembrar de nada sem ele. Lá está ele agora, o obstinado sujeito. O que dizia, Madame?"

"Eu, senhor Brighton?", disse a sra. Meloney. "Creio que o senhor foi quem acabou de fazer uma referência ao senhor Harding."

"Ah, sim... Devo ir a Washington me encontrar com Harding. Por que as senhoras não me acompanham? Tenho meu próprio trem, sabem. É bastante confortável. A senhora e a senhorita Rousseau encontrarão muitas organizações de caridade na capital — solo fértil para o seu Fundo."

"Ficaríamos encantadas, não ficaríamos, querida?", perguntou a sra. Meloney a Colette.

"Olhem para o Samuels", disse Brighton, contrariado. "Ele está me solicitando, como sempre. Podem me desculpar, senhoras?"

"Que homem cativante", declarou a sra. Meloney quando Brighton dirigiu-se a seu secretário, que jogou um casaco sobre os ombros do patrão e sussurrou algo em seu ouvido. A maioria das mulheres presentes permaneceu na igreja, trocando informação acerca dos produtos de rádio que mais gostavam. "Ele está de olho em você, querida", acrescentou a sra. Meloney.

"Em mim?", estranhou Colette. "Não... na *senhora*, seguramente, senhora Meloney."

"Ora... o que sou eu? Uma velha dama. Veja o relógio que ele lhe deu. É diamante. Tem ideia de quanto vale uma coisa dessas?"

"Não posso ficar com o presente", confidenciou Colette.

"Por que raios não pode?", replicou a sra. Meloney, em tom de indignação.

"É muito errado usar rádio num relógio, senhora Meloney. E, por favor, a senhora não deve encorajar essas mulheres a usar cosméticos de rádio."

"Não me diga que é rádio-cética, querida. Meu marido é um rádio-cético da pior espécie, mas eu lhe asseguro que o meu creme noturno Radior removeu uma década do meu rosto. *Eu* consigo ver, mesmo que ele não veja."

"É o custo", disse Colette. "Companhias como a Radior tornaram o rádio inacessível aos cientistas."

"Ora, meu creme noturno só custa noventa e nove centavos."

"É claro, senhora Meloney, mas pelo fato de tantas mulheres pagarem esses noventa e nove centavos, um grama de rádio agora custa mais de cem mil dólares."

"Infelizmente vocês, cientistas, raramente têm uma compreensão sólida de economia, querida. É o custo do rádio que determina o preço do meu creme noturno Radior, não o inverso."

"Não, senhora Meloney. Pense em todas as pessoas que compram cosméticos de rádio e relógios de rádio. Quanto mais esses produtos são vendidos, menos rádio há no mundo, e mais precioso ele se torna."

"A senhorita está fazendo a minha cabeça girar. Tudo que eu sei é que o nosso Fundo está decolando de forma magnífica. Vamos nos concentrar nisso, sim?"

"A senhora não tem ideia de como isso é importante", disse Colette. "Há tão pouco rádio. Companhias como a do senhor Brighton consomem mais de noventa por cento dele. E não deixam praticamente nada para a ciência e a medicina. O que eles deixam é caro demais para adquirir. Milhares de pessoas que morrem hoje de câncer jamais serão tratadas com rádio simplesmente por causa do custo. Essas companhias estão matando gente — literalmente matando gente. Tentei explicar isso ao senhor Brighton quando visitamos sua fábrica, mas acho que ele não estava escutando."

"Espero mesmo que não", disse a sra. Meloney. "Ele retiraria sua doação. Não consegue ser um pouco mais simpática com o homem, senhorita Rousseau? Porque, ouso dizer, ele financiaria sozinho um grama inteiro de rádio se a senhorita apenas fosse um pouco gentil com ele."

O jovial sr. Brighton retornou para se despedir, fazendo todo tipo de reverência. "Samuels diz que preciso ir embora. Não se esqueça, senhorita Rousseau, a senhorita me prometeu Washington." Ele estendeu o cotovelo à mulher mais velha. "A senhora me acompanha até a porta, senhora Meloney?"

"Puxa, senhor Brighton, as pessoas vão pensar que acabamos de nos casar", disse ela.

"Muito bem", insistiu Brighton, "então ambas devem me acompanhar."

Colette tentou declinar o convite, mas a sra. Meloney insistiu. Descendo pelo altar por um pequeno lance de escadas, os três percorreram o caminho até o corredor central da nave, em cuja extremidade oposta Samuels, o assistente do sr. Brighton, distribuía produtos a uma pequena multidão de senhoras entusiasmadas que deixavam a igreja.

"A senhora mencionou o nefasto nome Radior", explicou Brighton. "Eu não poderia deixar a concorrência ser citada sem uma resposta. Acabamos de dar início à nossa própria linha de sombra para olhos. Fosforescente, é claro — como podem ver."

Um grupo de mulheres já havia experimentado a sombra e máscara que tinham recebido, criando pares de círculos fosforescentes que transformaram o pórtico da igreja numa espécie de gruta em que animais e aves noturnas pareciam espiar. A sra. Meloney desculpou-se com Brighton: ela não sabia que a companhia dele entrara no ramo de cosméticos; sem dúvida se lembraria de mencionar o fato no próximo número da revista *O Delineador*. Ela e o sr. Brighton estavam tão envolvidos em seu amigável bate-papo, e Colette tão irritada com ele, que não notaram a figura solitária em frente deles, ajoelhada em meio à penumbra dos bancos da igreja, com a cabeça baixa como que numa prece.

"Senhora Meloney, deixei minhas coisas ao lado do porta-livros", disse Colette. "Preciso voltar para buscá-los."

"Não seja grosseira, querida", replicou a mulher mais velha, puxando com firmeza o braço de Brighton, que por sua vez puxou Colette.

A figura ajoelhada começou a se remexer à medida que os três se aproximavam. Um capuz cobria sua cabeça.

"Sim, não me abandone, senhorita Rousseau", disse Brighton. "Pedirei a Samuels que pegue suas coisas."

Colette não respondeu. Sua língua tinha ficado seca. A figura encapuzada havia dado um passo para o meio do corredor, bloqueando a passagem. Era uma mulher. Tufos de cabelo ruivo emergiam por debaixo do capuz. Uma mão esquelética repousava sobre um lenço em torno do pescoço, ocultando algo que parecia sobressair por baixo dele.

"Posso ajudá-la, querida?", indagou a senhora Meloney.

Colette sabia que devia dizer alguma coisa, dar um grito de advertência. Mas estava hipnotizada. Os olhos lúgubres da criatura pareciam clamar por ela. Pareciam absorver a conexão entre ela, o sr. Brighton e a sra. Meloney — os braços entrelaçados, a aparente unidade deles — e condená-la. Uma mão ergueu-se na direção de Colette, impedindo-a de prosseguir. Colette sentiu que se rendia. Por razões que lhe eram obscuras — talvez simplesmente pelo fato de estar dentro de uma igreja; talvez pelo efeito cumulativo dos devastadores incidentes dos dois últimos dias, quebrando sua resistência —, sentiu que precisava acolher com gentileza o braço estendido da criatura, e não com horror. Por algum motivo, Colette estendeu o braço para a mulher encapuzada. Seus dedos fizeram contato.

Foi um toque repulsivo, úmido, que falava de doença ou contágio, como se a criatura tivesse emergido de um charco poluído e em breve para lá retornaria. A figura cerrou os dedos em torno dos de Colette e deu um passo para trás, puxando Colette consigo.

"Parem já!", disse a sra. Meloney, como que se dirigindo a crianças mal comportadas.

"Sim, parem já!", repetiu Brighton. A moça de capuz voltou os olhos para ele e apontou a mão esticada para o seu rosto. Ele caiu para trás, soltando Colette. "Samuels?", disse Brighton debilmente.

A mulher deu mais um passo para trás com Colette, sempre mantendo a mão esquelética de veias azuladas no lenço em torno de seu pescoço. Colette não opôs resistência. Foi o relógio de pulso — o presente de Brighton, agora a poucos centímetros do rosto da mulher — que quebrou o encanto.

Na esverdeada luminosidade do círculo do relógio, Colette viu olhos que lhe deram a impressão de ser olhos doces, como os de uma corça. Depois os olhos se modificaram. Pareceram tomar consciência dos diamantes reluzentes no pulso de Colette, e então encheram-se de fogo. Com unhas afiadas, a criatura começou a agarrar o relógio e sua pulseira cravejada, arranhando a pele de Colette a ponto de tirar sangue. Colette tentou, em vão, tirar a mão.

"É uma ladra!", gritou a sra. Meloney.

Num acesso de fúria, a mulher ruiva rasgou a carne de Colette e falou pela primeira vez: "Me dê, me dê...".

A respiração de Colette ficou presa na garganta: a voz da mulher era gutural, como uma voz de homem, só que num tom mais baixo que qualquer voz masculina que Colette já ouvira. Com seus movimentos descontrolados, o lenço da mulher caiu, deixando o queixo à mostra. A primeira coisa que se viu foi um par de lábios finos, sem cor. Aí o lenço caiu mais um pouco e a sra. Meloney berrou diante do que viu, exatamente como fizera Betty Littlemore.

"Meu Deus", disse Colette.

A figura encapuzada, fixada no relógio de brilhantes, tirou da capa uma haste de metal brilhante — uma faca. Colette tinha agora os braços presos. O sr. Brighton recuara, mas a arrojada sra. Meloney assumira o lugar dele, evidentemente acreditando que poderia ajudar Colette melhor se agarrasse seu braço livre e não o largasse. A mulher ruiva, com um olhar selvagem, ergueu a faca. Colette, com um pulso preso pela agressora e o outro pela pretensa protetora, estava impotente.

A sra. Meloney soltou um grito: "Ela vai cortar o braço de Colette! Alguém ajude aqui!".

Ouviu-se um tiro. Uma bala atingiu o crucifixo atrás do púlpito, arrancando um ombro de madeira esculpida do Salvador. A mulher de capuz virou-se, segurando a faca acima da cabeça. Em seguida veio outro tiro, e mais outro. Os olhos faiscantes da mulher ficaram imóveis. A faca escorregou de sua mão. Um grunhido profundo, pouco natural, saiu de seus lábios, e sangue surgiu no canto de sua boca. Seu corpo tombou nos braços de Colette.

A jovem francesa sentiu um contato carnoso, repugnante quando a garganta da mulher pressionou sua própria garganta. Estremecendo, deixou o corpo cair ao chão. No vestíbulo da igreja, o assistente de Brighton, Samuels, estava parado com uma arma fumegante na mão.

Por um longo momento, ninguém se mexeu. Então, de trás da sra. Meloney, Arnold Brighton espichou a cabeça. "Muito bom, Samuels. Muito bem-feito."

"Senhor Brighton", disse a sra. Meloney em tom de reprovação.

"Pois não, senhora Meloney?"

"O senhor se escondeu atrás de mim."

"Oh, não. Eu não estava me escondendo", respondeu Brighton. "Todo mundo sabia onde eu estava. Estava dando cobertura. Aliás, uma cobertura extremamente satisfatória, devo acrescentar. Uma cobertura das mais amplas."

"O senhor me segurou, senhor Brighton, quando os tiros foram dados. Eu tentei correr, mas o senhor me segurou com força."

"A senhora quer dizer... ah, entendo o que quer dizer. Eu me beneficiei da senhora sem retribuir o benefício. Como posso recompensá-la? Mil dólares seriam um valor apropriado? Cinco mil?"

"A minha palavra", disse a sra. Meloney.

"Samuels, não fique aí parado", ordenou Brighton. "Limpe a sujeira. Não se pode deixar um corpo morto no chão de uma igreja. Acham que poderíamos pagar aos lixeiros para levá-la?"

"Ela ainda está viva", disse Colette, ajoelhando-se ao lado da mulher caída.

"Está?", perguntou Brighton, dando a impressão de precisar dar cobertura atrás da sra. Meloney novamente.

"Polícia!", berrou o detetive Littlemore, irrompendo pela porta de entrada da igreja. "Larguem as armas!"

O corpo da mulher jazia encolhido no chão de pedra frio, uma mancha escura de sangue se esparramando por baixo dele. Younger e Littlemore haviam chegado bem a tempo de ouvir os gritos de "assassinato" das mulheres que abandonavam a igreja. Enquanto a sra. Meloney explicava ao detetive como a mulher louca atacara Colette e como o sr. Samuels as salvara, Younger buscava o pulso da mulher no chão. Descobriu que ele ainda existia, porém muito fraco.

Colette ajoelhou-se ao lado de Younger. "Olhe o pescoço dela", disse.

Um cabelo emaranhado, doentio, mascarava o rosto da mulher. Com um gesto austero, porém cuidadoso, Younger afastou o cabelo do rosto. Viu olhos vazios, um nariz fino e bonito, lábios separados. O lenço que se esgarçava havia retomado seu lugar no pescoço. Younger o afastou.

A mulher não tinha queixo. Onde deveria haver um queixo e onde deveria haver uma garganta, havia uma massa bulbosa, ingurgitada, quase tão grande quanto a própria cabeça da mulher, presa ao pescoço. Tinha rugas, covinhas, protuberâncias, entalhes e muitas, muitas veias.

"Por são Pedro, o que é isso?", perguntou Littlemore.

9

Um ano antes do atentado de Wall Street, o presidente dos Estados Unidos, sentado em seu banheiro na Casa Branca, sofreu um grave derrame cerebral — um coágulo na artéria que alimenta o cérebro. Em poucos momentos, o antes visionário Woodrow Wilson tornou-se um inválido semicego, incapaz de mexer o lado esquerdo do corpo, inclusive o lado esquerdo da boca.

O derrame de Wilson foi mantido oculto da população, de seu gabinete e até mesmo do vice-presidente. Era difícil saber quem deveria dirigir o país depois do colapso de Wilson. Na verdade era difícil saber quem *estava* dirigindo o país. Era o secretário de Estado, Robert Lansing, que convocava o gabinete na ausência do presidente? Ou a esposa de Wilson, Edith, que tinha entre seus ancestrais Plantagenetas e Pocahontas, e que era a única com acesso ao quarto presidencial, dali emergindo com ordens supostamente ditadas por Wilson? Ou talvez o procurador-geral Palmer, que assegurava mais e mais fundos para o seu Bureau de Investigação e que prendia dezenas de milhares em todo país como possíveis inimigos da nação?

Ao longo de 1920, o país oscilou à deriva nessa estranha condição acéfala. Em janeiro, foi instituída a Proibição. Em março, o Senado rejeitou a Liga das Nações e, com ela, a visão de Wilson de que os Estados Unidos deveriam aderir à comunidade internacional de Estados pacíficos e assumir o centro do palco nas questões mundiais. Wilson jamais conseguira explicar a seus conterrâneos por que os Estados Unidos deveriam se enredar nas intrigas e antigas inimizades da Europa. O quê, afinal, os Estados Unidos haviam conquistado com a última guerra, na qual mais de cem mil jovens americanos pereceram para salvar a pele de ingleses e franceses?

Incertos de seu rumo, privados da bebida, em 1920 os americanos estavam à espera... de uma tempestade que rompesse a crescente tensão, de um novo presidente a ser eleito em novembro, da recuperação da economia. Os americanos acreditavam ter trazido paz ao mundo. Sem dúvida tinham agora o direito de se preocupar com seus próprios problemas.

O mundo, no entanto, não estava em paz. No verão de 1920, grandes exércitos ainda devastavam o planeta. Em agosto, um exército soviético marchou triunfalmente sobre a Polônia, chegando a entrar em Varsóvia, com o olhar fixo na Alemanha e ainda mais longe. Lênin tinha motivo para ser ambicioso. Comunistas armados haviam tomado o poder em Munique e declarado a Bavária uma república soviética. O mesmo ocorreu na Hungria. No vizinho de porta dos Estados Unidos, revolucionários mexicanos derrubaram o regime apoiado pelos americanos, prometendo recuperar das companhias petrolíferas — especialmente as americanas — as gigantescas reservas de petróleo da nação.

Em 1920, porém, a maioria dos americanos não sabia nem se importava com tudo isso. A maioria já tinha tido sua dose suficiente de resto do mundo. A maioria — mas não todos.

No sábado de manhã, 18 de setembro, dois dias após o atentado, um dia depois da palestra de Colette na igreja de Saint Thomas, Younger e Littlemore encontraram-se numa estação de metrô a alguns quarteirões do hospital Bellevue.

"Algum jeito de identificar a moça?", perguntou Younger enquanto se dirigiam ao hospital.

"A Duas-Cabeças?", disse Littlemore. "Provavelmente vamos saber em um ou dois dias. Quando se trata de moças, costuma aparecer alguém para informar o desaparecimento. A menos que seja uma prostituta; nesse caso ninguém informa nada."

"Tenho a sensação de que essa não é prostituta."

Os dois se entreolharam.

"Você verificou os dentes dela?", indagou Younger.

"Para ver se ela havia perdido um molar? Sim, tive a mesma ideia. Mas não. Não falta nenhum dente."

"Por que Colette?"

"Você está querendo dizer por que essas coisas estão acontecendo com ela? A pergunta é mesmo essa. Mas, como eu disse, não presuma que tudo esteja relacionado."

"E você está presumindo o quê? Mera coincidência?"

"Não estou presumindo nada. Eu nunca presumo. Se eu tivesse que adivinhar alguma coisa, diria que alguém acha que a senhorita Colette é alguém que ela não é. Talvez um monte de pessoas pense que ela seja alguém que ela não é."

O Bellevue era um hospital público, obrigado a aceitar todos os pacientes abandonados em sua porta, e a catástrofe em Wall Street havia acrescentado novas exigências a seus recursos já sobrecarregados. Todos os corredores eram uma corrida de obstáculos formada por pacientes afundados em cadeiras ou estendidos em macas. No terceiro piso, Younger e Littlemore encontraram a mulher da igreja numa ala que compartilhava com mais uma dúzia de pacientes. Ela respirava, mas estava inconsciente, veias pulsavam no maciço abscesso que saltava de seu pescoço. Uma enfermeira lhes disse que ela não recuperara a consciência desde que fora admitida no hospital. A um leito de distância, um médico administrava uma injeção em outra paciente. Littlemore lhe perguntou se achava que a mulher ruiva iria sobreviver.

"Não saberia dizer", respondeu o médico atenciosamente.

"Quem saberia?", insistiu Littlemore.

"Eu saberia", respondeu o médico. "Sou eu que atendo essa ala. Mas ainda não tive tempo de examiná-la."

"Importa-se se eu examiná-la?", perguntou Younger.

"Você é médico?"

"Médico formado em Harvard", respondeu Littlemore.

"Gostaria de dar uma olhada no que há dentro do neoplasma em seu pescoço", explicou Younger. "Vocês têm um aparelho de raios X?"

"É claro que temos", disse o médico, "mas só a equipe de radiologia do hospital tem permissão de usá-lo."

"Tudo bem", concordou Littlemore. "Onde podemos encontrar a equipe de radiologia?"

"Eu sou a equipe de radiologia do hospital", disse o médico.

Littlemore cruzou os braços. "E quando você poderia tirar um raio X?"

"Em duas semanas", o médico respondeu. "Eu tiro raios X toda primeira segunda-feira do mês."

"Duas semanas?", repetiu Littlemore. "Daqui a duas semanas ela pode estar morta."

"Da mesma forma que outros quinhentos pacientes deste hospital", respondeu o médico. "Com licença. Estou muito ocupado."

Depois que o médico se foi, Littlemore disse: "Talvez eu não devesse ter dito que você é formado em Harvard. Não sei por que as pessoas se ressentem do que deveriam admirar. Que diabos é aquela coisa no pescoço dela?".

"Não sei, mas talvez possamos descobrir muito em breve." Younger apontou para um fina e azulada fissura vertical que estava se desenvolvendo na massa distendida. A fissura corria do queixo da mulher até seu esterno. "O que quer que haja lá dentro, talvez esteja tentando sair."

"Ótimo", disse Littlemore.

"Pode ser um teratoma."

"O que é isso?"

"Geralmente cabelos ou dentes encravados", explicou Younger.

"Dentes... como um molar?", quis saber Littlemore.

"Talvez. Ou um gêmeo."

"O quê?"

"Um gêmeo que nunca nasceu", disse Younger. "Não vivo. Nunca houve um que tenha sobrevivido."

"Primeiro vemos uma mulher sem cabeça na Wall Street e agora vemos uma com duas cabeças. É isso que eu chamo... espere aí. Aquela também era ruiva."

"A mulher sem cabeça? Era ruiva?", perguntou Younger.

"A cabeça era. Nós passamos do lado dela. E tenho quase certeza de que ela estava usando um vestido como o dessa moça. Talvez *ela* não tivesse um molar."

Na mesma manhã, jornais de todo o país informavam que Edwin Fischer, o homem que sabia de antemão do atentado de Wall Street, estava preso em Hamilton, Ontário, tendo sido considerado louco por um grupo de magistrados canadenses. Fischer fora levado aos juízes canadenses por seu próprio cunhado, que havia lido sobre os agora famosos cartões-postais e guiado de Nova York a Toronto, acompanhado de dois agentes do departamento de justiça dos Estados Unidos.

Younger deu uma volta pelo hospital Bellevue depois que o detetive foi embora. Não era difícil para um médico bancar a autoridade num hospital grande e lotado. De qualquer forma, também não foi difícil para Younger, que aprendera na guerra a conseguir obediência de subordinados pelo simples artifício de agir como se suas ordens devessem ser seguidas de forma inquestionável.

Ele encontrou o equipamento Roentgen no segundo andar. Era como esperava: uma unidade moderna, que funcionava por transformador, e não por indução, e equipada com tubos Coolidge. A miliamperagem estava claramente assinalada. Ele sabia que seria capaz de operá-la.

Na central de polícia, o oficial Roederheusen bateu à porta de Littlemore. "Estou com o carteiro, capitão", Roederheusen disse. "O que recolhe a correspondência na Cedar com a Broadway."

"E o que você está esperando? Traga-o aqui."

"Hum, o senhor acha que eu poderia ter um apelido?"

"Um apelido? Para quê?"

"Stanky tem um apelido. E o meu nome é meio difícil para o senhor."

"Tudo bem. Não é má ideia. Vou chamar você de Spanky."

"Spanky?"

"Para combinar com Stanky. Agora me traga o carteiro."

"Sim, senhor. Obrigado, senhor."

Roederheusen retornou pouco depois, com o carteiro a reboque. Littlemore ofereceu ao homem uma cadeira, uma rosquinha e um café. O carteiro, que aceitou tudo, tossiu e fungou.

"Então foi você que achou os panfletos?", começou Littlemore. "Conseguiu dar uma olhada em quem os despachou?"

O homem sacudiu a cabeça, de boca cheia.

"Certo. Bom, o que eu quero saber: quando foi que você viu os panfletos pela primeira vez? Você os viu ao abrir a caixa ou só mais tarde, quando voltou ao correio?"

O carteiro assoou o nariz num guardanapo de papel. "Não sei do que o senhor está falando. A caixa estava vazia."

"Vazia?", repetiu Littlemore. "A caixa de correspondência na Cedar com a Broadway? No dia do atentado? Coleta das 11h58?"

"11h58? Eu nunca fiz a coleta das 11h58. Pendurei a sacola depois das rodadas matinais. Estava muito doente. Sou sortudo, sabe?

"Alguém cobriu você?"

"Me cobriu?" O homem riu dentro do guardanapo. "Quem dera. Afinal, por que tudo isso?"

Littlemore mandou o carteiro embora.

A quase cento e trinta quilômetros dali, num laboratório da Universidade de Yale, uma criatura de aparência humana, capacete e com uma roupa que parecia um traje de mergulhador, também estava trabalhando no sábado. A criatura titulava ácido fumárico em seis tubos de tório, tentando isolar o iônio. Antes de essa delicada e cansativa tarefa estar totalmente terminada, a criatura saiu do laboratório e se pôs ao sol num pátio do campus, fazendo uma criança sair correndo, chorando em busca de sua babá.

A criatura descalçou as luvas e retirou o capacete com o visor de fenda. Com a remoção, soltaram-se os longos cabelos negros de Colette Rousseau. Ela sentou-se num banco, a claridade do sol ofuscando-a depois da dupla escuridão, a do laboratório e a do capacete.

Colette e Luc haviam retornado a New Haven no sábado de manhã bem cedo, para que ela pudesse reassumir suas funções no laboratório, do qual tinha tirado dois dias de folga. Seus experimentos destinavam-se a testar a existência do iônio, um suposto novo elemento que o professor Bertram Boltwood alegava ter descoberto — "o pai do rádio", conforme ele o chamou. Madame Curie não acreditava no iônio, julgando-o apenas uma manifestação do tório. Colette também não acreditava no iônio. Ela já havia provado que o iônio não podia ser separado do tório com nenhum dos precipitantes comuns, tais como o tiossulfato de sódio ou o ácido metanitrobenzoico. Hoje estava tentando o ácido fumárico. Mas suas mãos tinham começado a tremer dentro das pesadas luvas forradas de chumbo, e ela foi obrigada a fazer uma pausa.

Juntou os cabelos numa longa trança, jogou-a atrás de um dos ombros de seu traje antirradiação e, com as mãos, alcançou a base da nuca. Tirou a corrente com o medalhão que sempre trazia pendurada no peito. Girando uma das juntas engenhosamente elaborada, primeiro num sentido depois no outro, Colette abriu as duas metades do medalhão. Na palma de sua mão, caiu um objeto oval fino e embaçado — como uma moeda oblonga — com dois minúsculos furos.

Um dos lados do objeto oval era liso. Virando-o, Colette deixou os olhos vagarem por uma série de letras e números impressos à máquina: *Hans Gruber, Braunau am Inn, 20.4.89., 2. Ers. Masch. Gew. K., 3. A. K. Nr. 1128.*

Embora fosse sábado, Littlemore viu luzes na sala do comissário. O detetive bateu à porta e entrou.

"Capitão Littlemore... exatamente o homem que eu queria ver", disse o comissário Enright sentado numa poltrona junto à grande janela, erguendo os olhos de um relatório que estava lendo. Enright era reverenciado por seus homens. Era o único comissário de polícia na história da cidade de Nova York a ter alcançado essa posição tendo começado como policial de rua. "Tenho estado em contato com os canadenses. Eles estão felizes com a extradição. Mande alguém a Ontário para buscar o tal Edwin Fischer."

"Já está a caminho, senhor Enright", disse Littlemore.

"O espírito é esse. Ontem você se encontrou com o diretor Flynn, do Bureau. Quais foram as suas impressões?"

"Big Bill não vai nos dar nada, comissário", respondeu Littlemore. "Fischer, por exemplo. Flynn sabia que Fischer estava preso. Não disse onde, não disse como ficou sabendo. Mesmo depois de termos entregado a eles todas as nossas evidências."

Enright balançou a cabeça, pesaroso. "É exatamente o que eu esperava. Por isso escolhi você como oficial de contato. Eles têm mais recursos do que nós, Littlemore, mas não mais cérebro. Mantenha-se um passo à frente deles. Mantenha-nos por dentro. Flynn encontrou os panfletos. Que a próxima descoberta seja nossa."

"Eu não gosto dos panfletos, senhor", disse Littlemore.

"Você não 'gosta' deles?"

"A história de Flynn não cola. Não há como os autores do atentado terem chegado àquela caixa de correio às 11h58, vindos da Wall Street. Além disso, o texto não faz sentido. Eles nem mencionam uma bomba. Se eu sou o sujeito que deixou a bomba e quero contar a todo mundo que fiz aquilo, eu vou e digo. Senhor Enright, não tenho nem certeza de que os panfletos tenham sido apanhados na caixa de correio. Acabei de falar com o carteiro que deveria ter feito a coleta. Naquela manhã ele foi para casa doente."

"O que você está sugerindo, Littlemore?"

"Nada, senhor. Só sei que Flynn está fazendo o que pode para relacionar esse atentado com os que aconteceram em 1918 e 1919. Ele chegou a dizer que o correio de Chicago sofreu o atentado na terceira quinta-feira de setembro, de modo que dezesseis de setembro foi um aniversário exato."

"Sim, li isso no *Times*", disse Enright.

"A bomba de Chicago explodiu no dia quatro de setembro, senhor Enright. Não sei se era uma quinta-feira, mas certamente não foi a terceira quinta-feira. Só acho que devemos ficar de olho."

"Certamente devemos ficar de olho", concordou Enright. "É por isso que vamos falar com o senhor Fischer. Mas devo lhe dizer que neste ponto eu bem que concordo com o general Palmer: o atentado foi obra de anarquistas bolcheviques. Quem mais poderia ter feito uma coisa dessas? A Grande Guerra não terminou em 1918. Foi um erro retirar as tropas da Rússia; com isso permitimos que eles trouxessem a guerra para o nosso solo. Wilson está inutilizado, mas as coisas vão mudar depois da eleição. Harding vai levar a guerra até as portas de Lênin, que é o lugar dela. Isso é tudo, capitão."

Younger voltou ao Bellevue bem cedo na manhã seguinte. Agora o hospital estava mais sossegado: não que houvesse menos pacientes, mas era domingo e havia menos pessoal médico em serviço e poucos tratamentos em curso.

Num banheiro do segundo andar, Younger vestiu um jaleco branco sobre o terno com gravata. Descendo pelo saguão, entrou na sala onde era mantida sobre rodinhas a máquina de raios X, conduziu-a para fora, colocou-a num elevador e saiu no corredor do terceiro andar, onde pediu veementemente que alguma enfermeira fosse assisti-lo. Uma enfermeira chegou de imediato, correndo.

A jovem ruiva jazia inconsciente no mesmo quarto e nas mesmas condições — viva mas em coma. Com o auxílio da enfermeira, Younger deitou o corpo da moça sobre a maca de madeira do raio X, de barriga para baixo, virando sua cabeça para um dos lados. Seu perfil era sinistramente angelical, salvo pela monstruosidade protuberante em seu queixo e garganta, que parecia ainda mais distendida e anormal sob a luz elétrica da sala hospitalar. Younger cutucou a massa com dois dedos enluvados, o que lhe provocou uma sensação peculiar e extremamente não médica de nojo. O interior do abscesso era mole porém granuloso.

Radiografar uma pessoa inconsciente era consideravelmente mais fácil do que fazê-lo numa pessoa desperta, descobriu Younger. Não havia a dificuldade de o sujeito se mexer durante a irradiação. O tubo de raios X, acondicionado em uma caixa que corria sobre rodas debaixo da mesa, foi levado fácil e diretamente abaixo do pescoço da jovem. Protegido por um painel de chumbo, Younger ligou a radiação e ajustou o diafragma até apenas o abscesso fosforescer sobre a tela de exame acima da cabeça da moça. Em seguida substituiu a tela por uma chapa fotográfica virgem. Deixou a radiação percorrer o corpo da jovem por exatamente oito segundos e repetiu o processo diversas vezes, de diferentes ângulos, usando a cada vez uma chapa nova.

Na mesma manhã, o clã Littlemore se atropelava na saída de seu apartamento na rua Catorze, a caminho da igreja. As crianças tinham sido ensaboadas e esfregadas até brilharem como espelhos reluzentes. Littlemore carregava a bebezinha, Lily, nos ombros. Lily sempre recebia tratamento especial, e nenhuma das outras crianças fazia objeção, devido à condição da menina.

A mãe da senhora Littlemore, quinze centímetros mais baixa que a filha, juntara-se a eles como sempre fazia nas manhãs de domingo, vestindo seu chapéu de ir à igreja e mantendo uma enfática distância do genro. Em deferência aos fortes sentimentos religiosos de Betty, Littlemore concordara em ir à igreja católica aos domingos e em criar os filhos dessa forma, porém nunca conseguiu se acostumar com todos aqueles sinais da cruz. Nem a se ajoelhar. Nem a se confessar. Ele curvava a cabeça, mas simplesmente não fazia o sinal da cruz. Assim, a mãe de Betty fazia sua devoção todos os domingos fingindo não conhecer o genro.

Um dos pequenos Littlemore chamou o pai, avisando que havia correspondência. Entregou ao detetive um envelope pequeno, quadrado, com letras em relevo. Littlemore, tirando Lily dos ombros, explicou ao filho que o envelope, fosse o que fosse, não podia ser correspondência, pois o correio não passava aos domingos.

"Será uma bomba?", perguntou o garoto com uma curiosidade inocente.

"Não, não é uma bomba, pelo amor de são Pedro", respondeu Littlemore, tentando fazer parecer que a sugestão era um absurdo. Trocou um olhar com Betty. "Bombas são maiores."

O envelope continha um cartão impresso convidando Littlemore a comparecer ao Clube dos Banqueiros e Corretores de Valores às sete horas daquela noite. Era um convite de Thomas Lamont.

O detetive e sua família não tinham caminhado sequer uma quadra, quando um homem robusto de terno escuro atravessou a rua e bateu no ombro de Littlemore. Era um dos agentes do diretor Flynn.

"Tenho um recado para você", disse o agente.

"Ah, é?", respondeu Littlemore. "Pode mandar."

"O chefe sabe que você tem interrogado os portadores de cartas dos Estados Unidos."

"E daí?"

"Ele não gosta que você fique interrogando os portadores de cartas dos Estados Unidos."

"É mesmo? Pois bem, eu tenho um recado para o Big Bill", respondeu Littlemore. "Diga a ele que a palavra correta é *carteiro*. Apenas carteiro. Você vai à igreja hoje?"

"Você se acha muito esperto, não é?", disse o homem de Flynn. Olhou para os filhos de Littlemore e depois para a mãe com seu vestido dominical. "Bela família. O chefe sabe tudo sobre a sua família. Italianos, não?"

Littlemore deu um passo e se aproximou do homem. "Você por acaso não está tentando me ameaçar, está?"

"Nós só estávamos pensando por que o filho de um irlandês se casaria com uma italiana."

"Bela investigação", disse Littlemore. "Meu pai não é irlandês."

"Ah, é?"

"É."

"Então como ele bebe como irlandês?" O agente, um homem muito maior que Littlemore, riu sonoramente da piada, produzindo o som *har har har*. "Ouvi dizer que seu pai não fica sóbrio desde que o chutaram da Força."

Littlemore riu bem-humorado, balançou a cabeça e virou-se para ir embora. "Certo, você ganhou o primeiro *round*", disse, antes de se voltar rapidamente e acertar um soco na boca do estômago do agente, seguido de outro em sua face rotunda. O agente tentou se levantar, mas caiu estuporado de volta na calçada. "Da próxima vez talvez você queira disputar o segundo *round*."

Littlemore e sua família seguiram para a igreja.

*

Depois de revelar e de fixar as chapas expostas, Younger pensou que devia ter cometido um grave erro na miliamperagem da máquina. Não havia imagem nenhuma nas chapas; apenas uma nuvem branca e amorfa, manchada com uma forma vaporosa de névoa que Younger jamais vira antes. Em compensação, o topo do esterno da jovem aparecia com clareza, sugerindo que o filme não fora superexposto. Era como se os raios X simplesmente tivessem sido incapazes de passar através do que quer que estivesse crescendo no pescoço da moça.

Younger pegou outro conjunto de filmes. Desta vez variou a duração da radiação, adotando intervalos maiores e menores. Quando o novo conjunto de imagens foi revelado, os resultados foram inúteis ou idênticos aos primeiros.

Em princípio, o fato de uma parte do corpo humano ser captada como opaca pelo Roentgen — ou seja, impenetrável aos raios X — não era algo surpreendente. Os ossos, por exemplo, têm essa característica. E tampouco seria impensável a possibilidade de um abscesso que se desenvolvesse em uma mandíbula ser composto de osso sólido. Na artrite reumatoide avançada, por exemplo, processos ósseos podem crescer em todo tipo de formas grotescas e em muitos locais diferentes do corpo da pessoa afligida pela doença. Um crescimento ósseo no queixo e no pescoço teria produzido uma imagem perfeitamente branca nas chapas de Younger.

Mas havia três problemas nessa teoria. Primeiro, um crescimento ósseo teria mostrado uma definição aguda de formato, e não a ameba branca sem limites definidos que aparecia nas radiografias da jovem. Segundo, o osso não teria gerado um padrão espumoso, cheio de sombras dentro do branco sem forma — padrão que parecia se modificar ligeiramente de uma chapa para outra, como se aquilo que o produzira estivesse constantemente mudando de posição. Por fim, Younger sentira aquela massa com seus dedos, pressionando ambos os lados da fina fissura azul. O que quer que houvesse lá dentro, não era osso. Era flexível demais — e fugidio demais, como que evitando seu toque.

Engolindo seco, Younger considerou a possibilidade de haver algo vivo — algo impenetrável aos raios X — dentro do pescoço da jovem.

O Clube dos Banqueiros e Corretores de Valores ocupava uma elegante casa greco-romana no centro da cidade. Às sete e quinze dessa mesma noite, no quarto andar do clube, Littlemore encontrou Thomas Lamont sentado sozinho no canto de uma sala lotada, uma sala mobiliada com todo o conforto e aparentemente reservada para uíste e charutos. Os ocupantes eram todos homens. Littlemore se surpreendeu com a atmosfera — não com a fumaça dos charutos, mas com a sociabilidade e a jovialidade. Aparentemente os negócios ainda iam bem, a despeito da bomba.

Lamont, ao contrário, estava inquieto. Dava a impressão de querer estar em outro lugar. "Um drinque, capitão", ele ofereceu. "Dentro da lei, o senhor sabe. Clube particular."

"Estou bem assim", disse Littlemore.

"Ah, em serviço, é claro", observou Lamont, fazendo um gesto ao garçom para que se afastasse. "Pensei naquilo que me disse na sexta-feira. Tem realmente certeza de que os criminosos estavam atacando a minha firma?"

"Eu nunca disse que tinha certeza, senhor Lamont", corrigiu Littlemore. "Eu disse que, se eu fosse o senhor, gostaria de descobrir."

"Você me perguntou se a firma possuía inimigos. Um homem me veio à cabeça depois que o senhor saiu. Mas não deixe que descubram que eu o citei. Está entendido?"

Littlemore assentiu. O sussurro de voz de Lamont, combinado com o barulho geral dos jogos de cartas, garantiu que ninguém os escutasse. Uma fumaça grossa se retorcia entre as poltronas e bafejava o teto decorado.

"É um banqueiro", Lamont prosseguiu, quase cochichando. "Um estrangeiro. Antes da guerra ele era o segundo financista mais rico de Nova York — atrás apenas de J. P. Morgan, o pai, quero dizer. Como ele odiava Morgan! Agora ele ruiu, e nos culpa por sua desgraça. É ridículo. Ele é alemão, amigo pessoal do Kaiser. Sua casa financiou os exércitos do Kaiser. Naturalmente suas linhas de crédito secaram quando nosso país declarou guerra ao país dele. O que ele esperava? Mas ele parece acreditar que mesmo agora existe uma conspiração para lhe negar fundos, e que nós somos os mentores dela. Ele me ameaçou."

Lamont parecia efetivamente temeroso.

"Que tipo de ameaça?", indagou Littlemore.

"Foi no nosso jantar da campanha democrática. Não, foi no nosso jantar republicano — para Harding. Nós promovemos os dois jantares, é claro. Enfim, ele me puxou de lado e me disse para 'tomar cuidado' — estou citando as palavras dele, capitão —, para eu 'tomar cuidado' porque 'há quem não goste que uma das casas se associe a outras para negar capital a terceiros'."

"O senhor está dizendo que ele financiava o Exército alemão?"

"Sem sombra de dúvida", afirmou Lamont. "De forma clandestina, claro. O senhor não vai encontrar o nome dele em nenhum documento. Se lhe perguntar, ele dirá que ama este país. Mas não sente nenhuma lealdade a nós.

Duvido que seja leal a algum país, mesmo o dele. É a natureza deles, sabe. Um bolchevique, na verdade."

"Espere um pouco", replicou Littlemore. "O senhor está me dizendo que o sujeito é banqueiro, amigo do Kaiser..."

"Sim, claro, o Kaiser inclusive condecorou o homem. Ele recebeu a Cruz Alemã da Águia Vermelha."

"E, além disso, é *também* um bolchevique?", Littlemore concluiu a pergunta.

"Ele é judeu", explicou Lamont.

Gargalhadas irromperam na sala. Um mordomo aproximou-se.

"Ah, um judeu", disse Littlemore. "Agora eu entendo. Qual é o nome dele?"

O mordomo curvou-se junto a Lamont e disse: "O cavalheiro voltou, senhor".

"Pelo amor de Deus, não diga que eu estou aqui", respondeu Lamont obviamente aborrecido.

"Infelizmente ele sabe que o senhor está aqui", disse o mordomo.

"Bem, diga-lhe que vá embora. Não venho ao clube para tratar de negócios. Diga-lhe que ele deve me procurar no escritório." Para Littlemore, acrescentou: "O novo agente financeiro para o México. Não aceita um não como resposta".

"O nome do homem, senhor Lamont", disse Littlemore.

"*Señor* Pesqueira, acho. Por quê?"

"Não esse. O homem que o ameaçou."

"Ah, claro. Speyer. Senhor James Speyer."

"Sabe onde posso encontrá-lo?"

"Foi por isso que pedi que viesse aqui. Você poderá conversar com o senhor Speyer esta noite."

"Ele é membro do clube?"

"De Banqueiros e Corretores de Valores?", retrucou Lamont, incrédulo. "Certamente que não. O senhor Speyer gosta de jantar no Delmonico's, que é aberto ao público. Me disseram que ele está lá hoje. Pode ser sua última chance."

"Por quê?"

"Dizem que ele pretende deixar o país amanhã."

Em New Haven, Connecticut, Colette e Luc Rousseau também compareceram à igreja no domingo, perto das pomposas mansões da avenida Hillhouse. De volta para casa, caminharam contornando um velho cemitério, enquanto nuvens carregadas se contrapunham descuidadamente contra o berrante céu azul. Colette tentava segurar a mão do irmão, mas ele não deixava.

Depois que o sol se pôs, de volta a seu pequeno alojamento, Colette escreveu uma carta:

19-9-1920

Querido Stratham:

Enquanto escrevo estas palavras, Luc está fingindo que é você, girando um taco de beisebol imaginário. Depois ele finge que é aquele homem terrível, pulando de um lado a outro com os cabelos pegando fogo.

Não acho que ele tenha se importado de ter sido raptado. Ele não teve medo nenhum. Na verdade, está bravo porque eu quero ir embora dos Estados Unidos. Eu diria que ele não está falando comigo, se é que se pode dizer uma coisa dessas de um menino que não fala.

Você descobriu quem era aquela moça ou examinou seu pescoço? Tenho uma sensação muito estranha toda vez que penso nela. Gostaria que ela simplesmente tivesse tirado aquele relógio horrível e fugido correndo.

Stratham, você não vai acreditar quando eu lhe disser o quanto não quero partir. Eu contei à moça que mora no andar de cima sobre a viagem a Nova York: um atentado a bomba, um sequestro, uma faca, uma louca numa igreja. Ela disse que teria morrido de pavor. Disse que eu devia estar querendo ir embora o mais rápido possível. Eu não quero. Eu quero ficar.

Mas fiz uma promessa e tenho que ir. Sei que você não vai gostar de ouvir, mas nunca ninguém me fez sentir o que sinto em relação ao Hans. Para mim, vê-lo de novo é mais importante que qualquer outra coisa no mundo, mesmo que seja para vê-lo só mais uma vez. Sinto muito. Mas talvez você não se importe; com você, eu nunca sei.

Se você de fato se importa, quero lhe pedir uma coisa muito boba — um favor que mal ouso pedir, considerando o que você já fez por mim. Eu sou a moça mais ingrata que já existiu. Por favor, venha comigo para Viena. Esse é o favor que eu peço. Espero realmente ver o Hans ainda uma vez, e depois nunca mais. Aconteça o que acontecer, no meu coração desejaria que você estivesse lá comigo. Por favor, diga que virá.

Com todo o meu afeto,

Colette

O ambiente do Delmonico's estava ainda mais espesso de fumaça, mas menos lotado e muito mais controlado. No salão principal, com vista para a Quinta Avenida, Littlemore notou que a habitual profusão de brincos de brilhantes e cristal cintilante não estava em evidência. O atentado permanecia o principal tópico das conversas, mas o horror inenarrável e o espanto do 16 de setembro davam lugar, entre alguns, à raiva e ao rancor.

"Sabe o que deveríamos fazer?', disse um homem numa mesa de quatro pessoas. "Matar os italianos um por um, até eles nos dizerem quem fez isso."

"Não todos eles, Henry, seguramente."

"Por que não?", retorquiu Henry. "Se eles soltam bombas em nós, nós os matamos. Simples assim. É o único jeito de parar um terrorista. Atingi-lo onde dói."

"Por que eles nos odeiam tanto?", indagou uma mulher próxima a Henry.

"E quem se importa com isso?"

"Deportá-los, é o que eu digo", declarou o outro homem. "Deportar todos os italianos, só então todos esses atentados medonhos vão acabar. De qualquer maneira, eles não contribuem em nada para a sociedade."

"E quanto aos Delmonico?", perguntou a outra mulher. "Eles não contribuem?"

"Deportar todos os italianos exceto os Delmonico!", gritou o homem, num brinde fingido.

"Não, meu filé está passado demais — o Delmonico também tem que ir!", gritou Henry. A mesa caiu na gargalhada. Os comensais evidentemente não estavam cientes de que o Delmonico's não pertencia mais aos Delmonico.

O *maître* aproximou-se de Littlemore. Ao perguntar pelo sr. James Speyer, o detetive foi conduzido ao jardim interno, onde corriam janelas de vitrais do chão ao teto. Numa mesa de canto, um homem estava sentado sozinho — tinha cerca de sessenta anos, boa parte do cabelo ainda preto e os olhos queixosos de um *basset hound*. O detetive aproximou-se da mesa.

"Meu nome é Littlemore", disse. "Departamento de polícia de Nova York. Posso me sentar?"

"Ah", disse Speyer. "Finalmente um rosto para a lei. Claro, por que eu haveria de me incomodar? Ninguém gosta de jantar sozinho." O sotaque de Speyer era distintamente alemão; à sua frente estavam os pratos e copos de uma refeição bem consumida. Ele prosseguiu: "O senhor sabe o que fez? Destruiu este estabelecimento".

O sr. Speyer estava claramente embriagado.

"Tenho uma brincadeira com o garçom", ele prosseguiu. "Pergunto se eles têm tartaruga. Eu jamais comeria, mas pergunto. Ele diz que não, que a tartaruga está em falta; não se pode cozinhar tartaruga sem vinho. Então peço uma bisteca à *bordelaise*. Ele diz que a bisteca à *bordelaise* está em falta porque também é ilegal. E assim nós vamos indo. Por fim eu pergunto o que é que ele tem. Ele diz para eu provar uma simples costela grelhada."

Littlemore não disse nada.

"A costela grelhada", explicou Speyer, "era o prato que eles nunca tinham, que sempre estava em falta. Agora é a única coisa que se pode conseguir. O resto está proibido."

"Nós não fazemos as leis, meu senhor", disse Littlemore. "Gostaria de lhe fazer algumas perguntas."

"Muito bem", disse Speyer. "Mas não aqui. Se é mesmo necessário, vamos para o meu carro."

Speyer pagou a conta e levou o detetive para a rua 42. Um carro de quatro lugares estava estacionado em frente. "Bonito, não?", disse Speyer. Abriu uma das portas traseiras; o motorista ligou o motor. "O senhor primeiro, policial."

Littlemore entrou no carro. O motorista, encontrando o olhar do detetive pelo espelho retrovisor, virou-se e lhe perguntou quem ele era.

"Está tudo bem", disse o detetive. "Estou com o senhor Speyer."

"Speyer? Quem é esse?", perguntou o motorista.

A porta que Speyer graciosamente abrira para ele ainda estava entreaberta.

"Só pode ser brincadeira", disse Littlemore a ninguém em particular. O detetive saiu do veículo. Nem sinal de James Speyer. Irritado consigo mesmo, Littlemore voltou ao restaurante e chamou seus homens, Stankiewicz e Roederheusen.

Segunda-feira de manhã, 20 de setembro, Edwin Fischer chegou à estação Grand Central num trem vindo do Canadá, sob a custódia de dois policiais nova-iorquinos. Repórteres de todos os jornais da cidade estavam à sua espera, junto com uma multidão considerável.

O bonitão e elegante Fischer não decepcionou. Respondeu às perguntas com bom humor intrépido, ao mesmo tempo que avisou aos que o recepcionavam que estava proibido de falar sobre o atentado. Com um óbvio excesso de calor, Fischer tirou seu paletó creme, dobrou-o cuidadosamente e o entregou a um policial perplexo — revelando um segundo paletó por baixo do primeiro, este azul-marinho.

"Para que os dois paletós, Fischer?", exclamou um repórter. "Está frio no Canadá?"

"Eu sempre visto dois", Fischer respondeu com vivacidade, exibindo o cós de uma calça azul-marinho sob a calça creme externa. "Dois ternos completos em todo lugar que eu vou."

Os jornalistas trocaram piscadelas cúmplices: todo mundo já tinha ouvido dizer que Fischer era um lunático. Um deles perguntou por que ele usava dois ternos. Fischer explicou que, como americano, gostava de um traje esporte casual, ao passo que como membro do estabelecimento consular francês, precisava estar preparado para uma formalidade maior. Com um brilho nos olhos, revelou então uma terceira roupa por baixo das duas primeiras, que parecia consistir num traje de algodão branco apropriado para jogar tênis ao ar livre. Indagado do motivo, explicou que, pouco depois de ter ganho o "Aberto", um sujeito arrogante o desafiara para um jogo, e ele fora obrigado a declinar por falta da indumentária adequada. Depois disso, resolveu sempre estar pronto para um jogo.

"*Aberto*?", alguém perguntou. "Que *Aberto* foi esse, Ed?"

"Ora, o Aberto dos Estados Unidos, é claro", Fischer respondeu.

A declaração foi recebida com risinhos. "Você ganhou o Aberto dos Estados Unidos? É isso, Eddie?", alguém exclamou.

"Ah, sim", disse Fischer, exibindo um largo sorriso com seus dentes perfeitos. "Muitas vezes."

As risadas circularam mais abertamente.

"Quantas?"

"Perdi a conta depois da terceira", ele respondeu com ar entusiasmado.

"Vamos andando", disse um dos policiais, jogando o paletó creme de volta nos braços de Fischer.

Da estação Grand Central, Fischer foi levado à sede da polícia para um interrogatório que seria conduzido pelo comissário Enright, pelo inspetor-chefe Lahey e pelo procurador assistente distrital Talley. Os capitães do esquadrão de bombas e homicídios, inclusive Littlemore, sentaram-se em uma fileira de cadeiras duras junto à parede. Fischer tinha palavras amáveis para todos. Foi especialmente efusivo com o procurador distrital, perguntando-lhe não apenas sobre sua saúde mas também pela saúde da sra. Talley.

"Vocês se conhecem?", perguntou o comissário Enright.

"Somos velhos amigos", replicou Fischer. "Não é mesmo, Talley?"

"Eu nunca vi esse homem, comissário", Talley respondeu a Enright.

"Escutem só isso", disse Fischer com um largo sorriso, batendo nas costas de Talley. "Sempre um brincalhão."

O comissário Enright balançou a cabeça e ordenou que o interrogatório começasse. "Senhor Fischer", disse, "conte-nos como sabia que haveria uma bomba na Wall Street em dezesseis de setembro."

"Ora, eu não sabia, sabia?", foi a resposta de Fischer. "Eu só sabia que ia ser depois da sineta de fechamento do dia quinze."

"Mas como? Como sabia disso?"

"Captei no ar."

"No ar?"

"Sim... de uma voz", explicou Fischer em tom de informação. "No ar."

"Voz de quem?", perguntou o inspetor Lahey.

"Não sei. Talvez de um colega do Serviço Secreto. Eu sou um agente, sabe. Disfarçado."

"Espere aí", disse o procurador distrital Talley. "Nós nos conhecemos no jantar do prêmio Metropolitan há alguns anos?"

"Nos *conhecemos*?", repetiu Fischer. "Sentamos lado a lado a noite inteira. Você foi a alma da festa."

"Pelos céus", disse Enright. "Por favor, continue."

"Quem é o seu contato no Serviço Secreto?", perguntou Lahey.

"Está perguntando o nome?", replicou Fischer.

"Sim... o nome dele."

Fischer lançou a Talley um olhar insinuando que o inspetor Lahey ou era um pouco ignorante ou um pouco perturbado, mas que seria indelicado dizer isso. "Por Deus, inspetor. Ele não me disse o seu nome. Que tipo de agente secreto seria?"

"Como ficou sabendo da bomba?", voltou a perguntar Talley.

Fischer suspirou: "Captei no ar".

"Ondas sem fio?", indagou Lahey.

"Quer dizer, rádio? Não, não creio. Eu sou muito próximo de Deus, sabe. Algumas pessoas se ressentem disso."

Depois de duas horas e meia, o comissário Enright encerrou o interrogatório, sem maiores resultados. Fischer foi mandado para um manicômio.

Littlemore interceptou o procurador distrital Talley antes que ele deixasse a sede da polícia e lhe perguntou se era permitido que as tropas do Exército dos Estados Unidos ficassem estacionadas numa rua de Manhattan.

"Por que não?", replicou Talley.

"Eu nunca vi infantaria na cidade", disse Littlemore. "Pensei que deviam chamar a Guarda Nacional ou algo assim... sabe, com o consentimento do governador."

"Isso está acima de mim", disse Talley. "É lei federal. Por que não pergunta aos homens de Flynn? É provável que eles saibam."

Littlemore voltou à sua sala e ficou andando de um lado a outro, irritado. Girou a manivela do telefone. "Rosie", disse à telefonista, "ligue para a Associação Metropolitana de Tênis."

Quando Littlemore desligou, o policial Stankiewicz enfiou a cabeça para dentro da porta, segurando um maço de papéis. “Lista final de vítimas, capitão”, disse. “Quer ver antes que seja divulgada?”

Littlemore folheou as páginas do documento datilografado de forma irregular, que dava a cada homem, mulher e criança mortos ou feridos em 16 de setembro nome, endereço, idade e local de trabalho, se a pessoa tivesse um. Página após página, centenas e centenas de nomes. Littlemore fechou os olhos, e os abriu ao ouvir um chamado. A cabeça do policial Roederheusen surgiu pela porta.

“Descobri o navio do Speyer, senhor”, ele disse, olhos vermelhos e barba por fazer. “Há um James Speyer na relação de passageiros do *Imperator*, que parte amanhã para a Alemanha, às 9h30. Eu mesmo vi a lista de passageiros.”

“Bom trabalho, Spanky.”

Stankiewicz olhou intrigado para Roederheusen.

“Agora eu sou Spanky”, explicou Roederheusen com orgulho.

Littlemore esfregou os olhos e devolveu a lista de vítimas a Stankiewicz, fazendo um gesto para que ele saísse da sala. “E o que o Speyer tem aprontado?”, perguntou a Roederheusen.

“Nada, senhor”, Roederheusen respondeu. “Ele não saiu a noite toda. Hoje de manhã, às oito, foi para o trabalho. E ficou lá o dia inteiro.”

“Quem está de olho nele agora?” Littlemore foi até a porta e berrou: “Ei, Stanky. Me traga essa lista de novo.”

O telefone tocou.

“Dois policiais de batida, senhor”, Roederheusen respondeu enquanto Stankiewicz entrava novamente na sala. “Devo dispensá-los?”

Rosie, a telefonista, informou que o vice-presidente da Associação Metropolitana de Tênis estava na linha. Littlemore atendeu o telefone.

“Pode completar.” Littlemore fez um sinal a Stankiewicz para que ele lhe desse a lista. Então, disse a Roederheusen: “Não. Assegure-se de que haja uma pessoa de olho no Speyer o dia inteiro. Se ele fizer algum movimento, eu quero saber. Se não fizer, você se encontra comigo na casa dele amanhã às cinco da manhã. É, às cinco. Agora vá para casa e durma um pouco”. Littlemore ajeitou o fone entre o queixo e o ombro enquanto voltava à lista de vítimas específica dos funcionários do governo. “Onde está o cara do Tesouro, Stanky? Havia um guarda do Tesouro que morreu.”

“Alô?” Uma voz masculina estalou através do receptor.

“Se ele não está nessa lista, capitão, não está morto”, disse Stankiewicz.

“Aguarde na linha”, disse Littlemore ao telefone. “Sabe o quê, Stanky? Não discuta comigo hoje. Vá verificar a lista manual.”

“Hum, lista manual?”

"Alô?", disse o vice-presidente da Associação Metropolitana de Tênis no telefone.

"Aguarde na linha", repetiu Littlemore. "O que é que eu preciso fazer? Soletrar para você? Você e o Spanky fizeram fichas para cada vítima. Eu disse para fazer uma lista com base nessas fichas. Você escreveu a lista à mão. Eu vi. Aí eu lhe disse para mandar datilografar a lista. Esta é a lista datilografada. Estou pedindo que você volte e cheque a lista escrita à mão. Certo? O nome do cara do Tesouro começava com R; eu vi no distintivo dele. Talvez você também tenha esquecido alguns outros", disse a Stankiewicz.

"Há alguém aí?", insistiu o vice-presidente no telefone.

"Hum, a lista manual já era, senhor", disse Stankiewicz.

"Aguarde aí nesta maldita linha, sim?", gritou Littlemore no aparelho. Em seguida, olhou para Stankiewicz: "O que significa '*já era*'?".

Stankiewicz não respondeu.

"Certo, Stanky, você jogou fora a lista manual. Belo trabalho. E quanto às fichas? Não me diga que também jogou fora."

"Acho que não, senhor."

"É bom mesmo. Senão você volta para a patrulha de rua na semana que vem. Repasse ficha por ficha. Desta vez certifique-se de incluir todo mundo."

Sozinho na sala, Littlemore se identificou para o vice-presidente da Associação Metropolitana de Tênis e perguntou se um tal de Edwin Fischer já havia vencido alguma vez o Aberto dos Estados Unidos.

"Edwin Fischer?", replicou o estalido de voz. "O cavalheiro que está em todos os jornais?"

"Esse mesmo."

"Ele alguma vez ganhou o Aberto dos Estados Unidos?"

"Eu perguntei primeiro", retrucou Littlemore.

"Certamente", disse o vice-presidente.

"Quantas vezes?", perguntou Littlemore.

"Quantas vezes?"

"Certo, vou chutar", disse o detetive. "Mais que três."

"Ah, sim, foram pelo menos quatro — duplas mistas. Um recorde, creio. Naquela época ele era o nono do país. Ele ainda tem um dos melhores *smashes*. Como é que ele sabia do atentado?"

Littlemore desligou. Um mensageiro entrou no escritório e entregou ao detetive um pacote contendo um relatório e um envelope. Dentro do envelope havia um pequeno dente branco, quebrado certinho em dois pedaços.

Naquela tarde, Younger encontrou-se com Littlemore num *diner* e, entre um café azedo e outro, relatou-lhe que a ruiva no hospital Bellevue ainda estava inconsciente.

"Ela já deveria ter acordado", disse Younger. "Não levou um tiro na cabeça. Não há danos no crânio."

"E a voz dela?", indagou Littlemore. "Colette disse que parecia uma voz de homem."

"O abscesso no pescoço deve ter pressionado suas cordas vocais. Eu tirei raios X dela ontem."

"Como você fez isso?"

Younger não respondeu a pergunta. "Os raios X não passaram. Na verdade, nunca vi algo parecido. Amanhã vou a New Haven ver o que Colette acha das radiografias."

"New Haven?", disse Littlemore. "Você não pode sair do estado, doutor. Você está em condicional por delito grave, lembra-se?"

Younger assentiu, aparentemente não se impressionando com o argumento.

"É sério", acrescentou Littlemore. "Eles podem prendê-lo por violação da condicional."

"Não vou me esquecer disso."

"Vou colocar da seguinte maneira: se você for, não quero ficar sabendo. E seja lá o que for fazer, tem que se apresentar na sua audiência na data marcada, daqui a dois meses."

"Por quê?"

"Porque eu assinei uma caução como avalista da sua fiança! Se você não aparecer, vão penhorar a minha conta bancária e tudo que possuo para pagar a caução. Além disso, provavelmente serei despedido, já que, em primeiro lugar, um servidor da lei não pode ser fiador de um amigo — e especialmente se o amigo dá no pé. Certo? Aliás, quando foi que você parou de se importar com a lei?"

"Se você está prestes a morrer numa tempestade", respondeu Younger, "e vê um celeiro onde pode se salvar, você fica do lado de fora e morre ou arromba a porta, mesmo que isso seja contra a lei?"

"É claro que eu arrombo a porta", disse Littlemore, "se eu estiver no meio do nada."

"Todo lugar é no meio do nada."

"Não me admira que a senhorita queira voltar para a Europa. Você é muito otimista. Bem, tenho novidades para você. A moça decapitada da Wall Street? Nunca a identificaram. Ela desapareceu do necrotério — corpo, cabeça, tudo."

"Por que será que isso não me surpreende?", disse Younger.

"A única coisa boa é que já tinham feito a autópsia. Adivinhe só: nela, *sim*, faltava um molar. Na verdade, dois molares. Isso não prova nada, mas eu diria que achamos a sua Amelia. Quer dizer, achamos e perdemos. E mais uma coisa. Veja o que os meus rapazes dentários encontraram." O detetive pegou a lupa e, num lenço, duas minúsculas metades de um dente, e colocou sobre a mesa. Deixou Younger examiná-las com a lupa. "Esse é o dente que Amelia deixou para a senhorita no seu hotel. Está vendo os buracos?"

Espalhadas pelo esmalte — a superfície interna do dente, exposta onde ele fora quebrado em dois —, havia dúzias de vesículas ou poros quase microscópicos.

"Cáries?", disse Younger.

"O que é isso?", respondeu Littlemore.

"Apodrecimento dos dentes."

"Negativo. Os caras disseram que não pode ser um apodrecimento normal porque a parte externa está perfeita demais. Nem mesmo uma descoloração. É como se o dente estivesse sendo comido por dentro."

A carta de Colette chegou ao quarto de hotel de Younger na manhã seguinte. Ele a leu deitado na cama. A carta lhe provocou uma onda de sentimentos contraditórios. Ao mesmo tempo em que queria ir com Colette a Viena, sentia-se desprezível por desejar isso.

Que tipo de homem faria companhia a uma jovem que estava atravessando meio mundo para encontrar um amor perdido? Imaginou-se sorrindo ao ser apresentado a Hans Gruber. A imagem o encheu de repulsa. O que exatamente ele achava que faria em Viena? E por que exatamente ela o queria lá?

Ocorreu-lhe, por fim, que ela *não* o queria lá. Que só o estava convidando porque precisava de dinheiro para a viagem. Essa compreensão fez com que ele ficasse olhando para o teto por muito tempo. Com certeza, não. Com certeza Colette jamais se rebaixaria a usá-lo por seu dinheiro. Será?

Ficou se perguntando como, sem a ajuda dele, ela iria pagar a viagem. E viu, é claro, que ela não tinha recursos.

10

Na esquina da Quinta Avenida com a rua 87, a poucos metros do Metropolitan Museum of Art, ficava uma grande mansão em estilo clássico. Na terça-feira de manhã, antes de o sol nascer, Littlemore instruiu Roederheusen a cobrir a parte de trás da mansão, enquanto ele se aproximava da porta da frente.

Não havia atividade na casa. A Quinta Avenida estava silenciosa às cinco da manhã; um ônibus solitário sacudia ruidosamente rua abaixo. Um quarteirão ao norte, uma limusine continuava à toa do lado da avenida diante do parque. Littlemore imaginou se não seria o carro de Speyer, esperando para levá-lo ao porto.

Littlemore tocou a campainha — e tocou mais uma vez, e mais uma vez, sem obter resposta. Por fim ouviu passos na escada. Uma luz se acendeu no hall de entrada.

"O que é? Quem está aí?", exclamou uma voz masculina atrás da porta, com o mesmo acento alemão que Littlemore ouvira no Delmonico's.

Em seu melhor sotaque *cockney*, que era bastante bom, Littlemore disse: "Há algum senhor Speyer em casa? Que viajará hoje no *Imperator*? Mensagem do capitão para ele". O *Imperator* era um navio britânico com tripulação inglesa.

"Do capitão?", perguntou Speyer, abrindo a porta.

"Sim", disse Littlemore, empurrando a porta e entrando no hall. "Do capitão de polícia que o senhor fez de trouxa no domingo."

Speyer, com um roupão de seda amarrado na cintura, deu um passo para trás. "Eu enganei o senhor, policial. Peço que me desculpe."

"Vire-se", disse Littlemore.

Speyer obedeceu, dizendo: "Peço que me desculpe".

Littlemore fez estalar as algemas atrás de Speyer. "Dê-me um bom motivo para eu não arrastá-lo até a central por evadir-se de um policial."

"Eu iludi a sua boa-fé. Por favor, me desculpe."

"Guarde essa coisa de desculpas, está bem?", disse Littlemore, algemando Speyer.

"Sinto muito", disse Speyer. "Tive que pedir três vezes hoje. Quanto o senhor quer? Eu lhe dou tudo que quiser."

"Agora está me subornando? São mais cinco anos na pena."

"Lamento. Presumi que o senhor estivesse me arrancando o couro."

"*Arrancando o couro*. Belo termo inglês para um alemão. O que o senhor fez para que eu lhe arranque o couro?"

"Não sou alemão", contestou Speyer, numa pronúncia fortemente germânica. "Nasci aqui nesta cidade. Sou tão americano quanto o senhor."

"Claro que é", disse o detetive. "Por isso é que bancou o Exército alemão depois que declaramos guerra."

"Eu, não; meus parentes, que moram em Frankfurt. Não tive nada a ver com isso."

"Então por que o seu amiguinho Kaiser o condecorou como Cavaleiro da Águia Vermelha?"

"Isso foi em 1912", protestou Speyer. "E se isso faz de um homem um traidor, vocês deveriam prender J. P. Morgan. Ele também recebeu a condecoração da Águia."

Pela primeira vez, Littlemore foi pego de surpresa: "Morgan?".

"Sim. Ele ganhou um ano antes de mim."

"Se o senhor é tão patriota", disse o detetive, "por que está saindo do país?"

"Saindo? Estou indo a Hamburgo assinar alguns contratos muito importantes. Estarei de volta em oito de outubro."

"Mostre-me esses contratos", disse Littlemore. "E o bilhete de volta."

"Na minha maleta", explicou Speyer. "Está na mesa de jantar."

Empurrando Speyer à sua frente, Littlemore entrou em uma sala de jantar formal, pesadamente decorada, com um afresco de Michelangelo chapinhado no teto. Pinturas a óleo, pequenas e grandes, adornavam as paredes. O detetive parou diante de um pequeno quadro, tão escuro que a princípio ele não conseguiu identificar o tema; retratava um velho de face corada e bolsas sob os olhos. "Este aqui deve valer um bocado, já que não se pode nem ver o que é. Quanto vale uma coisinha dessas?"

"Sabe o que é essa *coisinha*, policial?", indagou Speyer.

"Um Rembrandt."

Agora foi a vez de Speyer se surpreender.

"Vi um igualzinho em um museu", acrescentou Littlemore.

"Paguei duzentos e cinquenta mil dólares por ele."

Littlemore deu um assobio. Numa mesa retangular, longa o bastante para vinte pessoas, repousava uma maleta aberta. Dentro, uma resma de documentos e letras financeiras em inglês, espanhol e alemão. Littlemore folheou as páginas. "E quem fez o retrato de corpo inteiro atrás de mim?", perguntou o detetive sem erguer os olhos. "O retrato do senhor James Speyer."

"Um rapaz do Lower East Side", respondeu Speyer. "Um estudante da Universidade Eldridge. Uma das escolas que financio."

Os contratos envolviam uma soma enorme de dinheiro, evidentemente destinada a um banco mexicano, cujo principal executivo era James Speyer. Littlemore também encontrou um passaporte americano e um bilhete para o *Mauretania*, que partia de Hamburgo para Nova York em 1º de outubro.

"Não acha que está levando as coisas um pouco longe demais", perguntou Speyer, "por causa de uma garrafa de vinho?"

"Que garrafa de vinho?"

"A que tomei no Delmonico's. Não foi por isso que o senhor foi à minha mesa? Não é por isso que está aqui?"

"Leis secas não são meu departamento", respondeu o detetive. "Vamos esclarecer as coisas. A sua história é que o senhor deu no pé e fugiu de mim no Delmonico's porque temia que eu fosse autuá-lo por beber?"

"Certo."

"E o que... O senhor achou que eu simplesmente iria deixar por isso mesmo?"

"Eu não percebi que o senhor sabia quem eu era", explicou Speyer. "Mas agora que sabe, devo adverti-lo, oficial. Eu sou um homem rico, e um homem rico pode tornar muito desagradável a vida de um policial que lhe cause problemas."

"Não me venha com essa. Você está quebrado, Speyer", disse Littlemore. "Teve que vender dois de seus maiores quadros recentemente. Até mesmo dispensou velhos criados."

Speyer fitou o detetive. "Como sabe tanto a meu respeito?"

"Apenas usando meus olhos." Littlemore apontou para duas marcas na parede onde o tom mais claro do papel de parede indicava que agora quadros menores ocupavam o lugar antes ocupado por molduras maiores. "E o senhor mesmo não estaria atendendo à campainha se ainda tivesse os criados que um homem que vive numa casa como esta deveria ter. Eu diria que está tentando manter as aparências. Diria que as coisas estão ficando desesperadoras. Por que não vendeu o Rembrandt?"

Seguiu-se uma longa pausa. "Não consegui me desfazer dele", disse Speyer por fim. "O que quer comigo?"

"O departamento de polícia de Nova York faz a segurança dos candidatos presidenciais, quando eles vêm à cidade", respondeu Littlemore, sem mentir. "Temos homens à paisana em todos os jantares. Num desses jantares, o senhor foi ouvido ameaçando um homem que trabalhava no J. P. Morgan."

"Bobagem."

"O senhor nega ter dito a um sócio de Morgan para ele se cuidar, porque a firma Morgan estava se associando a outras para lhe negar crédito?"

"O quê? Eu não estava ameaçando Lamont. Estava advertindo."

"Talvez isto o surpreenda, senhor Speyer, mas a lei não estabelece uma distinção clara entre ameaças e advertências."

"O senhor não entende. Eu estava advertindo Lamont sobre os mexicanos — apesar de tudo que Morgan me fez. O novo agente financeiro do México, era ele quem fazia as ameaças. Fazia afirmações absurdas sobre o que aconteceria à Casa de Morgan — ao próprio Morgan — se não levantassem o embargo."

"Que embargo?"

"O embargo de Morgan contra o México. O senhor deve saber alguma coisa sobre a moratória."

"Não."

Speyer sacudiu a cabeça. "Por onde eu começo? Há vinte anos, J. P. Morgan — o velho — sustentava toda a dívida nacional mexicana. Uma jogada grande, inédita para um banco americano. Era uma aposta arrojada. Funcionou magnificamente por um bom tempo. Morgan fez fortuna com isso. Mas então o México teve sua revolução e, em 1914, os mexicanos declararam moratória. Desde então, não pagaram um centavo. A esta altura, eles devem centenas de milhões apenas em juros. Morgan pressionou as outras casas a não emprestar quantia alguma para o México até que eles paguem suas dívidas antigas."

"E o que há de errado nisso?", perguntou Littlemore.

"Errado? No ramo bancário não existe certo nem errado. Existem apenas apostas, apostas boas e ruins. Morgan não viu a revolução chegando. Por isso o pessoal do Morgan fica enlouquecido comigo."

"Não estou conseguindo acompanhá-lo, senhor."

Speyer respirou fundo. "Eu estou apostando nos revolucionários. Estou rompendo o embargo. E sou o único. Lamont sabe que tenho fundos alinhados, mas não sabe de onde vem o dinheiro. Por isso fugi do senhor no domingo. Não podia me dar ao luxo de ser preso. Não posso me dar ao luxo de um atraso — ou da 'publicidade'." Speyer sentou-se desajeitadamente, as mãos ainda algemadas atrás das costas. "Lamont sabe que vou pegar meu dinheiro e levá-lo direto ao México. Ele faria qualquer coisa para me impedir."

Littlemore absorveu a informação. "Se o México não consegue pagar Morgan, por que o senhor lhes daria dinheiro?"

"Ah, eles podem pagar. Eles têm ferrovias. Têm prata. E, acima de tudo, têm petróleo. Mais petróleo que qualquer um no mundo. Eu preciso fazer essa viagem, oficial. É minha última chance. Minha mulher está muito doente. Se eu não estiver no *Imperator*, perderei tudo. Prometo estar de volta no dia oito. Posso lhe dar uma garantia."

"Que tipo de garantia?"

"De qualquer tipo. É só dizer."

Littlemore disse. Speyer engoliu em seco.

Nessa mesma manhã, Younger enviou a Colette uma resposta ao pedido de que ele a acompanhasse a Viena. Definitivamente, sua carta não podia ser criticada por ser longa demais:

21 de setembro de 1920

Não.

Stratham

De volta à Quinta Avenida, Littlemore deixou Roederheusen assumir a direção do carro. As mãos do detetive estavam ocupadas com um objeto retangular embrulhado num grosso cobertor. Quando Roederheusen perguntou o que era, Littlemore lhe disse que era uma garantia de duzentos e cinquenta mil dólares.

Ao darem partida no carro, Littlemore notou que a limusine de Speyer também saia, na direção oposta.

Já que ainda era cedo, Littlemore decidiu passar uma hora numa biblioteca de direito. A bibliotecária estava ansiosa por ajudar, mas sabia menos sobre pesquisar leis que Littlemore. Não acharam nada.

O telefone estava tocando quando o detetive chegou à sua sala. Rosie, a telefonista, informou-lhe que um certo sr. Thomas Lamont estava na linha — e tinha telefonado a manhã toda.

"Falou com o senhor Speyer?", perguntou Lamont quando Littlemore atendeu.

"Você sabe que sim, Lamont. O seu homem estava de olho."

"Entendo. Bem, nós gostamos de manter o olho em tudo. Descobriu alguma coisa?"

"Sim... descobri que eu estava sendo usado por J. P. Morgan. Vocês esperavam que eu prendesse Speyer, ou pelo menos que o detivesse por alguns dias. Dessa maneira, ele não pegaria o dinheiro dele no exterior e não poderia emprestar aos mexicanos."

A linha ficou muda por alguns instantes. "Speyer lhe contou sobre o México?"

"Isso mesmo."

"O que ele disse?"

"O bastante", respondeu Littlemore.

"Nós estamos tentando ajudar o México, capitão. Uma nação não pode simplesmente negligenciar sua dívida. O México destruirá seu próprio futuro se persistir nessa miopia. A dívida é uma obrigação sagrada. O senhor Speyer, como tantos desse tipo, não consegue entender isso. Para ele, uma dívida é apenas dinheiro."

"Ao passo que para você é religião", completou Littlemore. "Eu me ofereci para ajudá-lo, Lamont. Você tentou me fazer de babaca."

"Juro, capitão, que não era a minha intenção. Meu único interesse é saber se a minha firma está sendo atacada — e, se estiver, descobrir quem está por trás disso."

"Não acredito que Speyer tenha algo a ver com o atentado, e você também não acredita."

"Mas o homem me ameaçou. Ele praticamente me avisou que ia recorrer à violência. Você lhe perguntou sobre isso?"

"Não foi uma ameaça. Ele estava tentando adverti-lo sobre o novo sujeito de finanças do México, talvez o mesmo sujeito que foi ao seu clube naquela noite."

"Quem... Pesqueira? O que há com ele?"

"Não sei, Lamont. O negócio é seu, não meu."

"O senhor não pode simplesmente deixar Speyer sair do país, capitão. E se ele nunca voltar?"

Nesse momento, o policial Stankiewicz enfiou a cabeça para dentro da porta: "Ei, capitão", disse ofegante, "o Bureau...".

Littlemore o silenciou estendendo a palma da mão. "Ele voltará", respondeu a Lamont, e desligou. "O que é, Stanky?"

"Os federais descobriram um cara que consertou a carroça da bomba", disse Stankiewicz. "Estão dizendo que ele apontou Tresca. Flynn vai anunciar para a imprensa em dez minutos."

"Onde?", perguntou Littlemore, vestindo o paletó e pegando seu chapéu de palha.

"Em frente ao Tesouro."

"Vá pegar a ferradura", disse Littlemore, dirigindo-se ao saguão. "Encontre-me lá."

"Nos degraus do edifício do Tesouro dos Estados Unidos, com a estátua de George Washington ao fundo e uma multidão de soldados armados de cada lado, Big Bill Flynn, do FBI, tinha o braço em torno de um operário grisalho que vestia um avental de couro manchado de óleo. Para uma pequena multidão de repórteres e fotógrafos, Flynn fez a seguinte declaração:

"O que temos aqui é um avanço importantíssimo nas investigações. Este americano exemplar é o senhor John Haggerty, ferreiro com mais de quarenta anos de experiência, localizado por nossos agentes do Bureau sob o meu comando pessoal. Peguem as canetas, rapazes; aí vai a história de vocês. Nos primeiros dias deste mês, um indivíduo apareceu no estábulo do senhor Haggerty, na rua New Chambers, levando uma carroça paramentada com anéis de bronze incomuns, cujo cavalo necessitava de novas ferraduras, exatamente como os que recolhemos nesta praça após a explosão. O senhor Haggerty pôs ferraduras tamanho quatro no cavalo, sendo que tais ferraduras foram presas ao cavalo por meio de pregos em trevo e coxins de amortecimento Niagara nos cascos, confirmando em cada detalhe a evidência colhida aqui."

"Eles não colheram nada, capitão", sussurrou Stankiewicz a Littlemore. "Fomos nós que demos a eles."

Littlemore gesticulou para que ele se calasse.

"Em outras palavras, a carroça cujo cavalo foi ferrado pelo senhor Haggerty há três semanas foi exatamente a mesma carroça empregada pelos anarquistas para transportar seu artefato incendiário no dia dezesseis. O indivíduo que levou o cavalo ao estábulo do senhor Haggerty tinha aproximadamente um metro e setenta, compleição esguia, estava mal barbeado e com uma aparência muito suja e pobre. Não é isso, senhor Haggerty?"

O ferrador aquiesceu com ar grave.

"E aí vai o grande lance, rapazes", prosseguiu Flynn. "O indivíduo era italiano e deu seu nome como algo que soava como Trescati ou Trescare. Não é isso, Haggerty?"

"Pode ser", disse Haggerty.

"Pode ser?", sussurrou Stankiewicz.

"Shh", disse Littlemore.

"Em outras palavras", Flynn continuou, "uma descrição escarrada de Carlo Tresca, como tenho dito o tempo todo. Muito bem, rapazes, podem tirar suas fotos."

Flynn apertou a mão de Haggerty. Flashes brilharam. Os repórteres perguntaram a Haggerty sua idade (sessenta e quatro anos), o que mais ele lembrava sobre Tresca (muito pouco), e assim por diante. Haggerty respondeu com grunhidos monossilábicos, dirigindo-se a cada repórter como "senhor". Rapidamente, Flynn encerrou o assunto e começou a se preparar para levar o ferrador embora.

"Senhor Haggerty", chamou Littlemore, "o senhor é sindicalizado?"

"Entrevista encerrada", exclamou Flynn, reconhecendo o detetive. "Sem mais perguntas."

"Mas o senhor Haggerty deve ser sindicalizado, Big Bill", disse Littlemore com ar inocente. "Todo mundo sabe que havia uma marca do SIF nas ferraduras. Estava nos jornais de sábado, não é, rapazes?"

Os membros da imprensa concordaram.

Flynn limpou a garganta: "Um detetive do departamento de polícia de Nova York questionando o Bureau, hein? Isso é novidade. Como está indo a investigação do Fischer, policial? Captando algumas vozes no ar ultimamente?".

Diversos repórteres riram.

"Certo, Haggerty", disse Flynn, "o policial aqui quer saber se seu estabelecimento é do sindicato. É?"

"Sim, senhor — SIF", respondeu Haggerty.

"Você põe essa marca nas ferraduras, certo?", continuou Flynn.

"Sim, senhor — em cada uma."

Flynn deu um sorriso largo. "Mais alguma pergunta espertinha, polícia de Nova York?"

"Só mais uma", gritou Littlemore, adiantando-se no meio da multidão, segurando um saco de lona contendo evidências, numerado e amarrado com barbante. "Eu gostaria de mostrar ao senhor Haggerty a verdadeira ferradura — aquela que tiramos da cratera da bomba. Ele pode nos dizer se a marca do sindicato é a mesma que seu estabelecimento usa."

Os repórteres silenciaram. Flynn hesitou. Obviamente queria levar Haggerty embora, mas como não queria dar a impressão de que duvidava da história de sua própria testemunha, manteve-se ali.

Littlemore desamarrou o saco e entregou a ferradura a Haggerty. "O senhor está vendo uma marca de sindicato nessa ferradura, não está, senhor Haggerty?", perguntou o detetive.

"Estou, sim, senhor. SIF. A mesma que usamos na minha oficina."

"Pronto, aí está!", disse Flynn triunfante, pegando a ferradura da testemunha. "Vou ficar com isto. Evidência federal. Agora vamos indo. Estou faminto."

"O que significa, senhor Haggerty", disse Littlemore em voz alta para que todos pudessem ouvir, "que a ferradura que o chefe Flynn está segurando, que foi tirada do local da bomba, não é do cavalo que o senhor ferrou em sua oficina três semanas atrás. Estou certo?"

"Sim, senhor. Está certo", disse Haggerty.

Os repórteres agitaram-se. Flynn gritou mais alto que eles: "Do que ele está falando? A marca coincide!".

"A marca do SIF numa ferradura é uma marca superficial", disse Littlemore. “Ela se desgasta em pouquíssimo tempo. Após algumas horas, quase não é mais visível. Mas a marca do SIF na verdadeira ferradura está claríssima. O cavalo que trouxe a bomba para a Wall Street tinha sido ferrado recentemente, na mesma manhã do ataque — no máximo no dia anterior. Não três semanas antes. Estou certo, senhor Haggerty?”

“Sim, senhor.”

Na noite seguinte, Younger encontrou-se com Littlemore num barzinho sombrio de frente para o mar, num cais abandonado próximo ao porto, onde ratos, sem nem sombra de medo, catavam comida em meios aos restos. O detetive precisou dar uma senha para entrar. A fumaça era tão espessa e a iluminação tão fraca que Younger mal enxergava o balcão do bar. “Eles têm um alçapão nos fundos”, disse Littlemore ao pegarem uma mesinha num canto escuro. “Ele abre direto para a água. Quando sofrem alguma batida policial, jogam toda a bebida num barco, que parte imediatamente. Os tiras nunca acham nada. Se a maré está alta, eles se limitam a jogar a bebida na água. Depois, mergulhadores a trazem de volta.”

“Não creio ter visto você infringir a lei alguma vez”, comentou Younger.

“Não estou infringindo nenhuma lei”, disse Littlemore. “Vou tomar um sassafrás.”

“Então por que estamos aqui?”

“Para *você* poder tomar um trago. Parece que vai lhe fazer bem.”

Younger avaliou a proposta e considerou-a perfeita. Passara o dia inteiro verificando a recepção do hotel, à espera de uma carta ou de um telegrama de Colette. Toda vez que o atendente informava que não havia mensagens, Younger ficava furioso consigo mesmo por ainda se importar com ela.

Littlemore pediu sua bebida leve; Younger pediu uísque. O garçom trouxe uma garrafa de bolso — ainda fechada — junto com uma “armação”, que consistia num copo de soda com gelo.

“Você se serve do uísque”, instruiu Littlemore. “Aí guarda a garrafa no bolso do casaco. Se os homens da lei entrarem, eles dizem que só servem soda. Não podem fazer nada se os fregueses trazem a bebida.”

Younger serviu-se de uma dose dupla. Ele e Littlemore brindaram em silêncio. Younger sentia-se vagamente trapaceiro com a garrafa de uísque no bolso — se de fato fosse uísque, o que ele duvidava, porque o gosto era mais de álcool de farmácia com corante. Virou o copo todo e serviu-se de outra dose. “Lugarzinho da pesada”, disse. “Gosto da atmosfera.”

No bar, homens debruçavam-se sobre seus drinques, falando em voz baixa. Até mesmo o barman era taciturno. Uma mulher solitária, vestindo uma estola, vigiava seu coquetel numa das pontas do balcão; ninguém se aproximava dela. Junto à porta, o homem encarregado de vigiar manuseava sozinho um baralho sobre a mesa — sem jogar, só embaralhando as cartas seguidamente.

"É a mesma coisa por toda a cidade", disse Littlemore. "Todo mundo ainda está assustado com a bomba. O único lugar em que não estão assustados é no Clube dos Banqueiros e Corretores de Valores. Quando fui lá, duas noites atrás, estavam dando um baile. Acho que era de alívio — por não terem sido eles os atingidos. E adivinhe: hoje um médico foi ao Bellevue atrás da Duas-Cabeças. Ele ouviu falar do tiroteio na igreja e reconheceu a descrição dela. O nome dela é Quinta McDonald. Descobri o que há de errado com ela. O médico disse que era confidencial, mas eu arranquei dele. Ela tem sífilis. Será que aparentemente a sífilis pode causar um crescimento desses no corpo?"

"A sífilis terciária pode", concordou Younger. E ficou pensando. "E também poderia tê-la deixado louca."

"Foi o que o médico disse. A doença chegou ao cérebro dela. Provocava delírios."

"Eu trabalhei um pouco com demência sifilítica há alguns anos. Se é isso que ela tem, é irreversível e não há cura."

"Então, eis o que estou pensando: possivelmente a senhorita Colette não tem que se preocupar com mais nada."

"Como assim?"

"Bem, comecemos com Amelia, a jovem que deixou o dente no seu hotel. Amelia está metida em alguma encrenca e precisa deixar um dente com alguém que conhece para que a ajudem. Mas o recepcionista entrega o dente a Colette por engano. Nesse ínterim, Drobac está seguindo Amelia. Está atrás da pessoa com quem ela está tentando deixar o dente. Quando o dente é entregue a Colette, Drobac pensa que Colette é o alvo. Então ele e seus dois camaradas a sequestram. Depois disso, Amelia é morta pela bomba, os dois camaradas de Drobac são mortos quando salvamos Colette, e o próprio Drobac está atrás das grades. Sobra apenas a Duas-Cabeças, a jovem McDonald. Não sabemos por que ela foi atrás de Colette — provavelmente está louca por causa da sífilis —, mas não faz mal, porque agora ela está em coma. Então todo mundo está ou morto, ou preso, ou fora do ar. Caso encerrado."

"E quanto à outra ruiva?", perguntou Younger. "Havia duas ruivas na frente da delegacia."

"Amiga da jovem McDonald. Talvez irmã. Não há com o que se preocupar."

"Eu pensei que você não fizesse suposições", disse Younger.

"E não faço. Só estava querendo ver como soava."

"E como soa?"

"Não faz o menor sentido."

Os dois homens ficaram bebendo por um bom tempo. Younger podia sentir o álcool barato começando a fazer efeito.

"Então a senhorita está voltando para a Europa?", perguntou Littlemore.

"Não venha me dizer", disse Younger, "que o casamento faz os homens felizes. Você conhece algum homem casado que seja realmente feliz?"

"Eu sou feliz."

"Além de você."

Littlemore pensou um pouco. "Não. Você conhece algum cara solteiro que seja feliz?"

"Não."

"Então, aí está", concluiu Littlemore.

Os homens bebiam.

Em outra mesa, um homem tentou ficar de pé, não conseguiu e caiu no chão, derrubando a cadeira consigo. Por um momento Younger pensou que o barulho tinha sido um tiro, mas sabia que era dentro de sua cabeça. A imagem recorrente que, desde o atentado, ele não conseguia esquecer nem interpretar irrompeu de novo em sua mente, desta vez com maior clareza. "Já sei o que vi no dia dezesseis", disse. "Não foi um quadro-negro. Era alguém atirando. Quando todo mundo estava correndo em pânico de um lado para o outro, no meio de toda a poeira e fumaça, havia alguém atirando com uma metralhadora."

"Atirando em quê?"

"Numa parede. Deixando marcas na parede."

"Disparando uma metralhadora contra uma parede?", disse Littlemore. "No meio do atentado a bomba?"

"Cheguei a mencionar que também vi um fragmento voando pelo ar tão devagar que eu conseguia distinguir pedaço por pedaço?"

"Não, você não mencionou isso, e não volte a mencionar. Eles vão trancafiar você junto com Eddie Fischer."

O detetive Littlemore caminhava irrequieto pelos escritórios lotados, compartilhados entre o departamento de homicídios e de crimes especiais. Escrivaninhas repletas de papéis disputavam espaço com gabinetes e arquivos atulhados. Máquinas de escrever estalavam. Homens gritavam entre si, reclamações em sua maior parte jocosas. As piadas irritavam Littlemore. Já se passara uma semana desde o atentado, e não tinham feito o menor progresso. Pontas soltas pendiam por toda parte.

Havia Fischer, agora confinado num manicômio, cujos avisos prescientes permaneciam inexplicados. Havia Big Bill Flynn, determinado a atribuir o crime a anarquistas italianos, mesmo que todas as evidências apresentadas por Flynn fossem tão frágeis quanto papel barato. E havia o procurador-geral Palmer — aliás, *onde* estava Palmer? Tudo que Littlemore sabia a respeito do procurador o levaria a prever que Palmer iria assumir o caso, dando entrevistas coletivas de imprensa debaixo dos holofotes. Em vez disso, Palmer passara pela cidade e ficara só uma noite, a caminho de seu feriado familiar. *Por quê?* Por fim, havia o fato de que o ataque parecia totalmente sem motivos. Se houvesse um alvo, parecia ter sido o Banco Morgan, contudo Littlemore não identificara nenhum indivíduo ou organização com os meios e motivos corretos para atacar o Morgan de forma tão estabanada.

"Ei, Spanky", chamou Littlemore.

"Senhor", respondeu Roederheusen.

"Vá até o consulado mexicano e traga um sujeito chamado Pesky ou algo assim. *Pes-quei-ra*, acho. Quero falar com ele."

"Veja, capitão", chamou Stankiewicz da sua mesa. "Achei as fichas."

"Que fichas?"

"As fichas com os dados que preenchemos na Wall Street." Stankiewicz segurava um maço de fichas com anotações feitas à mão na cena do atentado — uma ficha para cada morto. "Lembra-se, o senhor achava que havia alguém morto que devia estar na lista de vítimas mas não estava, então me pediu para procurar as fichas."

"Me dê essas fichas", disse Littlemore irritado. Examinou uma por uma. "O sujeito era um guarda do Tesouro. O nome começava com *R*." Littlemore descobriu o que estava procurando. "Aqui está: Riggs, Tesouro dos Estados Unidos." Agora, onde está aquela lista de vítimas?"

Stankiewicz pescou entre seus papéis espalhados ao acaso na mesa. "Eu estava com ela há um segundo."

"Não me diga que perdeu a lista", disse Littlemore.

Stankiewicz estendeu ao detetive o documento datilografado, com muitas páginas grampeadas.

Littlemore o examinou, verificando a listagem em ordem alfabética e a página específica que trazia os funcionários do governo mortos na explosão. "Nenhum Riggs", disse o detetive. "O que aconteceu com 'Riggs, Tesouro dos Estados Unidos'?"

"Acho que eles esqueceram."

"*Eles*?", perguntou Littlemore. "Que *eles*? Não foi você quem datilografou a lista?"

"Não exatamente."

"Então quem foi?"

"Hum, foram os federais. Dois agentes vieram até aqui no dia seguinte ao atentado e perguntaram se tínhamos uma lista de mortos e feridos. Eu disse que sim e deixei que dessem uma olhada — sabe, na lista escrita à mão que fizemos com base nas fichas. Eles se ofereceram para datilografá-la durante o fim de semana. Disseram que tinham datilógrafos que fariam um bom trabalho. Então eu..."

"Você deu a nossa lista aos federais?", perguntou Littlemore, incrédulo.

"Eu não sou muito bom de datilografia, senhor. Achei que desse jeito seria melhor."

"Você achou que era preguiçoso demais", disse Littlemore. "Que tipo de federais? Os rapazes do Flynn?"

"Não, senhor. Eram '*homens-T*'", disse Stankiewicz, usando a abreviação para agentes do Tesouro.

Uma segunda carta de Colette chegou na quinta-feira, mas ficou claro que ela a tinha mandado antes de receber a resposta de Younger. A carta jazia aberta sobre a cama do quarto de hotel do doutor:

21-9-1920

Meu querido Stratham,

Rompi com o professor Boltwood. Ele vai impedir a Universidade de Yale de conceder a Madame Curie um título honorário quando ela vier. Diz que ela é inapta tanto acadêmica quanto moralmente. Ele é que é inapto até para amarrar os sapatos dela. Meu único consolo por ter cuidado do laboratório dele é que estou contestando suas teorias. Não posso mais ficar aqui, não importa o que eu for fazer.

Mas também tenho notícias maravilhosas! Ousei mandar um telegrama a Freud em Viena, e ele telegrafou em resposta. Diz que atenderá Luc novamente, e também que está muito ansioso para ver você. Diz que tem muita coisa para lhe contar.

Por favor, por favor, venha. Preciso de você lá comigo.

Afetuosamente,

Colette

Nessa noite Younger retornou sozinho ao tenebroso bar de Littlemore no cais. Uma mulher de batom vermelho e vestido laranja o abordou enquanto bebia o uísque falsificado: "E aí, bonitão, vamos lá?".

"Não, obrigado", ele respondeu.

11

O comissário de polícia Enright, habitualmente cordial, gostava de ir até a sala dos homens que queria ver. Convocações por escrito surgiam apenas em casos de extremo descontentamento; elas despertavam terror em seus subordinados. Na sexta-feira de manhã, na sede do departamento de polícia, Littlemore recebeu uma dessas convocações.

"É o Rembrandt que está no armário de evidências, senhor?", perguntou Littlemore entrando no escritório do comissário. "Posso explicar."

Atrás de sua escrivaninha de mogno, Enright levantou as sobrancelhas: "Você tem um Rembrandt no armário de evidências?".

"Então foi a história da ferradura, senhor Enright? Eu não podia deixar o Flynn se safar com aquela balela do Haggerty."

"Eu não lhe pedi para brincar com ferraduras, senhor Littlemore, nem para discutir pintura." Enright se levantou, a corrente dourada do relógio brilhando sobre uma extensa cintura, o abundante cabelo grisalho ondulado sobre uma face carnuda, de boa índole. Leitor prodigioso, orador eloquente e autodidata, Enright tinha os olhos de um homem que adorava declamar poesia de memória. "Com toda a certeza você se lembra do prefeito Hylan e do senhor McAdoo, assessor do presidente."

Littlemore virou-se e viu os dois importantes cavalheiros do outro lado da sala. McAdoo estava sentado numa poltrona, pernas cruzadas, fitando de maneira imperturbável o detetive, avaliando-o. O prefeito Hylan, de pé, brincava com um objeto de vidro que pegara da estante de Enright, evitando premeditadamente qualquer contato visual com Littlemore.

"O prefeito recebeu ontem a visita de um advogado, Littlemore", prosseguiu Enright. "Você foi o tema da visita."

"Eu, senhor?"

"Quero que esse sujeito seja demitido, Enright", declarou o prefeito Hylan.

"O advogado", Enright continuou, "é um homem de considerável reputação, bem relacionado com as bases políticas desta cidade. Um de seus clientes é, neste momento, hóspede de uma de nossas instalações de custódia."

"Eu disse que quero esse sujeito demitido", repetiu o prefeito, que decididamente era menos poético que o comissário. Hylan era uma figura baixa, com cabelo oleoso descendo sobre a testa, olhos faiscantes como os de um esquilo. Uma das ocupações favoritas do prefeito Hylan era discursar em um palanque, o que fazia com frequência e de maneira muito pobre. Tinha um ar de perpétua agressividade, como se inimigos estivessem o tempo todo espalhando calúnias ultrajantes contra seu bom nome. Antes de se tornar prefeito de Nova York, fora engenheiro da Brooklin Elevated Railroad Company, que o dispensou quando ele quase atropelou um supervisor com uma locomotiva. Politicamente falando, tinha chegado à prefeitura vindo do nada, alçado da obscuridade pela fechada sociedade política Tammany Hall, cujos decanos calcularam corretamente que ele era um homem em quem podiam confiar. "E quero aquele homem fora da cadeia. Hoje."

"Infelizmente, senhor prefeito", disse o comissário, "por mais que eu queira executar suas ordens sem questionar, sirvo também a outro patrão — a lei."

"Não me venha com essa de lei", retorquiu Hylan. "Eu conheço a lei. Não esqueça com quem está falando, Enright. Eu posso demitir você também."

"É uma prerrogativa sua", respondeu Enright.

"Vamos manter a calma", interveio McAdoo delicadamente, "e ouvir os fatos, sim?"

"Isto não é assunto de Washington", revidou o prefeito Hylan. "É assunto da cidade."

"No dia dezesseis de setembro", respondeu McAdoo sem erguer a voz, "os assuntos da cidade de Nova York tornaram-se assuntos de Washington. Não consegui falar com o presidente hoje, mas minha mulher acredita que Wilson não ficaria nada satisfeito se o capitão fosse demitido."

"A mulher dele?", exclamou o prefeito, incrédulo. "Sua *mulher*? E a sua mulher, Enright... ela também tem alguma opinião? Desculpe-me, eu vou perguntar à minha mulher o que o presidente quer."

"Pelo amor de Deus, Hylan", disse o comissário. "A esposa de McAdoo é a filha do presidente."

Houve um momentâneo silêncio.

"Filha", bufou o prefeito Hylan, enxugando o cenho com um lenço amarrotado.

Littlemore limpou a garganta. "Eu poderia saber, capitão, por que todo mundo está falando em demissão?"

O comissário Enright respondeu: "É verdade, Littlemore, que na semana passada você tirou um homem do hospital e o meteu na cadeia mesmo ele tendo acabado de passar por uma cirurgia de recomposição facial?".

"Aquele sujeito?", estranhou Littlemore. "Aquele sujeito tem um advogado importante?"

"Sim. O nome dele, segundo me disseram, é senhor John Smith. Também me disseram que o agressor de Smith é um grande amigo seu. E que você se encarregou pessoalmente da fiança para tirar seu amigo da cadeia."

"E como o advogado poderia saber disso?"

"Presumo que esses fatos sejam verdadeiros."

"Sim, senhor. Acredito que o verdadeiro nome do sujeito é Drobac, senhor Enright, e creio que ele pode ser o assassino da cobertura do Woolworth."

"*Pode* ser o assassino?", repetiu Hylan com sarcasmo. "Qualquer um *pode* ser o assassino."

"Não, senhor prefeito. Apenas cinquenta pessoas poderiam ser o assassino do Woolworth. Esse é o número de pessoas que estavam no terraço de observação na hora do assassinato, e mais de uma dúzia eram crianças. Esse sujeito estava lá e foi reconhecido por uma testemunha ocular como um sequestrador procurado."

"Alegadamente reconhecido, capitão", corrigiu Enright. "Pelo homem que o agrediu. O homem que o senhor soltou. O seu amigo. Que é, ele próprio, acusado de tentativa de assassinato."

"O doutor Younger já ajudou a força policial antes, senhor", disse Littlemore. "Ele é um homem de Harvard. E lutou na guerra."

"A guerra", repetiu Enright, sombrio. "Você sabe tão bem quanto eu, capitão, que muitos homens que lutaram na guerra têm se comportado de forma irresponsável e cometido agressões criminosas desde que voltaram para casa."

"Não esse homem", disse Littlemore.

"Enright, pergunte ao seu capitão", intrometeu-se Hylan, "que prova ele tem de que esse Smith cometeu o assassinato no Woolworth. Me disseram que não há nenhuma evidência."

"Littlemore?", perguntou Enright.

O detetive se remexeu desconfortavelmente. "Certo, eu não tenho prova nenhuma — por enquanto. Mas o doutor Younger sem dúvida o identificou como Drobac, que cometeu um sequestro e um assassinato na noite anterior."

"Essa não... a própria sequestrada não reconhece o homem", acrescentou Hylan. "Para não mencionar o fato de que ela deixou o Estado."

"Ela está aqui do lado, em Connecticut", Littlemore explicou.

"Sim, em New Haven, eu sei", disse o comissário. "É verdade que ela não reconheceu o homem?"

"Sim, senhor."

"E *você*, consegue identificá-lo, Littlemore?", indagou Enright. "Você salvou a moça sequestrada. Poderia testemunhar que o homem na cadeia é um dos sequestradores?"

"Não, senhor", admitiu Littlemore. "Ele está meio... hum... *amassado* no momento."

"Está vendo, Enright?", declarou Hylan. "O seu próprio policial não consegue identificá-lo."

"Você diria que tem uma prova verossímil, Littlemore?", perguntou o comissário.

"Prova verossímil? O senhor não está falando em soltá-lo, está, senhor Enright? O sujeito é perigoso. Ele foi duas vezes atrás da moça francesa. Pode matá-la se nós o soltarmos."

Enright suspirou: "Você não pode presumir culpa, Littlemore, e não pode deter um homem sem uma prova verossímil. Você sabe disso".

"Nós já mantivemos homens detidos por muito menos que isso, senhor", objetou Littlemore. "E os mantivemos detidos por meses."

"Sim, mas naqueles casos os homens detidos... bem..." Enright não terminou a frase.

Littlemore terminou em seu lugar: "Não tinham um advogado importante para conseguir um encontro com o prefeito".

"É assim que o mundo funciona", disse o comissário.

"Dê-me umas poucas semanas, senhor. Eu acabo com ele."

"Umas poucas semanas?", disse Hylan. "Isso é um ultraje. Não vou tolerar. Sempre me pus ao lado do homem comum contra os grandes interesses. Só existe uma verdadeira ameaça a esta República — os banqueiros internacionais, os homens do dinheiro, como um polvo gigante espalhando seus finos tentáculos por todas as nossas cidades. Enquanto eu for prefeito, os grandes interesses não haverão de dirigir esta cidade. O homem comum terá seus direitos."

De costas para Hylan, o comissário Enright revirou os olhos. "Sinto dizer, Littlemore, mas sua conduta merece uma suspensão imediata. Tirar da cadeia um amigo pessoal acusado de tentativa de assassinato e prender sua vítima sem uma prova verossímil. Realmente. Você deveria saber disso." O comissário era desses homens que, quando de pé, gostavam de se balançar para cima e para baixo sobre as planta dos pés com as mãos nas costas. "No entanto, o senhor McAdoo por acaso estava no meu escritório na hora que o prefeito entrou. Como quis o destino, McAdoo também conversava comigo a seu respeito. Ele me deu isto." O comissário pegou da mesa várias folhas de papel de carta timbradas e datilografadas. "É a cópia de uma carta enviada hoje ao presidente Wilson, para cada membro de seu gabinete em Washington. A carta é do senador Fall, do Novo México. Você conhece o senador Fall?"

"Não, senhor."

"Um homem muito poderoso", disse Enright. "Ele participa da Comissão de Relações Internacionais do Senado e, em breve, será secretário de Estado, muito provavelmente sob o comando do senhor Harding."

"E o que isso tem a ver comigo, senhor?", perguntou Littlemore.

"Pode explicar ao capitão Littlemore, McAdoo?", pediu Enright.

"Certamente", disse McAdoo juntando as pontas dos dedos. Sua conduta tranquila, seu cabelo penteado para trás, seus traços finos e sua face longa e elegante contrastavam agudamente com o despenteado, carrancudo e superansioso prefeito Hylan. McAdoo falava com um distinto e bem-educado sotaque do leste, com apenas uma ou outra falha ocasional que traía suas raízes do Tennessee. "Fall é um cuspidor de fogo — e muito eficaz. Ele tem nos acusado — isto é, à administração Wilson — de fracassar em responder sobre o atentado de Wall Street. Fall diz que um ataque dessa magnitude só pode ter sido organizado e executado por uma potência estrangeira com intenção de nos destruir — uma referência, presumo eu, a Lênin e aos bolcheviques. Ele diz que o atentado foi um ato de guerra que visou claramente uma das mais importantes casas financeiras dos Estados Unidos, ao passo que nós, da administração, longe de nos preparar para a guerra, proclamamos que foi obra de uns poucos e desorganizados descontentes italianos. E aí, capitão Littlemore, o senador Fall o cita."

"Eu?"

"Sim, o senhor. Ele diz que o capitão da polícia de Nova York mais próximo da investigação — e cita seu nome — advertiu de forma particular o senhor Thomas Lamont, do J. P. Morgan e Companhia, que as evidências refutariam a teoria de Flynn sobre o caso e demonstrariam que o ataque foi proposital contra a firma Morgan."

"Eu não disse que era nada certo. Disse que era uma possibilidade."

"O senhor merece congratulações, capitão Littlemore", disse McAdoo.

"Mereço?"

"Sim. Eu compartilho as opiniões do senador Fall sob todos os aspectos."

"Se me dá licença, senhor McAdoo", disse Littlemore, "não estou entendendo. Eu pensei que o senador Fall estava criticando o presidente Wilson, e pensei que o senhor fosse um dos homens do presidente."

"Não sei se sou um desses homens, capitão", disse McAdoo, "mas certamente pertenço ao lado dele. O presidente quer o atentado solucionado. Isso é tudo o que ele quer. Francamente, ele não tem absoluta confiança no chefe Flynn. Flynn trabalha para o procurador-geral Palmer; juntos eles enxergam uma conspiração de anarquistas italianos e hebreus à espreita em toda parte, ou pelo menos é o que eles querem que nossos cidadãos acreditem. Se o senhor, capitão Littlemore, está disposto a seguir caminhos que Flynn não pode seguir, ou não quer, o presidente está inteiramente a seu favor. Muitos de nós concordam com o senador Fall que esse ataque foi de uma magnitude muito grande para um punhado de anarquistas empobrecidos."

"Quem quer que tenha feito aquilo não estava empobrecido — estou bem certo disso", afirmou Littlemore.

"Por quê?", indagou o comissário Enright.

"A ferradura, senhor", explicou Littlemore. "Era novinha em folha. Constatava-se isso pela marca do sindicato que havia nela. Custa caro ferrar um cavalo. Nenhum pobretão poria ferraduras novas em folha num cavalo que está prestes a ser feito em pedaços. Eu diria que por trás desses indivíduos há dinheiro de sobra."

"Excelente, capitão", replicou Enright. "É assim que um detetive trabalha."

"Fazendo com que seja mais provável", disse McAdoo, "que uma potência estrangeira esteja por trás dessa afronta. Se for verdade, ela precisa vir à tona, e o inimigo precisa sentir todo o poder americano. Comissário, o seu capitão não pode ser demitido — nem suspenso. Ficaria parecendo que tememos a guerra e receamos a verdade. Eles diriam que eliminamos deliberadamente o único homem que ousou perguntar que inimigo deste nosso país poderia ter massacrado nossa gente e atacado nossas finanças. Fall indubitavelmente apresentaria a situação sob essa luz, e a história correria em todos os jornais do país."

"Sou eu quem toma as decisões nesta cidade", protestou o prefeito.

"Com certeza, Hylan, com certeza", replicou McAdoo. "Eu nem sonharia em interferir. Nem hesitaria em incitar o procurador-geral a rever as suas declarações em oposição à última guerra. O Ato de Sedição ainda está em vigor, creio eu."

Hylan pareceu sentir o golpe. "Eu não dou a mínima para esse Littlemore de vocês. Que ele fique. Só me entreguem o Smith."

"E eu não dou a mínima para o seu Smith", disse McAdoo. "Que ele seja solto."

"Não sei o que há de errado comigo", disse Enright. "Parece que eu sou o único que se importa tanto com o capitão Littlemore quanto com o Smith. Não vou suspender Littlemore..."

"Ótimo", disse McAdoo.

"E não vou soltar o senhor Smith", disse Enright.

"O quê?", exclamou Hylan.

"Você tem até segunda-feira, capitão", replicou Enright.

"Desculpe, mas para o quê?", disse Littlemore.

"Para obter uma prova verossímil contra Smith, se é que esse é o nome dele."

"Mas hoje é sexta-feira, senhor Enright", protestou Littlemore.

"E você está com o senhor Smith na cadeia desde a sexta-feira passada, quando na verdade ele deveria estar num hospital. Na segunda-feira, terão sido dez dias para você coletar evidências contra ele, Littlemore, que é um prazo mais que adequado. Ou você encontra alguma evidência na segunda-feira, ou vai ter que soltá-lo. Está bom assim, Hylan?"

"Assim está bom", grunhiu o prefeito.

"Isso é tudo", encerrou Enright.

Sentado diante da escrivaninha do seu quarto de hotel, Younger tentava escrever uma carta a Colette. Como ela podia amar um criminoso condenado, tão dedicado à causa alemã, que havia se apresentado como voluntário para servir no Exército? Devia haver alguma realidade no amor — com certeza. Se uma mulher ama um homem que não é exatamente o homem que ela imaginava ser, ela não o ama de verdade — ama?

Mas talvez Hans Gruber não fosse o homem que Younger imaginava. Por que Gruber não poderia ter a alma meiga, dedicada, da qual Colette se lembrava? Sim, ele estava preso por agressão a uma vítima inocente, mas sua prisão podia ter sido um equívoco. O próprio Younger fora preso por agressão na semana anterior. Pior, muito pior: será que Gruber merecia Colette mais que Younger? Gruber enxergara imediatamente o que Younger levara anos para entender — que sua vida seria vazia, oca, sem sentido, escura sem Colette.

A carta que ele tentava escrever, fornecendo a Colette razões para não ir à Europa, era incapaz de fluir livremente de sua caneta. Ele começava, parava, recomeçava, amassava folhas e folhas do papel timbrado do hotel, jogando-as no cesto de lixo. Por fim, tirou todas do cesto e as queimou, uma por uma, num cinzeiro. Ocorreu-lhe que, com Freud tendo concordado em tratar de Luc, Colette jamais seria dissuadida de ir a Viena.

Younger arrumou as malas.

Littlemore reexaminou as evidências colhidas dos sequestradores de Colette e Luc. Repassou item por item, virando do avesso cada peça de roupa. Procurou marcas de lavagem, fios de cabelo, qualquer coisa que conectasse Drobac com o sequestro. Tudo em vão.

Depois foi até a garagem da polícia, onde voltou a aplicar, ele mesmo, o pó em busca de impressões digitais no carro dos criminosos, tanto no exterior como no interior, desde o cano de escapamento, passando pelo volante, até os cinzeiros. O meticuloso trabalho levou horas. Provou ser igualmente infrutífero, revelando inúmeras impressões, nenhuma das quais combinava com as tiradas do homem que Younger agredira. Frustrado, mas não vencido, Littlemore voltou para casa.

Quando o condutor do trem anunciou New Haven como a próxima parada, Younger ainda não decidira se desembarcaria ali ou se continuaria até Boston, cidade que fora seu lar durante a maior parte de sua vida.

A paisagem do lado de fora das janelas do trem tinha se tornado cada vez mais a paisagem da Nova Inglaterra. Árvores ardiam em cor. Cada ponte sobre cada rio, cada curva da linha costeira lhe eram familiares. Ele havia pego a Rota Costeira para ir ou vir de Manhattan inúmeras vezes.

Quando o trem parou na estação de New Haven, Younger saiu na plataforma. Sentiu o aroma do ar de outono e pôs numa caixa de correio uma carta para Colette. Sob seu endereço em Boston, a carta dizia:

24 de setembro de 1920

Vou a Viena, mas com uma condição: que você renuncie a qualquer intenção de ver Hans Gruber.

Stratham

O apito do trem soou, o condutor chamou os passageiros e Younger retornou ao seu assento.

Littlemore passou o dia seguinte — sábado — procurando e entrevistando pessoas que moravam no prédio para onde os criminosos haviam levado Colette e Luc. Ninguém tinha nada relevante para dizer. Ele se encontrou com o dono do prédio, mas o que o homem disse foi igualmente inútil. O detetive atravessou as demarcações da polícia e entrou no quarto que fora o cativeiro de Colette e Luc. Engatinhando, Littlemore examinou minuciosamente cada milímetro do lugar com sua magnífica lupa. Novamente, tudo foi em vão.

Younger acordou no sábado de manhã em seu velho quarto na sua velha casa que ficava em Back Bay. Não era a casa de seus pais — a casa onde crescera —, mas um sobrado que ele comprara depois de romper seu casamento em 1911 e voltar a Boston. Era um lugar simpático, com uma mobília boa e antiga, teto alto e aposentos de boas proporções. Sem tocar na correspondência acumulada, ele saiu.

O que ele gostava em Boston era ela ser uma cidadezinha tão pequena. E também era o que ele não gostava. Caminhou até o jardim público, passando por fileiras de sobrados mais ou menos idênticos ao seu e sentou-se num banco junto ao lago. Estava tão plácido que ele podia ver uma imagem invertida de cada cisne ou barquinho sobre a água. Pôs um cigarro na boca, mas percebeu que não tinha fósforos. Estar em Boston sem emprego o irritava.

Depois do divórcio, Younger se jogara totalmente em seu trabalho científico, passando dias e noites num laboratório da faculdade de medicina de Harvard. Naqueles dias, seu campo de atuação era agentes infecciosos microscópicos. O médico tornou-se conhecido na comunidade científica em 1913 ao isolar espiroquetas sifilíticas em cérebros de indivíduos que haviam morrido de paresia generalizada, um estado previamente considerado de origem psiquiátrica. Nessa época, ele não via ninguém. Não tinha nenhuma vida social.

Mas algo inesperado ocorreu. Ele já havia se conformado em se tornar um pária em virtude de seu divórcio, que não era condenado na sociedade de Boston, mas tampouco visto com bons olhos. No entanto, sua reputação social aumentou. Fosse por causa de sua posição respeitável em Harvard, ou pela notoriedade relacionada a seu suposto caso em Nova York, ou, mais provavelmente, pela herança dos parentes Schermerhorn de sua mãe que caiu em seu colo, Younger tornou-se uma mercadoria extremamente apreciada tanto em Boston como em Nova York. No início, recusava todos os convites. Mas depois de dois anos bancando o cientista recluso, começou a sair. Para sua surpresa, acabou gostando.

Emprestava seu braço para jovens cobiçadas em eventos sociais. Beijava seus dedos e dançava com elas como se as estivesse cortejando. Mas nunca estava; as moças da sociedade o entediavam. Preferia atrizes, e em Nova York era visto de maneira infame com elas. Ao longo desses anos, dormiu apenas com três mulheres — e mesmo essas conseguiu suportar por apenas breves períodos. Houve um momento em que ele era ao mesmo tempo o homem mais desejado e mais odiado nas duas cidades. Até mesmo as atrizes geralmente acabavam enraivecidas. Todos os anos, ele esperava que a sociedade fosse se rebelar contra ele e bani-lo. Mas, de alguma forma, o número de mães que acreditavam que sua filha pudesse ser a sua eleita apenas aumentava. Em 1917, numa festa no Waldorf, em que se apresentava à sociedade a bela srta. Denby, a charmosa mãe da debutante o pressionou tão intensamente para dançar com sua filha que ele acabou propositalmente fazendo uma exibição de dança com todas as moças da festa, menos com a srta. Denby. Bebeu tanto que não se lembrava de ter ido embora do baile e no dia seguinte acordou num quarto de hotel com uma mulher desconhecida a seu lado. Até descobrir que era a sra. Denby.

Algumas semanas depois, os Estados Unidos declararam guerra. Ele se alistou imediatamente.

Quando Younger voltou para casa, a correspondência da tarde havia chegado, e com ela uma carta de Colette. Ele a abriu ainda parado no corredor:

25-9-1920

Querido Stratham,

Não posso fazer o que você pede. Percebo agora que tudo o que aconteceu na América são sinais para que eu volte para a Europa. Deus deve estar querendo isso. Votos são sagrados. Preciso honrar os meus, não importa quão errada ou apressada eu tenha sido ao fazê-los. Talvez eu veja, quando estiver lá, que ele não é o que eu quero. Mas Deus põe esses sentimentos no nosso coração: disso tenho certeza. Imploro que você compreenda — e que venha comigo. Preciso de você.

Sua,
Colette

Ele não entendia: por que ela dizia que "precisava" dele, quando era óbvio que não precisava? Se era de dinheiro que ela precisava, ele desejava que ela simplesmente lhe pedisse com franqueza.

Remexendo na correspondência, Younger encontrou um extrato do banco. Com olhar sério, observou que seu balanço, antigamente uma operação de seis algarismos — antes de ele comprar sua casa —, havia se reduzido a quatro, e o primeiro desses quatro era o número um. Desde que Younger se apossara de sua herança, havia doado seu salário de professor e, posteriormente, seus soldos militares, a uma ou outra instituição de caridade de Boston. Vivera sem pensar em dinheiro. Tendo o legado caído em seu colo, dispôs-se a nunca permitir que ele se tornasse uma âncora.

Sabia que daria o dinheiro a Colette — o dinheiro para a passagem dela —, por mais que isso fizesse dele um tolo. Bastava ela pedir. Jogou sobre o corpo um traje de noite e saiu. No correio, postou a seguinte resposta rabiscada:

25 de setembro de 1920

Já que é a vontade de Deus, vá com Ele.
Stratham

No sábado à noite, ao chegar em casa tarde e frustrado, Littlemore encontrou sua mulher num estado de grande aflição. A mãe dela, um mulherzinha robusta que falava somente italiano, estava ali. “Vieram atrás do Joey”, exclamou Betty, referindo-se ao seu irmão mais novo.

“Quem veio?”

“Vocês... a polícia”, respondeu Betty.

Os policiais haviam feito uma visita ao apartamento da mãe de Betty no Lower East Side em busca de Joey, um estivador que ainda morava com ela. A sra. Longobardi disse à polícia que ele tinha saído, o que era verdade. Eles entraram e reviraram o apartamento, apreendendo jornais, revistas e cartas de parentes da Itália.

“Disseram que vão prendê-lo”, concluiu Betty. “Prendê-lo e deportá-lo.”

“Que tipo de polícia?”, perguntou Littlemore. “Como eles estavam vestidos?”

Betty traduziu a pergunta. Os policiais, respondeu a sra. Longobardi, usavam paletó escuro e gravata.

“Flynn”, disse Littlemore.

No domingo de manhã, Younger acordou cansado. Na verdade, ele não acordou, porque não chegara nem a dormir. Quando voltou para casa, gravata torta, o dia já tinha nascido havia tempo. Enquanto preparava o café, decidiu que já era hora de voltar a trabalhar.

Não escrevia um artigo científico desde 1917. Nem sequer entrara em contato com Harvard para reassumir sua cadeira de professor. Mas tinha anotações dos experimentos que conduzira durante a guerra; havia um artigo sobre o uso médico dos vermes que ele queria escrever, e havia alguns velhos pacientes que provavelmente adorariam tê-lo outra vez como médico. Era hora de recobrar o juízo.

Foi até seu estúdio e começou a organizar seus papéis e suas finanças.

Ao entardecer, despertou sobressaltado — adormecera sentado à escrivaninha —, o coração batendo forte depois de um sonho cuja imagem final ele ainda podia ver. Colette voltara direto para a América após a viagem à Áustria. Havia lhe mandado um telegrama: afinal, não dava a mínima para Hans Gruber; era ele, Younger, que ela amava. Ele a esperava no porto de Boston. Ela desceu correndo do navio, mas ao se aproximar de Younger, congelou, seus olhos verdes desviando-se dele horrorizados. Ele foi andando com dificuldade até um espelho. Lá, viu o que ela tinha visto. Nas cinco semanas em que Colette se ausentara, ele envelhecera cinquenta anos.

*

Faltando à igreja e cancelando sua costumeira visita semanal ao pai em Staten Island, Littlemore retornou no domingo à garagem da polícia. Entrou no carro dos sequestradores e voltou a examiná-lo minuciosamente, mesmo que o veículo já tivesse sido todo vasculhado e inventariado por outros policiais. Foi recompensado com exatamente uma descoberta: enfiado no fundo de um vão entre o encosto e o banco do assento, Littlemore encontrou o fragmento de um papel da Western Union. Não era um telegrama, mas um recibo, mostrando apenas que uma mensagem fora enviada a algum lugar por algum cliente.

Com umas poucas semanas à disposição e uma dúzia de homens percorrendo as ruas, tal recibo certamente poderia ser rastreado até a agência de origem. Mas Littlemore não tinha tempo, não tinha os homens, e o envio de um telegrama obviamente não contava como evidência de um crime.

O telefone tocou na casa de Younger no domingo à noite. Ele atendeu, xingando a si mesmo por esperar que fosse Colette. Não era.

"O que você está fazendo em Boston?", perguntou Littlemore.

"Eu moro aqui", respondeu Younger.

"Deixei mensagens para você no Commodore o fim de semana inteiro. Você não me contou que ia para Boston."

"Você disse para eu não lhe contar se saísse da cidade."

"Ah é... bom argumento", disse Littlemore. O detetive descreveu a infeliz reviravolta da situação. "Drobac sai da cadeia amanhã à tarde. Sinto muito, doutor. E estou preocupado. Parece que o advogado do Drobac sabia um monte de coisas sobre Colette, inclusive que ela estava em New Haven. Como ele podia saber disso? Acho que eles têm alguém seguindo a senhorita. Ou talvez alguém que ela conheça em New Haven esteja passando informações para esses caras, sejam eles quem forem. Vou lhe dizer mais: depois que o Drobac sair, não sei se há um lugar seguro para ela. Acho que a senhorita e o irmão deveriam se esconder."

Younger desligou, agarrou o casaco e o chapéu, e saiu para tomar algumas providências. Ao terminar, mandou um telegrama para envio imediato a Colette:

> VOCÊ E LUC DEVEM PARTIR IMEDIATAMENTE. DROBAC VAI SER SOLTO AMANHÃ. PERIGO GENUÍNO. ELE SABE ONDE VOCÊ ESTÁ. RESERVEI PARA VOCÊ CABINE NO THESS WELSHMAN PARTINDO PORTO NOVA YORK SEGUNDA CINCO E MEIA DA TARDE PARA HAMBURGO. LITTLEMORE VAI ESTAR LÁ COM BILHETES. NÃO CONTE A NINGUÉM. REPITO NINGUÉM.

Por ser domingo à noite, Younger foi obrigado a pagar uma régia gratificação para que o telegrama fosse enviado e entregue em mãos logo após a transmissão. Infelizmente, o rapaz de entregas da Western Union em New Haven, contratado às pressas, confundiu os dormitórios da Universidade de Yale, e o telegrama foi enfiado debaixo da porta do dormitório errado.

Quando voltou a seu alojamento no domingo à noite, após trabalhar até tarde no laboratório, Colette encontrou a porta destrancada. Isso a atemorizou. Dissera a Luc várias vezes para manter a porta trancada, mas ele já não dava ouvidos a nada que ela dissesse. Colette entrou na escuridão silenciosa de seu alojamento. Não deveria estar tão escuro — nem tão silencioso. Será que Luc já estava dormindo? Ele nunca ia dormir antes que ela o acalentasse na cama.

O ar parecia úmido, pesado, prenhe. Ela tateou para acender a luz, mas não encontrou o interruptor. Então ouviu o som de pingos — como se estivesse chovendo, mas do lado de dentro. O som vinha do dormitório.

"Luc?", ela chamou. Nenhuma resposta. Seguiu tateando até o quarto, achou a luz e acendeu.

O quarto estava vazio. A cama estreita do menino, arrumada. No teto, formavam-se gotas de água que pingavam sobre uma poça no chão.

No andar de cima morava um estudante de pós-graduação em teologia, junto com sua gentil esposa, que muitas vezes havia tomado conta de Luc enquanto Colette estava trabalhando. Na verdade, Luc tinha um convite permanente desses vizinhos para subir até a cozinha deles e tomar leite e comer biscoitos — um convite do qual o menino se aproveitara mais de uma vez. O vazamento seguramente vinha do apartamento deles. Luc deve estar lá em cima, pensou Colette.

Saiu para a área comum das escadas do prédio e, tateando na escuridão, achou o corrimão e subiu. Havia uma luz por debaixo da porta de seus amigos. Ela bateu; a porta se abriu sozinha. O pequeno apartamento estava iluminado, calmo e quieto. A janela da sala estava aberta, a cortina esvoaçando. Colette chamou seus amigos pelo nome; não houve resposta.

O coração de Colette bateu mais rápido. O estudante de teologia e sua mulher não deviam ter saído; sempre ficavam em casa à noite. Colette foi até a cozinha, que estava vazia, mas a porta da geladeira encontrava-se aberta. Então ouviu o som de água correndo. Uma porta da cozinha levava ao banheiro. Colette olhou para baixo: debaixo dessa porta, a água escorria para o chão da cozinha. Colette abriu a porta do banheiro.

Não havia ninguém ali. A banheira estava cheia; a água jorrava e transbordava pelo chão de ladrilhos. Colette não fechou a torneira. Em vez disso, sem saber por quê, voltou correndo para a sala, puxou a cortina da janela e olhou para baixo, para o pátio. Luc estava lá.

Estava parado sob uma árvore perto de um poste elétrico, um copo de leite numa mão, um biscoito na outra, fitando um vulto feminino que estava ajoelhado e olhava nos olhos dele, o cabelo desgrenhado e vermelho à luz da lâmpada. O rosto marcado da moça estava tenso e contraído. Ela era quase bonita, se os olhos não estivessem tão assustados — olhos que tinham visto algo indescritível ou que contemplavam algo indescritível. Ela desabotoou o vestido e o abriu, mostrando ao menino sua garganta e seu peito nu. Embora o rosto estivesse tão tenso quanto o de uma louca, garganta e peito eram imaculados, brancos, macios — quase radiantes. O copo caiu das mãos de Luc. Caiu sobre a grama, por isso não se quebrou, mas por um momento um círculo branco de leite reluziu no escuro a seus pés. O vulto esticou os braços como que chamando o menino para si.

Colette gritou na janela de cima. Saiu para as escadas e desceu correndo. Ao escancarar a pesada porta de entrada, outras vozes no pátio também deram um grito de alarme — gritavam para ela, não para Luc. A moça sob a árvore desaparecera.

As outras vozes pertenciam aos vizinhos de Colette — o estudante de teologia e sua mulher —, que, ofegantes, disseram estar com um telegrama que Colette precisava ler imediatamente. Estavam em casa quando outro estudante bateu à porta trazendo uma mensagem da Western Union que lhe fora entregue por engano. No momento em que leu o telegrama urgente, o casal correu até o laboratório de Colette, dizendo a Luc que ficasse em casa e esperasse; os dois tinham saído tão depressa que deixaram a torneira da banheira aberta. Mas quando chegaram ao laboratório, Colette já havia saído.

Depois de Colette ter levado Luc de volta ao apartamento deles, depois de ter lido a mensagem, depois de os vizinhos terem se recolhido, ela olhou para o irmão e perguntou: "Ela tocou em você?".

O menino sacudiu a cabeça. Apontou para o seu pescoço e fez sinais com as mãos, que Colette entendeu.

"Sim, eu também vi", respondeu. "A aura."

O detetive Littlemore retornou à biblioteca de direito na segunda-feira de manhã. Foram necessárias várias horas, mas ele finalmente achou o que procurava. Munido dessa informação, dirigiu-se ao Hotel Astor, onde o chefe Flynn instalara seu posto de comando. No caminho, comprou dois cachorros-quentes.

No Astor, ignorando os protestos de uma secretária, Littlemore se encaminhou diretamente para a porta fechada de Flynn, onde, do lado de fora, montavam guarda seus dois agentes. Um deles esfregou o maxilar ao ver o detetive.

"O Big Bill está por aí?", Littlemore perguntou. Como não obteve resposta, disse: "Bom, vou bater na porta, se vocês não se importarem".

Ambos puseram as mãos no peito de Littlemore. "A gente se importa, sim", disse aquele que estivera na casa do detetive.

"Não há problema", disse Littlemore dando uma mordida no cachorro-quente. "Volto daqui a algumas horas. De qualquer forma, preciso ir ao tribunal pegar um mandado de prisão. Sabem aqueles soldados que o Big Bill posicionou na frente do edifício do Tesouro? Pergunto por causa do Ato de Posse Comitatus. Vocês não querem um cachorro-quente, querem? Eu tenho dois."

Os agentes ficaram olhando para Littlemore.

"Sabem, o Ato de Posse Comitatus", prosseguiu o detetive, "é uma lei federal; ela diz que qualquer um que mande qualquer divisão do Exército dos Estados Unidos se posicionar em solo americano com o propósito de fazer vigorar a lei... bem, está violando a lei. Quer dizer, qualquer um exceto o presidente. Então me façam um favor. Digam ao Big Bill que o capitão Littlemore, do departamento de polícia de Nova York, vai voltar às cinco da tarde com um bando de repórteres e um mandado de prisão contra ele. E digam que os repórteres vão querer saber o que ele está escondendo dentro do edifício do Tesouro."

No quinto andar da prisão de estrutura pesada, inspirada em castelos medievais, conhecida como Tumba, foi dada a ordem para que, às 14h30 de segunda-feira, destrancassem uma cela de detenção provisória. A carne em volta dos olhos de Drobac permanecia esfolada e cheia de hematomas. A boca se mantinha fechada graças a um arame, e havia um dispositivo de metal preso em torno da mandíbula e das maçãs do rosto.

Um advogado bem-vestido, extremamente satisfeito com os procedimentos, entrou na cela no momento em que ela foi destrancada, acompanhado do cirurgião do assassino. Cada um pegou em um dos braços do prisioneiro para ajudá-lo a se levantar. Drobac recusou as mãos de ambos e ergueu-se sozinho.

Littlemore manteve-se a uma boa distância, na outra extremidade do comprido corredor, mascando seu palito, uma porta gradeada separando-o das celas. Vários guardas e policiais o cercavam, inclusive Roederheusen e Stankiewicz. Younger, que havia chegado de Boston nessa manhã, também estava lá.

"Tem certeza de que quer ver isso?", Littlemore perguntou.

Younger fez que sim.

No fim do corredor, Drobac surgiu de sua cela, andando devagar, sem ajuda, o queixo preso com arame mantido ostensivamente para o alto. Advogado e cirurgião seguiam atrás, conversando entre si.

"Então preciso da sua arma, doutor", Littlemore disse em voz baixa.

"Que arma?", respondeu Younger no mesmo tom de voz.

"Agora, já", insistiu Littlemore.

Younger não se mexeu. Uma luz enviesada incidiu sobre Drobac e seu séquito quando eles se aproximaram.

"Rapazes", disse Littlemore, erguendo ligeiramente a voz, "segurem o doutor Younger."

Roederheusen e Stankiewicz postaram-se atrás de Younger e agarraram seus braços.

Littlemore abriu o paletó de Younger, tirou um revólver e o entregou a um guarda carcerário para que o guardasse. "Desculpe, doutor. Podem algemá-lo."

Ao chegar à porta gradeada, Drobac viu Younger sendo algemado. Seus olhares se encontraram. Se fosse possível um homem sorrir com o queixo preso com arame, Drobac teria sorrido.

"Abram o portão", ordenou Littlemore.

"Não o deixem ir", disse Younger, mãos presas às costas e braços ainda seguros por Stankiewicz e Roederheusen.

"Abram", repetiu Littlemore.

Um guarda abriu o portão gradeado. O advogado de Drobac falou: "Obrigado, capitão. Fico feliz que a minha conversa com o prefeito tenha sido tão eficiente, mas tremo só de pensar em todos os homens pobres que estão presos aqui inconstitucionalmente. O senhor gosta de violar a lei, capitão? Assine a soltura, por favor".

Um funcionário entregou a Littlemore uma prancheta. "Se o seu cliente é tão pobre", perguntou o detetive, "quem está bancando sua conta, senhor...?"

"Gleason", respondeu o advogado. "Eu não cobro nada por um caso como este, capitão. É *pro bono publico*."

"Claro que é", disse Littlemore.

"Não o deixe sair", disse Younger.

"Não há escolha", disse Littlemore, assinando a soltura. "É a lei."

O sr. Gleason recebeu sua cópia do alvará de soltura com visível prazer. Dirigiu-se a Younger: "Então foi você quem bateu no meu cliente, deixando a vida dele por um fio? Nós estamos dando queixa, você sabe".

Younger não respondeu.

“Como deve ser angustiante”, prosseguiu Gleason, “ficar aí parado, acreditando nos seus próprios delírios fantásticos. Que o meu cliente é um assassino altamente treinado. Que ele vai perseguir a bela mocinha francesa não importa aonde ela for, de New Haven a Hamburgo até os confins da terra. Que uma noite ele vai encontrá-la, esgueirar-se para dentro do quarto dela e cortar-lhe a garganta.”

Tudo que Younger conseguiu forçando as algemas foi que Roederheusen e Stankiewicz o segurassem com mais firmeza. “Não se eu encontrá-lo antes”, disse.

“Ouviu isso, capitão?”, exultou Gleason. “Ele ameaçou meu cliente. Exijo que o senhor revogue sua fiança. O lugar dele é atrás das grades. Eu dou um jeito de tirar seu distintivo, capitão, se o senhor não fizer isso.”

“Saia”, ordenou Littlemore.

“Muito bem, se insiste”, retorquiu o advogado. Virou-se novamente para Younger: “Meu cliente ficou encarcerado dez dias. Você ficará vinte anos”.

Younger foi silenciado por essas palavras, não pela ameaça; foi a expressão *dez dias* que chamou sua atenção. “Littlemore”, ele disse enquanto Gleason conduzia Drobac rumo à escada que o levava à liberdade. “Mande-o tirar a camisa.”

“A camisa?”, indagou o detetive.

“O sequestrador tem uma marca na parte da frente do torso”, disse Younger. “Uma marca vermelha, com o formato de um tubo de ensaio.”

O guarda postado junto à porta da escada lançou um olhar de incerteza a Littlemore, aguardando que lhe dissessem se deveria deixar Drobac passar.

“Isso é um absurdo!”, protestou Gleason.

O cirurgião que acompanhava Gleason perguntou: “A marca é visível a olho nu?”.

“Sim”, disse Younger.

“Eu operei o senhor Smith”, prosseguiu o cirurgião referindo-se a Drobac, “e asseguro que ele não tem nenhuma marca no torso.”

“Então ele não tem por que temer tirar a camisa”, insistiu Younger.

“Não seja ridículo”, disse Gleason, empurrando o guarda para o lado e abrindo ele mesmo a porta para a escada. “Você ouviu o cirurgião. Meu cliente foi liberado. Agora, se nos dão licença...”

“Littlemore”, insistiu Younger.

Drobac começou a passar pela porta aberta por seu advogado.

“Espere aí”, exclamou o detetive. “Tirem a camisa dele.”

Meia dúzia de guardas puxaram Drobac de volta ao vestíbulo e formaram um círculo ao redor dele.

“O senhor não tem autoridade”, disse Gleason.

Pela primeira vez Drobac falou: "Tudo bem", disse, com seu acento da Europa oriental, os reluzentes arames prateados em volta do queixo. "Eu tiro. Por que não? Não estou escondendo nada."

Littlemore olhou para Younger, que ergueu o cenho.

Drobac tirou calmamente o paletó, baixou os suspensórios e começou a desabotoar a camisa branca, sem tirar um instante os olhos de Younger. Quando estava com o peito nu, todo mundo pôde ver: debaixo das costelas esquerdas, sob o grosso pelo do peito, formando um leve ângulo com a vertical, via-se a imagem perfeita de um tubo de ensaio impressa numa erupção cutânea vermelho-escura.

"O que acham disso?", indagou Littlemore.

Drobac olhou para baixo sem entender. "O que... o que é isso?"

"Uma queimadura de rádio", explicou Younger. "Elas levam dez dias para surgir. A sua vem do tubo de ensaio que você roubou no Hotel Commodore e pôs dentro do bolso do paletó."

"Isso é um ultraje!", declarou Gleason. "O prefeito ficará sabendo disso."

"Levem o 'senhor Smith' de volta para a cela", Littlemore ordenou aos guardas.

Drobac, ainda olhando a marca vermelha em seu torso, deu um rosnado que transmitia ao mesmo tempo reconhecimento rancoroso e aceitação. "Tudo bem", disse, abotoando a camisa. "A sua prisão? Mais parece um hotel."

"Fico contente que você goste", replicou Littlemore. "Você vai ficar aqui um bom tempo."

Drobac apenas sorriu através de seus arames metálicos reluzentes.

Do lado de fora da Tumba, Littlemore devolveu a arma de Younger e o convidou a ir com ele ao o Hotel Astor, onde teria um encontro com repórteres e o chefe Flynn. "Vai ser engraçado", disse o detetive. "Isso se eu não for despedido."

Younger recusou, dizendo que tinha um encontro que não podia perder.

"Diga, doutor, você acredita em premonições?", Littlemore perguntou.

"Não."

"Estou pensando nesse Eddie Fischer. Todo mundo o trata como louco, mas e se ele realmente tiver poderes *psicos*?"

"Psíquicos", corrigiu Younger.

"Algumas pessoas acreditam em premonição, não é? Alguns cientistas? Como é que você sabia que a bomba estava para explodir na Wall Street antes de todo mundo? Como explica isso?"

“Alguma coisa no ar”, respondeu Younger.

“É exatamente isso que o Fischer diz. Ele captou ‘no ar’.”

“Se você quer conversar com alguém que acredita nisso”, disse Younger, “vá até a Sociedade Americana de Pesquisa Psíquica. A sede deles fica em algum lugar aqui em Nova York. Melhor que eles, impossível. Procure o doutor Walter Prince.”

“Obrigado. Vou fazer isso.”

Ambos permaneceram calados por algum tempo.

“Desculpe pelas algemas lá na prisão”, disse Littlemore. “Foi apenas protocolo. Eu sei que você não ia atirar no sujeito.”

“Eu o teria matado”, disse Younger.

“Jesus... você não pode fazer isso, doutor. A guerra acabou.”

Younger assentiu. “Talvez sempre haja guerra. Talvez alguns de nós só não estejam lutando.”

“Hum-hum”, disse Littlemore. “Ou talvez você só quisesse matar alguém.”

“Talvez.”

Eles se cumprimentaram e se separaram. Depois que o táxi de Younger partiu, outro veículo parou ao lado de Littlemore — um Packard preto e dourado. Dois homens grandes de terno correram na direção do detetive ao mesmo tempo, vindos da escadaria da Tumba. A janela traseira do Packard desceu. “O senhor se importaria de entrar, capitão?”, disse uma voz.

“Depende de quem está perguntando”, respondeu Littlemore.

O homem mais próximo do detetive pôs a mão entre as escápulas do detetive para forçá-lo a entrar no carro. E abriu o paletó apenas o suficiente para Littlemore ver a coronha de um revólver num coldre interno.

“Isso aí é para me assustar?”, perguntou Littlemore, enfiando, com estonteante rapidez, a mão dentro do paletó do homem e tirando a arma dele do coldre para em seguida apontá-la para o queixo do sujeito, enquanto a outra mão sacava sua própria arma do cinto e mirava o outro homem. “Onde é que vocês do Bureau são treinados, hein?”

“Por favor, por favor, guarde suas armas”, disse a voz dentro do carro. “Garanto que não há necessidade. Esses homens não são do Bureau de Investigação. Eles trabalham para mim.”

“E quem é o senhor?”, perguntou Littlemore.

“Sou o secretário.”

“Secretário de quem?”

“Do presidente Wilson, suponho. Meu nome é David Houston. Sou o secretário do Tesouro. Por favor, entre, capitão. Precisamos discutir uma coisa.”

Littlemore entrou no carro.

*

No porto, Younger encontrou Colette e Luc esperando no cais, perto do local onde estava atracado o Welshman. Ao lado deles havia três bagagens deploráveis de couro marrom, com as bordas em frangalhos. O ar já tinha começado a refrescar; seria uma noite suave de outono. O navio estava recebendo seus passageiros.

Depois de se cumprimentarem, Colette descreveu os acontecimentos da noite anterior. "É estranho", disse. "Quando a vi inicialmente, fiquei assustada, mas depois senti que não havia o que temer."

O silêncio pairou no ar.

"Eu não esperava por você", prosseguiu Colette, afastando uma mecha de cabelo do rosto. "Seu telegrama dizia que Jimmy viria."

Younger concordou com a cabeça. Então entregou-lhe as passagens.

"Deixaram ele sair da cadeia?", ela perguntou. "O assassino?"

"Não, ele teve de voltar", contou Younger. "E não vai sair por um bom tempo. Mas não importa. Você quer pegar este navio."

Ela olhou para suas próprias mãos. "Você...", ela disse.

"Nós pegamos o caminho errado há muito tempo, você e eu", Younger respondeu. "Tudo culpa minha. Melhor assim. Duvido que o seu soldado mereça você, mas você tem o direito de descobrir."

O olhar dela recaiu sobre as passagens. "Elas são para Bremen, não Hamburgo."

Quando chegara ao porto, uma hora antes, Younger havia comprado dois bilhetes para outro navio, o George Washington. O advogado de Drobac, Gleason, parecia saber que Colette estava prestes a embarcar para Hamburgo. Se assim fosse, isso significava que seus perseguidores sabiam que ela pegaria o Welshman.

"Uma cabine de primeira classe", acrescentou Colette, ainda olhando os bilhetes. "Não precisamos disso."

Younger entregou a ela mais dois envelopes brancos. "Este aqui", explicou, "contém dinheiro vivo para a viagem. O outro contém uma ordem de pagamento das minhas contas na Inglaterra, que você pode negociar com qualquer banco sério em Viena. Não, pegue. Você não pode viver sem nada."

Ela sacudiu a cabeça tentando devolver os envelopes, mas Younger não os aceitou de volta. Agachou-se e estendeu a mão para Luc. O garoto hesitou por um instante, depois estendeu a mão.

"Ele conseguiu", disse Younger. "Babe Ruth acertou seu quinquagésimo *home run*. E o quinquagésimo primeiro."

Luc fez que sim com a cabeça: ele já sabia.

"Tome conta da sua irmã", disse Younger. E deu uma piscadela: "Toda garota precisa de um homem para cuidar dela".

Passando por soldados em posição de sentido, o secretário Houston conduziu Littlemore pela escadaria de mármore para entrar no edifício do Tesouro. Houston era um homem gracioso e bem-apessoado de cinquenta e poucos anos; os olhos jovialmente franzidos sugeriam um ar amistoso que era incompatível com tudo o mais nele, em especial com a inteligência fria e suave de sua voz sulista. O detetive seguiu o encartolado Houston pela porta giratória, depois desceram vários lances de escadas. Soldados estavam postados em cada patamar, em cada corredor.

Adentraram um subporão e acabaram chegando a uma estreita porta de pedra em arco, tão baixa que tiveram de se inclinar para passar por ela. Do outro lado, Houston acionou um interruptor; tênues luzes elétricas piscaram e depois se acenderam. Eles estavam numa grande câmara repleta de intermináveis pilhas de barras de um amarelo-escuro brilhante, dispostas de forma entrecruzada.

Houston levou Littlemore para um passeio entre as pilhas, que, como prateleiras de uma biblioteca cheia demais, deixavam espaço apenas para que as pessoas passassem em fila indiana. Parecia haver quilômetros de pilhas.

Era ouro, tudo ouro, até onde a vista alcançava.

"Pegue uma barra, capitão", disse Houston.

Littlemore tirou uma barra do alto da pilha mais próxima. Era inusitadamente pesada para seu tamanho.

"Dez quilos", disse Houston. "Não há depósito de ouro maior em toda a Terra. Nunca houve. Nem no Banco da Inglaterra, nem nos palácios turcos, nem nas tumbas incas. O senhor está olhando para as reservas de metal dos Estados Unidos da América, das quais dependem o crédito do seu governo, o valor dos dólares no seu bolso e, em última análise, a liquidez de cada banco deste país. O senhor faz ideia de quanto ouro há aqui, capitão?

"Menos do que havia na manhã de dezesseis de setembro."

"Muito esperto. Há quanto tempo sabe disso?"

"Vi um de seus guardas morto em frente ao Tesouro com um pedaço de ouro nas mãos", disse Littlemore. "Soube que vocês tinham sido roubados quando tentaram apagar o nome dele da lista de vítimas."

"Sim, aquilo foi um tanto forçado", disse Houston, para em seguida respirar fundo. "O ouro destes cofres vale aproximadamente novecentos milhões de dólares. Imagine só. A bomba, as mortes, o sofrimento incalculável — tudo por um assalto a banco."

"Por isso Flynn mandou chamar o Exército."

"Não foi Flynn", disse Houston em tom de desprezo. "O homem é um fanfarrão. Fui eu que mandei vir os soldados. Estou ciente de que foi um ato ilegal, mas teria sido criminoso não fazê-lo. Tentei conseguir a autorização de Wilson. O presidente, porém, não está... em plena atividade, o senhor sabe."

"Por que estou aqui, senhor Houston?", indagou Littlemore.

"Não podíamos permitir que o senhor contasse à imprensa que o Tesouro foi assaltado, podíamos?"

"Quanto foi que roubaram?"

"Ah, não é o valor em dólares que conta. O ouro não é valioso porque alguém oferece dólares por ele, capitão. O dólar é valioso porque os Estados Unidos oferecem ouro por dólares. O valor do ouro é psicológico. Ele é valioso porque os homens acreditam que ele é valioso. E, por acreditarem, o ouro faz com que os homens tenham fé no governo que o possui — ou que pensam que possui. Estes cofres poderiam perder gramas e gramas de ouro, mas enquanto as pessoas não souberem disso elas continuarão a investir nos papéis do nosso Tesouro, a comerciar em dólares, a deixar dinheiro em nossos bancos, assim por diante. De outro lado, poderíamos manter cada uma destas barras aqui, mas se as pessoas acreditassem que as reservas de ouro deste país fossem inseguras, poderíamos ter uma crise que transformaria 1907 em uma choradeira desenfreada de criança."

"Como foi que eles fizeram?"

"O senhor viu o novo prédio adjacente a este, capitão, o Edifício de Avaliações? Nas profundezas dele, construímos novos cofres de segurança, muito mais adequados que este velho porão mofado. O ouro está sendo transferido para os novos cofres. Idealizamos um meio de fazer essa transferência sem tirar uma única onça de ouro da nossa propriedade."

"Um túnel?", perguntou Littlemore.

"Não — uma ponte. Uma ponte suspensa."

Littlemore assentiu. "Na viela entre os dois edifícios. Eu vi as portas."

"Exatamente. A ponte ligava o segundo andar dos dois prédios. Foi construída com o único objetivo de servir de passagem para o ouro. Triplamente reforçada para suportar o peso. Uma esteira rolante automática possibilitando o transporte de todo o metal. Tudo sem jamais expor uma única barra ao mundo exterior. Ou assim pensávamos."

"Vocês estavam transferindo o ouro no dia dezesseis?", perguntou Littlemore.

"Sim, estávamos. Era um segredo muito bem guardado. Ou assim supúnhamos. Evidentemente alguém soube. Aliás, os trabalhadores do lado de dentro foram perfeitos. Quando ouviram a explosão, fecharam as portas de ambos os lados da ponte, como foram treinados a fazer. A única perda foi o ouro que se encontrava sobre a ponte, que pegou fogo e desabou. Os assaltantes deviam ter um caminhão esperando na viela."

"Quanto foi perdido?"

"Ainda não sabemos exatamente. Leva tempo recontar cento e trinta e oito mil barras. Além do ouro na ponte, também perdi um homem — o homem cujo nome queremos fora das suas listas. Ele pode ter subido na ponte para tentar salvar o ouro."

"Riggs", disse Littlemore. "Então, se o atentado a bomba foi um assalto, por que Big Bill Flynn está caçando anarquistas?"

"Quase ninguém sabe do assalto, capitão", explicou Houston. "O senador Fall, por exemplo, não sabe. E tampouco o chefe Flynn."

Littlemore pensou sobre isso. "O senhor teme que haja um vazamento no Bureau."

"Apenas um punhado de pessoas sabia a data da transferência do ouro. Alguns homens do Bureau sabiam. Alguém nos traiu."

"Pode ter sido alguém do Tesouro", disse Littlemore. "Pode ter sido Riggs."

"Não posso descartar essa possibilidade", replicou Houston.

"O senhor deve saber mais ou menos quanto eles levaram."

"Ah, mais ou menos, com certeza", retorquiu Houston. "Uma quantia insignificante. Nós nem vamos notar, mesmo que jamais consigamos recuperá-la. Quinhentas ou seiscentas barras, cerca disso."

"Que perfazem um valor de...", perguntou Littlemore.

"Em dólares? Talvez quatro."

"Quatro mil?"

"Quatro milhões", disse Houston.

O número pairou no ar por um momento, ecoando. "O que deseja de mim, senhor secretário?", indagou Littlemore.

"Ora, que simplesmente se abstenha de contar à imprensa sobre o assalto. Não seria bom que as pessoas soubessem que o Tesouro dos Estados Unidos foi violado — e que existem pessoas dentro do governo com disposição e recursos para roubar o ouro da nação. Não seria nada bom."

"Tarde demais", disse Littlemore. "Eu já disse a dois repórteres que havia algo que poderiam achar interessante no Tesouro. Algo a ver com ouro."

"Eu sei", disse Houston. "Fomos questionados sobre isso. Até aí, nada demais. Não me importo de dizer a eles que o ouro está lá. O mundo financeiro já está ciente disso. Nem me incomodo de contar à imprensa que estávamos transportando o ouro para os cofres do Edifício de Avaliações. Simplesmente pretendo deixar escapar que meus homens tinham acabado de fazer a pausa do almoço um pouco antes da explosão. Uma história simples. Era meio-dia;

os homens tinham fechado as portas para almoçar; ouviram a explosão da bomba. Apenas isso. Uma coincidência. O ponto principal é que não houve assalto, nem violação da segurança, nem perda de ouro. Hora do almoço."

"O senhor acha que alguém vai cair nessa?"

"A credulidade do homem comum não cessa de surpreender, capitão. Se todo mundo disser aos repórteres a mesma coisa, penso que nos sairemos bem. Especialmente se o senhor disser. Estará prestando um serviço ao seu país."

Littlemore pesou o pedido do secretário. "Eu quero estar por dentro da sua investigação — quem sabia que o ouro estava sendo transferido, tudo que há sobre Riggs, quem está vendendo barras no mercado negro."

"Por que não?", disse Houston. "Isso pode ajudar. Ao contrário dos meus outros funcionários, ao menos o senhor não é suspeito."

"E mais uma coisa. Tire Flynn de cima de mim. Se algum dos homens dele chegar a um passo da família da minha mulher, eu conto à imprensa tudo que sei."

"Isso será mais difícil. O Bureau não está sob meu controle."

"Então, nada feito." Littlemore pôs o chapéu na cabeça e ajeitou a aba.

Foi a vez de Houston pesar suas opções. "Considere feito", disse. "Vou falar com general Palmer esta noite."

Colette não disse uma palavra. Virou-se e acenou para um carregador, que rapidamente pôs as três malas surradas em seu carrinho de mão. O carregador se foi. Colette, seguida de Luc, caminhou lentamente na direção da multidão.

Younger, acendendo um cigarro, correu os olhos do Welshman para o enorme e negro George Washington, as lembranças fervilhavam. Já tinha sido um grande navio. Trouxera Freud para a América. Levara Woodrow Wilson para a Europa. Transportara reis, rainhas e chefes de Estado. Agora, mais uma vez, estava relegado ao serviço comercial de passageiros. Toda grandeza fenece.

Colette parou. Virou-se, saiu num rompante da multidão e correu de volta para Younger. "Eu sou tão boba", disse. "Eu não vou."

"Embarque", disse Younger. "Você vai se arrepender — vai se ressentir disso — pelo resto da vida, se não for."

O navio emitiu um apito ensurdecedor. Gaivotas alçaram voo. Veio o chamado para todos os passageiros.

Colette enterrou a face no peito de Younger.

"Vá", disse ele. "Não vai ser tão difícil. Você pode chorar no meu ombro em Viena, quando chegarmos lá."

Ela o fitou; ele a fitou também. "Você não está falando sério", ela disse.

"Por que eu não haveria de ir?", ele perguntou. "É por mim que você está apaixonada, não pelo Heinrich."

Ela não negou.

Younger foi adiante: "Se eu deixar você ir sozinha, você poderá realmente se casar com aquele condenado. No entanto, não pense que estou indo por sua causa. É com o Heinrich que me preocupo. Você não faz favor nenhum a um homem se casando com ele quando ama outro. Você pode matá-lo, devagarinho mas matá-lo. Além disso...", ele tirou do paletó outra passagem para o George Washington, "a minha bagagem já está a bordo".

O corpo inteiro de Colette pareceu relaxar de alívio, e ela abriu o mais irresistível dos sorrisos. Quando o navio chegou ao mar aberto, os três estouraram uma garrafa de champanhe. Até mesmo Luc teve autorização de provar um pouco.

PARTE III

12

No outono de 1920, os Estados Unidos eram só fanfarras e festividades políticas, comícios e bandas tocando nas ruas. Os americanos elegiam o novo presidente, e a excitação própria de tal evento deve ter sido redobrada em 1920, já que, pela primeira vez, as mulheres tinham direito a voto. Inclusive, um dos principais candidatos — o senador republicano Warren G. Harding — talvez tenha sido indicado tendo em vista o belo sexo.

A atração de Harding pelas mulheres não era mera especulação. Era um fato estabelecido. Ele tinha uma esposa leal de sessenta e um anos, uma amante de longa data de quarenta e sete, outra amante de trinta, e uma namorada de vinte e quatro anos ainda atiçava suas paixões. "Ainda bem que não sou mulher", Harding gostava de dizer, brincando, "eu não sei dizer não." O registro das conquistas políticas de Harding podia ser escasso, mas, com seu cabelo prateado e sorriso fogoso, sobrancelhas escuras, olhos autoritários e queixo forte, ele sem dúvida era um homem que possuía uma imagem de presidente.

No entanto, o vapor se esgotara na locomotiva da campanha. Um mal-estar pairava de forma palpável onde quer que as multidões se reunissem. As detenções e deportações continuavam, todavia o ataque terrorista permanecia sem solução. Os homens no poder — homens ricos, governadores e senadores — exigiam uma nova mobilização. Os jornais exigiam guerra. A nuvem de fumaça e poeira flamejante que obscurecera o sol na Wall Street em 16 de setembro ainda não havia se dissipado. Sua mortalha se estendera sobre toda a nação.

Em 27 de setembro, no dia em que Colette e Younger partiram para a Europa, jornais de todo o país informaram que o ditador soviético, V. I. Lênin, possuía agentes clandestinos infiltrados nos Estados Unidos para fomentar inquietação, terror e revolução. Em Boston, os motoristas de táxi iniciaram a agitação, e houve uma corrida aos bancos. No Alabama, soldados portando metralhadoras impediram uma greve de mineiros. O candidato a presidente em terceiro lugar nas pesquisas, Eugene Debs, era um notório socialista, mas ao menos estava na cadeia, por ter ousado questionar, em 1918, a necessidade de ir à guerra. E, permeando tudo, a Proibição ressecava a garganta dos operários, e os ecos que ainda ressoavam do 16 de setembro faziam as pessoas se apressarem quando caminhavam em áreas abertas nas grandes cidades. O país segurava a respiração — e nem sequer sabia por quê.

Na rua Catorze, em Manhattan, entre a Quinta e a Sexta Avenida, os Littlemore se divertiam com uma briguinha de fim de noite. Começara na cozinha e acabou indo para a rua. O foro externo favorecia mais o sr. Littlemore; dentro de casa, tornara-se cada vez mais difícil desviar-se dos objetos arremessados em sua direção — a maioria deles objetos que não eram nem pesados nem certeiros — pela sra. Littlemore.

Betty não se entusiasmou com a perspectiva de os Littlemore se mudarem para Washington, a capital, onde o detetive concordara em assumir um trabalho no departamento do Tesouro. Eles tinham filhos na escola, ela ressaltou. Tinham família em Nova York. Sua mãe e seu irmão moravam em Nova York. Todos os amigos deles moravam em Nova York. Como podiam simplesmente fazer as malas e ir embora?

Depois de algum tempo, Littlemore parou de tentar responder a essas perguntas. Simplesmente ficou arranhando o bico do sapato contra a calçada até sua esposa se calar. "Sinto muito, Betty", disse por fim. "Eu devia ter falado com você primeiro."

"Você quer mesmo isso, não é?", ela perguntou.

"Venho esperando por essa oportunidade a vida toda", ele respondeu.

Ela lhe estendeu um pedaço de papel dobrado que tirara do bolso. "Isto aqui chegou hoje", disse. "É quanto teríamos que pagar pela operação da Lily."

Lily, a filha de um ano e meio dos Littlemore, tinha nascido com uma atresia leve mas total nos canais auditivos externos. Em outras palavras, no centro de seus pequeninos, bonitinhos e aparentemente saudáveis ouvidos, onde deveria se localizar a abertura, havia uma membrana e, debaixo dela, provavelmente, um osso. O bebê reagia bem a sons, mas para um dia vir a falar e ouvir adequadamente precisaria passar por uma cirurgia — e logo. A cirurgia, por sua vez, requeria um especialista. O especialista requeria dinheiro.

"Dois mil dólares?", disse Littlemore. "Para fazer uma pequena abertura?"

"Dois mil para cada ouvido", explicou Betty.

Littlemore releu a carta: sua mulher estava certa, como sempre. "Isso resolve a questão", ele disse. "Eu preciso aceitar o emprego no Tesouro. Eles vão me pagar quase o dobro do que ganho."

"Jimmy", disse Betty, "é exatamente o contrário. Nós nunca vamos ter quatro mil dólares, onde quer que você trabalhe. Vamos ter de colocá-la numa escola especial. Eles disseram que já temos que começar a usar a linguagem de sinais com ela. Há uma escola para isso na rua Dez. Gratuita. É a única no país."

Littlemore franziu o cenho. Olhou a rua Catorze de um lado a outro — os grandes e belos edifícios nas esquinas com as avenidas, e os prédios menores, mais modestos, sem elevadores, no meio das quadras, num dos quais estava seu apartamento. "Tudo bem", disse, "vou recusar o emprego."

Ganhar uma discussão invariavelmente tinha um efeito paliativo em Betty Littlemore, que de imediato assumiu a posição do marido. "Talvez não precisemos nos mudar", disse ela.

"Certo", replicou Littlemore, esperançoso. "De qualquer modo, vai haver muita investigação aqui em Nova York."

No final, ficou decidido que Littlemore diria ao secretário Houston que necessitaria dividir seu tempo entre Nova York e Washington. Houston revelou-se extremamente disposto a acomodar a situação. Em Washington, Littlemore teria um escritório no departamento do Tesouro. Em Manhattan, trabalharia para o Subtesouro na Wall Street. O governo federal pagaria inclusive sua viagem de trem.

Um homem que saía da Union Station no distrito de Columbia — a maior estação ferroviária do mundo na época em que abriu, com piso de mármore e abóbada, de mais de trinta metros de altura, folheada a ouro — viu-se, numa noite de domingo, em outubro de 1920, numa praça imensa, crua e grosseira, com uma fonte bem no centro e alguns carros empoeirados vagando à sua volta, sem delimitação de pistas ou quaisquer outras normas de direção. Homens jogavam beisebol num campo adjacente coberto de mato. Ao longo da praça, espalhavam-se algumas dúzias de alojamentos temporários, erguidos às pressas durante a guerra.

A sensação era estar trocando a civilização por um posto avançado na beira de uma vastidão selvagem. A três quarteirões ficava o Capitólio, com seu domo tinto de carmesim ao cair do sol — mais uma estrutura monumental cercada por uma extensa área de terra deserta.

Jimmy Littlemore olhou para o Capitólio com admiração respeitosa, mala numa mão e pasta de couro na outra. Era sua primeira vez em Washington. Ele tinha a expectativa nova-iorquina de que um mundaréu de táxis estaria se atropelando na frente das portas da estação em busca de passageiros. Não havia um único táxi.

Enquanto Littlemore se perguntava como chegaria ao hotel, notou um carro preto estacionado a uma pequena distância, com uma jovem loira e alta recostada em uma das portas, fumando através de uma longa piteira. Tinha cerca de trinta anos, vestia um traje executivo, que incluía uma saia justa de caimento impecável, e sua aparência era excepcional. Ao ver o detetive, começou a andar em sua direção, seu porte atraindo a atenção de cada homem pelo qual passava.

“James Littlemore, eu suponho?”, disse. “De Nova York?”

“Eu mesmo”, disse Littlemore.

“Sua aparência é exatamente como eles descreveram”, disse a loira.

“E como foi que eles me descreveram?”

“Absolutamente inexperiente e ingênuo. Está atrasado. Me deixou esperando por quase uma hora.”

“E você seria...?”

“Eu trabalho para o senador Fall. O senador gostaria de vê-lo amanhã em seu escritório. Às quatro horas em ponto.”

“É isso mesmo?”

“É isso mesmo. Boa sorte, Nova York.” Enquanto falavam, o carro dela havia se aproximado dos dois. O chofer precipitou-se para fora e abriu a porta para ela. A jovem entrou, as longas pernas aparecendo momentaneamente antes de ela se virar para recolhê-las para dentro do carro.

“Diga, senhora”, disse Littlemore através da janela aberta. “Acha que pode me dar uma carona até meu hotel?”

“Onde você vai ficar?”, ela perguntou.

“No Willard?”

“Muito bom.”

“O secretário Houston está pagando a conta.”

“*Muito* bom!” Ela fez um sinal ao chofer, que ligou o motor.

“E quanto à carona, senhora?”, perguntou Littlemore.

“Desculpe, não está na minha lista de atribuições.”

O carro partiu, deixando atrás de si um redemoinho de poeira alaranjada que se assentou no terno de Littlemore. Ele balançou a cabeça e indagou a dois senhores próximos se conheciam o Hotel Willard. Um deles apontou a direção oeste. Littlemore partiu rumo ao sol poente, com uma comprida sombra atrás de si.

Na manhã seguinte, o secretário Houston entregou pessoalmente o distintivo e ouviu o juramento que tornava Littlemore um agente especial do Tesouro dos Estados Unidos. Encontravam-se no escritório mais luxuoso que Littlemore já tinha visto — o escritório do próprio Houston no edifício do Tesouro. Espelhos com molduras douradas apoiavam-se sobre a lareira de mármore polido. Tapeçarias encordoadas de veludo pendiam nas janelas. O teto era pintado com temas celestiais.

"Onde estamos agora, Lincoln já esteve", declarou Houston, "consultando o seu secretário do Tesouro, Salmon P. Chase."

Quando instruído a jurar manter as leis dos Estados Unidos, Littlemore perguntou se podia fazer uma exceção no caso do Vosltead Act — a lei que instituía a Proibição —, mas o secretário Houston não achou graça. Ao fazer o juramento de sustentar e defender a Constituição dos Estados Unidos, a voz de Littlemore ficou embargada. Ele gostaria que seu pai estivesse lá.

"Deixe-me mostrar as coisas por aqui, agente especial Littlemore", disse Houston.

As divisões do Tesouro dos Estados Unidos eram surpreendentemente extensas. Houston destacou com orgulho o gigantesco setor de renda interna, a unidade antifalsificação, o escritório de gravação e impressão, o bureau de cumprimento da legislação do álcool e, por fim, um elegante saguão de mármore com uma fileira de caixas ao longo de uma das paredes, cada uma delas num guichê protegido por uma janela com barras. "É aqui que o Tesouro paga em dinheiro a qualquer um que apresente uma nota válida. Nós a chamamos de Sala do Dinheiro Vivo. Mostre-me o dinheiro que você tem nos bolsos, Littlemore."

"Vejamos. Tenho uma moeda de três centavos, duas moedas de dez centavos e uma nota de cinco."

"Só as moedas são dinheiro. A nota de cinco não é."

"É falsa?", perguntou Littlemore.

"Não é falsa, mas não é dinheiro. É só uma nota. Uma promessa. Você vai encontrar a promessa no texto miúdo do verso, entre Colombo e os pilgrims. Leia... onde diz 'resgatável'."

Littlemore leu a inscrição: "*Esta nota é resgatável em dinheiro sob demanda no departamento do Tesouro dos Estados Unidos na Cidade de Washington, distrito de Columbia, ou em ouro ou dinheiro legal em qualquer Banco da Reserva Federal*".

"Sem essas palavras", explicou Houston, "essa nota seria um papel sem valor. Nenhum dono de loja a aceitaria. Nenhum banco a creditaria. Uma nota de cinco dólares é uma promessa feita pelos Estados Unidos de pagar cinco dólares em ouro a qualquer um que apresente a nota ao Tesouro dos Estados Unidos em Washington, D.C. Por isso Sala do Dinheiro Vivo."

"Não há muita gente fazendo a troca", disse Littlemore. Havia apenas dois clientes transacionando com os caixas.

"É como deve ser." Houston recomeçou a andar, conduzindo Littlemore para um longo corredor. "Ninguém tem nenhum motivo para trocar notas enquanto todo mundo acreditar que pode trocar. Mas imagine se as pessoas começassem a temer que não tivéssemos ouro suficiente para pagar nossas notas. E você, Littlemore, imagina que temos *de fato* o suficiente?"

"E não temos?"

"Se todas as obrigações monetárias tivessem seu resgate exigido de uma só vez, o governo ficaria tão impotente e arruinado como qualquer banco em meio a uma crise. O sistema todo se baseia na confiança. Imagine um filete de pessoas preocupadas vindo resgatar suas notas. Imagine esse filete virando uma enxurrada. Imagine essa enxurrada de gente se transformando em toda a nação, exigindo seu dinheiro antes que o metal da nação se esgote. O governo seria obrigado a declarar falência. Os empréstimos congelariam. Fábricas fechariam. Toda a economia acabaria parando. O que aconteceria depois é mero palpite. Possivelmente os estados retornariam à sua condição anterior de autonomia."

"Estou vendo por que o senhor deseja manter o assalto encoberto, senhor Houston."

"A questão é exatamente essa. Aqui estamos — este será o seu escritório, Littlemore. Pequeno, mas você tem seu próprio telefone e obviamente acesso a todos os arquivos. Aqui está a chave da sua escrivaninha. Nela encontrará documentos referentes à transferência do ouro do Subtesouro de Manhattan para o Escritório de Avaliações ao lado — como a ponte foi construída, quem esteve envolvido, como foi planejada, assim por diante. É só para você. Entendido?"

"Sim, senhor."

Houston baixou a voz: "E eu quero um relatório completo do seu encontro esta tarde com o senador Fall. Lembre-se, Littlemore, você é o *meu* homem em Washington".

Nessa mesma tarde, a caminho do edifício de escritórios do Senado, Littlemore deu um jeito de ir visitar o Monumento de Washington. Para sua surpresa, ao lado desse grande e solene obelisco, ele descobriu que a cidade instalara seus Banhos Públicos. De lá Littlemore prosseguiu pela Alameda — um passeio público reto, gramado, aberto e salpicado de estruturas importantes e majestosas — até o Capitólio. Imaginou damas e cavalheiros passeando vagarosamente por ali, com pequenos cães em coleiras trotando atrás; na verdade, a Alameda estava vazia.

Na esquina da rua Um com a rua B — endereço do edifício de escritórios do Senado —, Littlemore viu apenas um hotelzinho inclassificável nos limites cobertos de mato da área do Capitólio. O detetive não se atrapalhou. Ele sabia que na paradoxal cartografia de Washington havia quatro diferentes intersecções entre a rua Um e a rua B — cada uma num lado diferente do Capitólio. Littlemore virou para o sul e chegou à outra esquina da Um com a

B. Lá encontrou somente uma sequência de casas de madeira em ruínas, uma grudada na outra, defronte a uma rua de terra. O lixo dominava a rua; moscas atacavam o lixo, e um odor de esgoto subia pelas narinas. Havia negros sentados nas varandas. Não se via um homem branco, a não ser Littlemore. Uma abundância de mosquitos. Com as mãos, Littlemore matou uma dessas pragas perto de seu rosto. Separando as palmas das mãos, enquadrou entre elas o grande domo do Capitólio dos Estados Unidos.

Foi bom Littlemore ter deixado o Tesouro às três da tarde. Ele acabou adentrando a rotunda do edifício de escritórios do Senado — de três andares, ladeado por colunas coríntias, cada parede reluzindo de mármore branco e calcário, e inundado pela luz natural que passava pelo vitral no alto do domo ricamente adornado — antes das quatro horas.

Albert B. Fall, senador dos Estados Unidos pelo Novo México, era um homem vigoroso na casa dos sessenta anos, alto e bom de copo, com um espesso bigode de faroeste, branco pela idade. Quando saía, gostava de usar um chapéu de vaqueiro, numa estranha combinação com seu terno urbano, que incluía colete e gravata-borboleta. Seu gabinete era pródigo. Quando Littlemore entrou no recinto, o senador estava praticando seu *putt*, mirando bolas de golfe numa garrafa de leite a pelo menos dez metros. Suas tacadas passavam longe.

"Agente especial James Littlemore", declarou o senador Fall sem interromper sua atividade. Tinha uma voz vigorosa, do tipo que sabia se fazer ouvir em uma tribuna ao ar livre ou abranger toda uma câmara legislativa. "Prazer em conhecê-lo, filho. Ouvi falar muito de você. O que está achando de Washington?"

"Grandes escritórios, senhor."

"Grandes homens, grandes escritórios. É assim que funciona. O que tem em mente, rapaz?"

Littlemore estava prestes a mencionar que fora o senador que pedira para vê-lo, e não o contrário, mas a pergunta revelou-se retórica.

"Vou lhe dizer o que você tem em mente", disse o senador Fall. "Você está pensando por que será que este senador, neste escritório imenso, quer me ver."

"Certo."

"Vou lhe dizer por quê. Quero que me mantenha informado sobre a investigação."

Littlemore abriu a boca para responder.

"Não diga nada, filho", Fall o interrompeu. "Ainda não perguntei nada.

De qualquer maneira, sei o que você diria. Diria: 'Sinto muito, senhor senador, mas a investigação é confidencial. Com relação a isso o senhor terá de se entender com o secretário Maricas, digo, Houston'."

Fez-se um silêncio na sala enquanto o senador tentava uma nova tacada.

"Não estou certo?", disse Fall.

"Posso responder agora?", perguntou Littlemore.

"Eu estou certo", disse Fall, lançando sua bola de golfe a meio metro da garrafa, e acertando uma estante. "Que porcaria. É isso. Já estou cheio desse jogo idiota. Eu não jogo golfe. Harding joga golfe, então imaginei que eu deveria começar a praticar. Bem, ele vai ter de jogar sozinho. Senhora Cross? Traga sua bela figura aqui para a sala."

Uma porta se abriu no fundo da sala. Uma mulher alta e loira entrou — a mesma mulher atraente que no dia anterior fora receber Littlemore na Union Station.

"Pegue esta maldita coisa", disse o senador, entregando o taco para a mulher. "E prepare dois drinques."

"Sim, senhor senador", disse a sra. Cross sem olhar para Littlemore.

"Então, qual é a sensação de ser um agente especial, agente especial Littlemore?", perguntou Fall, sentando-se atrás de sua escrivaninha. "Deve ser uma sensação muito especial."

Littlemore não teve certeza de quão irônico esse comentário pretendia ser. "É satisfatório", respondeu.

"Não devia ser satisfatório." Fall recostou-se em sua poltrona de couro reclinável. "Um homem da sua idade e da sua competência não deveria se contentar em ser um agente. É preciso pensar grande. Veja aquele imbecil do Flynn. Você é tão bom quanto ele. Por que ele é o diretor do Bureau?"

"Uísque, senhor Littlemore?", indagou a sra. Cross.

"Não, senhora, obrigado."

Fall ergueu o cenho: "Você não está a seco, está?".

"Não, senhor."

"Fico feliz de ouvir isso. Senhora Cross, dê um pouco de uísque ao homem. Devo lhe dizer, Littlemore, que se tornar agente do Tesouro não é a maneira de investigar um ato de guerra."

"Não creio que o atentado a bomba tenha sido um ato de guerra, senhor senador."

Fall balançou a cabeça. "Talvez porque você voltou atrás, Littlemore. Talvez por isso não tenha conseguido ir mais longe na vida. Homens que voltam atrás não conseguem ir em frente. Regra simples. Nunca falha. Você foi o único a dizer a verdade sobre a bomba. Você disse a Tom Lamont que o Banco Morgan foi o alvo dos terroristas. Ele não quis escutar, mas você lhe disse. Lamont ficou impressionado; ele me contou tudo. E Lamont não se impressiona com qualquer coisa. Mas aí, de repente, você adquiriu uma crença. Deixou Lamont de lado e, em vez disso, se amarrou ao secretário Maricas. Eu me pergunto o que fez você mudar de tom."

A sra. Cross estendeu um copo de uísque ao senador Fall e ofereceu outro a Littlemore numa bandeja de prata. Ele não pegou. No copo do senador, ela derramou um pouco de leite, direto de uma garrafa.

"Para o estômago", o senador explicou. "Uma coisa que eu detesto ver é um homem bom voltar atrás. Dobrar-se ante as pessoas que estão por cima. Tenho lutado a minha vida toda. Sente-se, pelo amor de Deus."

Littlemore permaneceu de pé. "Todo senador guarda uma arma de fogo em seu escritório, senhor Fall?"

"O quê?"

"O senhor tem uma pistola na segunda gaveta."

Fall cruzou os braços e então deu um largo sorriso. "Agora, como você poderia saber disso? Senhora Cross, a senhora contou ao agente Littlemore alguma coisa sobre a minha arma?"

"Acha que eu faria uma coisa dessas, senhor senador?"

"Com toda certeza faria."

"Bem, mas eu não fiz."

"Então, como você sabe, filho?"

"Perto do seu cesto de papéis, senador Fall, o senhor tem papel de embrulho de balas, o que me diz que recentemente andou carregando uma arma. Seu polegar direito tem uma mancha de óleo, de limpá-la. O senhor não a está portando, então ela está em algum lugar desta sala. O lugar mais provável é a escrivaninha. A segunda gaveta ainda está ligeiramente aberta."

"E não é que eu sou a mãe do bispo?!", exclamou o senador Fall. "Você é danado de bom, Littlemore. O que mais você sabe?"

"Eu sei que não sou fã de políticos que ficam dizendo para todo o país que não podemos beber enquanto colocam garrafas de bebida novinhas em folha nas suas prateleiras. E sei que não volto atrás. Vou aceitar o uísque, senhora, obrigado."

Littlemore virou o copo e o devolveu à mulher.

"Ora, ora, ora", disse Fall. "Parece que afinal de contas temos um homem por aqui, senhora Cross. Tudo bem, agente Littlemore, deixe-me pôr as minhas cartas na mesa. Houston o convenceu de que você está lidando com um assalto. Não estou certo?"

Littlemore não disse nada.

"Ah, eu sei tudo sobre o ouro", continuou Fall. "O general Palmer me contou. Vamos ver se entendi direito. O atentado a bomba foi um assalto, portanto, a nação não está em guerra. É isso? Vou lhe dizer o que... Nós, caras do oeste, devemos ser muito simplórios, porque não consigo acompanhar a lógica de Washington. Houve uma investida contra o Tesouro, um ataque a nosso maior banco e um massacre do povo americano — e isso significa que *não* estamos em guerra?"

"O assalto parece um serviço interno, senhor senador", disse Littlemore. "Portanto, não, não me parece que estejamos em guerra."

"Deixe eu lhe dizer uma coisa, agente Littlemore", insistiu Fall. "A única coisa, a única coisa boa que Washington faz por um homem — além de livrá-lo temporariamente da patroa — é que o torna um americano. Aqui eu não sou do Novo México e você não é de Nova York. Somos americanos. Agora você pode abrir os olhos, ver o quadro mais amplo e fazer algo pelo seu país."

"Não estou acompanhando o senhor, senador."

"Olhe o mundo de hoje. São terroristas bolcheviques por todo lado. Eles derrubaram o tsar. Eles dominaram a Alemanha. A Hungria, a Áustria. Estão rastejando por toda a França, Espanha e Itália. Lênin diz que virá atrás de nós. Ninguém dá ouvidos. Eles já pegaram o México, bem na nossa porta. Agora, como trabalham os bolcheviques? Eles se levantam e lutam contra você? Não. Argumentam com você? Não. Eles se infiltram. Eles colocam bombas — e *subornam*. Esses são os meios deles. Foi isso que fizeram na Rússia, e certamente lá funcionou. E é isso que estão fazendo aqui."

"O senhor está dizendo que os responsáveis pela bomba foram estrangeiros que pagaram alguém do nosso governo para ajudá-los?"

"Você não acha que os federais podem ser subornados?"

"Para ajudar estrangeiros a nos atacar com bombas? Isso seria traição, senhor Fall."

"Você não tem ideia do que é esta cidade, agente Littlemore. Grandiosa e imponente por fora, podre até o âmago por dentro. Com dez mil dólares você compra um deputado. Nós, senadores, somos um pouco mais caros. Todo mundo nesta cidade tem um ponto de vista. Todo mundo olha as coisas de modo a se dar bem. Até mesmo a senhora Cross está procurando um jeito de se dar bem aqui, não é, docinho?"

Fall estendeu seu copo vazio na direção da sra. Cross. Ela o encheu de novo — e completou com leite. Ele bebeu, com um sorriso azedo.

"Isto é guerra, Littlemore. Estamos sob ataque. Eles nos lançaram num inferno em dezesseis de setembro. *Nos lançaram num inferno!*" Fall bateu o punho na mesa, o som ecoou entre as estantes. Ele baixou a voz: "E farão de novo. Por que não haveriam de fazer?".

"Acredita que a Rússia esteja por trás do atentado, senador?", perguntou Littlemore.

"Pode apostar que sim. Quem mais ousaria abrir guerra contra os Estados Unidos da América? Eles sabem que mandamos o nosso Exército para a Sibéria no ano passado. Ora, eles praticamente adquiriram o direito de revidar. Que outro país tem um motivo? Que outro país gostaria de nos derrubar?"

"Eu não sei, senhor Fall."

"Bem, eu sei. Ouça-me. Vou lhe contar como a história deveria se desenrolar, filho — como a história do restante deste século deveria ser. Nós temos um Exército de mais de um milhão de soldados treinados, pronto para ser mobilizado neste exato instante. Nós poderíamos derrubar essa ditadura soviética. Agora é a hora. Agora é a única hora. Eles acabaram de ser varridos da Polônia. Estão com uma guerra civil nas mãos. O povo russo não quer uma ditadura. Ora, Lênin jogou cinquenta, sessenta mil pessoas na cadeia simplesmente porque elas falaram contra o bolchevismo. O povo russo quer liberdade. Nós podemos ajudá-lo. E se não o fizermos, filho, ninguém será capaz de deter esse rolo compressor vermelho. Temos aqui uma pequena janela, e ela está se fechando rapidamente. Esses comunistas não querem apenas a Rússia. Eles são sórdidos, os desgraçados filhos da puta — grave as minhas palavras —, e querem dominar o mundo. É isso mesmo: eles querem dominar o mundo. Eles odeiam liberdade. Odeiam Cristo. Eles vão encher o mundo de trevas por uma centena de anos. E não há ninguém neste governo fazendo absolutamente nada em relação a isso. Wilson virou um aleijado. A única coisa com que ele se importava era com a sua Liga das Nações. Palmer já está de saída. Bill Flynn é um idiota. Houston é um cambista. Quem está protegendo a nação, porra? Quem está protegendo o mundo?"

O senador se excitara de novo. Seu punho vibrava no ar. O som de aplausos — duas mãos aplaudindo lentamente — surpreendeu Littlemore. Era a sra. Cross.

"Pode parar com essas palmas", Fall disse a ela, acalmando-se. "Ela pensa que eu me levo muito a sério. Talvez eu me leve. O ponto é este. Você quer chegar a algum lugar nesta cidade? Você precisa montar no cavalo certo. Warren Harding vai ser eleito presidente em três semanas. Houston não vai ser secretário de mer-da nenhuma depois disso. Eu vou. Você quer fazer alguma coisa pelo seu país? Houston só se importa com o ouro. Eu me importo com a liberdade. Eu me importo se nossos cidadãos vão poder andar pelas ruas em paz ou se vão ser explodidos pelos nossos inimigos. Aquele imbecil do Flynn com os anarquistas italianos dele! Foram os russos, esses desgraçados, e se pudermos provar isso, o país irá à guerra. Por isso preciso de você, Littlemore. Se você mostrar a Houston uma evidência — uma evidência sólida — que prove terem sido os russos, sabe o que ele fará? Nada. Vai enterrar a evidência. Simplesmente me dê acesso a essa evidência, se você a encontrar. É tudo que peço. Você fará isso?"

Littlemore ainda não tinha respondido, quando ouviram uma batida na porta principal do gabinete do senador. A porta se abriu, revelando uma secretária de cabelos longos e um homem bem-vestido atrás dela, esforçando-se para ultrapassá-la. A mulher só teve tempo de dizer: "Sinto muito, senhor senador, eu disse a ele que o senhor estava ocupado", quando o homem, completamente calvo, a não ser por um tufo de cabelo atrás de cada uma das orelhas, empurrou-a de forma descarada e desajeitada, passando por ela.

Tratava-se do sr. Arnold Brighton, proprietário de fábricas, poços de petróleo e minas, que havia contribuído com vinte e cinco mil dólares para o Fundo Marie Curie de Rádio.

"Meu pessoal está sendo expulso do México", declarou Brighton sem apresentar-se. "Eles são americanos, Fall. Estão em perigo."

"Tarde demais, dinheiro de menos, Brighton", disse Fall. "Marque uma hora. Entre na fila."

"Eu tentei marcar uma hora", queixou-se Brighton, parecendo genuinamente ofendido. "Disseram que você estava ocupado."

"Eu *estou* ocupado", berrou Fall. "Estamos elegendo um presidente aqui, caso você ainda não tenha notado."

"É melhor eu ir", disse Littlemore.

"Espere um minuto, Littlemore", exigiu Fall. "Nós não terminamos."

"Esse é o detetive Littlemore?", perguntou Brighton. "Eu queria lhe agradecer, detetive. Sem a sua ajuda, eu... eu... o que foi mesmo? Oh, céus. Esqueci. Por que é que eu queria agradecer ao detetive Littlemore?"

"Com que diabos haveríamos de saber por que você queria lhe agradecer?", rugiu Fall.

"Onde está Samuels?", indagou Brighton em tom de lamúria. "Samuels é o meu assistente. Ele se lembraria. Alguém sabe onde está o Samuels?"

Fall pareceu exercitar todo seu autocontrole para conseguir baixar a voz: "Eu estou no meio de uma conversa importante, Brighton. Retire-se e fale com a minha secretária".

"Mas o tal Obregón está se apoderando das minhas minas no México", queixou-se Brighton. "Os poços de petróleo serão os próximos. Tudo. Ele está mandando soldados — com armas, pelo amor de Deus! São trabalhadores americanos. Houve espancamentos e ameaças de morte. Você precisa fazer alguma coisa. Eu sei que não dei dinheiro a Harding. Não é culpa minha. Todo mundo me disse que aquele outro homem, o Cox, iria ganhar. Agora eu vou dar. Qualquer quantia que vocês peçam. Só me diga para onde eu devo mandar. Simplesmente soltem algumas bombas na Cidade do México — talvez no Capitólio deles e nas áreas mais bonitas da cidade —, tenho certeza de que eles verão a luz."

Fall levou um bom tempo antes de responder. "Você me revira o estômago, Brighton. Sabe disso? Eu não estou à venda. O Partido Republicano não está à venda. O Exército dos Estados Unidos não está à venda. Não vou deixar o Harding se meter no México, e não vou usar o Exército para cuidar dos seus negócios."

"Você não vai ajudar americanos no México?", perguntou Brighton.

"Eles são seus empregados", replicou Fall. "Você que os ajude."

Brighton pareceu confuso, perdido. "Isso é tudo?"

"Pode apostar que sim. Agora saia." Fall pegou Brighton pelo braço e o acompanhou até a outra sala, de onde Littlemore ouviu Brighton perguntar se alguém sabia onde estava Samuels.

"Também vou indo, senhor Fall", disse Littlemore quando o senador retornou.

"Eu lhe fiz uma pergunta, Littlemore", replicou Fall. "Vai me mostrar a sua evidência, se conseguir relacionar o atentado aos russos?"

"Não posso lhe prometer isso, senador. Mas vou pensar no que o senhor disse."

Nas escadarias do edifício de escritórios do Senado, a sra. Cross — vendo Littlemore já fora da sala do senador Fall — disse: "E não é que você o encantou?".

"É mesmo?", indagou Littlemore.

"É mesmo. Você o enfrentou. Ele gosta disso. Você poderia ir longe aqui nesta cidade. Só precisa aprender a se vestir."

"Algo de errado com o meu jeito de vestir?"

Ele estendeu o braço e arrumou uma das golas do paletó, que estava saltada em vez de plana no lugar. "Qual é o seu partido, agente Littlemore?", ela perguntou. "Você é democrata como o secretário Houston? Ou é republicano como o senador Fall?"

"Eu não pertenço a nenhum partido, senhora."

"Não? Bem, de quem você gosta, do Cox ou do Harding?"

"Ainda não decidi. Minha mulher gosta do Debs."

"Que interessante! Eu não voltaria a mencionar isso, se fosse você."

"O quê? Que eu tenho uma mulher, ou que ela é favor do Debs?"

"Depende de se estiver conversando com uma mulher ou com um homem. Até logo, Nova York." A alinhada sra. Cross saiu andando num passo que poderia ser descrito como um "rebolado executivo", cujos movimentos graciosos, quando vistos de trás, desafiavam qualquer homem, mesmo casado, a desviar o olhar. Littlemore a observou desaparecer cadenciadamente do edifício de escritórios do Senado.

Mal tinha ela rebolado para longe dos olhos de Littlemore, uma voz masculina chamou: "Detetive Littlemore, é o senhor? Samuels estava o tempo todo aqui fora, à minha espera". Era Brighton, parado junto a um luxuoso carro com um compartimento de passageiros fechado e um teto conversível. Brighton parecia considerar o paradeiro de seu secretário particular uma questão de interesse público. "Por que ele faria uma coisa dessas?"

"Presumo que seja porque o senhor lhe disse para fazê-lo, senhor Brighton", disse Littlemore, descendo as escadas.

"É mesmo?" Brighton meteu a cabeça sob o teto protuberante. Ao ressurgir, disse: "Por Deus, o senhor tem razão. Eu pedi mesmo. Como o senhor sabia?".

"Puro palpite."

"Que felicidade a minha ter encontrado o senhor. Samuels me lembrou por que eu queria lhe agradecer. Era pelo próprio Samuels. O seu relatório o eximiu de má conduta durante o infeliz tiroteio que atingiu aquela moça louca. O senhor me poupou de uma infinidade de problemas. Eu não me ajeitaria sem o Samuels, sabe — nem por um único dia."

"Eu só estava fazendo o meu trabalho, senhor Brighton", disse Littlemore. "A moça tinha uma faca. A testemunha disse que ela atacou antes. O seu homem agiu dentro da lei."

"Como ela está?"

"Ainda no hospital. Está lá desde que levou o tiro."

"Não ela", disse Brighton. "Refiro-me à senhorita Rousseau. Uma jovem tão adorável. Quase desmaiei quando aquela maluca a atacou."

"A senhorita Colette está bem, até onde eu sei."

"Ela é pobre?"

"Pobre?", estranhou Littlemore.

"Eu não sou como o senhor, detetive. Nenhuma mulher jamais irá se apaixonar pelas minhas qualidades pessoais. Meu pai me disse isso há muitos anos, depois que eu assumi os negócios. Estou à procura de uma moça que queira se casar comigo pelo meu dinheiro."

"Eu conheço algumas centenas de moças desse tipo."

"É mesmo?" Brighton piscou como se não pudesse acreditar. "O senhor poderia me apresentá-las, não?"

"Claro. A minha mulher adora bancar a casamenteira."

"Que estranho", refletiu Brighton. "A única jovem na qual consigo pensar atualmente é a senhorita Rousseau. Tão graciosa. O senhor sabe aonde ela foi? Ela prometeu vir a Washington comigo, mas a senhora Meloney diz que ela simplesmente sumiu."

"Eu não poderia lhe dizer." Isso era duplamente verdade. Littlemore não sabia onde Colette estava, e nem teria contado a Brighton se soubesse.

"Aquela outra criatura — a louca." Brighton estremeceu. "Nunca vi nada tão medonho. Ela contou a alguém o que há de errado com ela?"

"Não. Ela está inconsciente desde o tiroteio."

"Como posso agradecer-lhe por Samuels? Que tal cinco mil dólares?"

"Como?"

"A liberdade dele vale muito mais que isso para mim, eu lhe asseguro."

"O senhor não pode me dar dinheiro em troca do meu trabalho como policial", disse Littlemore.

"Eu não vejo a lógica disso", replicou Brighton, retirando uma grossa carteira do bolso interno do paletó e pegando uma nota grande do Federal Reserve com uma chancela azul e um retrato de James Madison. "Onde está o incentivo para um bom trabalho se um homem não pode ser recompensado por ele? Seguramente o senhor poderia fazer uso de cinco mil dólares."

Littlemore respirou fundo pelo nariz, pensando em sua filha Lily. "Não posso aceitar, senhor Brighton. Não posso aceitar nem dez centavos."

"Que absurdo! Bem, e que tal uma carona? Uma carona, pelo menos, eu posso lhe oferecer. Estou a caminho da estação ferroviária. Posso deixá-lo em algum lugar?"

Littlemore, que também ia para a estação, aceitou. Quando Brighton descobriu que Littlemore também ia para Nova York nessa noite, ficou radiante e insistiu que viajassem juntos.

Samuels estacionou a limusine numa plataforma de carga nos fundos da Union Station. Brighton explicou que era o único jeito de levar o automóvel no trem.

"Eles deixam o senhor levar o carro no trem?", perguntou Littlemore enquanto saíam do veículo.

"Eu posso levar o que quiser", respondeu Brighton. "O trem é meu. Tenho um vagão-sala de estar, um vagão-dormitório, um vagão-bilhar, um vagão-cozinha e um... vagão-carro... rá! Um vagão-carro, essa não é boa? Vamos nos divertir muito, detetive. Nunca ninguém viaja comigo."

"Infelizmente não posso ir, senhor Brighton."

"O quê? Por que não?"

“Viajar no seu trem particular”, explicou Littlemore, “é o mesmo que receber do senhor um belo serviço de luxo. É como se o senhor estivesse me recompensando por algo.”

“Mas para que serve o meu dinheiro se não posso comprar coisas com ele?”

“Algumas coisas o senhor não pode comprar.”

“Isso é ridículo. O comissário de polícia, o senhor Enright, já pegou o meu trem. O procurador-geral já viajou nele. O senador Harding viajou nele há três semanas.”

“É diferente.”

“Por quê?”

“Porque...” Littlemore se interrompeu. “Para dizer a verdade, eu não sei por quê. Mas é assim que as coisas são.”

“Eu tenho uma ideia. O senhor poderia fazer um trabalho extra para mim — sabe, quando estiver de folga. Isso não é ilegal, é?”

“Não”, reconheceu Littlemore com relutância. “Uma porção de homens fazem bicos fora.”

“Então pronto! O senhor fará algo de útil para mim, e eu lhe pagarei cinco mil dólares pelo serviço. Então, o que me diz? A viagem a Nova York será para a sua entrevista. Nós descobriremos que serviço o senhor pode me prestar. Eu não tenho certeza do quê; o Samuels é tão bom em tudo. Ele era um dos homens da agência de detetives Pinkerton, sabe. Mas deve haver algum serviço valioso que o senhor possa executar.”

Littlemore observou Samuels conduzir a limusine por uma larga rampa acima. “Acho que eu poderia fazer uma coisa”, disse o detetive.

“Que tal o meu pessoal no México?”, perguntou Brighton. “O que eu disse ao senador Fall é verdade. Possuo centenas de milhares de acres muito produtivos no México, e o governo de lá está tentando tirar tudo de mim.”

“Eu não duvido disso, senhor Brighton.”

“Será que ouvi o senador Fall dizer que agora o senhor trabalha para o governo federal? Talvez o senhor possa me ajudar com o México. Confisco é roubo, o senhor sabe — roubo puro. O senhor poderia enviar para lá alguns policiais federais?”

“Escute, senhor Brighton. Em primeiro lugar, minha jurisdição não é o México. Segundo, o que quer que eu faça para o senhor, não pode ter nada a ver com o meu trabalho no governo. Terceiro, eu não vou receber dinheiro nenhum hoje. Vou simplesmente viajar com o senhor para Nova York, e nós vamos ver se descobrimos alguma coisa que o senhor necessite e que eu possa fazer. Está certo?”

“Eu sei: vamos jogar bilhar”, declarou Brighton. “Venha, só dá certo quando o trem está parado. Samuels é um fracasso no bilhar. Eu poderia lhe pagar para ser meu parceiro de bilhar!"

O Elevado da Sexta Avenida chacoalhou a meia quadra de distância, sacudindo o piso e a cama em que Littlemore e a mulher estavam deitados.

"O que é que há?", perguntou Betty, vendo o marido de olhos abertos.

"Nada."

"Já passa das duas, Jimmy."

"Sinto que sofri meu primeiro suborno."

"Você está dizendo isso porque viajou no trem do senhor Brighton? Você é o único policial de Nova York capaz de pensar que há alguma coisa de errado nisso."

"Ele me ofereceu cinco mil dólares. O suficiente para a Lily. Colocou na minha mão."

"E você pegou?"

"Não."

O ruído do trem foi sumindo na distância. O quarto ficou em completo silêncio.

"O que ele quis que você fizesse?", perguntou Betty, por fim.

"Nada. Ele queria me pagar por algo que já fiz."

"Ele lhe ofereceu cinco mil dólares por nada?"

"Era trabalho de polícia", explicou Littlemore. "Sinto muito, Betty. Eu não podia aceitar."

"Agora me escute muito bem, James Littlemore", disse Betty, sentando--se na cama. "Não pegue nenhum dinheiro sujo. Nem por mim, nem por Lily, nem por nada."

Littlemore fechou os olhos. "Obrigado."

Betty voltou a se deitar. Passou-se um longo momento.

"Eu consegui me realizar o suficiente, Betty?", Littlemore perguntou.

"Suficiente? Ninguém trabalha mais que você. Você põe comida na nossa mesa todo dia. E nos conseguiu um apartamento na rua Catorze."

"O prefeito Mitchel foi prefeito de Nova York aos trinta e quatro anos", disse Littlemore. "Teddy Roosevelt foi comissário de polícia aos trinta e oito. E eu não consigo nem me permitir corrigir a audição da minha filha."

"Eles tinham pais famosos, Jimmy. O seu pai...", Betty hesitou. "Bem, você fez tudo sozinho."

Littlemore não disse nada.

"E você ainda conhece lugares novos", disse Betty. "Veja esse seu novo emprego. Nenhuma das moças tem um marido como o meu. Você deveria ver os olhares delas. Você é como um deus. Capitão Littlemore do departamento de polícia de Nova York. Agente especial Littlemore do Tesouro dos Estados Unidos."

"Como um deus", repetiu Littlemore, sorrindo e enxugando os olhos no escuro. "Esse sou eu, que bom."

Os jornais da manhã confirmaram as queixas de Brighton. O presidente eleito do México, general Álvaro Obregón, havia ordenado que tropas ocupassem as minas de prata de propriedade de americanos. E ameaçava fazer o mesmo com os ainda mais lucrativos poços de petróleo, alegando que os americanos tinham comprado seus direitos mediante transações ilegais, corruptas, com o regime pré-revolucionário.

A Sociedade Americana de Pesquisa Psíquica tinha uma sede perfeitamente não espiritual na rua 33 Leste, em Manhattan, guarnecida de publicações científicas, com mais preponderância para as suas próprias. Não havia em evidência nenhum sinal do oculto. O dr. Walter Franklin Prince, diretor em exercício, também tinha uma aparência terrena. Era um homem de rosto largo, afável, tinha cerca de sessenta anos, uma linha de cabelos recuada e fumava um cachimbo com um fornilho inusitadamente grande.

"Obrigado por arranjar um tempo para mim, doutor Prince", disse Littlemore na manhã seguinte, apertando a mão de Prince. "Um amigo meu me disse que o senhor era a pessoa mais indicada para falar sobre assuntos sobrenaturais."

"Encantado em colaborar", replicou Prince. "Minha secretária, a senhorita Tubby, me disse que o senhor duvida que o senhor Edwin Fischer possa ter realmente visto o futuro."

"Certo, mas estou escutando."

"Com toda a certeza pode ter acontecido. Premonições de desastres são lugar-comum. Em 1902, eu mesmo sonhei com um desastre de trem quatro horas antes de ele ocorrer, tudo com precisão de detalhes. Em 1912, o senhor J. C. Middleton, depois de comprar passagens para a viagem inaugural do *Titanic*, sonhou duas noites seguidas com o navio afundando e com os passageiros se afogando no mar gelado. Ele recusou-se a viajar e sobreviveu."

"Não aconteceu de ele contar o sonho a alguém antes de o navio afundar, não é?"

"Eu não mencionaria o fato, se não fosse assim. Não tenho afinidade com clarividentes *pos-facto*. O senhor Middleton ficou tão assustado que contou imediatamente à sua mulher e a diversos amigos. Suas declarações juramentadas estão na minha gaveta. Eu próprio tenho examinado o caso Fischer e, baseado nas evidências, estou convencido de que a premonição dele foi autêntica."

"Fischer diz que o captou 'no ar'. Isso faz algum sentido para o senhor?"

"Ele não poderia ter se exprimido de forma mais feliz. Quando vemos uma luz piscando no céu noturno, capitão, o que estamos vendo?"

"Hum... eu diria que uma estrela."

"Estamos vendo o passado. O universo tal como existiu séculos atrás. O passado nos cerca em todos os momentos, embora raramente possamos vê-lo. O mesmo ocorre com o futuro. Ele está ao redor de nós, na forma de ondas ou perturbações invisíveis a olho nu — como ondas de rádio, na verdade. Muitos de nós detectam de modo fugaz essas correntes, por exemplo quando os pelos se arrepiam na nossa nuca. Com o tempo, a ciência descobrirá a estrutura molecular dessas ondas. Mas pouca dúvida pode haver em relação à sua fonte."

"Sua fonte?"

"A morte, capitão", disse Prince. "A morte é que libera essa energia no ar. Se uma verdadeira catástrofe se avulta de forma ameaçadora, a inquietação se torna tal que um indivíduo sensível pode ficar extremamente perturbado por ela. Ele pode ter a exata consciência de quando e onde a catástrofe ocorrerá. E pode ver uma aura em torno das pessoas que em breve irão morrer. Ou pode ver de antemão imagens do desastre, como aconteceu comigo e com o senhor Middleton. Foi o que aconteceu com Edwin Fischer."

Littlemore assentiu com a cabeça. Não concordava, mas não julgava. "E eles têm como saber mais?", indagou. "Por exemplo, quem está por trás do desastre?"

"Eu nunca soube disso. Há evidências de que as almas de pessoas assassinadas, quando alcançadas no mundo espiritual, são capazes de dizer quem as matou, mas não conheço nenhum caso que documente tal presciência em pessoas vivas. O senhor tem interesse em falar com um médium? Tenho um com esse dom bastante desenvolvido."

"Vou abrir mão disso, doutor Prince."

"Ajudaria saber quando o ataque foi concebido?"

"Ajudaria muito", respondeu Littlemore. "O senhor acha que Fischer poderia saber?"

"Em casos de chacina premeditada, as premonições quase nunca surgem antes que o assassino tenha formado a intenção de matar. Com frequência a premonição inicial vem nesse exato momento. Pergunte ao senhor Fischer quando a premonição dele veio pela primeira vez."

"Obrigado, doutor Prince. Talvez eu faça isso."

*

No Hotel Astor, em meados de outubro de 1920, o diretor Flynn do Bureau Federal de Investigação, cada vez mais beligerante, convocava mais uma entrevista coletiva de imprensa. As repetidas ameaças de Flynn sobre a iminente instauração de inquéritos não haviam funcionado a seu favor. O caso não tinha estourado. Ninguém fora acusado. Um ar de ceticismo e de expectativas frustradas começara a contaminar diversos cavalheiros da imprensa.

Da forma como Flynn via, não era culpa sua. O problema, na verdade, eram os jornais, que noticiavam os reveses dele. Toda vez que uma de suas pistas não levava a nada, os jornais transformavam o fato em um acontecimento, o que não constituía o tipo de comportamento que Flynn esperava de americanos leais. Constranger os esforços do governo federal para derrotar seus inimigos era uma ofensa criminosa. Por isso Eugene Debs estava na cadeia. Flynn poderia ter mandado qualquer um daqueles repórteres para a prisão. Sabia o que diziam entre si ao telefone, pois seus agentes estavam escutando. Achava que eles deviam sua contínua e imerecida liberdade inteiramente à sua generosidade.

"Cada um de vocês, rapazes", disse Flynn, "deveria estar aqui de joelhos, me agradecendo. Mas não vou entrar nisso hoje. Em vez disso, vou ajudá-los a vender mais jornais. Agora já temos tudo costurado. Eis a história de vocês: ontem à tarde, meu escritório recebeu informações estabelecendo a identidade e o paradeiro dos prisioneiros políticos, que os tontos de vocês nem perceberam que não sabiam quem eram, pois estavam ocupados demais escrevendo sobre casos de doença mental."

Lápis se congelaram no ar à medida que a compreensão buscava, em vão, abrir caminho através daquela declaração.

"Vocês não se lembram de nada, seus bobos?", indagou Flynn prestativamente. "'*Libertem os prisioneiros políticos*', era o que diziam as circulares anarquistas. Bem, agora, quem eram exatamente esses prisioneiros políticos? Descubram, e vocês vão escancarar o caso inteiro."

"Mas da última vez o senhor disse que foi o Tresca, chefe", lembrou um repórter. "Aí o Tresca faz um discurso público no Brooklin, e o senhor nem mesmo o prendeu. O que acontece?"

"Ora, eu deveria mostrar a vocês o que acontece", retorquiu Flynn, pescoço rijo dentro do colarinho abotoado de sua camisa branca. "Eu nunca disse que foi Tresca. Eu só disse que ele era um dos suspeitos. Captou isso?"

"Diretor Flynn", disse outro homem, menos desgrenhado que os outros, "meus leitores querem que eu lhe diga que o senhor é um bom americano."

"Obrigado, Tommy. Gosto disso. Você é um bom americano."

"Meus leitores", continuou Tommy, "sentem-se bem mais seguros desde que o senhor começou a recolher os estrangeiros que estão tentando tomar conta desta cidade."

"Eis como deve ser um bom jornalista", disse Flynn. "Ouçam bem, o resto de vocês. Assim que pusermos as mãos nos prisioneiros políticos, que aliás já estão em nossas mãos, teremos todo esse episódio da bomba embalado como um presente de Natal. Aí está a história de vocês. Assinada, carimbada e enviada. Podem publicar isso."

Na sexta-feira, 15 de outubro, Littlemore retornou à central de polícia na Centre Street para empacotar algumas coisas. Seus homens, Roederheusen e Stankiewicz, entraram na sala. Seguravam seus chapéus na mão como se estivessem num funeral.

"Spanky", disse Littlemore, apertando a mão de cada. "Stanky."

"Vamos sentir a sua falta, capitão."

"Deixem disso", rebateu Littlemore. "Agora, não se esqueçam. A viela é a chave — a viela entre o Tesouro e o Escritório de Avaliações. Procurem pessoas que correram pela rua no dia dezesseis de setembro ou que foram até a janela e viram um caminhão grande com uma carga maciça saindo da viela para a Pine Street. Foi assim que os autores do atentado fugiram."

"Por que eles estariam num caminhão?", perguntou Stankiewicz.

"Com uma carga de quê?", perguntou Roederheusen.

"Ainda não posso lhes dizer, rapazes", afirmou Littlemore. "Mas descubram como era o tal caminhão e para onde ele foi, e vocês resolvem esse caso. Sabem onde me encontrar."

Os policiais puseram seus chapéus sem nenhum entusiasmo. "Capitão", disse Roederheusen ao sair, "você pediu que eu localizasse o tal mexicano, o Pesqueira. O consulado diz que ele foi embora. Foi para Washington na semana passada."

"Não estou mais interessado, mas obrigado mesmo assim." Littlemore seguiu pelo corredor até a sala do comissário Enright, sabendo que era provável que aquela fosse a última vez. Bateu de leve na porta e, quando uma voz lá dentro lhe deu permissão, entrou.

"Capitão Littlemore", disse Enright de sua mesa. "Não capitão por muito mais tempo, hein?"

"Já prestei o juramento em Washington, senhor Enright. Só estou empacotando minhas coisas."

O comissário assentiu. "Eu conheci seu pai, Littlemore."

"Sim, senhor."

“Um bom homem. Imperfeito, como todos nós. Mas um bom homem.”

“Obrigado, senhor.”

“Seu distintivo, capitão. E sua arma.”

Littlemore colocou o distintivo em cima da mesa de Enright. Doía tanto que ele quase não conseguiu soltar. “A arma é minha”, disse.

“Bem, não fico feliz em proceder a estas formalidades”, disse Enright, “mas pelos poderes a mim conferidos como chefe do departamento de polícia de Nova York, eu aqui revogo a sua licença. Senhor Littlemore, o senhor não é mais membro desta Força.”

Littlemore não disse nada.

“Deixe-nos orgulhosos, meu rapaz”, encerrou Enright.

13

Após um dia no mar, um transatlântico que parte de Nova York torna-se seu próprio e único ponto de referência. Nenhuma outra embarcação perturba a vastidão das águas. Numa manhã sem nuvens, Colette e Younger passeavam pelo convés superior, o balanço do mar suficientemente agitado para que ela aceitasse dar-lhe o braço. Os motores do navio entoavam um rugido potente e monótono.

"O que aquelas pessoas queriam comigo?", ela perguntou.

"As ruivas ou os raptores?"

"Todos."

"Quanto mais eu penso", disse Younger, "mais penso que o bilhete que recebemos no hotel — o bilhete de Amelia — era uma cilada. Uma isca. Nós pensamos que Amelia não voltou ao hotel na manhã seguinte. Mas talvez ela tenha voltado com os raptores."

"Por quê?"

"Talvez seja o negócio deles — raptar moças, vendê-las."

"Vendê-las?"

"Nós temos uma expressão para isso: escravas brancas. Talvez a intenção deles fosse atrair você para algum lugar; Amelia recorreria à sua compaixão, dizendo que necessitava da sua ajuda. Eles esperavam que você estivesse sozinha. Só que eu estava com você. Então mudaram o plano. Seguiram-nos até a Wall Street. Amelia foi pega na explosão da bomba. Mas seus amigos continuaram vigiando, e quando você voltou ao hotel, a pegaram."

"Por que eu?"

"Porque você é estrangeira. Não tem família nem ligações aqui. Jovem e bonita seriam qualidades adicionais."

"Eu não sou bonita. Como eles souberam que eu sou uma estrangeira sem família?"

"Como eles souberam que você morava em New Haven? Ou que pretendia ir a Hamburgo? Uma coisa é certa: eles têm dinheiro. O bastante para investigar pessoas."

Inesperadamente ela pousou a cabeça no ombro de Younger. "Pelo menos no navio estamos seguros. Eu sinto isso. Gostaria que nunca chegássemos à Europa."

Younger fizera algumas indagações ao tesoureiro do navio e ficou sabendo que tinha sido o último a comprar passagens. Colette parecia estar certa. O navio era um local seguro; ninguém os seguira a bordo. "Não precisamos desembarcar quando o navio chegar a Bremen", ele sugeriu. "Podemos ficar a bordo para a viagem de volta. Em Nova York, poderíamos continuar aqui. Ficar indo e voltando para sempre."

"Não diga mais nada", ela respondeu, fechando os olhos. "Vou sonhar com isso."

Ele olhou para o rosto bonito de Colette: "Sim, se eu dirigisse um comércio de escravas brancas, você estaria no topo da minha lista".

Mais tarde, nessa mesma manhã, Younger esvaziou no convés o conteúdo de uma enorme sacola que trouxera junto com sua bagagem. Havia uma bola de beisebol, um taco, cavilhas de madeira e placas de metal, juntamente com instruções de montagem. Meia hora depois, ele havia construído uma base de rebatidas — um tubo com suporte independente para apoiar uma bola, mais ou menos na altura da cintura, de modo que o rebatedor pudesse praticar seu giro de corpo. Em seguida, Younger envolveu a bola com um saco feito de rede e amarrou o saco com uma corda comprida que pediu emprestada a um marinheiro. A outra ponta da corda, Younger prendeu a um sarilho. Depois, colocou a bola envolta no saco sobre o tubo com o suporte e deu a Luc uma aula de como bater na bola. Após cada batida, recuperavam a bola, encharcada, puxando a corda.

Em pouco tempo, um bom número de passageiros do sexo masculino quis participar, tirando o chapéu e arregaçando as mangas para esperar sua vez. Naturalmente, um punhado de outros garotos que viajavam no navio também estavam ávidos por experimentar. Younger fez com que primeiro pedissem permissão a Luc, que a concedia solenemente e que, por causa disso, tornou-se pelo resto da viagem um membro indispensável do pequeno bando de meninos, apesar da mudez.

De todos os homens e garotos que tiveram vez junto ao suporte de rebatidas, foi Younger quem expediu os golpes mais potentes. Mas na manhã seguinte vários marinheiros também participaram. Um deles era um marmanjo musculoso que havia jogado pelos Brooklin Robins durante a guerra e que, depois de tirar a camisa, deu uma pancada tão violenta na bola na primeira batida que a corda não se mostrou longa o suficiente. A rede se rompeu e a bola se perdeu. Younger fez diversas tentativas de substituí-la — uma laranja, um globo de madeira cortado pelo carpinteiro do navio, uma bola de golfe emprestada por outro passageiro —, mas nada que se assemelhasse a uma bola de beisebol, e esse foi o fim da brincadeira.

À medida que os dias do percurso marítimo se passavam, Younger descobriu que não conseguia fazer mais progresso nenhum com Colette. O relacionamento com ela era bastante íntimo, mas apenas como amigos. Ela se mostrava afetuosa, porém distante. E foi ficando mais e mais distante à medida que se aproximavam da Europa. Às vezes ele a surpreendia fitando o oceano, em busca de um futuro em que ele não podia penetrar. Ou seria um passado, a lembrança de se apaixonar por um soldado devoto e ferido em Paris, a quem ela dera seu coração e que não via por mais de dois anos?

"Você é o herói dele, sabe", ela lhe disse certo dia, saindo de um desses devaneios.

"De quem?"

"Do Luc."

"Sou? E quem é o seu?"

"Eu tenho dois: Madame Curie e o meu pai. Sou feliz assim. Os alemães mataram o meu pai quando ele ainda era um herói para mim — forte, destemido, nobre sob todos os aspectos. Nem mesmo os alemães puderam tirar isso de mim. Porém o Luc mal se lembra dele. Eu costumava lembrá-lo de mamãe e papai, contar-lhe histórias da força e da bravura de papai. Mas ele não escutava. Nem mesmo tem curiosidade. É disso que ele realmente precisa — de um pai."

"E você está fazendo o melhor possível para encontrar um?"

Não houve resposta.

"Acha mesmo que ele ama você?", prosseguiu Younger. "Quer dizer, o Heinrich."

"Hans."

"O Heinrich não lhe escreveu uma única carta nesses dois anos. Para mim, isso não parece amor."

"Não importa se ele me escreveu ou não."

"Você quer dizer que o ama de qualquer maneira? Não ama, não. Desculpe, mas não ama. Se o amasse, estaria pensando apenas numa coisa: em como ele vai reagir quando vir você. Estaria em pânico para saber se ele ainda se preocupa com você. Estaria se olhando em todos os espelhos. E tampouco aceitaria que ele não lhe tivesse escrito. Diria a si mesma que ele escreveu para o hospital em Paris, mas que você nunca recebeu as cartas. Em vez disso, você diz que não importa."

Não houve resposta.

"Ele é bonitão?", perguntou Younger. "Ou você se entregou a ele, e agora acha que por causa disso deve se casar?"

Colette desviou o olhar: "Por favor, não fale mais dele".

"O que você lhe deve? Você cuidou dele como enfermeira quando ele estava ferido, mas age como se tivesse sido ele quem salvou *você*. Como se lhe devesse a sua vida."

"Você não pode entender o que eu devo a ele", ela finalmente disse. E o fitou: "Você quer que eu diga que amo você mais do que amo a ele? Que vou desistir dele por você? Não vou dizer. Sinto muito. Você não deveria me amar. Deveria simplesmente... me deixar em paz". Ela se levantou, foi para a sua cabine e não voltou.

Na última noite da viagem, ao refletir sobre a inconcebível força que atraía Colette para seu soldado a milhares de quilômetros de distância, Younger tentou determinar que ilusão era maior — o falso movimento das estrelas, as quais, no decurso de uma noite, pareciam cruzar lentamente o céu, ou a falsa ausência de movimento da Terra, que na realidade girava em torno do Sol a uma velocidade inimaginável.

Como era possível que um jovem que Colette conhecera por apenas alguns meses exercesse tamanho poder sobre ela, ou que essa garota francesa exercesse tamanho poder sobre ele, Younger, contra sua vontade, contra sua razão, contra seu juízo? Ele parecia em órbita em torno dela, circundando-a, envolvendo-a, depois se afastando, mas sempre havendo uma distância final, intransponível, entre ambos. Será que a Terra também considerava sua órbita um infindável tormento?

O manicômio Amityville, de Long Island, era branco, imaculado e com ar saudável, mas Edwin Fischer, seu mais novo habitante, não parecia satisfeito. Lá se fora toda a sua tão conspícua sociabilidade, ao ser levado sob custódia à cidade de Nova York um mês antes.

"Como estão tratando você, Fischer?", perguntou Littlemore, sentando no salão de visitas.

"Os papas sempre estiveram contra mim", replicou Fischer. "Você é católico romano, oficial?"

"Católico? Minha mulher é."

"Nenhum papa foi católico de verdade. Eles fingiam, claro, sempre foi uma mentira. Eles estão usando seus poderes contra mim. Mas por que você veio aqui?"

"Engraçado, neste momento estou me fazendo a mesma pergunta."

"Quer que eu lhe conte por que os papas me quererem confinado?"

"Porque você é louco?"

"Eles não acreditam que eu seja um agente do Serviço Secreto dos Estados Unidos."

"Você não é."

"Por que está dizendo isso?" Fischer pareceu genuinamente magoado. "Eu me ressinto muito disso. Você é do Serviço Secreto?"

"Não."

"É o secretário do Tesouro?"

"Por quê?", perguntou Littlemore.

"Se fosse, estaria encarregado do Serviço Secreto."

"Não creio."

"Você não pensa que é o secretário do Tesouro?", replicou Fischer. "A maioria das pessoas tem certeza, de uma forma ou de outra."

"Acontece que eu trabalho para o secretário do Tesouro, e não creio que ele esteja encarregado do Serviço Secreto."

"Então ele é um impostor. Eu sei por que você está aqui."

"Sabe mesmo?'

"Está aqui para me tirar deste lugar."

"Não, não estou."

"Está, sim. E para me perguntar quando foi que tive pela primeira vez a premonição da bomba na Wall Street."

Littlemore endireitou-se na cadeira.

"Acertei?", perguntou Fischer.

"Filho da mãe. Como você sabe disso?"

"Você estava na estação de trem quando a polícia me trouxe do Canadá, capitão?"

"Não. Então quando foi a sua primeira premonição?"

"Eu adoro estações de trem. Sempre que vou a uma cidade nova, fico vagando pela estação durante horas. Eu me sinto em casa. A Grand Central é como um segundo lar."

"Ótimo. Quando foi a sua primeira premonição?"

"Você vai fazer alguma coisa sobre os papas?'

"Vou fazer o que eu puder."

"No fim de julho, acho. Sei que foi antes dos jogos leste-contra-oeste. Foi logo depois que decidi não ir para Washington. Deve saber que sou conselheiro do senhor Wilson."

"Imagino que esteja se referindo ao presidente Wilson."

"Em 1916, avisei o senhor Wilson que, se ele não impedisse a guerra, muita gente morreria. Foi assim que acabei virando agente do Serviço Secreto. Ele quis se encontrar comigo, mas os assessores não permitiram. Sem dúvida, hoje ele lamenta profundamente essa decisão."

"Claro que sim. Então, quem você acha que estava por trás daquela bomba, Fischer? Quem fez aquilo?"

"Anarquistas, é claro. Bolcheviques."

"Você está certo disso?"

"Absolutamente."

"Como você sabe?"

"Eu leio os jornais."

Uma enfermeira os interrompeu para levar o sr. Fischer de volta a seu quarto.

O trem deles deslizou com um silvo agudo de satisfação ao entrar na Westbahnhof de Viena num fim de tarde de meados de outubro. Os trens austríacos, que já haviam sido o orgulho de um império, não passavam de meros refugos de sua imponência de outrora. Rodavam com meia carga de carvão, depois de a outra metade ter sido vendida por funcionários corruptos e condutores necessitados. Evidentemente, lustres e painéis decorativos haviam sido arrancados por ladrões.

Um único táxi aguardava em frente à estação sob uma clara meia-lua — era uma elegante carruagem de dois cavalos. Embora Younger tivesse se sentado junto a Colette, ela mantinha distância, observando Viena com o rosto voltado para o outro lado. Luc sentou-se no banco à frente deles, uma mala sob as pernas e outra a seu lado. Era uma noite maravilhosa, estilo velho mundo. Ao longe, acima dos telhados dos simpáticos edifícios, as luzes elétricas do Riesenrad — a enorme roda-gigante do Prater, o famoso parque de diversões de Viena — descreviam vagarosamente um elevado arco no ar. O vento trazia fragmentos de uma valsa longínqua e risos alegres.

"Viena está alegre", disse Colette — em tom melancólico, pensou Younger.

Colette falara em francês. O cocheiro respondeu na mesma língua: "Sim, estamos alegres, Mademoiselle. É a nossa natureza. Mesmo durante a guerra ficávamos alegres. E, ao contrário da última vez que esteve aqui, não estamos mais comendo nossos cachorros".

O condutor lhes apresentou seu cartão. Era o mesmo nobre — Oktavian Ferdinand Graf Kinsky von Wchinitz und Tettau — que os levara ao hotel na primeira estada deles em Viena. Mas no cartão as palavras *Graf* e *von*, indicativas de seu nascimento ilustre, haviam sido riscadas.

"Títulos de nobreza foram abolidos", ele explicou. "Não temos permissão nem de colocá-los em nossos cartões. Sim, as coisas estão melhorando. Com certeza estão melhorando."

Ouviram um som agudo e contínuo ao longe, atrás deles, seguido de um estouro trovejante.

"O que foi isso?", indagou Colette, quase caindo do assento.

"Não é nada, Mademoiselle", respondeu o cocheiro. "Vem do Wienerwald, o bosque de Viena, o mais belo bosque do mundo. Estão serrando as árvores para derrubá-las."

"A esta hora?", disse Younger. "Quem?"

"Todo mundo, Monsieur. É ilegal, mas as pessoas não têm escolha. Não há mais carvão para queimar. Apenas madeira. Elas vão à noite, para evitar serem presas. Quando o inverno chegar, muitos não terão como se aquecer. Vieram de Paris?"

"Nova York", respondeu Younger.

"O Monsieur é americano?"

Younger admitiu que era.

"Peço desculpas, pensei que fossem franceses. Então devem aceitar esta viagem com os meus cumprimentos. A Áustria lhes deve a mais profunda gratidão."

Younger se surpreendeu com a oferta e disse a ele.

"Geralmente um país derrotado não expressa gratidão para com o inimigo?", perguntou o cocheiro. "É pelas nossas crianças que agradeço. Os seus pacotes de socorro ainda são a nossa principal fonte de comida. Sabe o senhor Stockton, encarregado dessas questões? Eu o levei à estação no mês passado. Ele tinha acabado de receber uma carta do juiz-presidente da Suprema Corte, perguntando se os juízes também podiam receber os pacotes de socorro."

"O que vai acontecer com as crianças", perguntou Colette, "se elas não tiverem aquecimento no inverno?"

"Morrerão, imagino. Muitas delas. Aqui estamos — Berggasse, 19. Espero que o doutor Freud esteja bem."

Ao sair e estender a mão para Colette, Younger ergueu a sobrancelha para o cocheiro tão conhecedor de tudo.

"Quando estrangeiros visitam a Berggasse", o chofer explicou, "só pode ser por um motivo."

Younger perguntou se ele poderia fazer a gentileza de aguardá-los enquanto visitavam a família Freud. Oktavian disse que o faria com o maior prazer.

Foi a cunhada de Freud, Minna Bernays, quem atendeu à porta do apartamento do segundo andar. Embora fossem esperados, a srta. Bernays não os deixou entrar, explicando que o dr. Freud e sua esposa, Martha, tinham se recolhido cedo. Estava perguntando se podiam voltar no dia seguinte, quando uma marcante voz masculina interveio, declarando que fora exagero dizer que ele havia se recolhido.

Os cumprimentos foram cordiais. Fez-se um grande alvoroço por Luc ter crescido uma cabeça. "Bem, Minna", observou Freud, "Martha estava enganada, como eu previ que estaria." Voltou-se para Younger e Colette a fim de explicar: "Minha mulher tinha certeza de que vocês dois estariam casados antes do fim do ano".

"O ano ainda não terminou", disse Younger.

"Ela se referia a 1919", Freud replicou secamente.

"Então diga-lhe que ainda há esperança para 1920", disse Younger.

"Eu não tenho lhe dado esperanças, Stratham", Colette o censurou. "Para ano nenhum."

Younger, magoado, resolveu levar com bom humor: "Neste caso, vou marcar o casamento para a meia-noite de trinta e um de dezembro, que não fica em ano nenhum".

Colette virou-se para Minna Bernays e disse: "É um caso sem esperança".

"Primeiro ela critica você por ter esperança", Freud retrucou com Younger, "depois por não ter esperança. Mulheres... O que elas querem, afinal?"

Afundado na poltrona de seu estúdio, Sigmund Freud dava mostras da idade. Um sulco profundo dividia suas sobrancelhas brancas, formando uma carranca. Seu *chow* em geral frenético, Jofi, estava solidariamente enrolado aos pés do dono. Eles tinham conversado sobre o atentado de Wall Street, sobre o sequestro e sobre o colapso das finanças da associação psicanalítica. O filho de Freud, Martin, finalmente fora libertado da prisão. "Seu primeiro ato de liberdade", disse Freud, "foi abdicar dela. Ele se casou."

Colette agradeceu Freud por concordar em tratar de seu irmão.

"Eu não concordei em tratar dele", respondeu Freud. "Eu lhe escrevi, Fräulein, estipulando minha única condição. E não obtive resposta."

Colette não respondeu.

"Estou velho e ocupado demais para meios-termos", prosseguiu Freud. "Atualmente pego muito poucos pacientes; só tenho tempo de treinar os outros. Cada novo horário de sessão que assumo é uma hora roubada do meu próprio trabalho. A psicanálise, senhorita Rousseau, não se realiza em poucos dias. A senhorita deve estar preparada para ficar em Viena por um período bem substancial."

"Mas eu... não tenho meios, não tenho trabalho", disse Colette.

"Isso é problema seu", retrucou Freud, com uma rispidez que surpreendeu Younger. "Se for para eu tratar do seu irmão, preciso da sua palavra de que desta vez a senhorita permanecerá em Viena pelo tempo que for necessário."

"Sinto muito", disse Colette. "Eu não sei."

Freud levantou-se devagar, foi até a janela e a abriu. Uma fresca brisa noturna revolveu seus cabelos brancos. Do pequeno quintal embaixo, onde a carruagem do conde Oktavian aguardava, vinha o relincho e a batida dos cascos de cavalos. Freud inspirou profundamente. "Então...", disse, de costas para Younger e Colette. "Alguma vez já sonhou, Fräulein, com uma criança sendo surrada?"

"Desculpe, como disse?", perguntou Colette.

"Já teve esse sonho?"

Colette hesitou. "Como soube disso?"

"E às vezes sem saber quem está dando a surra?"

"Sim", admitiu Colette.

"É um sonho surpreendentemente comum em mulheres que sentem que deveriam ser punidas por alguma coisa", explicou Freud. "Bem, está claro que a senhorita não veio a Viena especificamente para que seu irmão se consulte comigo. A verdade é que a senhorita tem outros assuntos. Baseado no seu comentário a Younger na antessala, só posso concluir que está aqui para se encontrar e se casar com seu noivo, aquele que estava preso na última vez que a senhorita esteve aqui. Isso explicaria a sua incerteza em ficar ou não em Viena, e por quanto tempo. A senhorita não sabe onde ele mora — nem mesmo se está na Áustria —, é isso?"

Colette estava atônita.

"Está tudo bem", Younger disse a ela. "Ele faz esse tipo de coisa o tempo todo."

"O verdadeiro mistério", continuou Freud, "é como a senhorita conseguiu persuadir Younger, o rival do seu noivo, a acompanhá-la nesta viagem. Devo dizer que acho impressionante — e intrigante."

"E não é o único", disse Younger.

"Bem, nada disso afeta a minha posição", prosseguiu Freud. "Caso decida, Fräulein, considerar seriamente a possibilidade de encontrar um emprego aqui, eu lhe darei o endereço do Instituto de Rádio de Viena. Ouvi dizer que é excelente, e eles contratam mulheres sem remorsos. Também lhe darei o nome e o endereço de um velho amigo, um neurologista." Um sorriso, breve e não muito animado, passou pelo semblante de Freud ao escrever a mensagem. "Ele tem um tratamento para neuroses de guerra muito mais expedito que o meu. Não posso assinar pelo que ele faz, mas muitos acreditam no tratamento, e já que parece interessada em tentar uma cura rápida para seu irmão, senhorita Rousseau, seria desleixo da minha parte não mencioná-lo. Quanto a você, Younger, já está mais do que na hora de acertarmos nossos negócios pendentes. Tenho um horário livre amanhã às onze. Vou atendê-lo nessa hora."

"Eu lhe avisei que ele podia ser rude", comentou Younger enquanto a carruagem trotava pelos paralelepípedos da rua Berggasse rumo ao canal do Danúbio.

"Ele é tão triste", respondeu Colette.

"Freud? Cansado, penso eu", disse Younger. "E zangado — não sei bem por quê."

"Pragmático, eu diria", ponderou Oktavian, o cocheiro. "Profissional."

"Nunca vi olhos tão tristes", disse Colette.

"Eu não acho os olhos dele nem um pouco tristes", discordou Younger.

"Bem, nisso não posso dar palpite", declarou Oktavian. "Eu pude ouvi-lo da janela, mas não pude ver seus olhos."

"É porque você nunca sabe o que as outras pessoas estão sentindo", Colette disse a Younger. "Foi bom você ter desistido da psicologia. Você é como um cego."

14

Em meio aos imponentes edifícios da Ringstrasse de Viena, havia uma delicada construção rosa e branca, um prédio de apartamentos, que abrigava no primeiro andar o elegante café Landtmann. No salão principal desse café, sob uma fileira recuada de lustres de cristal, Younger encontrou-se com Freud às onze horas da manhã seguinte. O *maître* havia cumprimentado Freud como se o conhecesse pessoalmente e os conduziu a uma mesa junto a uma janela com cortinas elaboradas, permitindo-lhes a vista do magnífico teatro do outro lado da rua.

"Então", começou Freud, sentando-se, "sabe o que eu quero discutir com você?"

"O complexo de Édipo?", perguntou Younger.

"A senhorita Rousseau."

"Por quê?"

"Primeiro me diga", disse Freud, "o que achou do meu velho amigo, Jauregg, o neurologista."

Naquela manhã, Younger, Colette e Luc tinham visitado o dr. Julius Wagner-Jauregg em seu escritório na universidade. "O tratamento dele para neurose de guerra é uma eletrocussão", disse Younger.

"Sim. A equipe dele relata um considerável sucesso. Ele ficou surpreso de eu ter mandado vocês lá?"

"Muito. Ele disse que o senhor testemunhou contra ele num julgamento na semana passada."

"Ao contrário, eu testemunhei *a favor* dele. Havia uma alegação de que ele basicamente torturava nossos soldados para que voltassem à frente de batalha. O governo me encarregou de investigar. Relatei que o uso que ele fez da eletroterapia foi perfeitamente ético. Expliquei, é claro, que somente a psicanálise podia revelar as raízes do choque de bomba e curá-lo, mas em 1914 ainda não se sabia disso. Meu amigo — e todos que o apoiavam — passou o resto da audiência tentando destruir a reputação de cada psicanalista de Viena." O garçom trouxe duas xícaras pequenas de café, de bordas douradas, e uma cestinha de pães doces. "Foi tolice da minha parte. Eu tinha me esquecido de quão intensa é a hostilidade que ainda provocamos. Mas não importa. Ele persuadiu vocês a tentarem a eletrocussão no menino?"

"Ele recomendou para o caso um único tratamento de baixa voltagem. Ele acredita que o choque de bomba é uma espécie de curto-circuito dentro do cérebro e que uma breve carga convulsiva pode desobstruir o circuito."

"Eu sei. E já que você não acredita em psicologia, deveria estar favoravelmente inclinado a esse tratamento."

Younger visualizou as expressões confusas e atormentadas que vira nos rostos dos soldados vítimas do choque de bomba. O cientista dentro dele sabia que a causa do sofrimento daqueles homens podia de fato ser um fogo cruzado no circuito neural. Mas algo nele rebelou-se contra esse diagnóstico — ou pelo menos contra o tratamento. Por fim disse: "Não creio que haja algo de errado no cérebro do menino".

"Ah, você acha que o problema é na laringe?"

"Duvido", respondeu Younger.

"Bem, ao menos você tem uma certeza. E qual é a opinião da senhorita Rousseau? Não, deixe-me adivinhar. Ela ficou desorientada e não teve uma opinião firme. Quis que você decidisse."

"Como sabe disso?"

"Você diria que ela é autodestrutiva?", indagou Freud.

"Nem um pouco."

"É mesmo? Minha impressão era de que você tinha uma predileção por mulheres desse tipo."

"Eu tenho minhas exceções", rebateu Younger.

"Ela não se sente atraída por homens abusivos?"

"Se estiver se referindo a mim, a atração que exerço é lamentavelmente fraca."

"Não estou me referindo a você."

"O noivo dela, Gruber?"

"Esse homem é um criminoso condenado."

Younger olhou pela janela. "Ela só se lembra de um soldado meigo, ferido e devoto que conheceu no hospital."

"Afeto maternal? Não é provável." Freud mexeu seu café. Seu cenho já profundo franziu-se ainda mais. "Fui muito severo com ela ontem à noite?"

"Ela aguenta. Por que foi tão severo?"

Freud tirou os óculos para limpá-los com um lenço, demorando-se em cada lente. "Ela me lembra a minha filha Sophie, a segunda mais nova. Linda, cabeça-dura. Sophie ficou noiva aos dezenove anos. De um fotógrafo de trinta. Era como se ela não estivesse conseguindo sair de casa depressa o suficiente. Creio que eu estava descontando na senhorita Rousseau uma raiva que nutro contra Sophie por ter nos deixado tão cedo."

"Sophie... é aquela que mora na Alemanha?"

"É aquela que morreu."

A colher de Freud bateu diversas vezes na borda da xícara, de forma repetida e descoordenada.

"Eu não sabia", disse Younger.

"Foi em janeiro passado. A gripe. Ela estava morando em Berlim, ela, seus dois filhinhos e o marido, que eu nunca tratei tão bem como deveria. Quando ficamos sabendo que ela estava doente, não havia trens — nem mesmo para uma emergência. A notícia seguinte que recebemos foi que ela já tinha partido." Freud respirou fundo. "Depois disso, fundamentalmente tudo perdeu o sentido para mim. Para um descrente como eu, não pode haver racionalizações em tais circunstâncias. Nenhuma justificativa. Apenas uma submissão silenciosa. Pura necessidade. Por vários meses, meus próprios filhos — os meus outros — e os filhos deles..." — Freud se deteve, buscando se recompor — "eu não suportava vê-los."

Lá fora, a Ringstrasse vivia sua exuberância diurna. Carros e bondes deslizavam pela rua. Uma encantadora carruagem passou trotando. Uma governanta passeava com um carrinho de bebê.

"Bem, o conceito de que o homem precisa ser feliz nunca fez parte da criação", prosseguiu Freud. "Você dirá que é superstição, mas tenho um pressentimento em relação à senhorita Rousseau. Qual é o objetivo dela ao vir para Viena?"

"O senhor adivinhou ontem à noite. O tal de Gruber acabou de ser libertado da prisão."

"Vamos lá... não é possível que você tenha esquecido toda a sua psicologia. Qual é o propósito dela?"

"Ver se ele ainda a ama, suponho. Ou talvez se ela ainda o ama. Ela fez uma promessa. E sente que precisa mantê-la."

"Absurdo. Eu não confio na motivação dela. Tampouco você deveria confiar. Você sabe qual, especificamente, foi o motivo da prisão do soldado?"

"Não."

"Pois eu sei. Ela própria me contou — em lágrimas, no dia que você partiu de Viena no ano passado. Ele surrou um velho. Pelo menos é o que a polícia diz. Eu a adverti de que um rufião que marcha com a Liga Antissemita não é um marido apropriado para ela. Aconselhei-a a não vê-lo novamente. Pensei que ela tivesse aceitado meu conselho."

"Evidentemente ela reconsiderou", disse Younger.

"Há uma condição a que muitas mulheres jovens se lançam. Elas se ligam a homens violentos. E perdoam quaisquer maus-tratos. Pensam que é amor; não é. O que elas realmente querem é ser punidas por seus pecados — reais e imaginários — ou pelos pecados de alguma outra pessoa. Há algo de errado nessa ligação da senhorita Rousseau com esse Gruber. Eu sinto isso. Meu conselho para você é não perdê-la de vista. Ela está se jogando nos braços de um criminoso."

"Talvez ele venha a bater nela, e ela acabe caindo em si."

Freud ergueu uma sobrancelha. Younger se perguntou se seu próprio hábito — erguer apenas uma sobrancelha — teria sido copiado de Freud. "Você sente", disse Freud, "que ela deitou-se com esse homem, e está inclinado a permitir que ela continue a dormir com ele?"

"Eu não controlo onde a senhorita Rousseau dorme."

"Você quer vê-la punida — por escolher outro homem. Você se vinga deixando que ela se vá."

"Deixando que ela se vá? Eu atravessei o oceano tentando fazê-la mudar de ideia."

"Você não pode fazê-la mudar de ideia. Mas poderia protegê-la."

"Do quê?", perguntou Younger.

"Desse Gruber. De uma decisão da qual ela vai se arrepender pelo resto da vida."

De volta ao Hotel Bristol, Younger encontrou um bilhete à sua espera:

> *Querido Stratham:*
>
> *Estou correndo para pegar um trem. Não fui ao Instituto Rádio. Fui até a prisão, e me disseram que Hans deixou Viena e foi para Braunau am Inn. Acho que é a cidade natal dele. Só há um trem por dia para Braunau, e ele parte em meia hora. Espero estar de volta amanhã. Luc está lá em cima no meu quarto. Por favor, tome conta dele. Espero que um dia você entenda.*
>
> *Sua,*
>
> *Colette*

Younger contemplou o bilhete por um longo tempo. Passou a mão pelo cabelo. Depois, enviou um mensageiro em busca de Oktavian Kinsky, o chofer de táxi aristocrata.

Uma hora depois, Younger e Luc aguardavam no saguão do hotel, quando Oktavian apareceu, elegante, vestindo uma jaqueta de couro e um quepe frisado, em geral usado por motoristas de carros conversíveis. "Sei que o senhor queria um carro a motor, Monsieur", disse Oktavian, "mas aquilo foi o melhor que consegui num prazo tão curto. No entanto, é mais que suficiente. Posso levá-lo a Braunau em seis horas."

Apontou para fora, onde, diante do hotel, estava uma reluzente motocicleta com frisos cromados polidos e, atrelado a ela, um *sidecar* com painel de madeira.

"Não serve", disse Younger.

Oktavian entendeu o problema: Luc também estava vestido para viajar, e o *sidecar* transportava apenas um passageiro. "O jovem também vai? Eu não sabia."

Younger caminhou para fora. Oktavian e Luc o seguiram. "O menino e eu iremos sozinhos", disse Younger.

"Mas o veículo não é meu", protestou Oktavian. "Não creio..."

"O senhor o terá de volta amanhã. Eu garanto. E vou levar isto aqui também, se não se importa." Younger libertou Oktavian de sua jaqueta de couro. "E o quepe também."

"Ah, meu Deus", disse Oktavian.

A parte superior do *sidecar* tinha um buraco para o torso do passageiro. Ele abria-se em duas partes, revelando um banco estofado e um pequeno compartimento para objetos. Younger vestiu a jaqueta de couro em Luc, puxou o quepe até as orelhas do menino e o colocou no assento. Fechou a porta e a trancou. Pouco depois, já estavam na estrada.

Enquanto dirigia, Younger ensinou Luc a como inclinar-se nas curvas, para aumentar a velocidade. A jaqueta e o quepe estavam comicamente grandes para o menino, mas o mantiveram aquecido. Younger nada disse sobre o propósito daquela missão, e Luc não perguntou. De modo geral, não estava sendo uma viagem ruim — até começar a chover.

O primeiro relâmpago rasgou o céu à frente deles sem avisar. Um ruidoso trovão dominou o ar imediatamente, como um morteiro explodindo bem acima de suas cabeças. Luc, alarmado, agarrou o braço de Younger. Por instantes, Younger perdeu o controle da motocicleta, que deu uma guinada e quase rodou. Quando conseguiu acertá-la, Younger ladrou para o garoto, ríspido: "Quando estiver com medo, mexa-se mais depressa, não mais devagar".

A aldeia de Braunau às margens do rio Inn, cercada de muralhas, tinha um caráter exótico e absolutamente germânico, ficava a uma distância mínima da Bavária. Casas coloridas de telhados pontiagudos juntavam-se umas às outras em pitorescos quadradinhos urbanos, sendo tudo dominado pela torre alta do campanário da igreja. Não havia estação ferroviária — simplesmente uma plataforma e um guichê de bilhetes.

Younger puxou a motocicleta para cima da plataforma com a escuridão se aproximando. Limpou a poeira dos olhos e a água da testa, lamentando não ter óculos de proteção. A viagem não levara seis horas. Levara dez — graças a uma combinação de chuva com a necessidade de alimentar Luc e ainda o fato de terem se perdido três vezes. Younger abriu o *sidecar* e puxou Luc para fora; o interior estava encharcado, assim como o garoto.

Perguntou ao funcionário do guichê se havia cobertores à mão. Havia. Younger os jogou para Luc, mandando que tirasse as roupas e se enxugasse. "O trem de Viena", Younger perguntou ao homem. "Já chegou?"

"Sim, há duas horas", respondeu o funcionário.

"Por acaso você viu uma moça de cabelo escuro, que viajava sozinha, descer do trem?"

"Francesa?", perguntou o funcionário do guichê.

"Sim."

"Muito bonita?"

"Ela mesma."

"*Nein.*"

Younger aguardou mais um pouco; não veio nenhuma informação adicional. "O que você quer dizer com *nein*?", perguntou.

"Eu não estava aqui quando o trem de Viena chegou, Mein Herr", disse o homem. "Mas a sua Fräulein deve ter estado nele. Eu vendi uma passagem para ela."

"Uma passagem para onde?"

"Ela comprou uma passagem só de ida no trem noturno para Praga. Sem bagagem. O senhor acabou de perdê-la; o trem partiu há menos de uma hora. Coisa totalmente incomum. Imagine, uma moça como ela viajando à noite sozinha."

Younger correu as mãos pelos cabelos. "Estou procurando um tal de Hans Gruber. Sabe onde ele mora? Ou sua família?"

Younger achou a casa que o bilheteiro havia lhe descrito — uma construção pequena, cercada, rústica, limpa mas dilapidada. O telhado dava a impressão de que desabaria a qualquer momento. Uma mulher robusta, de olhar duro, atendeu à porta.

"Frau Gruber?", perguntou Younger.

"Sim", ela respondeu. "O que o senhor quer?"

"Sou um amigo do Hans."

"Mentiroso." A voz da velha mulher era ao mesmo tempo rabugenta e arguta. A visão do menino enrolado no cobertor ao lado de Younger não contribuiu em nada para amolecê-la. "Vá embora. Ele não está aqui. Está em Viena."

Tentou fechar a porta, mas Younger a impediu. "Não foi isso que a senhora disse para a moça. A senhora disse Praga."

Ela estreitou os olhos com desconfiança. Os dentes velhos e amarelos explodiram numa gargalhada repugnante. "Acha que eu não sei o que ele vai fazer com ela? Conheço os truques dele. Ele vai arrancar o couro dela. Vai transformá-la numa puta a serviço dele e jogá-la na lata de lixo quando estiver gasta. Igualzinho ao que fez com as outras."

A reação de Younger a essas predições foi surpreendentemente ambivalente. De um lado, sentiu que Colette podia de fato estar em perigo se se casasse com Gruber. De outro, sentiu que as chances de ela se casar com Gruber diminuíam significativamente. "Diga-me onde posso achá-lo em Praga."

"Eu sei por que você está aqui", disse a velha. "Ele lhe deve dinheiro. Posso ver nos seus olhos. Bem, antes de mais nada ele deve a mim." Sacudiu a cabeça com amargura. "Pegar o rendimento da família todos esses anos, só porque o governo manda os envelopes para ele. E aí ele se atreve a voltar aqui e dormir debaixo do meu teto. Saia já desta porta ou eu chamo a polícia. Está esperando que eu o ajude a tirar dinheiro do Hans? Tudo que ele tem pertence a mim."

"Quanto?", indagou Younger.

"Quanto o quê?"

"Quanto ele lhe deve?"

A velha ficou feliz em calcular a quantia; era uma soma grande. Younger tirou da carteira, em coroas, uma quantia significativamente maior. Os olhos dela brilharam.

Younger deixou a casa da mulher com um endereço em Praga e Luc vestindo uma roupa de lã marrom seca e limpa, ainda que velha. Conversando com o bilheteiro, teve uma boa ideia de como chegar a Praga. "Trate de dormir um pouco aí dentro", ele disse a Luc quando entraram no *sidecar*. "Temos um longo caminho pela frente."

Luc perscrutava Younger com os olhos.

"Tudo bem, não há nenhum mistério", disse Younger. "A sua irmã está procurando um homem que ela conheceu na guerra. Eles iam se casar. Nós estamos indo atrás dela."

Luc manteve os olhos pregados em Younger.

"Não, não sei o que vou fazer se a encontrarmos", Younger continuou. "De qualquer maneira não deve adiantar nada. Quando chegarmos a Praga, é provável que estejam na igreja com os sinos já anunciando o matrimônio. E a essa altura, vou estar realmente com cara de bobo."

O garoto deu um tapinha no braço de Younger. Pescou dentro do compartimento alguma coisa para escrever e achou um dos cartões impressos de Oktavian. No verso de um deles, escreveu um bilhete, que entregou a Younger. O cartão dizia: "A minha irmã quer se casar com você".

"Isto é visivelmente falso", respondeu Younger, montando na motocicleta e dando a partida com o pé.

Luc deu mais uma batidinha na manga dele e lhe entregou outro cartão. Este dizia: "Eu não gosto da minha irmã".

"Gosta, sim", disse Younger.

Eram nove da manhã e, sob uma chuva fina, eles sacolejavam sobre as ruas de paralelepípedos da Nové Město de Praga, ou Nova Cidade, em que a palavra "nova" aludia aos verdes dias de meados do século XIV. A mistura de épocas por toda a grande cidade era incongruente. Igrejas góticas atropelavam-se com domos ornados neoclássicos; palácios barrocos zombavam das torres encaixotadas da Idade Média; e ruas atulhadas de estátuas do século XIX retratavam generais do século XVIII erguendo-se em seus corcéis, espadas na mão. Na fina garoa, tudo era cinza; até mesmo as espiras douradas das igrejas e as casas rosa-salmão pareciam cinzentas.

Younger tinha os olhos injetados. Havia dirigido a noite toda. À sua direita, afundado no *sidecar*, Luc dormia.

Numa avenida larga que ladeava o lento e turvo rio Vltava, Younger estacionou junto a um café que mostrava sinais de vida. Desceu da moto, acendeu um cigarro e atravessou a avenida até um parapeito de onde podia espiar a água. Rio abaixo, os barcos deslizavam sob uma ponte de pedra medieval, passando por um arco fechado semelhante a um túnel. Bocejando, Luc — que despertara com a parada súbita do veículo — juntou-se a ele. Do outro lado do rio, o terreno se erguia em aclive até uma altura considerável, e no alto dele, refletindo os cintilantes raios do sol matinal, erguia-se o extenso Pražský hrad, o castelo de Praga.

"É o maior castelo do mundo", Younger disse a Luc. "Antes da guerra, era a residência de reis e imperadores. Agora está vazio — está sendo reconstruído, dizem eles. Renovado para uso governamental. Está sentindo o cheiro? Há alguma coisa sendo assada naquele café. Vamos dar uma olhada."

Levaram mais uma hora para achar a rua que a velha Frau Gruber, em Braunau, anotara para Younger. O idioma tcheco lhe era incompreensível; mesmo quando deparava com alguém com quem podia se entender em alemão, ninguém reconhecia o nome da rua. Isso talvez porque a rua ficava no bairro antigo, que era um labirinto de vielas entrelaçadas, ou por Younger não conseguir pronunciar o nome de forma inteligível.

Por fim encontraram a ruela, perto de uma antiga torre de pólvora. Dos telhados ao redor, uma assembleia de santos de tamanho natural, esculpidos em mármore escurecido pelos séculos, os fitava com posturas retorcidas de bem-aventurança ou agonia. Casas de dois e três andares, com centenas de anos de idade, alinhavam-se na rua estreita, os balcões frente a frente tão próximos que seus ocupantes podiam praticamente apertar-se as mãos de um lado a outro.

Younger bateu à porta da casa marcada com o número que estava buscando. Não tinha certeza do que faria se alguém atendesse, mas não veio ninguém. Experimentou a porta; estava trancada. Tentou também interrogar os passantes, perguntando por Hans Gruber. Ninguém fazia ideia do que ele estava dizendo — ou, se faziam, o nome não significava nada para eles.

"Vamos ter de esperar", ele disse a Luc. A uma pequena distância rua abaixo, estacionou a motocicleta num espaço entre dois velhos prédios e acendeu um cigarro.

No início da tarde, Colette ainda não tinha aparecido. E tampouco alguém que se ajustasse à descrição de Hans Gruber. Ocorreu a Younger que a velha Frau Gruber tivesse lhe mentido sobre o endereço. Entretanto ele não acreditava nisso. Outra possibilidade era que a velha tivesse errado o endereço, mas se isso fosse verdade Colette cometeria o mesmo erro e acabaria aparecendo — presumindo que ela não chegara antes deles, o que Younger considerava improvável, dada a propensão dos trens austríacos de quebrar e chegar ao destino com até vinte e quatro horas de atraso.

Numa mercearia próxima, Younger comprou uma bengala de pão e alguns pedaços grossos de presunto. Ao retornar com essas provisões, o garoto lhe estendeu outra mensagem: "Eu sou covarde?".

Younger preparou um sanduíche para o menino e outro para si. "Vou lhe responder com um chavão", disse Younger. "Em inglês, um chavão é algo banal, um lugar-comum — uma coisa que todo mundo sabe. Na verdade, acho que vem de chave, mas não importa. Ter medo não faz de você um covarde. O chavão é esse — mas acontece que é verdade."

Luc escreveu em outro cartão: "Você nunca tem medo".

"Ah, tenho sim", disse Younger. "Vou lhe contar um segredo. Coragem consiste em não deixar ninguém saber o quanto você está apavorado. Sinto lhe dizer, mas com a sua idade alguns garotos já provaram ser heróis. É bom você saber a verdade. Eu conheci um menino — não mais velho que você — que fez uma das coisas mais corajosas que eu já vi. Esse menino tinha sido raptado. Estava amarrado. E ainda teve a presença de espírito de chamar a minha atenção para o tubo de ensaio de dióxido de urânio que estava rolando sobre a mesa naquele exato momento. Salvou-nos de sermos mortos por um sujeito bem horroroso. Na verdade, um sujeito muito, muito horroroso. Tão horroroso que sua aparência ficou melhor quando seus cabelos pegaram fogo."

A noite já havia caído quando Luc o despertou. A rua estava cheia de luz e som vindo de várias tavernas barulhentas. O ar estava frio. Younger tinha um gosto rançoso na boca; seu corpo todo estava rijo. Luc apontou ansiosamente: uma esguia silhueta feminina trajando um casaco leve aproximava-se da casa com passos determinados. Era Colette. Ela bateu à porta. Desta vez alguém atendeu, e ela desapareceu num lance de escadas. Younger esperou, examinando as janelas acima em busca de sinais de vida.

Estava pensando no que fazer, quando Colette reapareceu na porta e desceu a rua, passando bem na frente de Younger e Luc. Depois de uns poucos passos, ela se virou e sumiu, atravessando um arco de pedra.

Eles a seguiram, cautelosos. O arco dava para uma grande e surpreendente cervejaria ao ar livre, no pátio do que séculos atrás poderia ter sido uma abadia. Uma pequena orquestra tocava alegremente. Lampiões pendiam dos galhos. Homens cantavam, num volume desagradavelmente alto e fora de tom. Havia uma profusão de mulheres, mas nenhuma desacompanhada, exceto Colette. Dançava-se sobre uma laje que servia de pista de dança. Colette, ao que parecia, procurava por Gruber.

Younger sentiu-se fortemente tentado a se revelar. Mas desconfiava de que se o fizesse às claras, antes mesmo de ela ter encontrado Heinrich, Colette iria ficar furiosa e pouco disposta a escutá-lo. A interferência dele poderia até mesmo, refletiu Younger, deixá-la ainda mais obstinada. Parecia melhor deixar que Gruber afundasse seu próprio navio. Se Frau Gruber estivesse certa, Heinrich não passava de um mulherengo e gigolô — um tipo que talvez pudesse ter conquistado Colette quando estava enfermo e ferido, mas que agora certamente a repugnaria. E se Colette não sentisse repugnância, sempre haveria tempo de Younger confrontá-la mais tarde e fazer um último apelo. E, além do mais, Younger era obrigado a admitir que estava curioso: queria ver de que forma Colette e Gruber se comportariam quando se encontrassem.

Assim, Younger se instalou com Luc num canto escuro do jardim abarrotado de gente, o mais longe possível de Colette. Enterrou o quepe grande demais na cabeça do menino, embora no escuro e com aquela multidão de corpos houvesse pouca chance de Colette notá-los. E, de qualquer maneira, ela parecia absorta em seus próprios assuntos. Debaixo de uma das lâmpadas penduradas, claramente visível em sua solidão, Colette sentou-se num banco a uma das extremidades de uma mesa comprida de madeira. De forma quase ostensiva, pareceu a Younger, ela tirou o casaco e revelou um vestido que não se parecia com nenhum outro que Younger a vira usar anteriormente.

Seus braços estavam nus, as costas expostas. A barra do vestido, que quase revelava seus joelhos — não, que *de fato* revelava os joelhos quando ela, sentada, cruzava as pernas —, conspirava com os sapatos de salto alto para atrair quase todos os olhares masculinos na cervejaria. Jamais costas expressaram de maneira tão clara que haviam sido feitas para ser contempladas. Os homens na mesa atrás dela obviamente pensavam assim. Batiam um no ombro do outro, apontando a recém-chegada e fazendo os previsíveis gestos e ruídos masculinos.

Entre esses homens, apesar de nunca ter posto os olhos nele, Younger reconheceu de imediato Hans Gruber. Ele era inconfundível: o único loiro, alto, robusto e de olhos azuis no jardim. Um homem excepcionalmente bonito — vinte e tantos anos, jovial no vestir, de comportamento confiante, que generosamente pedia bebida não apenas para si, mas também para um séquito de amigos.

De outra direção, um estranho de bigode oleoso aproximou-se aos trancos e barrancos da mesa de Colette, aparentemente na intenção de envolvê-la numa conversa, mas cambaleando sobre ela na pressa. Colette virou-se com habilidade, de modo que o homem não caiu em seu colo, e sim sobre a mesa, uivando de dor ao bater a canela e derrubando uma coleção de copos e garrafas. Colette não demonstrou o menor interesse na briga que se seguiu, tirando da bolsa uma piteira. Younger nunca a vira fumar.

Duas mãos em concha surgiram com um fósforo aceso. As mãos pertenciam, é claro, a Hans Gruber. Colette aceitou o fogo. Ergueu os olhos para ele e falou alguma coisa, mas o barulho do lugar era tal que Younger só pôde ver o movimento dos lábios. Não ficou claro para Younger se Gruber a tinha reconhecido. Ou quem sabe, com as mãos pairando sobre os lábios dela, falando tão de perto, as faces muito próximas, ele a estivesse reconhecendo neste exato momento.

Continuaram a conversar por algum tempo — ela fumando, ele de vez em quando espantando outros homens que tentavam se aproximar dela. Gruber pediu uma bebida para ela; a bebida chegou. Gruber pagou; ela bebeu. Agora ele a conduzia para a pista de dança. E eles dançaram, com a mão direita de Hans acariciando a cintura de Colette.

Younger deu um sorriso amarelo para si mesmo.

*

A dança durou uma hora ou mais, pontuada por um consumo desenfreado de álcool em abundante quantidade não só por parte de Gruber como também de Colette e de dois amigos dele, baixos e atarracados que, carecendo de companhia feminina, pareciam ter como meta apoiar a conquista de Gruber. A certa altura, Gruber entornou de uma só vez uma caneca tripla de cerveja espumosa, incentivado pelos gritos de seu nome. Durante uma pausa na música, Gruber ajudou Colette a vestir o casaco e a conduziu alegremente para fora da cervejaria, os dois amigos seguindo-os de perto, rugindo de gargalhar.

Younger esperou que eles saíssem completamente do jardim antes de ir atrás deles. Ele e Luc chegaram à rua bem a tempo de ver Colette entrando no banco de trás de um conversível de quatro lugares. Gruber sentou-se a seu lado e o carro partiu. Gruber cantava alto — e não cantava mal, Younger foi obrigado a admitir —, o braço em volta do ombro de Colette. Younger correu para a motocicleta.

Estrelas de seis pontas e letras hebraicas nas fachadas indicavam que haviam penetrado num bairro judeu. Younger não saberia dizer exatamente o que estava fazendo enquanto seguia sub-repticiamente Colette e seu namorado num passeio por Praga, mas manteve-se firme. Younger seguira o carro de Gruber por um caminho tortuoso, cheio de meandros. Mais de uma vez, o carro subiu na calçada antes de redescobrir a rua.

Estavam agora numa alameda chamada Mikulasska, com fileiras de árvores e fachadas *art nouveau* iluminadas por lampiões a gás caprichosamente acesos. Uma velha corria apressada pela rua, carregando algo pesado nos braços, como se fugisse em busca de proteção.

"O que ela está fazendo a esta hora?", Younger pensou em voz alta.

Gritos chegaram dos arredores invisíveis. Bandos de rapazes podiam ser vistos correndo pelas ruas laterais. Em frente havia um tumulto. O carro de Gruber parou ao lado da comoção. Younger brecou igualmente, perto de um círculo composto de mais de uma dúzia de jovens parados na larga calçada. No centro do círculo, um cavalheiro em trajes de noite — um homem pequeno, de óculos e bengala — era empurrado e insultado. Alguém arrancou sua bengala e a jogou numa vitrine, quebrando a vidraça.

"Muito festivo...", disse Younger.

Gruber desceu do carro de um salto e correu para a multidão. Empurrou um moleirão atrás do outro até chegar ao centro do círculo, onde estava o apavorado cavalheiro em trajes de noite. "*Jüdisch*?", perguntou Gruber.

Assustado, o homem não respondeu. Os espectadores pareciam tão desconfiados de Gruber quanto hostis ao velho senhor.

"*Jüdisch?*", Gruber repetiu, sem maldade, como se fosse uma informação importante.

Luc olhou para Younger, que explicou baixinho: "Ele está perguntando se o homem é judeu".

O cavalheiro de óculos com trajes de noite evidentemente entendeu a palavra alemã. Assentiu de maneira quase imperceptível: talvez alimentasse a esperança de ser salvo pelo estrangeiro. A confissão lhe custou caro. Gruber removeu os óculos do homem, deixou-os cair no chão e os destroçou sob seu sapato. A turba irrompeu em urros de aprovação. O cavalheiro tentou recuar, mas Gruber o agarrou pela lapela e lhe deu um soco na cara, fazendo com que tombasse para trás e atravessasse a vitrine estilhaçada. A turba urrou ainda mais alto. Hans, esfregando as mãos, abriu caminho entre o círculo de espectadores e voltou ao carro.

Younger pensou em ajudar o homem agredido, mas Gruber já estava entrando no automóvel. Provavelmente Colette não teve conhecimento do que ele acabara de fazer. Younger podia vê-la no banco traseiro, deixando Gruber passar novamente o braço por seu ombro. O carro deu partida e se foi. Younger deixou o homem caído à sua própria sorte.

O veículo de Gruber subia lentamente a avenida. Younger o seguia, mantendo distância. Após alguns quarteirões, chegaram a uma velha praça com uma fogueira ardendo no centro. As pessoas batiam palmas e cantavam em volta dela. Outras, carregando pilhas de livros pesados, emergiam de um prédio velho e respeitável do lado oposto da praça. Quando chegavam à fogueira, alimentavam-na com os livros.

"É um bom *pogrom* à moda antiga", disse Younger.

O carro de Gruber cruzou a praça, contornando os arruaceiros, e pouco menos de um quilômetro adiante parou junto ao portão de um pequeno parque gramado. Younger parou aproximadamente um quarteirão antes. O interior do parque estava pontilhado de postes de ferro lavrado e árvores espalhadas, cujas folhas castanho-avermelhadas reluziam como prata ao luar. Gruber e Colette saíram do carro. Seus amigos permaneceram no interior, bebendo e farreando.

"Espere aqui", Younger ordenou a Luc.

Desmontou a motocicleta e, em meio à escuridão, deslizou para o perímetro do parque, onde se defrontou com uma cerca de ferro alta e barrada. Através das barras, discerniu Colette e Gruber passeando de braços dados. Younger foi se movendo ao longo da cerca, observando-os penetrar mais e mais no interior do parque. Gruber falava rapidamente em alemão; Colette ria de forma insinuante, embora Younger achasse difícil acreditar que ela estivesse entendendo o que ele dizia. Para asco de Younger, Gruber volta e meia girava Colette nos braços, como se ainda estivessem dançando no jardim da cervejaria.

Pararam sob a luz tênue de um lampião a gás. Gruber tirou o casaco de Colette e o deixou cair no chão. Girou Colette de modo que ela ficasse de costas para ele. Pôs as mãos sobre a barriga dela e parecia estar mordiscando sua orelha. Younger lembrou-se da noite em que ele próprio fizera algo similar; Colette fora bem menos condescendente. Rudemente, Gruber a girou de volta. Estavam face a face. Ele acariciou sua boca com o polegar. A bolsa de Colette caiu na grama. Gruber puxou Colette para si, curvando-se para beijá-la — e então, abruptamente, recuou cambaleando.

Colette segurava uma pequena pistola. Ainda não acontecera nada; ela não tinha disparado a arma. Porém a apontava diretamente para o coração dele, segurando-a com as duas mãos. Dizia algo para ele em alemão. Pela cadência, Younger teve a impressão de que ela recitava palavras decoradas, mas falava baixo demais para Younger entender. Gruber caiu de joelhos, rogando, implorando. Colette respirava forte; seus ombros subiam e desciam. Então foi se aquietando, a pistola apontada para os olhos de Gruber, à queima-roupa.

Mas ela hesitava. E hesitou por trinta segundos inteiros, Gruber o tempo todo suplicando. Finalmente ela deu um passo para trás, depois outro e mais outro, até virar-se e fugir para o meio da escuridão.

Younger ouviu um choque e um grito abafado. Um instante depois, os atarracados amigos de Hans apareceram no cone de luz que descia do lampião. Eles seguravam Colette, que se debatia, os pés mal tocando o chão. Ela possivelmente dera de encontro com eles. Um dos dois cobria sua boca com a mão gorda; o outro apertava a arma da própria Colette contra suas costelas.

Gruber se levantou. Cuspiu, enxugou o nariz na manga e tirou a pistola do amigo. Esbofeteou Colette no rosto, xingou-a em alemão e enfiou o cano da arma em sua boca.

“Você aí, Gruber!”, rugiu Younger, agarrando as barras da cerca. “Solte-a!”

Sua voz pegou os homens de surpresa. Ouviram Younger, mas não podiam vê-lo. Gruber se virou, agitando a pistola às cegas na direção de Younger.

“Nós viemos pegar você, Gruber”, berrou Younger. “Vamos arrancar o seu coração do peito e enfiá-lo na sua boca e fazer você comer.”

É claro que Younger estava mentindo: não havia nenhum “nós”. Ou assim pensava Younger até ver uma pequena figura arremeter a seu lado e enfiar-se pelas barras da cerca, cujo espaçamento era muito estreito para um adulto, mas não para um menino. Younger agarrou Luc pela jaqueta de couro bem no instante em que ele conseguiu passar. Os pés do garoto derrapavam como uma roda em falso, fazendo contato com o chão mas sem conseguir ir adiante.

O som das passadas teve um efeito imediato. Acreditando estar sendo perseguido, Gruber disparou para o portão do parque, mandando que os amigos trouxessem a moça. Os dois obedeceram imediatamente, arrastando Colette entre ambos. Younger, puxando Luc de volta pela cerca, também saiu correndo, carregando o menino no ombro. Precisava percorrer um caminho maior, mas chegou até a motocicleta quase com a mesma rapidez com que Gruber e os amigos alcançaram o carro.

"Fique onde está quando eu mandar, maldição!", ordenou Younger metendo Luc de volta no *sidecar*, desta vez prendendo os braços e ombros do menino dentro do compartimento para evitar que ele saísse. "Menino corajoso."

Younger ligou o motor e saiu em perseguição deles.

Gruber assumira o volante do carro. Dirigia selvagemente por ruas estreitas. Não reduzia quando vislumbrava um carro estacionado, nem mesmo para se desviar dos pedestres, obrigando-os a se lançar fora de seu caminho. Na verdade, uma vez chegou a acelerar quando um homem, no meio da rua, não tinha para onde ir; com o impacto o homem foi arremessado longe. No assento traseiro, Colette estava espremida entre os dois amigos de Gruber, que a seguravam com força.

Younger insistiu na perseguição, mas não conseguia reduzir a distância. De repente saíram numa avenida que ladeava o rio, onde Younger, forçando o acelerador, conseguiu ganhar terreno. Sob um arco gótico, Gruber virou na direção de uma ponte medieval, precipitando-se contra estátuas barrocas retorcidas de ambos os lados, mais uma vez provocando a debandada dos pedestres próximos. Ao chegarem do outro lado do rio, Younger estava bem atrás deles.

Mas Gruber fez uma conversão súbita na saída da ponte, e embora Younger tentasse segui-lo, a motocicleta derrapou, fazendo um giro de cento e oitenta graus e chocando-se contra uma barraca de madeira fechada. Em um instante, Younger conseguiu redirecionar e acelerar a moto, mas a distância voltara a aumentar. No fim da rua, Gruber fez uma nova conversão repentina, cantando pneus morro acima. Seguindo-o, Younger entrou num bairro com ruas em zigue-zague cada vez mais inclinadas. Por um momento perdeu completamente o carro de Gruber. Depois, ao longe, o viu fazendo uma curva em cotovelo e desaparecer numa ruela íngreme.

Younger acelerou em direção a ele. A rua transformou-se numa ladeira de paralelepípedos, de um lado cercada por casas e, do outro, por um muro de pedra. Eles estavam subindo a uma grande altitude. A cada quinze ou vinte metros, havia um pequeno lance de degraus baixos; Younger saltava no ar toda vez que transpunham um desses lances, com Luc voando a seu lado dentro do *sidecar*. Passaram por um bloqueio de rua, quebrado e espalhado por todos os lados. O carro de Gruber obviamente tinha se chocado com ele momentos antes.

No alto do morro, Younger chegou a uma praça imensa às escuras. Parou a moto. A maciça catedral gótica de são Vito agigantava-se de um lado e, do outro, o enorme castelo de Praga, engolfado em trevas.

A praça estava vazia, atulhada de detritos rochosos e materiais de construção. Em alguns pontos havia buracos enormes cavados no solo. Em outros, montes de terra empilhados até quase cinco metros de altura. Tudo quieto. Estranhas formas oblongas se erguiam contra o luar. Nem sinal de Gruber.

Younger não gostou nada disso. O carro de Gruber podia estar escondido em qualquer lugar, ao passo que, se adentrasse a praça aberta, ele e Luc ficariam expostos — alvos fáceis. Um bando de pássaros soltava gritos esganiçados num canto distante da praça, acabando por alçar voo e debandar. Mas Younger não ouviu nenhum motor e tampouco viu a luz de um veículo. "Talvez não estejam aqui", disse baixinho, sem acreditar nas próprias palavras.

Apagou o farol da moto. Com a mão acionando levemente o acelerador, conduziu o *sidecar* pelo terreno escavado, contornando os grandes equipamentos e os fossos perigosos. Nenhum sinal de Gruber. Aproximaram-se de dois grandes montes cônicos de terra, muito próximos um do outro. Younger levou a moto para o meio deles.

Bem à frente, havia uma vista panorâmica de Praga — o rio, as pontes, os muitos distritos cintilando luzes. Na beira do precipício, houvera um muro de contenção, agora demolido. Younger começou a recear ter realmente perdido sua presa.

A resposta à sua conjectura interior foi o rugido de um motor atrás deles, seguido de uma colisão. O carro de Gruber os atingira por trás, empurrando-os para metros mais perto do precipício. Gruber deu ré e atingiu-os novamente. Younger não tinha para onde fugir, preso entre os dois montes de terra e com o precipício à frente. Agora o carro de Gruber tinha engatado na traseira da moto e do *sidecar*; seu motor gemia, empurrando-os para a frente. Os freios de Younger não faziam o menor efeito. Ele engatou a marcha a ré da moto e acionou o motor. Isso reduziu o movimento para a frente, mas não o impediu totalmente. Quando chegaram à beira do precipício, encalharam. Os resíduos do muro de contenção demolido, com quinze ou vinte centímetros de altura, os salvaram.

Gruber recuou uma última vez. Younger tentou arrancar Luc do *sidecar* pela gola da jaqueta, mas o garoto estava encaixado bem demais. Younger não conseguiu tirá-lo. Ouviu o rugido do carro de Gruber, ouviu a marcha ser engatada. Younger pulou sobre o *sidecar*. Pegou o menino pelas axilas, ao mesmo tempo puxando e girando, até que o impacto final veio, lançando a motocicleta por cima da mureta. Younger foi arremessado ao ar, com o menino nos braços, enquanto a motocicleta mergulhava no abismo, indo se chocar contra a encosta montanhosa, voando no ar, batendo no chão e voando no ar de novo, até por fim colidir contra um muro de pedra no sopé da montanha, onde explodiu em chamas.

Younger observou a explosão a seus pés de um ponto situado alguns metros abaixo do cume. Ele e Luc haviam rolado juntos morro abaixo até Younger interromper a queda usando o esperto estratagema de trombar com o tronco de uma árvore. A explosão mandou pedaços da moto para as alturas, muitos deles aterrissando ao lado de Younger e Luc. O menino não respirava bem: seus olhos estavam arregalados, mas ele não inspirava o ar. Younger sentiu pânico por um momento. Então Luc começou a tossir entrecortadamente.

"Você está bem", constatou Younger. "Foi só o ar que você expeliu de uma vez. Fique aqui."

Younger subiu correndo a ladeira. Ao voltar para a praça, viu o carro de Gruber na outra extremidade — prestes a deixar o local pela mesma ruela calçada pela qual haviam subido. Younger pôs dois dedos na boca e deu um assobio agudo no meio da noite.

O carro de Gruber parou. Younger assobiou novamente. O carro recuou e deu meia-volta, os faróis iluminando Younger, os dois separados por cerca de trinta metros. Por um instante não houve nenhum movimento, exceto o vento agitando as bordas de seu longo sobretudo. As grandes torres do castelo estavam envoltas em trevas; o luar irradiava seu brilho sobre as lajes de pedra. Younger abriu os braços, desafiando Gruber a vir buscá-lo.

O motor do carro soou alto. Younger começou a andar. O carro deu um salto e partiu em sua direção; Younger deu início a uma leve corrida. Gruber acelerou; Younger correu mais rápido. No centro da praça, quando a colisão era iminente, Younger deu um pulo alto no ar. O capô do carro passou embaixo dele. Ele bateu o ombro no para-brisa e protegeu o rosto com o braço.

O vidro se rompeu, estilhaços pontiagudos voaram em direção ao rosto de Gruber, e o carro girou sem controle. O banco direito da frente se soltou quando Younger caiu sobre ele, atingindo um dos homens no banco de trás, que soltou um grito de dor, as pernas presas ou talvez quebradas.

Ao lado desse homem imobilizado e desarmado, no meio do banco traseiro, estava Colette. "Stratham?", ela disse.

"Não se mexa", ele replicou.

Do outro lado de Colette, o segundo amigo atarracado de Gruber segurava a pistola dela, tentando apontá-la para Younger, quando o carro parou subitamente. Younger agarrou a mão dele, pôs seu próprio dedo sobre o dedo que estava no gatilho e forçou dois tiros inofensivos no ar. Em seguida, puxou o braço do homem por cima do peito de Colette, de modo que a arma pressionou diretamente as costelas do outro — aquele que estava com as pernas presas. Younger forçou três tiros e depois torceu o braço do atirador de modo que a pistola ficasse apontada para a têmpora dele. O último olhar do sujeito foi de incompreensão; ele parecia não entender como uma arma que ele próprio estava segurando podia estar apontada para sua cabeça. Younger fez a pistola disparar.

No banco da frente, Gruber tentava desesperadamente tirar os cacos de vidro de seu rosto e de seus olhos. Ao ouvir os tiros, golpeou aflito a porta, incapaz de achar o trinco. No fim, começou a sair pela janela.

Younger agarrou Gruber pelos tornozelos e ficou de pé no banco, segurando Gruber de cabeça para baixo. As mãos de Gruber arranhavam o calçamento como patas de um roedor tentando escavar a terra. Younger o ergueu a vários centímetros do chão e o deixou cair, o rosto batendo no chão de pedra.

O golpe deixou Gruber tonto, mas não o derrubou. Younger viu no painel a barra de aço que separava os dois módulos do para-brisa. Agarrou-a, saltou para fora do carro e ergueu Gruber do chão, segurando-o contra o veículo. Gruber tinha o rosto ensanguentado, os olhos apavorados. Colette, conseguindo livrar-se dos dois homens mortos, também saiu do carro.

"Acho que o noivado terminou", Younger disse a Colette sem olhar para ela.

"Ele não era meu noivo", ela respondeu. "Ele..."

"Eu sei o que ele é", disse Younger.

"Não", insistiu Colette, "ele..."

"Eu sei", repetiu Younger.

"Luc", gritou Colette. O garoto estava parado somente a alguns metros, iluminado pelos faróis do carro.

Younger olhou para o encolhido Hans Gruber. "Estou tentando pensar", Younger disse a ele em voz baixa, quase num sussurro, "num motivo para deixar você viver."

"Não fui eu", disse Gruber. "Fomos todos nós. Todo mundo fez aquilo."

"Isso não é um motivo", disse Younger no mesmo tom inaudível.

"Eles nos mandaram fazer", Gruber disse, implorando.

"Eu não acredito em você", disse Younger.

"Stratham...", disse Colette.

"A única coisa em que consigo pensar é na sua covardia", observou

Younger, estudando o rosto suplicante de Gruber. Younger pensou no assunto. Depois disse: “Mas isso também não é motivo”.

Younger correu a barra de aço desde a parte de baixo do queixo de Hans Gruber até o alto de seu crânio. Os olhos azuis congelaram. Younger observou aqueles olhos por um longo instante — depois deixou o cadáver tombar no chão.

“Vamos pegar o carro dele”, disse.

Arrastando os outros dois corpos para fora, Younger deixou os três empilhados. Luc fitou os homens mortos. Depois, pegou a irmã pela mão e ambos entraram no veículo. Ao cruzarem uma ponte sobre o Vltava no carro sem para-brisa, sirenes e alarmes começaram a soar.

Várias horas depois, Younger abriu uma cabine-dormitório a bordo de um trem em movimento. Uma única vela lançava uma luz tremulante. Na cama de baixo, Luc e Colette estavam deitados juntos. O menino dormia.

“É você que está aí?”, Colette sussurrou no escuro.

“Sou eu.” Younger afrouxou a gravata, foi até a pia e lavou o rosto. Haviam acabado de cruzar a fronteira da Áustria. Ele tinha ficado no corredor, para ver se a polícia embarcaria. Nenhum policial embarcara.

“Você é um bom matador”, ela disse inesperadamente.

Ele pegou Luc nos braços e o colocou na cama de cima. O garoto se mexeu, mas não abriu os olhos. Surpresa, Colette sentou-se na cama e puxou o lençol até o pescoço, num gesto protetor. Evidentemente, estava com medo de que ele se deitasse a seu lado.

Ele ia tranquilizá-la de que só tinha passado o menino para a cama de cima porque encontrara outra cabine para si, assim ela e Luc não precisariam dividir o leito. Mas as palavras não saíram. Em vez disso, foi tomado de fúria. Arrancou o lençol dela. Vestida apenas com uma combinação, ela aproximou os joelhos do corpo e os envolveu com os braços, os olhos verdes faiscando de forma tênue e ansiosa à luz da vela.

Ele sacudiu a cabeça. “O que um homem precisa fazer para você confiar nele?”, perguntou. “Morrer?”

“Eu confio em você.”

“E é por isso que está agindo como se eu fosse estuprá-la?”

Ela recuou ainda mais para o canto escuro da cama, agarrando a corrente de prata que sempre trazia no pescoço.

Ele não teria conseguido explicar sua própria violência. Se era raiva, só tinha sentido algo parecido umas poucas vezes, durante a guerra. Ele se abaixou, pegou-a pelos pulsos, deixou-a de pé à sua frente e arrancou-lhe a corrente do pescoço. Ela não disse nada. Ele falou baixinho, mal se ouviam suas palavras com o ruído da locomotiva. "É impressionante isto — impressionante mesmo. Você mentiu para mim durante anos. E mentiu muito bem, fingindo se sentir ofendida pelo que eu escondia de você. E agora volta a bancar a virgenzinha temente a Deus, com sua cruz na mão e sua fé em que Ele irá protegê-la. Ninguém lhe contou que boas moças cristãs não caçam um homem por seis anos para matá-lo?"

"Não é uma cruz", ela disse.

Ele abriu a mão: na ponta da corrente de prata havia um medalhão.

"Foi assim que eu soube o nome dele", explicou Colette. Ela pegou o medalhão, abriu as duas metades por meio de uma minúscula dobradiça e tirou de dentro um pequeno e fino metal oval. "Quando achamos a mamãe, ela estava com o punho cerrado. Eu abri, um dedo de cada vez. Dentro havia isto. Ela tinha arrancado do homem que... a matou."

Younger segurou o pequeno objeto oval: era a placa de identificação de um soldado. Inclinando-a, pôde ver letras gravadas com o nome *Hans Gruber*.

"Eu usei esse medalhão todos os dias", disse ela, "desde 1914. Se eu tivesse lhe contado a verdade, você teria me deixado vir a Viena procurá-lo?"

Younger não respondeu.

"Você não teria tentado me impedir?", ela perguntou.

"Sim."

Colette virou-se para a janela da cabine e tentou girar o fecho. Ele não cedeu. Ela puxou com as duas mãos. Finalmente, a parte superior se abriu e um vento feroz soprou junto com o rugido da noite. Ela caiu de volta nos braços dele, seu longo cabelo negro esvoaçando, cobrindo os olhos dos dois. Ele viu a delicada linha de seu rosto e a irradiação ansiosa de seus olhos fitando-o, tremeluzindo à luz da vela. Segurou-a perto, tão perto que o peito dela pressionava o seu, e pôs seus lábios sobre os dela. Por um instante, todo o corpo de Colette se rendeu; então ela se afastou, tirou dele a placa metálica e a jogou pela janela; a plaqueta sumiu na noite sem deixar traço, sem um som.

Ela virou-se para encará-lo, estremecendo com o ar frio que rodopiava pelo compartimento, cabelos revoltos, ombros nus captando a luz da vela. Ele viu que ela não iria resistir. Se pusesse as mãos nela, ela deixaria: seria alguma dívida que sentia ter com ele? Younger olhou para a figura adormecida do menino e fechou a janela.

De sua parte, Luc — que não estava dormindo — esperava o desagradável som de beijos ou de outras coisas que os adultos fazem. Mas os sons nunca vieram. Em vez disso, ouviu uma porta se abrir e se fechar quando Younger saiu da cabine.

15

Frequentemente os americanos — para não dizer os próprios moradores da capital — se perguntam se a cidade de Washington está *no* distrito de Columbia ou *é* o distrito de Columbia. Em 1920, a resposta certa não era nenhuma das anteriores. Não havia cidade de Washington.

Quando os Estados Unidos instalaram sua capital às margens do rio Potomac, entre Maryland e Virgínia, no fim do século XVIII, a terra reservada ao empreendimento era um perfeito quadrado, ou melhor, losango, com cada lado tendo exatamente dezesseis quilômetros de comprimento. A totalidade desse losango foi denominada território de Columbia. Nesse território ficavam três municipalidades: o antigo assentamento de Georgetown, a cidade de Alexandria, anteriormente pertencente à Virgínia, e a nova capital, Washington.

Mais de meio século depois, com os Estados Unidos ocupados em estabelecer numerosos acordos inúteis entre o Norte e o Sul, uma dessas barganhas foi negociada no território de Columbia. Alexandria, pobre e intensamente favorável à escravatura, foi devolvida ao Estado escravocrata da Virgínia, enquanto o comércio de propriedade humana era abolido nas demais regiões do país. Em consequência disso, a capital perdeu sua perfeição geométrica, bem como cerca de um terço de seu território. Entrementes, as cidades de Georgetown e Washington cresceram a ponto de se fundirem. Em virtude disso, na década de 1870, o Congresso revogou os limites dos dois municípios, combinando-os num só, juntamente com o restante do território, para constituir o unificado distrito de Columbia.

A partir daí, formalmente falando, não existe mais cidade de Washington. Mas ninguém jamais se preocupou com esse pormenor, e Washington continua a ser mencionada, e todos acreditam nisto, como se fosse uma cidade real.

"Relatório de progressos, Littlemore", disse o secretário Houston, com seu suave sotaque sulista, num final de manhã de outubro, depois de convocar o detetive para seu suntuoso escritório, maior do que muitos apartamentos que Littlemore conhecia em Nova York. "Eu gostaria muito de anunciar algum progresso neste momento."

"A tempo para a eleição?", indagou Littlemore.

"Correto."

"Gostaria de ter mais para o senhor." Littlemore estava frustrado, nenhum de seus caminhos de investigação estava dando resultados. "Meus rapazes não acharam ninguém que tenha visto o caminhão de fuga deixando o beco depois da bomba. Mas vão achar. Alguém deve ter visto. Nesse meio-tempo, investiguei todo mundo que teve alguma coisa a ver com a transferência do ouro. O único que chama a atenção é Riggs, e ele se foi."

"Riggs?", perguntou Houston. "Quem é esse?"

"O seu funcionário que morreu em dezesseis de setembro."

"Ah, sim. O que é que há com ele?"

"Riggs solicitou um passaporte em julho passado. Planejava uma pequena viagem ao exterior."

"Então ele era um dos criminosos!", declarou Houston.

"Assim parece. Infelizmente, não consigo encontrar ninguém que o conhecesse. Nem esposa nem família. Ele foi contratado pelo Tesouro aqui em Washington em 1917. Transferido para Nova York no ano passado. Quem teria feito essa transferência, senhor?"

"Não faço ideia. Só me tornei secretário este ano."

"O senhor poderia descobrir?"

"Não vejo por que não."

Littlemore esfregou o queixo. "Fico pensando se poderiam ter tirado o ouro por mar. O porto fica bem perto da Wall Street. Temos verificado os navios que partem de Nova York?"

"*Temos verificado*?", disse Houston. "A alfândega inspeciona cada contêiner carregado dos navios que partem. Ouro é algo bem pesado, Littlemore. Seria impossível embarcar seis mil quilos de ouro num navio sem o nosso conhecimento."

"Certo, digamos que eles não saíram por mar. Que o levaram em um caminhão. E aí? O senhor é o especialista no assunto, senhor Houston. Se estivesse sentado em todo aquele metal, o que faria com ele?"

"Eu derreteria. Refundiria as barras."

"Por quê?"

"Cada barra do Tesouro tem as nossas marcas gravadas. Para vender o ouro, os ladrões precisam apagar essas marcas, e o único jeito de fazer isso é derretendo o ouro. Uma vez derretido e fazendo barras novas, fica impossível rastrear o ouro. É o que eles fazem com o metal soviético."

"Os russos têm ouro?"

"Quantidades imensas — das casas de tesouros dos tsares. É contrabando. Não pode ser vendido em lugar nenhum do mundo civilizado. Nem mesmo eu tenho permissão de comprar. O que os russos fazem é contrabandeá-lo para cá por navio, derretê-lo, moldá-lo em barras, e aí vendê-lo para nós."

"Nós? O senhor se refere ao Tesouro?"

"Certamente. O Tesouro dos Estados Unidos compra todo e qualquer ouro que lhe seja apresentado, não importa em que quantidade, e no mundo todo somos o país que paga o melhor preço. Exceto ouro russo, no qual não tocamos — a não ser que não possamos identificá-lo como russo. Um dia desses interceptamos um carregamento. Você não soube? Mais de dois milhões de dólares em metal russo escondido num navio de passageiros sueco. A alfândega descobriu. Mandei os suecos embora. Agora o navio está de novo no mar, levando o ouro russo de volta para casa."

"Senhor Houston, é melhor mandar trazer de volta esse navio."

"Para quê?"

"Um caso clássico de isca e troca", disse Littlemore. "O navio sueco deixou o porto de Nova York levando uma carga de ouro com a sua autorização. Mas talvez debaixo de algumas barras de metal russo, o resto não fosse russo. Talvez fosse o seu ouro... o ouro roubado."

"Não creio nisso."

"Traga o navio de volta, senhor Houston. Então saberemos com certeza."

"Eu não posso interceptar um navio em alto-mar e rebocá-lo de volta para Nova York."

"Por que não? Mande alguns cruzadores. Fazíamos isso durante a guerra."

"Não estamos mais em guerra, Littlemore. Nos dias de hoje isso é muito delicado. As tensões são grandes. Não queremos um incidente internacional, pelo amor de Deus."

"Então simplesmente aborde o navio, senhor Houston. Abra os caixotes de ouro. Verifique as barras e certifique-se de que todas são russas. Só isso."

"Não me diga como fazer meu trabalho, Littlemore. Estamos falando de um navio de passageiros. Mil pessoas a bordo. Se estivermos errados, sairá em todos os jornais do mundo inteiro. E eu vou dizer que estou procurando o quê? O ouro roubado do Tesouro? E deixar todo mundo saber do roubo?"

"Não precisa dizer o que está procurando. As pessoas vão pensar que está em busca de armas ou algo assim."

"É pura especulação. Não vou mandar a Marinha dos Estados Unidos numa perseguição incerta." Ele tamborilou os dedos na mesa. "O que Fall queria com você?"

"Que eu o informasse se descobrisse alguma ligação do assalto com a Rússia."

"Ele iria adorar, não iria?" Houston grunhiu com desdém. "Fomentador de guerra."

*

Um dos privilégios dos funcionários federais era ter prioridade em ligações de longa distância. Por exemplo, um agente que fizesse uma chamada do Tesouro, em Washington, para Nova York geralmente podia consegui-la em menos de quinze minutos. E o mais importante: desde que o governo federal assumira o controle das companhias telefônicas do país em 1918, passando a estabelecer as tarifas, tais ligações não eram cobradas.

Littlemore aproveitou essas prerrogativas para ligar para a Sociedade Americana de Pesquisa Psíquica. Após um breve intervalo, uma telefonista ligou de volta com o dr. Walter Prince na linha.

"Uma pergunta, doutor", começou Littlemore. "O senhor teve alguma oportunidade de conversar com Ed Fischer depois que eu e o senhor nos reunimos em seu escritório?"

"Com certeza", respondeu o dr. Prince, com sua voz distante e fragmentada pela estática acumulada nos trezentos quilômetros de cabos telefônicos. "Eu o visitei no manicômio naquele mesmo dia, mais tarde."

"O senhor deu a ele alguma dica de que eu ia perguntar quando ele teve o primeiro prenúncio do atentado?"

"Eu mencionei, sim, que havia um policial interessado nessa informação."

"Eu devia saber", declarou Littlemore. "Ele me fez pensar que tinha feito um de seus truques mágicos. Obrigado, doutor Prince. Era tudo o que eu precisava saber."

"Sinto que está expressando ceticismo quanto às faculdades do senhor Fischer, capitão."

"Por que haveria de ser cético em relação a um sujeito que acha que é agente do Serviço Secreto e que os papas estão querendo acabar com ele?"

"As pessoas dotadas de faculdades especiais frequentemente se sentem perseguidas, capitão. Em geral são instáveis. Isso não torna as premonições delas menos válidas."

"Desculpe, doutor Prince. Essa eu não engulo."

"Então como explica o conhecimento prévio que ele teve do atentado?"

Littlemore respondeu com um vitupério que deixou a si mesmo surpreso: "Eu não explico", vociferou. "Sabe o que mais? Não dou a mínima se ele é o Fantasma do Natal Futuro. Ele não tem utilidade para mim".

O Hotel Willard, na avenida Pennsylvania, um pouco abaixo da Casa Branca, costumava ser o local predileto do presidente Ulysses S. Grant para molhar a boca quando precisava de um conhaque após um longo dia no gabinete. Homens de negócios ou seus prepostos ficavam à espera do presidente no luxuoso *lobby* do hotel, abordando Grant para que considerasse seu caso, agradando-o com aperitivos e, de forma geral, explicando tudo que podiam fazer pela administração dele se apenas um determinado alvará vital fosse concedido ou um contrato lucrativo assinado. Grant os chamava de "lobistas".

Littlemore abria caminho através desse saguão de teto elevado, quando uma figura feminina, alta e familiar, aproximou-se dele trajando um elegante terno feminino.

"Gostando de Washington, agente Littlemore?", ela perguntou sob um lustre cintilante.

"Boa noite, senhora Cross", disse Littlemore.

"Gravata nova?"

Littlemore olhou para baixo. Geralmente costumava usar gravata-borboleta, mas nas primeiras semanas de emprego novo Littlemore não vira um só funcionário do Tesouro usando uma. Mencionara o fato a Betty, que lhe deu de presente uma gravata comprida. "Vai me dizer que o nó não está certo?", ele perguntou.

"O nó está bom. Só meio apertado demais." Ela afrouxou o nó um pouco; ele conseguiu respirar com mais facilidade. "Agora está melhor. O senador Fall quer vê-lo. Estou aqui para levá-lo até ele."

Sem esperar resposta, a sra. Cross virou-se e se dirigiu para a porta de entrada do hotel. Littlemore seguiu sua forma ondulante, primeiro com os olhos, depois com as pernas. Do lado de fora, ela se colocou ao volante de um carro que aguardava.

"A senhora é o motorista?", Littlemore perguntou, sentando-se a seu lado.

"Eu sou o motorista." Ela ligou o motor. "Isso o deixa nervoso?"

"Não estou nervoso."

A sra. Cross conduziu Littlemore pela Alameda. Pouco antes do Capitólio, fez uma conversão e entrou num bairro pobre semelhante ao que ele vagara por engano em seu primeiro dia em Washington. Ela parou atrás de outro carro numa rua pequena e mal iluminada, espremida claustrofobicamente entre muros de casas enfileiradas frente a frente. Havia luzes acesas em várias janelas, mas cortinas impossibilitavam ver o interior. "Avenida Maine", explicou a sra. Cross. "Costumava chamar-se Armory Place, Arsenal de Armas. Também conhecida como Louse Alley, Beco do Piolho. Boa sorte."

Do carro à frente, surgiu o motorista, que abriu a porta do passageiro, permitindo que o senador Fall saísse se espreguiçando, um chapéu branco de vaqueiro sobre o espesso bigode branco. Littlemore entrou no beco e se juntou a ele. A sra. Cross permaneceu no carro, o motor ligado zunindo suavemente.

"Gosta das de cor, Littlemore?", perguntou Fall. "As melhores moças de cor da cidade estão nesta rua. Foi assim que aprendi a amar esta cidade. A apenas três quadras do Capitólio."

"Por que estamos nos encontrando aqui, senhor senador?"

"Parece que o seu patrão, o secretário Maricas, se queixou ao presidente Wilson que eu estava interferindo na investigação. Imaginei que deveríamos achar um lugar mais afastado para nossas conversas." Fall começou a subir a rua, com Littlemore ao lado e o carro seguindo-os devagar. "O que você sabe sobre esses dois rapazes que o Flynn está querendo pegar?"

"Que dois rapazes?"

"Uma dupla de italianos de Boston. Como diabos é mesmo o nome deles? Só me vem à cabeça um saco de espaguete."

"Sacco e Vanzetti?"

"Isso", disse Fall.

"Eles foram presos por assassinar um encarregado de folha de pagamentos", explicou Littlemore. "O que Flynn tem a ver com eles?"

"Ele pensa que os dois são os prisioneiros políticos dos panfletos dos anarquistas."

"Isso é loucura", disse Littlemore. "Quando os vermelhos dizem prisioneiros políticos, referem-se a Debs e a outros sujeitos antiguerra que Palmer e Big Bill puseram atrás das grades. Todo mundo sabe disso. Você só poderia ser algum anarquista estúpido se dissesse '*Libertem os prisioneiros políticos*' com o objetivo de libertar dois caras presos por assassinar um encarregado de folha de pagamentos em Boston. Ninguém saberia a que você se refere."

"Bem, Flynn tem algo sobre eles", disse Fall. "Ele plantou um informante na cela dos dois."

"De onde ele tira essas ideias? Ele não pode conseguir ser tão idiota sozinho."

"Eu tinha esperança que você soubesse. Agora, esta casa aqui..." Fall apontou uma casa de esquina grande mas degradada. "Esta casa pertencia a uma moça chamada Hall. Ela servia champanhe em taças de cristal. Tão rica como nós, senadores. Ainda contam histórias sobre as meninas dela. Bem, tudo saiu como eu disse, não é? Você descobriu que os russos estavam envolvidos no atentado e o secretário Maricas enterrou a ideia."

"Eu não descobri envolvimento dos russos, senhor senador."

"Se os autores do atentado chegaram a usar mesmo algumas barras de metal russo para enganar a alfândega, isso é envolvimento russo. Como acha que os autores puseram as mãos em ouro soviético? Aposto que toda a tripulação daquele navio sueco era russa."

"O senhor sabe de tudo que eu digo para o senhor Houston?", perguntou Littlemore.

"Bastante. As paredes têm ouvidos nesta cidade, Littlemore. Eu preciso saber o que o outro sabe, se quiser estar à frente dele."

"Nós não temos certeza de que o navio sueco está com o ouro roubado", afirmou Littlemore.

"E Houston não vai erguer um dedo para descobrir, não é? Pois eu vou. Já conversei com Baker, o secretário de Guerra. Ele vai falar com seu velho amigo Daniels, secretário da Marinha. Em quarenta e oito horas, vou ter dois navios de guerra em cima daquele navio sueco. Em breve saberemos o que ele está levando."

Littlemore mascou seu palito. "Isso é impressionante, senhor senador."

"Nós somos a droga dos Estados Unidos da América. O que é que devemos fazer depois que explodem uma bomba aqui? Torcer as mãos? Dar a outra face? Esperar que se mandem daqui?" Fall fez um sinal para o motorista e cuspiu no calçamento, enxugando a boca com um lenço. "Essa maldita situação do México está esquentando. Eles são vorazes demais, esses mexicanos. Por que querem pegar todo o nosso petróleo? Vai ser preciso um sério trabalho de embaixada para evitar encrencas para Harding."

"O que Harding vai querer fazer, senhor?"

"O que eu lhe disser." O senador entrou em seu carro. "Eu informo você sobre o que encontrarmos no navio sueco. A senhora Cross vai lhe dar uma carona de volta. Você deveria conhecê-la melhor. Ela não é tão dura quanto finge ser."

"Há quanto tempo trabalha para o senador Fall?", Littlemore perguntou à sra. Cross enquanto passavam pelas incontáveis fileiras de prédios "temporários" de concreto da Marinha e Guerra ao longo da Alameda, que pareciam abrigos antiaéreos — temporários de acordo com a descrição oficial, mas permanentes na aparência.

"Há alguns anos. Eu trabalho para vários senadores. Para o senhor Harding, por exemplo."

"Para Harding? Uau!"

"Faço um bocado de coisas para o senhor Harding. Por empréstimo do senador Fall, é claro."

"A senhora poderia acabar na Casa Branca."

"Já acabei na Casa Branca muitas vezes."

Littlemore pensou nisso. "A senhora tem um primeiro nome, senhora Cross?"

"Grace."

"Grace, graça. Belo nome."

"Deixei o estado de graça há muito tempo. Todo mundo deixa seu estado de origem quando vem a Washington. Aqui estamos. Hotel Willard. Boa noite, Nova York."

Na manhã seguinte, Littlemore recebeu um telefonema em seu minúsculo escritório no Tesouro dos Estados Unidos. A telefonista informou que era um chamado de Nova York. Era o oficial Stankiewicz, da central de polícia.

"O que é, Stanky?"

"É o Fischer, capitão. Ele fica ligando e ligando, e mandando telegramas para o senhor. Disse que o senhor iria tirá-lo do manicômio."

"Ah, pelo amor de são Pedro", replicou Littlemore.

"Ele diz que o senhor ia conversar com o cunhado dele, um sujeito chamado... como era mesmo, Bishop ou algo assim? Quer que eu faça alguma coisa?"

"Simplesmente o ignore. Ele vai parar."

"Tudo bem. Como está Washington?"

"Espere um segundo", disse Littlemore. "'Bishop ou algo assim'?" O nome soava como Bishop ou você se lembrou de Bishop?"

"É. Bishop ou algo assim."

"Não, estou perguntando se... Faça-me um favor. Pegue a pasta do Fischer. Eu espero na linha."

Alguns minutos depois, Stankiewicz voltou. "Pronto, peguei."

"Certo, me ache o nome do cunhado do Fischer. É o cara que foi para o Canadá e mandou internar o Fischer como maluco. O nome dele deve estar nos documentos canadenses."

"Certo, está aqui: Pope. Robert Pope. Papa. Foi por isso que pensei em Bishop, de bispo."

"E o que você acha disso?", perguntou Littlemore. "Os *Papas*."

O departamento pessoal do Tesouro estava localizado no segundo andar. Littlemore já estava familiarizado com ele; estivera debruçado sobre fichas por três semanas. "Me diga, Molly", ele perguntou a uma das moças da repartição, "o Tesouro é responsável pelo Serviço Secreto?"

"Claro que é", respondeu Molly. "Por quê?"

"Um sujeito me disse isso há algumas semanas e eu não acreditei", disse Littlemore. "Parece que ele estava certo sobre um monte de coisas."

Minutos depois, Littlemore estava no piso superior folheando décadas e décadas de registros de emprego no Serviço Secreto dos Estados Unidos. Sabia de antemão que acabaria encontrando o nome que buscava, por mais improvável que fosse. E de fato encontrou.

A pasta estava praticamente vazia, contendo apenas uma leve indicação do ano de contratação e a locação do serviço. O ano era 1916; o local, cidade de Nova York. Depois disso, mais algumas datas a lápis, terminando no fim de 1917.

Littlemore largou a pasta de papel pardo sobre a escrivaninha do secretário Houston. "Poderia ter ajudado", disse, "se senhor tivesse mencionado para mim que o homem que estava tentando avisar as pessoas sobre o atentado era um funcionário nosso."

Houston reagiu com perplexidade.

"Você não sabia que Ed Fischer era um agente?", perguntou Littlemore.

"Eu não tinha ideia. Eu lhe disse: só me tornei secretário em fevereiro deste ano."

"Como alguém vira agente?"

"O diretor do Serviço Secreto é quem faz essas contratações."

"E quem é o diretor?"

"Bill Moran."

"Posso falar com ele?"

Houston chamou seu secretário e lhe ordenou que achasse o sr. Moran. No silêncio que se seguiu, Houston ficou parado junto à janela, mãos cruzadas nas costas, examinando os terrenos da Casa Branca. "Não vou sentir falta deste trabalho, Littlemore. Como é que posso equilibrar um orçamento de oito bilhões de dólares com uma receita de quatro bilhões? Estamos vivendo além das nossas possibilidades. Não empreste nem tome emprestado — era o que o meu pai dizia. Agora isso é tudo que eu faço — empresto e tomo emprestado."

"Não vai sentir falta de ser um membro do gabinete? O senhor está no topo do mundo, senhor Houston."

"O quê? Só por ter sido o anfitrião de um jantar para o embaixador britânico na noite passada? A minha mulher gosta desse tipo de coisa. Eu não suporto. Cada palavra que sai da boca de alguém é uma mentira. Bem, tudo estará acabado em cinco meses, quando Harding assumir a presidência. Talvez eu renuncie antes. Viaje para o exterior. Sim, talvez eu devesse fazer isso."

O secretário de Houston voltou com William Moran, chefe do Serviço

Secreto dos Estados Unidos. O sr. Moran negou categoricamente ter contratado Edwin Fischer. "Aí está... veja", disse Moran olhando a pasta. "Fischer foi contratado em 1916. Eu só assumi no ano seguinte."

"Quem era diretor antes de você?", perguntou Houston.

"Era Flynn."

"Flynn?", repetiu Littlemore. "Big Bill Flynn?"

"Claro", retrucou Moran. "Antes de virar chefe do Bureau, Bill Flynn foi chefe do Serviço Secreto."

Em 2 de novembro de 1920, após percorrer às pressas toda a extensão da vasta e ressoante Union Station para pegar seu trem, Littlemore instalou-se em seu assento, com a respiração ainda ofegante, e deu-se conta de que era dia de eleição. Em seguida, deu-se conta de que não votaria. Seu trem chegaria a Manhattan bem depois do fechamento das urnas. A constatação causou-lhe uma surpreendente pontada de decepção.

À medida que o trem ia passando por uma cidadezinha depois da outra, Littlemore sentia uma inexplicável empatia: com as pequenas casas padronizadas, fumaça saindo das chaminés, pequenas porções de lenha empilhadas do lado de fora, indícios de trabalho humano — empatia com todas aquelas incontáveis vidas tranquilas, duras, sobre as quais nenhuma história jamais seria escrita. Então Littlemore imaginou os cidadãos de cada uma dessas cidadezinhas fazendo fila para votar nos líderes do país. Encheu-se de orgulho — e de uma sensação de estranheza por perder a votação pela primeira vez. Mas Littlemore nem mesmo estava seguro se tinha o direito de votar. Tecnicamente talvez agora ele fosse residente do distrito de Columbia, e os habitantes de Washington não votavam para presidente.

Não que seu voto importasse. Essa era a singularidade da democracia: nada era mais importante que votar, e votar não importava. Em todo caso, era praticamente certa a vitória de Warren Harding, o republicano; o candidato democrata, James Cox, tinha quase a mesma chance que Eugene Debs, o candidato socialista, que ainda estava na prisão. O que significava que o secretário Houston, um democrata, não seria mais secretário, enquanto o republicano senador Fall em breve seria secretário de Estado.

Por todo o país, mulheres celebraram aquela terça-feira de novembro, quando pela primeira vez elas exerceram o sufrágio universal. Em muitas cabines de votação, homens abriam caminho para dar lugar às mulheres, como um gesto de cortesia, mas as mulheres não aceitavam, insistindo em manter seu lugar na fila e esperar pelo mesmo tempo que os homens. De volta para casa, nas cozinhas e nos salões, reuniam-se em pequenos grupos, comemorando com cidra espumante, um substituto legalizado para a champanhe, então proibida.

Os negros não foram recebidos de forma tão cavalheiresca nas urnas; tampouco a festança subsequente à votação teve o mesmo espírito gentil. Quando, por exemplo, dois homens negros tiveram a temeridade de exercer seu sufrágio em Ocoee, na Flórida, a Ku Klux Klan resolveu dar um exemplo. Duas igrejas de negros foram saqueadas, um bairro negro foi incendiado até as cinzas e cerca de trinta ou sessenta pessoas negras foram mortas, uma delas pendurada pelo pescoço num poste telefônico.

Mas a nação elegeu seu novo presidente, e houve grandes festividades e galvanização de energia em todo o país.

De volta a Nova York, no dia seguinte, Littlemore fez outra visita ao quartel provisório do Bureau Federal de Investigação no Hotel Astor.

"Vejam o que o gato trouxe", disse Bill Flynn, chefe do Bureau. "É o Littleboy."

"Preciso lhe fazer algumas perguntas, Flynn. Sobre Ed Fischer."

Flynn dirigiu-se aos dois homens enormes de terno escuro que, como sempre, estavam um de cada lado da escrivaninha. "Um tira de Nova York quer fazer perguntas *para mim*? Esse imbecil está querendo ter a cabeça arrancada?"

"Ei, imbecil", inquiriu um dos assistentes de Flynn, "você está querendo ter a cabeça arrancada?"

Littlemore exibiu seu distintivo do Tesouro dos Estados Unidos.

"Deixa eu ver isso", disse Flynn. Examinou o distintivo. "O mundo está descendo pela privada, é o que eu tenho a dizer." Jogou o distintivo no chão aos pés de Littlemore. "Pena eu não responder aos homens do Tesouro."

"Você vai responder a mim, Flynn." Littlemore entregou-lhe uma carta, assinada pelo secretário David Houston, do Tesouro dos Estados Unidos, intimando Flynn a responder plenamente a quaisquer perguntas que o agente especial Littlemore pudesse fazer sobre o mandato de Flynn como diretor do Serviço Secreto. Flynn leu a carta, depois a deixou cair no chão.

"Tenho novidades para você, espertinho", ele disse. "Eu também não recebo ordens do secretário Houston. Recebo as minhas ordens do general Palmer. Saia daqui."

Littlemore tirou outra carta do bolso. Esta assinada pelo procurador-geral A. Mitchell Palmer.

"Filho da puta", disse Flynn. Virou-se de novo para seus agentes: "Certo, rapazes, sumam daqui".

"Mande um deles pegar o meu distintivo antes", disse Littlemore.

"O que vocês, palermas, estão esperando aí parados? Peguem o distintivo do homem."

"Tudo bem, então eu o contratei", reconheceu Flynn vários minutos depois. "E daí? O cara era um doido."

"Como você o conheceu?"

Big Bill Flynn, cujo tronco de barril definitivamente não precisava de qualquer reforço, tirou um doce de listas vermelhas e brancas do pote de guloseimas que tinha sobre a mesa. "Fischer começa a mandar cartas a Wilson em 1916, certo? O lixo antiguerra habitual. Mas havia algo engraçado nas cartas, como se ele conhecesse o presidente pessoalmente. Então eu mando dois rapazes meus dar uma olhada nele e mandá-lo calar a boca se não quiser acabar na cadeia. Você sabe como é."

"Sei."

"Aí meus rapazes me dizem que o cara não é muito bom da cabeça, mas trabalha para os franceses num dos negócios deles."

"A Alta Missão Francesa."

"É isso... Só os franceses para contratar um doido, hein?" O tronco de Flynn se sacudiu de contentamento com sua réplica.

"Só um idiota para contratar um doido", concordou Littlemore.

"É, essa é boa, só um idiota para..." Flynn interrompeu a fala, começando a entender. "Ora, eu deveria..."

"Como você se envolveu?"

Flynn resmungou, mas prosseguiu. "Quando soube onde o Fischer trabalhava, achei que não faria mal nenhum ter alguém plantado nos círculos governamentais franceses. Então peguei o cara, passei a conversa nele, disse-lhe que ele podia ser agente do Serviço Secreto. Eu lhe disse que ele era um espião. Sabe, o papo todo. Quando assumi o Bureau, mantive-o na coleira. Mas o cara não servia para nada. Nunca consegui nada com ele. E não o vi mais que umas seis vezes. Total perda de tempo."

"Onde vocês se encontravam?"

"Por quê?"

"Simplesmente responda à pergunta, Flynn."

"Aqui em Nova York. Na estação de trem."

"Quando foi a última vez?"

"Neste verão. Junho ou julho. Depois da Convenção. O general Palmer mandou o McAdoo para se encontrar com alguns republicanos na Grand Central para ver se podiam conseguir alguma coisa. Fischer estava totalmente por fora. Eu nunca mais o vi."

"O Fischer disse alguma coisa a você sobre Wall Street?", perguntou Littlemore.

"Você está de brincadeira?"

"Eu não estou de brincadeira."

"Não, ele não disse nada sobre Wall Street. Você acha que eu o teria deixado para o departamento de polícia de Nova York se ele soubesse de algo? Vou lhe contar a coisa mais engraçada. O cunhado de Fischer, um sujeito chamado Pope, liga para o Bureau. Diz que o Fischer está alegando ser agente federal trabalhando sob disfarce. Quer saber se existe alguma verdade nisso. Eu pego o telefone e digo que é besteira. Pope me agradece, diz que só queria ter certeza e interna Fischer no dia seguinte. E ele está na ala dos malucos desde então. Não é uma piada?"

Havia uma mensagem à espera de Littlemore quando ele voltou ao escritório do Subtesouro, informando-o que o senador Fall tinha telefonado de Washington. Littlemore ligou para a telefonista.

"É você, Littlemore?", perguntou Fall minutos depois.

"Sim, senhor senador."

"Nós interceptamos o navio sueco. Nada de ouro."

"Quer dizer, nenhum ouro do Tesouro?", quis saber Littlemore.

"Nenhum ouro do Tesouro, nenhum ouro russo, nenhum ouro de tolo algum", respondeu Fall. "Nada de ouro. O capitão disse que as autoridades portuárias de Nova York lhe disseram para deixar o ouro no cais."

"Ele está mentindo. O secretário Houston os obrigou a levar o ouro russo de volta. Os caras da Marinha vasculharam o navio?", indagou Littlemore.

"Claro que vasculharam. De cima a baixo."

"Mas..."

"Estou muito ocupado, Littlemore", interrompeu Fall. "Tente descobrir. Me procure quando achar alguma coisa."

Fall desligou. Não fazia sentido, pensou Littlemore. Por que deixariam o ouro no cais — seja lá de onde ele viesse? Será que alguém da alfândega estava trabalhando para os ladrões? Littlemore vestiu o casaco. Teria de descer até o porto pessoalmente. Quando estava prestes a sair, o telefone tocou outra vez. Um certo sr. James Speyer estava à sua procura no térreo.

"O que posso fazer pelo senhor, senhor Speyer?", Littlemore perguntou na rotunda do Subtesouro.

"Pode me devolver o meu quadro", respondeu Speyer com seu sotaque alemão. "Na central de polícia não sabiam do que eu estava falando. Disseram que agora o senhor trabalhava no Tesouro."

Littlemore pediu desculpas, explicando que, por segurança, tinha posto o Rembrandt num cofre especial. "Podemos ir até lá agora e pegá-lo, se quiser."

"Excelente. Nosso chofer pode nos levar."

Dentro do carro, Littlemore perguntou: "Como está sua esposa?".

"Melhor, obrigado."

"Os negócios em Hamburgo deram certo?"

"Admiravelmente bem. Os fundos agora estão no México, apesar dos intensos esforços do pessoal do Morgan."

"Ouvi dizer que as coisas no México estão esquentando bastante."

"Sim, com certeza", concordou Speyer. "Isso é ruim para Arnold Brighton; bom para mim."

"O senhor conhece Brighton?"

"Conheço os poços de petróleo dele no México e sei que valem centenas de milhões. Aliás, acabei de voltar da Cidade do México. É esquisito estar num lugar onde os Estados Unidos são tão odiados. Ainda mais odiados que a Alemanha. Suponho que sentiríamos a mesma coisa por eles, se tivessem ocupado a nossa capital e tomado metade do nosso país."

"Nós fizemos isso com o México?", perguntou Littlemore.

"A Guerra Mexicano-americana, detetive. Ou a Invasão Americana, como eles a chamam ao sul da fronteira. É bom que o meu Rembrandt não esteja danificado."

Na central de polícia na Centre Street, Littlemore conduziu Speyer a uma sala-cofre especial no depósito de evidências. Uma vez removidas as camadas de invólucros protetores, o quadro em si parecia pequeno e frágil. "Em perfeito estado, senhor Speyer?"

"Em perfeito estado", concordou Speyer.

Os homens observaram o autorretrato. Era da velhice do pintor, retratado com rugas e bochechas vermelhas, com bolsas sob os olhos sábios e enevoados.

"Como ele fez isso?", Littlemore perguntou.

"Fez o quê?"

"Ele parece que sabe que vai morrer. É como se..."

"Aceitasse o fato?"

"É. Mas ao mesmo tempo como se ainda não estivesse pronto para ir. Se eles odeiam tanto assim os Estados Unidos, por que o senhor não é odiado lá no México, senhor Speyer?"

"Porque acham que eu sou alemão", replicou Speyer com um sorriso, pronunciando a última palavra *alemón*.

No porto, Littlemore conversou com um agente da alfândega, que negou que o navio sueco tivesse deixado o ouro contrabandeado no cais. "Tem certeza?", insistiu Littlemore. "O sueco zarpou do porto com todo o ouro a bordo?"

"Não tenho como saber", disse o agente. "Quando encontramos alguma mercadoria suja, alertamos os departamentos. Talvez os bens sejam apreendidos, talvez sejam destruídos, talvez sejam levados a bordo de novo. Depende do departamento."

"Que departamento?"

"Se forem armas, o departamento de guerra. Se for bebida alcoólica, o Fisco. No caso, era ouro, portanto o Tesouro."

"A quem vocês notificaram no Tesouro?"

"Tudo que eu faço, moço, é mandar um pedaço de papel. Se quiser saber mais, fale com o Tesouro."

Em Wall Street, no final da tarde, quando Littlemore galgava as escadarias da fachada grega do edifício do Tesouro, um mensageiro do Banco Morgan bateu no seu ombro.

"Detetive Littlemore?", perguntou o rapaz.

"Sim?", disse Littlemore.

"O senhor Lamont quer vê-lo imediatamente. No escritório dele."

"Bom para ele", disse Littlemore, continuando a subir.

"Mas ele quer vê-lo agora, senhor", insistiu o rapaz. "É para o senhor me acompanhar."

"Diga a Lamont que ele pode vir ao meu escritório", respondeu Littlemore.

O telefone já estava tocando quando ele entrou na sala.

"Deixe-me adivinhar, Lamont", disse Littlemore ao telefone. "O seu homem que estava seguindo Speyer lhe contou que me encontrei com ele hoje."

"Você está ciente", disse Lamont, "que James Speyer está lucrando com o confisco de propriedades americanas no México?"

"Não é problema meu", disse Littlemore.

"Mas o homem é antiamericano. Com toda certeza, você agora vê isso. Por que não o prendeu como uma conexão com o atentado a bomba?"

"Deixe disso. Não vou prender ninguém só porque ele é seu concorrente no México."

"Nós já vimos e revimos isso, Littlemore", disse Lamont. "Speyer me ameaçou. Ele ameaçou retaliação contra o Banco Morgan. Duas semanas antes do atentado."

"Não foi Speyer", disse Littlemore. "Eu lhe disse: foi um homem chamado Pesqueira, e não teve nada a ver com o atentado."

"Foi Speyer, *sim*. Alguma vez você já conversou com Pesqueira? Fale com ele. Vai ver que Speyer está mentindo. James Speyer é um traidor. Ele não dá a mínima para quantas vidas americanas se perdem. Há um ano recebi um telegrama do México. Em meados de setembro de 1919. Speyer estava na Cidade do México comemorando o Dia da Independência deles. Estava incentivando o governo a desapropriar as minas e os poços de petróleo americanos, dizendo-lhe que providenciaria os fundos para mantê-los em operação."

"Senhor Lamont", concluiu Littlemore. "Esta é a última vez que vou dizer isto: não é problema meu. Adeus."

16

O trem quebrou ao norte de Viena, parando na floresta. Passaram-se horas e horas. Finalmente outro trem — com todos os assentos já ocupados — chegou; fizeram o resto da viagem de pé num trem lotado. Quando enfim chegaram, já era noite. No táxi a motor que pegaram na estação, Younger mandou o motorista parar na frente da Ópera, aproximadamente um quarteirão antes do Hotel Bristol.

"O que é?", perguntou Colette. Então ela viu: havia um ajuntamento de policiais diante do hotel, examinando todo mundo que entrava ou saía. Younger instruiu o motorista a ir lá fazer algumas perguntas, explicando, com sinceridade, que não queria se registrar num hotel onde pudessem estar correndo perigo.

Do outro lado da avenida, ainda dentro do táxi, assistiram ao chofer consultar um oficial de polícia e assentir enquanto ouvia o relato.

"Não podem estar procurando por nós", disse Colette.

"Não?", disse Younger.

O chofer do táxi agora apontava um dedo acusador para seu próprio automóvel. O policial espiou nessa direção. Então, ele e um colega vieram caminhando lentamente em direção ao carro.

"Bem, devemos nos entregar?", perguntou Younger.

"Mas nós não fizemos nada de errado", disse Colette.

"Absolutamente nada", ironizou Younger. "Só deixamos uma pilha de corpos perto de um castelo de Praga, fugimos do país — podemos explicar tudo. Se não acreditarem em nós, mostramos a plaqueta de identificação de Hans Gruber como prova."

A mão de Colette subiu até sua garganta, onde a plaqueta militar de Hans Gruber estivera pendurada por seis anos. Os policiais se aproximavam. "O motor ainda está ligado", ela disse.

Younger saltou para o banco dianteiro, engatou a ré e pisou fundo no acelerador. Os policiais saíram correndo em sua perseguição.

"Para onde nós vamos?", perguntou Colette, agarrando-se a Luc no banco de trás.

"Uma catástrofe por vez", respondeu Younger, virando o carro. Com os pneus cantando, eles dispararam pela Ringstrasse abaixo. Os guardas, ofegantes, desistiram da perseguição.

*

Ao abrir sua porta na rua Berggasse, 19, Sigmund Freud deu uma longa tragada no charuto antes de dizer alguma coisa. No rosto de Younger havia vários cortes, e seu sobretudo dava a impressão de que o Younger tinha rolado montanha abaixo dentro dele e depois se chocado contra o para-brisa de um carro. O rosto de Colette estava arranhado. Apenas Luc, escrupulosamente lavado e escovado pela irmã a bordo do trem, não estava em condição deplorável, ainda que seus joelhos estivessem esfolados e o terninho de lã marrom, de calças curtas, lhe conferisse uma estranha aparência provinciana.

Freud dirigiu-se a Younger: "Presumo que você e a senhorita Rousseau não tenham provocado esses ferimentos um no outro".

"A polícia...", começou Younger.

"Está à procura de vocês, eu sei", disse Freud. "O seu amigo, o conde Kinsky veio aqui avisar. Ele diz que a polícia acredita que você possa ter matado um homem em Praga."

"Três", disse Younger.

"Como disse?", perguntou Freud.

"Eu matei três homens."

"Entendo", disse Freud. "Senhorita Rousseau, por favor, diga-me que Younger não matou seu noivo num acesso raivoso de ciúme."

"Ele não era meu noivo", disse Colette.

Freud ergueu as sobrancelhas. "Younger matou os homens errados?"

"Não", ela respondeu. "Ele matou os homens certos."

"Entendo", repetiu Freud.

"Doutor Freud", disse Younger, "devo avisá-lo de que talvez não seja prudente deixar-nos entrar. Não sei como são as coisas aqui, mas nos Estados Unidos é crime permitir que um assassino entre em sua casa."

"Você cometeu assassinato?", indagou Freud.

"Posso ter cometido", respondeu Younger. "Creio que sim."

"Não foi assassinato", Colette retrucou rispidamente. "E, se tivesse sido, eu gostaria que você o tivesse matado outras mil vezes."

"Ah", disse Freud. "Bem, não fiquem aí parados. Entrem."

Um fogo estalava num velho fogareiro de porcelana na sala de estar de Freud. Younger e Freud tomavam conhaque. Fora oferecido chá para Colette, mas ela também acabou bebendo conhaque, servindo-se da taça de Younger. Eles contaram a Freud toda a história, e um silêncio caiu sobre a sala.

"Que bela toalha de mesa", comentou Colette.

"É?", disse Freud.

"A renda", ela explicou. "É linda."

"Vou dizer a Minna que a senhorita elogiou; foi ela quem costurou", respondeu Freud. "Gostaria de um cobertor, minha cara?"

Colette estava encolhida, agarrando a si mesma como se estivesse ao relento numa noite gelada. "Por que não o matei?", ela perguntou, subitamente excitada. "Por que fui tão fraca?"

"A senhorita não sabe?", disse Freud.

"Não."

Freud começou a cortar a ponta de um charuto, observando Colette com o rabo do olho. Ofereceu um charuto a Younger, que recusou. "A resposta convencional", disse Freud, "seria que a sua consciência se rebelou no último momento, convencendo-a de que vingança é pecado."

"Vingança *é* pecado", ela disse.

"Todo mundo deseja vingança", prosseguiu Freud. "O problema é que geralmente a buscamos contra a pessoa errada. A senhorita foi atrás da pessoa certa. Mas suas compunções religiosas — elas não são o motivo de não tê-lo matado."

"Eu sei", ela concordou. "Eu acreditava que era a coisa certa a fazer — de todo o coração. Ainda acredito. Não deveria, mas acredito. Então por que não consegui puxar o gatilho?"

"Pela mesma razão, suspeito eu, que seu irmão não fala."

Colette olhou para Freud, estarrecida.

"Tem mais alguma coisa a nos contar, minha cara?", perguntou Freud.

"O que o senhor quer dizer?"

"O seu irmão tem algo a dizer", continuou Freud. "Como resultado disso, ele não diz nada."

"Eu... o senhor sabe o que há de errado com o meu irmão?"

"Eu sei exatamente o que há de errado com ele", disse Freud, pegando o charuto. "Mas primeiro as primeiras coisas. Da maneira que eu vejo, vocês só têm duas opções. Ou entregar-se ou deixar o país."

"Não podemos nos entregar", disse Younger. "Vamos ser enviados à polícia de Praga e ficar encarcerados sei lá por quanto tempo. Vão acabar encontrando a mãe de Gruber e vão saber que estávamos à procura dele. Vão nos perguntar por quê. Se eu lhes disser a verdade, concluirão que Colette pretendia vingar-se, o que seria verdade, e o que seria considerado assassinato, mesmo que pudéssemos provar o que Gruber fez durante a guerra, o que não podemos. Se nos recusarmos a contar por que procurávamos por ele, saberão que estamos escondendo algo, e aí, muito provavelmente, não irão acreditar em mais nada do que dissermos. De um jeito ou de outro, acabaremos na prisão."

"Então vocês vão ter que ir embora", disse Freud. Nesse momento, as lâmpadas da sala piscaram. "Maldição, vai faltar energia de novo. Tem acontecido pelo menos uma vez por semana."

Freud esperou, charuto suspenso no ar. O piscar das luzes se reduziu. Elas permaneceram acesas.

"Talvez não falte luz", concluiu Freud.

"Por favor, doutor Freud", pediu Colette. "Pode explicar o que há com o meu irmão?"

"Vou lhe contar o que sei, Fräulein, mas serão conceitos novos e estranhos para a senhorita. Conhaque?" Sem pressa, Freud voltou a encher sua própria taça e a de Younger.

"Bem, por onde começar?", disse Freud. Ele estava novamente sentado, pernas cruzadas, numa mão o charuto, na outra o conhaque. "Há vinte e cinco anos, eu descobri um caminho para os domínios invisíveis da nossa vida mental, cujo acesso eu talvez tenha sido o primeiro mortal a ter. Encontrei ali um inferno de medos e anseios não expressos, nos quais homens e mulheres ardiam em épocas passadas. Um *insight* dessa espécie não ocorre a um homem mais de uma vez na vida. No ano passado, porém, fiz uma descoberta nova que, nos meus momentos mais vangloriosos, penso que pode ter até mesmo superado a primeira. Ninguém vai acreditar, mas isso não será novidade. A descoberta veio a mim com o estudo das neuroses de guerra — na verdade, em parte ao estudar o caso de seu irmão, senhorita Rousseau. Não que seu irmão tenha uma neurose, estritamente falando, mas a condição dele é similar. Quero deixar clara uma coisa: ele necessita de tratamento. Aonde quer que a senhorita vá, não deve simplesmente deixá-lo como está. O caso dele é simples e objetivo. Eu mesmo poderia curá-lo em — talvez — oito semanas."

"Curá-lo?", repetiu Colette. "Completamente?"

"Penso que sim."

Colette não soube o que responder.

"O senhor nos mandou a Jauregg", disse Younger. "Por quê?"

"Muitos optam por tratar suas desordens psicológicas de forma mecânica. A senhorita Rousseau precisa decidir se realmente quer que seu irmão seja analisado. Não tenho certeza de que ela queira. Já é a segunda vez que traz o irmão a Viena, mas se recusa a assumir o compromisso com o tempo que uma análise requer. E talvez tenha razão: afinal, talvez não seja agradável para ela."

"Para mim?", perguntou Colette. "Por quê?"

"Eu lhe disse no ano passado", lembrou Freud. "As verdades que a psicanálise revela nunca são irrelevantes para os demais membros da família.

Fräulein, a senhorita sabe o que é ansiar por vingança. O seu irmão também está se vingando — mediante a atitude de não falar."

"Se vingando de quem?"

"Talvez da senhorita."

"E por quê?"

"Não pode nos dizer?", indagou Freud.

"Não consigo imaginar do que o senhor está falando", respondeu Colette.

"É só especulação, minha cara. Eu não sei a resposta."

"Mas o senhor disse que sabia o que há de errado com ele", insistiu Colette.

"E sei. Eu compreendi no verão passado, dois meses depois que vocês se foram. Foi brincadeira de criança, na verdade. Younger, qual é o sintoma mais revelador do menino?"

"Não faço ideia", disse Younger.

"Vamos lá, acabei de dar a pista."

Younger se irritava com a mania de Freud de provocá-lo com enigmas analíticos, particularmente nas atuais circunstâncias. Mas ainda assim a provocação vingou. *Brincadeira de criança?* "A brincadeira dele", disse Younger. "Algo a ver com a brincadeira da linha de pescar."

"Exatamente", confirmou Freud. "A senhorita Rousseau me contou que sua avó fazia uma brincadeira de esconde-esconde com seu irmão quando ele era pequeno. Ele fica dizendo *fort* e *da*, quando joga e enrola seu carretel de linha — *sumiu* e *aqui*. O que isso significa?"

Younger pensou no assunto. "Quando foi que começou?"

"Em 1914", disse Freud.

"Ele está revivendo a morte dos pais", afirmou Younger.

"Sim. Repetindo e repetindo. Mas por quê?"

"Para se livrar da sensação de perda?"

"Não. Ele não está se desfazendo de nada. Todas as vezes ele experimenta de novo o pior momento de sua vida."

A fumaça de charuto ocupava a sala iluminada por velas com seu odor pesado e inebriante.

"É a chave para o quebra-cabeça", disse Freud. "Todos os neuróticos de guerra repetem. É uma espécie de compulsão — a compulsão de repetir —, uma necessidade de reencenar ou reexperienciar o trauma que originou sua condição. E todos repetem a mesma coisa: a morte ou o momento em que mais se aproximaram dela. Normalmente, temos defesas — fortificações, fisiológicas e psicológicas — que mantêm a nossa consciência da morte longe de nós. Mas se ocorre alguma brecha nessas fortificações, se em algum momento a sensação de mortalidade perfura essas defesas, o terror dela se instala rapidamente e dá início a um tipo de conflagração mental — um incêndio muito difícil de lidar, mas um incêndio ao qual o homem deseja sempre retornar. O homem com choque de bomba revive seu trauma enquanto dorme; ou, em plena luz do dia, imagina uma bomba explodindo no estrondo de uma porta que bate; ele pode até reencenar o episódio por meio de sintomas corporais."

"Por quê?", quis saber Younger. "Para descarregar seu medo?"

"Por um bom tempo tentei entender dessa maneira", disse Freud. "Descarregar o medo seria algo prazeroso. Ao menos reduziria o desprazer. Todo sintoma psicológico, pensava eu, no fundo era motivado pelo instinto de aumentar prazer e reduzir desprazer. Mas eu estava tentando ajustar os fatos à teoria, quando devia estar ajustando a teoria aos fatos. Tinha acabado de compreender isso quando vocês vieram da última vez. A guerra me ensinou uma coisa que eu devia ter entendido há séculos: nós temos um instinto além do princípio do prazer. Outro instinto, tão fundamental quanto a fome, tão irresistível quanto o amor."

"Que instinto?", perguntou Colette.

"O instinto de morte. Mais chá, senhorita Rousseau?"

"Não, obrigada."

"Refere-se a um desejo de matar?", perguntou Younger.

"Esse é um lado da coisa", explicou Freud. "Mas fundamentalmente é um anseio de morte. De destruição. Não só do outro, mas de si próprio."

"O senhor acha que as pessoas desejam morrer?"

"Acho", afirmou Freud. "Está na constituição das nossas células, nos nossos átomos. Existem duas forças elementares no universo. Uma nos atrai para a matéria. É assim que a vida existe e como ela se propaga. Em física, essa força é chamada gravidade; em psicologia, amor. A outra força quer romper a matéria. É a força da desunificação, da desintegração, da destruição. Se eu estiver certo, cada planeta, cada estrela do universo não é somente atraída para as outras pela gravidade, mas também empurrada para longe por uma força que não podemos ver. Dentro do organismo, essa força é o que leva um animal a buscar a morte, como a mariposa busca a chama."

"Mas é possível curá-lo — o instinto de morte?", perguntou Colette.

"Não se pode curar um instinto, senhorita Rousseau", respondeu Freud. "Não se pode eliminá-lo. Pode-se, no entanto, torná-lo mais consciente e dessa forma aliviar seus efeitos patológicos. Quando um instinto cria em nós um impulso sobre o qual não atuamos, esse impulso não vai embora. Ele pode subsistir sem ser afetado. Pode até se intensificar. Pode voltar-se para outros objetos, para o bem ou para o mal. Ou pode produzir sintomas patológicos. Tais sintomas podem ser curados."

"Eu não teria pensado nisto", disse Younger. "Que a mudez de Luc visava a morte."

"Não, sua mudez tem outra função. Esse seria o ponto da análise dele — revelar essa função. Ela, sem dúvida, está relacionada com a morte dos pais, mas há alguma coisa mais. Possivelmente a morte deles o fez lembrar de alguma cena que presenciou anos antes. Seu pai a maltratava, senhorita Rousseau?"

"Se me maltratava? De que maneira?"

"De qualquer maneira."

"Não, de forma alguma."

"Não? Ele a favorecia?"

"Luc era o favorito dele. Eu era menina."

Freud aquiesceu. "Bem, é uma pena que não possa permanecer em Viena, mas não vejo como isso seria possível. Viena é uma cidade bem menor que Nova York. Aqui a senhorita será notada. A polícia fará com que todos prestem atenção, e alguém vai acabar por denunciá-la."

"Posso lhe fazer uma pergunta, doutor Freud?", indagou Colette.

"Claro."

"Essas duas forças que o senhor descreve. Elas são o bem e o mal, não são? O instinto de amor é bom, o instinto de morte é mau."

Freud sorriu: "Em ciência, minha cara, não há isso de bem e mal. O instinto de morte é parte da nossa biologia. A senhorita está familiarizada com a cromatólise, o processo pelo qual as células morrem? Cada uma de nossas células provoca sua própria destruição no seu devido tempo. Esse é o instinto de morte em ação. Agora, se uma célula falha em morrer, o que acontece? Ela fica se dividindo, se reproduzindo, interminavelmente, de forma não natural. Ela se torna um câncer. Enfim, é isto que é o câncer: células atormentadas com sua perda de capacidade de morrer. O instinto de morte não é mau, senhorita Rousseau. Em seu devido lugar, ele é tão essencial para o nosso bem-estar quanto seu oposto".

Nessa noite, depois de Freud ter se recolhido e Colette e Luc estarem instalados num dos velhos quartos das crianças, Younger fumava um cigarro na varanda do silencioso apartamento. Tinha se sentido claustrofóbico no interior da casa; lá fora, no pequeno balcão com vista para o pátio, sentia-se igualmente claustrofóbico. Uma porta se abriu lá dentro; Younger imaginou que poderia ser Colette vindo se juntar a ele.

"Não... sou só eu", soou a voz de Freud às suas costas. O velho homem foi para a varanda. "Então, o que você acha do meu instinto de morte?"

"Concordo", disse Younger.

Freud sorriu. "Você ainda está em guerra, meu rapaz. Nunca se desmobilizou. Há dez anos eu não teria previsto você como instintivo. Você era mais... reprimido."

"Li em algum lugar que repressão não é uma coisa saudável. Um psicólogo mundialmente famoso provou isso."

"Um psicólogo em cujas ideias você não acredita."

"Há dez anos", disse Younger refletindo, "eu via suas ideias como anarquia moral. Explodindo todas as convenções sociais. Mas você estava certo. Acho que não acredito mais em moralidade."

"Ah, sim, é isso que dizem os meus críticos: Freud, o libertino, Freud, o amoral." Ele aspirou o ar da noite — uma respiração profunda de experiência e bom-senso. "É verdade, eu não creio em moralidade de escola dominical. Ama o teu próximo como a ti mesmo é um princípio absurdo: bastante impossível, a menos que se tenha um próximo bem incomum. Mas quando se trata do senso de justiça, creio que posso me comparar aos melhores homens que conheci. A minha vida toda tenho tentado ser honrado — não prejudicar ninguém, não tirar vantagem —, mesmo sabendo perfeitamente bem que, ao agir assim, tornei-me um saco de pancadas para a brutalidade dos outros, para sua deslealdade, sua ambição."

"Então por quê? Por que faz isso?"

"Eu poderia lhe dar uma explicação psicológica plausível. Mas a verdade é que não faço ideia. Por que eu e, sob esse aspecto, também meus filhos temos de ser seres humanos perfeitamente decentes está além da minha compreensão. É meramente um fato. Uma âncora."

Fez-se uma breve pausa antes de Younger dizer: "Acredita que eu esteja precisando de uma âncora?".

"Não. Você já tem uma."

"Você se refere ao meu senso de justiça?"

"Refiro-me ao amor. Por isso aquele atentado a bomba de vocês me preocupa."

"O atentado de Wall Street?"

"Sim. Pode ser o prenúncio de algo novo. Não só violência — isso é de se esperar. Outro dia eu li uma descrição de um desses recantos da Terra onde sociedades primitivas florescem em paz e felicidade, sem conhecer a agressão. Não acreditei em nenhuma única palavra do que li. Onde há homens, haverá violência. Felizmente, o instinto de morte quase nunca atua sozinho. Nossos dois instintos quase sempre são obrigados a trabalhar juntos, o que dá à sexualidade um caráter violento, mas também tempera o instinto de morte. Isso é o que torna seu atentado tão problemático."

"Por ser unilateral, sem mistura?"

"Exatamente", disse Freud. "O instinto de morte desenfreado. Livre dos instintos de vida, livre dos ideais pelos quais o ego acessa suas ações — a consciência. Talvez seja a guerra que o tenha desencadeado, ou talvez uma ideologia. Os homens sempre cultuaram a morte. Há deuses da morte em todas as religiões antigas. E deusas também, algumas muito lindas, como Átropos, com suas tesouras de poda cortando os fios de vida — o que, aliás, é mais uma evidência da atração do homem pela morte. Eles ainda não pegaram os responsáveis, pegaram?"

"Pelo atentado? Ainda não."

"Talvez porque estejam mortos."

Younger levou um momento para entender. "Acredita que eles se mataram na explosão? Deliberadamente?"

"Talvez sim, talvez não", disse Freud. "Talvez deem essa ideia a outros. Mas, sim, é isso que me preocupa."

Na manhã seguinte, bem cedo, enquanto Freud estava fora, dando sua caminhada diária, Oktavian Kinsky apareceu. "Vim oferecer meus serviços, Mademoiselle", ele disse a Colette na sala de estar de Freud. "Soube o que aconteceu ontem à noite em frente ao Hotel Bristol. Achei que os encontraria aqui, e também pensei que pudessem querer um transporte discreto para a estação ferroviária."

"Muito gentil de sua parte, conde Oktavian", disse Colette. "Nem sei como lhe agradecer."

"Absolutamente, Mademoiselle. O primeiro dever de um nobre não é com a polícia, mas com a linda mulher que a polícia persegue."

"Especialmente se o nobre foi quem delatou a mulher à polícia", intrometeu-se Younger.

"Stratham", Colette repreendeu Younger. "Por que está dizendo uma coisa dessas?"

Oktavian ficou embaraçado: "Infelizmente ele tem razão".

"Eles encontraram seus cartões de visita", disse Younger.

"Foi exatamente isso", concordou Oktavian em tom humilde. "Vários dos meus cartões foram descobertos perto do cenário de sua... desventura. As autoridades tchecas telegrafaram para a polícia de Viena, que me pôs numa cela como se eu tivesse cometido um crime. Disseram que um homem chamado Hans Gruber havia sido morto em Praga. Perguntaram-me se eu o conhecia. O que eu podia fazer? Naturalmente expliquei que a senhorita Rousseau tinha viajado para Braunau em uma perseguição romântica a Herr Gruber, e que o doutor Younger, em seguida, também tinha partido em uma perseguição romântica à senhorita, junto com seu irmão, numa motocicleta que eu havia alugado para ele. Estou certo de que a polícia entendeu tudo errado, como sempre. Eu disse a eles que nenhum de vocês seria capaz de se envolver num assassinato. Sinto muito; é tudo culpa minha."

"Não", disse Colette, "foi nossa culpa a polícia ter ido atrás do senhor."

"O senhor chegou a lhes dizer, conde", perguntou Younger, "que conhecíamos a família Freud?"

"Por certo que não", respondeu Oktavian. "Não se revelam confidências à polícia. Aliás, onde está a minha motocicleta, se não se importa? Entendo que na noite passada vocês chegaram de táxi ao hotel. Deixaram a motocicleta na estação?"

"A polícia não lhe disse?", perguntou Younger.

"Não me disse o quê?"

Younger acenou para Luc. "O conde Kinsky quer saber onde está a motocicleta dele", Younger disse ao garoto.

Luc tirou do bolso um espelhinho redondo com um pedaço de metal amassado numa das faces. Oktavian pegou o que o garoto lhe dava com os olhos piscando. Do outro bolso, Luc tirou um raio de roda retorcido.

"Céus!", disse Oktavian.

"Apreciei-a imensamente", disse Younger. "Veiculozinho ágil."

"Céus", repetiu Oktavian, engolindo em seco. "Bem, consta que a prisão onde ficam os devedores não é mais tão desagradável como costumava ser."

"Espere, há mais um item", disse Younger, tirando da jaqueta uma letra bancária, que entregou a Oktavian Kinsky.

Oktavian olhou o documento. "Isto não basta para a motocicleta, doutor", disse. "Basta para a motocicleta e para três automóveis novos."

"Eu sei", disse Younger. "E ainda assim não basta para recompensá-lo."

Não havia nada para empacotar. Os pertences deles estavam todos no hotel e, portanto, eram irrecuperáveis. No quintal, estavam se despedindo de Minna, quando Freud chegou de seu passeio matinal, acompanhado de sua mulher, Martha.

"Já estão indo?", Freud perguntou a Younger e Colette.

"Sim", respondeu Younger. "Oktavian vai nos levar à estação. Cada minuto a mais que ficamos, nós o colocamos em perigo, doutor Freud."

"A senhora Freud e eu temos discutido o assunto, senhorita Rousseau", disse Freud. "Deixe o menino ficar conosco."

"Eu não posso."

"Por que não? Seria uma dádiva para Martha. Há muito tempo não temos uma criança em casa."

"Eu não conseguiria."

"Pode facilitar a fuga de vocês", interveio Oktavian. "A polícia está procurando um casal com um menino pequeno. Eles certamente estão de guarda nas estações de trem."

"Eu nunca fiquei longe de Luc", disse Colette.

"Nunca?", repetiu Freud. "A senhorita o deixou para ir a Braunau há pouquíssimo tempo. Sem nenhuma certeza de que retornaria."

Colette franziu o cenho. "Havia apenas uma coisa no mundo que justificava isso. Agora eu..."

"Fräulein", disse Freud gentilmente, mas com firmeza, "a senhorita tem tido seu irmão sob seus cuidados por seis anos e nunca obteve tratamento para ele. Isto provavelmente foi sábio de sua parte, pois o tratamento que ele teria recebido em quase todos os lugares teria sido inútil, ou talvez até mesmo prejudicial. Mas prestará a ele um grande desserviço se lhe negar o tratamento de que ele necessita. Ele está numa idade determinante. Se permanecer como está por muito mais tempo, provavelmente terá efeitos permanentes na idade adulta." Freud fez uma pausa. "Eu tenho uma razão adicional, médica, para a minha proposta. O seu irmão terá uma melhor chance de cura se for tratado na sua ausência."

"Na minha ausência?", repetiu Colette. "Por quê?"

"Ele melhora quando está longe da senhorita", respondeu Freud. "Younger, o menino se comunicou com você quando estava viajando com ele?"

"Sim, ele me escreveu bilhetes."

"Você não me contou isso", Colette disse a Younger.

"É natural, senhorita Rousseau, que o menino se saia melhor longe de sua família mais próxima — e natural, de sua parte, que se ressinta disso."

"Eu não me ressinto."

"Não? Bem, neste momento não posso lhe dizer mais nada, mas é quase certo que a senhorita esteja relacionada com os sintomas dele. Nos últimos seis anos, o seu comportamento e o dele estão entrelaçados de certa forma. Talvez a senhorita possa até mesmo ser a causa da condição dele."

Younger via como Colette estava perturbada. "Posso falar com o Stratham por um momento?", ela perguntou.

"É claro", disse Freud.

Ambos se retiraram para as escadas. "Diga-me que eu não sou a causa", ela cochichou, desesperada. "Sou eu a causa?"

"Eu não sei."

"O que devo fazer?"

"Deixá-lo aqui, sem sombra de dúvida", respondeu Younger. "Pode ser que não consigamos sair da Áustria. Se formos pegos e ele estiver conosco, vão colocá-lo em alguma instituição tcheca — um orfanato ou coisa pior. Ele ficaria lá por anos."

"Mas como faríamos para buscá-lo?"

"Se conseguirmos sair? É fácil. Mandamos alguém vir buscá-lo."

Colette encheu-se de coragem, e eles retornaram ao quintal. Ela hesitou, depois apresentou a questão ao irmão, perguntando o que ele queria fazer. O menino olhou para Younger.

"Você quer a minha opinião?", Younger perguntou.

O menino fez que sim.

"Fique aqui." Younger resolveu abordar o assunto falando da coragem que Luc precisaria ter: "Será difícil para você, mas dessa forma vai ajudar sua irmã e a mim. Quando estivermos seguros, você virá nos encontrar".

Luc pensou no assunto. Seu olhar era profundo — suficientemente profundo, suspeitou Younger, para enxergar através da tática que ele usara. Então o garoto deu alguns passos até se colocar entre Freud e sua mulher. Ergueu os olhos para Colette, seu rosto inexpressivo indicando que havia tomado sua decisão.

"Telegrafe assim que puder", disse Freud.

Diante da estação ferroviária oeste — a Westbahnhof —, policiais montavam guarda, exigindo documentos de todos que chegavam.

"Pior do que eu pensava", disse Oktavian. "Não vejo como vocês vão conseguir passar."

"Os tchecos têm uma violenta postura antissemita, e é a nós que eles querem prender", disse Younger, repugnado. Ainda estavam na carruagem de Oktavian. "Há alguma outra estação ferroviária?"

"Várias", respondeu Oktavian, "mas a polícia com certeza também vai estar lá. Há outro meio, doutor, se estiverem dispostos. Aeroplano. Uma companhia francesa começou o serviço no mês passado. A pista é pequena e quase sempre deserta. A polícia não deve ter pensado nessa possibilidade. Os aeroplanos são bem seguros, dizem, mas muito dispendiosos."

"O que você acha de voar?", Younger perguntou a Colette.

"Luc parecia feliz de ficar aqui, não é?", respondeu ela. "Quase como se estivesse contente de ficar longe de mim."

O aeroporto de Viena — o único da Áustria — consistia numa pista de pouso de terra onde havia apenas um único monoplano de duas asas com o maior motor no nariz que Younger já tinha visto. Oktavian estava certo: não havia policiais. No entanto, tampouco havia qualquer outra pessoa. Nenhum passageiro, nenhum vendedor de passagens, nenhuma tripulação. O único edifício estava trancado.

Aventurando-se pelos fundos, encontraram dois homens tomando café e *schnaps*. Um era o piloto, um francês, que saltou ansioso da cadeira quando Oktavian sondou a possibilidade de dois passageiros voarem imediatamente para o porto mais próximo.

"Nós deveríamos voar para Paris", disse o piloto com um dar de ombros tipicamente gaulês, "mas não somos rígidos. Eu poderia levá-los a Bremen."

"Bremen está ótimo", replicou Younger.

Chegaram a um acordo quanto ao preço. O piloto virou seu *schnaps* e bateu palmas. "Então, lá vamos nós."

A aeronave dispunha de oito lugares para passageiros. Depois de se instalar no *cockpit*, o piloto deu um gole adicional em uma garrafinha de bolso, fez um sinal de positivo com o polegar para seu parceiro, que deu um forte empurrão na hélice, fazendo-a girar. O motor tossiu e ganhou vida. Oktavian, que agora parecia menos entusiasmado com o plano que ele próprio divisara, disse adeus a Younger e Colette no pé de uma pequena escada que levava ao compartimento de passageiros.

"É estranho, Mademoiselle", ele disse. "Esse tempo todo senti que a conhecia de algum outro lugar. De muito tempo atrás. A senhorita tem parentes na Áustria?"

"Talvez o senhor tenha conhecido a minha avó", disse Colette. "Ela era vienense."

"Então é isso!", Oktavian exclamou. "Eu devo tê-la conhecido. Sim, quase posso me lembrar dela. Eu sabia que já tinha visto seu rosto antes. Ela era de origem nobre, a sua avó?"

"Ah, não, ela era muito pobre."

"Eu juraria que foi em algum baile, com algum nobre cavalheiro."

"Não pode ter sido a minha avó, conde Oktavian."

"Bem, vou acabar descobrindo. Mas não me chame de conde. Eu não passo de um conde-nada."

O aeroplano balançou assustadoramente ao decolar, mas acabou adquirindo uma aparente estabilidade quando ganhou altitude. Eles espiaram para o cobertor de neve abaixo — que não era neve, mas nuvens.

"Eu nunca tinha visto o lado de cima de uma nuvem", disse Colette. "Você acha que Deus se incomoda?"

"Duvido que Ele nos negasse essa visão de sua obra", respondeu Younger. "Eu fico mais preocupado quando você brinca com os átomos Dele."

"Por que você não confia no rádio?", ela perguntou. "Você me fez usar aquele traje absurdo no laboratório do professor Boltwood. Todo mundo disse que eu parecia um escafandrista."

"Todo mundo também devia estar usando um traje daqueles."

"Eu me pergunto se ele poderia explicar a radioatividade", divagou Colette. "O instinto de morte do doutor Freud. Não temos a mínima ideia de por que os átomos de rádio se dividem, mas, de outro lado, não sabemos por que outros átomos não se dividem. Talvez haja uma força que mantenha as partículas unidas e outra que force a separação. Seria exatamente o que o doutor Freud descreveu: duas forças fundamentais, uma de atração e outra de repulsão."

"Qual é mais forte?", perguntou Younger.

"Eu diria que é a força que as mantém unidas", disse Colette. "Isso explicaria por que a radioatividade libera tanta energia." Ocorreu-lhe um pensamento: "Mas essa energia, quando liberada, poderia *ser* a força de morte. Talvez a divisão do átomo seja a morte em si, na sua forma mais pura. Ela poderia transmitir a força mortal a outros átomos, fazendo com que eles se dividam".

"E você ainda se impressiona em por que não confio nele", disse Younger.

"E isso também poderia explicar o efeito do rádio sobre o câncer", prosseguiu Colette com crescente entusiasmo. "Ninguém ainda conseguiu explicar como o rádio cura o câncer. Nem mesmo Madame Curie sabe. O doutor Freud estava certo: células cancerosas são células que pararam de morrer. Quando o rádio é colocado dentro de um tumor, talvez ele libere a força mortal, espalhando-a pelo tumor inteiro, transmitindo-a às células cancerosas, o que faz com que comecem novamente a morrer. O que você está fazendo?"

Enquanto Colette falava, Younger se distraíra com uma sucessão de pensamentos diferentes, até que por fim levantou-se do banco. "Piloto", ele chamou. "Você disse que este aeroplano deveria voar para Paris?"

"*Oui*, Monsieur", disse o piloto.

"Leve-nos para lá."

"Paris?", estranhou Colette. "Por quê?"

"Para ver um dos seus heróis."

17

Sob a manchete "Convidado ao México", Littlemore leu a seguinte matéria na primeira página do jornal:

Na noite passada, um convite para visitar o México foi feito ao presidente eleito Harding, em uma reunião entre o senador A. B. Fall, do Novo México, e Elias L. Torres, enviado do presidente Obregón, do México. O convite tem como objetivo contar com a presença do senador Harding na posse do presidente Obregón na Cidade do México no dia 25 deste mês. Ainda não é certo se o convite será aceito, e nesta noite não houve nenhuma declaração oficial do presidente eleito. O senador Harding está extremamente ansioso por restabelecer a amizade entre México e Estados Unidos, mas seus assessores diretos não consideram adequado o presidente eleito ir nesta época a solo estrangeiro.

Littlemore voltava para Washington de trem. Ficou olhando um longo tempo pela janela.

Ao chegar a Washington, Littlemore pegou um táxi direto para a Biblioteca do Congresso, situada na mesma rua do Capitólio dos Estados Unidos, apenas um pouco mais abaixo. Ali, pediu alguns dados básicos sobre o México e sua história; a bibliotecária o encaminhou ao *World Book of Organized Knowledge — O livro mundial do conhecimento organizado.* Meia hora depois, com passo acelerado, Littlemore dirigiu-se ao edifício de escritórios do Senado.

"Qual é o problema?", perguntou Fall assim que Littlemore foi conduzido à sua presença.

"Eu li a história do México no jornal, senhor senador."

"Eis uma coisa de que me orgulho", disse o senador, esticando os braços e recostando-se na cadeira. "Os dois presidentes eleitos das duas maiores democracias do mundo. Algo inédito. Harding não quer ir, mas vou convencê-lo. Obregón vai tirar as tropas das minas e nos deixar ficar com os nossos poços de petróleo, e tudo vai acabar bem no mundo."

"Não creio que o senhor Harding deva ir, senhor."

"Está tentando me dar um conselho sobre política externa?"

"E se foi o México, senhor Fall?"

"E se foi o México o quê?"

"E se foi o México, e não a Rússia?"

Fez-se uma longa pausa. "Você não está falando do atentado a bomba, está, filho?", perguntou Fall.

"O senhor se lembra o que me perguntou na primeira vez que nos encontramos? Que país teria a ganhar com o atentado, que país teria o motivo, que país teria se sentido no direito de nos atacar?"

"Claro que me lembro."

"Ninguém tinha mais motivo para lançar uma bomba no J. P. Morgan do que os mexicanos", disse Littlemore. "Morgan os tem sangrado, vem impedindo que banqueiros do mundo todo emprestem dinheiro ao México por seis anos. E esse também não é o único motivo. Pelo que ouço dizer, eles nos odeiam bastante lá, senhor. Há muito tempo eles vêm buscando uma maneira de revidar."

"Revidar o quê?"

"A Guerra Mexicano-americana."

"Que tipo de...? Essa é uma história antiga, rapaz. Ninguém nem mais se lembra dessa guerra."

"Eles se lembram, senhor. Nós pegamos quase metade do território deles. Nós os invadimos. Ocupamos a Cidade do México. Matamos um monte de gente. Houve atrocidades. Acho que eles acham que nós os olhamos de cima para baixo, senador Fall. E, além do mais, acham que estamos tirando toda a sua prata e o seu petróleo, enriquecendo enquanto eles continuam miseravelmente pobres."

Fall refletiu. "Eu ia dizer que essa é a coisa mais ridícula que já ouvi, mas não vou. Esse novo enviado, Torres, vou lhe dizer a verdade: ele não me causou boa impressão. Era como se estivesse escondendo alguma coisa."

"Digamos que eles estivessem se preparando para nacionalizar os poços de petróleo", prosseguiu Littlemore. "Eles teriam de nos mostrar que, mesmo que o nosso Exército possa vencer o deles, eles podem nos atingir de uma forma diferente — de uma nova forma —, que nosso exército é incapaz de impedir. Atingir-nos com gravidade suficiente para que não valha a pena invadir."

"Você está dizendo que a bomba foi para nos mostrar como eles combateriam se nós os invadíssemos?"

"Estou dizendo que se o senhor olhar para a situação do ponto de vista do México, começa a fazer sentido. Um ataque contra o Morgan. Vingança contra a nossa invasão. E um aviso sobre o tipo de danos que eles podem nos infligir se pusermos em ação o nosso exército depois que eles pegarem o petróleo de volta. As três coisas de uma só vez."

“Nesse caso eles seriam uns idiotas de primeira”, disse Fall, “porque esqueceram de nos contar que foram eles que fizeram aquilo.”

“Eles não queriam dizer abertamente”, respondeu Littlemore. “Senão, *teríamos* de mandar nosso Exército invadir, que é o que eles não querem. Então nos deixaram apenas um sinal de que foram eles, sem nos dar nenhuma prova.”

“Mas eles não deixaram um sinal.”

“Deixaram”, discordou Littlemore. “O senhor sabe quando é o Dia da Independência do México?”

“Não.”

“Dezesseis de setembro.”

Fall ficou em silêncio por alguns segundos. “Tem certeza? Não é quinze nem dezessete?”

“Dezesseis de setembro, senhor senador. E é um grande dia para eles, da mesma forma que para nós.”

“Bem, não uso muito a palavra *ironia*, mas não é mesmo uma ironia? Eles tentando nos mostrar que não são tão insignificantes, mas eles são tão insignificantes que nem captamos a mensagem.”

“Mais uma coisa, senhor Fall. Duas semanas antes do atentado, o senhor Lamont, do Banco Morgan, foi ameaçado. Lamont misturou tudo. Pensou que um banqueiro chamado Speyer tivesse feito a ameaça, mas não foi Speyer. Foi um cônsul mexicano — um sujeito chamado Pesqueira — que disse que se o Morgan não começasse a soltar de novo dinheiro para o México, seria posto num inferno.”

Um pensamento surgiu nos olhos de Fall: “Bem, esse enviado, Torres, ele deve ter achado que me fez de bobo. Creio que *fui* um bobo. Eles nos explodem em pedaços e eu levo o presidente dos Estados Unidos para fazer as pazes com eles — depois de terem se apropriado das nossas minas. Talvez eles estejam planejando, *sim*, partir em seguida para os poços de petróleo. Que maldita cegueira a minha!”.

“Não temos nenhuma prova, senhor Fall. Por enquanto. E o elo perdido ainda é o ouro.”

“Isso mesmo... e quanto ao ouro?” Os olhos de Fall corriam de um lado a outro. “Não pode ser, Littlemore. Você está me dizendo que por coincidência o nosso ouro estava sendo transferido no Dia da Independência Mexicana?”

“Não acho que tenha sido coincidência, senador. Como o senhor disse, pode ser que os mexicanos tenham pago alguém do nosso governo — alguém numa posição capaz de fazer o arranjo do dia da mudança do ouro. Vou até a embaixada mexicana, senhor Fall. Vou falar com esse Torres. E com Pesqueira.”

“Por Deus, filho, se você chegar ao fundo dessa história, eu mesmo vou conseguir uma embaixada para você. Onde você gostaria de ser embaixador?”

"Não é para mim, senhor Fall."

"Então que tal chefe do Bureau Federal de Investigação?"

O hall de entrada da embaixada mexicana, uma sólida casa de quatro andares na rua Um, tinha um odor úmido e insalubre. A descoloração tomava conta das paredes.

"Vocês têm mofo aqui, senhora", Littlemore disse à recepcionista.

"Eu sei", ela respondeu. "Todo mundo diz isso. Em que posso ajudar?"

O detetive ficou sabendo que Elias Torres, o novo enviado, ainda não havia apresentado suas credenciais à embaixada, mas que era esperado no dia seguinte. O *señor* Pesqueira, porém, estava no andar de cima.

Roberto Pesqueira era um homem pequeno de cabelo preto e oleoso de brilhantina, pele clara, um bigode fino que mais parecia um risco de tinta, e dentes pequenos mas imaculadamente brancos. Não demonstrou sinais de mal-estar quando Littlemore se apresentou como agente do Tesouro dos Estados Unidos. Parecia até mesmo estar esperando a visita.

"Tenho razões para pensar que há dois meses o senhor ameaçou um homem em Nova York, senhor Pesqueira", começou Littlemore.

"Que homem?"

"Thomas Lamont. Duas semanas antes do atentado a bomba na Wall Street."

Lenços brancos dobrados com esmero formavam uma pilha num dos cantos da escrivaninha de Pesqueira. Ele pegou um deles. "O seu imperador", disse.

"Desculpe, não entendi."

"O *señor* Lamont é o rei do trono de vocês. Todos os outros são lacaios dele. Wilson, o assim chamado presidente, é lacaio dele."

"O senhor não nega a ameaça?"

"O Banco Morgan estrangulou minha gente por seis anos. O seu governo apoiou um ditador corrupto em meu país por vinte anos. Vocês ocuparam o meu país. Roubaram a Califórnia de nós. Advertem-nos de que farão outra guerra se não mudarmos as leis da nossa constituição. E o senhor vem me acusar de ameaça?"

"Só estou fazendo o meu trabalho, senhor Pesqueira."

"É mesmo? O senhor deve ter esquecido as duas primeiras palavras do estatuto entre as nações."

"Quais seriam elas?"

"Imunidade diplomática. A sua lei não se aplica a mim. O senhor não pode me prender. O senhor não pode fazer buscas em minha casa. O senhor não pode sequer me interrogar."

"Negativo. O senhor é um agente *consular*, exatamente como Juan Burns era", contestou Littlemore, referindo-se a um cônsul mexicano preso em Nova York em 1917 por aquisição ilegal de armas. "O senhor não tem imunidade diplomática."

"Perdoe-me, o senhor não é tão ignorante quanto imaginei; estou tão acostumado com isso nos americanos... Mas não sou mais um agente consular. Agora meu escritório é aqui, como pode ver, na embaixada, e todos os funcionários da embaixada, estou certo de que o senhor sabe disto, desfrutam da imunidade do diplomata. Tecnicamente, neste momento o senhor está em solo mexicano. Não pode sequer ficar aqui sem o meu consentimento. Devo chamar a polícia, agente Littlemore?"

Littlemore voltou às pressas ao gabinete do senador Fall e, sem levar em consideração o protesto de um de seus assistentes, bateu à porta de Fall e entrou em seguida.

"Não entre aqui à força, rapaz", disse o senador, sentado à mesa, bigode branco contrastando nitidamente com um semblante rosado.

"Desculpe, senhor senador", disse Littlemore. "Preciso saber onde posso encontrar o enviado mexicano ao qual o senhor se referiu — Torres. Imediatamente. Já."

"Por quê?"

"Ele ainda não faz parte do pessoal da embaixada. Não pode alegar imunidade diplomática. Podemos descobrir onde ele está hospedado?"

"Esse é o tipo de coisa na qual eu sou muito bom", respondeu Fall. "Vá sentar-se na sala de espera. Pode demorar um pouquinho."

Littlemore dirigiu-se à sala de espera do senador, mas não se sentou. Ficou andando de um lado a outro, olhando o relógio. Serviu-se de uma xícara de café. Por fim, mais de duas horas depois, a eficiente e belíssima sra. Cross surgiu com um endereço e uma chave de carro. "O senhor Torres está num apartamento em Crescent Place", disse ela. "O senador Fall diz que o senhor pode usar um de seus automóveis, se quiser. Eu lhe mostro onde é."

No porão do edifício de escritórios do Senado, um monotrilho elétrico transportava as pessoas através da passagem subterrânea de ida e volta ao Capitólio. A sra. Cross levou Littlemore à garagem, onde se sentou ao volante de um sedã conversível.

"Desculpe, senhora", disse Littlemore. "Acho melhor fazer isso sozinho."

"Por quê? Pode ser perigoso?"

"Isso mesmo."

"Eu gosto do perigo", ela respondeu. "Além disso, o senhor está com pressa; tem alguma ideia de onde é Crescent Place?"

"Não."

"Então está perdendo tempo. Entre logo."

A sra. Cross reduziu a velocidade ao se aproximarem de uma via estreita num bairro elegante. Estavam na rua Dezesseis. Pelo espelho retrovisor, viam-se os portões da Casa Branca ao longe. A sra. Cross entrou nessa rua tortuosa e estacionou diante de um pequeno prédio de apartamentos. A noite já começara a cair.

Littlemore encontrou o nome "Elias Torres" escrito à mão com tinta relativamente fresca junto à caixa de correspondência do apartamento 3B. Subindo ao terceiro andar, Littlemore tocou a campainha. A sra. Cross ficou atrás dele.

"Quem é?", respondeu uma voz com sotaque espanhol.

"Agente federal James Littlemore", disse o detetive. "É Elias Torres?"

"*Yace.*"

"O que disse?"

"Eu sou Elias Torres."

"Quero lhe fazer algumas perguntas, senhor Torres."

"Sobre o quê?"

"Sobre o atentado de Wall Street", respondeu Littlemore.

Houve uma pausa. "Tudo bem. Um minuto. Vou vestir uma camisa."

"Eu lhe dou trinta segundos", disse Littlemore, em seguida pôs o ouvido na porta. Ouviu passos apressados e uma janela sendo aberta.

"Ele está fugindo", disse a sra. Cross.

"Eu sei", replicou Littlemore.

"E não vai fazer nada?"

"Vou. Esperar para ter certeza de que ele foi embora." Littlemore bateu na porta. Quando não houve resposta, o detetive tirou uma pinça e um pino de metal e começou a trabalhar na fechadura. "Não queremos o Torres, senhora Cross."

"Por que não?"

"Ele acabou de chegar do México", explicou Littlemore, mexendo com a pinça entre o miolo da fechadura e o ferrolho. "Ele ainda nem se apresentou à embaixada. Não tem imunidade diplomática. Podemos investigar todas as caixas e documentos de governo que o sujeito trouxe consigo; é isso que queremos. Mas sem um mandado não se pode simplesmente invadir a casa de alguém e vasculhar essas coisas — a menos, é claro, que o suspeito esteja tentando fugir."

Littlemore abriu o ferrolho.

"Você joga conforme as regras, Nova York", disse a sra. Cross.

"Alguém tem que jogar desse jeito." Uma brisa soprava, fazendo esvoaçar as cortinas da sala. Littlemore olhou para fora: a janela se abria para uma saída de incêndio. "Ele saiu por ali."

O apartamento fora mobiliado havia pouco tempo, e pobremente. A única decoração consistia em algumas aquarelas de palhaços e touros nas paredes, além de um vaso de flores sobre uma mesa barata. Littlemore vasculhou aposentos, armários e gavetas. Não achou nada, somente um amontoado de roupas e artigos pessoais. A sra. Cross ficou na sala, fumando um cigarro. "Jogada esperta", disse ela, "deixá-lo fugir."

"Eu não estou parecendo muito esperto, não é?", comentou Littlemore.

"É um cavalheiro mexicano elegante", disse ela, utilizando um cinzeiro limpo em cima da mesa de jantar. "Mas poderia ter varrido o chão um pouco melhor."

Littlemore seguiu o olhar dela. Na base da parede, via-se um montículo de serragem. Um metro e meio acima, pendurada na parede, uma aquarela retratava uma tourada.

"Nós o pegamos", disse Littlemore.

Tirou o quadro do gancho na parede. Atrás dele fora feito um buraco, largo o suficiente para que um homem enfiasse a mão. E foi o que Littlemore fez, tirando lá de dentro um cilindro de cartolina. Os cantos de documentos enrolados sobressaíam nas duas pontas do tubo. Littlemore soltou as folhas e abriu-as sobre a mesa, alisando-as, para que não voltassem a se enrolar.

Alguns documentos eram fotografias. Outro era uma carta, em espanhol, com o timbre e o cabeçalho de um departamento governamental mexicano. E um era um diagrama.

"Minha nossa", disse Littlemore. "Minha Nossa Senhora."

"Por que estamos saindo pela escada de incêndio?", indagou a sra. Cross, descendo a escada de metal alguns degraus atrás de Littlemore.

"Porque se houver alguém à nossa espera, vai estar na porta da frente."

"Quem poderia estar à nossa espera?"

"Se eu sou Elias Torres e deixei esses documentos, volto para pegá-los. Com alguns amigos. E algumas armas. Segure isto."

Entregando à sra. Cross o cilindro de cartolina onde estavam os documentos, Littlemore escorregou pela escadinha móvel do final, tendo ainda que dar um salto até o chão. Encontrava-se agora no pátio dos fundos do prédio, que parecia vazio.

"Jogue o tubo para mim", disse baixinho, "e depois desça."

Ela concordou, mas ao chegar ao último degrau da escadinha móvel, ainda a aproximadamente um metro e meio do chão, olhou para ele e disse: "E agora?".

"Solte-se", ele respondeu. "Eu vou segurá-la."

Ela hesitou.

"Pule, pelo amor de Deus", ele sussurrou.

Ela pulou, ele a segurou. Ela pôs a mão no peito dele: "Você é mais forte do que parece".

"Isto é um elogio?", ele perguntou. "Não precisa responder. Só fique calada."

Littlemore conduziu a sra. Cross em torno do prédio, mantendo-a atrás de si e apertando-se contra a parede quando chegaram à rua. Espiando pelo canto do prédio, Littlemore viu quatro homens, chapéus enterrados na cabeça, diante da porta de entrada do edifício. Um deles estava sentado sobre o capô do sedã em que a sra. Cross e ele tinham vindo; o homem parecia estar distraído, lustrando o sapato. Littlemore pegou sua arma.

"Espere", sussurrou a sra. Cross. "Eu vou. Eles não sabem que você está com uma mulher. Pego você na avenida do Presidente."

"Onde é isso?"

"Na rua Dezesseis." Ela indicou o caminho. Então, andou arrojadamente pela rua, sem exibir o menor sinal de ansiedade. Quando se aproximou do carro, os homens se cutucaram com os cotovelos. Um deles assobiou; outro lhe fez perguntas de ordem pessoal, às quais a sra. Cross não respondeu. Quando entrou no carro e ligou o motor, o homem sentado no capô debruçou-se sobre o para-brisas.

"Aonde você acha que vai, docinho?", disse. Talvez ele tenha pensado que ela não conseguiria sair com um homem sentado no capô. Enganou-se.

"Se você conseguir se segurar aí, vai descobrir", respondeu a sra. Cross. Engatou a primeira marcha e acelerou, derrubando o homem no asfalto atrás de si. Sem olhar para trás, deu aos quatro um aceno de mão e virou na primeira esquina. Littlemore, nesse meio-tempo, aproveitara a desatenção para sair de mansinho, sem ser notado, na direção contrária.

*

A sra. Cross e Littlemore, vindos de sentidos opostos, encontraram-se na rua Dezesseis, rebatizada de avenida do Presidente por seus moradores socialmente ambiciosos. Littlemore deu uma olhada sobre o ombro antes de entrar no carro: ninguém os seguira.

"Para onde?", ela quis saber.

"Para o seu senador — onde ele pode estar neste momento?"

"O senhor Fall? Em casa — no Hotel Wardman Park. Não é longe daqui."

"Vá", disse Littlemore. Verificou novamente se havia alguém atrás deles. "Nada mal, senhora Cross."

"Por que perguntou meu primeiro nome se não vai usá-lo?", retrucou ela.

O saguão principal do Wardman Park, um hotel de mil quartos na avenida Connecticut, que se espalhava ao longo de várias alas numa bucólica colina de dezesseis acres, estava iluminado e repleto de automóveis novos em folha, bem como de uma multidão de espectadores admirando os veículos.

"Uma exposição de automóveis", disse Littlemore em tom de desprezo. "O mundo inteiro enlouquecendo, e essa gente não consegue pensar em outra coisa a não ser um carro novo."

"Ora, agente Littlemore", disse a sra. Cross, "este seu tom é novo e mais sombrio. Achei que você sempre olhasse as coisas de modo positivo."

"Este lugar tem uma centena de elevadores. Para que lado vamos?"

"Siga-me."

No oitavo andar, o próprio senador Fall abriu a porta de seu apartamento, trajando um paletó de smoking vermelho-escuro. A sra. Cross foi entrando, como se estivesse em casa. Littlemore ficou parado na porta. "Descobriu alguma coisa?", perguntou Fall.

Littlemore assentiu.

"Já mostrou a Houston?"

"Não posso", disse Littlemore.

Enquanto Littlemore abria os documentos sobre a mesa de jantar do senador Fall, a sra. Cross colocou dois copos de uísque com gelo diante dos homens. E também se serviu de uma dose. "O que mostram as fotografias?", ela perguntou.

"Parece um campo de treinamento em algum lugar do México", disse

Littlemore. “Isso é uma área de tiro. Isto aqui são rifles automáticos. Esta mostra pessoas trabalhando com estopins e detonadores.”

“E o que é esta lista de nomes?”, perguntou Fall.

“Eu diria que são pessoas que passaram algum tempo no campo. Veja, ela mostra quanto tempo passaram, as datas e em que armas receberam treinamento. São pessoas de todos os lugares do mundo. Há italianos, russos, tudo o que você quiser.”

“É um maldito campo de treinamento de terroristas”, disse Fall, “bem debaixo do nosso nariz.”

“Está vendo esses dois nomes, senhor?”, perguntou Littlemore.

“Sacco e Vanzetti”, disse Fall.

“Parece que Flynn, afinal, sabia mesmo de alguma coisa.” Littlemore pegou uma folha de papel diferente, mais grossa, e a colocou sobre as outras. Nela havia um esboço feito com pena e tinta, cuidadosamente desenhado, com setas e dizeres em espanhol.

“Meu Deus”, disse Fall.

“O que é?”, indagou a sra. Cross, dando um gole em seu uísque.

“Um diagrama para estilhaços em torno de uma bomba carregada numa carroça puxada a cavalo.”

Ninguém disse nada.

“E isso não é o pior, senador Fall. Veja este aqui.”

Littlemore apontou para um documento que continha o cabeçalho do superintendente-geral do México e, no pé da página, a assinatura dele. Entre essas duas formalidades, havia diversos parágrafos em um espanhol floreado. O senador Fall os leu.

“Está entendendo o que diz esta carta, filho?”

“Sim, senhor. É uma autorização para transferir um milhão e cento e quinze mil dólares para as contas de três senadores dos Estados Unidos e um membro de gabinete dos Estados Unidos.”

“Você é um dos três, meu senador querido?”, perguntou inocentemente a sra. Cross.

Fall deu uma batidinha na cintura da sra. Cross. “Não, não sou. São Borah, Tom “Algodão” Heflin e Norris — os três maiores amigos, no Congresso, dos bandidos que estão governando o México.”

“O senador Borah... o que está tendo um caso com Alice Roosevelt?”

“Essa é a única coisa na qual as mulheres pensam?”, perguntou Fall.

“Isso pode explicar por que o senhor Borah precisava de um dinheiro extra”, replicou a sra. Cross. “E que membro do gabinete vinha enriquecendo?”

“O senhor Houston, do Tesouro”, respondeu Littlemore.

*

Por volta de meia-noite, homens importantes começaram a chegar ao apartamento do senador Fall no Hotel Wardman Park. Retirando-se para um estúdio privado, envolveram-se em discussões das quais Littlemore foi excluído, embora diversas vezes o detetive tenha sido solicitado a repetir as circunstâncias em que achara os documentos. A reunião se estendeu por horas. A julgar pelas vozes exaltadas e cortantes, foi uma discussão belicosa — às vezes ressentida. A certa altura, Littlemore ouviu o senador Fall argumentar que o presidente Taft "não fizera menos" por Wilson em 1912.

A sra. Cross identificou alguns homens para Littlemore: o sr. Colby, secretário de Estado; o sr. Baker, secretário de Guerra; o sr. Daniels, secretário da Marinha; o sr. McAdoo, com quem Littlemore se reunira juntamente com o comissário Enright e o prefeito; e o sr. Daugherty, o homem que provavelmente viria a ser o procurador-geral de Harding. "O próprio senador Harding estaria aqui", ela disse, "mas está de férias, o sortudo. Não que ele tomaria alguma decisão. Esses são os homens que tomam as decisões."

"Então esse McAdoo... ele é o genro do presidente? Ele deve ser tão velho quanto o próprio Wilson."

"Nesta cidade as moças gostam de homens mais velhos", replicou a sra. Cross. "Eleanor devia ter uns vinte anos quando ficou noiva dele. Ele tinha mais de cinquenta. Porém um mais-de-cinquenta muito charmoso. Você não aprova que uma jovem se interesse por homens mais velhos?"

"Fico imaginando como o presidente se sentiu", disse Littlemore, pensando nas próprias filhas.

"Dizem que partiu o coração dele. O senhor McAdoo era membro do gabinete do senhor Wilson na época. Mas o senhor Wilson o dispensou e depois, em junho passado, tirou dele a indicação para candidato a presidente pelo Partido Democrata. Creio que, se não fosse por isso, o senhor McAdoo poderia ter sido o nosso próximo presidente. Pobre Eleanor. Eu me pergunto como ela se sente agora."

"Wilson despediu do gabinete o marido da própria filha?"

"Ah, McAdoo acabou se dando bem. Ele é um advogado muito proeminente. Está aqui porque conhece a localização dos maiores poços de petróleo no México, que pertencem a um de seus clientes. Creio que o senhor Brighton seja seu conhecido? Você viajou no trem dele para Nova York. É bem bonito, não é?"

"Como é que todo mundo sabe o que eu faço?", perguntou Littlemore.

"Havia garotas no trem do senhor Brighton?"

"Não, não havia."

"Que pena. Quando fui convidada, havia. Bem, vou descansar um pouco." Já passava das duas da manhã. No pé da escada, ela se virou: "Você se importaria de subir um pouco, agente Littlemore? Preciso lhe perguntar uma coisa".

O apartamento do senador Fall ocupava dois andares. Evidentemente os dormitórios ficavam no piso superior. Littlemore foi até a escada. O movimento da sra. Cross subindo uma série de degraus era ainda mais difícil de evitar olhar do que quando ela caminhava no mesmo plano. Ele a seguiu e foi encontrá-la em um quarto de hóspedes, tirando os brincos. "Feche a porta", disse ela.

"Por quê?", perguntou Littlemore.

"Já lhe disse... preciso lhe perguntar uma coisa."

Ele fechou a porta. Ela soltou o cabelo loiro e o sacudiu. "Qual é a sua pergunta, senhora Cross?", ele perguntou.

Ela chegou bem perto dele. De salto alto, ficava quase da mesma altura dele. "A senhora Littlemore sabe como o marido dela vai ser importante?"

"O senhor Cross sabe como a senhora Cross passa as suas noites?"

"Não existe mais senhor Cross. Ele morreu na guerra."

"Sinto muito, Grace, estou lisonjeado, estou mesmo, mas não posso. Há regras em relação a esse tipo de coisa."

"Regras?" Ela descalçou os sapatos, um de cada vez, e ergueu os olhos para ele, pondo as mãos no peito do detetive. "Isto aqui é Washington, agente Littlemore. Aqui as regras não se aplicam."

"Talvez não", disse ele, afastando as mãos dela. "Mas eu ainda jogo de acordo com as regras."

Às 5h30, a reunião se encerrou, e os cavalheiros bem-vestidos foram saindo. Havia pouca conversa e muitos semblantes sérios enquanto os sobretudos longos e escuros iam se retirando do apartamento do senador Fall.

"Estou velho demais para isso", Fall disse a Littlemore depois que todos se foram, servindo-se de mais um drinque e largando-se em uma poltrona. "A declaração de guerra será enviada amanhã. Demorará um pouco até levarmos todas as nossas tropas para a fronteira. Eu disse a eles que vamos precisar de quinhentos mil soldados."

"Quinhentos mil?", repetiu Littlemore.

"Baker acha que podemos fazer as coisas com um quinto disso, porque ele não pensa no que faremos depois de vencer. Teremos um país para governar, meu Deus." Fall tomou um gole, fez uma careta. "Onde está Grace? Preciso de leite. O pessoal do Wilson não quer tornar público que foi o México o responsável pela bomba de Wall Street. Era por causa disso que eu estava brigando com eles. Eles têm medo de que as pessoas entrem em pânico se perceberem que o inimigo pode transformar nossas cidades em um inferno. Eu lhes disse que o povo americano não é um bando de maricas. Eles vão exigir guerra quando souberem. Em todo caso, por enquanto Baker não vai dizer nada sobre o atentado. Nos jornais vão dar a desculpa de que é uma resposta à encampação das nossas minas."

"E o que vão fazer em relação ao senhor Houston e os três senadores?"

"Nada ainda."

"Eu bem que achei que não fariam nada. Tudo que temos é uma autorização dos mexicanos para a transferência de fundos. Não é prova de que algum dinheiro tenha trocado de mãos. Não é prova de nenhum crime. Nós precisamos de mais."

"Você prestou um grande serviço ao país, filho."

"Obrigado, senhor senador", disse Littlemore.

O sol surgia quando Littlemore se foi. O ar de novembro estava limpo e penetrante; havia cheiro de folhas queimando por toda parte. Littlemore caminhou os três quilômetros de volta ao hotel. Ao chegar lá, tomou um banho, tentando imaginar como se comportaria com o secretário Houston e o que ele precisaria fazer no Tesouro. Ficou um longo tempo sob a água fumegante.

18

"Acho que você gosta de me manter sem saber de nada", Colette disse a Younger no chacoalhante aeroplano, gritando para se fazer ouvir.

Younger recusara-se a dar a Colette qualquer explicação sobre a mudança de destino de Bremen para Paris, exceto dizer que tinha perguntas que apenas Marie Curie seria capaz de responder. Bem abaixo, ele via o sinuoso Danúbio, cujo curso o piloto evidentemente seguia. "Sim, deve ser frustrante", respondeu ele a Colette, "quando você mesma tem sido um modelo de transparência."

Quando finalmente alcançaram Paris, passaram tão perto da torre do sr. Eiffel que quase puderam tocá-la. Na pista de pouso, outros aeroplanos aqueciam-se ao sol da tarde, dispostos a esmo, e havia até mesmo um balcão de venda de passagens, mas o lugar todo estava deserto. O piloto, ele mesmo parisiense, deu-lhes uma carona até o centro da cidade num calhambeque decrépito.

Colette mostrou seus locais favoritos quando cruzaram a ponte para o Trocadéro e seu espetacular palácio oriental em forma de caranguejo, onde, em volta de tranquilos espelhos d'água, passeavam homens de cartola e mulheres com sombrinhas. Ela deu ao piloto instruções de como chegar ao Instituto Rádio. "Você precisa se lembrar", ela disse a Younger, "que Madame não está mais no melhor da sua saúde e que sua visão está falhando." Colette balançou a cabeça. "As fofocas quase a levaram à morte alguns anos atrás. Agora que ela é o suprassumo de Paris, eles fingem que aquilo nunca aconteceu."

Visto da rua Pierre Curie, o Instituto Rádio mais parecia uma confortável casa burguesa que um laboratório científico. "Quando cruzei pela primeira vez estas portas e vi lá dentro o equipamento de Madame", relatou Colette, "pensei que este devia ser o maior e melhor laboratório do mundo. Depois vi os salões científicos de mármore na América. Isto deve parecer um nada para você."

No interior do laboratório, o equipamento era de fato de alta qualidade: bancadas de eletrômetros, bicos de gás, provetas de vidro retorcidas, tudo reluzindo devido a uma escrupulosa esterilização. Colette, depois de cumprimentar velhos amigos, conduziu Younger até a entrada de uma sala de teto alto, com uma grande janela e uma escrivaninha fazendo as vezes de mesa de laboratório. Uma senhora de cabelos grisalhos estava de pé na sala, instruindo um assistente que, com todo o cuidado, empacotava um equipamento dentro de uma caixa.

Mesmo com a porta aberta, Colette bateu e disse: "Madame?".

Marie Curie virou-se para olhar: "Quem é?".

"É Colette, Madame", disse a jovem.

"Minha criança!", exclamou Marie Curie, radiante de prazer. "Venha cá. Venha cá imediatamente."

Marie Curie, cinquenta e dois anos, parecia mais velha. O lábio superior estava marcado por pequenas linhas verticais, as mãos manchadas, as pontas dos dedos rubras. Usava o cabelo grisalho preso num coque apertado. Um simples vestido preto a cobria por inteiro, desde a gola alta e justa até as mangas longas, com o comprimento chegando ao chão. Sua postura, no entanto, era ereta e altiva, e ela tinha a fronte tão clara, tão fina, que transmitia uma serenidade além das pedradas e flechadas do infortúnio humano.

"Essa catarata assustadora", prosseguiu Madame Curie. "Minha cirurgia está marcada para o mês que vem. Os médicos me prometem recuperação completa. Deixe-me olhar você de perto... ora, você está mais linda do que nunca."

Colette apresentou Younger e explicou a Madame Curie que ele gostaria de lhe fazer algumas perguntas, se ela pudesse dispor de algum tempo.

"Doutor Stratham Younger", disse Madame Curie, apertando a mão dele. "Conheço esse nome. O senhor não foi um dos soldados que fez treinamento conosco no ano passado?"

"Não, Madame, mas tratei muita gente com as suas unidades de raios X na França. Os Estados Unidos têm um dívida impagável com a senhora."

"Agora me lembro", ela disse. "O senhor foi quem iniciou todo o programa. Eu vi seu nome na correspondência. Não sei como agradecer. O seu Exército nos manteve à tona no ano passado, quando não tínhamos nenhuma outra verba."

Colette olhou para Younger, surpresa.

"O benefício foi todo nosso", retrucou Younger. "O seu equipamento radiológico móvel é muito superior a qualquer coisa que temos. E eu só vim a conhecê-lo graças à gentileza da senhorita Rousseau, que prestou voluntariamente seus serviços aos nossos homens."

"Você nunca me disse que trabalhou com os americanos", Madame Curie disse a Colette. "Todos nós temos nossos segredos, não temos? Deixem-me preparar um chá. O que achou da América, minha menina?"

"Lá tudo é possível", respondeu Colette. "Para o bem ou para o mal — é o que a gente sente. A senhora precisava ver a refinaria de rádio. Fumaça negra emanando das chaminés. Caminhões entrando e saindo, um depois do outro, depositando minério trazido por trem das minas no Colorado, a três mil quilômetros de distância. A fábrica funciona dia e noite — utilizando o seu processo de isolação, Madame. Eles trabalham com um minério chamado carnotita, e não com pechblenda. Dizem que há carnotita suficiente nos Estados Unidos para produzir novecentos gramas de rádio."

Madame Curie permaneceu um longo tempo em silêncio. "Novecentos gramas", disse por fim. "O que eu não faria com dez... Desculpem. Não é que eu seja amarga. Mas vocês sabem que Pierre e eu poderíamos ter patenteado nossas descobertas há muito tempo, quando ainda ninguém sobre a face da Terra tinha ouvido falar em rádio nem sonhava com a radioatividade. Todo mundo nos disse para tirarmos patentes dos nossos processos de isolação, mas recusamos. A ciência não é para isso. O rádio pertence a toda a humanidade. Ainda assim, se tivéssemos sido um pouquinho mais egoístas, hoje eu não estaria sem rádio, e com um pouco de rádio poderíamos fazer tanta coisa, curar tanta gente, salvar um bebê que poderia crescer e se tornar o próximo Newton. Atualmente não me resta mais nada. Apenas vapor de radônio. Temos muitos experimentos esperando para ser executados. Dúzias de pacientes que somos obrigados a recusar."

Ninguém disse nada.

"E como está a irrepreensível senhora Meloney?", perguntou Marie Curie a Colette, readquirindo seu tom enérgico e entusiasmado. "Ela certamente é uma de suas americanas do tipo tudo-é-possível. Existe alguma chance de ela levantar dinheiro suficiente para comprar um grama de rádio para nós?"

"Receio que a verba ainda seja pequena, Madame", Colette disse com tristeza. "Muito pequena."

"Bem, eu nunca acreditei que pudesse acontecer", replicou Madame Curie. "Ela tem um bom coração, a senhora Meloney, mas sua forma de pensar não é muito científica. Não se preocupe. Se não houver um grama americano de rádio para nós, não vou ficar infeliz. Não terei que atravessar o oceano e fazer um monte de discursos. Você sabe como eu detesto esse tipo de coisa. Estou cansada demais para isso. Mas o que posso fazer pelo senhor, doutor Younger?"

"Eu pretendia", disse Younger, "com a sua permissão, Madame, fazer um desenho para a senhora. Não faz muito tempo, fiz algumas radiografias do pescoço de uma jovem. Os raios X formaram um padrão que nunca vi antes. Posso desenhá-lo, e pensei que a senhora poderia me dizer se significa alguma coisa."

"Madame não é roentgenologista, Stratham", Colette o repreendeu. "Ela trabalha com rádio, não com raios X."

"Não tem importância", replicou Madame Curie. "Deixe-o fazer o desenho para nós. Fiquei curiosa."

Younger recebeu caneta e papel e se pôs a desenhar. Encheu a página com o estranho padrão de sombras, ondulante e incubado, que vira nas radiografias que tirara da jovem McDonald. Quando terminou, Madame Curie segurou a folha de papel próxima aos olhos, depois a afastou, depois voltou a aproximá-la. "Os raios X", disse, "não passaram pelo pescoço da mulher."

"Exatamente", concordou Younger. "Algo os bloqueou."

"Ou talvez tenha interferido neles", replicou Madame Curie. "Tem certeza de que o que viu foram raios X de uma pessoa e não de algum tipo de objeto?"

"Fui eu mesmo que tirei. A moça tinha uma protuberância no pescoço e na mandíbula. Granular. Maior que qualquer abscesso que eu já vi."

"Eu conheço o padrão. Bastante bem."

"É rádio, não é?", indagou Younger.

"Rádio?", repetiu Colette.

"Sem dúvida", disse Madame Curie.

"Mas como...?", perguntou Colette.

"O rádio revela-se opaco em uma roentgenoscopia — é impenetrável aos raios X", explicou Madame Curie. "E mais: os raios gama emitidos pelos átomos de rádio têm propriedades físicas quase idênticas aos raios X. Por consequência, os dois conjuntos de ondas interferem um no outro. Quando um objeto contendo rádio á radiografado, o que vemos é um padrão de interferência — este padrão aqui."

"O que aconteceria", quis saber Younger, "com uma pessoa que ficasse com rádio dentro do corpo por um longo período de tempo?"

Madame Curie baixou o desenho. "O senhor deve entender uma coisa sobre o rádio", ela disse. "Como nós o compreendemos muito pouco. A natureza o manteve oculto de nós por muito tempo. Dentro dos átomos de rádio, existe um caldeirão de forças que não podemos ver, uma fonte de poder praticamente imensurável. De alguma forma, a liberação dessas forças atômicas tem efeitos profundos sobre as coisas vivas. No chumbo inanimado, a radioatividade quase não tem impacto nenhum. Num pedaço de papel sem vida, a mesma coisa. Mas nos seres vivos, o efeito é profundo, imprevisível. Administrado adequadamente, contém um potencial médico sem precedentes. Eu mesma descobri o tratamento de rádio para o câncer; na França, quando inserimos uma agulha de rádio num tumor canceroso, o processo é conhecido como curieterapia."

"Na América também, Madame", disse Colette.

"Alguns acham que a radioatividade pode ser a tão longamente almejada fonte da juventude", prosseguiu Marie Curie. "Não resta dúvida de que ela tem poder curativo. Mas o rádio também é um dos elementos mais perigosos da Terra. Sua radiação parece interferir de alguma maneira desconhecida na estrutura molecular da própria vida. É um veneno temível. Se uma pessoa ingerisse rádio em qualquer quantidade, seria um caso irremediável. Não há absolutamente meios de destruir a substância uma vez que ela penetra no corpo da pessoa."

Ao saírem do Instituto Rádio, Colette disse: "Mas como a senhorita McDonald podia ter rádio dentro dela?".

"Em dezesseis de setembro", respondeu Younger, "onde você estava antes de se encontrar comigo e Littlemore, antes de tudo ir abaixo na Wall Street?"

"Eu tinha acabado de visitar a clínica de rádio", disse Colette, "no Hospital de Pós-graduação."

"Onde eles usam a curieterapia. Você estava contando a mim e a Littlemore sobre aquela manhã. Eu sabia que a jovem McDonald não tinha sífilis."

"O que você está dizendo?"

"Ela tem câncer. Um câncer no pescoço ou na mandíbula."

"Espere. Você acha que ela era paciente da clínica de rádio?"

"Digamos que a senhorita McDonald tivesse câncer. Se seus médicos soubessem o que estavam fazendo, a teriam mandado para o Hospital de Pós-graduação para tratamento; é a melhor clínica de rádio da cidade. Mas algo pode ter dado errado ali. Talvez eles tenham cometido algum erro e não conseguido encontrar a agulha de rádio que puseram dentro dela. Acho que ouvi alguma coisa sobre o Hospital de Pós-graduação ter perdido, há não muito tempo, dez mil dólares de rádio? Talvez o tenham perdido no pescoço dessa moça. Depois de algumas semanas, ela estaria agonizante. Ela então volta para a clínica e lhes implora ajuda. Eles negam qualquer procedimento malfeito; recusam-se a admitir o erro. De repente ela vê você. De algum modo, mete na cabeça que você pode ajudá-la. E decide segui-la."

"Como eu poderia ajudá-la?"

"Eu não sei, mas que outra explicação seria possível?"

Colette lembrou-se de uma coisa. "Mas Amelia nos deixou um bilhete no hotel uma noite antes — para a quadrilha do sequestro, segundo você. Está dizendo que a senhorita McDonald não tinha nenhuma relação com Amelia?"

"Eu não sei. Mas alguém precisa remover o rádio do pescoço da senhorita McDonald. Só Deus sabe o que pode acontecer com ela. Vou mandar um telegrama para Littlemore."

Encontraram uma agência de telégrafo internacional na Place de la Concorde. Younger rabiscou às pressas um telegrama para Littlemore:

MOÇA MCDONALD TEM AGULHA DE RÁDIO NO PESCOÇO. VERIFIQUE COM HOSPITAL PÓS-GRADUAÇÃO NA RUA VINTE PARA VER SE ELA FOI PACIENTE ALI. ELES DEVEM SABER ONDE NO PESCOÇO ESTÁ AGULHA DE RÁDIO. RÁDIO PRECISA SER REMOVIDO IMEDIATAMENTE. REPITO IMEDIATAMENTE.

"A radiação vai acabar queimando toda a garganta dela", disse Younger enquanto esperavam na fila pelo operador do telégrafo. "A esta altura já pode ter chegado ao cérebro. Talvez por isso ela não consiga recuperar a consciência."

"Não há nenhuma evidência de que o rádio tenha algum efeito no cérebro", objetou Colette. "Você sempre superestima o perigo do rádio. Madame está exposta a mais radiação que qualquer outra pessoa, e ela não usa esses trajes de mergulhador."

"Madame Curie não me pareceu particularmente saudável. Ela está pálida como um carneiro. Fatigada. Você me disse que a pressão sanguínea dela é baixa."

"Ela é uma cientista. Fica o dia inteiro em ambientes fechados."

"Ou então está anêmica", disse Younger. "Após todos esses anos, ela provavelmente tem radiação na corrente sanguínea."

"A próxima coisa que você vai dizer é que o rádio é que causou a catarata dela."

"Como você sabe que não foi?"

Younger enviou o telegrama. Na frente da agência do telégrafo, Colette viu um hotel do outro lado da Place de la Concorde. "Será que podemos pegar quartos ali?", perguntou.

"No Crillon?", disse Younger, hesitante. "Por que não?"

A convite de Marie Curie, Younger e Colette participaram nessa noite de um jantar festivo e superlotado: a comemoração da recente independência da Polônia e de sua miraculosa vitória contra os bolcheviques. A comemoração foi num pequeno apartamento — Younger jamais descobriu a quem pertencia —, onde os convidados comeram de pé. Foram erguidos brindes, falou-se muito em polonês e bebeu-se uma quantidade ainda maior de vodca.

Madame Curie pôs Colette sob suas asas a noite inteira, como se a jovem fosse sua filha. Colette ainda estava com o vestido elegante, de costas cavadas, que usara em Praga. É verdade que ela não tinha outra coisa para vestir, mesmo assim Younger considerava o vestido ousado demais. Homens poloneses emplumados e cheios de brilhantina agrupavam-se a todo instante em torno de Madame Curie, sem dúvida atraídos pela oportunidade de conversar com uma das maiores cientistas do mundo. Os homens faziam uma profunda reverência ao serem apresentados a Colette; viravam as pontas de seus bigodes, beijavam-lhe a mão. Invariavelmente Colette evitava os olhos deles, lançando um olhar para Younger, como se soubesse que ele estaria olhando, e ele de fato sempre estava.

Após a meia-noite, Younger estendeu-se na sua cama de dossel no Hôtel de Crillon, fumando. O paletó estava jogado no chão, mas, fora isso, estava totalmente vestido. Calçava inclusive os sapatos.

Ele acompanhara Colette ao quarto dela. No corredor ela estava irrequieta, nervosa, incapaz de virar a chave. Ele pensou que as bebidas fortes da noite pudessem ter lhe subido à cabeça, embora, ele tinha certeza, ela mal havia dado alguns goles. Quando por fim ele tirou a chave de sua mão e abriu a porta, ela praticamente fugiu para dentro do quarto, deixando Younger no corredor, diante da porta entreaberta. Ele a fechou e foi para seu próprio quarto.

Younger observou o teto de brocado e as partículas dançantes de fumaça iluminadas pela lâmpada. Então levantou-se, apagou o cigarro e voltou ao corredor.

Destrancou a porta de Colette. A antessala estava vazia. Ele passou pela rígida e formal mobília. No limiar da porta do quarto, viu a porta do banheiro ligeiramente aberta. Através da fenda, captou relances das costas dela se mexendo para a frente e para trás, envoltas em duas toalhas brancas — uma no cabelo, outra no torso. Aparentemente ela não o ouvira; estivera no banho.

Ela abriu a porta do banheiro, o viu e congelou. Seu longo pescoço estava nu, os ombros nus, seus esguios braços e pernas nus, a pele molhada.

Ele caminhou em sua direção. Ela recuou, entrando de volta no banheiro, encostando-se contra uma parede, os ombros erguidos de apreensão. Não havia para onde ir. O ar estava espesso de umidade da água quente, o espelho embaçado pela condensação. Ele a pegou pelos braços. Ela encolheu os ombros; ele teve de usar mais força do que desejava, mas estava preparado para isso, e o fez. O beijo foi longo e demorado. Quando terminou, o corpo dela tinha amolecido, os olhos se fecharam e a toalha na cabeça havia caído no chão. Ele a tomou nos braços, carregou-a até a cama e a deitou nos lençóis frescos.

O cabelo de Colette se espalhou sobre os travesseiros. O luar entrando pela janela prateava seus membros, ainda reluzente de umidade. Uma de suas mãos estava pousada sobre o peito, a outra na cintura, segurando a toalha branca no lugar. Ele beijou seu pescoço. Ele a ouviu murmurar: “Por favor”. E ele ouviu: “Não”.

Younger disse: “Você quer que eu pare?”.

Ela respondeu num sussurro: “Eu não quero que você pergunte”.

Ele correu a mão sobre o longo cabelo dela. Baixou seu queixo e beijou sua boca. Mais tarde, ela clamou por Deus, mordendo os lábios para manter a voz baixa, tantas vezes que ele perdeu a conta.

Ainda mais tarde, deitados lado a lado ao luar, o rosto dela pousado no peito dele, Colette disse: “A gente esquece?”.

“Esquece o quê?”

“Isto. Isto some?”

A cabeça dela subia e descia com a respiração dele.

“Eu já sabia como ia ser antes de acontecer”, ele disse. “Eu vi antes.”

“Eu também”, disse Colette, sorrindo. “Muitas vezes.”

Na manhã seguinte, ela encontrou Younger lá embaixo, tomando café da manhã numa mesa com uma toalha branca num grande salão com colunas rococó e piso xadrez de mármore negro e branco. Querubins de vestes diáfanas enfeitavam o teto. Colette parecia ao mesmo tempo feliz e assustada.

“Você viu a polícia?”, ela perguntou baixinho. “Está em toda parte!”

“Nada com que se preocupar”, explicou Younger. “É só mais um americano procurado por assassinato. Astro de cinema, me disseram. A esposa, também atriz, foi encontrada morta na cama do casal em cima de uma centena de estolas de pele, nua. Era a lua de mel deles. Quer comer alguma coisa?”

“Ontem à noite Madame me puxou de lado antes de sairmos”, disse Colette, com ar preocupado, ao se sentar diante dele. “Nunca a vi daquele jeito. Ela nunca demonstra seus sentimentos para ninguém.”

“E o que aconteceu?”

“Ela caiu em lágrimas. Disse que Monsieur Langevin não a ama mais porque ela está velha. Que abriu mão de seu nome por causa dele. Que permitiu que o mundo inteiro a condenasse. Tudo que ela quer agora é a sua ciência, seus experimentos. Mas sem rádio, ela diz, ela não é nada. Madame me contou que está disposta a morrer."

Um garçom surgiu, preparou um lugar para Colette e, com uma mesura, desdobrou para ela um guardanapo de linho. Ela mal notou. Então viu o pedaço de papel ao lado do prato de Younger.

"Você recebeu um telegrama?", perguntou. "É do doutor Freud?"

"Não. Littlemore. Voltei hoje de manhã à agência telegráfica para ver se havia alguma resposta dele." Younger mostrou o telegrama:

ONDE DIABOS VOCÊ ESTÁ. TEM AUDIÊNCIA DATA VINTE E DOIS NOVEMBRO. DUAS DA TARDE. MELHOR ESTAR AQUI

"Audiência na corte?, perguntou Colette. "Por quê?"

"Por agredir Drobac."

"*Agredir?*", ela protestou. "Ele me sequestrou. Ele matou aquela mulher no alto do prédio."

"Sim, mas ainda não foi condenado. Aos olhos da lei, é um homem inocente."

"Você quer dizer que ainda pode ir para a cadeia?"

"Littlemore diz que é bem improvável", ele respondeu.

"O que você vai fazer?"

"Voltar. Eu preciso."

"Por quê?", ela perguntou. "Basta ficar longe até eles o condenarem."

"Littlemore me tirou da cadeia depois que me prenderam. Se eu não aparecer na corte, será ruim para ele. Muito ruim. Eu preciso ir."

"Eu vou com você."

"Não. Pode ser perigoso para você."

"Como? Mesmo que alguém estivesse me procurando, não haveria como saberem que voltei ao país."

"Alguém estava espionando você em New Haven. Quem quer que seja, ainda pode estar lá."

"Eu não vou a New Haven." Colette ficou sentada em silêncio um bom tempo. Por fim, disse: "Eu preciso ir com você; vou levantar dinheiro para o rádio de Madame Curie. A senhora Meloney disse que eu poderia conseguir. Ela disse que bastava eu ser mais simpática com um ricaço, e nós cobriríamos todo o déficit. Além disso, Luc vai ficar com o doutor Freud por pelo menos dois meses. Eu não posso ficar aqui sozinha, preocupada com ele".

Nessa mesma tarde, eles pegaram o trem para Rouen na estação de Saint-Lazare. No dia seguinte, foram a Le Havre, onde embarcaram num navio para Nova York.

*

Com sua mão no cotovelo de Younger, Colette permitiu que ele a levasse a um passeio exploratório pelo transatlântico. Vagaram por uma rotunda com domo de vidro, observaram damas e cavalheiros jogando *belote* no salão Luis XIV e tomaram chá num salão mourisco azulejado de azul. Numa sala de fumar vazia, beijaram-se sob um lustre de cristal que balançava suavemente. E muitos níveis abaixo, quando uma chuva forte começou a cair, obrigando os passageiros a debandar para dentro, viram mil seres humanos confinados em recintos menos opulentos e mais fedorentos.

"Você está me corrompendo", disse Colette ao subirem as escadas de volta para o piso superior — o piso da primeira classe. Um camareiro os readmitiu ao salão Luis XIV.

"E você está gostando."

"Eu me sinto como Dante", disse ela, "emergindo do inferno, com você sendo o meu Virgílio."

"Não, você é Beatriz, e vai subir ao céu enquanto eu acabo lá embaixo. Mas", ele ponderou, "eu pagaria novamente o preço. Pagaria todas as vezes."

"Que preço?"

"A danação eterna", ele respondeu, "por uma noite nos seus braços."

"Só uma noite?"

Nessa noite, apesar da violenta tempestade, o navio explodiu em alegria, brindes e assobios festivos. Em todos os refeitórios e saguões de cada classe, bandas e orquestras tocaram música americana enquanto a chuva fustigava as vigias.

"O que está acontecendo?", quis saber Colette. Estavam descendo pela grande escadaria com tapete vermelho que dava para um salão de baile eduardiano. Dançarinos rodavam pela pista.

"Os Estados Unidos elegeram um novo presidente", explicou Younger.

"Quem ganhou?"

"Um homem chamado Harding."

Sentaram-se a uma mesa em silêncio.

"Qual é o problema?", ela perguntou.

"Nada."

"Está bem", ela disse. "Então me tire para dançar."

Ele a tirou.

Bem depois da meia-noite, retornaram à sua luxuosa cabine. "Só um quarto para nós dois?", ela indagou, ruborizando. "O Monsieur é muito presunçoso. Será que a minha corrupção não vai acabar nunca?"

Na manhã seguinte, no leito da cabine, ela estava mais feliz do que ele jamais a vira. Deitados de costas, ela o fez esticar uma perna no ar e colocou a sua ao lado. Tentou convencê-lo de que, apesar da diferença de altura que eles tinham, a perna dela era quase tão longa quanto a dele. Com certeza era mais macia e mais atraente.

À tarde, contudo, enquanto passeavam pelo exótico pátio externo de palmeiras — aberto apenas para os passageiros da primeira classe —, ela ficou com um ar contemplativo. "O que o doutor Freud quer dizer", indagou, "quando diz que eu posso ser a causa do estado de Luc?"

"Eu não sei", respondeu Younger, dizendo a verdade.

"Eu sempre achei que podia tomar conta dele."

"Você de fato tomou conta dele."

"Mas e se eu fiz a coisa errada mantendo-o comigo todos esses anos? E se eu queria que ele fosse diferente? E se eu queria que ele fosse mudo?"

"Por quê?"

"Para não ficar sozinha."

"Ah, pare com isso", interrompeu Younger. "Foi puro comodismo."

"Foi você quem disse que eu não o amava."

"Eu nunca disse isso", replicou Younger.

"Disse com os olhos", ela respondeu. "Porque deixei Luc sozinho quando peguei o trem para Braunau. Você achou que, para mim, matar Hans Gruber era mais importante do que tomar conta do meu irmão."

Younger não disse nada. Ele não havia pensado numa coisa dessas, mas ela provavelmente sim.

"Se eu tivesse morrido", ela disse, "você o teria criado, não teria?"

"Por isso você queria que eu fosse para Viena."

Ela apertou a mão em torno do seu braço. "Você teria feito isso, criado o Luc, não teria?"

"Se você tivesse morrido perseguindo o Heinrich?"

"Sim."

"Não, eu o teria posto num lar de surdos-mudos, que é o lugar dele. Para ele não ficar me lembrando você. Mas não seria possível ele ficar me lembrando você porque eu teria me matado. Além disso, você não gostaria que eu o criasse: eu sou um indigente. Mencionei a você quanto me resta?"

"Não."

“Não me resta mais nada. A nossa cabine é meu último dinheiro. Felizmente, ela inclui refeição para dois, de modo que não vamos morrer de fome até chegar à América.” Ele parou, desvencilhou-se do braço dela e pôs as mãos nos bolsos. “Estou falando sério. Estou envergonhado da minha pobreza. Eu deveria ter lhe dito isso. Não é que eu esteja sem um vintém. Ainda tenho a minha casa em Boston e creio que Harvard me aceite de volta como professor. Mas eu seduzi você sob falsas aparências. Eu fiz isso, sim. O mais reles mulherengo não teria agido de modo mais vil. Todo esse luxo — cabine de primeira classe, grandes salões de baile —, você não vai ver outra vez. Você estará plenamente justificada se me deixar, agora que sabe do estado real das coisas.”

“Que discurso comprido”, ela disse, pegando novamente em seu braço. “E tão bobo. Eu prefiro você pobre.”

PARTE IV

19

Instruções telegráficas voaram de agência em agência, de leste a oeste, através dos Estados Unidos na manhã de 18 de novembro de 1920 — um dia depois de Littlemore ter encontrado o esconderijo com os documentos mexicanos. O ponto de origem era o departamento de guerra em Washington, D.C. O mais importante desses telegramas foi enviado a Fort Houston em San Antonio, Texas. Ordenava que o major-general James G. Harbord, comandante da Segunda Divisão do Exército dos Estados Unidos, mobilizasse de imediato tropas para a fronteira mexicana.

Nessa mesma manhã, Colette Rousseau segurava a mão de Younger junto à grade do convés do navio que adentrava o porto de Nova York. Em volta deles, passageiros soltavam murmúrios sobre a fantástica linha de horizonte de Manhattan, iluminada pelo sol matinal. "Desta vez, até eu estou achando lindos os arranha-céus", disse Colette.

No decorrer da viagem, eles haviam descoberto algumas intimidades um do outro. À noite, ela insistia que ele apagasse todas as luzes ou velas antes de ela surgir de camisola e se jogar na cama, puxando as cobertas até o queixo. E tinha um escrúpulo adicional — ele não devia ficar nu na presença dela. Colette parecia gostar quando Younger tirava a camisa, mas esse era o máximo de nudez que ela estava preparada para aceitar dele.

"Estranho", disse Younger, "eu ia dizer que desta vez até eu os estou achando inquietantes."

De costa a costa, os jornais dessa manhã estavam repletos de notícias estranhas sobre o México. Havia rumores — não atribuídos a nenhuma fonte oficial — de uma mobilização e da iminente ameaça de que os poços petrolíferos norte-americanos seriam nacionalizados. De Washington, informava-se o seguinte:

A embaixada mexicana divulgou na noite passada uma declaração em que afirma ter sido autorizada pelo general Obregón, presidente eleito do México, a negar que Elias L. Torres, que na última terça-feira estendeu um convite ao senador Harding para visitar o país, estivesse agindo em nome do governo mexicano. "A embaixada mexicana", afirma a declaração, "tem posse de um telegrama do general Obregón, no qual ele nega categoricamente que Elias Torres seja seu representante."

Não foram fornecidos detalhes adicionais para explicar essa curiosa notícia.

Também nessa manhã, num quarto asséptico na cidade de Nova York, com paredes perfeitamente brancas e um solitário leito hospitalar no centro do cômodo, uma jovem de longos cabelos ruivos abriu os olhos. Tentou falar, porém algo em sua boca a impediu. Ela teria removido o empecilho, mas seus pulsos estavam amarrados à grade da cama com tiras de couro.

"Ela vai ficar limpa?", perguntou uma voz masculina. Quem quer que tenha falado estava fora do campo de visão dela. A jovem tentou virar a cabeça, mas não conseguiu.

"Sim", respondeu um homem que ela podia ver, vestido com um avental branco.

"A última não ficou limpa."

"É acidífero. Vai limpar."

"E vai doer?", perguntou a voz masculina fora do campo de visão.

"Provavelmente", disse o homem de avental branco.

"Você pode dar a ela alguma coisa?"

"Para a dor... agora?"

"Por favor."

O homem de avental branco postou-se ao lado da cama. Ela sentiu suas mãos em seu braço e a picada de uma agulha. Nesse momento, seus temores e sofrimentos sumiram. Um calor espalhou-se por todo seu corpo. Uma sensação agradável, confortante. Ela queria mais.

O homem que ela não vira — e que, à medida que o quarto começava a se dissolver, ela ainda não podia ver com clareza — aproximou-se da lateral da cama. Ele separou delicadamente seus lábios. Entre aqueles lábios, pôs uma mordaça, que apertou as maçãs de seu rosto, atando-a com firmeza.

O homem introduziu algo áspero em sua boca. Era uma escova de dentes. Ele escovou os dentes dela abaixo e acima da mordaça. Procedeu metodicamente, minuciosamente, cuidadosamente. Escovou em pequenos círculos, primeiro os incisivos, depois os caninos, depois os molares, superiores e inferiores, dianteiros e traseiros.

O médico se enganara: não doeu nem um pouco. Não foi sequer desagradável. Pelo menos não no começo. Então ela sentiu uma ardência na língua e na garganta. A mordaça a fez engasgar. Lágrimas começaram a correr de seus olhos. O homem enxugou as lágrimas com delicadeza. Ele abriu a roupa hospitalar dela e observou sua garganta e seu peito branco e macio.

"Eu gosto desta", disse. "Nenhum defeito. Você não pode dar mais a ela?"

"Ela vai ficar inconsciente", disse o homem de avental branco.

"Eu não a quero inconsciente. Você não pode deixá-la... quase inconsciente?"

Ela sentiu outra picada no braço. Em breve o homem com a escova de dentes voltou a trabalhar, descobrindo cada fenda e coroa em seus dentes, limpando, limpando. A pasta ardia terrivelmente, mas ela não se incomodava mais. O calor gostoso, generoso, se espalhou e se assentou mais profundamente em seus membros, peito e outras partes. Então tudo ficou confuso, emaranhado, e ela não conseguiu mais entender o que estava acontecendo. Foi puxada, física e mentalmente, em duas direções opostas; agora alguém escovava seu pescoço e seus ombros com a mesma pasta adstringente, e isso doía; ela queria que parasse, mas havia também mais daquela celestial inundação de calor, que ela queria que durasse para sempre.

Nessa manhã, a primeira coisa que Littlemore fez foi ir ao escritório do secretário Houston. Não tendo recebido permissão para entrar, esperou na antessala, lendo os jornais, até que, uma hora depois, Houston apareceu.

"Não vê que estou ocupado, Littlemore?", disse Houston enquanto descia o corredor às pressas, o detetive no rasto.

"É o assunto com o México, senhor?"

"Assunto com o México?" Houston parou. "O que você sabe sobre isso?"

"Tenho lido os jornais."

O secretário disparou novamente, seguido por Littlemore. "Bem, o que é?", perguntou Houston.

"Só estou aqui pensando quem teria escolhido a data para a transferência do ouro."

"O quê? Por quê?"

"Penso que isso pode desvendar toda a charada, senhor."

"A data? Não vejo por quê", disse Houston. "Todo mundo no departamento sabia quando o ouro seria transferido. Em todo caso, foi antes da minha época. A mudança vinha sendo planejada havia anos. O novo Escritório de Avaliações de Ligas Metálicas foi projetado especificamente com esse propósito. Muito antes da minha época."

“Ninguém o aconselhou sobre a data, senhor Houston, fazendo sugestões, revendo a data adequada?”

“Aconselhando-me sobre a data? Eu não tive nada a ver com isso.”

Ao registrar-se no hotel, Younger pediu à telefonista que ligasse imediatamente para a central de polícia. Informado de que o capitão Littlemore não trabalhava mais lá, obteve o número do detetive em Washington. Minutos depois, conseguiu falar com Littlemore em seu escritório no Tesouro.

“O que você está fazendo em Washington?”, perguntou.

“Uma longa história”, disse Littlemore. “O que você estava fazendo na França?”

“Uma longa história. Conseguiram tirar o rádio da jovem McDonald?”

“Não exatamente. Eu disse ao médico dela o que você me disse; ele me olhou como se eu fosse um imbecil. Ele disse que ela está com sífilis, não com rádio. E verifiquei no hospital de pós-graduação. Eles não têm registro dela.”

“Ela não tem sífilis. Qual é o nome do médico?”

“Lyme”, disse Littlemore. “Doutor Frederick Lyme, no Hospital Sloane para Mulheres. Escute, doutor: Drobac foi solto.”

Ouviu-se um chiado na linha; Younger não disse nada.

“Você ainda está aí?”, perguntou Littlemore.

“Estou”, disse Younger. “O que é isso, um seriado de aventuras? Como ele pode estar solto?”

“Porque você violou a fiança, por são Pedro! E levou a senhorita e o menino junto. O advogado dele disse ao tribunal que você tinha fugido do país. Paradeiro desconhecido. A senhorita era a queixosa. Como podemos processar alguém quando as vítimas saíram da jurisdição? Eu disse a eles que você voltaria, mas o juiz determinou que o soltássemos.”

“Então o assassino está na rua, enquanto eu tenho que enfrentar julgamento?”

“Não é um julgamento. É uma audiência para revogação da fiança. O juiz a ordenou depois de saber que você estava fora do país. Se você não aparecer, sua fiança fica revogada e é emitido um mandado de prisão contra você, e eu vou ter de pagar o aval. Você precisa estar lá, doutor.”

“Eu vou estar.”

“Olhe, à tarde pego o trem de volta para a cidade. Por que você e a senhorita não aparecem lá em casa para jantar?”

Um mensageiro tocou a campainha e entregou a Younger e Colette um pacote de telegramas que haviam chegado na semana anterior. "São de Freud", disse Younger. "Eu o deixei informado de onde estaríamos."

"Abra logo", disse Colette, ansiosa.

O primeiro telegrama fora enviado apenas poucos dias depois que eles embarcaram para Nova York:

7 NOV 1920

MENINO ESTÁ BEM. DOIS ALUNOS BRITÂNICOS GOSTARAM MUITO DELE. VISITOU ZOO. FORTE SUSPEITA ENVOLVIMENTO DO PAI NOS SINTOMAS. FAVOR CONSULTAR SRTA. ROUSSEAU E PERGUNTAR DE NOVO SE ELA LEMBRA MAUS-TRATOS DELA OU DO IRMÃO NAS MÃOS DO PAI.

FREUD

"Se sofri maus-tratos?", disse Colette. "É a segunda vez que ele pergunta. O que ele quer dizer?"

Younger, que sabia exatamente o que Freud queria dizer, não respondeu. "E quanto a Luc? Seu pai alguma vez... não sei... bateu nele?"

"Papai mimava Luc. Ele era o homem mais gentil do mundo. O que diz o próximo?"

Younger abriu o segundo telegrama:

11 NOV 1920

IGNORE TELEGRAMA ANTERIOR. MENINO COMEÇOU FALAR COMIGO. POR ENQUANTO SUSSURRA, MAS ESPERO CURA COMPLETA. SEMANAS NÃO MESES. MAIS BREVE AINDA.

FREUD

"*Mon Dieu*", Colette disse, excitada. "Abra o próximo."

Younger abriu:

13 NOV 1920

MENINO TEM SONHO RECORRENTE. ESTÁ DE VOLTA NO QUARTO DA CASA ONDE NASCEU. É MEIO DA NOITE. VAI A UMA JANELA. VÊ EMBOSCADA DE LOBOS À ESPREITA NUMA ÁRVORE. SONHO É INVERSÃO DE CONTEÚDO LATENTE. MENINO SONHA QUE É OBSERVADO PORQUE VIU ALGO QUE NÃO DEVIA TER VISTO. SEM DÚVIDA PAI ENVOLVIDO. QUASE COM CERTEZA TAMBÉM IRMÃ.

FREUD

Colette estava perplexa: "Por que eu estaria envolvida?".

17 NOV 1920

RETROCESSO. LUC PAROU DE FALAR. NÃO SE COMUNICA COM NINGUÉM NEM SUSSURRANDO NEM ESCREVENDO NEM MESMO COM GESTOS. FAVOR INSISTIR COM SRTA. ROUSSEAU PARA NÃO ALARMAR. REGRESSÃO TEMPORÁRIA NÃO INCOMUM EM ANÁLISE. POSSIVELMENTE SINAL POSITIVO.

FREUD

"Como pode ser um sinal positivo?", disse Colette.

"Foi provocado porque eles estão se aproximando da fonte do problema."

"O que significa isso?"

Younger correu a mão pelo cabelo. "Eu não acredito em psicanálise. Eu disse a você."

"Mas, se acreditasse, o que significaria?"

"A maneira como Freud enxerga a questão é: Luc tem alguma lembrança da primeira infância, de uma época em que viu algo proibido ou desejou algo tão errado que suprimiu toda a consciência do fato. Essa lembrança não gosta de permanecer oculta; ela tenta escapar à repressão, forçar um caminho para penetrar no consciente. É isso que produz os sintomas de um paciente."

"Em que é que você não acredita?"

"Não acredito nos desejos que Freud atribui às crianças. E não acredito em lembranças infantis reprimidas vindo à luz anos depois. É como... um fim de novela muito bem amarradinho."

Colette refletiu por um momento — e anunciou que confiava no dr. Freud.

Os jornalistas superlotavam a tal ponto o gabinete do senador Fall que Littlemore por pouco não conseguiu entrar. A pergunta básica dos repórteres era se o senador podia confirmar que os Estados Unidos estavam realizando um deslocamento de tropas para a fronteira mexicana.

"Isso é verdade, senhores", disse Fall. "A Segunda Divisão está a caminho."

"E quais são as ordens, senhor senador?"

"Não posso dizer", respondeu Fall. "Mas não vamos tirar tudo do lugar. Eu mesmo estou indo ao México. Para a posse do *señor* Obregón. Estou certo de que ambas as partes gostariam de ver as disputas resolvidas de forma pacífica."

"O que vai dizer ao general Obregón, senhor senador?"

"Direi a ele que não ponha as mãos no nosso petróleo. E que ter os Estados Unidos como amigo é bem mais inteligente do que nos ter como inimigo."

Após a coletiva de imprensa, Littlemore manifestou surpresa com a planejada visita do senador à Cidade do México. "Não acha que pode ser perigoso, senhor Fall?"

"Imagino que sim", respondeu Fall. "Para alguém."

No expresso para Nova York, Littlemore leu uma pilha de jornais vespertinos. Como sabia bem mais que os jornalistas, as notícias o encheram de uma sensação de irrealidade e também de maus pressentimentos, como se ele tivesse a clarividência de uma catástrofe iminente e impossível de ser evitada. Em Washington, relatavam os jornais, Roberto Pesqueira, representante da embaixada do México, precisou ser contido à força num encontro com empresários americanos, após insistir no direito de seu país a seus próprios recursos naturais. Em Los Angeles, mexicanos estavam adquirindo munição em quantidades preocupantes. No próprio México, cidadãos americanos tinham começado a deixar o país.

Em seguida, Littlemore tirou de sua maleta as plantas arquitetônicas do Edifício de Avaliações na baixa Manhattan. Os novos cofres desse edifício eram o que havia mais próximo do inexpugnável, mais do que qualquer outro banco jamais vira. Ficavam no subsolo, a uma profundidade de vinte e seis metros, e eram reforçados por três camadas separadas de aço e concreto, acessíveis por uma única porta através de um túnel de um metro e vinte de largura, e cercados por sistemas de alarmes, armadilhas de captura e até mesmo suprimentos de comida e água para o caso de sítio. As plantas haviam sido aprovadas em 1917 pelo então secretário do Tesouro, William G. McAdoo. A assinatura de um secretário do Tesouro diferente aparecia no pé de outro documento que Littlemore tinha no colo.

Era uma ordem de serviço autorizando a transferência das reservas de ouro da nação do Subtesouro da cidade de Nova York para o Edifício de Avaliações adjacente, por meio de uma ponte de ligação, com início na noite de 15 de setembro de 1920. O detetive encontrara a ordem de serviço amassada no fundo de uma gaveta de arquivo. Estava assinada, como Littlemore já sabia, pelo secretário David Houston.

Nessa noite, Younger e Colette foram jantar na casa dos Littlemore. "O que você está fazendo em Washington, Jimmy?", perguntou Colette. "Deve ser algo muito importante."

"Não muito... só começando uma guerra", ele respondeu. Esperaram que ele dissesse mais alguma coisa, mas ele não disse.

*

Depois do jantar, enquanto as mulheres lavavam a louça, Younger e Littlemore continuaram sentados à mesa sem dizer nada, o detetive raspando o garfo de um lado a outro no prato de sobremesa. "Littlemore", disse Younger.

"O quê?"

"Você está ganhando de mim no silêncio."

"As guerras nem sempre saem do jeito planejado, não é?", indagou Littlemore.

"Elas nunca saem do jeito planejado", respondeu Younger.

"Lembra quando você disse que o atentado de Wall Street era uma maneira de assassinar pessoas? O que eles querem, os assassinos? E aqueles sérvios que assassinaram o arquiduque da Áustria em 1914? O que eles queriam?"

"Guerra."

"E conseguiram, não foi?"

"Muito além dos seus sonhos mais selvagens."

Na manhã seguinte, os jornais informaram que o senador Fall, que na véspera anunciara sua intenção de comparecer à posse do general Obregón, tivera o visto de entrada no México negado pelo representante da embaixada mexicana, Roberto Pesqueira. Em resposta, o sr. Pesqueira disse apenas que o senador era um inimigo do povo mexicano.

Nesse ínterim, o Exército dos Estados Unidos descia em massa para a fronteira mexicana. Despachos da Cidade do México afirmavam que o presidente eleito Obregón fora acometido por uma súbita e inexplicada doença, o que o impedia de participar dos eventos pré-posse programados.

Nessa manhã, Colette conseguira um encontro com a sra. William B. Meloney, presidente do Fundo Marie Curie de Rádio. Younger pediu que fizesse as malas antes de sair.

"Por quê?", ela quis saber.

"Vamos trocar de hotel." Era uma medida de precaução. Younger não dissera a ninguém, exceto Freud, onde ele e Colette ficariam hospedados, mas se alguém tivesse vigiado o porto com certeza os teria localizado. Ou se alguém houvesse monitorado os telegramas transatlânticos, poderia certamente ter lido os telegramas de Freud. O motivo principal, contudo, era financeiro. Ele precisava de acomodações mais baratas.

Pegaram o metrô para a casa da sra. Meloney, na rua Doze Oeste. Younger insistiu em acompanhar Colette até lá. Depois, foi para um bairro longe do centro, fazendo Colette prometer que não sairia antes que ele voltasse.

Quando Littlemore desceu do trem a caminho do trabalho nessa manhã, estava tão imerso em pensamentos que por engano desceu em sua antiga estação, a Grand Street. Estava a meio caminho da central de polícia quando percebeu o erro. Havia algo de que o detetive não estava gostando, mas ele não sabia o que era.

No Hospital Sloane para Mulheres, na rua 59, Younger deu seu nome e perguntou pelo dr. Frederick Lyme. Pouco tempo depois, Younger foi saudado por um homem de cerca de quarenta anos, prematuramente grisalho, com óculos de aros grossos, uma prancheta e um estetoscópio sobre o jaleco branco.

"O que posso fazer pelo senhor, doutor Younger?", perguntou, tirando os óculos e colocando-os no bolso.

"Estou aqui por causa da garota McDonald. O senhor falou com um policial chamado Littlemore; fui eu que o mandei. A moça tem rádio no interior do pescoço. Ela precisa urgentemente de uma cirurgia."

"Rádio", repetiu Lyme levemente. "Como a senhorita McDonald poderia estar com rádio dentro do corpo? Eu já disse ao policial que era uma ideia absurda. Não tenho mais nada a dizer. Bom dia."

"Câncer", disse Younger, "é a causa mais provável do abscesso em seu pescoço. Se ela foi diagnosticada com câncer, pode muito bem ter sido submetida a um tratamento por rádio. Creio que ainda há uma agulha de rádio no pescoço dela."

Lyme aproximou a prancheta do peito. "A senhorita Mcdonald nunca recebeu tratamento por rádio, e não foi câncer que causou seu tumor. Foi sífilis. Com certeza o senhor está ciente de que a sífilis terciária produz gomas — granulomas, abscessos —, que podem surgir em qualquer parte do corpo. A sífilis também é a causa de sua demência. Ela já tinha começado a delirar. Teve delírios persecutórios. Será que ela disse alguma coisa?"

"Não."

"Em 1913 descobriu-se que a sífilis é a causa da paresia generalizada", disse Lyme. "Ou o senhor não vem se mantendo atualizado com a literatura?"

"Estou familiarizado com a descoberta", disse Younger. "Doutor Lyme, eu tirei raios X dessa moça."

"Como? Quando?"

"Quando ela estava no Bellevue. O raios X indicou claramente a presença de rádio."

"Ridículo. Sua máquina de raios X estava, obviamente, funcionando mal. Ou o senhor não soube operá-la."

"Eu confirmei o diagnóstico com a própria Madame Curie em Paris. Não houve mau funcionamento da máquina; o rádio produz o padrão fluoroscópico específico que encontrei nos raios X dela. Ao menos abra o tumor e dê uma olhada. Mal não vai fazer."

"E também não vai ajudar", disse Lyme. "Ela está morta. Agora, se me der licença."

Quando finalmente chegou a seu escritório na Wall Street, Littlemore pediu à telefonista que ligasse para o gabinete do senador Fall em Washington. Levou mais de uma hora até conseguir falar com o senador. "E se não foi o governo mexicano que ordenou a colocação da bomba, senhor Fall? E se foram apenas um ou dois funcionários mexicanos sem-vergonha?"

"Você não está ficando amedrontado, está, filho? A guerra vai ser um passeio. Nossos rapazes estarão de volta antes do Natal."

"Obregón diz que Torres não tem nenhuma ligação com o governo mexicano", disse Littlemore.

"O que você esperava que ele dissesse depois do que você encontrou no apartamento de Torres?", replicou o senador.

"Não há provas, senhor Fall."

"Papo de tribunal. E guerras não são travadas em tribunais. Fique de olho, rapaz. Temos a assinatura do ministro das Finanças mexicano num papel escrito à mão e um campo de treinamento de terroristas dirigido pelos militares deles. São provas mais que necessárias."

"E se foram apenas algumas maçãs podres, e não todo o governo?"

"Vou ser honesto com você", disse Fall. "Eu não dou a mínima se o atentado foi ordenado por El Presidente de la Republico ou por El Ministerio de la Financio. Qual a diferença? Ainda assim temos de fazer uma limpeza na Cidade do México. Caçar os filhos da puta que puseram a bomba. Acabar com aquele campo de treinamento. Se Obregón não estava por trás disso tudo, isso significa que ele não consegue controlar suas maçãs podres, então precisamos de alguém que consiga — antes que elas estraguem todo o maldito barril."

A linha se encheu de estática.

"E vou lhe dizer mais, filho", prosseguiu Fall. "Estou indo até aí para me reunir com Bill McAdoo no sábado. Preciso resolver o que vamos fazer com Houston. É um negócio complicado financiar uma guerra quando seu próprio secretário do Tesouro está sendo pago pelo inimigo. Nós sempre jantamos no Oyster Bar. Por que você não vai se encontrar conosco lá?"

"O Oyster Bar, o Bar das Ostras?"

"Você conhece o Oyster Bar do terminal?"

"Claro que conheço. Parece uma boa ideia, senhor Fall."

Segundos depois, Littlemore ainda estava parado junto ao telefone.

Younger bateu à porta da residência da sra. William Meloney na rua Doze Oeste, que estava cheia de gatos ronronando e prateleiras atulhadas de depoimentos em favor de Marie Curie.

"São cartas", a sra. Meloney explicou a Younger, "de pacientes com câncer que foram curados com radioterapia. Eu as estou juntando para quando Madame Curie chegar. Uma é de um botânico que quer mandar para Madame Curie uma estufa inteira de flores. Nós temos que levantar o resto do dinheiro. Simplesmente precisamos."

"Já está tudo arranjado", disse Colette, entusiasmada. "Amanhã vamos visitar as fábricas de tinta luminosa do senhor Brighton, uma em Nova Jersey e outra em Manhattan. A senhora Meloney diz que existe a chance de uma doação muito grande."

"O senhor Brighton", disse a mulher mais velha em tom conhecedor, "está muito perto de contribuir com uma quantia ainda maior do que já contribuiu. Na casa dos setenta e cinco mil dólares. Ele próprio me disse. Tudo que falta é um ligeiro empurrão feminino."

"Setenta e cinco mil dólares... você pode imaginar uma coisa dessas, Stratham?", disse Colette. "Isso é mais do que precisamos. O rádio vai ser pago."

No caminho de volta, Younger contou a Colette sua visita ao hospital Sloane. "Lyme insiste que era sífilis", ele murmurou. "Eu devia ter pedido para ver o teste de Wassermann. Nunca ouvi falar de sífilis terciária numa jovem dessa idade."

Littlemore desceu as escadarias do Subtesouro, chegando à Wall Street. Ao lado, ainda havia soldados postados em frente ao Escritório de Avaliações, onde, lá nas profundezas, nos cofres subterrâneos, estavam armazenadas as reservas de ouro do país. Ele atravessou a rua e foi até o Banco Morgan.

A Wall Street estava atulhada de pessoas, como sempre. Embora atrapalhasse o caminho dos apressados pedestres, Littlemore andou devagar, indo e vindo por toda a extensão da calçada em frente ao banco, inspecionando a parede externa onde o concreto fora atingido e arrancado na explosão.

Todo mundo entendia que tal dano fora causado pela bomba e seus estilhaços. Littlemore examinou as marcas da explosão mais de perto. Era estranho estarem concentradas abaixo e em torno de uma janela do piso térreo. Alguns buracos irregulares — particularmente os maiores — podiam muito bem ser resultado de fragmentos da bomba, mas a maioria das marcas era pequena e redonda, como se o concreto tivesse sido atingido repetidamente por balas.

Littlemore seguiu para a Prefeitura. Nos escritórios do porão, examinou as plantas de gás, água, esgoto e metrô da baixa Manhattan. Levou horas nisso. Estava convicto de que não acharia nada, como não achou. Tubos comuns de gás, eletricidade e hidráulica corriam sob a Wall Street. Não havia encanamento de esgoto cruzando da Wall para a Pine. Uma linha de metrô fora anunciada para a Nassau Street em 1913, com uma estação na esquina da Broad com a Wall, perto de onde a bomba explodiu. Todavia, ao contrário das outras oitenta linhas anunciadas em 1913, a linha da Nassau nunca fora construída.

O hotel para onde Younger e Colette se mudaram era do tipo que fornecia em cada quarto um conjunto de utensílios velhos, descombinados, e um fogareiro elétrico. Ao ver esse equipamento, Colette declarou que iria cozinhar. Levou Younger às compras — quitanda, açougue, padaria. Era como, disse ela, estar em Paris. Ou teria sido, se houvesse uma garrafa de vinho para comprar.

Os Littlemore jantaram todos juntos no apartamento da rua Catorze — pais, avó e os inúmeros filhos. A cabeça de Littlemore não estava no jantar. Duas vezes ele chamou James Jr. de Samuel, que era o nome do filho mais novo, e chamou Samuel de Peter, embora os dois não fossem nada parecidos, tendo Peter o dobro da idade do irmão. Betty, dando de comer a Lily no cadeirão, nunca vira seu marido tão distraído.

"Sabe", disse Younger a Colette, enquanto comiam na minúscula mesa de jantar à luz de velas, "há outra possibilidade."

"De quê?"

"De como o rádio cura o câncer." Ele cortou a costeleta que ela havia preparado. "E se em cada uma de nossas células houver uma espécie de chave que liga ou desliga o processo de morte da célula, e a radioatividade consegue acionar essa chave? Em células cancerosas, a chave está desligada; as células não morrem; por isso elas ficam se reproduzindo interminavelmente. Quando a radioatividade atinge essas células, ela liga a chave, de modo que as células começam novamente a morrer. E isso cura o câncer."

"Mas então nas células boas, a radioatividade... a radioatividade..."

"Desligaria a chave", disse Younger. "Faria com que as células parassem de morrer. Causaria câncer."

"O rádio não causa câncer."

"Como você sabe?"

"Um medicamento não pode ao mesmo tempo curar e provocar uma doença. É impossível."

"Por quê?"

"Sabe por que você desconfia tanto da radioatividade?", perguntou Colette. "Acho que é porque não foi você que a descobriu. Se você tivesse sido o primeiro a pensar em Deus, também acreditaria Nele."

Em seu quarto asséptico, a jovem de cabelo vermelho sabia o que significava quando o homem de avental branco entrava. Ela se debateu contra as tiras de couro; tentou gritar, mas a mordaça abafou o som.

Ela também sabia, pela presença do homem, que em breve sentiria a picada da agulha no braço, e depois disso o gratificante calor que se espalhava tão gostosamente por seus membros.

Logo o outro homem estava de novo escovando seus dentes, superiores e inferiores, anteriores e posteriores, com toda a calma do mundo.

Um bilhete dobrado deslizou por baixo da porta do quarto de hotel de Younger bem depois da meia-noite. Younger o leu, jogou uma roupa qualquer no corpo e desceu até a recepção. "Ainda acordado a uma hora dessas", disse.

"Qual é o ácido mais forte do mundo?", perguntou Jimmy Littlemore, mascando seu palito.

"Mais forte para que finalidade?"

"Cortar metal."

"*Acqua regia*. É uma mistura de ácido nítrico e sulfúrico."

"Pode-se viajar com ele? Entende, levá-lo com a gente?"

"Em um vidro é bem seguro. Por quê?"

"Preciso de uma ajuda", explicou Littlemore. "Pode ser meio perigoso. Você vai estar por aqui amanhã à noite?"

Younger o encarou.

"É importante, doutor."

"Para quem?", perguntou Younger.

"Para o país. Para dois países."

Younger continuava calado.

"A guerra", acrescentou Littlemore.

"Guerra de um lado só", disse Younger. "Uma única divisão nossa é maior do que todo o Exército mexicano. Os nossos generais poderiam entrar com vendas nos olhos, e ainda assim vencer."

"Não estou tentando vencer", disse Littlemore. "Estou tentando evitar."

Na manhã seguinte, a primeira página de todos os jornais estava cheia de notícias sobre a escalada da crise no México. O presidente eleito Obregón não era visto em público havia dois dias. Na fronteira, a Segunda Divisão do Exército dos Estados Unidos estava mobilizada, com todo o seu poderio. Aviões de guerra americanos tinham começado a invadir o espaço aéreo mexicano, patrulhando em direção ao sul até a Cidade do México.

O *Wall Street Journal* exigia invasão imediata, para proteger os interesses americanos. O mesmo ocorria com o governador do grande Estado do Texas. Em Washington, cavalheiros do alto escalão da administração Wilson, juntamente com homens cujas posições se tornariam proporcionalmente poderosas no governo Harding, emitiram uma declaração conjunta endereçada ao general Obregón, presidente eleito do México. A declaração estabelecia as condições necessárias para uma solução pacífica da crise e incluía uma emenda à Constituição mexicana proibindo o confisco de interesses de propriedade americana no subsolo.

De acordo com os boatos que circulavam de ambos os lados da fronteira, a guerra americana deveria começar no dia seguinte, com o objetivo de ocupar a Cidade do México em 25 de novembro, dia da posse do general Obregón. Afirmava-se abertamente que os americanos permitiriam a posse, porém com um homem de sua escolha assumindo o cargo.

Mais uma vez Younger acompanhou Colette à casa da sra. Meloney na rua Doze Oeste, onde um carro aguardava para levá-las à fábrica de tinta luminosa do sr. Brighton em Orange, Nova Jersey. O motorista era o formidável

Samuels. Younger despediu-se, esperando na calçada até ter certeza de que ninguém as havia seguido. Depois, tomou o metrô para o centro. O dia estava fresco e nublado.

Passando por depósitos e matadouros, Younger dirigiu-se à Décima Avenida, onde entrou na Faculdade de Medicina e Cirurgia da Universidade de Columbia, a escola de medicina ligada ao Hospital Sloane para Mulheres. Younger conhecia dois pesquisadores que trabalhavam lá. Encontrou um deles — seu nome era Joseph Johanson — no laboratório. Younger pediu-lhe que ligasse para o hospital e tentasse ter acesso ao quadro médico de uma paciente chamada McDonald, aos cuidados do dr. Frederick Lyme.

"Não há nenhum doutor Lyme no Sloane", replicou Johanson.

"Ontem havia", disse Younger. "Eu falei com ele."

Johanson lançou um olhar duvidoso para Younger, mas fez a ligação. Logo ficaram sabendo que de fato havia o registro de uma certa Quinta Mcdonald, porém todos os seus informes médicos não estavam mais lá, tendo sido retirados por instrução da família. Restava apenas um certificado de óbito, que indicava que a paciente morrera de sífilis cinco dias antes.

"Quem assinou o certificado de óbito?", quis saber Younger.

Johanson repassou a pergunta à enfermeira, que informou que a assinatura parecia ser a de um procurador chamado Gleason. Disse também que nunca ouvira falar de nenhum dr. Lyme no hospital.

"Espere um pouco: Frederick Lyme... eu conheço esse nome", disse Johanson após desligar. Tirou de uma estante uma grande pasta com folhas soltas: era um guia do corpo docente da Universidade de Columbia. "Deixe eu... aqui está. Ele não é médico. É da fisiologia. Nem sequer é Ph.D."

"Por que um fisiologista", indagou Younger, "estaria tratando de uma paciente no hospital de vocês?"

Recebidas como altas dignitárias pelo sr. Arnold Brighton em sua fábrica de tinta luminosa em Nova Jersey, Colette e a sra. Meloney ganharam de presente, cada uma, um broche de brilhante — um símbolo, disse o sr. Brighton, de seu apreço por elas. A sra. Meloney mostrou-se encantada. Colette tentou parecer.

A fábrica, Brighton lhes mostrou com orgulho, funcionava sob uma escrupulosa supervisão de cientistas de laboratório, que cuidavam para que os microgramas de rádio precisamente medidos fossem adicionados de forma apropriada aos tambores de tinta azul e amarela, que então eram lacrados e girados para assegurar diluição e coloração uniforme. Telas de chumbo separavam a tinta infundida de rádio do restante do piso da fábrica. Detectores de radioatividade estavam localizados em vários pontos, de modo a fazer soar instantaneamente um alarme em caso de vazamento de radiação.

A sra. Meloney trouxe à baila o assunto do Fundo Marie Curie de Rádio. "Sim, Marie Curie", disse Brighton, reverente. "É impossível quantificar o que o mundo deve a essa mulher. Mesmo Samuels teria dificuldade de medir. Ele é um contador talentoso, o meu Samuels. Ninguém diria só de olhar para ele. Isso apenas mostra como não se pode julgar um homem pela aparência. Está certo, senhoras?"

Colette e a sra. Meloney concordaram que não se podia.

"Eu dizia alguma coisa?", indagou Brighton.

"A nossa dívida com Madame Curie", respondeu depressa a sra. Meloney.

"Ah, sim, é claro. O lucro das minhas minas de rádio no Colorado, o lucro das minhas vendas de tinta luminosa... tudo isso devo a Marie Curie. E é claro que devo ainda mais uma ou outra coisinha aqui e ali."

"O senhor Brighton", explicou a sra. Meloney a Colette, "é um dos nossos grandes homens do petróleo."

"Foi assim que descobrimos rádio no Colorado", disse Brighton com entusiasmo. "Estamos perfurando poços exploratórios atrás de petróleo."

A sra. Meloney delicadamente lembrou Brighton do Fundo.

"Fundo?", ele perguntou. "Que Fundo?"

"O Fundo de Rádio, senhor Brighton."

"O fundo, o fundo, é claro", ele disse. "Uma ideia maravilhosa, sim... mal posso esperar para conhecer Madame Curie. E mal posso esperar para mostrar a vocês a minha fábrica em Manhattan, onde colocamos a tinta nos ponteiros dos relógios. Sou um dos maiores empregadores de mulheres em Nova York, senhorita Rousseau, sabia disso?"

Colette, polidamente, negou tal conhecimento. Com um suspiro teatral, a sra. Meloney declarou: "Que pena Madame Curie não poder vir, afinal, à América. Lamentavelmente, o Fundo ainda está carente. Faltam sessenta e cinco mil dólares, apesar da magnânima contribuição com a qual o senhor deu início, senhor Brighton".

"Faltam sessenta e cinco mil dólares", repetiu Brighton, com um estranho bom humor. "E seria um grande alívio saber que eu faria outra doação, não é?"

"Estamos extremamente ansiosas para saber, senhor Brighton", replicou a sra. Meloney.

"Não menos que eu, senhora Meloney", disse Brighton. "Não menos que eu."

Colette e a sra. Meloney trocaram olhares após esse comentário misterioso.

*

Younger passou depois pelo departamento de Fisiologia da Universidade de Columbia, localizado no novo grande campus, na periferia da cidade, onde um dos edifícios trazia o nome de solteira de sua mãe. A secretária do pequeno prédio da fisiologia confirmou que Frederick Lyme era membro do corpo docente.

"Qual é a especialidade dele?", perguntou Younger.

"Toxicologia", disse a secretária. "Toxicologia industrial."

"Ele está aí?"

"O senhor Lyme está fora o dia todo com clientes."

"Clientes?", repetiu Younger.

"Sim... as pessoas a quem ele presta consultoria."

"E quem seriam essas pessoas?"

"Sinto muito", disse a secretária. "Sobre isso o senhor vai ter que falar com o senhor Lyme."

No prédio do Subtesouro, na Wall Street, Littlemore recebeu em seu escritório um homem alto, muito magro, cabelo cor de palha e com um sorriso contagiante. O sujeito estava, segundo sua própria estimativa, de fato muito bem, obrigado. Agradeceu a Littlemore por resolver a questão dos papas e conseguir sua liberação do manicômio de Amityville. "O que posso fazer por você em retribuição, detetive?", perguntou Edwin Fischer.

"Pode se encontrar comigo esta noite", disse Littlemore.

20

Nas noites de fim de novembro, uma mudança surge na baixa Manhattan. Correntes de ar do Atlântico fluem do porto para a extremidade sul da ilha. Ali, os maciços arranha-céus funcionam como túneis de vento, canalizando e comprimindo o ar turbulento até sua força se tornar tão grande que consegue arrastar em sua esteira um homem adulto e, se este não firmar os ombros, fazê-lo sair rolando.

Littlemore, passando pelo escuro edifício do Subtesouro nas sombras da Wall Street, estava habituado ao vento. O sinal de sua familiaridade era ele caminhar contra o vento num ângulo de sessenta graus e nunca tirar a mão do chapéu. O secretário Houston, chegando de carro ao vizinho e brilhantemente iluminado Edifício de Avaliações, ainda guardado por um batalhão de tropas federais, não estava habituado ao vento. O sinal de sua falta de familiaridade foi ele perder a cartola assim que desceu de seu longo Packard preto e dourado.

Outro cavalheiro bem-vestido também surgiu do carro. Embora conversassem aos sussurros, o vento carregou fragmentos da conversa para Littlemore, que pode ouvir Houston assegurando ao homem o pagamento vindouro. O cavalheiro apertou a mão de Houston e atravessou a rua até o Banco Morgan.

O secretário Houston examinou a fileira de soldados de infantaria à luz de holofotes militares. Sua cartola encontrava-se apenas a meio metro de um dos soldados, que se manteve rigidamente em posição de sentido, sem fazer menção de se aproximar do acessório pertencente ao secretário. Houston encaminhou-se para a escadaria do prédio a fim de recuperar o chapéu, mas, como se o secretário estivesse desempenhando o papel do ingênuo num número de *vaudeville*, no momento em que ele se curvou para pegá-lo, um vento malicioso ergueu o chapéu e o fez rolar até as sombras da rua. A cartola acabou parando perto do detetive, que, depois de pegá-la, a espanou com a mão e, dando um passo para colocar-se sob a luz, ofereceu-a ao secretário do Tesouro.

"Agente Littlemore", disse Houston. "Espreitar sorrateiramente tem se tornado um hábito seu. Não creio que eu aprove. Como sabia que eu estaria aqui?"

"Pela sua agenda", replicou Littlemore.

"Você leu a minha agenda particular?"

"A sua secretária a deixou aberta na mesa. Aquele era o senhor Lamont, senhor?"

"Sim. Os banqueiros estão juntando forças esta noite. Nunca é um bom sinal."

"A guerra contra o México?"

"Obviamente."

"Preocupado com ela, senhor Houston?"

"Dane-se. Por que todo mundo fica me perguntando isso? Estou preocupado na medida em que o Tesouro da nação vai ser defendido. O que você sabe desse negócio mexicano? Mais do que lê nos jornais, penso eu. Onde está conseguindo a sua informação, Littlemore? E o que está fazendo aqui?"

"Só queria dar uma olhada no Escritório de Avaliações, senhor Houston."

"Por quê?"

"Talvez o ouro roubado esteja escondido aí dentro. Isso explicaria por que ninguém viu o caminhão de fuga. Ninguém teria visto um caminhão de fuga se o caminhão de fuga não existisse."

"Bobagem. Eu estive no Edifício de Avaliações uma dezena de vezes desde o dezesseis de setembro. O ouro não está aqui."

O detetive coçou a nuca. "Com quase um bilhão de dólares em ouro neste prédio, senhor, pode dizer com certeza que os quatro milhões que estamos procurando não estão aqui?"

"Sim, posso. E posso dizer também que o período de sua utilidade para mim terminou. Mas isso não irá atrapalhá-lo, uma vez que não tem trabalhado para mim já faz um bom tempo. Você é homem do senador Fall, não é? O que foi que ele lhe prometeu?"

"O senhor por acaso procurou o ouro na sala-cofre do segundo andar, senhor Houston? Aquela atrás da parede do escritório do superintendente?"

Uma nova expressão brilhou rapidamente nos olhos de Houston. O olho experiente de Littlemore a reconheceu de imediato: culpa. Houston cochichou, irado: "Como você sabe dessa sala?".

"Pelas plantas arquitetônicas, senhor secretário. O senhor as entregou para mim. E também descobri a ordem de serviço que o senhor assinou, autorizando Riggs e o resto de seus rapazes a começar a mudança do ouro na noite de quinze de setembro."

"E o que isso prova?"

"Nada. Importa-se de eu entrar também no prédio, senhor?"

Houston virou as costas para Littlemore e, enfrentando o vento, subiu os degraus, gritando para os dois soldados postados mais perto da imponente porta de entrada: "Ninguém entra neste prédio, estão entendendo? Ninguém".

A voz do secretário soou estranhamente fina em meio ao ar turbulento.

Os soldados entreolharam-se. À medida que Houston foi se aproximando da porta de entrada, colocaram-se no seu caminho e o bloquearam.

"O que é isto, uma piada?", perguntou. "Eu quis dizer que *mais ninguém* entrava no prédio. Saiam da frente."

Os soldados não arredaram pé.

"Eu disse para saírem da frente", repetiu Houston.

"Desculpe, senhor", disse um dos soldados. "São ordens."

"Ordens de quem?"

"Do senhor Baker, senhor."

Mesmo de trás, e apesar do sobretudo do secretário, Littlemore pôde ver todo o corpo dele se enrijecendo. "Senhor Baker... o secretário de Guerra?"

"Sim, senhor."

"Vocês devem estar enganados."

"Não, senhor."

"Isto é um ultraje! Este prédio é meu. O secretário de Guerra não tem autoridade para manter o secretário do Tesouro fora do Escritório de Avaliações dos Estados Unidos."

"Ele tem autoridade sobre nós, senhor."

Houston deu um passo à frente, desafiando os soldados a impedi-lo. Eles o fizeram. Houston tentou empurrá-los e passar; eles o empurraram de volta, fazendo-o recuar — dois jovens fardados manejando um secretário de sessenta e quatro anos, vestindo *black tie*. Houston caiu no chão, a cartola rolando no cimento, depois levantando voo mais uma vez noite adentro. Quando se pôs de pé, seu semblante estava sombrio. Ele desceu as escadas, desequilibrado, e dirigiu-se ao carro. O chofer correu para lhe abrir a porta traseira. Houston entrou sem dizer uma palavra. Littlemore pôs a mão na porta quando o chofer estava prestes a fechá-la.

"Eu sei do que o senhor é culpado, senhor Houston", disse o detetive.

"Você está despedido", disse o secretário. "Dê-me o seu distintivo. É uma ordem."

Littlemore entregou o distintivo. Não foi tão difícil separar-se deste quanto fora do outro.

"Agora afaste-se do meu carro", ordenou Houston.

"E sei do que o senhor não é culpado", acrescentou Littlemore, enfiando um pedaço grande de papel dobrado na mão de Houston. "Esteja lá, senhor secretário. E leve alguns homens."

Tendo o carro de Houston sumido de vista, Littlemore caminhou do Escritório de Avaliações até a esquina da Broad com a Wall Street. Foi ao encontro de Younger, que estava encostado num dos cantos do edifício Equitable, sem chapéu, cigarro ardendo no vento cortante.

"O que foi aquilo?", perguntou Younger. Ele segurava dois copos de papel tampados, contendo café, que entregou ao detetive.

"Eu acabando de ser despedido", contou Littlemore. "Melhor assim. Agora não será uma desgraça para o governo federal se você e eu formos presos."

"Estamos cometendo algum crime?"

"Quer cair fora? Pode cair."

"Uma pergunta", disse Younger. "Nós vamos descer de elevador até um caixotão submarino prestes a ser inundado e que não vai nos deixar saída a não ser virarmos gêiseres humanos?"

"Negativo."

"Então conte comigo."

"Obrigado." Encurvados contra o vento, os dois retornaram pela Wall Street até o Subtesouro. "Devo dizer", disse Littlemore, "que gosto desta cidade."

"O que vamos fazer exatamente?"

"Está vendo aquele beco entre o Tesouro e o Escritório de Avaliações? É para lá que estamos indo."

"Os soldados vão nos deixar passar?"

"Sem chance. Eles não estão deixando ninguém passar. O beco está isolado por um portão de ferro fundido de cinco metros de altura. E há outro portão igualzinho do outro lado, na Pine Street. Mais soldados daquele lado também."

"Então como vamos chegar lá?"

"Temos de subir para depois descer." Littlemore subiu com Younger as escadas do Subtesouro. Ali não havia soldados montando guarda: o edifício do Tesouro fora esvaziado de seu ouro e em breve seria desativado. Mas um vigia permanecia de guarda do lado de fora; Littlemore cumprimentou o homem pelo nome e lhe estendeu um dos copos de café. Agradecendo, o guarda deu algumas batidas na porta, que instantes depois foi aberta por outro guarda solitário, a quem Littlemore entregou o outro copo de café. Em seguida Littlemore conduziu Younger pela rotunda até uma escada nos fundos.

"O que esses homens pensam que você está fazendo?", perguntou Younger.

"Eu trabalho aqui", explicou Littlemore. "Eu sou um homem do Tesouro, lembra? Pelo menos era até alguns minutos atrás."

Depois de subir quatro lances e meio de escadas, Younger e Littlemore saíram para uma laje de telhado plana. O vento estava tão forte que os jogou para o lado. Foram até o parapeito defronte ao Escritório de Avaliações, que ficava apenas a cerca de três metros deles. A seus pés, diversos rolos de corda, amarrados às ameias de pedra que adornavam o parapeito. Junto à corda havia uma porção de equipamento adicional: pés de cabras, polias, engates de fricção — tudo deixado ali por Littlemore na noite anterior.

Abaixo deles, no nível da rua, ficava o beco entre os prédios do Tesouro e o de Avaliações. À direita e à esquerda, em cada saída do beco, iluminados por holofotes, soldados vigiavam os portões de ferro fundido. Os soldados estavam virados para a rua, de costas para o beco. Apontando as polias e os engates, Littlemore perguntou baixinho: "Sabe como usar isso, doutor?".

Younger fez que sim.

"Então tudo bem", disse Littlemore.

Os dois homens ajoelharam-se e enfiaram as pontas da corda pelas polias. Deslizar por cordas e polias não é difícil, mesmo sem equipamento especial; com um engate de fricção, que permite a quem está descendo controlar a corda, é muito simples. Younger, que aprendera essa arte no Exército, fez um laço com um pedaço curto da corda e pisou no laço com o calcanhar.

Littlemore, pegando as alavancas, logo o seguiu.

Os dois escorregaram para baixo, grudados na parede do Tesouro, dando pequenos chutes no escuro para se afastar da parede a cada três ou quatro metros. As polias bem lubrificadas quase não faziam barulho enquanto a corda deslizava no meio delas, mas também não teriam atrapalhado se tivessem rangido. De qualquer maneira, o uivo do vento teria encoberto os ruídos.

"Por aqui", cochichou Littlemore quando chegaram ao piso de pedras. Conduziu Younger até a tampa de um bueiro que ele vira pela primeira vez no dia da bomba. "Vamos experimentar os pés de cabras."

A tampa trazia o logotipo familiar do departamento de esgotos da cidade de Nova York.

"Nós vamos entrar no esgoto?", perguntou Younger.

"Isso não é esgoto", sussurrou Littlemore. "Eu verifiquei nas plantas da cidade ontem. Foi por aqui que se desfizeram do ouro — por este buraco. Por isso não havia um caminhão de fuga."

A tampa do bueiro tinha dois pequenos orifícios, nos quais Younger e Littlemore enfiaram a ponta curva do pé de cabra. Tentaram levantá-la, mas o disco de ferro não se moveu.

"Não achei que fosse funcionar", cochichou Littlemore. "Está trancado por dentro; não se pode abrir daqui de fora."

"Me dê o ácido", pediu Younger.

"Isso mesmo — o ácido", disse Littlemore.

Younger tirou do casaco três estojos finos. O primeiro continha uma proveta de vidro vazia, um tubo de vidro da grossura de um lápis e um par de luvas de laboratório. Em cada um dos outros dois estojos, forrados com veludo azul amassado, havia um pequeno frasco, muito bem tampado, contendo um líquido transparente. Pondo as luvas, Younger abriu os frascos e verteu uma porção de cada na proveta, produzindo o ácido que descrevera para Littlemore. Não houve reação visível dessa mistura — nem mudança de cor, nem precipitação, nem fumaça. Na boca da proveta, Younger agora fixou a bureta — o tubo fino — e começou a pingar o ácido ao longo do perímetro da tampa. Um borbulhar furioso teve início imediatamente sobre a superfície de ferro, acompanhado por uma fumaça acre avermelhada.

"Não deixe entrar nos seus olhos", disse Younger.

Quando estava apenas na metade da circunferência da tampa, Younger já havia esgotado o conteúdo da proveta. Precisou misturar mais alguns mililitros de *acqua regia* e em seguida entregou os dois frascos de vidro destampados a Littlemore, enquanto se desembaraçava de seu equipamento. Nesse instante, uma rajada de vento particularmente selvagem soprou no interior do beco.

"Droga!", sussurrou Littlemore. Younger ergueu os olhos. Um líquido branco borbulhava em cima do sapato preto do detetive. Conseguindo manter a voz sussurrada, Littlemore arfou: "Está atravessando o meu sapato! Faça alguma coisa, doutor... está no meu pé. Está queimando até o osso!".

"Isso não é o meu ácido", disse Younger.

O arfar de Littlemore se interrompeu abruptamente.

"O que é isso", perguntou Younger, "bicarbonato de sódio de cozinha?"

"Qualquer um teria caído nessa", disse Littlemore, aborrecido. "Qualquer um. Como você sabia que era bicarbonato de sódio?"

Younger fitou Littlemore demoradamente. "Me dê aqui", disse, referindo-se aos frascos de vidro nas mãos do detetive. Em pouco tempo, todo o perímetro da tampa do bueiro estava fervilhando de corrosão. "Agora é esperar."

Alguns minutos depois, Younger levantou-se e pegou um pé de cabra, oferecendo o outro a Littlemore. Eles se esforçaram para soltar a tampa, mas sem êxito. "Talvez o ácido não seja forte o bastante", disse Littlemore.

Os dois homens subiram em cima da tampa. Littlemore deu uma pancada com o pé. Quando estava prestes a dar a segunda, Younger disse, tarde demais: "Eu não...".

O golpe do sapato de Littlemore soltou a tampa cortada pelo ácido. Eles a ouviram caindo longe, como que sugada por um vácuo. Por um instante, Littlemore permaneceu parado sobre o bueiro agora aberto, um pé já dentro, o corpo se debatendo e retorcendo em busca de equilíbrio. Então ele disse: "Droga!", e caiu lá dentro.

Quando Littlemore desapareceu no buraco, seus braços agitados agarraram o tornozelo de Younger. Younger quase impediu a queda, mas não conseguiu se segurar, e um instante depois também ele desaparecia no interior do buraco, deixando apenas um pé de cabra atravessado sobre o bueiro.

Younger viu-se escorregando por uma calha a uma velocidade alarmante. Não havia nenhuma luz. Havia, porém, som: de seu próprio corpo chocando-se contra as paredes curvas, e Littlemore gritando à sua frente. Eles passaram voando, aos solavancos, por curvas agudas, afundando no negrume invisível.

O sr. Brighton manteve-as em suspense o dia inteiro sobre seus planos para o Fundo de Rádio. Toda vez que a sra. Meloney abordava o tema, ele mudava de assunto — se por artimanha ou pura distração, Colette não conseguiu saber.

Jantaram no Garret Restaurant, bem acima da ponta sul de Manhattan, com vista para um rubro crepúsculo sobre o Hudson. Quando desciam pelo elevador, a sra. Meloney declarou-se um trapo humano por ter comido em um poleiro tão alto e insistiu que precisava ir para casa. Colette disse que também iria.

"Não seja boba, querida", disse a sra. Meloney. "Você precisa ir visitar a fábrica de relógios do senhor Brighton. Ele tem um orgulho especial dela — e com toda a razão."

"Por favor, diga que vem", pediu o sr. Brighton.

"Mas há tempo?", indagou Colette. "O doutor Younger vai me esperar na igreja, na Trinity Church, às nove e meia."

"Esperá-la na igreja?", perguntou Brighton. "Por quê? A senhorita vai... não vai se casar, vai, senhorita Rousseau?"

"Casar à noite", riu a sra. Meloney. "Senhor Brighton, moças não se casam à noite. E, se casassem, não passariam o dia do casamento visitando fábricas de tinta. Isso sem mencionar o fato de que a Trinity Church vai estar muito bem trancada a essa hora."

"Ah, céus", disse Brighton. "Há tanta coisa que eu não sei. Mas tenho as chaves da Trinity Church. Faço parte da diretoria. Gostaria de ver o interior da igreja, senhorita Rousseau? É muito bonito."

"Eu já vi, senhor Brighton", disse Colette, que no dia 16 de setembro passara várias horas dentro da igreja.

"A senhorita Rousseau não quer ver a igreja, senhor Brighton. Ela quer ver a sua fábrica." A sra. Meloney virou-se para Colette: "Há tempo de sobra, querida. A fábrica é pertinho. E para ir da fábrica à igreja é só virar a esquina. Agora, por favor, não o desaponte; nem a mim. Por favor".

A sra. Meloney foi embora de táxi. "Gosta de caminhar, senhorita Rousseau?", perguntou Brighton.

Colette notou sua língua subitamente presa. Enquanto a sra. Meloney estivera lá, Colette não teve a sensação de que estava passando tempo com um homem somente por causa do dinheiro dele. Agora, efetivamente sentia assim, e isso pareceu tingir tudo que ela dizia ou não dizia com uma coloração falsa e hipócrita. "Gosto muito de caminhar", respondeu.

Brighton ofereceu-lhe o braço. Colette fingiu não ver, mas Brighton não viu que ela não viu, e deixou o cotovelo suspenso por tanto tempo que Colette enfim foi obrigada a tomá-lo. Brighton parecia estranhamente alto andando ao lado de Colette; o passo dos dois nunca parecia sincrônico. Samuels mantinha uma distância respeitosa atrás deles.

"Chegaremos bem a tempo", disse Brighton, entusiasmado. "O meu segundo turno de moças está terminando agora. Eu realmente quero que a senhorita veja a fábrica em funcionamento. Mas deve estar com frio, senhorita Rousseau." O vento apertara intensamente, e Colette não tinha se vestido para isso. "Aqui... eu trouxe outro presentinho para você. Vai ajudar a mantê-la aquecida."

Brighton tirou uma caixa de presente do casaco. Dentro, havia um colar de duas voltas cravejado de diamantes, que combinava com o broche que ele dera antes.

"Ai, meu Deus", disse Brighton, "é a gargantilha. Eu queria dar primeiro as luvas. Não faz mal. Posso?"

Ele fechou a fivela do colar em torno do pescoço de Colette, que, preferindo que o sr. Brighton tivesse gasto o dinheiro no Fundo de Rádio, balbuciou um "obrigada" sentindo, para seu desânimo, que se não aceitasse seus presentes ele jamais faria outra contribuição ao Fundo. Era a primeira vez que Colette usava brilhantes; ela os sentia frios contra o pescoço. Quem sabe mais tarde pudesse vender o colar e doar o dinheiro em nome dele?

Brighton lhe estendeu uma segunda caixa. Esta continha um par de luvas finas, compridas, cor de creme e confeccionadas com o couro mais macio que ela já havia tocado. "Prove-as", ele pediu.

"Não posso, senhor Brighton. Elas são..."

"Compridas demais para calçá-las sem tirar o casaco? Sim, é claro. Permita-me."

Ele tirou o leve sobretudo dela. Não querendo ofendê-lo, ela calçou as luvas, que lhe chegavam acima dos cotovelos. "Meu casaco, senhor Brighton", disse Colette.

"Sim?"

"O senhor vestiria meu casaco de volta? Estou com frio."

"Frio... é claro... que absurdo", disse Brighton. "Pronto. Gostou delas?"

Ela fitou os próprios dedos, elegantemente cobertos de couro marmóreo. "Não sei o que dizer."

"O prazer é meu, eu lhe asseguro. Agora, se posso falar com franqueza, senhorita Rousseau, sei o que a senhorita mais quer no mundo. A senhora Meloney me contou. Quer que eu ajude a comprar rádio para Madame Curie. Não é?"

"Sim, se estiver disposto, senhor Brighton."

"Estou extremamente disposto!", ele exclamou. "Eu compro um grama inteiro sozinho."

"Está mesmo disposto?", ela disse excitada.

"Se você estiver disposta", ele respondeu.

"Se eu estiver disposta a quê?", ela perguntou, a excitação dando lugar à consternação.

"A se casar comigo", disse Brighton.

Colette não sabia se explodia em risos ou lágrimas.

"Eu sei que não sou exatamente o que as moças consideram um bonitão", continuou Brighton. "Mas sou muito rico. Posso lhe dar tudo o que desejar. Pense nisso. E esse tudo não é coisa pouca."

"Nós nem nos conhecemos, senhor Brighton."

"Não é verdade. Eu a conheço perfeitamente, sei que é a perfeição em pessoa. Não lhe peço que me ame. Isso não tem a menor importância. Deixe-me idolatrá-la. Diga sim, e eu mando uma ordem de pagamento de cem mil dólares para a conta da senhora Meloney neste momento."

A quantia estonteante pairou por instantes no ar. "Mas certamente o senhor considerará alguma doação mesmo que eu diga não?", ela indagou.

"Não", declarou categoricamente Brighton. "Já dei vinte e cinco mil dólares, e fiz isso apenas para estar presente na sua palestra. Por que haveria de dar dinheiro a uma mulher francesa que eu nem conheço? Não tenho motivo para isso. Mas se a senhorita se casar comigo, minha querida senhorita Rousseau, o seu desejo será uma ordem. Diga dois gramas, se quiser. Diga dez."

"Dez gramas de rádio?", ela repetiu, incapaz de acreditar no que tinha ouvido.

"Das minhas próprias minas. Por que não? O valor de mercado seria um milhão de dólares, mas para mim o custo seria muito menor." Quando Colette não respondeu, Brighton acrescentou: "Ah, meu Deus, tudo isso é imoral? Estou agindo de forma imoral?".

Colette disse que não com a cabeça, suas sobrancelhas escuras gravemente franzidas.

"Graças a Deus. Eu nunca sei o que vai ser considerado imoral. Dizem que as pessoas deviam se casar por amor. Eu não sei do que estão falando. Eu quero que compartilhe o meu lar, senhorita Rousseau. Que viaje comigo no meu trem. Que esteja de braço dado comigo quando eu jantar com o presidente. Não é razoável que eu queira a criatura mais linda, inteligente e inocente da Terra para ser minha esposa — ou que ofereça a ela tudo que puder para ter seu consentimento? Aqui estamos nós, na minha fábrica." Samuels abriu a porta para eles. "Entre, por favor. Ah, veja todas as moças debruçadas no trabalho. Que visão maravilhosa. Mas o que eu estava dizendo? Ah, sim. Dez gramas de rádio, para serem usados da forma que a senhorita orientar. Samuels! Prepare uma ordem de pagamento por cabo para a conta da senhora William Meloney. Eu tenho um equipamento de telégrafo aqui no escritório. Diga que se casa comigo, e eu mando a ordem de pagamento de cem mil de uma só vez. Samuels me desaconselhou, quero que saiba. Ele diz que é precipitação dar dinheiro em troca de uma mera promessa sua. Na verdade, Samuels teve uma forte má impressão da senhorita no início, senhorita Rousseau. Nem posso lhe dizer o que ele pensou. Mas se me der sua palavra, sei que a manterá. O que... está chorando? Posso esperar que sejam lágrimas de alegria?"

Colette pediu ao sr. Brighton um tempo para ficar sozinha.

"Certamente, querida", disse Brighton. "Samuels vai precisar de alguns minutos para preparar o telegrama."

Quatro lances abaixo da Wall Street, numa câmara cavernosa, suja e sem luz, dois homens manipulavam um imenso forno de fundição. Suas faces estavam negras de fuligem; cada um usava um grosso e pesado avental de couro que ia até o chão. Um deles alimentava o forno com grandes e pesadas barras de ouro. O outro manuseava um conjunto de moldes de ferro no qual uma corrente de metal amarelo fundido escorria por uma canaleta vinda de uma abertura no alto do forno. Quando uma barra de ouro recém-moldada estava formada e pronta, o homem a jogava, utilizando tenazes, numa montanha de barras idênticas que ocupava toda a câmara subterrânea. Ambos usavam óculos de proteção; sob a luz artificial das fagulhas lançadas pelo forno, seus braços e testas brilhavam de suor.

Cerca de cinco metros atrás desses operários, havia uma parede, e nela um buraco perfeitamente redondo, e do buraco veio um som que chamou a atenção deles e os deixou intrigados. Era um som metálico, ecoando à distância. O ruído foi ficando cada vez mais alto, e mais alto, até atingir um pico agudo horrendo, e de dentro do buraco foi lançado um grande disco de ferro. Era uma tampa de bueiro com as bordas comidas, e ela bateu no chão de terra da câmara a uma velocidade perigosa, rolando para perto das pernas dos estarrecidos fundidores, desaparecendo sob a mesa de trabalho e subindo pela montanha de barras de ouro quase até o cume, quando então virou e rolou de volta para baixo, indo parar ao lado dos pés dos operários.

Os dois fundidores tiraram os óculos de proteção. Olharam para baixo apalermados, observando o objeto intruso, depois olharam-se: um novo som vinha do buraco na parede. Não era um som metálico. Mais parecia um ruído de trambolhões, entremeado por berros humanos; também ele começou baixinho, distante, e foi ficando cada vez mais alto e mais próximo, até Jimmy Littlemore ser expelido, pés à frente, pelo buraco da parede, imediatamente seguido por Stratham Younger, ambos escorregando e rolando numa embrulhada de pernas e braços até também pararem aos pés dos fundidores.

Littlemore ergueu os olhos para os dois operários, cuspiu os resíduos de um palito de dentes, bem como um pouco de poeira, e disse: "Vocês estão presos".

Younger, deitado de bruços, sem saber a quem o detetive havia dirigido essa observação, acrescentou: "Em nome da lei".

Littlemore tirou a arma do seu coldre de ombro e disse: "Soltem essa coisa...", referindo-se às tenazes vermelhas de calor, "e levantem os braços".

Os fundidores, mudos, obedeceram imediatamente.

Littlemore ficou de pé, puxou uma algema do bolso traseiro e jogou-a para Younger enquanto mantinha a arma apontada para os dois operários. "Algeme um desses caras."

"Qual?", perguntou Younger.

"Tanto faz. O maior."

O operário que estivera alimentando o forno era o maior deles. Younger algemou seus pulsos para trás. Littlemore virou o outro e o empurrou um passo à frente.

"Andem, companheiros", disse Littlemore, obrigando-os a contornar o forno em direção ao monte de barras de ouro. "Vamos ver se este lugar dá aonde eu penso..." Ele parou, interrompendo a frase. "Ouviu isso, doutor?"

"Ouviu o quê?"

Littlemore estava olhando o monte de ouro, que tinha uns cinco metros de altura. De repente, no alto dessa pequena montanha, surgiram as cabeças de três homens com uma pistola cada um. O do meio tinha cicatrizes que iam dos cantos da boca até os olhos, como se tivesse passado recentemente por uma cirurgia facial. "Atirem!", ele berrou com um forte sotaque do leste europeu. "Matem!"

"Abaixem-se", gritou Littlemore.

Os atiradores não conseguiram mirar com precisão nem Younger nem Littlemore, pois cada um tinha um fundidor à sua frente, mas evidentemente não deram importância a isso. Os três atiraram, rasgando os corpos dos operários a balas, enquanto Younger e Littlemore mergulhavam em busca de proteção. Younger virou a pesada mesa de madeira e sentou-se atrás dela. Littlemore agachou-se atrás do forno.

"Um tiroteio", disse Younger, enquanto balas perfuravam a mesa e ricocheteavam na fornalha de fundição. "Estou no meio de um tiroteio sem uma arma."

Littlemore engatinhou em volta do forno e deu dois tiros, o que manteve os atiradores acuados, porém não fez mais nada. "Aquele cara", disse, "era quem eu penso que era?"

"Sim", disse Younger. "Diga-me que você tem mais uma arma."

"Negativo", disse Littlemore. As balas que chegavam arrancavam pedaços da base da fornalha, fazendo-a chiar levemente e emitir um silvo agudo de vapor. "Alguma ideia, doutor? Alguma jogada que possamos fazer com o Drobac?"

O maciço forno era sustentado por uma base em forma de tripé. Uma das pernas cedeu com um forte guincho; o forno se inclinou em um ângulo maluco.

"Oferecer redução de fiança?", sugeriu Younger.

"Boa ideia", replicou Littlemore, dando mais um tiro na montanha de ouro.

"Não acho que seja muito seguro", gritou Younger, "eles ficarem atirando um monte de balas num forno de fundição."

"É vantajoso", disse Littlemore, dando a volta no forno torto e disparando seus dois últimos tiros.

O detetive teve de recarregar a arma. Drobac sabia ou adivinhou isso. "Atacar o forno!", berrou.

Os três homens rastejaram sobre o monte de ouro. Ao mesmo tempo, uma segunda perna da base do enorme forno desabou, e todo o monstro de ferro começou a tombar para longe de Littlemore — exatamente na direção de Younger — com um fantástico rangido de metal vergando.

Littlemore e Younger estavam prestes a morrer. Younger, deitado justamente onde iria cair a fornalha rubra de calor, espirrando ouro fundido. Littlemore, recarregando seu revólver enquanto os três atiradores corriam em sua direção, descendo a montanha de ouro, e a fornalha que ele utilizara como cobertura desabava.

Younger viu a tampa do bueiro a seus pés. "Escudo", gritou, erguendo a tampa e sacudindo-a no ar antes de mergulhar para longe enquanto várias toneladas de ferro se espatifavam no chão de terra e uma ducha mortal de ouro por pouco não atingia suas pernas e pés.

Num único movimento, Littlemore carregou a arma com um novo cartucho, pegou a tampa do bueiro e virou-se para enfrentar os três atiradores no momento em que a fornalha tombava completamente para longe dele. Os três atiraram repetidamente em Littlemore, porém a tampa do bueiro deteve as balas. Littlemore respondeu com fogo, matando primeiro um, depois outro, mas não o terceiro, Drobac, que acertou de raspão o ombro do detetive. Littlemore caiu de costas com a pesada tampa cobrindo seu peito e Drobac, de pé, em cima dela.

Os braços de Littlemore estavam presos. Agora Drobac estava com um joelho sobre a tampa, pressionando-a sobre o detetive, ao mesmo tempo que levava sua arma para a têmpora de Littlemore. Drobac sorriu e apertou o gatilho. A arma, porém, não respondeu; agora era sua vez de estar sem balas. Praguejando, jogou a arma para o lado. "Tudo bem", disse. "Eu tenho outra."

Drobac tirou um segundo revólver da jaqueta.

"Adeus, policial", disse.

"Ei, Drobac", disse Younger, parado de pé ao lado do forno tombado e chutando a canaleta de ferro que saía dele.

Drobac virou-se ao ouvir a voz de Younger. É improvável que tenha entendido o que viu: uma canaleta de ferro fundido pingando ouro derretido, uma extremidade presa ao forno, a outra solta vindo em sua direção. O cano o atingiu no meio da testa. O golpe não teria passado de um incômodo se o ouro líquido, a uma temperatura de dois mil graus, não tivesse escorrido por sua testa, nariz, bochechas e pescoço. Drobac tentou gritar, mas o que saiu não tinha nada a ver com um grito humano: o fluxo de metal amarelo já queimava, atravessando suas bochechas e entrando na boca. Ele ergueu as mãos na direção do rosto, que borbulhava, tentou gritar outra vez, caiu para trás e, com uma fumaça preta saindo da cabeça, ficou se contorcendo e fumegando no chão de terra.

Littlemore arrastou-se de baixo da tampa do bueiro e com muito custo se pôs de pé, observando Drobac retorcendo-se em convulsões. "Acha que eu deveria prendê-lo?", perguntou Littlemore.

"Acho que deveríamos dar o fora daqui", disse Younger, fazendo um gesto em direção à fornalha de ferro caída. Ela estava vermelha de tão quente e parecia estar ficando mais e mais vermelha a cada instante. O calor no recinto era insuportável.

"Jesus, a fornalha vai explodir", disse Littlemore. "Deve haver uma porta em algum lugar do outro lado."

Eles correram em volta da montanha de barras de ouro, passaram por uma mesa coberta de cartas de baralho e copos de uísque e, no outro canto da câmara subterrânea, chegaram a uma porta de aço. Não havia maçaneta, nem trinco, nem fechadura. Empurraram a porta — jogaram-se de ombros contra ela —, mas ela não se abriu.

Da fornalha começou a se ouvir um som baixo, tão grave que parecia a nota do órgão de uma catedral. Em seguida a nota ficou ainda mais grave. Fora do campo de visão dos dois homens, um corpo fumegante, sem bochechas, sem lábios, esticou o braço e agarrou uma arma caída próxima no chão.

"Isso não é bom", disse Younger, referindo-se ao som de órgão que preenchia o ar. "Não creio que seja bom."

"Espere um segundo", replicou Littlemore. Ele foi correndo até a mesa de baralho, agarrou uma das cadeiras e voltou com a mesma rapidez. "Vai dar tudo certo. Eu disse a Houston que escutasse com atenção e procurasse ouvir onde estávamos."

Ele bateu a cadeira contra a porta e repetiu o gesto diversas vezes. A cadeira se despedaçou, mas a porta não cedeu.

Perto do forno, a criatura sem rosto pôs-se lentamente de pé sob a luz carmim pulsante da fornalha. Vários dentes de Drobac, junto com um fragmento de seu maxilar, eram visíveis.

A nota grave que pulsava do forno foi ficando tão grave que nenhum instrumento musical já construído poderia tê-la produzido. E também começou a ondular em volume. Littlemore jogou os restos da cadeira arrebentada contra a porta.

Drobac cambaleou em direção à montanha de ouro. O rugido da fornalha tinha se tornado tão alto que fazia o chão vibrar e sacudia Littlemore para cima e para baixo. Encostado contra as barras de ouro, Drobac avistou Younger na porta, ao longe. Ergueu a pistola com as mãos, braços trêmulos, sem firmeza.

Littlemore, incapaz de suportar o barulho, tapou os ouvidos. A porta de aço permanecia fechada. Ele e Younger se entreolharam.

A arma nas mãos trêmulas de Drobac se firmou e ele apertou o gatilho.

Exatamente no mesmo instante o forno explodiu, a arma disparou e a porta se abriu. Younger e Littlemore foram lançados pela abertura da porta a um corredor apinhado de homens, enquanto uma bala voava para algum ponto acima de suas cabeças. Na sala do forno, o corpo de Drobac se chocou contra as barras de ouro e explodiu em chamas, enquanto as vigas de madeira que sustentavam as paredes e o teto também foram envolvidas pelo fogo. As vigas ruíram; o teto desabou. A sala virou um inferno.

"Fechem essa maldita porta", ordenou o secretário Houston no máximo volume de voz, enquanto línguas de fogo flagelavam o corredor.

A porta de aço foi fechada e aferrolhada, abafando repentinamente a ensurdecedora ira do fogo. O corredor ficou silencioso. Younger e Littlemore, levantando-se, viram-se observados por meia dúzia de homens do Serviço Secreto e um número igual de banqueiros bem-vestidos, inclusive Thomas Lamont.

"O que há lá dentro, Littlemore?", perguntou Houston.

Foi Lamont, e não Littlemore, quem respondeu: "Não passa de uma velha fundição abandonada. Nós a fechamos muito tempo atrás. Ninguém entra lá há décadas. Nem sei como você a encontrou, Houston".

"Não fui eu; foi o meu homem, Littlemore, que me disse aonde ir", explicou Houston. "E me disse para trazer homens do Serviço Secreto, caso você tentasse me impedir, Lamont. O que foi que você descobriu, Littlemore?"

"Só um tanto de ouro", disse Littlemore. "Eu diria que mais ou menos no valor de uns quatro milhões de dólares."

Houve um zum-zum-zum entre os banqueiros endinheirados.

"Não é ouro do Morgan, isso eu garanto", declarou Lamont. "A companhia J. P. Morgan não tem nada a ver com isso."

"Quatro milhões em ouro estão numa sala adjacente ao porão do Banco Morgan", disse Houston a Lamont, "e você diz que a sua companhia não sabe nada sobre isso?"

"Era uma velha fundição", replicou Lamont. "Nós não somos donos do terreno. Não temos nada a ver com isso. Qualquer pessoa poderia ter cavado um túnel para entrar aí."

Um dos banqueiros resolveu falar: "Talvez seja o *seu* ouro, Houston. Há boatos de que o Tesouro foi roubado no dia dezesseis de setembro".

"Ouro do Tesouro?", disse Houston, fingindo incredulidade. "Não seja ridículo. Cada onça do meu ouro é contabilizada, e assim tem sido desde o dia em que assumi o cargo. Cada barra e cada moeda. Nunca houve vazamentos no Tesouro. Dois de vocês, homens", Houston dirigiu-se aos agentes do Serviço Secreto, "fiquem aqui e guardem esta porta. Ninguém entra sob circunstância nenhuma. Amanhã, quando o fogo tiver se extinguido, vamos ver. A minha suspeita, Lamont, é que seja outra remessa do seu ouro russo contrabandeado."

"Pois eu lhe digo que o Morgan nada tem a ver com isso", disse Lamont.

Assim que eles voltaram à Wall Street, deixando para trás o suntuoso Banco Morgan, Houston perguntou a Littlemore num tom sussurrado e ansioso: "O ouro tem a nossa insígnia? Ou eles o derreteram?".

"Derreteram quase tudo", replicou Littlemore.

"Graças a Deus", disse Houston.

"Se o senhor não quer que saibam que o ouro lá embaixo é do Tesouro, senhor Houston, é melhor tapar o buraco no seu beco."

"Que beco?", perguntou Houston.

Littlemore apontou para o outro lado da rua, para o beco entre o Subtesouro e o Escritório de Avaliações, onde o portão de ferro fundido havia sido aberto e uma tropa de soldados inspecionava o bueiro sem tampa, e de onde emanavam agora densos rolos de fumaça.

Houston estava prestes a correr para lá com os agentes do Serviço Secreto restantes, quando parou e tirou um distintivo do bolso. "Desculpe ter duvidado de você, Littlemore. Pegue o distintivo de volta. Estou te readmitindo."

"Não, obrigado, senhor Houston", disse Littlemore. "Estou cansado do Tesouro, pelo menos por enquanto. De qualquer modo, tenho um trabalho de polícia que preciso fazer."

Houston saiu correndo, deixando Younger e Littlemore sozinhos. Younger acendeu um cigarro. Os dois exibiam rostos imundos, cabelos sujos e roupas rasgadas e enegrecidas.

"Ou pelo menos seria um trabalho de polícia", Littlemore murmurou, "se eu fosse da polícia."

21

Perdida em pensamentos, Colette vagou pela fábrica, um salão grande, aberto, de pé-direito alto, onde fileiras e fileiras de mulheres jovens, debruçadas sobre mesas longas, usavam escovas de pontas finas para conferir luminescência a ponteiros finíssimos de relógios elegantes. Entre cada dupla de mulheres, pendia uma lâmpada elétrica, suspensa por um longo fio preso ao teto, que lançava uma luz incômoda sobre o árduo e meticuloso trabalho. Mas o silêncio compenetrado das moças provavelmente se devia menos à concentração do que à entrada do sr. Brighton, o patrão, minutos antes.

A própria Colette também contribuía para o silêncio das funcionárias. Uma jovem dama, com um colar de brilhantes e luvas até os cotovelos — que havia entrado junto com o proprietário —, não era uma visão comum para as operárias, que a observaram cautelosamente enquanto Colette passava no meio delas.

Colette não notou. Tinha um único pensamento na cabeça: dez gramas de rádio. Isso mudaria a vida de Madame Curie. Salvaria da morte um número incontável de pessoas. Direcionado para a ciência, em vez de para relógios e cosméticos, poderia render descobertas sobre a natureza dos átomos e da energia não sonhadas até aquele momento.

Com toda a certeza, era um absurdo o sr. Brighton pedi-la em casamento depois de tê-la visto apenas três vezes na vida. Seria mesmo? Ela soubera que queria se casar com Younger desde o primeiro dia que o conhecera, quando ele trouxe do campo de batalha o velho cabo francês ferido.

É claro que jamais poderia se casar com o sr. Brighton. Não era obrigada a fazê-lo, nem mesmo por Madame Curie — ou era? Devia tudo a Madame: ela a tomara sob sua proteção, dera-lhe uma chance na Sorbonne, salvara-a quando estava passando fome. Mas isso não significava que Colette fosse obrigada a sacrificar sua vida e sua felicidade por ela, significava?

Era verdade, ela não detestava o sr. Brighton. Ele podia ser até um pouco enternecedor com seus esquecimentos e entusiasmos infantis. E sem dúvida era generoso. Mas ela seria terrivelmente infeliz se casasse com ele. Morreria de tanta infelicidade. Não, não morreria. E que importância tinha sua felicidade em comparação com as vidas que seriam salvas, com o progresso científico que podia ser adquirido? Que direito ela tinha de dizer não, de viver para si mesma, quando milhões de homens jovens haviam dado mais do que sua felicidade — haviam dado sua vida — na guerra?

"Não faça isso, senhorita", disse uma das moças a seu lado.

"O que você disse?"

"Não encoste nisso aí", disse a moça. "São as luzes da fábrica toda. Algumas de nós têm trabalho para acabar. Quer que todas nós fiquemos no escuro?"

Colette olhou para trás. No meio da parede, havia uma barra de metal com um cabo vermelho de madeira — aparentemente, uma chave elétrica geral, que ela estivera em vias de desligar sem querer. Quando se virou de novo, Colette se deu conta de que todas as moças a observavam, e de forma pouco amistosa. Várias mascavam chiclete. Uma ou duas afastaram o cabelo da testa com os pulsos manchados, para ver melhor os braços esguios e o belo pescoço de Colette fulgurando de diamantes. A jovem que falara não parecia muito interessada nela. Voltou a seu trabalho, cortando um pelo do pincel com as lâminas curvas de uma tesoura. Em seguida, mergulhou o pincel num prato de tinta verde, colocou a ponta entre os lábios e a tirou, com a ponta afilada.

"Pare!", gritou Colette.

"Quem... eu?", perguntou a moça.

"Não ponha isso na boca", disse Colette.

"É assim que eles nos ensinam a fazer, docinho", retrucou a moça. "A gente afila a ponta do pincel na boca. Desculpe por não ser refinada."

Todas as moças, Colette agora via, afilavam a ponta do pincel da mesma forma — com os lábios. "Onde estão suas luvas?", ela perguntou. "Eles não lhes dão luvas protetoras?"

"Só uma de nós na seção recebeu luvas", respondeu a moça.

Ouviu-se o toque de uma forte campainha. As moças saltaram das cadeiras. Em meio à eclosão de risos e conversas femininas, esvaziaram as mesas, guardando tintas, pincéis e ponteiros de relógios inacabados. Enquanto corriam para o porta-casacos e se dirigiam à porta de saída, uma delas parou ao lado de Colette. Lançou um olhar furtivo em volta e disse: "Algumas de nós estão com medo, senhora. Duas moças ficaram doentes. Os médicos da companhia dizem que é porque pegaram doença de homem, mas elas não eram desse tipo. Nem um pouco desse tipo de moça".

"O quê?", disse Colette, sem entender bem o que a moça disse. Mas ela saiu correndo. Colette tentou tirar as luvas; elas estavam justas demais nos braços. Tentou tirar o colar de brilhantes, mas não conseguiu achar o fecho. Desistiu, frustrada, e quando a fábrica se esvaziou, correu para o escritório de Brighton, chamando seu nome.

"Sim, senhorita Rousseau?", respondeu Brighton, ansioso, enquanto ela se aproximava. "Vai me fazer o homem mais feliz do mundo?"

"As moças estão pondo os pincéis na boca", disse Colette.

"Claro que estão. Esse é o segredo da nossa técnica."

"Estão engolindo tinta."

"Que desperdício", replicou Brighton. "Lembra-se de quais delas? Samuels fará uma observação sobre isso."

"Não... isso vai envenená-las", disse Colette.

"Quer dizer, a tinta?", exclamou Brighton. "Não, absolutamente. Não seja boba. Como eu poderia vender às pessoas um produto perigoso demais até para as minhas moças trabalharem?"

"O senhor controla os níveis de radiação aqui, como faz na sua fábrica de tintas?"

"Não há necessidade, minha querida."

"Mas não pode deixá-las pôr a tinta na boca. Ela vai chegar à garganta. Vai entrar nos dentes. Poderia..." Ela interrompeu a frase, perdendo o fôlego à medida que uma série de imagens se desenrolavam em sua mente: um dente envolto em algodão, corroído por dentro; uma jovem com um tumor na mandíbula; outra jovem em New Haven com uma aura esverdeada emanando do pescoço. Um cenário sombrio se instalou diante dos olhos de Colette, um cenário que ela tentou manter dissociado de sua voz: "Ah, acho que não tem importância. Quando as quantidades de rádio são tão mínimas, estou certa de que fazem mais mal do que bem. Quer dizer, mais bem do que mal. Já está tarde, não é? Meus amigos devem estar se perguntando onde estou. A senhora Meloney deve estar morrendo de ciúmes".

"Ciúmes?", perguntou Brighton.

"De todo o rádio que as suas moças passam na pele."

"Ah, sim", respondeu ele, rindo alto. "Ela ficaria verde de..."

"Ela sabe, senhor", disse Samuels, sacando um revólver.

Ninguém disse nada.

"Ah, céus", disse Brighton. "Ela sabe o quê, Samuels?"

"Tudo."

"Tem certeza?", perguntou Brighton. "Ela disse que a senhora Meloney teria ciúmes das nossas moças."

"Ela estava mentindo", disse Samuels, a arma apontada para Colette.

Brighton sacudiu a cabeça, decepcionado. "Não adianta mentir, senhorita Rousseau. Samuels sempre sabe das coisas. Como ele fica sabendo, é um mistério para mim. Eu mesmo nunca tenho ideia nenhuma. Samuels, por favor, você faria a gentileza de colocar a arma bem perto da senhorita Rousseau?"

Samuels aproximou-se de Colette por trás e pressionou a arma contra suas costas. Brighton foi para perto dela, seu corpo estranhamente grande e descoordenado. Ele tocou o queixo dela com a unha brilhante do mindinho e com delicadeza angulou seu rosto para um dos lados, a fim de que pudesse ver melhor seu pescoço adornado com o colar de brilhantes. Colette não reagiu.

"Olhe", disse Brighton de modo apreciativo. "Tão puro."

Ele afagou a parte inferior do queixo de Colette, correu a unha pelo esterno, fechou as mãos em concha e as colocou em volta do busto. Colette, horrorizada, permaneceu imóvel.

"Será que ela gosta, Samuels?", indagou Brighton. "Talvez ela esteja nervosa. Eu gostaria de ser melhor com expressões faciais, senhorita Rousseau. Tenho grande dificuldade de entendê-las. Ah, se o Lyme estivesse aqui. Ele tem um relaxante que torna as moças muito mais receptivas a mim. A senhorita já foi beijada, senhorita Rousseau? Na boca?"

Colette não respondeu.

"Você pode fazê-la responder?", Brighton pediu a Samuels.

Samuels enfiou a arma com mais força na espinha de Colette.

"Sim, já fui beijada", disse Colette.

"Mas já... já... alguma vez...?"

Colette não respondeu.

"Não, não responda", disse Brighton. "Faz bem em não responder. As palavras sujariam seus lábios. Tenho certeza de que nunca fez isso. É a pureza em pessoa. Agora, senhorita Rousseau, eu vou começar. Eu queria tanto, mas acho que não vamos mais nos casar. Espero que não se importe de Samuels ficar olhando; basta tirá-lo da cabeça. Por favor, não faça movimentos bruscos. Samuels poderia atirar."

Brighton se curvou, evidentemente para beijá-la. Colette esperou o tempo que conseguiu aguentar, até a boca de Brighton estar praticamente encostada nela, e então enfiou o cotovelo no estômago de Samuels, empurrou Brighton com toda a força — fazendo com que o desajeitado homem caísse no chão — e disparou para fora da sala. O andar onde ficava a fábrica estava vazio; ela o atravessou correndo até a porta principal. Mas a maçaneta não virava; estava trancada. Desesperada, Colette olhou ao redor e viu algo que lhe deu uma ideia. Se tivesse podido correr, teria conseguido em um instante. Mas uma voz a deixou congelada.

"Pare onde está, senhorita Rousseau", ordenou Brighton. "Por favor, não obrigue Samuels a atirar em você."

Colette virou-se. "A senhorita McDonald trabalhava aqui", ela disse, "não é?"

"Está se referindo àquela moça com a coisa no pescoço?", perguntou Brighton. "Sim, trabalhava. Uma jovem adorável. Por algum tempo achei que ela podia ser minha mulher, antes de aquela deformidade medonha começar a crescer."

Quando Brighton e Samuels se aproximaram, Colette recuou um passo ao longo da parede, como se estivesse com medo. "Foi rádio que entrou na mandíbula dela", disse Colette. "Você sabia. Manteve a coisa em segredo para vender seus relógios."

"Não, minha querida", replicou Brighton, sério. "Eu não dou a mínima para os relógios. É o rádio em si. Se as pessoas ficassem sabendo que o rádio faz aquele tipo de coisa crescer no pescoço de uma garota, ninguém mais iria querer produtos de rádio. O preço do rádio cairia noventa por cento, voltando ao que costumava custar. Para um proprietário de minas como eu, seria uma perda considerável. Muito considerável."

"Amelia também trabalhava aqui", disse Colette, dando mais um passo para trás. "Ela está perdendo os dentes."

"Sim. Algo bem pouco atraente. Fiquei muito zangado com ela. Ela quase foi a causa da sua destruição, sabe. Samuels tinha certeza de que Amelia havia contado todos os nossos segredos para você. Por isso tivemos que... tomar uma medida contra você."

"Vocês me raptaram", ela disse, sempre recuando.

"Foi a coisa mais eficaz do mundo. Tínhamos alguns estrangeiros na cidade para outra tarefa... Sérvios, não eram, Samuels? Muito apropriados para o serviço."

"Você tentou me matar... para depois me pedir em casamento?"

"Essa é uma das minhas grandes forças, senhorita Rousseau. Eu admito os meus erros. E aprendo com eles. Foi tudo um mal-entendido. Sabe por que Amelia tentou encontrá-la no hotel? Porque algumas moças da nossa fábrica de Connecticut ouviram você dizendo que a minha companhia estava matando gente. Mas você não quis dizer que a minha tinta fazia mal. Estava dizendo que os relógios luminosos desviavam o rádio do uso médico. Que absurdo... esse mal-entendido quase a matou! Então fui em seu socorro. Deve sua vida a mim, senhorita Rousseau. Vi imediatamente o equívoco de Samuels depois de ouvi-la na igreja. Por isso mandei parar os ataques contra você." Brighton sacudiu a cabeça pesarosamente. "Mas agora veja aonde as coisas vieram acabar. Que pena. Samuels, podemos mantê-la na enfermaria? Se não posso me casar com ela, essa seria a minha segunda opção."

"Eles virão atrás dela", disse Samuels.

Brighton suspirou. "Você está certo, como sempre." Enquanto Samuels mantinha a arma apontada para Colette, Brighton foi até um barril de metal colocado em cima de uma mesa de trabalho. Abrindo uma torneira na parte inferior dele, encheu um copo de vidro graduado com tinta esverdeada. "Já que não é receptiva a mim, senhorita Rousseau, se importaria de ao menos abrir a boca e ficar quieta? Por favor, diga que vai cooperar. Tornará as coisas mais fáceis para você."

Colette não respondeu. Estava tocando a parede com as mãos atrás das costas, tateando algo. O que era?

"Será que o seu silêncio quer dizer sim?", perguntou Brighton. "Eu ficaria muito impressionado com você. Geralmente as moças são tão pouco razoáveis. A maioria das pessoas é. Lembro que quando garoto eu propunha algo perfeitamente sensato, e meus pais diziam que era 'errado'. Ficavam com aquele olhar na cara. O que quer dizer... errado? É como se de repente falassem em código. Não creio que a palavra signifique alguma coisa. Muitas vezes pedi que as pessoas a explicassem para mim; ninguém conseguiu. Limitam-se a dar exemplos. É uma linguagem sem sentido. Às vezes olho para as pessoas, senhorita Rousseau, e sinceramente penso que todas são gado. Talvez eu seja o único com uma cabeça própria. Samuels, abra a boca da senhorita Rousseau."

"Você vai me fazer beber a sua tinta?", perguntou Colette, aterrorizada, recuando mais um passo.

"Por favor, não se preocupe", disse Brighton. "Nós já fizemos isso antes; funciona esplendidamente. A tinta fará você passar mal, eu vou correndo com você até o Hospital Sloane para Mulheres, onde um especialista chamado Lyme vai tratar de você. Ele vai lhe dar algo que a impedirá de falar. Você vai ficar mais fraca e seu cabelo poderá cair. Isso vai deixá-la bem pouco atraente, mas tudo bem... eu não irei visitá-la. Você será diagnosticada como tendo sífilis, imagino. E então morrerá. Tudo vai correr tranquilamente. Eu prometo. Por favor, queira abrir a boca. Estará me fazendo um grande favor."

"Senhor Brighton, eu lhe imploro", ela disse, virando-lhe as costas. "Mate-me agora. Acabe logo com isso."

"Mas eu não posso", respondeu Brighton. "Se matarmos você, senhorita Rousseau, seu corpo teria que desaparecer, o que provocaria todo tipo de pergunta, ou teríamos que entregá-la à polícia com balas no corpo, o que provocaria ainda mais perguntas. Eu lhe asseguro, a tinta é muito mais..."

Brighton não chegou a terminar a frase. De costas para os dois homens, Colette pusera a mão no cabo de madeira vermelho da chave de luz — a chave geral, onde a operária lhe pedira que não encostasse —, mergulhando a fábrica na escuridão. Imediatamente, pôs-se de quatro enquanto tiros ressoavam em todas as direções e balas ricocheteavam na placa de metal acima dela.

"Pare de atirar!", ordenou Brighton. "Ela não tem para onde ir. Acenda as luzes de novo."

Colette não podia ver nada exceto o copo de vidro graduado contendo tinta luminescente nas mãos de Brighton, brilhando com um amarelo-esverdeado, lançando uma luz sobrenatural sobre seu nariz e queixo. Ela se lançou como um raio sobre ele, agarrou o copo com as mãos e jogou a tinta em seu rosto.

"Tire isso de mim!", ele berrou. "Tire isso de mim!"

Colette correu para a parede oposta, que tinha quatro janelas grandes. Um mínimo resquício de luz vinha do andar térreo da fábrica. Samuels voltara a ligar a chave geral, mas as lâmpadas superiores, com seus grossos filamentos, só foram ganhando vida aos poucos. Samuels estava parado ao lado de Brighton com um lenço, tentando em vão tirar a tinta cintilante do rosto de seu patrão.

"Pode deixar!", disse Brighton. "Onde está ela?"

Colette pegou o banquinho de trabalho de uma das moças e o jogou contra as vidraças, abrindo ali um buraco. Samuels atirou em sua direção, mas a escuridão a salvou. Ela se enfiou pela janela, as luvas de couro evitando que os cacos de vidro a cortassem fundo demais, e se soltou, caindo na rua embaixo. Sem pensar em que direção ia, Colette saiu correndo da fábrica. Não ouviu ninguém perseguindo-a; mesmo assim, continuou correndo.

Ao virar a esquina, viu-se numa rua curta, estreita e vazia, sem um único poste de iluminação. Chegou a um pequeno parque. Correu pelo parque, por baixo de várias árvores, até chegar a um prédio velho, alto e sólido, com portas de madeira. Encontrava-se numa entrada lateral; as portas estavam trancadas. Com a respiração ofegante por causa da corrida, bateu na porta com toda a força, mas não houve resposta. Mais uma vez saiu correndo noite adentro.

"Preciso ir para a Grand Central", Littlemore disse a Younger enquanto desciam a Wall Street em direção à estação de metrô na esquina da Broadway, onde, bem diante deles, no final da Wall Street, as sóbrias espirais góticas da Trinity Church agigantavam-se ameaçadoramente no céu noturno. "Quer vir comigo?"

"Vou me encontrar com Colette", disse Younger. "Aqui na igreja."

"Espero que não esteja planejando levá-la a um lugar chique", brincou Littlemore, olhando as roupas imundas de Younger.

"Estranho... onde está ela? Ela já devia ter chegado a esta altura." Ainda se encontravam a meia quadra da igreja, mas havia um poste de iluminação de rua diante da entrada, onde Younger esperava que Colette já estivesse aguardando.

"Diga, como a senhorita está se saindo?", indagou Littlemore. "Ela não ia se encontrar com algum figurão esta noite?"

"Arnold Brighton."

"Não brinca. Sabe, eu imagino se..."

Littlemore não tinha acabado a frase, quando Colette surgiu correndo freneticamente pelo lado da igreja. Parou junto ao poste de ferro, o corpo desequilibrado pela falta de fôlego. Younger gritou seu nome.

"Stratham?", ela respondeu, cheia de medo. Embora Colette estivesse visível para os dois, eles estavam no escuro, invisíveis para ela. Ela disparou na direção da voz de Younger. "Graças a Deus."

As portas gêmeas da Trinity Church se escancararam, revelando um portal arqueado inundado da luz que vinha do interior da igreja. Sob o arco, estava Arnold Brighton, seu rosto uma esfera brilhante verde-amarelada, contrastando com os olhos completamente brancos. A seu lado estava Samuels.

"Lá está ela", gritou Brighton, apontando para a figura que descia a Wall Street correndo. "Mate-a!"

Samuels atirou. Colette desapareceu sob um dos postes de luz e reapareceu junto ao poste seguinte. Não fora atingida. Younger deu um passo à frente para acolhê-la, tentando interpor suas costas entre ela e os tiros, mesmo enquanto Samuels atirava mais duas vezes. Colette caiu fortemente nos braços de Younger. Ele a ergueu e a carregou no escuro até uma reentrância na fachada.

Littlemore buscara cobertura atrás de uma caixa de correio, vasculhando os bolsos em busca de uma arma, mas não tinha nenhuma, tendo perdido a sua no subsolo. Agora ele engatinhava em direção a Younger, enquanto as balas de Samuels voavam sobre sua cabeça. "Ela está bem?", perguntou.

"Estou bem", respondeu Colette, ainda nos braços de Younger. Samuels interrompeu os tiros, já que era incapaz de enxergar seus alvos.

"Você aí com a moça", disse uma voz diferente bem atrás deles, uma voz jovem tentando soar autoritária. "Solte-a."

Younger virou-se. Quem tinha falado era um soldado com cara de menino, que viera correndo investigar os tiros. Apontou nervosamente um rifle para Younger, a baioneta bem mais próxima do peito de Younger do que ele gostaria.

"Está aí, senhorita Rousseau?", gritou Brighton do arco ofuscantemente iluminado. "Samuels, você consegue vê-la?"

"Ah, me dê isso aí", murmurou Younger para o soldado. Num só movimento, depositou Colette no chão, pegou o rifle do rapaz, ajoelhou-se, fez pontaria no portal da Trinity Church e disparou. O tiro acertou Samuels na articulação do ombro, quase decepando seu braço.

"Você o acertou, doutor", disse Littlemore.

"Acertei?" Younger alterou a pontaria apenas um pouquinho.

Samuels caiu de joelhos, o sangue jorrando profusamente de sua artéria subclavicular.

"O que há com você?", disse Brighton, olhando seu secretário com uma mistura de perplexidade e indignação. "É só um braço. Atire com o outro."

Younger deu outro tiro.

Os olhos de Brighton se arregalaram. Um círculo vermelho-escuro surgiu no meio de sua testa verde. "Oh, céus", ele disse antes de tombar.

Younger jogou o rifle aos pés do soldado. "Com que rapidez você consegue uma ambulância?", perguntou a Littlemore. "Colette está ferida."

Ela estava de fato com cortes feios em ambas as pernas, e suas longas luvas estavam rasgadas em vários pontos, revelando lacerações nas palmas e nos antebraços.

"Vou achar um carro", disse Littlemore, saindo às pressas. Um minuto depois, uma dúzia de soldados desciam a Wall Street em direção à Trinity Church, onde os corpos de Brighton e Samuels jaziam sangrando. Littlemore retornara com o Packard do secretário Houston. Younger fez Colette entrar.

"Mas são só arranhões", ela protestou.

"Nós vamos para um hospital", disse Younger, abaixando-se perto dela no banco traseiro.

Ela olhou para Younger e sorriu. "Tudo bem. Se você acha que devemos ir."

"Que hospital, doutor?", indagou Littlemore ao volante.

"Washington Square", disse Younger. "Espere... eu achei que você fosse evitar uma guerra esta noite. Conseguiu?"

"Ainda não", respondeu Littlemore.

"Bem, então vá." Os dois se entreolharam. "Outra pessoa pode dirigir. Ela vai ficar bem. Vá."

"Obrigado", disse Littlemore, convencendo o motorista de Houston a assumir o volante.

Quando partiram, Colette repousou a cabeça no ombro de Younger. Ela não o viu estremecer. "Finalmente acabou, não é?", ela perguntou.

"Sim. Acredito que sim."

Foi só quando Younger parou de responder às diversas coisas que ela vinha dizendo que Colette notou os olhos dele fechados e tocou a parte de trás de sua camisa, percebendo que estava encharcada de sangue. Colette gritou para que o motorista corresse.

*

No Terminal Grand Central, sob o teto celestial do saguão principal, Littlemore encontrou o oficial Stankiewicz à paisana, junto com Edwin Fischer, esperando por ele no balcão circular de informações, encimado por uma esfera dourada com relógios dos quatro lados. Littlemore apertou a mão de Stankiewicz, agradecendo pela tarefa extraoficial. "Tudo bem?", perguntou Littlemore.

"Até aqui, tudo bem", respondeu Stankiewicz.

"Alguém deu as caras?", perguntou Littlemore.

"Difícil dizer por enquanto, capitão. Gente demais."

Littlemore assentiu. A estação fervilhava de gente que ia e vinha naquela noite de sábado em Nova York. Um ruído constante de alto-falantes estalando enchia o saguão de anúncios de números de trens, destinações e rotas.

"Certo, Stanky", disse Littlemore, "você vai para o lugar onde se encontra o comissário Enright. Ele está aguardando você. Eis o endereço. E pé na tábua; não há tempo a perder. Quando voltar, encontre-se comigo lá embaixo, exatamente onde eu lhe mostrei. Fischer, você continua comigo."

Littlemore deu uma olhada pelo saguão, depois deu umas batidinhas com os nós dos dedos no balcão de informações. O atendente, que o detetive cumprimentou pelo nome, foi até uma portinhola e deixou Littlemore e Fischer entrar.

"Por que estamos entrando no balcão de informações?", indagou Fischer. "Estamos atrás de alguma informação?"

"Nós vamos para o piso inferior. Se houver gente deles vigiando as escadas e rampas, não vão nos ver."

No centro do balcão redondo, havia uma coluna dourada com uma porta de correr, que Littlemore abriu. O detetive tirou do caminho caixas de horários antigos, revelando uma estreita escada espiral.

"Uma escada oculta", disse Fischer. "Eu não sabia que existia uma aqui."

"Esta noite você vai ter um monte de surpresas", replicou Littlemore.

A escada espiral passava por um patamar atulhado de garrafas de bebida alcoólica vazias. Quando chegaram ao andar de baixo, encontraram-se atrás de outro guichê de informações, menor. Littlemore o abriu e juntou-se à multidão de passageiros no nível inferior da Grand Central. Conduziu Fischer a um cruzamento de dois largos corredores apinhados de gente, onde o oficial Roederheusen, também à paisana, esperava num canto discreto sob uma pequena abóbada azulejada. Do outro lado da galeria, ficava o Oyster Bar.

"Eles ainda estão aí dentro?", perguntou Littlemore.

"Sim, senhor", disse Roederheusen. "Ainda comendo."

"Alguém viu você?"

"Não, senhor."

"Bom trabalho", disse Littlemore. "Fischer, você e eu vamos esperar aqui até o comissário chegar. Spanky, desça até o hospital Washington Square, na Nona Avenida, e veja como a senhorita Rousseau está passando. Fique plantado lá, a menos que o doutor Younger precise de alguma coisa; nesse caso faça o que ele disser."

Vinte minutos depois, Stankiewicz retornou acompanhado do comissário Enright.

"É bom que valha a pena, Littlemore", disse Enright.

"Vai valer, comissário", retrucou Littlemore. "Fique bem aqui, senhor. Grude um ouvido na parede. Você também, Fischer, exatamente como combinamos. Não se mexa."

"Um ouvido na parede?", repetiu Enright, indignado.

"Sim, senhor. Mantenha o ouvido bem aqui."

O detetive cruzou o saguão do piso inferior, avançando através da aglomeração de passageiros alvoroçados, muitos caminhando em altos brados, como os nova-iorquinos gostam de fazer. Ao chegar à entrada do Oyster Bar, virou-se, certificando-se de que não podia mais ver Enright, Roederheusen ou Fischer, que, do outro lado da ampla e movimentada galeria, deviam estar a quase trinta metros de distância. Littlemore entrou no restaurante.

Encontrou-os numa mesa coberta de restos nacarados de crustáceos: o senador Fall, a sra. Cross e William McAdoo, ex-secretário do Tesouro, que agora atuava como advogado. Não havia garrafas à vista, mas estava claro, pela indiscrição do senador, que uma quantidade considerável de bebida fora consumida com o repasto.

"Agente Littlemore!", gritou Fall. "Salvador deste país. Revelador da corrupção. Você perdeu o jantar. Você perdeu grandes novidades. Você... você está com uma aparência ridícula, filho. O que andou fazendo? Brigando em espeluncas?"

"Preciso falar com o senhor, senhor Fall", disse Littlemore.

"Pode falar. Acho que você está dando para trás, rapaz. Acho mesmo."

"Podemos falar a sós, senhor senador?", insistiu Littlemore, ainda de pé.

"Qualquer coisa que você queira dizer para mim, Littlemore, pode dizer na frente dos meus amigos."

"Isto não."

Fall ficou irritado, mas se levantou. "Tudo bem. Estou indo. Mas primeiro me dê mais uma dose daquele remédio escuro, mulher."

A sra. Cross tirou discretamente um frasco da bolsa e serviu uma dose no copo do senador Fall. Também encheu o do sr. McAdoo. "Uísque, agente Littlemore?", ela perguntou.

O detetive fez que não com a cabeça e, depois de Fall virar o drinque, levou o senador para fora do restaurante lotado. Parou num ponto discreto contra a parede do saguão do terminal, a poucos metros das portas do Oyster Bar. "Eu sei quem roubou o ouro, senhor Fall", disse Littlemore.

"Os mexicanos", retrucou Fall. "Você já tinha descoberto isso."

"Não foram os mexicanos, senhor."

"Houston?"

"Foi Lamont", disse Littlemore.

"Impossível."

"Eu vi o ouro esta noite. No porão do Banco Morgan."

"Fale baixo", sussurrou Fall. "Já contou a alguém?"

"Sim, senhor", Littlemore disse baixinho.

"Quem?"

"Ao senhor."

"Além de mim, maldição", disse Fall.

"Refere-se ao senhor Houston?"

"Sim... contou ao Houston?"

"Eu vim direto para cá, senhor Fall."

"Ótimo. Vamos manter um véu sobre isso, Littlemore. Não queremos causar pânico. Vou lhe dizer: deixe comigo. Vou garantir que as pessoas certas fiquem sabendo."

"Entendi, senhor Fall. Manter um véu sobre isso. Mas é melhor alguém falar imediatamente com Lamont."

"Não se preocupe, filho, eu falo com ele."

"O que o senhor vai dizer?", perguntou Littlemore.

"Vou dizer que... ora, vou dizer que..." Fall teve dificuldade em terminar a frase. "Que droga, foi você quem disse que eu deveria falar com ele."

"Imaginei que talvez quisesse avisá-lo", disse Littlemore.

Fall não titubeou. "O que foi que você disse?"

"Sabe quando eu descobri, senador Fall? Quando o senhor me disse que o senhor e McAdoo sempre jantam no Oyster Bar. Percebi que Ed Fischer estava na Grand Central quando vocês dois se encontraram aqui alguns meses atrás, após a Convenção Democrata. Um monte de gente pensa que o Fischer é louco, mas tudo que eu ouvi dele acabou se revelando verdade."

"Você está bêbado, Littlemore?"

"Então eu vi a coisa toda. Encontrar aqueles documentos mexicanos foi fácil demais. O apartamento do Torres... era falso, não era? Uma armação. Por isso o senhor mandou a senhora Cross ir comigo — para assegurar que eu encontrasse o buraco na parede onde estavam escondidos os documentos. Como eu fui idiota. Um enviado mexicano trazendo consigo do México documentos incriminadores dentro de um tubo de cartolina — nada mais, nada de pastas, nada de malas, umas poucas roupas, só aqueles documentos, e então eles são deixados para mim num cofre de parede aberto depois de eu bater à porta do apartamento. Torres não era um enviado mexicano de verdade, era? O senhor o inventou. Por isso Obregón negou a existência do sujeito."

Fall tirou um charuto. "Você está todo confuso, filho. Não está raciocinando direito."

"Desde o comecinho", continuou Littlemore, "Lamont quis me fazer correr atrás do México. Toda vez que eu falava com ele, aparecia alguma coisa relacionada ao México. Eu simplesmente não conseguia ver. A mesma coisa com o senhor, senador Fall. Fingiu pensar que os russos estavam atrás disso tudo, mas o tempo todo estava fazendo referências ao México. Brighton também estava nessa, não estava? Ele e o senhor fizeram aquela encenação no seu escritório por minha causa, quando ele se queixou que os mexicanos estavam se apropriando dos poços de petróleo dele. Então Lamont me telefona de novo e oportunamente menciona que o Dia da Independência do México é em meados de setembro. O senhor estava fazendo a mesma coisa com o Flynn, mandando insinuações sobre Sacco e Vanzetti, na esperança de que ele fizesse a conexão com o México. Mas ele nunca fez. Então precisaram me fazer pensar que eu tinha achado uma prova — os documentos na parede do Torres. Mas é tudo um grande embuste. Falsificações."

Fall acendeu o charuto sem pressa nenhuma. Olhou para a direita e para a esquerda e disse, em um tom quase inaudível: "Os mexicanos deixaram aquela bomba, Littlemore. Nos massacraram. Foi você quem descobriu isso. Digamos que os documentos sejam falsos. Vamos apenas fazer de conta. Se foi isso que Wilson e seu secretário de Estado precisaram para ver a luz e mandar as tropas, então assim teve que ser".

"Só que os mexicanos não estavam por trás da bomba", afirmou Littlemore.

"Do que você está falando?"

"O senhor é que estava por trás da bomba."

Fall soprou uma nuvem de fumaça sobre a cabeça de Littlemore. "Você acha que eu soltei uma bomba na Wall Street — matei todas aquelas pessoas — para roubar um pouco de ouro do Tesouro? Você está maluco, rapaz. Ninguém vai acreditar em você."

"O ouro era só a cobertura do bolo", rebateu Littlemore. "O bolo em si era a guerra. Invadir o México, livrar-se de Obregón, instalar seu próprio homem como presidente, tomar conta dos campos de petróleo. Isso teria valido talvez meio bilhão de dólares ao seu amiguinho Brighton. E mais algumas centenas de milhões para Lamont. E quem sabe quanto para o senhor."

"Essa é uma conversa muito louca, rapaz. Você pode se meter em encrenca espalhando uma loucura dessas por aí."

"O senhor está provocando uma guerra por causa do petróleo deles."

"Petróleo *deles*?", sibilou Fall. "É do *nosso* petróleo que você está falando. Nós o compramos, pagamos por ele e agora um bando de vermelhos está tentando roubá-lo. Você acha que o povo mexicano gosta de ser comandado por uma gangue de bandidos ateus carregados de armas? Os mexicanos vão nos agradecer. Vão receber os nossos rapazes com vivas quando marcharmos sobre a Cidade do México."

"Claro que vão", ironizou Littlemore. "Eles adoram os estados unidos da América, como o senhor."

Nesse momento o sr. McAdoo saiu do restaurante, junto com a sra. Cross, que carregava o sobretudo do senador Fall.

"O que está acontecendo, Fall?", quis saber McAdoo. "Algum problema, senhor Littlemore?"

"Problema nenhum. O senador Fall e eu estávamos só conversando sobre como o senhor e ele planejaram o atentado a bomba na Wall Street."

"Desculpe, como disse?", perguntou McAdoo.

"Era o senhor que estava sabendo do ouro", disse Littlemore a McAdoo. "Era o secretário do Tesouro em 1917, antes de começar a trabalhar para Brighton. Sabia exatamente como e quando o ouro seria transferido de local. Conhecia Riggs. Talvez tenha conseguido a transferência dele de Washington para Nova York."

"Não responda, Mac", disse Fall. "Papo de ignorante, não passa disso."

"Responder?", disse McAdoo. "Eu o processaria por calúnia se não fosse tão palpavelmente ridículo."

"Quanto eles lhe prometeram?", Littlemore perguntou a McAdoo. "Ou o senhor estava simplesmente se vingando de Wilson?"

McAdoo se arrepiou. "Por que eu iria querer me vingar de meu próprio sogro?"

"Quem sabe por ele ter retirado o apoio à sua nomeação?", aventou Littlemore. "O senhor seria o próximo presidente dos Estados Unidos. Estava tão perto que deve ter sentido o gostinho. Mas Wilson tirou isso de suas mãos. Tudo porque se casou com a filhinha dele pensando que ela seria seu ingresso para a Casa Branca. Foi meio um tiro que saiu pela culatra, essa jogada. Wilson sempre esteve um passo à sua frente, não é?"

"Não entre nessa", disse Fall a McAdoo. "Ele está simplesmente provocando você."

"Woodrow Wilson", replicou McAdoo, "vai entrar para a história como um presidente tão deslumbrado com o seu papel de pacificador da Europa que não viu a guerra feita contra nós pelo nosso vizinho do sul. O primeiro presidente depois de 1812 a permitir um ataque em solo americano."

"Claro, se tivesse havido um ataque", disse Littlemore. "Mas não houve. Vocês só fizeram parecer que houve. Acharam que podiam contratar alguns homens para deixar uma bomba na Wall Street, fazer parecer que foram os mexicanos, agitar uma guerrinha — e sair um bilhão de dólares mais ricos. Lamont é o proprietário do terreno em frente ao edifício do Tesouro. Ele cava um túnel para o único lugar em que o ouro é vulnerável quando está sendo transferido — a ponte entre os dois edifícios. Então, em dezesseis de setembro, Dia da Independência do México, vocês apertam o gatilho. E cobriram os rastros também. Ninguém soube. Mas cometeram um erro. Ed Fischer sem querer ouviu seus planos."

Fall riu alto. Então o senador disse em voz baixa: "Essa é a sua prova? Um lunático comprovado? Detesto desapontá-lo, filho, mas eu nunca falo em um lugar onde posso ser ouvido".

"Vocês já falaram aqui. Neste canto. Do lado do Oyster Bar."

"E como você sabe?", questionou o senador. "E se falamos? Ninguém pode nos ouvir."

"Ed Fischer pode", disse Littlemore. Baixando a voz até virar quase um sussurro, o detetive acrescentou: "Pode aparecer, Fischer. Venha dizer ao senhor Fall se pode ouvi-lo".

"Posso, sim!", gritou a voz de Fischer do outro lado da galeria lotada de gente. Logo o viram praticamente se jogando através da multidão. "Igualzinho a antes", ele disse, animado, ao chegar onde os outros estavam. "As mesmas vozes... vindo do ar!"

"Que diabos?", disse McAdoo. "O que é isso?"

Fall olhou para Fischer como se ele fosse uma espécie de pássaro exótico que devia ser exterminado. "Esta é a sua ideia de piada, Littlemore?"

"Eu não creio que o comissário Enright esteja achando engraçado, senhor senador", disse Littlemore, quando Enright e Stankiewicz chegaram depois de Fischer. "Comissário Enright, o senhor pôde ouvir o senador e o senhor McAdoo conversando comigo?"

"Cada palavra", disse Enright.

"Stanky... você ouviu?"

"Seguramente, sim, capitão."

"Eddie?"

"'Detesto desapontá-lo, filho'", disse Fischer, imitando o sotaque de faroeste de Fall, "'mas eu nunca falo em um lugar onde posso ser ouvido.'"

"Mãe santíssima", disse a sra. Cross, "eles realmente puderam ouvi-lo."

"É um truque", disse Fall, olhando para o teto e para o chão. "Você está com algum fio aqui, em algum lugar. É truque de polícia."

"Fio nenhum, senhor senador", disse Littlemore. "No entanto, é mesmo um truque, limpo. Nós, detetives, o descobrimos há alguns anos, depois que o Terminal abriu. Se ficarmos parados exatamente onde estamos agora, bem ao lado do Oyster Bar, as pessoas que estão exatamente do lado oposto do saguão podem ouvir tudo o que é dito, alto e bom som, mesmo que se sussurre e mesmo que haja uma multidão no meio. Algumas horas atrás, perguntei a Fischer se foi aqui que as vozes lhe vieram."

"Era o meu lugar favorito", declarou Fischer. "Eu costumava ouvir tanta coisa."

"O senhor e McAdoo", prosseguiu Littlemore, "jantaram aqui em julho. Big Bill Flynn estava com vocês. Flynn conheceu Fischer naquela noite — aqui na Grand Central. Depois, Fischer foi ao lugarzinho predileto dele e escutou. Vocês dois deviam estar na porta de saída do restaurante. Pararam. Cochicharam, para ter certeza de que ninguém ouviria. Mas se enganaram."

"O Tesouro me devia milhões", protestou McAdoo. "Isso foi tudo o que eu disse. Foi puramente hipotético..."

"Cale a boca, Mac", interrompeu Fall asperamente. Seu semblante amoleceu num lago sorriso. "Senhor Fischer, não creio que tenha tido o prazer. É o campeão de tênis, estou certo? Ouvi um monte de coisas simpáticas a seu respeito. Albert Fall, é meu nome. Alguma vez já foi apresentado a mim, filho? Ou ao senhor McAdoo, aqui?"

"Nunca", replicou Fischer, estendendo a mão, "mas estou encantado de conhecê-lo."

O senador não apertou a mão de Fischer: "Então não pode ter certeza de que fomos nós quem ouviu em julho — especialmente se as vozes estavam sussurrando".

"Eu não disse que tinha certeza", retrucou Fischer com ar cândido. "Mas suas vozes com certeza soam parecidas."

Fall riu de novo. "Congratulações", disse a Littlemore. "A sua evidência é um lunático que nunca nos viu na vida, mas pensa que talvez seja possível ter ouvido vozes parecidas com nossos sussurros em algum momento do verão passado. Você conseguiria indiciar uma pulga com essa evidência. Mac, senhora Cross... hora de ir."

"Se eu estivesse tentando indiciá-lo, Fall", retorquiu Littlemore, "teria esperado e derrubado você quando tivesse mais provas. Em vez disso, acabei de comprometer todo o meu caso contra você."

Enquanto a sra. Cross vestia o sobretudo nele, Fall perguntou: "E por que você fez isso?".

"Porque preciso de uma coisa do senhor."

O senador deu uma risadinha: "Rapaz, como você é atrapalhado. No futuro, quando quiser algo de mim, recomendo que tente uma tática diferente".

"É mesmo?", disse Littlemore. "Eu tenho aqui duas testemunhas, sendo uma delas o comissário do departamento de polícia de Nova York, que vai confirmar que Fischer pôde ouvir o senhor e McAdoo do outro lado do salão, e que Fischer reconheceu suas vozes como sendo as mesmas que ouviu falando sobre a bomba da Wall Street três meses antes de ela explodir. Não é o bastante para condenar, porém é mais do que suficiente para um jornal. Especialmente quando as pessoas começarem a olhar os seus documentos mexicanos. Vai levar um tempinho até provar a falsificação, mas vamos acabar provando. O senhor vai negar que sabia que eram documentos forjados, mas as minhas testemunhas contarão aos jornais que o senhor disse que não se importava se eram forjados ou não. Como acha que vão ser as manchetes? *Senador Fall Leva País à Guerra com Base em Série de Mentiras.*"

Fall não respondeu.

"Esse tipo de história poderia representar uma séria barreira na carreira de um advogado, senhor McAdoo", prosseguiu Littlemore. "Para não mencionar a volta dele à política."

"Vamos ouvir o que o detetive quer", disse McAdoo.

"Ao mesmo tempo", continuou Littlemore, "aqueles três senadores e o senhor Houston — os que, segundo seus documentos forjados, recebiam suborno do governo mexicano —, imagino que não vão deixá-lo escapar com tanta facilidade, senhor senador. Quando descobrirem o que fez, vão querer audiências ou algo assim, não vão? Com tudo isso acontecendo, não vejo o presidente Harding nomeando-o para o seu gabinete. A senhora vê, senhora Cross?"

"Não, não vejo", ela concordou.

Fall deu uma longa tragada no charuto. "O que você quer que eu faça?"

"Cancele a guerra."

"Eu não tomo esse tipo de decisão", disse Fall rispidamente. "Harding ainda nem é presidente."

"É melhor achar um jeito, senhor senador", insistiu Littlemore. "Senão, pode ir se despedindo do seu cargo no gabinete."

Um pedaço de folha de tabaco ficou preso entre os dentes frontais de Fall. Ele o sugou e cuspiu no chão do Terminal Grand Central. Olhou para McAdoo, que aquiesceu. "Não haverá guerra", disse Fall. "Espero que esteja orgulhoso de si, rapaz."

O senador abotoou o sobretudo. Virou-se para ir embora.

"A única coisa que eu nunca vou entender", disse Littlemore, "é como o senhor foi capaz de matar tantos conterrâneos seus. Não precisava ter escolhido o meio-dia. Podia ter feito a bomba explodir a qualquer hora — à noite. Você não é só um traidor, Fall. Você é uma espécie de monstro."

O senador encarou o detetive. "Como você sabe que a bomba estava programada para explodir ao meio-dia?", perguntou. "Equívocos acontecem numa guerra. Não é, McAdoo?"

"Não pergunte a mim", replicou McAdoo. "Eu não fui o responsável."

"Talvez os que puseram a bomba tenham recebido ordens de fazer seu trabalho um minuto depois da meia-noite do dia dezesseis — doze e um", disse Fall, "quando os mexicanos estariam celebrando sua ridícula independência. Talvez não fosse para ninguém morrer. Mas talvez, quando lhes disseram simplesmente doze e um, tenham feito alguma confusão, porque talvez, no lugar de onde eles vieram, doze e um jamais signifique um minuto depois da meia-noite."

Littlemore deu um assobio. "Os seus rapazes acionaram a bomba com doze horas de atraso. Por isso Fischer errou a data. Ele ouviu que a bomba explodiria na noite do dia quinze."

"Os *nossos* rapazes?", perguntou Fall. "Não sei do que você está falando, Littlemore. Eu só estava especulando. Mas deixe-me dizer o que não é especulação: você está dando aos vermelhos a maior vitória que eles já tiveram. Petróleo é leite materno, filho. Os países que o possuem serão grandes e fortes. Os que não o possuem vão fenecer e morrer. Sabe quanto petróleo nós, americanos, produzimos ontem? Um milhão e duzentos mil barris. Sabe quanto consumimos? Um milhão e seiscentos mil barris. Isso mesmo — diariamente nos faltam quatrocentos mil barris de petróleo. De onde vem o petróleo extra? Do México. Nós vamos pegar o nosso petróleo, creia-me. De um jeito ou de outro, vamos pegar. Este país tem inimigos, Littlemore. E eu não sou um deles. Boa noite, comissário."

Enright disse adeus ao senador.

Sem que ninguém visse, a sra. Cross deu uma piscadela para Littlemore. "Boa noite, Nova York", ela disse. "Você realmente joga conforme as regras, não é?"

"Você não consegue mesmo estabelecer a conexão?", o comissário Enright perguntou a Littlemore após alguns minutos. "Entre eles e a bomba?"

"Não temos nada contra eles", disse Littlemore. "A única testemunha que pode ligar Fall à bomba é o Fischer aqui, e nenhum juiz vai deixá-lo testemunhar."

"E quanto ao ouro?", indagou Enright. "Podemos processá-los pelo roubo?"

"Não há roubo se o proprietário não admite que algo seu foi levado", disse Littlemore. "O secretário Houston vai negar que o Tesouro tenha sido assaltado. Eu me encontrei com ele esta noite."

"Eu sei o que fazer!", exclamou Fischer, se intrometendo. "Vou contar a Wilson. Ele vai ficar muito descontente com o senador Fall. Eu sou um dos assessores do presidente, vocês sabem."

"Você se saiu bem esta noite, Eddie", replicou Littlemore. "Obrigado."

"Realmente, para você não tem de quê. Aliás, os papas estão tentando me condenar de novo."

"Os papas?", perguntou Enright.

"Eu sei a que ele se refere, comissário", explicou Littlemore. "Tudo bem, Eddie. Eu vou ajudá-lo."

"Bem, talvez tudo isso vire um bom romance policial algum dia", observou Enright. "Talvez eu mesmo resolva fazer algo. O senhor Flynn vai publicar o meu trabalho, sabe."

"Como é?", disse Littlemore. "Big Bill Flynn?"

"Os dias dele como chefe estão contados, agora que os republicanos ganharam", explicou Enright. "Ele está criando uma revista literária. Pretende chamá-la *Flynn's*. Eu disse que seria seu primeiro autor. Tenho várias histórias de detetive para ele. Ambientadas em Nova York."

Por alguns instantes Littlemore não soube o que responder. Depois, disse: "Não ponha isso nas suas histórias, senhor".

"Não ponha o quê?", perguntou Enright.

"Que o comissário de polícia da Cidade de Nova York vai escrever histórias de detetive para o cabeçudo chefe do Bureau Federal de Investigação, que está criando uma revista literária e batizando-a com seu próprio nome depois de ferrar a maior investigação que este país já viu. Ninguém acreditaria."

O hospital Washington Square era um estabelecimento particular, pequeno e confortável de apenas dois andares, ligados por uma larga escadaria central de mármore. Littlemore subia as escadas de dois em dois degraus, quando deparou com Colette no patamar intermediário, olhando por uma grande janela. Ela viu o reflexo dele e se virou; o colar de brilhantes, ainda em seu pescoço, reluzia cintilantemente.

"Que prazer em ver que está bem, senhorita", disse Littlemore antes de captar a expressão dela. "O que há de errado?"

"Nada", ela respondeu. "Está tudo bem. Ele vai ficar bom."

"Ele quem?"

Nesse momento, um cirurgião desceu as escadas lentamente, limpando as mãos com uma longa toalha molhada. Suas mangas estavam cobertas de sangue. "Senhorita Rousseau?", ele perguntou. "Eu lamento muito, mas..."

"Eu não quero ouvir", gritou Colette, correndo para cima. "Ele vai ficar bom."

O cirurgião sacudiu a cabeça e continuou descendo as escadas, deixando Littlemore sozinho, tentando não acreditar nas inferências que já tinha feito. Os passos de Colette percorreram o corredor do andar superior.

"Espere um segundo", exclamou Littlemore logo depois, sem saber a quem se dirigia, se a Colette ou ao médico. Em seguida, subiu correndo as escadas. "Espere um maldito segundo."

O cirurgião parou no meio do saguão. "O senhor é amigo do doutor Younger?", perguntou.

"Claro que sou amigo", disse Littlemore. "O que há de errado com ele?"

"Ele foi atingido."

Littlemore viu mentalmente Younger interpondo-se entre Colette e os tiros de Samuels. "Nas costas", completou Littlemore.

"Dois tiros", concordou o médico. "Não há nada que eu possa fazer por ele. Sinto muito. Ele tem família?"

"O que quer dizer com nada que eu possa fazer? Opere-o."

"Já operei", disse o cirurgião, enxugando a testa. "As balas atingiram as costelas e se alojaram na cavidade torácica. Não ouso tentar extrai-las, porque não sei onde estão. Eu acabaria dilacerando seu coração e pulmões na tentativa de encontrá-las."

"Não dá para usar raios X ou algo assim?"

"Raios X são inúteis. As balas não estão paradas. A cada respiração dele, elas se movem. No momento em que tivermos as imagens, as balas já estarão em outro lugar. Não vão se estabilizar por pelo menos setenta e duas horas."

"Isso não soa tão mal", disse Littlemore, recusando-se a aceitar a sombria fatalidade das palavras do cirurgião. "Roosevelt ficou com uma bala no peito por quase dez anos."

"A situação é parecida com a de Roosevelt", ponderou o cirurgião, "a não ser pela infecção. Os neutrófilos do doutor Younger estão na casa de oitenta por cento. Ele está com febre. O ferimento de Roosevelt sarou sem nenhuma infecção. Isso foi o notável naquele caso."

"O que o senhor está dizendo, doutor? Me ajude a entender."

"Estou dizendo que seu amigo precisa se recuperar da infecção", replicou o médico. "Somos impotentes contra esse tipo de coisa. Todos os nossos instrumentos, toda a nossa ciência, todos os nossos medicamentos — impotentes. Ele deve sobreviver a esta noite. De manhã, faremos os testes de sangue de novo. Se os neutrófilos diminuírem, tudo pode dar certo."

Littlemore bateu à porta e entrou no silencioso quarto de hospital. Parada ao lado da cama, Colette aplicava compressas frias na testa de Younger, deitado de bruços, olhos fechados, o rosto direto na cama, sem travesseiro. Sua respiração era superficial, o semblante estava estranhamente lívido e o corpo inteiro tremia.

"Como ele está?", perguntou Littlemore.

"Bem", disse Colette. "Muito bem. Está dormindo."

Nenhum dos dois falou por algum tempo.

"O que são neutrófilos, senhorita? O médico estava dizendo..."

"Os médicos são uns tolos", declarou Colette.

Novo silêncio.

"Neutrófilos", explicou Colette, "são as células brancas do sangue, o tipo mais comum. Quando há uma infecção no corpo, os neutrófilos aumentam de quantidade para combatê-la. Normalmente, eles constituem mais ou menos sessenta e cinco por cento das células brancas."

"E oitenta por cento é muito ruim?"

"Não é ruim: é bom", continuou Colette. "Significa que ele está combatendo a infecção. Seus neutrófilos estarão na casa dos setenta por cento amanhã, setenta e tantos. Você vai ver. Aí vão baixar cada vez mais até atingirem o normal. O senhor Brighton sobreviveu?"

"Não. Nem ele nem Samuels." Littlemore observou os tremores do corpo de Younger. "Eles disseram alguma coisa sobre o tipo de balas, senhorita?"

"Por quê?"

"Pode fazer uma grande diferença. O pior é se as balas forem de ponta oca. Elas se abrem feito cogumelos quando entram em contato com o corpo. São realmente ruins. São proibidas até mesmo na guerra. É ilegal usá-las. A bala que atingiu Teddy Roosevelt não era de ponta oca, portanto não se abriu ao atingi-lo. Quando nós, policiais, ouvimos isso, soubemos que ele ficaria bom."

Colette permaneceu em silêncio por um longo tempo. "Essa foi a expressão que os médicos usaram", ela disse por fim. "Eles disseram que as balas se abriram feito cogumelos."

Antes do nascer do sol, fardos de jornais eram jogados nas ruas, com manchetes em letras garrafais anunciando a reconciliação entre os Estados Unidos e o México.

O Exército americano estava se retirando da fronteira. O representante mexicano Roberto Pesqueira declarou explicitamente, em Washington, que os investimentos americanos em seu país não seriam nacionalizados. Dizia-se que funcionários americanos responsáveis pela aplicação das leis haviam descoberto e frustrado um complô nefasto, porém não especificado, para desestabilizar o general Obregón.

De manhãzinha, colheram sangue de Younger para testes. Ele ainda estava inconsciente, mas a febre se estabilizara, embora o corpo parecesse fraco, demolido. Colette estava lá; Littlemore fora para casa, ver a família.

Meia hora depois, o cirurgião do dia anterior entrou. "Oitenta e seis por cento", disse.

"É um erro", Colette retrucou.

"Não há erro nenhum. Sinto muito."

"Não faz mal", disse Colette. "A contagem vai melhorar até a noite. Ele está melhor. Muito melhor. Eu posso ver."

Littlemore e Betty voltaram ao hospital no fim da tarde. Tinham se revezado ali o dia inteiro, indo e vindo. A fisionomia de Littlemore estava profundamente alterada. Deram de encontro com Colette na porta de entrada.

"Estou indo comprar cigarros", explicou Colette, sorrindo. "Ele pediu."

"Ele está acordado?", perguntou Betty.

"Muito bem acordado. Está muito melhor."

"Eu vou buscar os cigarros, senhorita", disse Littlemore, sentindo um enorme peso sair dele. "Volte lá para cima."

"Não, tudo bem. Ele disse que gostaria de falar com você."

"Comigo?", perguntou Littlemore.

"Sim."

"O doutor não vai falar comigo. Não vai falar com ninguém. Seus neutrófilos baixaram?"

"Eles são muito fortes", disse Colette. "Noventa e cinco por cento."

"Noventa e cinco?", repetiu Littlemore apalermado. "Mas eu pensei que..."

"Isso mostra como ele está lutando contra a infecção. É um bom sinal. Mas acho... acho... acho que você devia ir logo, Jimmy." Colette se virou e escondeu o rosto, mas não chorou. "Há alguma loja de tabaco aqui perto?"

"Eu conheço uma", disse Betty, entendendo o que Colette queria dizer. "Eu mostro a você."

Uma enfermeira preparava uma seringa quando Littlemore entrou. "Isso vai deixá-lo mais confortável", ela disse a Younger.

Younger ainda estava deitado de bruços. Seu rosto, apoiado de lado, estava voltado para a porta; ele viu Littlemore. Suas costas, expostas da cintura para cima, tinham bandagens grossas em dois locais. Sua testa brilhante estava pálida como os lençóis brancos, e ele tremia violentamente. "Não", ele disse. Sua voz soou forte, mas ele não se moveu. "Nada de injeção."

"Com medo de uma injeçãozinha, um homem enorme como você?", disse a enfermeira. "Não se preocupe. Vai se sentir bem melhor."

Younger tentou se levantar; os braços pareciam potentes, mas evidentemente era doloroso demais. Ele fechou os olhos. "Nada de injeção", repetiu para Littlemore.

"Senhora", disse Littlemore, "ele não quer a injeção."

"É para a dor", a enfermeira respondeu, sem prestar atenção.

Younger fez que não com a cabeça.

"Desculpe, senhora, não posso deixá-la fazer isso", insistiu Littlemore.

"Ordens médicas", ela replicou, como se essas palavras mágicas encerrassem qualquer discussão. Deu batidinhas na seringa, forçou a saída de uma gota límpida da agulha e estava prestes a injetar, quando Littlemore segurou seu pulso e a conduziu, sob protestos, para fora do quarto.

"Obrigado", disse Younger.

Littlemore notou fósforos e um maço de cigarros sobre a mesa. "Pensei que os cigarros tivessem acabado."

"Só resta um."

"Você quer?"

"Claro, vamos seguir todos os clichês. Eu rejeito a morfina. Você põe um cigarro na minha boca."

"Isso é um sim ou um não?"

"Um não", disse Younger.

"Você não vai cismar de morrer, não é, doutor?"

"Ainda estou pensando no caso."

Seguiu-se um silêncio. Os dentes de Younger começaram a bater. Com esforço, ele fez o barulho cessar.

"Como vai o trabalho?", perguntou Younger.

"O trabalho vai bem", disse Littlemore. "Não tenho trabalho, mas vai bem."

"A família?"

"A família vai bem."

Ouvia-se um gotejar constante, vindo dos tubos intravenosos do outro lado da cama. Mesmo com a janela fechada podiam ouvir o barulho do tráfego lá fora.

"Que bom", disse Younger.

"Você queria falar comigo?", perguntou Littlemore.

"Quem lhe disse isso?"

"A senhorita."

"Ridículo", falou Younger. Seus dentes recomeçaram a bater.

"Vou acender aquele cigarro para você." Littlemore acendeu, os dedos não tão firmes como de hábito. "Tome."

"Obrigado." Younger tragou; o bater de dentes cessou. "Veja, existe uma perspectiva positiva."

"É mesmo? Qual é?"

"Se eu morrer, você não vai precisar ir à minha audiência amanhã. Eles não podem fazer você pagar uma letra de fiança postumamente."

"Eu já conversei com o promotor", disse Littlemore. "Ele retirou as acusações contra você."

"Ah, excelente! Então a minha morte será completamente em vão."

Uma longa pausa.

"Que bom que eu não tenho fé", disse Younger, a fumaça entrando nos olhos.

Mais silêncio.

"Nem na minha própria família", disse Younger.

"O que você quer dizer?", perguntou Littlemore.

"Nada", disse Younger. "As cinzas..."

Littlemore pegou o cigarro, bateu as cinzas num cinzeiro, e o devolveu à boca de Younger.

"Eu não fui um homem gentil, Jim", disse Younger baixinho.

"Do que você está falando?"

"Eu nunca fui gentil. Com ninguém. Nem com a minha própria família."

"Claro que foi", disse Littlemore. "Você cuidou da sua mãe quando ela ficou doente. Eu me lembro."

“Não, não cuidei”, disse Younger. “Nem do meu pai. Tudo que ele sempre quis de mim foi que eu lhe mostrasse respeito. Só isso. E eu nunca lhe dei isso.” Younger riu através da fumaça. “E o mais engraçado é que eu o respeitava, sim. Eu não era como você. Você visita seu pai todo fim de semana. Você o inclui na sua vida. Você fala sobre Washington.”

“Meu pai?”

“Sim.”

“Meu pai?”

Younger olhou para ele.

“Meu pai é um bêbado”, disse Littlemore. “Foi um bêbado a vida inteira. Enganava minha mãe. Era desonesto. Foi chutado da força policial por aceitar propina. Tiraram seu distintivo, sua arma. Tudo que eu sempre disse sobre ele era mentira.”

“Eu sei.”

“Eu sei que você sabe”, disse Littlemore. “Mas me deixou contar as minhas mentiras.”

Nenhum dos dois falou.

“Isso foi gentil”, acrescentou Littlemore.

Younger fez uma careta. Sua cabeça repuxou, os dentes se apertaram. O cigarro se rompeu e a ponta acesa voou, fazendo um pequeno arco como um foguete em miniatura, indo parar perto de seu queixo no lençol, depois caindo no chão. Nesse instante, a porta do quarto se abriu.

“Eu pego isso”, disse Colette ao entrar correndo; ela espanou a brasa vermelha do lençol e limpou o chão. Sem dizer nada, aproximou a palma da mão dos lábios de Younger. Da boca, ele deixou escorregar a ponta não fumada do cigarro, que caiu na mão dela. Younger começou a tremer novamente e a suar.

Ninguém disse nada.

Finalmente, Littlemore perguntou: “Está sentindo muita dor, doutor?”.

“Eu nunca entendi”, disse Younger.

“O quê?”, perguntou Littlemore.

“Por que eu estava vivo. Por que todos nós estávamos.”

“E agora você entende?”, perguntou Colette.

Younger fez que sim. “Nenhuma felicidade. Nenhum significado. Simplesmente...”

“O quê?”, perguntou Colette.

“Guerra.”

“Só algumas pessoas não estão em guerra”, disse Littlemore, lembrando o que Younger lhe dissera uma vez.

“Não. Todo mundo está em guerra. E eu sei o que há no meio desta guerra.” Olhou para Colette.

"O quê?", quis saber Littlemore.

"Tarde demais", disse Younger. Ele perdeu o controle do tronco, que entrou em convulsão. Sangue fresco surgiu em suas bandagens. Se a expressão em seu rosto era de dor ou de riso, Littlemore não saberia dizer.

Colette olhava. Betty chamou a enfermeira.

No meio da noite, Colette ajoelhou-se sozinha ao lado da cama de Younger. Uma vela acesa em cima da mesa. "Você está me escutando?", ela sussurrou.

Os olhos dele estavam fechados. Ainda de bruços, suas costas subiam e desciam tão debilmente que aquilo mal era uma respiração. A testa estava ensopada. Uma luz irreal brilhava nas maçãs do rosto.

"Se você morrer", ela disse baixinho, "nunca vou perdoá-lo."

Ele ali, estendido.

Abruptamente, ela se ergueu, soltando sua mão. "Então vá em frente e morra, já que é tão fraco", ela gritou. "Pensei que você fosse forte. Você é um fraco. Não passa de um fraco."

"Isso não é muito solidário", ele disse mansamente, sem abrir os olhos.

Ela engasgou e cobriu a boca. Pegou de novo a mão dele e cochichou em seu ouvido. "Se você viver", disse, "eu faço tudo que você quiser. Serei sua escrava."

"Promete?"

"Prometo", ela sussurrou.

Os olhos dele se abriram... e se fecharam de novo. "Estímulo. Isso é bom. No entanto, estou morrendo. Você precisa ir."

"Não vou a lugar nenhum."

"Vai, sim", ele disse, se esforçando para falar. "Eu preciso lhe dizer o que fazer. Não vou ficar acordado por tempo suficiente. Vá atrás do Littlemore. Diga para ele levar você a uma loja de equipamentos de pesca."

"O quê?"

"Arrombem a porta, se precisar. Eles vão ter larvas — para servir de isca. Eu devia ter pensado nisso antes. Assegure-se de que sejam larvas de moscas varejeiras. Qualquer outra coisa vai me comer vivo. Diga para o cirurgião me abrir onde as balas entraram. Cortar o mais fundo que puder. Jogar as larvas lá dentro. Manter a incisão aberta — com afastadores. Deve haver muito, muito ar. Secar as feridas de duas em duas horas. Depois de três dias, limpar."

O dr. Salvini, cirurgião-chefe do hospital Washington Square, de início fez objeções vigorosas contra a ideia de inserir larvas de mosca perto do coração de seu paciente, para que elas se banqueteassem. Mas ele sabia que Younger estava morrendo, e, de qualquer modo, Colette não lhe deu escolha.

"Hum, e se elas depositarem ovos ali dentro?", Littlemore perguntou a Colette na manhã seguinte, espiando a mistura efervescente nas entranhas das costas de Younger.

"Primeiro temos a esperança de eliminar a infecção", ela respondeu em voz baixa.

"Eu sei", disse Littlemore, "mas e se os ovos chocarem depois de ele estar costurado?"

"São larvas", explicou Colette. "Elas não põem ovos; só comem."

"Ah... parece bom", disse Littlemore, engolindo em seco.

Como Younger aguentou as quarenta e oito horas seguintes, ninguém soube. Sua febre atingiu quarenta graus e meio. Ele não comeu nada, e pouco bebeu. Tiveram de amarrá-lo à grade da cama por causa da violência de suas convulsões.

No terceiro dia, a febre cedeu. Quando as larvas engordadas foram enxaguadas para fora das feridas, Salvini ficou estarrecido de encontrar um tecido limpo, rosado e saudável; todos os detritos e fluídos necrosados haviam desaparecido.

Tiraram outra série de raios X. Desta vez a própria Colette calculou a localização e profundidade dos fragmentos de bala — com correção de um décimo de centímetro. As balas haviam realmente se aberto em cogumelos, mas mostravam-se estáveis e em grande parte intactas. Salvini nem precisou quebrar outra costela de Younger para extraí-las.

Na manhã seguinte, ar fresco e manchas de luz do sol jorraram através da janela para dentro do quarto de Younger, as cortinas escancaradas, permitindo uma agradável vista do Washington Square Park e de suas árvores outonais. Younger estava desperto, apoiado em travesseiros. Havia perdido peso, mas a pele recobrara a cor, e ele podia se mexer novamente.

Colette entrou, radiante, trazendo uma baguete e um saco de papel cheio de outros produtos. "Descobri uma padaria francesa", disse. "Trouxe *croissants* para você. Podemos morar aqui?"

"Onde você arranjou esses diamantes?", ele perguntou, olhando o colar.

Colette sacudiu a cabeça, partindo a baguete. "Esses diamantes horríveis. Não consigo tirá-los. Sou obrigada a tomar banho com eles."

"Gosto de você com eles", respondeu Younger. "Eu lhe ordeno que continue a usá-los. Dia e noite."

"Mas eu não quero", ela disse.

"Tem certas escravas...", ele retrucou. "Venha aqui."

Ela se inclinou para ele. Younger pôs as mãos atrás do pescoço dela e, com uma irritante habilidade masculina, abriu o fecho do colar. Ela beijou seus lábios. Ele lhe mostrou um telegrama trazido do Hotel Commodore pelo oficial Roederheusen. Colette leu:

> 26 NOV 1920
>
> MENINO ESTÁ CURADO. RESERVEI CABINE PRA ELE S. S. SUSQUEHANNA CHEGANDO NOVA YORK 23 DEZEMBRO EM COMPANHIA SEU AMIGO OKTAVIAN KINSKY. FAVOR CONFIRMAR SE PLANO É ADEQUADO.
>
> FREUD

22

Em 23 de dezembro, no ar gelado de um começo de dia no cais, sob um céu carregado, os quatro — Younger e Colette; Jimmy e Betty Littlemore — não conseguiam ficar parados à espera do navio *Susquehanna*. O inverno chegara. Uma neve noturna fina dera a Nova York um ar de conto de fadas, desmentido pelas águas pesadas e repugnantes do porto, pontilhado de cascas de frutas e outros refugos.

Os homens estavam nas docas. Colette e Betty conversavam perto dos prédios do porto, abrigadas dos ventos penetrantes. Younger, cujas costelas estavam cobertas de bandagens sob o terno, perguntou as horas ao detetive.

"Quinze para as oito", respondeu Littlemore, esfregando as mãos para aquecê-las. "Onde está o seu relógio?"

"Eu vendi."

"Por quê?"

"Para pagar o hospital", disse Younger. "E pagar Freud pelo bilhete de navio de Luc."

"Colette sabe disso?"

"Ela sabe que eu estou a zero", disse Younger.

"Nisso eu ganho de você. Betty e eu estamos empacotando as coisas do apartamento. Tivemos que escolher entre pagar o aluguel e alimentar as crianças. Eu estava pagando o aluguel, mas você sabe como são as mulheres. Pelo menos você pode fazer alguma grana como médico."

Younger fumava. "E você vai voltar para o departamento de polícia. Afinal, é um capitão."

Littlemore sacudiu a cabeça. "As contratações do departamento estão congeladas. Talvez na primavera."

"Talvez possamos assaltar um banco. Como está aquela moça... a que o Brighton mantinha prisioneira?"

"Albina? Melhor. A visita de Colette ajudou muito. Quer saber como tudo começou?'

"Claro."

"Eram três irmãs: Amelia, Albina e Quinta. Todas foram trabalhar para Brighton em 1917. Em dois anos, as moças das fábricas dele começaram a ficar doentes: os dentes caíam, tinham dificuldade para andar, havia algo de errado no sangue."

"Anemia", disse Younger.

"Brighton sabe que é por causa do rádio, então constrói uma espécie de sala hospitalar no piso superior da fábrica, onde seu próprio médico examina as moças. Só que não era um médico: era Lyme. Quando apareceu aquele abscesso no pescoço de Quinta, Lyme lhe disse que ela estava com sífilis. Brighton generosamente ofereceu-lhe um tratamento gratuito na enfermaria, mas Lyme simplesmente a dopava. Depois, foi a vez de Amelia. Seus dentes estavam se soltando. Mas ela era uma jovem corajosa. Quando Lyme lhe disse que ela também estava com sífilis, sabia que era mentira. Foi até Albina e contou que algo terrível estava acontecendo. Elas tiraram Quinta da enfermaria à força e desapareceram da fábrica. Brighton mandou homens procurá-las em todos os lugares. As moças souberam e ficaram apavoradas. Então pensaram em se esconder. Amelia pegou uma tesoura da fábrica e a carregava por toda parte por segurança. Depois ouviram falar de Colette. Souberam que ela vinha alertando as pessoas de que as fábricas de tinta à base de rádio estavam matando gente, e acharam que ela talvez pudesse ajudá-las. O resto você sabe."

"Por que Albina tirou a blusa na frente de Luc?"

"Depois de ter seguido a senhorita até Connecticut? Era a pele dela: sua pele estava brilhando no escuro. Ela queria que Colette visse, mas como não a encontrou, acabou mostrando a Luc. Ela estava com medo que Brighton tivesse posto gente atrás dela em New Haven; por isso fugiu. E tinha razão. Eles a pegaram e a trouxeram de volta para Nova York. Droga, eu devia ter imaginado que o dente de Amelia continha rádio."

"Por quê?"

"Lembra como o seu detector de radiação improvisado se acendeu quando você o apontou para mim, bem para o meu peito, na frente do hotel?"

Younger entendeu: "Eu tinha entregado o dente a você".

"E ele estava no bolso do meu colete", disse Littlemore.

Os dois ficaram em silêncio por algum tempo. "E quanto ao seu senador?", quis saber Younger.

"Fall? *Ele* está ótimo. Vai para o gabinete de Harding. Não como secretário de Estado; vão lhe dar um cargo de menor visibilidade, mas ainda assim no gabinete."

"Quem diz que o crime não compensa?"

"Ele vai acabar pagando. Eu dei uma olhada nos livros do Samuels. Achei um pagamento de cem mil dólares em dinheiro de Brighton para Fall; vou pegá-lo cedo ou tarde. Mas por enquanto ninguém pode tocar nele. Ele sabe alguma coisa de Harding."

"O quê?'

Littlemore olhou ao redor para se certificar de que ninguém podia ouvi-los. "Harding tem algum problema com uma mulher. O Partido Republicano acabou de pagar vinte e cinco mil dólares para manter uma moça de bico calado. Agora há uma outra que vai para a cama com ele, mas só Fall sabe dela."

"Como?"

"Porque ela trabalha para ele. Uma jovem de muito boa aparência. Desde que deixei o emprego no Tesouro, ela tem me passado todos os segredos de Washington. Diz que Houston tem algo para nos contar."

"Contar para *nós*?"

"Sim, você e eu."

Os homens calaram-se de novo por algum tempo.

"Você tinha razão sobre a metralhadora", disse Littlemore.

"Como?"

"Acontece que os caras colocaram a bomba na Wall Street doze horas depois do que deveriam ter colocado. Então tiveram um probleminha: o bueiro estava trancado. Lá estavam eles no beco, com todo aquele ouro e sem ter para onde ir. Um deles atravessa a rua correndo e dispara a metralhadora numa parede do Banco Morgan, tentando fazer alguém abrir o bueiro. Aparentemente, funcionou. Contei isso ao comissário Enright, e ele mandou uma carta a Lamont dizendo para ele não consertar aqueles buracos de bala. Disse que o Morgan pode contar a todos que é uma recordação, mas que se eles fecharem os buracos, o comissário vai prendê-los por destruição de provas." Littlemore olhou para o mar. "Onde está esse navio?"

"Atrasado."

"Gozado", disse Littlemore. "As pessoas já estão esquecendo o dezesseis de setembro. Quando aconteceu, foi como se as coisas jamais pudessem ser iguais novamente. O país ficou paralisado. A vida nunca mais seria a mesma."

"Pelo menos não fomos à guerra. Uma guerra fabricada artificialmente contra um país que nada teve a ver com o atentado. Deus sabe o preço que iríamos pagar por isso, se você não tivesse impedido."

"É... eu deveria ter ficado famoso", disse Littlemore. "Em vez disso, estou quebrado."

"Poderíamos ir para a Índia."

"Por que Índia?"

"Na Índia a miséria é sagrada." Younger apagou o cigarro com o calcanhar. "Lá ninguém é punido por ser pobre. E a bomba?"

"Não sei nada sobre isso. Onde foi que eu e você vimos Drobac pela primeira vez?"

“No Hotel Commodore. Depois que sequestraram Colette”, respondeu Younger.

“Negativo.”

Younger balançou a cabeça. “Onde, então?”

“Uma carroça puxada a cavalo passou por mim, por você e por Colette quando descíamos a Nassau Street na manhã de dezesseis de setembro. Lembra? Uns três minutos antes de a bomba explodir, com uma carga tão pesada que a égua mal conseguia puxá-la. Drobac era o sujeito que estava conduzindo a carroça.”

“*Bonjour*”, disse Luc, erguendo os olhos para a irmã nessa noite.

O *Susquehanna* chegara com doze horas de atraso. O menino, mais limpo e asseado do que Younger jamais havia visto, acabara de descer o passadiço, segurando a mão de Oktavian Kinsky, sob as claras luzes elétricas do cais. Não havia estrelas no céu, tampouco lua. A camada de nuvens era espessa demais.

Por um instante, Colette ficou paralisada. Era a primeira vez em seis anos que ouvia o irmão falar. Não conseguiu encaixar a voz em Luc; era uma voz muito madura, muito controlada, como se um estranho tivesse assumido o corpo do irmão e falasse através de sua boca. Então, de algum modo, a voz, os olhos firmes e a expressão séria se juntaram ao mesmo tempo. Ela abriu os braços e o envolveu.

“*Bonjour?*”, ela repetiu, abraçando-o. “Como pode ser *bonjour* no meio da noite, seu pato? E o seu cabelo... você deixou que cortassem?”

Luc assentiu com ar grave.

Oktavian cumprimentou Younger e Colette — os Littlemore já tinham ido horas antes. “Vim para criar uma frota de carros de aluguel”, declarou. “É o tipo de coisa que ninguém acha ruim na América, foi o que me disseram.”

“Pelo contrário”, concordou Younger. “E vai ter que fugir das senhoras americanas, conde, ao menos das que vou lhe apresentar. Elas veneram a aristocracia.”

“Mas vocês aboliram os títulos de nobreza há mais de cem anos”, disse Oktavian.

“As pessoas sempre querem o que não podem ter”, explicou Younger.

“Eu não”, disse Colette.

Nessa noite, ficaram hospedados com a sra. Meloney, que generosamente lhes ofereceu sua casa. Colette persuadira a sra. Meloney a ajudar as operárias das fábricas de relógios luminosos, e a boa mulher havia se lançado nessa atividade com toda a diligência e entusiasmo.

Na fábrica de Manhattan que pertencia a Brighton, as moças da seção de pintura foram submetidas a testes de exposição à radiação. Mais da metade delas apresentava radioatividade, especialmente nos dentes e maxilares; várias brilhavam no escuro. Afilar o pincel com a boca passara a ser proibido. Luvas protetoras tornaram-se obrigatórias. Detectores de radiação estavam sendo instalados. As contas bancárias de Brighton foram confiscadas e seus bens penhorados em benefício das jovens que haviam desenvolvido doenças como resultado de seu trabalho nas fábricas.

Younger e Colette puseram Luc na cama. "Eu tenho uma coisa para lhe contar", Luc disse à irmã.

"Eu sei", respondeu Colette. "O doutor Freud nos disse."

"Ele disse?"

"Que você tinha uma coisa para contar. Não falou o que era."

"Mas agora que eu estou aqui", disse Luc, "não quero mais dizer."

"Então, por enquanto durma", replicou Colette. "Amanhã você pode contar."

No dia seguinte, entretanto, o garoto estava ainda menos propenso a falar. Oktavian alugou um quarto num hotel modesto mas decente de Manhattan e começou a se informar sobre a compra e o aluguel de veículos. Despediram-se dele e nessa noite embarcaram num trem para Boston.

O trem já roncava sossegadamente rumo ao norte, com uma neve fina caindo do lado de fora da janela. "Luc", disse Colette, "agora é uma boa hora."

O garoto sacudiu a cabeça.

"Você pode cochichar no meu ouvido, se quiser", insistiu Colette.

"Besteira", declarou Younger. "Ele não pode cochichar isso aí. Ele não é criança. Viveu uma guerra. Salvou as nossas vidas. Você é um homem, Luc, não uma menininha. Pare com essa bobagem e fale logo."

Luc franziu o cenho. Parecia pego de surpresa — e indeciso.

Younger tirou uma carta do paletó. "Isto é do doutor Freud. Você confia no doutor Freud, não é?"

Luc fez que sim.

"Ele nos avisa que talvez você volte a ficar calado aqui na América", continuou Younger. "Diz que você pode ficar preocupado que sua irmã não queira ouvir o que você tem a dizer."

Luc fitou Younger com firmeza.

"Diz que deveríamos lembrar você de que ele passou trinta anos da sua vida dizendo às pessoas o que elas não queriam ouvir. Diz que o fato de outra pessoa não querer ouvir a verdade quase nunca é uma boa razão para manter silêncio. Diz também que sua irmã quer, sim, ouvir o que você tem a dizer."

Luc desviou os olhos para Colette. "Quer mesmo?", indagou em voz baixa.

"Quero muito", respondeu Colette.

"Você não sabe o que é", disse Luc.

"Seja o que for, eu quero ouvir."

"Não, não quer."

"Quero, sim", discordou Colette.

"Não, não quer."

"Quero, sim."

"Ótimo", disse Younger. "O garoto fala pela primeira vez na vida, e vocês dois ficam brigando como crianças."

"Papai era um covarde." Luc falara de forma simples mas decidida.

Colette o fitou. Seus dedos se fecharam. "Papai? Um covarde?"

O menino olhou para os flocos de neve derretendo na vidraça do trem. "Eu estava em casa quando os alemães chegaram", disse.

Uma sombra desceu sobre o semblante de Colette, e ela começou uma pergunta: "Você está dizendo que...?".

"Sim", Luc a interrompeu.

"Mas nós..."

"Estávamos no porão do carpinteiro", ele completou a frase. "Eu saí no meio da noite. Você não me ouviu sair. Eu voltei para a casa. Olhei pela janela perto da varanda."

Colette ficou completamente imóvel. Talvez nem mesmo respirasse.

"Os soldados alemães estavam na casa com papai. Três. Um deles era alto de cabelo loiro. Você se lembra onde mamãe e vovó estavam escondidas?"

"Sim."

"Papai estava dizendo para eles: 'Por favor, não me matem. Por favor, não me matem'. E começou a chorar."

"Isso não faz dele um covarde", ela respondeu.

"Papai indicou o gabinete. Acho que estava tentando mostrar aos alemães onde estava a prataria. Eles abriram o gabinete, mas acho que não deram bola para a prata. Eles se viraram e berraram de novo com papai. O alto apontou o rifle para ele. Papai implorou para não atirarem." O trem sacudiu numa curva. "Aí papai apontou para o tapete."

"Você viu ele apontar?"

"Ele apontou o tapete e depois se levantou e puxou para os soldados alemães poderem ver o alçapão."

Colette não disse nada.

"Eles abriram. Descobriram mamãe. E vovó. Bateram no rosto da mamãe. O alto matou papai. Outro matou a vovó."

"E o que você fez?", ela perguntou baixinho.

"Entrei em casa correndo. Mamãe estava berrando. Eles seguraram ela no chão e arrancaram o vestido dela. Um dos alemães me bateu, acho. Não me lembro de mais nada. Na manhã seguinte..."

"Não", disse Colette, pondo os braços em torno do irmão, acariciando seus olhos. "Eu sei."

"Eu não queria dizer nada", disse Luc.

No restante da viagem, falaram pouco. Colette não disse praticamente nada. No bolso de Younger, estava a carta de Freud, que ainda não mostrara a ela. Colette não vira, portanto, o pequeno bilhete que Freud incluíra na carta; tampouco lera o último parágrafo, que dizia:

> *A senhorita Rousseau também esconde algo do irmão. Eu creio saber o que é, mas não cabe a mim dizer. Ela vai contar a você no devido tempo. Quando contar, dê-lhe o bilhete anexo.*
> *Como sempre,*
> *Freud*

Depois que chegaram à casa de Younger em Boston e mostraram a Luc seu novo quarto, fazendo com que se instalasse, Younger e Colette foram para seu próprio quarto. Ela deixou que ele a despisse, o que ele gostava de fazer. Então tirou a camisa, revelando as grossas bandagens que davam voltas e mais voltas em torno de seu peito.

"Dói muito?", ela perguntou.

"Só quando eu respiro", ele disse. "Estou brincando. Não sinto nada."

"Você consegue?"

Ele conseguiu. Ela precisou tapar a boca com a mão para não acordar Luc. Cravou as unhas nos braços dele. Ele achou que a estava machucando, mas ela pediu para ele não parar.

Um bom tempo depois, ela disse baixinho no escuro: "Eu também não queria dizer nada".

"Você sabia?", perguntou Younger. "O que seu pai tinha feito?"

Ela assentiu.

"Você também viu?"

"Não", ela disse. "Foi papai mesmo que me disse. Na manhã seguinte.

Ele ainda estava vivo quando o encontramos. Ele confessou para mim. Implorou que eu o perdoasse."

O tique-taque de um relógio.

"Eu não perdoei. Não consegui. Então ele se foi."

Em silêncio, lágrimas saíram de seus olhos; Younger sentiu-as em seu peito.

"Que Deus me ajude", ela sussurrou. "Não perdoei meu próprio pai."

"O mais velho sempre sofre mais", disse Younger.

"Agora você sabe", ela lhe disse, enxugando os olhos. "Agora você sabe o meu último segredo."

Horas depois, ao nascer do dia, ele estava abotoando a camisa quando Colette, ainda deitada na cama, lhe fez uma pergunta: "Eu fiz tudo errado?".

"Eu tenho uma coisa para você", ele respondeu. "De Freud."

Ele lhe entregou o bilhete. Ela sentou-se e leu, segurando o lençol sobre o peito. Olhou o bilhete um bom tempo antes de devolver a ele:

Minha cara senhorita Rousseau,

Se está lendo esta carta, isto significa, se eu estiver correto, que revelou a Younger que já sabia da conduta lamentável de seu pai antes de seu irmão lhe contar. Não condene seu pai muito severamente. Um homem não deve ser julgado pelas atitudes que toma diante da mira de uma arma.

Tampouco deve julgar a si mesma. É verdade, se tivesse contado a seu irmão o que sabia, possivelmente o estado dele poderia ter sido aliviado mais cedo. Mas poderia também, de modo perverso, ter se entranhado ainda mais. O fato é que cada um de vocês tentou proteger o outro de uma verdade que ambos conheciam. Foi uma ironia, não uma tragédia.

Talvez tenha percebido que seu irmão vem alimentando um ressentimento contra a senhorita. É natural. Pode ter chegado a odiá-la, ou assim pensar, por não saber o que ele sabia e, dessa forma, obrigá-lo a guardar segredo. As crianças esperam que os adultos saibam o que elas sabem; quando as desapontamos, pensam o pior a nosso respeito. Mas mesmo nós, adultos, chegamos a desprezar aqueles de quem ocultamos a verdade e nos ressentimos daqueles por quem fizemos os maiores sacrifícios. Por essas razões, se mesmo agora não está decidida a contar a seu irmão que sabia o segredo dele o tempo todo, a senhorita sabe qual seria o meu conselho.

Há mais uma coisa que eu gostaria de lhe dizer. Na minha presença, a senhorita perguntou-se por que não matou o homem que assassinou seus pais. Foi desse simples fato que deduzi que a senhorita ocultava algo. E o motivo é simples. A senhorita sentiu, mesmo sem saber, que insultaria seu pai se fizesse aquilo que ele não teve coragem de fazer. Foi uma gentileza para com seu pai que a motivou, e não uma gentileza para com o assassino. (Isso

também me leva a crer que sentiu ter agido mal com seu pai em algum momento do passado, mas a natureza dessa má ação sou incapaz de decifrar.) Felizmente, naquele momento, a senhorita estava na companhia de um homem que não agiu sob os mesmos escrúpulos. Se tiver apenas a metade do juízo que acredito ter, não recusará o afeto desse homem uma segunda vez.
Freud

Em 25 de dezembro de 1920, uma chamada de longa distância foi completada entre uma casa particular em Washington, D.C., e outra em Boston, Massachusetts. Era quase meia-noite.

"É você, Jimmy?", perguntou Colette. Ela e Younger estavam com os ouvidos no receptor. Havia uma árvore de Natal diante deles, decorada com soldadinhos de brinquedo e bolas brilhantes de papel pintadas à mão.

"Com certeza, senhorita", respondeu Littlemore, a voz estalando, "e Betty também. O doutor está aí?"

"Estou aqui", disse Younger. "Podem falar."

"Você não vai acreditar na casa em que estamos. O dono dela é o proprietário do *Washington Post*. A mulher é dona do Hope Diamond, um daqueles diamantes enormes famosos. É uma grande festa de Natal. Foi o secretário Houston que nos convidou. Harding está aqui. Há tantos senadores que você seria capaz de achar que é o Capitólio. Lamont também está. Parece bem aborrecido — com cara de quem perdeu milhões nas corridas de cavalos. Mas, sabe, as coisas estão começando a se ajeitar. No país, quero dizer. Chamaram aqui umas dançarinas de Nova York. Estão tocando um ritmo novo de música. Há algo no ar. Os anos vinte talvez não sejam tão ruins quanto eu achei."

"Você recuperou o emprego no Tesouro?", perguntou Younger.

"Negativo. Somos só convidados. Agora, quem gosta de Washington é a Betty. Provavelmente porque Harding tem dado em cima dela a noite toda."

"E você e a senhora Cross?", ouviu-se a voz de Betty.

"Não estou interessado", disse Jimmy.

"*Ela* está", replicou a esposa. "A rameira."

"Você ligou por algum motivo especial?", indagou Younger.

"É Natal, doutor!"

"Feliz Natal."

"Aqui todo mundo está trocando presentes", disse Littlemore.

"Vocês não são os únicos", replicou Younger, olhando o dedo de Colette com o brilhante que um dia fora de sua mãe.

"Adivinha", disse Littlemore, "você também ganhou um presente."

"Ganhei?" Younger ficou curioso. "De quem?"

"De Houston. Ele me perguntou se você achou o ouro comigo. Eu disse que sim. Aí me perguntou se você era um agente da lei."

"Por quê?"

"Bem, eles finalmente trouxeram tudo para cima. Lamont jura que o ouro não pertence ao Morgan e Houston jura que não pertence ao Tesouro, portanto, oficialmente, o ouro não pertence a ninguém. E não está sendo reivindicado. Existem leis para isso. Chamam de lei do tesouro. A lei diz que ouro não reivindicado por ninguém vai para quem o encontrou, a menos que seja um agente da lei. Eu disse a ele que você decididamente não era. Disse que, na verdade, você era mais um infrator da lei."

Fez-se um silêncio na linha.

"Você me ouviu, doutor?"

"*Todo* o ouro vai para quem o encontrou?"

"A menos que seja um agente da lei", frisou Littlemore.

"Quanto havia lá?"

"Pouco mais de quatro milhões."

"Não acredito", disse Younger. "Pertence aos Estados Unidos. Diga que devolverei ao Tesouro."

"Eu já disse."

"Disse?"

"Eu sabia que você não ia aceitar."

"Sim, mas você podia ter me deixado exercer a minha própria generosidade."

"Há algo que você não sabe", disse Littlemore. "Em outubro, Lamont tentou contrabandear dois milhões de dólares de ouro russo ilegal. A alfândega pegou, mas Houston secretamente fez o Tesouro assumir a posse do ouro. Era ilegal, mas Houston não queria que o Morgan tivesse um prejuízo de dois milhões de dólares; achava que seria ruim para o país. Houston faria o Tesouro pagar ao Morgan pelo ouro até descobrir que Lamont estava envolvido no assalto de dezesseis de setembro."

"Do que você está falando, Littlemore?", perguntou Younger.

"Acompanhe só. Agora, Houston não vai mais pagar a Lamont um vintém pelo ouro russo. O Tesouro simplesmente vai ficar com ele. Lamont não pode se opor, porque, para começar, o ouro russo foi contrabandeado. Assim, Houston só precisa de mais dois milhões para inteirar o dinheiro do Tesouro."

"Acho que estou entendendo", disse Younger. "Faltam ao Tesouro dois milhões de dólares em ouro. E então?"

"Então que, quando eu disse a Houston que você não aceitaria todo aquele ouro que encontramos, ele disse: 'Bem, só faltam dois milhões ao Tesouro, então por que não aplicamos a regra europeia?'."

"Que é?"

"Quem acha fica com a metade. O governo fica com a outra."

Outro silêncio.

"Não vou ficar com nada se você também não ficar", disse Younger. "Na realidade, no momento em que achamos o ouro, você não era agente da lei. Houston tinha acabado de despedi-lo."

"Eu mencionei isso a ele."

"E o que ele disse?"

"Que eu e você vamos dividir dois milhões de dólares em ouro. Feliz Natal!"

Nota do autor

O atentado de Wall Street, ocorrido em 16 de setembro de 1920, permaneceu o mais destrutivo ato de terrorismo ocorrido nos Estados Unidos até o atentado de Oklahoma, em 1995. Diferentemente deste, porém, e diferentemente dos ataques de Onze de Setembro de 2001, o atentado de Wall Street jamais foi solucionado. Os responsáveis nunca foram capturados. Ninguém foi julgado. Em 1944, o FBI concluiu que a explosão "parecia" ter sido "obra de anarquistas italianos ou terroristas italianos", mas tratava-se de uma conjectura, e a identidade dos responsáveis permanece desconhecida até hoje.

Quero ressaltar que a minha "solução" para o mistério é imaginária. Não há absolutamente nenhuma evidência histórica de que os verdadeiros idealizadores do atentado tenham sido o senador Albert Bacon Fall, Thomas W. Lamont, do J. P. Morgan Co., ou o ex-secretário do Tesouro William G. McAdoo. Estes homens são figuras históricas reais; os dois últimos merecem crédito por significativos serviços públicos prestados e realizações importantes. Os acontecimentos de fundo que relato sobre eles são verdadeiros. No entanto, minha história sobre a responsabilidade deles pelo atentado a bomba em Wall Street não passa disto — de uma história.

O que é, então, real e o que é imaginário em *O instinto de morte*? Tentei seguir um princípio simples. A ação do livro — os perigos enfrentados pelos protagonistas, os atos malignos que eles descobrem — é ficção. O mundo no qual essa ação transcorre é real.

Portanto, o pano de fundo dos eventos e das circunstâncias em que se desenrola *O instinto de morte* é verdadeiro. No exato momento da explosão na Wall Street, do lado oposto da rua, quase um bilhão de dólares em ouro dos Estados Unidos estava efetivamente em trânsito, através de um pontilhão suspenso, do velho edifício do Subtesouro para o adjacente Escritório Avaliações de Ligas Metálicas. A alguns quilômetros de distância, uma centena de mulheres operárias pintava ponteiros de relógios luminosos usando os lábios para afilar os pincéis. Em Washington, D.C., o senador Fall estava de fato maquinando, quase com êxito, uma guerra contra o México, guerra que enriqueceria a ele e a seus poderosos amigos da indústria petrolífera. Nesse meio-tempo, numa Europa devastada pela guerra, Sigmund Freud acabara de chegar a uma nova compreensão da alma humana, segundo a qual todo indivíduo nasce com dois instintos fundamentais — um direcionado para a vida e o amor, o outro para a morte.

De outro lado, o furto do ouro do Tesouro descrito em *O instinto de morte* é inventado. Os Estados Unidos sempre negaram que algum ouro tivesse se perdido naquele dia. O relato aceito é que a simultaneidade do atentado e da transferência do ouro foi mera coincidência e que os trabalhadores que faziam a mudança do metal precioso estavam, naquele instante, em hora de almoço, tendo fechado as pesadas portas de ambos os lados do pontilhão momentos antes da explosão.

Desde as grandes ocorrências, como o atentado, até o caminhão radiológico *Petite Curie* dirigido por Colette, o mundo descrito em *O instinto de morte* é tão real quanto pude construí-lo, cada detalhe baseado em fontes históricas verdadeiras. Os leitores que souberam, através destas páginas, que milhares de soldados foram mortos inutilmente em 11 de novembro de 1918 — *depois* que seus comandantes já tinham conhecimento do armistício — podem ter certeza de que este fato está documentado em numerosos relatos confiáveis. Quando um jornal é citado, a citação é literal ou apenas ligeiramente editada, em prol do estilo, sem alteração de conteúdo. Quando fornecidas imagens específicas da explosão de 16 de setembro, cada uma delas é extraída de relatos da época: houve realmente um táxi que explodiu pelos ares; a cabeça de uma mulher foi separada do corpo; as paredes com marcas de balas do Banco Morgan podem ser vistas até hoje. Até mesmo as escandalosas falsificações que descrevo, visando demonstrar que o governo mexicano pagara propinas a três senadores americanos anti-intervencionistas, possuem base histórica, embora tais falsificações só tenham circulado anos depois, em outro esforço fracassado de induzir uma invasão americana do México.

Não posso garantir a veracidade dos materiais históricos nos quais me apoio. Quando cito Toynbee descrevendo as atrocidades germânicas na França em 1914, os leitores podem estar certos de que a citação é exata, mas não têm como saber — como eu também não sei — se o relato de Toynbee é, ele mesmo, correto. A validade definitiva das fontes históricas deve ser deixada para os historiadores.

Não obstante, alguns dos fatos mais incríveis descritos em *O instinto de morte* não podem ser sequer questionados. A incrível história de Edwin Fischer, por exemplo, é um fato real. Suas advertências antecipadas, repetidas a muitas pessoas diferentes, de um atentado a bomba na Wall Street após o fechamento dos negócios em 15 ou 16 de setembro, ainda não foram explicadas. (Todas as peculiaridades que menciono a respeito dele — seus quatro campeonatos de tênis, seus ternos múltiplos, sua afirmação de que captou o atentado “no ar”, sua subsequente internação num manicômio, e assim por diante — são inteiramente verdadeiras.) Se Fischer tinha conhecimento do atentado de antemão, o que os historiadores não aceitam, isso poderia sugerir que por trás do ataque havia homens que pertenciam a um círculo bem diferente que o dos miseráveis anarquistas italianos, geralmente mencionados como responsáveis.

Embora não se conheça isto muito bem, Fischer de fato esteve, conforme cito no livro, em contato com agentes do governo federal vários anos antes do atentado. Mas meu relato de suas ligações posteriores com o Bureau de Investigações, assim como o desfecho da história, em que Littlemore descobre que as vozes que Fischer captou “no ar” vieram do lado de fora do Oyster Bar, no Terminal Grand Central, é inteiramente fictício. No entanto, é verdade que sussurros podem ser ouvidos através do saguão no local que descrevo.

O Fundo Marie Curie de Rádio, liderado pela indômita sra. William B. Meloney, acabou conseguindo adquirir um grama de rádio para Madame Curie, que em 1921 viajou para os Estados Unidos a fim de receber a doação das mãos do presidente Harding. Além de ser a primeira catedrática da Sorbonne e a primeira ganhadora de dois Prêmios Nobel — um de Física em 1903, outro de Química em 1911 —, Madame Curie é até hoje a única mulher a ter conseguido o feito de um duplo Nobel e a única pessoa a ter ganhado os prêmios em duas áreas científicas distintas. A exposição à radiação muito provavelmente causou sua catarata em 1920 e, quase com certeza, sua morte por anemia aplástica (ou talvez leucemia) em 1934.

Enquanto meus protagonistas — Younger, Littlemore, Colette e Luc — são ficcionais, muitos com quem eles interagem não o são, tais como o comissário de polícia Enright, o secretário do Tesouro Houston, o prefeito de Nova York Hylan, “Big Bill” Flynn e o dr. Walter Prince (da Sociedade Americana de Pesquisa Psíquica). Também houve uma sra. Grace Cross, que, ao que tudo indica, teve um caso com Warren Harding. Com exceção disso, porém, a personagem que leva seu nome não se baseia numa pessoa real.

Arnold Brighton é um personagem fictício. Edward Doheny de fato foi o homem do petróleo que apoiou os esforços de Fall para provocar uma guerra contra o México e lhe pagou pelo menos cem mil dólares em propinas, o que posteriormente levou Fall a se tornar o primeiro membro de gabinete a ser preso por um crime cometido no exercício da função. O verdadeiro chefe da US Radium Corporation em 1920, em cuja fábrica de Nova Jersey Quinta Maggia McDonald e suas irmãs trabalharam, era Arthur Roeder. Na há nenhuma razão para acreditar que Doheny ou Roeder tenham tido algo a ver com o atentado de Wall Street.

Em compensação, o trágico envenenamento das pintoras dos ponteiros de relógios é um fato indiscutível. Sob muitos aspectos, os acontecimentos reais são piores do que descrevi. Até cento e doze mulheres podem ter morrido por afilar os pincéis com os lábios — prática abolida apenas em 1925. Muitas outras sofreram de enfermidades dolorosas e debilitantes.

As irmãs Maggia — Quinta, Amelia e Albina — estavam entre as vítimas. (Embora no livro os nomes sejam estes, minhas personagens não correspondem às mulheres reais, e a história que narro sobre a fuga delas da fábrica de rádio, a perseguição que sofreram e seus esforços de se comunicar com Colette são pura invenção.) Amelia morreu em 1922, foi a primeira pintora de ponteiros de relógio a morrer de envenenamento por rádio. Quando seu corpo foi exumado, em 1927, ainda estava radioativo. Um punhado de mulheres, inclusive Quinta e Albina, processaram a US Radium em meados da década de 1920, mas a lei não as acolheu. Em 1928, em estado terminal, Quinta recebeu um modesto pagamento em dinheiro e uma extravagante anuidade de seiscentos dólares "para a vida toda"; ela morreu menos de dois anos depois. Albina viveu até 1946.

A US Radium parece ter falsificado um relatório que demonstrava que suas funcionárias sabiam do perigo que representava o rádio. A certa altura, um médico da Universidade de Columbia se ofereceu para conduzir de forma voluntária exames independentes, e concluiu que elas estavam em excelente saúde ou que seus sintomas se deviam à sífilis e a outras doenças que nada tinham a ver com o emprego. Esse especialista, Frederick Flinn, ocultou a informação de que ele, na verdade, não era médico, e que estava sendo pago pela US Radium. Meu personagem Frederick Lyme se envolve em delitos similares, mas sua conduta nefasta adicional é imaginária.

Sigmund Freud enunciou pela primeira vez sua teoria do instinto de morte em um pequeno livro chamado *Além do princípio do prazer*, publicado em 1920. Entendida como um impulso de agressão pura, uma espécie de desejo de matar e destruir, a noção do instinto de morte levantaria questões acerca da bondade da natureza humana, mas, de outro lado, seria bem simples de compreender. Freud insistia que o instinto se dirigia fundamental e originalmente à destruição do Eu da pessoa. Por causa disso, seu instinto de morte é visto como uma proposição muito mais difícil e controversa — embora a autodestrutividade seja, seguramente, um fenômeno quase tão familiar quanto a agressão.

De forma geral, desde Freud o mundo psicanalítico tem se comprazido em esquecer o instinto de morte ou, de alguma forma, enfraquecê-lo. Melanie Klein foi uma exceção importante; também Jacques Lacan, que considerou o instinto de morte central para a psicanálise, apesar de entender o instinto para além dos fundamentos biológicos que Freud lhe dera. Outra exceção é André Green, também psicanalista francês, cujo recente e excelente livro sobre o instinto de morte — *Pourquoi les pulsions de destruction ou de mort?* (Éditions du Panamá, 2007) —, ao contrário, relaciona explicitamente a teoria de Freud com a apoptose, o processo biológico de "morte celular programada" ou "suicídio celular". Faço Freud estabelecer a mesma conexão numa conversa com Colette, talvez de forma um tanto anacrônica. Embora a apoptose fosse conhecida dos cientistas do final do século XIX (chamada na época de "cromatólise"), sua ligação com o câncer só foi estabelecida depois do final do século XX.

Leitores familiarizados com a obra de Freud reconhecerão o famoso jogo *fort-da*, que aparece de forma proeminente em *Além do princípio do prazer*. O menino anônimo que joga esse jogo no ensaio de Freud foi identificado como seu neto Ernst; sua mãe era Sophie, cuja morte Freud tanto pranteou em 1920. Há um outro momento em meu livro em que Luc assume o papel de um dos netos de Freud. A anedota que conto sobre Freud, Luc e o mendigo que se finge de epilético me foi contada por Clement Freud — irmão do pintor Lucian Freud — e aparece na autobiografia do falecido Sir Clement, *Freud Ego*.

A surpreendente história que Freud relata a Colette e Younger, demonstrando a exatidão de uma de suas interpretações de sonhos — na qual Freud corretamente deduz que uma paciente presenciou um envolvimento entre sua babá e um parente da família quando tinha cerca de quatro anos —, é inteiramente verdadeira e atestada pela própria paciente, a princesa Marie Bonaparte. A princesa Marie, no entanto, só começou a se consultar com Freud em 1925, de modo que em meu livro a história não aparece na sequência temporal correta. Da mesma forma que em meu primeiro livro *A interpretação do assassinato* (Companhia das Letras, 2007), muitas afirmações de Freud em *O instinto de morte* são tiradas de seus escritos reais. Embora hoje em dia seja comum referir-se ao impulso de morte enunciado por Freud como "Thanatos" (em referência ao deus grego da morte), Freud nunca o fez em suas obras, e tal termo não aparece nas páginas do meu livro. Freud se refere, sim, à deusa da morte, Átropos, em "Tema dos três escrínios", um ensaio de 1913 que contém a chave do simbolismo para *O instinto de morte*. Freud morou em Viena até 1938, quando escapou por pouco da perseguição nazista. Morreu na Inglaterra em 1939.

Agradecimentos

Incorri em dívidas demais ao escrever este livro, para agora conseguir mencioná-las todas. Em primeiro lugar, a minha linda mulher, a quem eu já devia quase tudo de bom na minha vida. Amy fez incontáveis melhorias — pequenas e grandes — no original. Minhas filhas, Sophia e Louisa, me proporcionaram uma sabedoria que está além de suas idades e me salvaram de numerosos constrangimentos. Sarah Bilston, James Bundy, Alexis Contant, Anne Dailey, Susan Birke Fiedler, Paul Fiedler, Dan Knudsen, Daniel Markovits, Katherine Oberembt, Sylvia Smoller, Walter Austerer e Lina Tetelbaum foram leitores incrivelmente generosos, engenhosos, perceptivos. Sou igualmente grato à minha incomparável agente, Suzanne Gluck, ao meu *publisher* na Riverhead, Geoff Kloske, e aos diligentes editores Mary-Anne Harrington e Jake Morrissey. Meus agradecimentos adicionais a Jennifer Barth, Diana e Leon Chua, Kathleen Brown-Dorato, Nancy Greenberg, Tony Kronman, Marina Santilli, Jordan Smoller, Anne Tofflemire e Lucy Wang, que me ajudaram com este livro de uma maneira que nem podem imaginar.

LANÇAMENTOS

paralela

SCARPETTA

Patricia Cornwell

Uma anã chamada Terri Bridges é estrangulada em seu apartamento em Manhattan e a polícia, após descobrir duas outras vítimas que morreram em circunstâncias parecidas, acredita estar lidando com um assassino em série. Oscar Bane, namorado de Terri, é o principal suspeito, mas para cooperar ele faz uma exigência: ser examinado pela famosa médica-legista Kay Scarpetta.

Após decidir se envolver no caso, Scarpetta deixa temporariamente seu laboratório de patologia forense e, quando finalmente chega à Nova York, Bane conta uma das histórias mais bizarras que ela já ouviu.

Para piorar as coisas, detalhes da vida pessoal dela vão parar na internet, graças a um site de fofocas escrito por um colunista perverso e misterioso.

Scarpetta e sua velha equipe terão que deixar as mágoas para trás e decifrar dois enigmas: quem é o assassino de Terri Bridges e como um colunista virtual pode saber tanto sobre suas vidas.

"Ninguém é melhor que Patricia Cornwell." — *Sunday Express*

"Patricia Cornwel é a rainha dos *thrillers* [...]" — *Heat*

LANÇAMENTOS

O LEITOR DE ALMAS

Paul Harper

Lore Cha e Elise Currin — esposas de dois poderosos e influentes empresários de San Francisco — estão tendo casos extraconjugais com o mesmo homem. As regras dos encontros são sempre as mesmas: nomes verdadeiros e detalhes pessoais ficam fora do quarto.

Mas quando Vera List, a psicanalista de Lore e Elise, percebe que seus arquivos profissionais estão sendo violados e informações confidenciais, medos e fantasias das mulheres estão sendo utilizadas para manipulá-las, o que não passava de uma grande coincidência se torna um perigo fatal.

Com um roteiro tenso e uma narrativa eletrizante, *O leitor de almas* é um *thriller* que segue a tradição dos grandes romances policiais pelo estilo elegante, o gosto por personagens complexos e a capacidade de surpreender o leitor a todo momento.

"Inteligente, elegante, absolutamente eletrizante."
Harlan Coben

"Uma narrativa construída com imenso talento... manterá o leitor entretido — e acordado — até tarde da noite."
Nelson DeMille

PRÓXIMOS LANÇAMENTOS

O Atlas do amor, de Laurie Frankel

A idade dos milagres, de Karen Thompson Walker

A estrela de Strindberg, de Jan Wallentin

Doze passos para uma vida de compaixão, de Karen Armstrong

Como ser mulher, de Caitlin Moran

TIPOLOGIA Adriane por Marconi Lima

DIAGRAMAÇÃO Verba Editorial

PAPEL Pólen Soft

IMPRESSÃO Geográfica, julho de 2012